L'Escrit

Ben Galley

Traduit de l'anglais (Grande-Bretagne) par Hélène Alonso

Mes éternels remerciements à Charlie, à Sarah et à la famille Clark. Sans votre aide, ma vie aurait été d'une banalité abrutissante.

Ce livre est dédié à mes parents. Sans eux, je ne serais pas là, pas plus qu'aucun d'entre nous.

première partie

tout commence dans la neige

chapitre 1

« Lorsque les fils des dieux apparurent aux filles des hommes et fécondèrent leurs entrailles, les géants de jadis naquirent ; les nefalim, des « hommes » de renom et d'infamie, dangereux tels des loups parmi les moutons... »
Extrait des *Prophéties réunies*

Il neigeait. Les flocons blancs tombaient paresseusement dans les bourrasques nocturnes et recouvraient la montagne d'un manteau d'ivoire. Les cristaux de glace, minuscules modèles de perfection, dansaient en tourbillonnant dans l'air froid. Une flèche élancée dominait quelques toits paisibles, posés sur un affleurement rocheux parmi les versants enneigés. Une seule fenêtre répandait sa vive lueur jaune dans le blizzard. Auréolé de lumière, un homme d'un grand âge se tenait dans l'encadrement, les bras croisés. Il soupira avec lassitude avant d'étouffer un nouveau bâillement. Il frissonna, se frottant les bras dans l'espoir vain d'y insuffler un peu de chaleur, mais resta devant la fenêtre. Le froid qui régnait à l'extérieur lui semblait reposant après une longue journée d'intense réflexion ; et à l'évidence, la journée avait été des plus longues et des plus intenses.

Derrière lui, réunis autour d'un bureau, quatre hommes d'âge semblable étaient absorbés dans l'étude d'un petit ouvrage carré. La pièce rappelait une grotte, tapissée d'étagères qui débordaient littéralement de livres ; chaque rayonnage renfermait des pages innombrables et un savoir presque infini. Çà et là, des feuilles gisaient, éparses ; des rouleaux de parchemin reposaient sous une couche de poussière et de vieilles cartes, disséminés sur le sol et les étagères comme des feuilles d'automne. Sur un coin du bureau, une chandelle mourante s'accrochait à la vie en projetant des ombres tourmentées sur les murs.

— À vrai dire, je ne pense pas qu'il soit sirénien, dit l'homme qui se tenait à la fenêtre.

Il entortilla distraitement une mèche de ses cheveux blancs autour d'un doigt ridé puis sirota une gorgée de vin chaud. Son menton disparaissait dans les replis parcheminés de son cou.

— Bien sûr que si, Innel ! N'as-tu pas vu les écailles sur la couverture ? répondit l'un de ses collègues.

Ce dernier esquissa un geste vaguement dédaigneux. Une quinte de toux le secoua, si rocailleuse qu'elle semblait l'avoir pris par surprise, et il porta prudemment un mouchoir à sa bouche. Des lunettes aux verres ciselés dans un cristal rare tenaient en équilibre précaire sur son nez et une longue barbe striée de gris lui tombait au bas du cou. Le groupe de savants médita un moment en silence.

— Pouvez-vous me rappeler où il a été découvert ? demanda un autre, qui jeta un regard intense à ses collègues sous de fins sourcils grisonnants.

L'homme à lunettes reprit la parole :

— Personne ne le sait exactement ; dans un village dans le sud du Nelska, dit-il.

Le silence retomba l'espace d'un instant.

— C'était il y a quinze ans, et nous pouvons seulement commencer l'étude de ce manuscrit. La magie contenue dans ce livre pourrait se révéler inestimable, qui sait ? dit Innel en ramenant sa longue robe autour de lui.

Le froid lui parut soudain mordant. Frissonnant, il referma les fenêtres à vitraux dans un bruit retentissant. Avec un soupir, il s'assit sur le rebord de pierre et dirigea son regard sur l'homme aux minuscules lunettes.

— Le problème reste entier. Comment diable allons-nous réussir à l'ouvrir ? Gernn, avons-nous une réponse de Krauslung ?

— Pas encore. Ils tergiversent, comme toujours…

Sa voix se perdit dans un murmure. Il se pencha pour observer le livre posé sur le bureau. L'ouvrage était petit, carré, pas plus grand qu'une main humaine. Des écailles de dragon noires, soigneusement taillées, épousaient les formes de la couverture. Un jeune wyrm, sans doute, songea Gernn, alors qu'il laissait courir ses doigts sur les arêtes et les anfractuosités. Un fermoir en or, simple mais solide, maintenait le livre fermé sans laisser deviner de mécanisme. Les pages qui dépassaient, visiblement anciennes, étaient écornées et poussiéreuses. Le vieil homme tenta une nouvelle fois d'insérer un ongle effilé entre les feuillets, mais le petit grimoire était si étroitement verrouillé que la pointe d'une lame n'aurait pu s'y glisser. Après avoir poussé un soupir un peu trop théâtral, il enlaça les doigts et se rencogna dans son siège, faisant gémir le bois ouvragé.

— Voilà où nous en sommes depuis cet après-midi. Ce satané livre est toujours scellé, et plus étroitement que le cercueil d'un vampyre ! Puisqu'aucun d'entre nous n'est capable de forcer le fermoir ou de trouver le sortilège approprié pour l'ouvrir, je suggère d'attendre que…

Le martèlement de lourdes bottes sur le sol de pierre interrompit Gernn. Une voix puissante obligea la petite assemblée à faire volte-face.

— Auriez-vous un problème, Sages d'Arfell ?

Un homme de haute taille, encapuchonné, apparut dans l'encadrement de la porte, les mains croisées derrière le dos. Le tissu dissimulait son visage, ne laissant paraître qu'un sourire chaleureux. Le nouveau venu se dirigea vers le bureau en quelques larges enjambées et frappa le sol de ses bottes de cuir noir pour les débarrasser d'un restant de neige collante. Les savants avaient été frappés de stupeur par l'entrée de l'inconnu, mais à la lumière de la chandelle ils reconnurent bientôt un visage familier. L'homme rejeta son capuchon en arrière. Un chœur de sourires teintés de respect lui répondit.

Innel quitta prestement sa place à la fenêtre pour gratifier le nouveau venu d'une chaleureuse poignée de main, les replis de son cou ballottant d'avant en arrière comme la collerette d'un dindon.

— Magissime, quel honneur inattendu ! Vu le temps qu'il fait, nous n'attendions pas votre venue ou celle d'Åddren avant deux jours, s'exclama-t-il.

Sans se départir de son sourire, le mage retira sa cape verte ornée d'or en un geste vif et la plia sur le dossier d'un fauteuil. Une longue épée reposait dans un fourreau ouvragé ; sa tunique émeraude était coupée dans une étoffe précieuse, brodée de blanc et d'or.

— Ne soyez pas ridicules, le mauvais temps ne m'a encore jamais arrêté, dit-il sur un ton goguenard. Dès que nous avons appris que vous aviez mis la main sur un livre aux secrets longtemps perdus, je n'ai eu de cesse de le voir de mes propres yeux !

L'homme croisa ses bras musclés sur son torse et promena son regard noisette sur la petite assemblée.

— Je vous en prie, décrivez-moi vos découvertes, invita-t-il alors qu'Innel se retirait vers un siège.

Gernn se dressa, manifestement désireux de faire bonne impression, tandis que les autres demeuraient à leur place en silence, les doigts entortillés dans leurs vénérables barbes.

— Ce grimoire est sirénien, sans l'ombre d'un doute. C'est la conclusion à laquelle nous sommes arrivés, commença-t-il en jetant un regard en biais à ses collègues. Mais ce manuscrit ne remonte pas à l'époque de la guerre, et il est très différent des autres textes que nous avons obtenus des guerriers dragons. Il pourrait être plus ancien…

— Continuez, dit le mage.

Gernn prit une courte inspiration avant de poursuivre, et montra du doigt le mécanisme doré sur le livre noir.

— La couverture présente une sorte de verrou ensorcelé, qu'aucune clef ne peut ouvrir. Nous avons déjà retrouvé de telles reliques par le passé, mais celle-ci est trop puissante pour nous, trop ancienne. Elle a résisté jusqu'ici, et nous n'avons rien pu lire.

Gernn haussa les épaules et se gratta la barbe une nouvelle fois, non sans jeter sur le petit livre un regard dépité. Dans le silence qui suivit, l'homme à la silhouette robuste laissa flotter un sourire satisfait sur son visage buriné avant de se tourner vers les autres.

— Dans ce cas, je peux peut-être vous aider, dit-il. Ses yeux bruns virevoltèrent sur l'assemblée. Si je parviens à l'ouvrir, pourrez-vous le traduire ?

— Si l'écriture est lisible, nous la déchiffrerons. Nous, hommes d'Arfell, avons été confrontés à chacune des langues jamais parlées à Emaneska. S'il existe en ce monde un livre que nous ne pouvons pas traduire, il ne nous a pas encore été présenté, répondit un troisième savant qui ponctuait chacun de ses propos d'un hochement de tête.

D'un âge éminemment honorable, le sage était plus gris qu'un jour d'hiver et attendait avec patience à la porte de la mort que celle-ci daigne lui ouvrir. Les autres marquèrent leur approbation par une symphonie de raclements de gorge, assortie de grattements de menton et de pilosité faciale.

— Bien.

Le mage fit quelques pas en avant et fit jouer les articulations de ses doigts. Il s'accorda un instant de réflexion puis se pencha vers le bureau en chêne et se mit à fredonner, émettant de légers sifflements à travers sa mâchoire serrée. Tandis qu'il méditait, les savants l'observaient et échangeaient des regards où se mêlaient le doute et la curiosité.

L'homme marmonna quelque chose, peut-être une incantation, alors qu'il tendait vers le livre une main raide aux doigts écartés. Un souffle d'air jaillit de sa paume, ondulant comme une brume de chaleur au-dessus d'un feu. Une étincelle violette dansa sur la couverture, et l'homme prononça encore quelques mots, plus fort cette fois.

— Le livre est puissant, marmonna-t-il entre ses lèvres pincées.

Il semblait lutter pour garder les doigts écartés au-dessus du petit ouvrage. Une nouvelle pulsation traversa l'air et le mage raffermit sa posture, écartant davantage les pieds et prenant appui sur le bord du bureau. De nouvelles étincelles fusèrent sur la couverture, et subitement, l'épais verrou s'entrouvrit.

Les savants se penchèrent tous en avant, la bouche bée et les yeux écarquillés, impatients de découvrir les mystères que le livre recelait entre ses pages jaunies. Le mage essuya une goutte de sueur sur son front et sourit, serrant et desserrant le poing pour en chasser l'engourdissement.

— Messieurs, lisez donc votre livre !

Il sourit et dévoila les dents, tel un loup devant un lièvre acculé.

Le plus vieux des sages essuya quelque chose qui traînait sur son nez et commença à soulever la couverture écailleuse d'un geste mesuré. Avec une lenteur qui frisait l'insoutenable, il la tourna, puis lissa la première page d'une main tremblotante. Enfin, il promena un regard voilé mais encore vif sur l'épaisse écriture, puis hocha la tête.

— C'est de l'elfique, des elfes noirs, si je ne m'abuse… Je n'ai plus posé les yeux sur un écrit de la sorte depuis des années, dit-il d'une voix qui tremblait légèrement.

— De l'elfique… une langue ancienne, en effet, commenta le mage.

Ce n'était peut-être qu'une illusion provoquée par les reflets vacillants de la chandelle, mais Innel aurait juré voir les yeux du visiteur s'écarquiller imperceptiblement sous l'effet de la nouvelle.

— La plus vieille de toutes, Magissime, répondit-il.

À leurs côtés, le vieux sage absorbé dans sa lecture frissonna légèrement. Il tourna une nouvelle page, puis s'éclaircit la gorge et suivit les symboles du doigt.

— On peut lire « le testament de l'Appel ». Mais ce mot pourrait aussi signifier, disons, « création », ou encore…

Gernn ajusta ses petites lunettes de cristal et jeta un œil au manuscrit.

— « invocation ».

Le mage se tourna vers lui et le toisa.

— Invocation, dites-vous ?

Gernn acquiesça avec empressement et manqua de perdre ses lunettes.

— Oui, je suis certain que je ne vous apprends rien, sire ; les elfes noirs étaient des créatures puissantes, capables de contrôler la magie la plus noire.

— C'est un traité sur l'invocation ? demanda le grand mage.

— Oui, Magissime. Ils étaient capables d'appeler des bêtes immenses depuis les recoins les plus sombres de ce monde, à l'aide d'un seul de leurs sortilèges.

Innel se dirigea vers une étagère et rapporta un fragment de tapisserie ancienne. Il le déploya sur le bureau, révélant une scène de bataille grossièrement illustrée. Des bêtes semblables à des gobelins y figuraient avec des créatures ailées gigantesques, aux cornes ceintes de couronnes dorées.

— Je me souviens…, marmonna le mage en tournant la tapisserie brodée vers lui.

Les autres levèrent des yeux interrogateurs.

— Je me souviens avoir vu des scènes semblables en feuilletant des livres, et sur des fresques anciennes à la citadelle…

— Bien sûr, Sire, approuva Innel qui se demanda s'il avait déjà observé de telles peintures sur les murs de Krauslung.

Une sensation étrange, comme une démangeaison au seuil de sa conscience, commençait à l'indisposer.

— Où sont les clefs ? demanda rapidement le mage, en tapotant un doigt sur le livre ouvert.

Les clefs étaient des signes qui figuraient dans chaque livre de magie ; sans elles, l'ouvrage était inutilisable. Elles constituaient l'amorce de chaque incantation, les mots qui permettaient d'ouvrir un sortilège.

Le plus vieux savant tourna prudemment les pages, découvrant de nouvelles runes griffonnées çà et là. Il désigna un ensemble de symboles à première vue aléatoires, disséminés dans les coins.

— Les clefs du sortilège ? En voici une, l'autre est là. Ce sont les mots essentiels, « moi » et « entends ». Prononcer ces mots – dans l'ordre inverse, bien entendu – ouvrirait le sortilège. Je n'ose en lire davantage à haute voix ; il me semble que nous avons découvert un livre très particulier. Il doit dater d'un millier d'années…

Sa voix se brisa, et ses derniers mots se perdirent dans le silence. La main du vieux sage tremblait plus que de coutume.

— Ce livre doit être traduit avec rigueur. Regardez, il semble faire allusion à quelque chose, « tes ténèbres englouties », ou peut-être… « gueules de ténèbres » ; c'est bien ça, tout au long de ces pages.

Gernn agita la main et parcourut le vieux livre avec circonspection, les yeux écarquillés.

— Êtes-vous certains que ce grimoire n'est pas une imitation, une autre imposture ? demanda l'homme, qui regardait les savants avec une ardeur dévorante.

Un loup face à des lièvres à la fourrure grise. Ses bras étaient toujours croisés, mais sa voix était à présent basse et menaçante. Une paire d'yeux brun foncé sillonnait les pages et les images éparpillées sur le bureau.

Innel acquiesça. Cette sensation le démangeait furieusement à présent. Quelque chose lui échappait, quelque chose qu'il ne parvenait pas à saisir.

— D'après moi, il est authentique, sire : un guide elfique sur l'art de l'invocation.

— Quoi que ce soit, c'est dangereux, intervint Gernn.

L'homme découvrit les dents dans un nouveau sourire.

— Comme c'est intéressant.

Il pianota distraitement sur le bureau.

— Eh bien, on dirait que vous m'avez été extrêmement utiles, ce soir. Je suis certain qu'Åddren sera aussi ravi que moi d'entendre tout ceci.

Le plus vieux des savants se leva difficilement et courba la tête.

— Merci, Sire. Nous allons continuer à étudier ce manuscrit avec diligence ; ce livre regorge de connaissances à découvrir et sans vous, Magissime, nous aurions probablement toujours un livre scellé.

Il sourit, et les autres sages émirent un rire poli. L'air était devenu épais, étouffant. Le mage éclata d'un rire bruyant qui retentit dans la pièce confinée, faisant sursauter les savants.

— Ha ha ! Et sans vous, vieux fous, je n'aurais rien !

Le sourire disparut sur-le-champ, ne laissant que des lèvres serrées et un regard acéré. Brusquement, le mage se déchaîna. Dans un éclair argenté, il tira son épée et plongea la lame avec fureur dans le torse d'Innel. Le vieil homme s'écroula dans un gargouillis terrifié. Le mage se fendit vers la droite et trancha la gorge du plus vieux sage en un geste vif et brutal. Le sang gicla, peignant les pages éparpillées d'une couleur sombre. Des étincelles dansèrent autour de ses doigts et un éclair aveuglant s'abattit sur les autres sages, carbonisant leurs chairs en quelques secondes. Une odeur âcre emplit la pièce.

Une fois sa tâche accomplie, le mage rengaina son épée dans un geste mesuré et s'empara du livre noir sur le bureau. Après avoir essuyé le sang sur la couverture, il tourna les talons, récupéra sa cape sur le dossier du siège et quitta les lieux dans le silence.

❧

À des centaines de kilomètres à l'ouest, l'aube se levait sur une campagne déserte. La lueur froide du matin brillait entre les arbres squelettiques et semait des éclats de lumière sur les congères et les feuilles mortes. Le paysage ondulait, véritable succession de collines mouvantes, de bosquets qui jaillissaient d'entre les rochers, de ruisseaux gelés et d'étendues neigeuses à perte de vue. Excepté le goutte-à-goutte rythmé de la fonte des neiges et le bruissement du vent dans les branches semblables à des doigts décharnés, il n'y avait pas le moindre bruit.

Un château disloqué se dressait sur une colline, cerné par des cercles concentriques de murs en ruine et de remparts délabrés. Une tour ronde en piteux état s'élevait au centre du château, surmontée d'une hampe sans étendard. Des stalactites de glace pendaient des pierres imposantes envahies par une mousse brunâtre, et les créneaux portaient les balafres infligées par les engins de siège de jadis.

Assourdi par la distance, le souffle laborieux d'un nouveau venu rompit bientôt le calme de la matinée blafarde. Une silhouette encapuchonnée se dessina au sud, celle d'un homme qui avançait péniblement vers le château à travers l'épaisse couche de neige, son manteau brun tourbillonnant dans le vent glacé. Un souffle chaud s'échappait en panache des lèvres de l'inconnu, et le bruit de la lutte qu'il livrait pour avancer résonnait lourdement dans le silence poudreux. L'homme s'arrêta et resserra ses vêtements autour de lui. Il s'autorisa un instant de répit pour reprendre haleine. Dans la faible lumière du matin jeune, ses yeux bleu-gris distinguèrent une porte voûtée, profondément enfoncée dans le mur d'enceinte.

— Carn Breagh, murmura l'étranger en abaissant les bords d'une écharpe rouge qui recouvrait son visage.

Après s'être raclé la gorge, il scruta les bois alentour d'un œil méfiant, puis reprit son chemin laborieux dans la neige épaisse. Sous son manteau, l'homme portait une armure légère, dont les plaques protégeaient les épaules, le torse et les cuisses ; l'acier cliquetait à chaque mouvement. Les pièces d'armure reposaient sur une tunique foncée, retenue par une robuste ceinture de cuir qui retenait son équipement et une vieille épée dans un fourreau rouge sombre. Des reflets d'or, de rouge et de métal apparaissaient par intermittence sous l'épais tissu des manches. Lasses, les bottes robustes de l'inconnu plongeaient dans la neige immaculée qui craquait à chaque pas.

L'étranger atteignit l'arche de pierre encastrée dans le mur et posa les mains sur la solide porte en chêne, pour évaluer la texture du bois brut et l'épaisseur des piques qui soutenaient le montant. Il poussa légèrement, sans résultat. La porte était verrouillée de l'intérieur. Il donna alors un violent coup d'épaule sur le battant, dans l'espoir d'ébranler le bois. En vain. Sa curiosité était piquée à vif. Les planches avaient enduré des centaines d'années de vent et de neige, mais pour une raison mystérieuse elles semblaient avoir été épargnées par la pourriture qui s'était emparée des autres éléments en bois du château.

L'homme au capuchon étira son dos et sa nuque avant de relever les manches de son manteau. Des canons constitués d'écailles rouges et dorées finement entrelacées ornaient ses poignets et ses avant-bras, et brillaient faiblement sous la lueur de l'aurore. Les écailles tintèrent en s'entrechoquant lorsque l'inconnu joignit les bras. Il ferma brièvement les yeux, puis apposa les mains sur la porte. Une onde parcourut le bois et un bruit métallique retentit derrière le battant. Poussée avec douceur, la porte s'ouvrit dans un grincement.

L'intrus s'autorisa un léger sourire et resserra son manteau autour de ses épaules, avant d'essayer de percer l'obscurité. Il fronça les narines. L'humidité devait régner sur les lieux depuis un bon millier d'années pour parvenir à dégager une telle odeur, et des gouttes d'eau résonnaient au loin. La moisissure s'était réfugiée au creux des murs. Aux aguets, attentif à ne pas émettre le moindre son, l'inconnu passa sous la voûte de pierre pour pénétrer dans le couloir sombre. Il ferma le poing. Une lumière blanche frémit sur ses doigts, et le corridor fut subitement baigné dans une lueur pareille à la clarté lunaire.

Nimbé par la lumière qu'il venait de créer, l'étranger entreprit de fouiller le vieil édifice, furetant dans chaque creux, examinant les chambres souterraines abandonnées depuis des lustres. Des salles voûtées et des pièces vides, semblables aux tunnels d'un terrier démesuré, s'étendaient dans toutes les directions à mesure qu'il s'enfonçait dans le château rongé par l'humidité et la moisissure. Le mobilier gisait sur le sol ; les tentures avaient été arrachées et abandonnées à la merci de la pourriture, des coffres avaient été fracassés contre les murs et s'étaient figés dans des postures inquiétantes. Dans les quartiers des soldats, des bancs et des tables avaient été empilés devant les portes qui avaient volé en éclats. Des épées rouillées se dissimulaient sous les débris.

Pendant des heures, l'homme encapuchonné explora le château froid sans rien trouver hormis ruine et ténèbres. Dans une petite salle souterraine, il s'empara d'une chaise qui semblait moins mal en point que les autres et accorda un instant de repos à ses pieds endoloris. Il commençait à fatiguer sous l'effort qu'il devait fournir pour maintenir son sortilège de lumière, mais il savait que les entrailles du vieux château dissimulaient quelque secret. Distraitement, il ramassa l'un des débris et le tourna entre ses doigts, avant de le lancer par dépit à l'autre bout de la pièce. À sa grande surprise, le morceau de pierre passa au travers d'une tapisserie effilochée et disparut, renvoyant un écho lointain dans sa chute. L'homme resserra le poing et une lumière renouvelée perça l'obscurité. Il arracha fébrilement la tapisserie de ses crochets rouillés et la jeta sur le sol. Dissimulé par le tissu, un escalier descendait en spirale dans l'obscurité la plus épaisse. Dévoré de curiosité, il dévala les marches, l'écho de ses pas résonnant dans l'espace exigu.

L'escalier s'interrompit brusquement à l'angle d'un long couloir. Des appliques qui soutenaient de longues torches dépassaient des niches pratiquées dans l'épaisseur des murs. L'homme se dirigea vers la plus proche et palpa la mèche imbibée d'huile. Elle était assez sèche pour s'enflammer, il fit donc claquer ses doigts au-dessus de la torche. Des étincelles fusèrent de ses doigts et envoyèrent une langue de feu contre le mur.

Après avoir mis fin à son sortilège de lumière, il progressa le long du couloir en allumant les torches sur son passage, et ne tarda pas à découvrir une porte monumentale, profondément enfoncée dans la maçonnerie, maintenue par des gonds épais et un verrou qui semblait soudé au métal environnant. Les yeux fermés, l'homme passa une main sur le bois, occupé à réfléchir au sortilège approprié, mais lorsqu'il projeta une onde de magie sur le battant, celui-ci ne bougea pas d'un pouce. Irrité, il fit une nouvelle tentative et l'air vibra quand il envoya un autre sortilège contre le bois. Sans succès. Il frotta son menton mal rasé et prit un instant pour réfléchir en rajustant l'écharpe rouge autour de son cou. Soudain, un bruit sourd résonna sous ses pieds. Les torches frémirent. L'homme tira son épée de son fourreau dans un geste lent et mesuré, tandis que des grains de poussière se détachaient du plafond. Quelque chose attira son regard, et il plissa les yeux. Les flammes s'étaient inclinées et s'écartaient du mur, comme mues par un courant d'air puissant. Il écouta et observa attentivement, prêt à tout. Rien ne se produisit, et le silence retomba sur le château.

Dépité, l'étranger tourna les talons et rengaina son épée dans un lourd bruit métallique. Il gravit l'escalier, tourna à gauche, à droite, de nouveau à gauche, monta une autre volée de marches, revenant sur ses pas. Brusquement, il se retrouva dans la neige et le soleil étincelant du matin lui poignarda les yeux. Il referma la porte à la volée et fit quelques pas dans la lumière aveuglante et glacée.

— Mmh, marmonna l'inconnu encapuchonné, perdu dans ses pensées.

Il se pencha pour ramasser une poignée de neige et l'effrita entre ses doigts pour les débarrasser de la poussière du château. Alors qu'il se courbait pour recommencer, une ombre passa au-dessus de lui en silence, forme éphémère obscurcissant la neige. L'homme soupira et se redressa, se débarrassa de son manteau et tira son épée d'un geste ample. Faisant tourner le pommeau dans sa main droite, il promena un regard impassible sur le paysage immobile. L'acier reflétait la lumière du soleil.

— Avec les dragons, pas moyen de passer une journée tranquille, releva l'étranger à voix basse en parcourant l'horizon du regard.

Un rugissement perçant résonna au-dessus de sa tête et il plongea sur le côté, esquivant une forme imposante qui atterrit avec fracas dans une gerbe de neige. L'homme se remit sur ses pieds et balaya la poudre blanche de son armure avec un dédain affiché. Il leva les yeux. Un grognement émergea de la brume blafarde, suivi par une hideuse tête bleue. La créature s'ébroua en remuant les cornes puis déploya des ailes décharnées d'une teinte turquoise. Une arête de piquants acérés courait sur son dos, depuis la tête jusqu'au bout de sa queue reptilienne. Les griffes du monstre raclaient la neige, recourbées comme celles d'un chat et aussi tranchantes que des rasoirs ; ses yeux avaient la noirceur insondable de l'obsidienne. Le wyrm poussa un rugissement aussi assourdissant qu'un cor de guerre puis fit un pas en avant, sifflant vers l'intrus et hérissant ses écailles d'aigue-marine.

L'inconnu n'avait plus vu un dragon aussi grand à l'état sauvage depuis longtemps, et bien qu'il fût encore jeune, le wyrm le dominait de toute sa hauteur. La créature dégageait une odeur musquée, reptilienne, mêlée à des relents de viande faisandée. L'étranger entreprit de contourner la créature, sa lame brandie à bout de bras.

— Va-t'en, ou ça va mal se terminer pour toi, annonça l'homme sur un ton mesuré, sans cesser de décrire une courbe à travers la neige.

Le dragon mugit, visiblement incapable de comprendre, puis martela le sol de ses pattes musclées à la manière d'un taureau impatient d'en découdre. Il poussa un nouveau rugissement strident qui fit atterrir un filet de bave fétide sur le visage de l'intrus.

Ce dernier grimaça et retira le flegme grotesque étalé sur son front et sa joue, sans quitter des yeux le dragon qui grondait toujours.

— Je dois prendre ça pour un non ?

Sans lui laisser le loisir de terminer sa phrase, la bête chargea à une allure vertigineuse.

Mais l'inconnu était prêt. Il planta aussitôt un genou en terre et plongea son épée dans le sol enneigé ; la lame s'enfonça avec un raclement étouffé. Une barrière magique impénétrable fusa à travers la neige et fit trembler le sol sur son passage. L'onde de choc percuta le terrible reptile, qui recula et émit une plainte sourde, presque déçue. L'homme bondit vers la créature étourdie et abattit son épée. La lame creusa une longue entaille à travers son dos écailleux, et un sang bleuté éclaboussa la neige.

La queue de la bête surgit en un arc de cercle fulgurant et heurta de plein fouet le torse de l'étranger. Il vola vers une congère proche et atterrit dans un beau fracas métallique. Des étoiles dansèrent devant ses yeux. Il grimaça et s'assit, le souffle coupé, mais le dragon affamé revint à la charge. La créature grognait, crachait, labourait la neige, enveloppant sa proie d'un mælström de coups de griffes acérées. L'homme faisait tournoyer son épée avec frénésie, dans l'espoir de dresser une barrière de métal devant la créature, mais une serre insidieuse glissa sur son armure et trouva un morceau de chair tendre entre les plaques de métal. Le visage crispé, il roula sur le côté et parvint à se soustraire aux longues griffes de la créature. Un sang écarlate se mêla à la neige boueuse.

L'homme se releva à la hâte et frappa violemment ses canons d'avant-bras l'un contre l'autre. Une déflagration fit trembler l'air froid. Une boule de feu heurta la poitrine du wyrm, qui chancela. La bête affamée rugit de douleur et secoua furieusement les piquants de son dos dans l'espoir de repousser l'étranger, mais la fin était proche. L'inconnu se mit à courir, évita un nouveau coup de queue ; une lueur descendit de son avant-bras vers l'épée tachée de bleu, qui s'enflamma. Sans interrompre sa course, il lança à deux mains l'arme incandescente vers sa cible. Aussi implacable que la foudre, la lame s'enfonça jusqu'à la garde dans la cage thoracique du dragon dans une détonation et une langue de feu aveuglante. La bête exhala une plainte funeste, la dernière, avant de s'effondrer contre un tronc dans un vacarme effroyable, sous une pluie d'aiguilles de pin.

Pantelant, l'homme essuya la neige de son visage et se dirigea d'un pas lent vers la bête pour récupérer la lame d'entre les côtes de la carcasse fumante. Il porta une main à ses propres côtes et grimaça au contact du sang qui suintait de la longue entaille. Il récupéra son manteau froid, soupira et commença à rebrousser chemin, en suivant ses traces en sens inverse.

chapitre 2

« L'Hiver sans Fin s'installa au fil de la longue guerre contre les Siréniens. La chaleur nous fut dérobée, jour après jour, et le soleil perdit son ardeur ; enfin, en l'an soixante-seize de ce siècle, nous vîmes l'ultime été. Les tempêtes de neige prirent forme et les champs de glace s'étendirent, rampèrent vers le sud jusqu'à menacer de recouvrir le Nelska ; depuis la fin de la guerre, notre climat est demeuré froid et mordant, et les fières montagnes d'Össfen sont recouvertes par les neiges éternelles. »
Écrits découverts dans les bibliothèques d'Arfell

L'étranger encapuchonné marcha sans répit vers le sud, traversant champs, forêts, vallons et cours d'eau. Au deuxième jour, il s'arrêta au sommet d'un tertre boueux et reprit son souffle. Dans le creux de la vallée se trouvait Leath, un petit village accroché à un rocher escarpé à l'aplomb d'une rivière aux reflets métalliques et de champs détrempés. Il plissa les yeux à la vue du petit bourg. Les habitants, d'une nature méfiante, craignaient les étrangers, et les personnes comme lui en particulier. Ces gens-là étaient superstitieux, et mis à part leur ferme et le fond de leur chope, rien ne semblait les intéresser. Comme à son habitude, l'homme encapuchonné décida de rester à l'écart du village pour emprunter la route sinueuse qui retournait vers l'abbaye de l'Arche. D'un bond, il enjamba des rocs de schiste et manqua de tomber sur la pierre glissante, puis entreprit de contourner le village par l'ouest, en prenant soin de passer par les bosquets et les sentiers les plus sauvages.

Quelques heures plus tard, l'homme foulait le sol riche de la forêt de Durn, un bois ombreux au sud de Leath où les villageois évitaient de s'aventurer. Selon la rumeur, un vampyre féroce vivait parmi les arbres menaçants et se nourrissait du sang de toute âme d'Albion qui se risquerait à pénétrer sur ses terres. De toute évidence, l'étranger ne prêtait aucun crédit à ces superstitions et, pour l'heure, il préférait réserver son attention à la forêt encore profondément plongée dans les affres de l'hiver. Le souffle d'un vent léger, un murmure de branches et des grincements d'écorce semblaient donner vie aux arbres. Des animaux détalèrent à travers le sous-bois glacé. Le chant d'un oiseau retentit au loin. L'étranger poursuivit sa route.

L'homme encapuchonné approchait de son but ; il avisa un étroit sentier qui serpentait entre les buissons et les pins. Les aiguilles brunies crissaient sous ses pas tandis qu'il cherchait son chemin sous les branches et évitait les rochers. Un instant plus tard, il entrevit la lumière qui filtrait à travers une trouée au loin, et marcha vers elle en prenant garde à ne pas perdre le sentier presque invisible qui courait dans les sous-bois. Soudain, les arbres s'écartèrent, révélant une étroite clairière et une haute construction en briques dissimulée toute entière par la forêt ; l'une des nombreuses abbayes de l'Arche érigées à travers les contrées d'Albion et d'Emaneska. Un filet de fumée s'échappait des fenêtres de la cuisine, et les sons qui résonnaient sur le sol gelé évoquaient la coupe du bois et les diverses tâches quotidiennes de l'abbaye. Le haut clocher émergeait de la cime des arbres, et ses épais murs de granit étaient parsemés de fenêtres vitrées et de balcons. La cloche était silencieuse depuis plus de dix ans, et l'homme ne parvint pas à se souvenir du jour où il avait entendu son timbre grave pour la dernière fois. Des ouvriers et d'autres occupants de l'abbaye s'affairaient dans les jardins en respirant l'air vif. Traversant le gazon devant l'entrée, l'homme salua quelques visages familiers. L'herbe froide était glissante sous ses pieds ; elle semblait bien entretenue, coupée à ras quoique légèrement brunie. À droite, quelques ruches apparaissaient entre les arbres, assoupies et silencieuses. Une sensation de calme flottait dans la brise froide. À l'aide de sa lance, un soldat en armure posté près de la porte salua le nouveau venu sans lui jeter un regard.

L'homme traversa l'arche et sentit sur sa peau froide la chaleur de la bâtisse qui débordait de vie. Il se frictionna les mains, fit tomber la boue et la neige de ses bottes et tendit l'oreille aux sons des activités de l'abbaye, qui se répercutaient sur les murs de pierre. Avec un soupir fatigué, il emprunta quelques volées de marches et, au détour d'un couloir, trouva une simple porte en chêne. Il l'ouvrit d'une bourrade énergique.

Sous l'effet de la surprise, une jeune femme sursauta, lâcha le paquet de tuniques qu'elle tenait et porta une main à sa poitrine.

— Ah ! Farden, c'est toi !

Elle agita la main à la manière d'un éventail.

— Eh oui, toujours le même.

L'homme rejeta son capuchon en arrière et sourit à la jeune femme. Élessi était sa servante et d'une certaine manière, une amie, car elle avait fait bien plus que le soutenir depuis des années. Elle semblait toujours afficher un sourire angélique ou une moue contrariée, et ses yeux d'un brun intense étaient écarquillés en permanence, comme si on venait de lui offrir les détails les plus juteux d'un ragot particulièrement excitant. Farden n'aurait jamais voulu l'admettre, mais Élessi, avec son obstination, l'avait remis sur le droit chemin plus d'une fois ces dernières années.

Après avoir balayé d'un souffle les mèches de cheveux châtains qui retombaient sur ses joues rondes et empourprées, la servante commença à récupérer les vêtements sur le sol.

— Tu aurais pu frapper, dit-elle, agitée.

— À ma propre porte ? Tu ne devrais pas fouiller par ici.

Farden lui lança un rapide sourire pour faire fondre son regard glacial. Il jeta son manteau sur le lit étroit et s'assit sur le rebord de la fenêtre pour observer les arbres qui frissonnaient à l'extérieur.

— Les dieux seuls savent combien il faut vous garder à l'œil, vous et votre magie ! Où étais-tu cette fois ? Oh, c'est du sang sur ton côté ?

L'inquiétude creusa instantanément son visage tandis qu'elle se précipitait vers la fenêtre.

Farden baissa les yeux sur l'estafilade que le dragon lui avait laissée sur le flanc droit, et qu'il avait recouverte d'un pansement de fortune. Il repoussa Élessi, qui cherchait à inspecter les dégâts.

— Ne t'en fais pas pour ça, tu sais que ça va guérir… Élessi, calme-toi, tout va bien !

Il la repoussa gentiment et recouvrit la blessure avec un lambeau de sa tunique.

— Alors, qu'est-ce que c'était cette fois ? Encore un minotaure ? C'était un brigand, mais bien sûr !

Élessi se planta devant lui, les mains sur les hanches, comme une mère en train de sermonner son fils. Farden posa les yeux sur elle.

— Élessi, nous nous connaissons depuis longtemps et tu m'as déjà vu guérir de blessures plus graves, remarqua-t-il.

Elle se contenta de hausser les sourcils. Il s'étira, et le mouvement le fit grimacer.

— Demain, ce sera oublié, dit-il avant de fermer les yeux et de s'appuyer contre la pierre pour clore le sujet. C'était un dragon sauvage. Ils sont attirés par la magie.

— Eh bien, peu importe ce que c'était, ça ne me dit rien qui vaille. Laisse-moi au moins poser un cataplasme pour aspirer le poison, on ne sait jamais, exigea Élessi. Tu n'es pas indestructible, Farden, et les dieux seuls savent combien de fois je te l'ai dit, comme sa Seigneurie dans le clocher !

— Mille fois, au moins, marmonna Farden en prêtant l'oreille aux bruissements affairés de la jeune femme.

Elle se dirigea vers un cruchon d'eau proche et ramena un chiffon humide. Avec des gestes délicats, elle entreprit de tamponner le sang coagulé sur les côtes de Farden, qui serra les dents. Il y eut un moment de silence.

— Parfois, j'ai l'impression que tu aimes te jeter au-devant du danger, dit-elle.

Farden ne répondit pas. Il se contenta de rouvrir les yeux et de poser le regard sur les arbres nus qui s'agitaient au-dehors. Les mains de la jeune femme étaient froides, comme l'eau, mais la sensation était agréable sur sa peau enflammée, sèche et poussiéreuse après la longue marche vers le sud. Il sentit les mains de la jeune femme errer vers son dos et le silence devint légèrement embarrassant. Le mage se retourna et agrippa vivement son poignet.

— Combien de fois devrai-je te le dire ? demanda Farden d'une voix basse, sur un ton sévère.

Il fixa ses yeux noisette, et avec lenteur et délicatesse, relâcha son bras.

Élessi parut troublée.

— Je suis désolée, je voulais seulement reg…, commença-t-elle, mais Farden l'interrompit d'une main levée.

Il reposa sa tête contre le mur et ferma les paupières.

— Ça suffit.

La servante recula. Elle ramassa le manteau et quelques autres vêtements, puis se tourna pour partir.

— Durnus t'attend là-haut, dit-elle.

Farden acquiesça et entendit le loquet cliqueter quand la porte se referma. Dans un soupir, il porta le chiffon humide à ses côtes. Élessi était une âme généreuse et s'occupait bien de lui, mais sa curiosité était dangereuse. La garder ainsi à distance pouvait sembler dur, mais c'était un mal nécessaire, et ses sentiments devaient être sacrifiés au bénéfice de sa sécurité. Il existait certaines règles, et bien qu'elle soit son amie, les règles et l'Arche prenait le pas sur tout le reste. Être traité avec respect n'en restait pas moins un changement agréable face aux réticences et à la crainte que la plupart des habitants d'Albion lui réservaient. Le plus souvent, on le traitait ici avec une négligence passive, réservée à celui qui apporte le malheur à défaut de bonnes augures ; on lui jetait un regard mélancolique au même titre qu'à un soldat étranger de passage, solitaire. En vérité, Farden n'appréciait pas les gens. Les gens étaient grossiers, ignorants, oublieux de la marche du monde réel et de ses rouages ; ils se comportaient comme une colonie de fourmis.

Il grommela et gratta son dos et son flanc à vif. Ses canons d'avant-bras lui parurent soudain pesants, et il sentit une lassitude insidieuse chercher à s'emparer de lui. Pourtant, il se dirigea vers la porte d'un pas résolu. Le moment était venu de rendre visite à Durnus.

Installé devant la cheminée, un vieil homme frêle tournait le dos à la porte. Il observait les flammes lécher les bûches, qui craquaient et crépitaient en se consumant. Des étoffes lourdes et épaisses étaient tendues devant les fenêtres, plongeant la vaste pièce dans une obscurité chargée d'ombres vacillantes. Des chandelles étaient disposées sur le sol et ponctuaient les murs, juchées dans leur bougeoir sur de hautes piles de livres.

Une carte d'Albion couvrait le mur opposé et représentait les lointaines côtes du Nelska ainsi que les cités d'Halôrn, dans les falaises du sud-est. Farden referma la porte derrière lui, parfaitement silencieux. Ses pieds nus foulèrent le sol de pierre en direction du vieil homme assis dans son fauteuil.

— Tu as pris ton temps, commenta le vieil homme d'une voix râpeuse.

Farden tressaillit. Épuisé par son voyage, il rit de bon cœur et s'avança vers un siège vide au coin du feu.

— Par tous les dieux, Durnus, comment fais-tu?

L'homme en face de lui répondit par un gloussement léger, à peine plus qu'un murmure, et se fendit d'un large rictus qui dévoila des crocs acérés. Farden se laissa tomber dans le fauteuil accueillant et soupira, sans pouvoir réprimer une grimace lorsque sa tunique glissa sur sa blessure.

— Souviens-toi, mon ouïe rivalise avec celle d'une chauve-souris, et tu as le pas aussi léger qu'un cheval de trait.

Durnus gloussa encore et remua les bûches à l'aide d'un long tisonnier.

— Le soleil n'est pas encore couché, je suppose ?

Farden acquiesça en silence, et plongea son regard dans le feu. Le vénérable personnage assis dans le fauteuil à côté de lui était l'un de ses plus anciens amis ; en matière d'histoire, il pouvait se targuer de posséder l'un des esprits les plus aiguisés de toute Emaneska. Les yeux de Durnus étaient d'un bleu si pâle qu'ils tiraient vers le blanc, et sa peau, fine et blanche, était semblable à un parchemin tendu sur une fine armature. Ses traits étaient durs, osseux, et ses cheveux grisonnants étaient balayés en arrière, coupés à hauteur d'épaule et arrangés en boucles nettes derrière ses oreilles pointues. Lorsqu'il riait, ses crocs pointaient entre des lèvres fines. Farden s'était souvent demandé quel âge il avait en réalité.

— Bien.

Le vampyre s'enfonça à nouveau dans son fauteuil et ferma les yeux.

— Fais-moi ton rapport, murmura-t-il.

Farden s'exécuta de bonne grâce, se remémorant chaque détail de son voyage à Carn Breagh, depuis l'étrange couloir dans les entrailles du château jusqu'à son combat contre le wyrm sauvage. Le vampyre se contentait d'opiner et d'appuyer par un murmure les informations pertinentes ; de temps à autre, il se raclait la gorge ou passait une main frêle sur son menton saillant. Lorsque Farden eut terminé son récit, Durnus rouvrit les paupières.

— J'enverrai un compte-rendu détaillé à la Cathédrale de l'Arche demain matin, mais Carn Breagh peut attendre. Quelque chose de terrible s'est produit à Arfell, annonça-t-il avec une mine grave.

Farden parut décontenancé.

— La bibliothèque ?

— Celle-là même. Un faucon est arrivé de Krauslung ce matin, relayant les nouvelles les plus sombres depuis bien longtemps.

Il fit une pause pour se ménager un effet dramatique. Farden savait que le vieux vampyre se délectait de mystère et d'intrigue, il se résolut donc à attendre. Le vampyre poursuivit :

— Il y a deux nuits d'ici, quelqu'un s'est introduit dans la bibliothèque et a tué cinq des Sages de sang-froid. La nuit était bien avancée et personne n'a vu ni entendu quoi que ce soit. Deux des savants ont été retrouvés carbonisés. Il semblerait qu'un objet de grande valeur, un livre, soit le seul objet disparu.

Durnus croisa les jambes et pianota sur l'accoudoir du siège. Farden prit le temps d'assimiler l'information.

— Je vois. Et ce livre, qu'est-ce que c'était ?

— Personne ne le sait. Ce jour-là, une missive était arrivée à la Cathédrale de l'Arche, dans laquelle les savants annonçaient avoir découvert un ouvrage dans leur collection, un puissant grimoire sirénien que nous avions emporté durant la guerre, il y a bien des années. Les Sages venaient d'en commencer l'étude, mais ils ont requis l'aide des Archimages et les ont sommé de se rendre à Arfell pour aider à la traduction.

Durnus se pencha en avant.

— Ce livre devait être vraiment particulier pour nécessiter la présence des Archimages, observa Farden.

— Exactement. Le message est parvenu au Conseil, et avant qu'Åddren ou Helyard ait pu se mettre en route, les Sages avaient été tués et le livre dérobé. Et permets-moi de te le dire, à en croire mes informations, un tumulte sans nom règne à la Cathédrale de l'Arche. Helyard passe sa colère sur tout le monde, particulièrement sur les Siréniens, et le seigneur Vice a envoyé un détachement de ses gardes dans les montagnes au cas où l'assassin reviendrait, dit Durnus, les yeux écarquillés par l'excitation.

— Et qu'est-ce qu'il contient, le grimoire ? Pourquoi est-il si puissant ?

— Là encore, personne n'en a la moindre idée. Le faucon envoyé par la bibliothèque n'apportait pas grand-chose d'explicite. Tu connais les vieillards d'Arfell, ils cultivent l'intrigue et le secret. Selon le message, le grimoire est en bon état, verrouillé, et de la plus haute importance. Il serait petit, recouvert d'écailles de dragon noires, et serait protégé par un sceau doré, doublé d'un puissant sortilège impossible à briser sans le talent des Archimages. Ils ont supposé qu'il était sirénien, peut-être plus ancien encore, et qu'il pouvait contenir une puissance magique formidable. Voilà où nous en sommes.

— Ça m'a tout l'air dangereux, remarqua Farden.

Il se leva et raviva le feu mourant avec de nouvelles bûches et une flammèche qu'il fit naître entre ses doigts. Durnus, absorbé dans sa réflexion, passa le bout de sa langue sur un de ses crocs.

— En effet.

Farden savait que son ami avait une théorie, mais il attendait qu'on l'interroge. Il patienta donc avec un sourire.

— À quoi penses-tu ?

Durnus se pencha encore davantage en avant, faisant gémir les montants de son siège.

— Voici l'une des explications que je peux avancer : les Siréniens ont un espion au Conseil. Après tout, c'est à eux que nous avons volé le grimoire, il serait logique de penser qu'ils veulent le récupérer.

— L'idée est intéressante, mais nous ne pouvons pas écarter l'hypothèse que le voleur n'ait aucun rapport avec les guerriers dragons. La guerre est terminée depuis quinze ans et le cessez-le-feu n'a jamais été rompu, pourquoi voudraient-ils prendre ce risque pour récupérer un simple livre ?

— Tout dépend de ce que ses pages renferment. Mais qui d'autre, mon ami ? Contrairement à nous, le Skölgard ne voue aucun intérêt à l'étude de la magie, et je ne vois pas comment leurs sorciers auraient eu vent de l'existence de ce grimoire. Nous-mêmes n'en avons été informés qu'il y a quelques jours. Si ce livre est aussi puissant qu'on le suppose, alors les magiciens siréniens n'hésiteront pas à compromettre le cessez-le-feu pour poser à nouveau leurs mains écailleuses sur le grimoire.

Les paroles de Durnus avaient des accents de vérité, mais ne parvenaient pas à convaincre Farden. Il sentait une faille dans le raisonnement de son ami, sans pouvoir en cerner la nature. Le vieux vampyre reprit la parole :

— Les Archimages ont ordonné que tu partes à la recherche d'un certain Jergan, dans le sud d'Albion. D'après mes recherches, il pourrait connaître la nature du grimoire et avoir une idée de l'identité du voleur.

— Qui est ce Jergan ?

— Apparemment, il avait rejoint le cercle des Sages, et vivait à Arfell avant la guerre. Il se peut qu'il ait eu connaissance du livre, lorsqu'il vivait avec les guerriers dragons.

— Jergan a travaillé avec les Siréniens ?

Durnus fit la grimace.

— Il est sirénien. Il est retourné en Nelska et a étudié à Hjaussfen avant que la guerre n'éclate. Mais il y a dix ans, il aurait été attaqué par un lycan dans les champs de glace avant de fuir en Albion, où il aurait vécu dans les montagnes au nord, victime de la malédiction du loup. On vient de m'informer qu'il s'était installé dans les collines de Dornoch, au sud, et qu'il vivait en reclus depuis un an sur les landes. Les paysans du coin auraient perdu plus d'un mouton, à ce que j'ai entendu.

Il s'interrompit un instant.

— Un lycan… rien que d'y penser, j'en suis malade. Eurk !

Pour appuyer son commentaire, Durnus frissonna. Farden sourit, distrait. La présence d'un lycan en Albion lui semblait préoccupante.

— Quand dois-je partir ? s'enquit-il, avant de se lever pour s'étirer.

Plus il s'efforçait de se remuer pour rester éveillé, plus la fatigue l'envahissait, sournoise. Les effets du sortilège qu'il avait jeté le jour précédent pour résister à l'épuisement et continuer d'avancer s'estompaient.

Le vampyre remua un doigt sentencieux.

— Ce soir, Farden, tu dors, et sans discussion. Tu disposes de tout le temps nécessaire pour une bonne nuit de repos. L'Arche ne risque pas de s'effondrer en une nuit, le morigéna Durnus.

— Tant que leur or est sauf, je pense que nous n'avons rien à craindre, murmura Farden, et le vampyre s'esclaffa.

— La politique, Farden ! La politique et les règles. C'est tout ce qui leur importe. Les gens comme nous évoluent en marge des évènements, là où se joue l'essentiel. Vois-tu, je ne nous imagine pas cloîtrés dans une salle à débattre des facettes les plus subtiles de la civilisation.

Le mage opina. Il erra dans les appartements du vampyre et feuilleta quelques livres et parchemins intrigants.

— Alors, ça ne te manque jamais ? demanda-t-il.

Durnus lui jeta un regard perplexe.

— La ville ?

— Être au cœur des évènements.

Durnus secoua la tête.

— Non. J'ai supposé que c'était l'une des raisons pour lesquelles tu es venu ici, Farden, tout comme moi : pour te tenir à l'écart des influences, des rumeurs et de la politique.

Farden marmonna quelque chose d'inaudible en s'emparant d'un autre livre.

— Je le sais bien, dit-il à haute voix.

Durnus dévisagea le mage exténué.

— Qu'est-ce qui ne va pas ?

Le mage secoua la tête avec lassitude et parvint à esquisser un sourire.

— Je vais bien, n'aie crainte.

Le vampyre acquiesça et sourit, ses crocs pointant entre ses lèvres d'un blanc crayeux.

— Un peu de vin ? proposa-t-il, avant de désigner un guéridon dans un coin de la pièce.

Une bouteille ouvragée de couleur verte, remplie d'un liquide sombre, se trouvait sur la table, assortie de deux verres. Farden s'empara de la bouteille et en dégagea le bouchon de bois, puis renifla prudemment le contenu.

— Du moment que ce n'est pas le sang d'un pauvre bougre des environs, avec plaisir, dit-il en dévisageant son ami avec méfiance.

Durnus se contenta de rire et montra le siège, conviant Farden à s'asseoir. Celui-ci s'exécuta.

Malgré son épuisement, le mage resta terré dans les appartements de Durnus durant le reste de la soirée ; à mesure que leur langue se déliait, ils parlèrent de guerre, de paix, de meurtres et de magie, non sans faire descendre les paroles à grands renforts de vin. Après un moment, comme la nuit tirait vers le petit matin, Farden quitta finalement les appartements du vampyre. Sa tête tournait sous l'effet de la fatigue et de leur longue conversation. Il sentait qu'il commençait à se laisser entraîner par un flot de pensées qui lui déplaisaient au plus haut point.

Le mage erra dans les couloirs sombres de l'abbaye de l'Arche, et s'efforça de se calmer.

Lorsque Farden s'allongea sur son lit froid, les pensées commencèrent à virevolter dans sa tête comme des insectes autour d'une chandelle, le doute et l'incertitude s'insinuant dans son demi-sommeil. Étouffé par les ténèbres de sa chambre, il se retourna encore et encore, puis, de frustration, finit par abattre son poing sur l'oreiller.

Le mage se leva et tituba sur le sol de pierre, avant de buter sur son bac de voyage. Il fouilla ses affaires un instant et dénicha ce qu'il cherchait. En silence, il alla verrouiller la porte et commença à défroisser un paquet d'écorces tressées. Il s'interrompit un instant pour écouter les bruits de la nuit, puis déposa un petit peu du contenu du paquet sur sa langue. Farden se dirigea vers le rebord de la fenêtre et resta debout, à observer la forêt obscure au-dehors. Il ferma les yeux, commença à mâcher, puis patienta. Enfin, le mage sentit l'engourdissement familier grimper au long de sa colonne vertébrale, et la substance prendre un goût aigre dans sa bouche. Farden cracha, puis écouta les pensées sombres, indistinctes, s'estomper progressivement, sombrer peu à peu dans l'oubli. Tant qu'il était encore maître de ses mouvements, il attrapa un chandelier tout proche et enfonça le paquet dans le creux à sa base. Il reposa le chandelier sur la table de nuit avec un bruit sourd et laissa son monde se liquéfier peu à peu. Sous l'effet de la drogue, sa respiration ralentit, sa tête devint lourde et commença à tourner. Farden retomba sur son lit dans un bruit étouffé et laissa le sommeil le prendre en otage ; ses problèmes, enfin, s'évanouissaient.

❦

Le mage était dans un désert. Il n'avait probablement jamais vu de désert, mais cette idée ne l'effleura même pas ; il se trouvait pourtant bien au milieu d'un désert, et leva les mains pour sentir les rayons chauds de l'étrange soleil rouge danser sur sa peau. Il ne portait que son pantalon et ses canons d'avant-bras rouge et or ; ses pieds étaient nus. La terre poussiéreuse et craquelée tremblait et frémissait dans la chaleur. Des galets flottaient alentour, d'un côté puis de l'autre, et essayaient de se dérober à sa vue. Au loin, l'horizon mouvant était obscurci par d'immenses montagnes noires qui éraflaient les cieux. Farden regarda en l'air, autour de lui, dans toutes les directions ; il n'avait jamais vu un ciel si grand, si massif, si vide et si bleu.

Il sentit quelque chose lui griffer la jambe et baissa les yeux pour trouver un chat noir, maigre, qui s'agrippait à lui avec impatience. La chose miaula à son intention et bâilla, les mâchoires béantes, d'un bâillement trop grand pour un chat si petit, pensa Farden, et il regarda l'animal, l'observa gratter derechef. Le chat fixa sur lui un regard d'obsidienne, des yeux semblables à deux miroirs aux secrets insondables, puis inclina la tête sur le côté.

— Qu'est-ce que tu me veux ? lança Farden.

Alors, tout doucement d'abord, il perçut la sensation qui traversait sa peau, un fourmillement, un frisson, puis des élancements fugaces le long de ses bras, comme s'ils étaient restés engourdis trop longtemps. Confus, Farden baissa les yeux pour voir de fins copeaux de chair brûlante se détacher de ses mains et de ses poignets, en abondance ; ses bras et son torse commencèrent à brunir, noircir, puis les veines et les artères sous la peau fondirent en rivières de feu. Sous ses yeux, ses canons se craquelèrent et volèrent en éclats, tombèrent sur le sol poussiéreux dans un tintement sourd qui se réverbéra et rugit, se mua en concert insoutenable, assaillit ses oreilles, comme si les montagnes se traînaient vers lui, convergeaient vers lui, toujours plus proches. Il porta les mains à son visage et sentit l'os calciné, et observa les lambeaux de chair en flammes emplir l'air comme une nuée de sauterelles dans le vent soudain et ardent. Farden ouvrit la bouche pour crier mais sa langue était trop sèche, elle gisait, inutile, se consumant entre ses dents noircies. Avant que ses yeux ne disparaissent, brûlés à leur tour, il posa son regard sur le chat. Ce dernier l'observait d'un air placide, ennuyé, et un sourire parut flotter sur sa bouche minuscule. Le mage entendit une voix s'élever clairement au-dessus du rugissement du feu et du vent.

Suis les dragons.

Puis le vent l'engloutit.

❦

La lumière du soleil se déversait à travers la fenêtre ouverte, transperçant les paupières du mage à la manière d'une lance dorée, qui traversa son crâne de part en part dans un éclair de douleur. Farden jura avec mauvaise humeur et se hissa hors du lit. Les restes d'un rêve tournoyaient autour de lui et s'estompaient dans la lumière du matin. Bientôt, un coup sur la porte annonça l'arrivée d'Élessi, qui entra dans la chambre, une coupe en bois remplie et un bol de porridge maison à la main.

— Quelle belle journée ! annonça-t-elle avec un sourire rayonnant, à l'exact opposé de l'humeur de Farden.

— Ah oui ?

Farden toussa et s'efforça de paraître éveillé en repoussant les effets de la veille. Il s'empara de la première chemise qui se trouvait à sa portée et l'enfila pour couvrir sa blessure. Élessi déposa le petit-déjeuner sur une table dans le coin de la pièce et commença à préparer des vêtements pour le voyage. Farden s'approcha furtivement de la table et renifla. Du jus de pomme. Il l'engloutit en une lampée et attrapa une cuillérée de porridge. Il parvint à avaler une bouchée avant de se sentir nauséeux.

— Bien dormi ? s'enquit Élessi, occupée à nettoyer une pièce de son armure.

L'épée usée du mage était posée sur le lit. Las, il sortit la lame de son fourreau et examina le tranchant parcouru d'encoches, marqué par de nombreux affrontements.

— J'ai besoin d'une nouvelle épée, dit-il d'un air absent, avant de tourner son attention vers la servante qui s'activait dans sa chambre. J'ai bien dormi, merci. Durnus et moi avons discuté longtemps cette nuit. Est-ce qu'il est debout, ou dois-je aller le réveiller ?

— À ce qu'on dit, il est parti chasser cette nuit, mais il devrait être dans sa chambre. Rien que d'imaginer ce qu'il a bien pu faire pendant ce temps-là, j'en ai la chair de poule !

Élessi fut parcourue d'un frisson.

— Il ne peut rien y faire, c'est dans sa nature. Et c'est bien utile pour garder les villageois à l'écart de la forêt.

Farden sourit faiblement de sa propre plaisanterie. Son crâne résonnait comme un tambour.

— Ton armure est nettoyée, et tu as un manteau propre et une tunique, juste là. Les nouvelles provisions sont dans ton havresac, comme d'habitude. Je sais bien que tu n'aimes pas fouiller dans les cuisines pour trouver de la nourriture, avec toutes les servantes, dit-elle en se préparant à partir.

Une fois devant la porte, elle hésita.

— Merci, Élessi, dit Farden en essayant d'avaler une nouvelle bouchée de son petit-déjeuner.

Elle sembla vouloir ajouter quelque chose, mais se ravisa et referma la porte.

Farden traîna un peu dans sa chambre, luttant pour se débarrasser de l'engourdissement provoqué la nuit dernière par la drogue, l'altéressence, et des vestiges étranges d'un rêve si réel qu'il aurait juré l'avoir vécu. Le mage frictionna sa peau froide et secoua lentement la tête.

Il sentait les effets secondaires émousser sa magie, aussi sûrement que l'alcool empêche de marcher droit. Farden prit un chiffon humide dans un bol d'eau tiède et tamponna la blessure sur son flanc. La guérison était satisfaisante, mais la zone était encore d'un rouge intense, à vif. Un jour de plus et tout serait terminé. L'espace d'un instant, ses doigts effleurèrent quelque chose dans son dos, puis il se tourna vers un miroir de bronze dans le coin de sa modeste chambre et observa son reflet.

Farden semblait exténué. Ses cheveux foncés, presque noirs, étaient dans un désordre encore plus marqué que d'habitude, et entre les mèches emmêlées qui tombaient sur son visage, il apercevait les anneaux sombres qui cernaient ses yeux gris-vert. Il passa une main sur son visage avec circonspection, tout en examinant le reste de son corps. Il sentit sous ses doigts des grains de poussière et une barbe de quelques jours, et cligna des yeux devant son alter ego de bronze avec l'espoir de le voir plus acceptable. Il était grand, un peu plus de six pieds et solidement bâti, la trentaine passée de quelques années. Personne d'autre que Farden n'aurait pu le savoir avec certitude. Ses bras et le reste de son corps étaient parcourus de marques sans nombre, laissées par l'épée et la magie, autant de tracés aléatoires et blanchâtres qui se croisaient tels les sillages d'un escargot sur sa peau déjà pâle. Un tatouage discret figurait sur chacun de ses poignets, un symbole noir et arrondi, traversé par une ligne d'écriture fine qui se dirigeait vers sa main en formant une sorte de clé. Il frotta les signes brièvement, avant d'enfiler ses avant-bras rouge et or pour les cacher à la vue. Les canons furent ensuite suivis d'une tunique brune de tissu grossier, et peu après, de son armure simple mais épaisse, formée de plaques d'acier. Proche de son corps, elle en épousait les formes, mais lui permettait de bondir et de se mouvoir comme un loup des montagnes en cas de besoin, contrairement aux armures intégrales plus épaisses et plus élaborées du Skölgard ou de Nelska. Farden enserra sa taille d'une robuste lanière de cuir couleur de rouille, avant d'attacher une autre plaque d'armure autour de ses cuisses et d'enfiler de lourdes bottes de rôdeur noires. Finalement, il revêtit un long manteau noir à capuchon et fixa son épée dans le fourreau accroché à son dos, avant de nouer l'écharpe rouge autour de son cou. Malgré sa migraine lancinante et son estomac mal en point, Farden laissa échapper un sourire singulier. Il était prêt à se remettre en route.

Le soldat encapuchonné ferma brutalement la porte de sa chambre et se rua au rez-de-chaussée, bousculant des commis de cuisine qui portaient des cruches de lait. Ils restèrent interloqués à la vue du personnage ténébreux qui disparaissait au bout du couloir, en marmonnant tout au plus quelques excuses. Farden entra dans la salle principale de l'abbaye, où se trouvait, dressé contre le mur au nord, un petit autel. Ses pas résonnaient bruyamment. Farden courba la tête et s'agenouilla brièvement devant la statue d'une femme à l'apparence redoutable qui, dans l'expectative, tendait une balance devant elle. Son regard de pierre dominait sévèrement la myriade de chandelles qui avaient été allumées sur son piédestal. Elle était Évernia, la déesse du pouvoir pour les Archans, gardienne de l'équilibre. Farden lui adressa une courte prière rituelle et déposa une petite pièce dans un récipient en pierre. Les anciens dieux n'intervenaient plus sur les terres d'Emaneska comme ils le faisaient naguère, mais il n'en était pas moins sage de rester en bon termes avec ces créatures capricieuses.

Durnus posa un genou en terre à côté de Farden et murmura quelque chose à la statue de pierre. Il finit sa prière et le silence s'installa un instant.

— Je ne te vois pas souvent rendre hommage aux dieux anciens, commenta-t-il d'une voix rauque.

Farden haussa les épaules.

— Ça me semble plus prudent de conserver leurs faveurs.

Le vampyre acquiesça.

— Très juste. As-tu passé une bonne nuit ?

Durnus lui-même semblait fatigué. Ses yeux étaient encore plus pâles que de coutume, et son large manteau à capuchon ne dissimulait en rien la fatigue embusquée en poches sous ses yeux.

— On me pose la question sans arrêt, comme si je ne dormais jamais !

Farden sourit, avant de reprendre :

— Eh bien, merci. J'imagine que toi, tu as passé une bonne nuit ? demanda-t-il en passant la main sur le sol de granit rugueux.

— Que les dieux maudissent ces servantes, elles ont une langue plus prompte que les crieurs de rues ! Si je pouvais, je jetterais un sort qui les rendrait muettes, sans exception ! Dois-je en déduire qu'Élessi t'en a parlé ?

Durnus jura puis se redressa en courbant l'échine devant la statue. Il fit volte-face et Farden le suivit jusqu'à une mince porte. Les épaisses tentures de toile se soulevaient sous l'effet d'un courant d'air glacé.

— Elle aime parler, c'est un fait, commenta Farden avec un sourire en coin.

Ils poursuivirent leur marche le long d'un couloir sombre. L'abbaye de l'Arche s'éveillait peu à peu. Les domestiques préparaient le petit-déjeuner destiné aux soldats encore endormis, et quelques scribes erraient dans les couloirs, occupés à se frotter les yeux et à bâiller.

— J'ai remarqué, en effet. Tu ne lui as rien dit au sujet des évènements d'Arfell, n'est-ce pas ?

Les yeux pâles de Durnus se plissèrent avec sévérité et il dévisagea son ami, les sourcils froncés.

Farden secoua la tête.

— Non. Je suis allé me coucher directement après avoir quitté tes appartements la nuit dernière. Je me suis à peine adressé à elle ce matin, quand elle m'a réveillé pour le petit-déjeuner. Je connais les règles, et a priori, vu la nature des évènements d'Arfell, je ne m'aviserais pas de propager la nouvelle, souligna-t-il.

— Bien, conclut Durnus.

Le vampyre prit un air satisfait et renifla impérieusement. Il se courba pour éviter un rayon de soleil éphémère qui tombait de l'une des hautes fenêtres et croisa ses mains gantées derrière son dos. Ensemble, ils cheminèrent lentement, en silence ; puis le vampyre prit à nouveau la parole.

— Tu sembles fatigué, Farden, quelque chose ne va pas ? questionna-t-il.

Une migraine paralysante et des vertiges abominables, songea le mage.

— Absolument rien. J'ai dormi profondément ; je ne suis pas tout à fait réveillé, dit Farden.

Un mensonge facile.

— Maintenant souviens-toi, soutire-lui autant d'informations que possible. Je ne sais pas vraiment ce qu'il est devenu depuis son exil, et la malédiction du loup change un homme d'étranges façons ; alors méfie-toi de ses réponses. Après tout, il pourrait très bien avoir le cerveau aussi ramolli qu'un fromage trop fait ; il pourrait se révéler totalement inutile, alors assure-toi de découvrir la vérité ! Si les Archimages sont amenés à appuyer leurs actions sur tes paroles, tu as tout intérêt à ce qu'elles soient bien fondées, sermonna Durnus.

La tête de Farden le lançait. Son vieil ami tira un rouleau de parchemin des replis de son manteau.

— Jergan a été vu pour la dernière fois non loin de Beinnh, au sud des collines de Dornoch. Tu peux prendre du repos en ville et le rencontrer le lendemain. Malheureusement pour toi, l'attraction de la lune est puissante ces temps-ci, il pourra se transformer à volonté.

Farden hocha la tête.

— Fais-moi confiance. Je peux m'en charger.

Durnus se fendit d'un large sourire, garni de dents pointues.

— Ce n'est pas pour toi que je m'inquiète, mon cher mage. Il est la seule piste dont nous disposons pour mettre un terme à cette fâcheuse situation. Autrement dit, ne le tue pas, Farden.

Tous deux étaient parfaitement conscients des sombres implications de l'ordre.

— Entendu.

Farden s'immobilisa sous une voûte de pierre. Durnus demeura sur le pas de la porte, sous le couvert des ombres, à l'abri de la lumière du dehors. Farden tendit une main ferme. Le vampyre enserra sa paume dans une poigne de fer et sourit.

— Ne m'attends pas, lança le mage, relevant son écharpe sur son cou et son menton.

— Jamais, ricana Durnus.

Farden se détourna et traversa d'une foulée rapide le jardin humide vers l'épaisse forêt. Le mage disparut entre les arbres, et Durnus s'en retourna à ses appartements, d'où il entreprit de réciter maintes prières dans l'espoir d'attirer la chance.

« Les griffes d'un dragon sont courbes et mortelles, à l'instar des étranges épées de l'est. Prenez également garde aux crocs ; un dragon de grande taille peut arborer jusqu'à trois rangées de dents et les faire grincer d'une horrible façon avant de se nourrir. La queue d'un dragon est de longueur variable, mais elle est toujours pourvue de piques ou d'épines à son extrémité, qui cingle l'air à l'approche du voyageur. Leurs écailles ont le pouvoir de fasciner l'imprudent, de l'hypnotiser par leurs couleurs mouvantes et, parfois, de changer de couleur pour se fondre dans l'environnement. »
Les dragons et leurs caractéristiques : comment reconnaître la bête sirénienne, par Maître Wird

La pluie tombait à torrents lorsque Farden pénétra dans les rues encombrées de Beinnh. Les habitants de la cité et les étrangers trottinaient dans les allées boueuses. Des chariots tirés par des bœufs ou des ânes traversaient les flaques ; l'eau sale ne manquait pas d'éclabousser les passants et de ternir les couleurs des étals qui encadraient la voie. Les gens se rassemblaient sous le couvert des hautes maisons de bois penchées sur les allées et prêtes à s'écrouler, courbées sous le poids des toits pentus en ardoise, des cheminées de briques et des gouttières ruisselantes.

Pour la centième fois, Farden se débarrassa de la pluie qui dégoulinait sur son manteau. Il enfonça ses mains plus profondément dans ses poches avec l'espoir d'y trouver un recoin sec. Ses yeux gris survolaient les marchandises variées exposées sous les tentes étroites : des vivres, des vêtements, des armes et des grigris bon marché. Les commerçants s'égosillaient dans l'averse, promettant des rabais et des prix exceptionnels. Au-devant, un édifice se différenciait des autres en surplombant la rue. Une tente rayée avait été dressée pour couvrir un puits et quelques bancs, sur lesquels étaient affalés des silhouettes maussades, penchées sur des pintes de bière ou sur des écuelles de pain et de *farska* – un ragoût de bœuf bon marché vendu dans les mornes contrées d'Albion. Farden marcha avec détermination à travers les flaques et les ornières creusées par les chariots, évitant les ruisseaux de matière brunâtre. Après trois jours de voyage à un rythme soutenu, ses provisions étaient sérieusement entamées.

Alors qu'il s'approchait de la tente, le mage scruta une modeste échoppe de forgeron, nichée à l'arrière de la bâtisse. Sur une table, des armes scintillaient dans la brillante lumière des flammes de la forge. Un homme maigre, recouvert de suie, était occupé à aiguiser le fil d'une hache. Des clients déambulaient autour des tables, manipulant armes et objets pointus de toutes sortes. Ces hommes, trapus et menaçants, partageaient visiblement de nébuleuses intentions et de dangereux penchants. Quelques individus vêtus de longues capes sombres étaient accoudés à l'extrémité d'une table, fumant du tabac bon marché dans une pipe encore plus pitoyable.

Farden se rapprocha d'une table et promena ses mains sur les épées et les couteaux étincelants. Ses yeux s'arrêtèrent sur une épée longue, rangée dans un épais fourreau de cuir noir. La lame se prolongeait par une large garde, par une poignée d'acier entourée de cuir puis, enfin, par un pommeau taillé en un gros diamant noir. Farden sortit l'arme de son fourreau et passa prudemment un pouce sur l'épaisse lame et ses arêtes saillantes.

— T'as repéré quelque chose qui te plaît, bonhomme ? croassa un homme chauve d'une voix traînante marquée par l'accent d'Albion. Le forgeron, un squelette recouvert de crasse, retira les gants gris clair qui protégeaient ses mains décharnées. Les gants étaient en asbeste tissée, résistants au feu et parfaits pour le travail à la forge.

— Combien tu en veux, vieil homme ? demanda Farden en tendant l'épée devant lui.

Le forgeron jaugea la lame du regard et mâchonna quelque chose au fond de sa bouche.

— Mmh… cent, d'argent.

— Cent ? C'est une plaisanterie. Je t'en donne soixante, un bon prix pour cette lame.

Farden secoua la tête et croisa les bras. Les autres hommes s'étaient tus, intrigués par la transaction et le mage inconnu.

— Quatre-vingts ou rien.

Le vieil homme présenta la paume devant lui.

Le mage défit la boucle qui retenait la vieille épée dans son dos et, avec un grognement, la jeta devant le forgeron.

— Soixante et tu peux garder celle-ci, vieil homme ; elle peut encore trancher quelques membres.

Farden passa dans son dos l'épée longue, acérée et mortelle, puis serra l'épaisse ceinture de cuir autour de son torse en armure. Le vieil homme s'éclaircit la gorge avec rancœur, haussa les épaules et acquiesça enfin. Farden sortit sa bourse de sa besace et entreprit de donner soixante pièces d'argent au forgeron. Notant le silence qui était tombé sur l'échoppe, Farden se tourna et croisa le regard d'un chauve sur sa gauche, une brute avec une cicatrice en travers du front. L'homme soutint un instant le regard perçant du mage, avant de se tourner pour sourire à ses compagnons. Il s'éloigna et ses larbins lui emboitèrent le pas, telle une meute de chiens dans le sillage de leur maître.

Farden acheva de compter les pièces et regarda l'homme les ranger dans une poche de son tablier crasseux, lâchant les pièces l'une après l'autre avec délectation. Alors que le mage s'apprêtait à prendre congé, les flammes de la forge se reflétèrent sur un objet posé sur une table non loin, attirant son attention. Dans le coin le plus éloigné de l'échoppe, un petit miroir de poche étincelant était dressé contre un présentoir en bois, entouré de couverts et d'ornements de pacotille.

— Eh, le forgeron ! Ce miroir, il est en argent ?

Le vieil homme se tourna vers l'objet scintillant et gratta sa barbe graisseuse avec des doigts tout aussi graisseux.

— Ouais, j'l'ai fait la semaine dernière, pour les bell' dames d'la ville, pour qu'elles regardent leur p'tit minois dedans.

Le forgeron fit une grimace lubrique, exhibant des gencives qui manquaient cruellement de dents. Il s'interrompit pour cracher dans un pot en terre cuite près de la forge crépitante.

— T'veux ça aussi ?

— C'est important, vieil homme.

Farden pointa un doigt menaçant sur le forgeron. Le mage était bien au fait des lois de la magie, des liens qui unissent toutes les créatures. Si Jergan était un lycan, il devait craindre l'argent. Les rumeurs au sujet des lames ou des flèches d'argent étaient ridicules : n'importe quelle lame ferait l'affaire pour tuer ces créatures, pour autant qu'elle soit aiguisée et plantée au bon endroit. Cependant, si un lycan devait apercevoir son reflet dans un miroir d'argent, la malédiction se briserait un court instant et la créature devrait retourner à sa forme humaine, tremblotante, étourdie et épuisée par la transformation brutale. Voilà qui devrait faire gagner au mage une heure, peut-être deux.

Farden n'avait été confronté qu'une seule fois à un lycan, dans les champs de glace du Grand Nord. Il s'en était bien tiré : la créature s'était contentée de l'observer durant un jour ou deux tout au plus, ne s'approchant qu'une seule fois à portée de sortilège – dans l'ensemble, la créature avait gardé ses distances. Farden se souvenait de la peur comme si c'était hier. Les lycans étaient formidablement dangereux. Leurs griffes imposantes et leurs dents acérées étaient redoutables en elles-mêmes ; elles s'accompagnaient d'une force surhumaine et d'une incroyable agilité. Et, bien entendu, il suffisait d'une morsure ou d'un simple coup de griffes.

Farden jeta un regard alentour pour vérifier que personne ne les observait.

— Ce miroir doit être en argent massif, tu m'entends ? Si je découvre que c'est une supercherie, tu risques gros. Tu récupéreras le miroir avec les intérêts.

D'une main, Farden tapota la poignée de sa nouvelle épée d'un air menaçant ; de l'autre, il invoqua une petite flamme au creux de sa paume. Le vieil homme fit un pas prudent en arrière et se mordilla un ongle. Il leva une main peu assurée.

— Tout doux, tout doux, pas d'raison de s'énerver. C'est de l'argent, n'aie crainte mon gars.

Le forgeron décrocha un sourire gêné et désarmant, puis leva ses mains ouvertes.

— Un prix spécial de vingt-cinq pièces d'argent, qu'est-ce que t'en dis ? Juste ent' toi et moi ? proposa-t-il.

Farden n'avait aucune confiance en cet homme, mais il aurait bientôt besoin d'une surface réfléchissante en argent, et avait oublié d'en emporter une. Le mage acquiesça, et le forgeron s'empressa d'aller récupérer le miroir au milieu des autres babioles, à l'autre bout de la table en chêne.

Farden regarda une nouvelle fois autour de lui. L'altéressence entravait toujours ses pouvoirs magiques, et à présent, une douleur renouvelée se diffusait à travers son crâne. Une fois certain que personne n'avait assisté à sa petite démonstration, Farden rassembla la coquette somme de vingt-cinq pièces d'argent et la déposa entre les mains fiévreuses du vieil homme. Il rangea le miroir dans son sac de voyage et laissa le forgeron retourner précipitamment dans la sécurité de sa forge rougeoyante.

Le mage sortit sous la pluie battante et partit à la recherche de quelques vivres pour la dernière partie de son expédition. Après avoir acheté de la viande séchée, des biscuits secs et des pommes, il se dirigea vers le bas de la colline où se trouvait la porte Sud de la ville boueuse.

Quelques temps plus tard, Farden déambulait dans une rue calme, proche du mur sud de la ville. La nuit approchait lentement ; d'un bout à l'autre de Beinnh, les habitants allumaient des lampes. Les lumières tremblotantes se blottissaient entre des rideaux, dans les recoins des portes d'entrées ou autour d'appliques en fer forgé. La pluie battait toujours et le vent s'était à présent joint à l'averse, emportant l'épaisse couverture nuageuse dans une course à travers le ciel sombre. Dans le lointain, la foudre lacéra les ténèbres. Des éclairs blancs parcoururent l'horizon, puis le tonnerre secoua les collines de ses craquements rocailleux et de ses grondements profonds.

Farden baissa les yeux sur ses bottes qui plongeaient dans la boue, créant de petites rivières brunes à chaque pas. Le temps, absolument immonde, était typique d'Albion, mais le manteau du mage était chaud et le protégeait agréablement des éléments. Il se rendit compte que sa nouvelle épée était plus lourde que l'ancienne, mais il n'était pas désagréable d'avoir une bonne lame pour changer. Une quinte de toux étouffée retentit derrière lui, le tirant de ses réflexions. Il se retourna pour découvrir une silhouette massive sur ses talons. Après avoir à nouveau fait volte-face, Farden scruta les maisons silencieuses, ruisselantes, les ruelles étroites. Un autre homme, maigre et débraillé, était appuyé contre un mur et fumait la pipe. Devant Farden, un dernier truand remontait la rue. La pluie crépitait avec force sur les flaques, et les bruits de pas mêlés aux éclaboussures résonnaient, lourds et menaçants. Farden fit craquer sa nuque et se prépara à tendre ses muscles saillants, rassemblant la magie à la base de son crâne. Les effets secondaires de la drogue le submergèrent, enrayant sa magie, envoyant de douloureuses pulsations qui ricochèrent derrière ses yeux. Farden serait incapable d'utiliser ses sortilèges les plus puissants avant un bon moment.

Devant lui, le truand brandit soudain un couteau dans sa main droite, une lame fine qui reflétait une lueur dans le lointain. C'était le chauve aperçu plus tôt à la forge, et dans la faible lueur du crépuscule, Farden pouvait voir la pluie rebondir sur sa tête luisante et dégouliner sur la cicatrice qui lui barrait les sourcils. L'homme grimaça et agita sa dague en direction du fumeur de pipe et de son acolyte postés derrière Farden.

— Donne-nous ton argent et on s'en va, gronda la brute. Y'a pas de raison que ça se passe mal pour toi.

—Toi et tes hommes, si vous saviez ce qui est bon pour vous, vous seriez déjà partis. Je ne veux pas vous faire de mal, dit Farden alors que les hommes l'encerclaient à bonne distance en brandissant des armes de piètre qualité.

Farden écarta les jambes et raffermit sa position.

— J'sais pas si t'as vu, mais on est trois et tu es seul. J'donne pas cher de ta peau. Tu m'as entendu, donne ton argent et ton or et les gardes n'te trouveront pas mort dans la rue.

Le chauve fit mine de trancher l'air avec son couteau de cuisine. Il ne faisait aucun doute que cet homme était une vraie brute. Sa petite tête chauve était posée sur un coup épais et sale, et son manteau pendait sur de larges épaules voûtées.

Farden soupira. Il n'aurait pas dû exposer ses pièces à la vue de tels hommes.

— Vous n'avez toujours pas compris ? Allez-vous-en ou vous ne verrez pas le lever du soleil.

Les yeux de Farden se rivèrent sans pitié dans le regard de batracien inexpressif du brigand. L'homme le fixa d'un air torve et cracha.

— Attrapez-le ! Prenez ses pièces !

Le brigand poussa un cri et courut vers le mage solitaire, ses pieds martelant les pavés boueux, la dague pointée devant lui. Farden fit un pas en avant.

Les deux hommes se heurtèrent brutalement. Farden pivota et envoya son coude dans le visage de l'homme, l'arrêtant net. D'un autre mouvement fluide, il frappa la main tendue et fit tomber le couteau. Les jambes du brigand se dérobèrent sous lui et il s'écroula dans une gerbe d'eau brunâtre. Le mage s'accroupit et tira son épée dans un lourd bruit métallique, prêt à cueillir sa proie. Le second assaillant bondit ; Farden brandit son épée longue, décrivant une ample courbe vers la gauche. La lame cueillit le brigand entre les côtes et renvoya un craquement écœurant en traversant l'os, la chair et la colonne vertébrale. L'homme poussa un cri terrifiant avant de s'écrouler dans un tas sanguinolent à côté du premier, où il commença à se tordre et à répandre des organes vitaux dans la boue ensanglantée.

Le dernier brigand se précipita en braillant vers le puissant mage, son gourdin levé au-dessus de sa tête.

— J'aurai ta peau ! hurla-t-il.

Farden frappa ses poignets l'un contre l'autre et lança une boule de feu dans la nuit. La sphère d'énergie grésillante explosa contre la poitrine de l'homme dans un éclair de lumière, carbonisant ses vêtements à même la peau. Il s'affala dans la boue en glapissant, la bouche remplie d'eau de pluie. Farden bondit vers l'homme carbonisé alors que ce dernier s'efforçait d'extirper sa tête de la boue poisseuse. Sans hésiter, il écrasa sa botte sur le nez du truand crasseux dans un coup de pied mortel. Le visage de l'homme implosa, mêlant le sang à l'os, et sa tête retomba sur le sol dans un bruit écœurant. Il ne bougea plus. Farden s'interrompit et se redressa, à l'écoute des bruits de la nuit. Seul le son de la pluie lui parvint.

L'homme chauve se dégagea du cadavre de l'autre bandit. Son visage ressemblait à une bouillie cramoisie ; il leva des doigts tremblants pour évaluer les dégâts en respirant à travers ses dents cassées. Farden récupéra son épée maculée de sang et l'essuya sur la jambe d'un des hommes à terre. Il l'observa se débattre. Durnus n'aurait pas approuvé cette débauche de violence, pensa-t-il. Mais Durnus n'était pas là. Farden haussa les épaules et cracha sur le bandit chauve, rengaina son épée et quitta les lieux. Le mage chemina seul, appréciant la pluie qui dégoulinait le long de son visage et rafraîchissait sa peau brûlante. Il rejoua intérieurement le cours du combat. Un petit sourire apparut au coin de sa bouche. Autant continuer la nuit comme elle a commencé, pensa-t-il. Il plongea la main dans sa poche et en sortit un morceau de parchemin trempé ; avisant les lignes et les notes tracés sur la carte, il repéra le mot Jergan, avant de remettre le parchemin à sa place. Il accéléra l'allure et se mit à courir dans la nuit.

Huit heures plus tard, une silhouette solitaire était accroupie sur une colline basse, son long manteau tourbillonnant dans les rafales de vent. La pluie fouettait ses traits tendus. Sans ciller, l'homme observait avec attention une petite cabane qui se terrait dans une vallée étroite entre deux collines. À la merci des éléments, le bois brut et les murs de pierre sèche tremblaient violemment dans les bourrasques hurlantes. Une courageuse chandelle solitaire apparaissait à travers une minuscule fenêtre. L'homme cilla, tournant son regard vers le ciel nuageux ; une trouée solitaire entre les nuées laissait poindre une lune blanche et ronde, et une lumière bleutée rayonna brièvement sur les collines. Le regard attentif du veilleur se reporta sur la cabane.

Farden n'avait pas cessé d'observer cette caricature de maison depuis qu'il l'avait trouvée trois heures auparavant. Sa migraine s'était enfin estompée et il pouvait sentir son pouvoir enfler dans ses poignets et dans son crâne, la magie courant dans ses veines comme un torrent à travers un canyon. Une faible lueur commença à s'échapper de son manteau, mais il s'efforça de garder l'énergie sous contrôle. Les créatures comme Jergan pouvaient sentir la magie, comme le wyrm dans le nord – et dès que possible, ils en traquaient la source. La pluie frappait Farden avec la force d'un ouragan, martelant son visage, mais il ne broncha pas, complètement tourné vers sa tâche.

Soudain, dans le coin de son champ de vision, quelque chose sembla bouger sur la colline. Le mage tourna vivement la tête vers la forme mouvante et se redressa, prêt à tout. Avec précaution, il tira son épée de son fourreau. La nervosité commençait à s'emparer de lui ; sa respiration devint courte et rapide.

Pendant une éternité, Farden ne bougea pas, à l'affût sur la colline balayée par des rideaux de pluie. Lentement, il s'accroupit à nouveau, son épée à la main, et reporta son regard sur la cabane. La chandelle s'était éteinte.

Sans avertissement, une forme massive jaillit de la pluie et s'abattit sur le mage, expulsant l'air de ses poumons. La créature recouverte de fourrure roula avec lui, grognant sauvagement dans son oreille alors qu'ils tombaient au bas de la colline. L'épée du mage lui échappa des mains et s'enfonça dans l'herbe. Farden planta ses talons dans le sol pour se dégager, et laissa la créature emportée par son élan rouler au bas de la colline. Il se remit debout tant bien que mal et frappa violemment le sol avec ses poings. Un éclair de lumière déchira les ténèbres de l'orage, révélant une créature gigantesque qui se tenait à quelques pas de lui, sa fourrure emmêlée trempée par la pluie, sa gueule tapissée de crocs laissant échapper un panache de vapeur. La bête cracha les mots à travers une rangée de poignards jaunis :

— Quitte cet endroit !

Au bas de ses jambes musclées, ses bras interminables prolongés par des griffes recourbées pendaient, écartés et ruisselants d'eau.

— Je suis venu voir Jergan ! Je dois lui parler ! cria Farden à travers la tempête.

Prudemment, il fit quelques pas en arrière vers son épée ; en réponse, la créature s'avança d'un air menaçant. Sous le regard rouge de la créature, deux gouffres de pure folie, Farden glissa une main dans son sac de voyage à la recherche d'un objet brillant.

— Jergan est mort ! Il ne vit pas ici, il n'a jamais vécu ici, alors va-t'en !

Le lycan s'accroupit et son épaisse crinière se déploya, secouée par le vent. Farden fit un autre pas en arrière et la poignée de l'épée entra en contact avec sa jambe. Le mage tendit une main ouverte, destinée à garder l'animal à l'écart, mais surtout à atteindre l'homme à l'intérieur de la bête.

— Je ne veux pas vous blesser, Jergan, je veux seulement discuter !

Le cœur de Farden cognait furieusement contre sa poitrine.

— Arrrgh !

Dans un grognement sauvage, le lycan bondit vers le mage. Farden joignit ses poignets et planta ses pieds dans le sol. Un mur de flammes émergea du sol et fonça vers la bête en déchirant la pluie, mais la créature agile sauta au-dessus des flammes dans un rugissement, avant de montrer les crocs dans la lumière rougeoyante.

Farden fit virevolter son épée et esquiva la créature par une roulade sur la droite. Le lycan fit volte-face sur l'herbe humide et décrocha sa mâchoire dans un craquement sinistre. Le mage généra une sphère d'énergie enflammée et la projeta vers l'animal. La boule de feu heurta la clavicule du lycan et le repoussa au loin. Sans attendre, Farden s'élança et leva sa longue épée recourbée. Jergan se dressa sur ses pattes arrière et poussa un rugissement assourdissant. Il se rua sur le mage et brandit ses griffes en un arc fébrile. Farden para, avant de taillader le bras gauche de Jergan de haut en bas. L'estocade fit reculer le lycan, haletant, mais celui-ci répliqua par un coup magistral. Les griffes cueillirent Farden à la cage thoracique, lui coupant le souffle et froissant une côte. Le mage tint bon et frappa Jergan, tranchant la chair entre la nuque et la crinière emmêlée. Avec une vitesse ahurissante, Farden arracha le miroir de son sac et le brandit devant le lycan recroquevillé, avant d'amplifier le sort de lumière jusqu'à ce qu'un éclat éblouissant baigne la scène.

— Regarde-ça ! hurla le mage.

Jergan cligna des yeux puis les plissa devant la babiole argentée, ses mains ensanglantées crispées sur son visage.

— Regarde !

Farden s'approcha, le miroir présenté face au lycan. Mais la bête laissa échapper un rire guttural et cria par-dessus la pluie.

— Tu devrais dire à ta servante de ne pas t'acheter des miroirs en argent bon marché, mage, ricana-t-il, puis il projeta l'un de ses longs membres inférieurs dans la poitrine de Farden.

Le pied massif écrasa la gorge du mage, qui tomba en arrière dans un cri étranglé ; dans sa chute, il projeta trois langues de feu rapides vers Jergan. Le lycan recula vivement pour se débarrasser des flammes qui couraient sur son visage. Avec agilité, Farden roula en arrière et reprit sa posture, alors que le vent amenait une odeur de chair brûlée à ses narines. Il jeta un long jet de flammes vers la créature, avant d'enchaîner avec un rapide sortilège destiné à affaiblir le lycan. Jergan glapit alors qu'il s'emparait d'un rocher pour le lancer sur Farden. Le puissant mage repoussa le projectile du plat de la lame et continua d'envoyer sortilège après l'autre sur Jergan. De nouvelles déflagrations et un éclair fulgurant jetèrent le lycan à terre.

Plongeant à l'intérieur de lui-même, Farden rassembla une sombre puissance ; brusquement, il ouvrit les bras. Une pulsation de magie traversa le sol, qui ondula comme un tapis en projetant des rochers dans toutes les directions. L'onde de choc frappa le dos du lycan dans un bruit d'os brisés. Farden tituba sous l'effet du puissant sortilège, les bras perclus de crampes comme s'il venait de frapper une enclume avec un marteau. Le mage serra les dents et s'avança néanmoins, les yeux rivés sur la bête qui luttait pour se relever. La fourrure de Jergan était dégarnie par endroits, laissant voir sa peau nue, et du sang s'échappait abondamment de sa blessure au bras.

— Pars ! siffla le lycan.

Farden s'arrêta et regarda la créature se relever.

— Laisse-moi parler à Jergan ! Je sais qu'il est là quelque part.

Il écarta les bras. Dans chaque main, une boule de feu commença à tourbillonner. Il le savait, le seul moyen de faire reculer le lycan était de le submerger par un feu nourri de sortilèges.

— Non !

Jergan bondit. Farden frappa ses paumes l'une contre l'autre, mais le lycan était trop rapide. Le mage ploya sous le poids de la bête ; tous deux retombèrent sur le sol et le sortilège tourna court. Farden se débattit de toutes ses forces alors que des dents acérées claquaient à quelques pouces de son visage. Des griffes tracèrent de profonds sillons dans l'herbe de part et d'autre de sa tête. Farden employa toute sa force à repousser les épaules massives de la bête à l'aide de son épée, renforçant ses efforts avec un sortilège de force.

— Lâche… moi ! mugit Farden avant de se retourner et de repousser le lycan.

Sa lame taillada une nouvelle fois la main de Jergan, avant d'entamer le flanc du lycan d'une volte experte. La bête grogna et bondit hors de portée, non sans porter un coup de griffes qui rencontra le plastron de Farden. La lame virevolta encore et cueillit un membre inférieur. Farden ne pouvait en aucun cas courir le risque d'être mordu – pas même une simple égratignure –, il continua donc de brandir son épée dans l'espoir de repousser l'animal. La seule arme capable de garder Jergan à distance était la magie, à condition de ne jamais faiblir. S'ils devaient combattre jusqu'au lever du soleil, qu'il en soit ainsi, songea sombrement Farden.

La foudre fendit les cieux, accompagnée d'un grondement de tonnerre. Jergan poussa un hurlement sinistre, la tête levée vers les nuages opaques. Farden sauta hors de portée et tous deux décrivirent un cercle, pantelants, tremblant sous l'effort. Le sang de la créature s'échappait par de multiples entailles, mais les blessures semblaient déjà cicatriser et guérir progressivement. Farden maudit la capacité de régénération du lycan.

Le mage passa le plat de son épée sur son canon d'avant-bras gauche. La lame s'enveloppa de flammes, qui sifflaient et crépitaient. Il lança deux autres jets de feu vers le lycan et visa le crâne du lycan du tranchant de son épée. Jergan esquiva et roula sur lui-même, les flammes léchant ses flancs. Des étincelles coururent sur son corps lorsque Farden lui asséna une autre décharge. Il savait que Jergan faiblissait, et que sa puissance s'amenuisait sous les assauts répétés du mage. Pourtant Farden, lui aussi, était sur le point de céder. Jeter de tels sortilèges l'épuisait, drainant sa force. Se rappelant les paroles de Durnus, il plongea l'épée dans le sol pour l'éteindre et se concentra. Il força la pluie à tourbillonner, puis emprisonna le lycan dans le vortex. Le vent hurlait avec avidité, et la pluie giflait Jergan alors que Farden déviait le vent pour frapper la bête sans merci. Il projeta encore de nouvelles décharges d'énergie vers la créature lupine. Le vent arracha le capuchon du mage ; les pans de son manteau battaient dans le vent qui lui fouettait le visage. Sa mâchoire était serrée sous l'effort, et son visage durci était vide de toute couleur. Le lycan tituba encore, recula et balbutia des mots incompréhensibles, le visage noyé d'eau de pluie. La foudre déchira le ciel.

— Laisse-moi seul ! cria Jergan d'une voix perçante.

Il recula vivement pour se libérer. Faisant volte-face, il s'extirpa avec difficulté du vortex généré par Farden. Le lycan s'élança dans la nuit et disparut dans un hurlement.

Farden oscilla sur ses jambes tandis que le vent se calmait, revenant à la normale. Ses bras retombèrent et il s'écroula dans l'herbe trempée, épuisé, soucieux dans un dernier effort de garder les yeux ouverts et fixés sur les collines autour de lui.

Le matin apporta à Farden un ciel métallique et une bruine légère. Les collines vertes ondulaient, apaisées ; entre les rochers éparpillés, l'herbe détrempée était marquée par le combat de la veille. Farden gisait prostré, comme en transe, le menton posé sur les genoux, le corps étroitement enveloppé dans son manteau. Il s'était forcé à avaler un peu de viande et à boire un peu d'eau, pour rester éveillé et en vie. Pour la millième fois, le mage épuisé essuya la pluie de son visage. Ses yeux étaient à nouveau cernés d'anneaux sombres et ses lèvres étaient blanches, transies par le froid. Un rideau de cheveux mouillés tombait sur son visage, encadré par une barbe naissante. Dans la vallée devant lui, il pouvait apercevoir la minuscule cabane de bois dans laquelle Jergan s'était réfugié plus tôt dans la matinée. Après la bataille, le lycan s'était enfui sous l'orage, se contentant de hurler de temps à autre et d'observer Farden depuis une colline. Lorsque l'aube s'était finalement levée sur les landes, Jergan avait commencé à se transformer et s'était retiré dans sa masure.

Farden se redressa avec détermination et tira son épée. Il agrippa l'acier froid et la poignée de cuir avec ses doigts las et glacés, et s'éclaircit la gorge avec une toux rauque et rocailleuse. Après avoir avalé une dernière lampée d'eau de pluie puis s'être soulagé derrière un rocher, le mage se mit en route vers la cabane au pied de la colline.

— Jergan ! Sors de là et viens discuter ! Ne m'oblige pas à te trancher la tête, espèce de bâtard ! aboya Farden.

Il s'avança jusqu'à la porte et cogna bruyamment sur les planches de bois brut. Sans réponse.

— Jergan ! Lève-toi !

Farden ouvrit la porte d'un coup de pied et activa un sort de lumière qui grignota les ombres de la cabane encombrée. L'odeur rance de chien mouillé et de viande avariée sauta à la gorge du mage. Des casseroles tintèrent dans le coin derrière la porte et Farden pénétra en trombe dans la minuscule pièce.

— Non ! Ne me tuez pas ! cria Jergan.

Il se protégea le visage derrière des mains boueuses. Des jambes pâles s'agitèrent un instant dans les airs pendant que l'homme émacié tâtonnait dans la crasse. La lumière générée par le mage était en train de lui brûler les yeux. Jergan toussa et se mit à bredouiller.

— Pitié, je ferai tout ce que vous voulez ! parvint-il à articuler.

Farden laissa la lumière faiblir et observa la silhouette à peine humaine qui gisait sur le sol.

Jergan semblait avoir payé un lourd tribut à la vieillesse. Ses bras étaient fins et osseux ; ses ongles étaient longs et ébréchés, tordus à force de pousser. La silhouette prostrée était à peine recouverte par un lambeau de tissu, taché de sang et de boue, qui laissait voir ses côtes sous une peau parcheminée. Ses cheveux blancs hirsutes tombaient en paquets désordonnés autour de son visage las ; deux yeux violets éteints dépassaient des orbites profondes, assorties de pommettes saillantes et de lèvres craquelées. Parmi les poils gris d'une barbe de quelques jours, des écailles ornaient son menton. Ses joues et ses oreilles étaient parsemées de taches et de rayures bleues. Il était tout le contraire de la créature féroce de la nuit dernière – l'antithèse d'une menace, un vieil homme brisé couché dans la poussière –, et le mage ressentit une lueur de pitié. Des pieds écailleux heurtèrent les casseroles lorsque le lycan sirénien s'assit. Ce n'était, tout compte fait, qu'un hybride échevelé et malchanceux.

Farden s'appuya contre le chambranle de la porte et agita la pointe cruelle de son épée en direction de l'homme recroquevillé.

— J'espère que vous avez ce que je suis venu chercher, ou je vais regretter de ne pas vous avoir tué la nuit dernière, cracha-t-il.

Jergan respirait toujours avec difficulté ; sa poitrine osseuse se soulevait et s'abaissait au rythme de ses halètements.

— Je croyais que vous veniez me chasser par plaisir, comme les autres qui sont venus ici pour me traquer. Comment aurais-je pu savoir qui vous étiez et ce que vous vouliez ? Je n'ai parlé à personne depuis des mois, des années…

Il lança un regard noir au mage et pencha la tête sur le côté, dans une mimique qui rappelait un chien.

— Qu'est-ce que vous me voulez, Archan ?

Farden rengaina son épée.

— Des informations dont vous disposez, vieil homme, ou que vous avez eues dans le passé.

Jergan secoua la tête, comme si son destin avait déjà décidé pour lui.

— Que pourrais-je savoir qui ait une quelconque valeur pour vous ?

Farden roula de gros yeux, puis commença :

— Eh bien, c'est ce que nous allons voir. Il y a trois jours, quelque chose a été volé à mon peuple…

— Et vous pensez que j'ai quoi que ce soit à voir avec ça ?

Il lança un nouveau regard furieux au mage, et Farden sentit la colère bouillonner dans sa poitrine. Le squelette ambulant se permettait d'être acerbe. Farden s'accroupit et approcha son visage de celui de Jergan.

— Écoutez, vieil homme, écoutez-moi bien. Après la nuit dernière, vous pouvez vous estimer heureux que je n'aie pas mis le feu à votre cabane pour en finir avec vous, mais j'ai été envoyé ici pour récolter des informations et je ne partirai pas sans. Je vous suggère de me donner ce que je veux. Et si vous m'interrompez encore, ce sera la dernière chose que vous direz dans votre vie. Dites-moi ce que je veux savoir et je vous laisserai en paix, ou bien je mettrai fin à vos jours, si c'est ce que vous voulez.

Les yeux du mage brillaient d'un éclat incandescent. Le Sirénien détourna les yeux et ils se levèrent tous les deux avec méfiance. Jergan s'assit sur un siège à côté d'un modeste poêle et Farden resta debout, les bras croisés d'un air austère. L'homme écailleux prit quelques profondes inspirations, lécha ses lèvres sèches et craquelées puis agita une main parcheminée.

— Je vous en prie, poursuivez.

Farden eut un sourire sans joie.

— L'objet qui nous a été volé était un livre pris aux Siréniens durant la guerre. C'était un livre d'une grande puissance magique, de petite taille, avec une couverture couverte d'écailles de dragon noires. Mes maîtres pensent que vous avez étudié ce livre des années auparavant, lorsque vous viviez en Nelska…

Le lycan baissa les yeux.

— … Eh bien, j'ai besoin que vous vous en souveniez.

Jergan réfléchit pendant une minute. Son esprit était saturé par les migraines causées par la fatigue et par une faim dévorante.

— J'ai essayé d'oublier cette partie de ma vie. Pendant des années je l'ai tenue à l'écart, ou la bête l'a fait pour moi. Si je ne peux pas me souvenir d'avoir eu une vie, je n'ai rien perdu, n'est-ce pas ?

Il s'interrompit et plissa les yeux, perdu dans ses pensées.

— Il y a bien longtemps, des années avant la guerre, une expédition révéla l'existence d'une grotte près des montagnes de Tausenbar. Dans les profondeurs de cette grotte était dissimulé un fort, creusé dans la roche de la falaise ; à l'intérieur, nous trouvâmes une bibliothèque remplie de tout ce dont nous pouvions rêver. Les lieux avaient abrité une forteresse des elfes noirs, dans les temps lointains. Elle était abandonnée depuis longtemps déjà, mais débordait de connaissances inestimables et d'innombrables trésors perdus. Les elfes avaient abandonné toutes leurs possessions dans une retraite précipitée, laissant leur nourriture et leurs vêtements derrière eux dans leur fuite. L'un des livres que nous découvrîmes sous la poussière était un petit grimoire noir semblable à celui que vous avez perdu.

— Alors, est-ce que c'était le même livre ?

— C'était il y a si longtemps, mon esprit n'est plus ce qu'il était… mais ça y ressemble. Un petit grimoire couvert d'écailles de dragon noires, avec un fermoir d'or sur la couverture, scellé par un sortilège très puissant.

Farden acquiesça.

— Ça y ressemble, en effet.

Jergan haussa les épaules.

— Eh bien voilà, nous y sommes.

Le mage secoua la tête.

— Ça ne suffit pas. Qu'est-ce qu'il y avait *à l'intérieur* du grimoire ?

Un soupir agacé lui répondit.

— Nous l'avons emporté et ramené en Nelska, avec tous les autres livres que nous avons trouvés pour les étudier. Cette tâche nous a pris des années. Il se trouve que j'étais l'un des privilégiés autorisés à travailler sur votre grimoire, à essayer de percer les secrets de la magie des elfes noirs.

Jergan s'arrêta pour avaler une gorgée d'eau.

— Vous, les Siréniens, vous auriez mieux fait de ne pas vous mêler de la magie des elfes, commenta Farden.

— Nous le savions, mais à l'époque cela semblait être la meilleure chose à faire pour notre peuple. Avec un tel pouvoir, nous aurions pu être invincibles, dit Jergan en grimaçant légèrement.

— Dans ce cas, je suis heureux que nous vous ayons déclaré la guerre avant d'y être arrivés.

Farden renvoya au vieil homme son sourire jaune.

— Peut-être. Il n'en est pas moins que ce livre était l'exemple le plus fantastique de magie des elfes noirs que nous ayons jamais vu. Aussitôt que nos sortilèges les plus puissants eurent ouvert le livre, nous fûmes capables d'apprendre les incantations pour invoquer des dæmons, des monstres et des fantômes depuis l'autre côté, de les appeler pour combattre quiconque se mettait en travers de notre chemin. Nous les expérimentâmes sur plusieurs prisonniers skölgardiens, avec des résultats funestes. Les dæmons faisaient tout ce que nous leur demandions et combattaient sous nos ordres jusqu'à leur mort – à condition que vous soyez assez fort pour en invoquer un… plusieurs de nos magiciens moururent, vidés de leur énergie après avoir tenté d'invoquer de si terribles bêtes.

Jergan semblait mélancolique, perdu dans les souvenirs d'un âge oublié depuis longtemps, un chapitre arraché d'un livre qu'il aurait lu autrefois.

— Quelle honte, cracha Farden.

Jergan sembla piqué au vif, mais se retint de faire un commentaire. Il reprit :

— Le sortilège plus puissant du guide portait sur le plus ancien et le plus terrifiant de tous les monstres noirs. Personne, à ce jour, ne sait comment l'appeler, et l'incantation elle-même nous effraye au plus haut point. Quoi que ce fût exactement, le Vieux Dragon ordonna qu'il soit mis un terme à l'usage de la magie noire et interrompit l'ensemble des recherches portant sur le livre dit « maléfique ». Fendrair fit en sorte qu'il soit banni dans le sud du Nelska, d'où, si j'ai bien compris, vos soldats l'ont volé et ramené comme butin à Krauslung.

L'homme recouvert d'écailles croisa les bras.

— De quoi parlait le sortilège ? s'enquit Farden alors qu'il s'asseyait sur une petite caisse en bois.

— Nous ne le sûmes jamais. Il faisait référence à quelque chose que l'on appelait…

Jergan émit un son guttural dans une langue étrange, et Farden secoua la tête.

— Et en langage compréhensible ?

Jergan fit la grimace, comme s'il essayait d'expliquer quelque chose à un enfant récalcitrant.

— « Tes gueules de ténèbres », ou « ombre terrible », quelque chose de cet acabit. Tout ce que nous avons pu découvrir, c'est que cette chose était différente des autres créations noires, un hybride mi-dæmon mi-dragon que le vieux Fendrair craignait terriblement. Par chance, aucun de nos magiciens n'eut assez de force pour survivre à une incantation aussi puissante et le Vieux Dragon mis un terme à notre recherche. Le livre fut envoyé au loin et nous cessâmes complètement d'étudier la magie noire. Fendrair fit en sorte que la pratique soit interdite en Nelska, et aucun d'entre nous n'en parla jamais plus.

— « Recherche » n'est pas exactement le terme que j'utiliserais, mais ça semble être une bonne chose à faire, pour un Sirénien.

Le mage se pencha pour fouiller dans son sac de voyage. Il sortit deux pommes rouges, en jeta une à Jergan et planta les dents dans la sienne.

— Je vais considérer ça comme un compliment, dit le lycan en attrapant le fruit. Merci.

Farden haussa les épaules. Il réfléchit en croquant dans la pomme couverte de coups, retournant les mots dans sa tête. Tous deux mastiquèrent pendant un moment, puis le lycan posa une question :

— J'en conclus que vous êtes un Archan ? L'un des Escrits, j'imagine ?

Farden serra les dents. C'était une question indiscrète, particulièrement venant d'un Sirénien, ennemi de l'Arche. Le lycan se moquait de lui.

— Oui.

Jergan acquiesça lentement, une lueur étrange au fond de ses yeux vides.

— Dans ce cas, je vous félicite ; porter le Livre se révèle bien difficile pour certains, dit-il, et ses yeux avides parcoururent le mage. J'ai entendu les histoires des malchanceux, mage… lorsque la magie dévore l'esprit.

Farden changea de position sur son siège de fortune et se renfrogna.

— Je vous suggère de garder vos commentaires pour vous. Pourquoi quelqu'un voudrait-il voler ce guide noir ? Combien vaudrait-il sur le marché de la magie ?

— Comme je vous l'ai dit, cela fait des années que je n'ai plus parlé à quiconque, mage. Vous l'avez probablement deviné, mais je finis généralement par dévorer mes invités.

Le visage de Jergan se figea, comme pris dans la glace ; son regard se perdit dans le lointain. Farden dut recourir à des trésors de patience.

— J'ai eu un aperçu de votre hospitalité la nuit dernière, en effct. Je vous le demande encore une fois, pourquoi quelqu'un voudrait-il voler le livre ?

— Le pouvoir, peut-être ? Cependant, pour utiliser le sortilège plus puissant de ce grimoire, il faudrait être l'un des plus puissants mages en Emaneska. Je n'en connais que quelques-uns, et la plupart comptent parmi ceux qui vous ont envoyé. Au sein de l'Arche, les Archimages sont probablement les seuls mages capables d'ouvrir le livre et de jeter les sortilèges qu'il contient. Vous vous adressez probablement à la mauvaise personne, déclara Jergan.

Farden ne se laissa pas abattre :

— De puissants mages sont à l'œuvre dans le pays ces temps-ci en dehors des Archimages. Certains de vos magiciens en seraient capables, sans compter qu'à l'est, le Skölgard dispose de sorciers qui pourraient réaliser de tels exploits. Pourquoi mes maîtres voudraient-ils voler leur propre grimoire ?

— À vous de me le dire, mage. Et vous, en seriez-vous capable ? demanda Jergan en hochant la tête.

— La question n'est pas là, répliqua Farden.

Le lycan l'ignora et poursuivit :

— Si quelqu'un avait l'intention de le voler, cela signifie que cet individu connaissait son existence. En dehors des elfes noirs, qui ne sont pas une option envisageable, cela nous laisse les Siréniens en Nelska ou bien votre propre peuple. Voilà la simple vérité.

Jergan s'appuya contre le dossier de la chaise branlante. La brise glacée du dehors, qui s'infiltrait par la porte ouverte, ne suffisait pas à dissiper l'air épais et humide. Plus Farden regardait le lycan écailleux, plus il avait pitié de lui. De toute évidence, il n'avait rien mangé depuis des jours : Jergan avait déjà terminé la pomme, dévorant jusqu'au trognon et la tige. Le mage secoua la tête et reprit ses esprits.

— Alors, si ce n'était pas l'œuvre d'un Archan, cela signifie que la guerre est loin d'être terminée, conclut le mage.

Un silence lourd de sens plana autour d'eux. L'esprit de Farden galopait à travers des champs de possibilités et franchissait des obstacles de doute. Par tous les dieux, fallait-il que le coupable de ce crime – l'assassin des érudits, le voleur du livre – soit un Archan ? Des nuages d'inquiétude pesaient sur l'esprit de Farden. Il ne pouvait pas non plus écarter les Siréniens – sans compter la possibilité réelle que les assassins œuvrent à leur compte, indépendamment de toute race ou origine, archane ou sirénienne.

Soudain, Farden fut envahi par une angoisse sourde qui paralysa son cœur ; cependant, son sens du devoir reprit rapidement le dessus, se propagea dans ses veines. Le mage serra les poings en décidant de mettre un terme à la situation avant qu'elle ne dégénère. Il devait retourner voir Durnus.

Jergan rompit le silence :

— Si le livre a été volé par quelqu'un de puissant, d'assez puissant pour invoquer cette terrible créature, alors c'est Emaneska toute entière qui est en danger, pas seulement nos peuples, avertit Jergan.

Sa peau tirée semblait avoir retrouvé un peu de couleur ; il semblait plus confiant, éloquent même. Il poursuivit :

— Si vous aviez pu voir les démons enfermés dans ce guide comme je les ai vus, vous sauriez à quel point il est important de récupérer ce livre. Maintenant, écoutez bien ce que j'ai à vous dire. Lancer le sortilège est loin d'être le seul défi, car cette bête en particulier a besoin d'une source puissante de magie noire pour l'aider à traverser. Les elfes ont construit de profondes cavernes pour contenir leur puissance magique, des réceptacles semblables au Livre que vous portez.

Jergan s'interrompit pour jeter au mage regard avide. Il s'empressa de reprendre lorsque Farden plissa les yeux d'un air menaçant :

— Il fut un temps où il existait des centaines de sources semblables à travers le monde ; mais lorsque les elfes partirent, les puits furent retrouvés et détruits. Je suis sûre que vous savez ce dont je veux parler : « Perdus par les êtres noirs jadis oubliés…, commença-t-il à réciter.

—… lacs de magie sous des sentiers jamais foulés ». Oui, nous avons tous entendu les histoires et les énigmes qui menaient vers les dernières caches remplies de trésors elfiques. Mais elles ont toutes disparu, perdues à jamais. Quelqu'un pourrait-il emporter le livre ailleurs pour libérer son pouvoir ?

Farden s'accroupit, les coudes posés sur les genoux. Au mépris de toute prudence, il commençait à croire les paroles du Sirénien.

— Cela revient à avouer que vous avez tort et que les puits n'ont pas tous disparu, n'est-ce pas ?

Le coin de la bouche de Jergan se releva légèrement, comme s'il avait remporté une manche dans un jeu de cartes verbales contre le mage interrogateur. Mais Farden n'était pas d'humeur à jouer avec le vieil homme.

— Alors, dites-moi où je peux en trouver un.

Jergan éclata de rire aussi franchement que sa stature frêle lui permettait.

— Ah ! Personne n'en a découvert depuis des décennies, alors expliquez-moi comment je saurais où chercher.

— Vous semblez persuadé qu'ils en reste encore en Emaneska, et les créatures de votre espèce sont attirées par la magie. Vous pourriez en avoir découvert un lorsque vous étiez avec les Siréniens, et vos capacités de lycan vous ont peut-être permis d'en dénicher un, remarqua-t-il.

Une lueur dangereuse flottait au fond des yeux de Farden.

— Tout ce que je sais, c'est qu'il en reste quelques-uns – peut-être deux ou trois, je ne sais pas.

Jergan leva ses mains couturées de cicatrices pour montrer son honnêteté.

— Mais vous ne savez pas où ils se trouvent ?

— Nous n'avons jamais pu les trouver. C'est l'une des raisons pour lesquelles nous n'avons jamais réussi à invoquer la bête.

Jergan laissa retomber ses bras. Le silence s'installa dans la pièce ; Farden était plongé dans ses pensées.

— Donc, celui ou celle qui a volé ce livre a l'intention de libérer cette créature, mais ne réussira qu'à condition de trouver l'un de ces puits.

— Et pour ce faire, le seul moyen est de faire appel aux dragons du Nelska. Il reste peut-être un indice menant à l'une des sources anciennes dans la mémoire du Vieux Dragon, avoua Jergan.

— Dans ce cas, je suppose que je vais aller chasser des dragons.

Farden serra les poings se leva. Jergan se dressa également.

— Si vous allez là-bas, je voudrais vous demander une faveur, demanda le Sirénien d'une voix suppliante, ses yeux violets posés sur le mage qui rajustait sa ceinture et son sac de voyage.

— Qu'est-ce que vous voulez ? demanda Farden sans ménagement.

— Si vous rencontrez l'un des dragons, dites-leur au moins que je suis encore en vie, que je ne suis pas mort. C'est tout ce que je demande, gémit l'homme.

Farden acquiesça et se dirigea vers la porte. La brise était dure et froide, mais le soleil luttait pour dissiper la bruine, et le ciel bleu émergeait des nuages. Farden jeta un dernier regard vers le vieil homme décrépi qui se tenait derrière lui.

— Merci, Jergan, pour votre aide. Je comprends que vous n'avez rien voulu de tout ça, cette vie de lycan. J'espère que vous y survivrez encore un peu.

Jergan sembla vouloir sourire, comme si c'était les paroles les plus gentilles qu'il ait entendues depuis des décennies. C'était probablement le cas, songea Farden.

— Bonne chance…, commença le lycan, et le mage soupira.

— Farden. Si ça vous intéresse, répondit-il.

— Alors, bonne chance, Farden.

Sur ces mots, le mage était reparti, courant vers le nord à travers les collines en direction de Beinnh et de l'abbaye de l'Arche. Jergan se rassit sur sa petite chaise et promena le regard tout autour de sa masure. Le vent hululait à travers le trou dans la porte et secouait les murs. Une petite larme coula sur la joue du lycan.

Plusieurs heures plus tard, la nuit était retombée sur les rues de Beinnh. Des rires bruyants jaillissaient des embrasures des tavernes et des cris sauvages tombaient des étages des bordels. Le son d'un marteau, étouffé par la distance, se propageait dans les rues sans attirer l'attention. Le vieux forgeron travaillait dur cette soirée-là, seul dans sa forge. Le rougeoiement du feu se reflétait sur son enclume et des étincelles jaillissaient lorsque son marteau frappait la pointe ardente d'une lance. Le vieil homme maigre était satisfait : ces fers de lance de piètre qualité lui avaient rapporté un bon prix, un tas de pièces d'or obtenues à peu d'efforts. Dans l'air froid de la nuit, le marteau renvoya un nouveau jet d'étincelles qui s'éparpillèrent sur les gants en asbeste du forgeron. Ce dernier s'employa à réfléchir à sa prochaine escroquerie et commença à siffloter, croassant des notes discordantes. Quelque chose remua dans les ombres au fond de la forge, derrière lui. Le marteau s'abattait encore et encore, tel un rythme pour accompagner le sifflotement dissonant, alors que quelque chose s'approchait du forgeron. Soudain, une main agrippa la nuque du vieil homme puis écrasa son front contre le point rougeoyant de la lance, qui émit un sifflement furieux au contact de la peau.

— Aargh ! mugit le vieil homme en se laissant tomber sur le sol poussiéreux.

Il frictionna la peau de son front et se mit à geindre.

— Tu m'as menti.

La sombre silhouette encapuchonnée tendit une main devant lui et un petit éclair courut sur sa paume dans un halo bleu dansant. Farden attrapa le forgeron par le poignet et recouvrit sa bouche sans ménagement. Le vieil homme se tortilla quand l'électricité traversa ses os et secoua sa colonne vertébrale.

— Reste tranquille, vieil homme. Ne me fais pas faire quelque chose que je regretterais.

Nerveux, le forgeron réprima ses jappements et resta silencieux, les yeux grands ouverts et terrifiés. Il émit quelques grognements interrogatifs derrière la main du mage.

— Tu m'as menti au sujet du miroir d'argent, et je t'ai averti de ce qu'il se passerait.

Farden envoya de nouvelles décharges à travers le corps de l'homme, sans pitié, puis il relâcha sa main.

Le forgeron haleta en dodelinant de la tête.

— Je m'souviens de toi, je m'souviens ! Chuis désolé ! J'ferai tout c'que tu veux, tu peux reprendre ton argent, j'te jure ! Mais ne me tue pas…, geignit l'homme.

Il fut saisi d'un doute.

— …Tu vas pas me tuer, pas vrai ?

Farden plissa les yeux et regarda le vieil homme se tortiller.

— Tu as de la chance, renifla-t-il, tu peux garder ton argent, vieux voleur. Mais tu peux aussi récupérer ton miroir.

Sur ces mots, Farden pivota et frappa de plein fouet la mâchoire de l'homme avec la fausse babiole, ce qui fit craquer l'os de la mâchoire et sauter quelques dents de leur position. Le forgeron se recroquevilla sur le sol sous une pluie de verre et de crachats puis ne fit plus un bruit. Le miroir rebondit en tintinnabulant, dérapa sur le sol poussiéreux avant de heurter le mur de pierre de la forge. Farden observa dans un éclat de verre son visage baigné par la lumière rouge, avant de prendre une profonde inspiration pour se calmer.

Soudain, Farden se releva et tira son capuchon le plus bas possible sur son visage. Sans un mot, il pénétra dans la ruelle adjacente et se fondit dans les ombres de la laide bourgade. La foudre dansa sur l'horizon alors qu'un nouvel orage roulait sur les collines lointaines.

 chapitre 4

*« Par cet état singulier affligés, ils se trouvent souvent bien seuls ;
par les champs, la maison, le rocher pointu, le sang engendre l'os.
Ami d'ennemis, toi l'innocent, prends garde à l'ombre noire, les
ténèbres viennent trop vite ; ailes, dents, lames nues, elles prennent
au piège.
Ils cherchent la différence, mais en cela nous sommes identiques ;
alors le sang devient droit de naissance, et la nuit et l'infamie sont
tiennes.
Ils nous jugent par la différence, ils nous jugent par tes crocs. Mais
posons nos yeux sur leurs gorges, car c'est par là que nous les
pendrons et les ferons saigner. »*
Poème vampyre, origine inconnue.

Durnus somnolait dans ses appartements, les yeux fixés sur le feu qui
craquait et projetait des étincelles lorsque le bois humide se rebellait
contre les flammes. Son esprit engourdi vagabondait au fil
d'anciennes légendes, de guerres oubliées et de terres insondables, de
royaumes et d'anciennes traîtrises, oubliés depuis bien longtemps. Il
se laissa aller encore à la rêverie, jusqu'à s'abandonner totalement. Le
monde extérieur ne l'atteignait plus, excepté à travers le martèlement
de la pluie sur les vitraux et le bruit du vent qui hululait dans le ciel
sombre de l'après-midi. La nuit était proche et rien n'était plus
exaltant que la perspective imminente d'une nuit de chasse sous la
pluie. Durnus s'autorisa à fermer les paupières.

Juste derrière le confortable fauteuil se trouvait une arche de pierre appuyée contre le mur et soutenue par une structure de métal et de cordages. L'étrange installation surplombait un épais grimoire posé sur un lutrin de bois. La pierre noire de l'arche reflétait la lueur mouvante des chandelles. Le vieux vampyre jeta à tout hasard un bref coup d'œil derrière lui, comme pour vérifier que rien de vivant ne se dissimulait dans un recoin sombre, puis se retourna vers la cheminée. Il referma les yeux pour mieux ressentir la chaleur du cuir sous ses doigts parcheminés posés sur les accoudoirs. Tout était calme dans l'abbaye de l'Arche. C'est à ce moment précis que le remue-ménage du couloir lui parvint.

La porte de la salle d'étude s'ouvrit dans un bruit retentissant, et un Farden complètement trempé surgit dans la pièce. Il s'effondra sur les genoux, les mains à plat sur le sol de pierre. Il respirait avec difficulté et semblait retenir une quinte de toux.

— Farden !

Le vampyre s'agenouilla prestement aux côtés du mage. Entre deux halètements rauques, Durnus comprit « de l'eau ». Il attrapa la cruche posée sur la table de chevet et porta au mage un verre d'eau fraîche, que Farden engloutit en une longue gorgée avant de reposer la coupe. Il se leva en grognant.

— Par les dieux, il était temps ! Je n'avais jamais couru aussi vite et sur une distance aussi longue.

Farden jura et toussa à nouveau, cherchant le refuge du siège confortable près du feu. Le vampyre lui emboîta le pas et le regarda s'effondrer dans le fauteuil.

— Tu es parti plus d'une semaine, nous commencions à être inquiets, dit-il.

Le mage semblait toujours lutter pour reprendre son souffle.

— Ne bouge pas.

Durnus posa les doigts sur le front de son ami et ce dernier s'immobilisa. Soudain, ses yeux frémirent dans leurs orbites et une foule de couleurs envahit son champ de vision, qui vibrait sous l'afflux d'énergie. Le vampyre retira prestement sa main et Farden secoua la tête, clignant des yeux. Il fit prudemment jouer ses mâchoires. Il louchait légèrement et un tic nerveux agitait sa paupière, sous l'effet électrisant du sortilège.

— C'était… incroyable ! Pourquoi ne m'as-tu jamais fait ça avant ?

Ses yeux semblaient avoir décidé de monter la garde sur son nez tandis qu'il essayait tant bien que mal de se débarrasser des dernières taches de lumière qui dansaient dans son champ de vision.

— Les décharges cérébrales comme celle que je viens de t'administrer ne sont pas anodines, à doses répétées, elles peuvent tuer un homme. Même quelqu'un comme toi.

Durnus jeta un coup d'œil à son vieil ami. De la boue, des brindilles, mais aussi de nombreuses coupures parsemaient le dos et les épaules de Farden. Son épée pendait sur le côté, à peine retenue par la sangle qui maintenait la lame dans son dos et son manteau était salement déchiré. Le sang s'échappait par plusieurs coupures, des blessures fraîches et d'autres plus anciennes, et une barbe de quelques jours dissimulait mal une grappe de bleus sur son visage. À l'observer, on aurait juré que le mage avait été ligoté par les pieds et traîné à travers la forêt. Au moins est-il toujours vivant, songea Durnus.

La décharge avait revigoré Farden ; il avait repris son souffle, et ses joues avaient récupéré un peu de couleur, mais des cernes profonds marquaient toujours ses yeux et ses cheveux ressemblaient à un enchevêtrement noir inextricable.

— J'ai du neuf.

Farden s'éclaircit à nouveau la gorge et se coula dans le creux chaleureux du fauteuil. Durnus s'élança vers son siège avec une agilité surprenante étant donné son âge apparent.

— Viens-en au fait ! Que s'est-il passé ?

— Pour commencer, j'ai repéré Jergan sur les collines au sud de Beinnh, là où tu m'avais indiqué qu'il se trouverait.

Farden s'interrompit pour laisser échapper une quinte de toux.

— En fait, pour un ermite, il ne m'a pas paru si craintif quand il a essayé de me tailler en pièces. En tout cas, tu avais raison, Jergan et les Siréniens ont trouvé le livre qui nous intéresse dans les montagnes de Tausenbar avant le début de la guerre, dans un bastion abandonné par les elfes, et ils ont estimé qu'ils pouvaient s'en servir. Jergan était parmi eux. Ils ont étudié le livre sous toutes les coutures, et avec leurs *magiciens* – Farden prononça le mot « magicien » avec une pointe de supériorité dans la voix – ils ont tenté de jeter certains sortilèges. Apparemment, le livre était une sorte de guide d'invocation pour les elfes noirs, qui leur permettait de conjurer des créatures depuis l'autre côté.

— Ils ont lancé ces sortilèges ?

Le vampyre eut l'air stupéfait.

— C'est ce que Jergan a dit, et pour une raison qui m'échappe, je lui fais confiance. Ils ont systématiquement épluché le livre, d'un bout à l'autre, et leurs magiciens ont testé les dæmons et les créatures sur des prisonniers skölgardiens. Jergan pense que c'est la raison pour laquelle quelqu'un cherchait à voler ce livre : dans le but de s'approprier la puissance des créatures tapies à l'intérieur.

— Pourtant, les Archans ont déjà combattu des dæmons et des créatures de ces époques révolues. Tu étais là, il y a cinq ans, lorsque les minotaures sont sortis des plaines d'Efjar, pas vrai ? En quoi serait-ce différent cette fois ?

— Il a dit que ce livre contenait un sortilège que les guerriers dragons craignaient à tel point qu'ils ne purent jamais le mener à son terme.

— Qu'est-ce que c'était ?

Durnus entrelaça les doigts et contempla le feu d'un air songeur.

— Ils ne l'ont jamais su avec précision… mais c'était quelque chose qui terrifiait les Siréniens d'une manière inimaginable. Une bête, selon toute probabilité, qu'ils qualifient de « gueule de ténèbres ». Ils étaient fous et imprudents.

Farden secoua la tête, essayant de se rappeler les mots de Jergan.

— Des fous imprudents, en effet.

Le vampyre observa les flammes lécher le bois et la pierre. Farden se pencha en avant.

— Jergan a aussi mentionné que si quelqu'un de suffisamment puissant entreprenait d'invoquer cette chose…

— Il lui faudrait une redoutable source de magie, semblable à l'un des puits des elfes noirs, peut-être ? devina Durnus.

— Exactement.

Le mage sourit devant la perspicacité de son ami.

— Pour autant que je sache, la dernière que nous ayons découverte se trouvait à Arfell, au nord de la bibliothèque et plusieurs kilomètres sous terre.

— Et presque vidée de toute magie, si j'en crois la rumeur.

Farden tendit un doigt vers son ami. La chaleur du feu l'enveloppait comme des couvertures.

— Pour autant que je sache, il n'en reste plus aucune en Emaneska, mais Jergan semble croire qu'il en existe plusieurs qui nous ont échappé.

— En effet, et j'ai passé presque toute ma vie à tenter de les dénicher.

Il pianota sur ses lèvres fines, réfléchissant à la conduite à adopter.

— Ce sont de très mauvaises nouvelles, Farden, particulièrement si le lycan a raison à propos de cette source inconnue. Si l'on suppose que le voleur s'est emparé du livre pour accéder aux sortilèges, il faut envisager qu'il a pour projet de lâcher cette créature dans notre monde.

Durnus prononça ces derniers mots d'un ton lugubre, semblable à une voix glacée résonnant dans une grotte déserte.

— Si Jergan ne se trompe pas sur la taille et la puissance de cette créature, nous pourrions nous trouver en réel danger, et je ne parle pas seulement des Archans. Celui qui a volé ce livre cherche à mettre Emaneska sens dessus dessous...

Farden tourna le regard vers le vampyre et leurs yeux s'unirent en une étreinte d'acier.

— Nous devons nous rendre à Krauslung sans plus tarder.

Durnus bondit vers l'arche dans le coin de la pièce. Il parcourut les pages de l'ouvrage poussiéreux posé sur le lutrin et laissa courir ses doigts sur les lignes tracées à l'encre brune.

— Il me faudra une partie de la nuit pour préparer la preste-porte vers la citadelle. Tu dois te reposer. Je ne peux qu'imaginer ce que tu as traversé pour obtenir cette information, je te suggère donc de prendre un peu de repos, mon vieil ami, dit-il, ses yeux parcourant avidement le livre.

Le mage prit une profonde inspiration et s'empara de son manteau.

— Comment était-ce ? demanda brusquement Durnus.

Son doigt s'était immobilisé sur la page. Farden jeta un œil par-dessus l'épaule du vampyre.

— Comme voir la mort dans les yeux d'un loup de trois mètres de haut.

Le mage s'interrompit, se remémorant le combat, un tourbillon d'images et de sons. Durnus se tourna vers lui, un air amusé au fond de ses yeux pâles.

— Il me semble si étrange, mon vieil ami, que tu puisses un jour voir quoi que ce soit qui ressemble à la mort. Je crains toujours le pire pour toi, mais tu reviens vers nous avec une poignée d'égratignures. Je t'envie, Farden, lorsque tu es là-bas, face à des créatures telles que Jergan.

— M'envier ? répéta Farden avec un regard perplexe. En es-tu certain ?

Farden souleva sa tunique déchirée, dévoila son plastron et désigna la profonde entaille laissée par les griffes acérées du lycan.

— Ceci n'a rien à voir avec quelques égratignures – quelques centimètres plus haut et je serais mort ou en train d'errer dans les montagnes en hurlant à la lune.

Durnus sourit et retourna à son livre.

— Voyons, je te connais mieux que ça ! Je sais pertinemment que tu ne vis que pour le danger.

Durnus marqua une pause.

— C'est pourquoi je te recommande une nouvelle fois de rester prudent.

— Nous y voilà, marmonna Farden avec un soupir moqueur.

Le vampyre fit à nouveau volte-face pendant que le mage retournait s'affaler dans le fauteuil.

— Je ne vais pas te sermonner.

— Voilà qui me changera agréablement.

— Bien. Tout ce que je veux dire, c'est que nous nous connaissons depuis longtemps…

Durnus pianota sur sa tempe avec un doigt blanchâtre.

— Je sais pourquoi tu es venu en Albion. Je sais ce que tu cherches à fuir, et je t'ai vu lutter contre ça. Rappelle-toi seulement que nous tenons à ta personne et que tu as des limites, toi aussi.

Le vampyre croisa les bras et observa le mage. Son visage était grave, ses mots sincères. Farden se sentait toujours mal à l'aise dans ce genre de situation. Avec un ongle, il gratta l'un de ses canons d'avant-bras.

— Je pense qu'il me reste encore un peu de temps avant de les atteindre.

Durnus soupira et s'approcha du mage.

— Sois prudent, c'est tout, dit-il.

Farden acquiesça en silence. Le vampyre se surprit à sourire et posa une fine main grise sur l'épaule de son ami.

— Oui, je t'envie. Tu es celui qui est au centre de tout et qui fait pencher la balance, celui qui combat monstres et armées, dévoile les secrets et endosse le rôle du guerrier. Mes jours s'étirent depuis si longtemps sans trouver de fin, et mes souvenirs s'estompent petit à petit. Farden, je ne parviens plus à me souvenir du jour où j'ai tenu une épée pour la dernière fois… par les dieux, il y a au moins cinquante ans ! gloussa Durnus.

Farden profita de l'occasion pour changer de conversation.

— C'est que tu es un historien poussiéreux, mon ami. N'aie aucune crainte, je suis certain que tu as quand même tout le potentiel nécessaire pour une bonne bagarre.

— Ah ! Si j'étais toi, je ne miserais pas là-dessus.

Le vampyre retourna à son livre en riant.

Pour illustrer son propos, Farden attrapa un livre et souffla sur la couverture pour en ôter la poussière. Il passa la paume de la main sur le cuir et plissa les yeux pour décrypter le titre à moitié effacé.

— *Traité sur l'art du changement de forme*, ce ne serait pas un brin dangereux ça, Durnus ? Jouer avec les vieux arts dæmoniques ?

Durnus regarda le livre et haussa les épaules.

— Je suis un peu curieux, c'est tout. Et les dæmons ne sont pas les seuls à pouvoir changer de forme, mon cher mage. Que crois-tu que je sois ? Ou Jergan d'ailleurs ? Ces malédictions trouvent leur source dans les arts anciens, dit-il avant d'agiter un doigt sentencieux devant Farden. Savais-tu que les puissances qui lient un lycan sont diamétralement opposées à celles qui entourent un vampyre ? Si un vampyre devait un jour être mordu par un lycan, un véritable lycan, les deux malédictions devraient selon toute probabilité s'annuler.

— Que se passerait-il ? demanda Farden, mais le vampyre haussa à nouveau les épaules.

— Qui peut le dire ? D'où l'intérêt du livre ! soupira-t-il. Mais tu dois te reposer à présent. Il me faudra du temps pour tout préparer.

Farden acquiesça et se leva pour s'étirer.

— Et s'il te plaît, tiens compte de ce que je viens de dire. Je connais tes sautes d'humeurs.

— Compris.

Farden se dirigea vers la porte et poussa le battant. Son vieil ami avait raison, il existait quelques personnes dans ce monde qui comptaient pour lui. Farden pensa à quelqu'un en particulier, et une idée germa soudainement dans son esprit.

— Durnus, peux-tu m'envoyer à la preste-porte de la Spire ?

Le vampyre réfléchit un instant puis hocha la tête sans se retourner.

— Je n'y vois pas d'inconvénient, si c'est là ton souhait.

— Revoir Manesmark me fera du bien avant de retourner en ville.

Farden fit volte-face et laissa le vieil homme à ses ouvrages. Durnus aurait juré entendre le mage murmurer un remerciement avant de fermer la porte.

❧

Élessi errait dans les couloirs de la tour qui flanquait l'abbaye de l'Arche. Elle avait entendu la rumeur du retour de Farden et s'était mise à sa recherche sur-le-champ, le cœur serré par l'angoisse. Il était tard à présent ; l'exploration de la chambre du mage et de la salle à manger voûtée avait été vaine. La jeune femme parcourait les escaliers en spirale de la tour de l'abbaye, s'arrêtant pour scruter l'intérieur des salles vides ou pour écouter au travers des portes verrouillées des dortoirs et des quartiers qui abritaient les soldats endormis. Déterminée, elle grimpa quatre à quatre les marches qui conduisaient aux salles d'entraînement près du clocher, serrant ses jupes au-dessus de ses chevilles. Un bruit sourd, étouffé, résonnait dans le corridor de pierre à sa gauche, l'arrêtant dans son élan. La lumière jaune d'une torche filtrait par une porte entrebâillée au fond du couloir, et le reste de la galerie était baigné par la clarté paresseuse de la lune que répandait une fine fenêtre voûtée. Élessi se faufila sans un bruit, laissant glisser sa main sur la pierre brute. Ses doigts usés par le travail ressentaient chaque fissure et chaque crevasse de la pierre grise. À mesure qu'elle approchait, les bruits s'amplifièrent, lui rappelant les craquements vifs et intenses du feu qui dévore le bois.

La jeune femme gagna l'encadrement de la porte et observa la vaste salle à travers l'ouverture. Ses pupilles se rétractèrent devant l'intense lumière jaune. Des éclats lumineux et de brèves flammèches se reflétaient sur les poutres qui soutenaient le toit voûté, et elle se déplaça légèrement pour apercevoir la cause du bruit. Là, au centre de la pièce, le torse nu baigné de sueur, se trouvait Farden, occupé à projeter des flammes sur une cible en bois de forme humaine. Le mannequin se balançait sauvagement, suspendu au mur et arrimé au sol par de courtes chaînes métalliques. Il se tordait et se convulsait sous les déflagrations de magie. Farden ne portait qu'un pantalon noir. Dans la lueur des torches, Élessi voyait le torse du mage se soulever au rythme de ses inspirations, profondes et laborieuses. Ses épaules étaient baignées de sueur, mais ce n'était pas tout. Les yeux d'Élessi étaient à présent fixés sur son dos. Des lignes et des lignes d'écriture fine recouvraient les épaules du mage et le bas de ses reins ; des graphies ponctuées de traits qui se tordaient en élégantes arabesques, des spirales qui escaladaient sa clavicule et ses omoplates. Quatre symboles couraient le long de sa colonne vertébrale, des runes aux formes étranges, entourées par des entrelacs de mots mystérieux. Élessi ne put s'empêcher de remarquer plusieurs contusions qui en disaient long sur les activités du mage, autant de marques dispersées mais bien visibles sous les caractères noirs. Chaque fois que la magie se frayait un passage à travers son corps, les mots s'embrasaient, les inscriptions à la surface de la peau s'illuminaient brièvement d'une lumière blanche, vive et dansante. Élessi était paralysée, figée dans une attitude de pure fascination. Elle se concentra pour suivre du regard les lignes manuscrites, tentant de découvrir le sens caché de ces méandres de mots inconnus.

Farden envoya un nouveau jet de flammes sur la cible, dont le visage en bois gravé se consumait progressivement. Le mannequin, si tant est qu'un simulacre de bois soit doté de sentiments, paraissait terriblement abattu. Le mage interrompit son assaut l'espace d'un instant et serra les poings. Un son bourdonnant, presque un crépitement, s'éleva dans l'air. Farden ouvrit les paumes, libérant une véritable lame de fond d'étincelles et d'éclairs qui submergea la silhouette de bois. La chaîne qui retenait le mannequin, partiellement fondue, céda et libéra son fardeau, qui s'effondra sur le sol dans une nuée de cendres brûlantes. Le mage poussa un juron et se détourna pour récupérer sa chemise.

Élessi tressaillit, s'écarta de la porte et s'enfuit dans le couloir, saisie d'un sentiment de soulagement mêlé de peur. Cette nuit-là, elle rêva de spectres blessés et de monstres furieux, de gouffres insondables et de flammes qui dévoraient ses draps. Le sommeil l'abandonna et Élessi se réveilla, les yeux rouges, le corps baigné d'une sueur glacée.

Farden ouvrit les yeux sur la vive lumière du soleil hivernal qui perçait à travers la fenêtre ouverte. Il constata qu'il gisait paresseusement sur le ventre et se propulsa hors du lit, avant de s'étirer avec un entrain retrouvé. Après une nuit d'un sommeil profond et sans rêves, il était agréablement reposé et avide de prendre le départ. Le traitement prodigué par le vampyre – quel qu'en était le secret – avait été efficace, et Farden se promit de lui en soutirer le secret à la première occasion. Il acheva de s'étirer et récupéra ses vêtements et son armure, éparpillés dans la pièce. Il passa ensuite un tissu humide sur son visage et son cou noircis pour en ôter la crasse. Une de ses dents bougeait librement, en souvenir du récent combat contre le lycan. Farden inspecta les dégâts du bout de la langue. Il porta un doigt à la ligne de sa mâchoire, marmonna quelques mots, et la dent reprit sa juste place. Elle ne bougea plus.

Il se rendit à la fenêtre, goûtant la fraîcheur de l'air matinal. Le soleil d'hiver flottait au-dessus de l'horizon, caché entre les branches dénudées de la forêt de Durn. Un oiseau solitaire chantait un peu plus bas, quelque part sur les terres de l'abbaye de l'Arche. L'odeur du four à pain montait des cuisines et flottait dans l'air, entêtante. Le mage continua de se nettoyer, espérant présenter un aspect relativement acceptable en société, puis tenta de lisser les plis de ses vêtements avec sa main humide. Il enfila enfin sa tunique, ses bottes et son armure, avant de sortir d'un pas décidé.

Au moment de pénétrer dans les appartements du vampyre, Farden découvrit que la porte n'était pas verrouillée. La magie vrombissait, saturait l'air ambiant. Le feu semblait s'être éteint depuis longtemps, et seules les chandelles jetaient une faible lueur dans la pièce. Dans un coin, l'arche de métal et de pierre noire semblait plongée dans le brouillard, comme si un voile de soie frissonnait fiévreusement, sans relâche, au centre du vaste portail. La preste-porte semblait prête, déjà bourdonnante d'énergie.

Durnus reposait sur un siège de bois à côté du bureau, les yeux clos. Farden se dirigea calmement vers lui et posa une main compatissante sur l'épaule du vieil homme. Le vampyre remua légèrement et battit des paupières.

— Farden… Mmh, quelle heure est-il ? grommela Durnus.

— Un peu avant midi. C'est déjà l'après-midi à Manesmark, il est temps que je parte.

—   Bien !

Durnus frappa les mains sur ses genoux et se leva, toute fatigue envolée en un instant, et se dirigea vers le lutrin pour examiner la preste-porte frémissante.

—   Elle est prête. Étrangement, il m'a fallu plus de temps que prévu ; il semblerait que la magie soit faible en ce moment à Albion. En revanche, la preste-porte de Manesmark est un exemplaire à la puissance peu commune, établir le lien n'avait donc rien d'impossible…

Le vampyre continua à divaguer en parcourant les pages, préparant le sortilège qui allait suivre.

—   Tu sais bien que je ne comprends rien à cette magie du temps et de l'espace, mon vieil ami. C'est ton domaine, pas le mien.

Farden sourit avec chaleur.

—   Tout est une affaire de patience, mon bon mage !

Durnus plissa les yeux devant la surface brumeuse de la preste-porte et passa une main sur l'arche, attentif à ne pas s'approcher trop près du seuil bourdonnant. La surface d'obsidienne des blocs de pierre dégageait une chaleur inquiétante.

— Essaie d'imaginer que tu veux ouvrir et fermer une fenêtre à des milliers de milles de distance, avec rien d'autre qu'une corde et un long bâton.

— Ça ne m'aide pas vraiment.

Durnus réfléchit un moment en contemplant le plafond.

— Non, pas vrai ? Bon, tout semble en ordre, Farden. Il est temps de traverser. Maintenant rappelle-toi, retiens ton souffle avant de passer sous l'arche et regarde où tu marches. On dirait qu'il neige de l'autre côté, fit remarquer Durnus.

Farden observa les flocons de neige qui se bousculaient pour émerger du portail, formant un petit tas sur la marche supérieure de la preste-porte.

— Fantastique, commenta-t-il.

Il avait espéré qu'il ferait un peu plus chaud dans la cité, mais apparemment, ses espoirs resteraient vains.

— À bientôt, mon vieil ami.

Farden serra la main du vampyre et s'approcha du portail. Durnus feuilleta son grimoire.

— Tâche de te souvenir de chaque détail et sois certain de tes opinions avant d'en faire part aux Archimages. Tu as une entrevue avec eux ce soir, dans la grande salle.

Durnus observa l'épée dans le dos du mage et renifla.

— Ah, Farden ?

Le mage fit volte-face. Les yeux pâles du vampyre s'étrécirent en une grimace sévère.

— Je sens l'odeur du sang sur ton épée. Avec qui t'es-tu battu, à part Jergan ?

Farden chercha une excuse vraisemblable.

— Certaines personnes n'écoutent rien, dit-il brusquement.

Il haussa les épaules et fixa le plancher pour échapper à la réprimande qui allait arriver.

Le vampyre, cependant, se contenta de soupirer.

— Ne te laisse pas aller, Farden. Avant tout, tu es un instrument de l'Arche, une arme de précision et de tact, finement ciselée. Des règles existent, et les mauvais choix n'iront pas sans conséquences. Garde ceci à l'esprit la prochaine fois que tu tireras ton épée. J'ai vu ton oncle emprunter le chemin de la violence il y a bien longtemps, et vois où il en est à présent. C'est ma dernière mise en garde.

Le regard de Durnus était grave. Le vieil homme n'était pas en colère ; il paraissait plutôt déçu, ce qui dépita le mage encore plus. Lui rappeler son oncle n'était pas utile, songea-t-il.

— Je m'en souviendrai, marmonna-t-il avant de gravir les quelques marches qui le séparaient de l'arche.

Farden sentit la morsure du froid qui émergeait du portail, et passa les mains sur les montants frissonnants. Il leva un pied. Soudain, la porte s'empara de lui avec des mains d'acier et l'entraîna dans un tunnel éblouissant, tourbillon de lumière et de bruit. Ballotté par la preste-porte, Farden sentit le vent voler l'air de ses poumons et des courants d'air glacés piquer ses yeux larmoyants. Puis, en l'espace d'une seconde, tout s'arrêta.

Farden trébucha sur l'herbe humide et gelée de la campagne qui entourait Manesmark, et dut plonger la main dans la neige pour retrouver son équilibre.

Derrière lui, la preste-porte se referma dans un grésillement, et le mage secoua la tête pour se débarrasser du vertige qui lui retournait l'estomac. Tremblotant, il se releva pour se retrouver nez-à-nez avec un soldat en poste à côté de lui. Le soleil du début d'après-midi étincelait sur son plastron en acier et faisait scintiller une balance dorée, l'emblème de l'Arche. Farden adressa un signe de tête à l'homme en armure, qui inclina sa tête coiffée d'un heaume et ravala instantanément son rictus moqueur. Le mage lui lança un regard acerbe avant de débarrasser ses mains de la neige fondue.

— Vous n'avez qu'à essayer ! On verra bien comment vous atterrirez.

Le soldat s'efforça de carrer les épaules et s'éclaircit la gorge.

Encore étourdi, le mage se mit en route pour admirer les terres qu'il avait connues dans ses jeunes années. Le paysage, fidèle à son souvenir, était à couper le souffle. Les imposantes montagnes d'Össfen s'étendaient sur des lieues, dans toutes ses directions. Aussi loin que portait le regard, elles trouaient le ciel hivernal de leurs sommets enneigés, éraflant les lourds nuages gris de leurs dents de roche. Entre les pics déchiquetés, des chutes d'eau jouaient au milieu des rochers, ruisselant entre les fjords gelés et une poignée de fermes couvertes de neige. Au nord, Farden apercevait les pentes mortelles de Lokki, le plus haut sommet d'Emaneska. En contrebas, des villages s'accrochaient à flanc de colline, enveloppés par la fumée des feux de bois, émergeant timidement des congères. Farden regarda au pied de la colline en direction de Manesmark, le foyer traditionnel des forces archanes : un mélange d'habitations, d'auberges et de baraquements qui épousaient le relief du terrain. Les édifices s'élevaient, hauts et fiers, construits avec élégance en pierre grise et en bois de pin, surmontés de toits pointus en ardoise. Les cheminées crachaient un brouillard gris. À cette heure de la journée, le marché devait battre son plein, puisque des éclats de voix montaient aux oreilles glacées de Farden.

Des souvenirs épars, tels des lièvres effarouchés, traversèrent les champs de la conscience du mage tandis qu'il marchait sur les collines. Depuis bien longtemps, Manesmark était le foyer des Escrits, abritant l'Académie où les mages effectuaient leurs études et où Farden avait été formé durant sa jeunesse. Il pouvait toujours sentir l'odeur de brulé, étrange et omniprésente, qui imprégnait les lieux. Sur sa peau, il ressentait encore le plancher rugueux et la texture des lits ; sur sa langue, il goûtait à nouveau le porridge liquide et jaunâtre. L'Académie des Escrits avait représenté pour lui un univers d'intimidation, de sortilèges et de peur permanente. Un certain nombre de ses camarades de classe y avaient trouvé la mort, victimes d'un coup de couteau supposé accidentel ou pris dans le sillage d'un sortilège. En ces temps-là, la réputation de la prestigieuse école était entachée par un esprit de compétition féroce, et Farden était convaincu que rien n'avait changé. Sa classe d'apprentis escrits s'était trouvée réduite à seulement trois candidats à bout de force, et Farden avait bien failli ne pas tenir le coup. Il se souvint, lorsqu'il se tenait devant les aînés, contusionné et meurtri mais vibrant de magie, le dernier jour de son entraînement. Il avait senti le sang couler sur son front en entendant son nom sur leurs lèvres strictes. Chaque instant fut une torture, mais cette épreuve fit de lui un homme, lui montra le véritable visage de la magie et lui dévoila l'essence sauvage, cachée, d'Emaneska. Farden pouvait encore sentir l'aiguille en os de baleine du Scribe graver les mots dans son dos.

Le mage grimpa le versant humide et glissant de la colline en direction de la Spire, une tour monumentale qui surplombait le paysage montagneux de Manesmark, se dressant sur des centaines de pieds en direction du ciel. C'est là que les Escrits vivaient, s'entraînaient et se reposaient lorsqu'ils en avaient l'occasion. À mesure que Farden approchait, il commençait à sentir la puissance qui bourdonnait à travers les murs de la construction élancée, émanant des innombrables balcons et des coursives sur les flancs de la Spire. À la base de la tour, des gardes et des soldats, semblables à des fourmis, se déplaçaient avec frénésie. Farden repéra une poignée d'Escrits parmi eux, vêtus d'un long manteau et encapuchonnés comme lui. Le Conseil de la magie s'était appliqué à renforcer les rangs des Escrits depuis la fin de la guerre ; à présent, malgré les récentes échauffourées d'Efjar, ils n'avaient jamais été aussi nombreux. D'après les informations récoltées auprès de Durnus, pas moins de deux cents mages s'entraînaient à la Spire et un peu plus de la moitié portaient le Livre.

Farden atteignit le pied de la tour et se dirigea vers l'entrée. Lorsqu'il s'approcha de la porte, la vibration s'intensifia, semblable au son d'une cloche géante qui résonnerait sous terre.

— J'ai peur que vous ne puissiez pas entrer, Sire, il y a déjà trop de monde là-dedans, dit un petit homme en uniforme qui se tenait dans l'encadrement.

Il désigna l'intérieur avec son pouce.

Farden jeta un œil au-delà de l'entrée, en direction de l'énorme atrium de la Spire, un hall au plafond courbe cerclé d'escaliers et de couloirs qui partaient dans toutes les directions. Au milieu de l'atrium se trouvait une écaille de dragon colossale, suspendue dans les airs au bout d'épaisses chaînes métalliques. Elle tremblait sous l'afflux d'énergie et produisait un son grave et plaintif. La présence de mages

Escrits en trop grand nombre à la Spire pouvait rendre fous les gens normaux, à cause de la puissance brute de la magie pure. L'écaille du dragon vaincu tenait lieu d'avertissement au cœur de la Spire, et se mettait à résonner lorsque la présence de magie augmentait dangereusement. C'était pénible, mais nécessaire.

Farden acquiesça avec réticence et s'assit sur un rocher proche. Il regarda les gens se frotter les tempes pour chasser un mal de tête passager, et il écouta l'écaille qui redevenait lentement silencieuse. Le mage haussa les épaules. Krauslung allait attendre encore un peu.

Cheska observait le faucon messager voleter derrière la fenêtre de sa chambre. Le pauvre volatile cherchait un endroit pour se poser sur la neige gelée du rebord de pierre, battant des ailes sans succès avec des gémissements contrariés. Dès qu'il fût à portée de main, elle récupéra prestement la cartouche de bois accrochée à la serre de l'oiseau ; celui-ci reprit aussitôt son envol, probablement à la recherche de nourriture. Brisant le tube d'un coup sec, la jeune femme en sortit un morceau de parchemin. Les trois mots qui y étaient griffonnés à la hâte étaient tout ce qu'elle avait besoin de savoir. Cheska tint la note au creux de sa main et se concentra intensément, remuant les lèvres sans bruit. Dans un bref éclat de lumière, le parchemin fut réduit en cendres. La jeune femme grimaça et suçota l'un de ses doigts, légèrement roussi. La vibration de l'écaille parvint à ses oreilles, et elle fit volte-face pour quitter sa modeste chambre. La jeune femme jeta un bref coup d'œil à son reflet dans un miroir de bronze poli et ouvrit la porte.

— Bon après-midi, Cheska !

Paré d'un sourire éclatant, Brim lui adressa un clin d'œil qui ressemblait à s'y méprendre à un tic nerveux. Son seul ami de l'Académie se tenait sur le pas de la porte, le poing levé avec l'intention de frapper sur le montant.

— Oh, Brim. Je partais à l'instant, dit Cheska.

— Bien ! Moi je vais au marché, on peut faire le chemin ensemble ?

Elle hocha la tête, soupira intérieurement et se laissa conduire vers les escaliers.

❦

Farden commençait à s'ennuyer. Quelques rayons de soleil avaient entrepris de percer l'épaisse couche de nuages, invitant le mage à repousser son capuchon pour laisser la précieuse chaleur baigner son visage et la brise d'altitude jouer dans ses cheveux foncés. Une poignée de soldats qu'il connaissait le saluèrent d'un signe de tête en passant à sa hauteur. Les autres Escrits étaient pour la plupart courtois, mais curieux d'en savoir plus au sujet de Farden. D'un naturel solitaire, le mage choisissait généralement de rester discret en présence des autres, préférant sa propre compagnie. Il n'était plus un secret à la Spire que les gens le considéraient comme un individu sauvage et dangereux. Les yeux du mage parcoururent la foule grouillante, à la recherche d'une personne particulière. *Elle a dû entendre l'écaille résonner*, pensa Farden. Puis il la vit.

Elle provoquait invariablement un léger décrochement de sa mâchoire au premier regard. Cheska paraissait magnifique, comme à son habitude. Depuis son perchoir sur le rocher, Farden l'observa louvoyer à travers la foule avec la grâce d'un chat, ses yeux bleus perçants parcourant la multitude de visages, manifestement à la recherche de quelqu'un. Sa longue chevelure blonde s'échappait par les bords de son capuchon et se balançait, hypnotique, dans la brise. Elle semblait sourire en permanence, depuis le premier jour où il l'avait vue errer dans les couloirs de la Spire, alors qu'elle n'était qu'une jeune fille perdue. Sa peau était plus pâle que celle de la plupart des gens et trahissait, à l'instar de ses cheveux, ses origines skölgardiennes. Son sang royal était manifeste, tant il transparaissait dans sa démarche et sa posture. Comme lui, elle portait un long manteau foncé par-dessus une tunique noire ajustée, qui ne cachait en rien l'envoûtante et inaccessible courbure de son corps.

Il était de notoriété publique que Cheska était la fille de Bane, le roi du puissant empire du Skölgard, au nord-est. Et cela faisait d'elle une princesse. Le simple fait de vivre avec les Archans, sans même mentionner la pratique dangereuse de la magie, avait représenté une décision politique importante pour les deux pays. La jeune fille avait été surveillée par une véritable horde de soldats skölgardiens, à chaque étape de sa formation, durant chaque année à l'Académie, jusqu'à ce qu'elle les congédie un par un pour s'immerger dans le monde sans concessions de la magie. Farden devait l'admettre – elle était douée, plus encore que tous les apprentis escrits qu'il avait côtoyés jusqu'à présent, et ce fait avait rendu leur petite liaison d'autant plus excitante et dangereuse.

Il laissa ses yeux saisir chaque centimètre de son être. Il ne l'avait plus vue depuis quelques mois, et une sensation agréable, sinon légèrement inattendue, se répandit dans sa poitrine. Il observa son ami, ce Birn – ou Bridd, quel que soit son nom – qui la suivait comme un chien fidèle, dans l'espoir qu'on lui jette une friandise. Farden serra la mâchoire dans un accès de jalousie furtif. Quand une paire d'yeux bleus, lacs de montagne insondables, croisèrent les siens, il se leva avec un large sourire.

— Eh bien ! Regardez ce que le griffon nous a rapporté !

Cheska sourit à son tour alors qu'ils s'étreignaient avec force. Elle se dressa sur la pointe des pieds et passa les bras autour du cou de Farden. Il s'autorisa un bref baiser sur sa joue, et elle recula avec un air espiègle. Un sourire énigmatique s'esquissa sur les lèvres du mage, et il soutint le regard de Cheska un peu plus longtemps que nécessaire.

Brim toussa poliment dans son poing, faisant sortir les jeunes gens de leur courte transe.

— Oh, Farden, tu te souviens de Brim, n'est-ce pas ? Il était dans la même classe à… commença Cheska.

— Nous nous sommes déjà rencontrés à quelques reprises. Heureux de te revoir.

Farden emprisonna la main de l'homme dans une poigne de fer. Brim s'efforça de lui rendre son regard glacial, renonça, et grimaça sous l'effet de poignée de main.

— Vous aussi, Monsieur. Qu'est-ce qui vous amène à Manesmark ?

Comme les autres étudiants de l'Académie, Brim avait entendu les rumeurs qui entouraient ce mage mystérieux. Il était intimidé.

— Les affaires habituelles à Krauslung. Je dois m'y rendre sous peu, annonça Farden en observant Cheska passer les doigts dans une mèche de ses cheveux.

Un éclat rouge attira son regard. La sensation de chaleur dans sa poitrine disparut instantanément.

— Dis-moi que ce n'est pas ce que je crois…, dit-il froidement.

Elle rit, ignorant son inquiétude.

— Tu as vu juste.

Elle releva la manche de son manteau et révéla un cercle de métal rouge enserrant son poignet mince. Il s'agissait d'une *fjortla*, un bracelet qui désignait, conformément à la tradition, les apprentis escrits. Le métal rouge, d'une grande rareté, était supposé apporter force et persévérance à son porteur au cours du Rituel, trois jours durant lesquels le Livre était gravé dans la peau, un procédé dangereux auquel la moitié des candidats survivaient. Farden possédait toujours sa vieille fjortla, rangée quelque part à l'abbaye de l'Arche.

— Nous avons été choisis pour devenir Escrits dans moins d'un mois !

Cheska sourit et posa la main sur le bras de Farden.

— Tous les deux ? demanda-t-il.

— Tous les deux.

Brim dénuda son poignet et lui montra son propre morceau de métal rouge. L'angoisse s'empara de Farden. Farden n'avait cure du sort de Brim, mais de Cheska ? Rien de comparable. Il s'agissait de l'une des rares personnes au monde auxquelles il tenait, et elle s'était engagée à entreprendre un rituel terrible et exténuant qui pourrait aisément la tuer.

— Cheska, c'est un sérieu…, commença Farden, mais Cheska secoua la tête avec un air de défi.

— Assez de foutaises sur la vulnérabilité des femmes ! Je croirais entendre mon père, pesta-t-elle.

Farden dévisagea Brim pendant un instant, avant de renoncer.

— Très bien, je ne dis plus rien ! dit-il en levant les mains. Tu veux marcher avec moi ?

Cheska sourit et se tourna vers son ami.

— Je te retrouverai plus tard, Brim. Nous nous verrons au marché, dit-elle.

Le jeune homme acquiesça, un peu confus, et regarda les deux jeunes gens s'éloigner dans la foule des passants et des soldats.

— Fantastique… marmonna-t-il.

Avec un soupir résigné, il se détourna et prit la direction de Manesmark.

❧

— Tu n'es pas sérieuse !?

— Oh Farden, ne sois pas hypocrite ! Tu disais que tu avais hâte de passer par là quand ils t'ont choisi.

Cheska passa à nouveau une main dans ses longs cheveux blonds. Sa tunique mettait parfaitement en valeur ses courbes fines, et Farden ne pouvait s'empêcher de lui jeter des coups d'œil à la dérobée.

— Que croyais-tu qu'il allait se passer, d'ailleurs ? Que j'allais m'entraîner toutes ces années et abandonner avant la dernière étape ?

Elle prit un air renfrogné et regarda ailleurs.

— C'est tout bonnement dangereux, Cheska, et tu sais… La voix de Farden s'altéra. Il pensait à Jergan.

Ses bottes frappaient les pierres branlantes du chemin avec un bruit sourd. Ils descendaient un sentier calme, qui s'éloignait en sinuant de la voie principale reliant Manesmark à Krauslung. Derrière eux, le brouhaha de la Spire était toujours perceptible par-dessus le claquement des drapeaux et le chant des oiseaux. Cheska s'arrêta net sous un éperon rocheux qui surplombait l'étroit sentier.

— … Je sais quoi ? s'enquit-elle.

— Tu sais bien ce que je veux dire.

Farden agita la main d'un air absent, mais la jeune femme l'attrapa adroitement, un air taquin au fond de ses yeux glacés. Elle tira sur l'écharpe rouge autour de son cou.

— Tu portes toujours le cadeau que je t'ai offert ? dit-elle sans se départir de son sourire.

Il l'attira à lui et ils s'embrassèrent, leurs lèvres unies dans une étreinte passionnée. Les mains de Farden sinuèrent, reptiliennes, le long de son dos. Il la tira vers lui, jusqu'à ce qu'elle se dresse sur la pointe des pieds, qu'elle passe ses bras autour de son cou et laisse ses doigts de perdre dans ses cheveux noirs. Il commença à l'embrasser au creux du cou, laissant son odeur lui donner le vertige, et l'attira encore plus près à mesure que ses mains descendaient le long de son dos et de ses jambes.

— Non, Farden, pas ici.

Elle posa une main sur son torse et se pencha en arrière. Il la libéra de mauvaise grâce.

— Si on se fait prendre, ils te condamneront au pilori. Et mon père, qui sait ce qu'il te ferait…

— Ils n'oseraient jamais, dit-il avec un sourire rusé. Tu n'es pas encore une Escrite, alors quelle importance ?

— Pas ici.

Cheska sourit et l'embrassa de nouveau, cette fois avec douceur.

— Je pense que je vais retourner à la Spire.

Elle posa une main sur ses lèvres lorsqu'il tenta de parler.

— Je sais que tu t'inquiètes, Farden, mais je peux le faire. J'ai passé les douze dernières années à m'entraîner pour ça, et les dieux savent combien j'ai lutté contre mon père pour y arriver. Je ne laisserai pas un autre homme borné me barrer la route. Sois simplement là pour moi, Farden.

Elle avait raison et venait de marquer un point, Farden devait l'admettre. Il hocha la tête et glissa furtivement un autre baiser sur sa joue, provoquant le rire de la jeune femme, qui sauta hors d'atteinte. Ses yeux brillants virevoltèrent sur la ville, visible dans le lointain.

— Sois prudent à Krauslung, dit-elle.

Farden prit sa main et la regarda avec un petit sourire satisfait, étrange et espiègle.

— Moi, prudent ? Que veux-tu qu'une bande de bureaucrates me fassent avec leurs manœuvres politiques ?

Il rit et la gratifia d'un clin d'œil.

— On se verra bientôt.

— Je l'espère, dit Cheska avant de se tourner pour remonter le chemin en sens inverse.

— Cette nuit ? susurra Farden.

Elle lui lança un regard par-dessus son épaule.

— Je te trouverai, dit-elle, et il s'autorisa un petit sourire.

Le mage l'observa jusqu'à ce qu'elle ait disparu derrière une fine arête de pierre.

— La politique…, marmonna-t-il en secouant la tête. La politique et les règles…

Il donna un coup de botte dans un galet pour faire bonne mesure et le regarda dévaler le flanc de montagne, puis il se mit en route.

❦

À quelques heures de marche de Manesmark, nichée dans une profonde vallée entre les pics jumeaux d'Ursufel et de Hardja, se dressait l'immense citadelle de Krauslung, capitale de l'Arche, siège de sa Cathédrale et des autorités du pays, représentées par le Conseil de la magie.

Farden atteignit la cité colossale au moment où l'après-midi se retirait en faveur de la pénombre hivernale. Le ciel était encore lumineux malgré les nuages, mais l'ombre froide de la nuit planait sur l'horizon, prête à se faufiler entre les montagnes. Le mage encapuchonné traversa l'étendue d'herbe gelée de la vallée, le regard levé vers les monts escarpés qui s'étendaient de part et d'autre. Leurs visages de pierre, qui surplombaient les murs de la ville, étaient d'un gris sombre, parsemés de buissons et de pins particulièrement intrépides. Les immenses remparts de Krauslung occupaient l'espace entre les deux pics, tirant parti des falaises pour constituer des fondations massives à leurs épaisses défenses de pierre. Quelques hectares de champs s'étiraient devant la ville. Les maisons et les chaumières qui tenaient lieu de foyer aux centaines de paysans se nichaient dans l'ombre des murs vertigineux. Un flot de voyageurs et de citadins se déversait à travers le portail principal dont l'arche immense, dominée par le corps de garde, rivalisait en hauteur avec la Spire à Manesmark. Des remparts de pierre couronnaient les murs, d'où un petit détachement de gardes, reclus derrière les meurtrières, scrutaient les visiteurs en approche. Le cessez-le-feu avec les Siréniens, prolongé et précaire, avait rendu les gardes archans de plus en plus prudents et suspicieux au fil des ans, à l'affût de l'ombre d'un dragon ou d'un espion sirénien. Même après quinze ans, personne ne semblait prêt à oublier.

Farden se joignit à la foule qui se dirigeait lentement vers la ville, ses bottes crissant sur les graviers de la large route. Il resserra son manteau autour de lui pour se tenir à l'écart du froid inquisiteur. Des marchands postés au bord de la route haranguaient les passants dans l'espoir de réaliser une dernière affaire avant la nuit. De jeunes enfants couverts de boue couraient après des cochons et des oies pour les rassembler en petits troupeaux. Une poignée d'hommes du Sud à la peau foncée, des épées recourbées au côté, étaient assis autour d'un feu de camp au bord de la route, discutant à voix basse dans une langue grave aux accents étrangers. L'odeur de viande et d'épices exotiques vint chatouiller le nez de Farden. Un homme gras, monté sur un ours noir à l'air abattu, déambulait entre les passants en fouettant occasionnellement sa monture pour la faire avancer plus vite. La bête se contentait de grogner avec indifférence, sans changer d'allure.

Après un court moment passé à se faufiler entre la multitude de têtes, Farden atteignit l'imposante arche de la porte principale. Des villes, il en avait vues à foison, mais celle-ci ne cessait de l'impressionner. Le mage leva les yeux avec admiration vers les blocs de pierre gigantesques suspendus au-dessus de sa tête, percés de trous destinés à servir d'assommoir en cas d'assaut. Les gardes le dévisagèrent un instant lorsqu'il passa entre eux, puis, à mesure qu'ils découvraient ce qu'il était, chacun se détourna rapidement pour inspecter les visages suivants. Farden descendit davantage son capuchon sur son visage.

Devant le mage s'étendait la cité, et depuis cette position privilégiée au pied des portes, l'ensemble de Krauslung était visible, étendue sous ses pieds telle un tapis au motif complexe. De part et d'autre, les deux montagnes plongeaient à pic avant de faire place à une étroite vallée encaissée qui s'achevait par le port de Rös, en forme de fer à cheval, et à ses mythiques chantiers navals. De là, la baie et les eaux froides de la mer de Bern s'étendaient sur des lieues avant de se confondre avec les îles de Skap dans le lointain, de simples taches sombres qui s'étiraient à l'horizon comme un géant à demi immergé. Les montagnes d'Össfen défilaient à perte de vue vers l'est et l'ouest, murs abrupts qui repoussaient les vagues amères de la mer hivernale. Le mage pouvait respirer l'odeur de sel, omniprésente, et entendre les cris plaintifs des mouettes affamées dans le vent. Il sourit.

Farden reporta son attention sur la ville. Il n'était plus venu depuis plusieurs mois et avait presque oublié combien la vue était impressionnante. Sur sa droite, appuyée contre les murs à pic de Hardja, se dressait la Cathédrale de l'Arche, érigée avec un granit gris et une pierre blanche polie en provenance des villes à flanc de falaise à l'ouest. Une grande salle surmontait la structure semblable à une immense ruche, couronnée par deux fines tours qui bordaient de part et d'autre le toit en coupole. Les tours abritaient les cloches jumelles qui tiraient leur nom des deux montagnes bordant la cité, Ursufel à gauche et Hardja à droite. Farden ne les avait plus entendues retentir depuis des années, à la fin de la guerre. La Cathédrale de l'Arche descendait en spirale vers les rues de la ville. Tel un gigantesque gâteau, sa structure était constituée de niveaux concentriques qui abritaient des bibliothèques, des halls, des cuisines, des casernes, des terrains d'entraînement et les quartiers royaux destinés aux deux Archimages et aux membres du Conseil. C'est ici que se nichait le cœur battant de l'Arche, où l'équilibre de la magie était surveillé, et où le Conseil menait une partie d'échecs avec le reste du monde.

Le mage se fraya un chemin plus profondément dans la vallée, descendant vers la citadelle. La nuit tombait enfin, et la cité s'animait frénétiquement. Plus bas, les rues étaient bruyantes ; les gouttières débordaient d'eau de fonte et de dieux savent quoi. Certains habitants se penchaient aux fenêtres pour héler un interlocuteur en contrebas, tandis que d'autres s'adonnaient au jeu ou au troc dans les étroites allées. Des colporteurs étalaient leurs marchandises, vociférant en direction des passants, et des femmes au maquillage criard sifflaient, s'agrippant aux hommes qu'elles jugeaient présentables. Farden jubilait. Ici, personne ne lui accordait la moindre attention ; il n'était qu'un mage à l'apparence légèrement inquiétante, qui pouvait se fondre dans les passages sombres et entre les étals des marchés sans que quiconque ne le regarde à deux fois. Même les enfants entraînés à faire les poches des badauds l'ignorèrent, assez malins pour ne pas chercher querelle à un Escrit.

À Krauslung, tout le monde semblait vivre au-dessus de quelqu'un d'autre. Les constructions de la ville étaient empilées, étage après étage, jusqu'à ce que chaque maison, boutique ou taverne paraisse appuyée sur la suivante, et que les rues ressemblent aux artères et aux capillaires noircis d'un immense être vivant.

Farden parvint enfin dans l'une des avenues principales qui traversaient la ville, où la foule s'espaçait, légèrement plus civilisée, et où la lumière parvenait jusqu'au sol. Il leva le regard vers les édifices les plus élevés, avec leurs fenêtres à vitraux et leurs toits voûtés recouverts d'ardoise, et quelques nantis l'observèrent en retour. Derrière les vitraux, ils trempaient leurs lèvres dans des coupes élégantes et picoraient délicatement de la nourriture dans leurs mains en coupe. Dans la cité, les citoyens privilégiés réclamaient les étages supérieurs. Ils avaient transformé le niveau social en une affaire de hauteur tout à fait littérale.

Farden renifla et continua sa marche sans perdre une miette du spectacle. Il observa quelques vieux marchands qui se reposaient derrière leur stand, fumant la pipe ou mâchonnant du pain durci après une longue journée rentable. Des soldats archans se tenaient à chaque coin de rue. Leur armure en argent poli renvoyait la lumière du crépuscule. Une taverne à droite de Farden émit soudain une vive musique alors que deux bardes, ou *skalds*, rassemblaient les clients autour de récits bruyants remplis de héros, de bêtes et de magie. Les ivrognes chantaient en rythme, et quelques-uns sortirent dans la rue pour fracasser leurs chopes l'une contre l'autre dans des giclées de bière brune. Les soldats leur jetèrent un regard méprisant.

À sa gauche, un groupe de femmes élégantes, au visage maquillé et aux cheveux relevés en arrière, promenaient des mains gantées sur des bijoux et des objets décoratifs à la fenêtre d'une boutique. Certaines femmes tenaient leur oie de compagnie à leurs côtés. Les grasses gallinacées étaient décorées aux mêmes couleurs que les robes de leur propriétaire et tenues par des laisses de velours ; elles gloussaient en se dandinant. Farden sourit. La mode de la haute société lui avait toujours paru un peu étrange, mais après tout, les souhaits des riches dames avaient toujours commandé le cordon des bourses des hommes bien nantis. Il se surprit à dévisager l'une des femmes à la chevelure claire et qui ressemblait à Cheska, mais il la chassa de son esprit et se remit en marche. Une sensation agréable se répandit dans sa poitrine.

Les vitres des boutiques l'interpellaient avec leurs couleurs vives et leurs enseignes : « Potions, lotions et notions, des remèdes pour tous à base de magie ! », « Vigtor Urtt : fournisseur de lames et d'armes pointues ! », « des vêtements élégants pour des dames élégantes ! ». Ce dernier était accompagné d'un petit écriteau en bois qui annonçait « Entrée interdite aux mendiants ».

C'était là le quotidien de la cité, tout particulièrement ces dernières années. Les pauvres vivaient en-dessous des riches, proches et pourtant inaccessibles, incapables de traverser le fossé entre les classes mais résolus à vivre dans une harmonie grossière tant que leur vie suivait son cours paisible. Farden, pour sa part, estimait se trouver au milieu du gouffre. Il n'était ni riche ni pauvre, simplement quelque part entre les deux, un étranger auquel l'on ne prête aucune attention. Il se considérait comme un élément du mortier qui maintenait la cohésion de l'Arche, un serviteur du Conseil de la magie, dont le rôle était de conserver cet équilibre, ce mode de vie cher à un peuple naïf. Cette situation lui sembla soudain étrange ; il s'agissait d'une tâche ingrate, à laquelle il s'attachait malgré tout. Si le monde de la magie tout entier était une partie d'échecs, alors Farden était un pion.

Farden prit la direction du nord en empruntant une rue bordée d'habitations. Levant les yeux vers les portes de la Cathédrale de l'Arche, il entreprit la longue ascension à travers les rues inclinées.

chapitre 5

« Tu m'entends, ces Archimages, ils me disent rien qui vaille, sinon pourquoi ils nous garderaient à l'écart de leur fichue tour en faisant des mystères comme ça ? Et t'sais pas c'que j'ai entendu... y'en a un, Helyard, paraît qu'y peut changer le temps, faire pleuvoir et tout c'qui va avec. Ça me flanque une sacrée trouille, pour sûr. Ce s'rait moi, je mettrais des vrais gens là-bas, pour que tout marche droit, y'aurait pas d'embrouilles, oh que non. C'est qu'on sait y faire, nous ! »

« Quoi, la guerre ? C'était pour de l'or ou des terres... Bah, ça devait êt'pour l'or... »

Conversation entendue dans une taverne de Krauslung

— Farden !

L'écho d'une voix puissante se répercuta sur les murs de marbre du couloir. Le mage se retourna pour apercevoir un visage familier fendu d'un grand sourire et une main tendue vers lui.

— Maître mage, c'est toujours un plaisir.

Farden sourit avec chaleur et serra vigoureusement la main offerte.

— Cela fait si longtemps, Farden, si longtemps ! Et tu peux te passer de ce « Maître mage » et tout ce qui s'ensuit, tu me connais mieux que ça !

Le seigneur Vice afficha un sourire débordant de dents étincelantes et frappa l'épaule de Farden.

— Je vois que tu n'as pas changé, toujours à jouer le politicien, dit Farden.

Ils rirent de concert et continuèrent de marcher le long du couloir. Vice était un vieil ami et un puissant mentor pour Farden ; il le connaissait peu ou prou depuis toujours, depuis ce jour où il l'avait rencontré à l'Académie. Vice n'était alors qu'un instructeur au rang mineur, mais étape par étape, petit à petit, il s'était frayé un chemin dans les méandres du pouvoir jusqu'à prendre place au côté des deux Archimages, le puissant Helyard et le sage Âddren. Selon la rumeur, Vice rendait de fiers services, et Farden était honoré de disposer d'un ami à une telle position – quelqu'un en qui il pouvait avoir confiance au sein des hautes sphères de la pompeuse société archane.

Vice était un homme bien bâti ; sa silhouette était tout sauf chétive, et il dépassait Farden d'une demi-tête. Sur sa hanche, un long poignard de cérémonie témoignait de son rang. Il était vêtu d'une longue robe noire et verte qui bruissait sur le sol de marbre au fil de ses pas. Ses cheveux d'un blond cendré s'enroulaient en boucles souples au-dessus d'un front haut qui commençait à montrer les sillons de l'anxiété et de l'âge. Ses yeux bruns foncé paraissaient chaleureux et accueillants, et sa mâchoire était bien dessinée – un détail qui, associé à des pommettes hautes, lui donnait un air princier. Pourtant, Farden savait pertinemment que Vice dissimulait une puissance impressionnante derrière son apparence sereine ; il avait vu plus d'une fois ces yeux-là flamboyer d'une magie déchaînée. Si les souvenirs de Farden étaient corrects, Vice avait été l'un des meilleurs élèves de l'Académie. Quoi qu'il en soit, le Maître mage s'était montré prodigue en conseils, enseignant à Farden nombre de ses sortilèges. Mais il n'était pas un Escrit, et son pouvoir n'était rien en comparaison de celui des Archimages.

À mesure qu'ils déambulaient, Vice posa un bras affable autour des épaules de Farden pour le guider vers le bout du couloir. Il prit la parole à voix basse au passage d'une poignée de domestiques, promenant un regard déterminé sur le dallage en marbre puis sur les grandes fenêtres arquées qui ponctuaient le couloir. Le soleil se couchait progressivement derrière les montagnes.

— Le présent nous semble bien sombre, Farden. J'espère que les nouvelles sont bonnes, murmura-t-il.

— J'ai des nouvelles, mais seuls les Archimages et toi pourrez juger si elles sont bonnes ou mauvaises.

— La tragédie qui s'est produite à Arfell nous a porté un coup magistral. Perdre d'éminents savants est une chose, mais savoir qu'un livre aussi dangereux a été emporté malgré notre vigilance est bien pire.

Vice secoua la tête et joignit les mains derrière son dos.

— Je suis d'accord, dit Farden.

Deux gardes firent pivoter une épaisse porte et frappèrent leurs talons l'un contre l'autre en guise de salut. Tous deux portaient fièrement de courtes lances et des boucliers ronds, et arboraient les mêmes teintes de vert et de noir que le Maître mage. Le jeune mage patienta jusqu'à ce qu'ils aient passé la porte.

— Quoi qu'il se passe pour le moment, nous n'avons pas le luxe de perdre du temps.

— Voici venir tes bonnes nouvelles, j'imagine, dit Vice sèchement.

Il frotta son menton rasé de frais.

— Nous ferions mieux d'en discuter avec le Conseil. Ils t'attendent.

D'un geste, il désigna une porte blanche sertie d'or – un seuil que Farden avait rarement franchi. Deux nouveaux gardes flanquaient l'épais montant, engoncés dans une armure de cérémonie intégrale, constituée d'or étincelant et de métal vert. Leurs boucliers avaient été polis pour rivaliser avec la perfection d'un miroir, et leurs lances étaient d'une telle longueur qu'elles raclaient presque le plafond de marbre voûté. Les gardes portaient un heaume doré qui recouvrait l'intégralité de leur visage ; ils s'inclinèrent légèrement lorsque Farden et Vice approchèrent. Farden carra les épaules et s'éclaircit la gorge avec conviction. Il s'efforça de se rappeler l'étiquette et le protocole que Vice lui avait enseignés longtemps auparavant, mais rien ne lui vint à l'esprit.

— Entrons.

Vice adressa un signe aux gardes, qui s'arc-boutèrent contre les battants de la haute porte. Ils pivotèrent avec une lenteur presque insoutenable.

Farden avança dans la grande salle et résista à la tentation d'ouvrit la bouche. Il avait l'impression de pénétrer dans une grotte blanc et or, et cette vision l'émerveillait à chaque visite. Des piliers de marbre longeaient la pièce, de hautes colonnes taillées de manière à imiter des troncs. Leur base semblait s'étendre sur le sol comme un entrelacs de racines torturées et leur cime s'épanouissait au plafond en épaisses branches couleur ivoire. Au sommet, ces branches s'entremêlaient, formant de gigantesques poutres et chevrons sertis d'or, qui donnaient l'étrange impression d'observer la cage thoracique d'un animal fossilisé. La lumière se déversait par des fenêtres qui partaient du sol pour se refermer au plafond. On y avait serti les plus fins vitraux que les artisans de Krauslung eurent jamais réalisés. Farden observa la lumière opalescente jouer sur les branches ivoire et sur le bois doré, danser sur le sol dans un kaléidoscope de teintes changeantes. Il parcourut du regard les hommes et les femmes figés à jamais dans les motifs de verre coloré, leur majestueux visage dépourvu d'âge fixant d'un air impassible leurs successeurs du haut des fenêtres.

Le mage suivit Vice jusqu'au fond de la grande salle. Une centaine de personnes se tenaient autour d'eux. Vêtus de robes et de tuniques aux teintes variées, les conseillers déambulaient lentement entre les piliers et les bancs, discutant à voix basse en désignant le mage. Farden ne leur prêta aucune attention.

Au centre de la large salle se dressait une statue d'Évernia, entourée par une multitude de chandelles. Une balance d'or, symbole de l'Arche, était suspendue à hauteur de ses pieds de marbre blanc et se balançait harmonieusement. Loin au-dessus de la tête de la statue s'ouvrait une imposante fenêtre dont l'encadrement en losange laissait voir le ciel froid, et où le vent s'engouffrait en sifflant. À travers l'ouverture, Farden pouvait apercevoir le ciel qui adoptait une nuance de vieux rose avec le soleil mourant. Une étoile solitaire, particulièrement téméraire, opposait sa lumière délicate au crépuscule naissant.

Trois sièges imposants occupaient le fond de la salle – deux trônes de taille identique, flanqués par un siège plus modeste sur la droite. C'était là que prenaient place les Archimages, Helyard et Åddren, dirigeants de l'Arche et figures éminentes du Conseil de la magie, puissants et sages au-delà de toute contestation. Vice abandonna Farden pour prendre place sur le siège le plus petit. Des gardes se tenaient dans l'ombre des piliers. Le mage encapuchonné s'arrêta à quelques pieds des trois hommes installés sur les trônes et s'inclina profondément, avant de rejeter son capuchon en arrière. Le silence se fit dans la salle.

— Bienvenue, Farden, à la Cathédrale de l'Arche. J'espère que votre voyage a été des plus brefs ?

La question provenait d'Åddren. C'était un homme de petite taille, pourvu d'yeux bleus bienveillants et d'un crâne dégarni, chichement parsemé de quelques touffes de cheveux gris. Åddren était frêle, mais son âge avancé ne le rendait pas moins puissant ; il portait toujours la longue robe verte et or des Archimages avec fierté et entretenait avec soin sa posture stricte. Il n'avait pas changé d'une once depuis que Farden l'avait vu pour la dernière fois.

— Il a été bref, en effet, Magissime.

Farden se redressa avec précaution et hocha la tête, affichant son sourire le plus courtois. À la droite d'Åddren, sur le deuxième siège, un homme élancé à la mâchoire marquée et aux yeux marron promenait son regard sur les vêtements de Farden. Pour son âge, Helyard était étonnamment bien bâti, ses muscles témoignant d'une longue vie passée sur les champs de bataille. Il se tenait le dos droit, sévère dans son trône de marbre, la mâchoire serrée, ses mains pâles posées sur les larges accoudoirs. Les cheveux d'Helyard étaient coupés courts ; ils étaient d'un blond sale, parsemés de mèches blanches qui commençaient à apparaître parmi les boucles bien taillées tels des vers de terre sortant du sol après une pluie d'orage. Il avait l'habitude de jeter des regards dédaigneux à ses interlocuteurs et d'interrompre avec impatience les membres du Conseil qu'il jugeait de moindre importance.

L'austère Helyard poussa un soupir théâtral.

— Faites-nous donc part ce que vous avez découvert, Farden. Si votre message est aussi urgent que l'on m'a dit, vous feriez mieux de ne pas traîner pour nous le communiquer, dit-il avec un geste impatient.

— Bien, Seigneur Helyard.

Farden hocha la tête une nouvelle fois et reprit sa respiration. Il parla lentement, sur un ton mesuré, s'efforçant de se souvenir de chaque détail comme Durnus le lui avait conseillé. Il se sentait toujours nerveux face à ces hommes à l'âge vénérable.

— Le livre qui a été volé à Arfell est un guide rédigé par les elfes noirs, un grimoire ancien contenant les sortilèges qui permettent d'invoquer des dæmons et des créatures depuis les lieux les plus sombres. Il y a quelques jours, je me suis rendu dans le Sud d'Albion pour retrouver un ermite sirénien du nom de Jergan. Il faisait partie du groupe de magiciens et d'érudits qui ont découvert le livre dans un ancien bastion elfe dans les montagnes, le même groupe qui a entrepris de le déchiffrer et de lancer certains des sortilèges. Jergan a mentionné le pire de tous ces sortilèges, le plus puissant, quelque chose qu'ils ont surnommé « la gueule » ou « gueules de ténèbres ».

Ils ont tenté, en vain, de terminer l'invocation ; avant qu'ils n'y soient parvenus, le Vieux Dragon a ordonné que le livre soit banni et envoyé dans un lieu secret dans le Sud du Nelska. Le livre n'aurait plus jamais été mentionné.

Les Archimages réfléchirent en silence pendant un moment, et plusieurs membres du Conseil échangèrent des murmures de conspirateur. Ils ressemblaient à des servantes trop bavardes. Enfin, Åddren éleva la voix :

— Ce Jergan, pourrait-il être tenu responsable ?

— Non, Magissime. Jergan n'est qu'un ermite pathétique, esclave de sa malédiction.

Il s'interrompit en voyant les regards interrogateurs rivés sur lui, puis expliqua :

— Il a été mordu il y a des années par un lycan dans les champs de glace et a vécu en reclus depuis ce jour. C'est un homme brisé et pathétique sous la malédiction de la morsure. Il n'a pas quitté Albion depuis des années et se terre toujours dans sa cabane en bois au milieu des landes. Il est innocent.

— Et vous en êtes certain ? demanda Helyard d'un air entendu.

— Les meurtres d'Arfell n'ont pas été commis par un simple quidam jouant avec la magie, nous en sommes convaincus, déclara Vice.

Åddren hocha la tête. Helyard passa furtivement une langue pointue sur ses lèvres et esquissa un sourire narquois.

— J'ai ouï dire que vous pourriez bien être le meilleur de nos Escrits, Farden. Où étiez-vous lorsque le grimoire a été volé ?

Une vague d'indignation traversa la salle, suivie par une volée de cris accusateurs. Åddren abattit son poing sur le trône de marbre pour ramener le calme dans l'assemblée.

Farden resta un instant sous le choc, sans voix, la bouche entrouverte. Il élabora soigneusement sa réponse. Le silence revint finalement, aussi pesant qu'une chape de plomb.

— Magissime, la plus grande vigilance est nécessaire après ce crime horrible, j'en conviens. Nous sommes tous concernés, au sein même de l'Arche. Pour ma part, poursuivit Farden en plongeant son regard dans celui de l'Archimage, je me trouvais dans le Nord d'Albion, en mission pour le compte de mon supérieur.

Farden fit une pause, en proie à des sentiments contradictoires. Il sentit gonfler une légère envie de rébellion.

— … ceci étant dit, je suggère que le Conseil lui-même soit inclus dans l'enquête.

Derrière lui, des cris et une rumeur sourde montèrent de la foule de conseillers en colère. Bureaucrates arrogants, pensa Farden, avant de redresser les épaules à grand-peine.

Åddren leva une main, réclamant le silence.

— Nous n'accusons personne dans cette salle. Farden est un serviteur loyal, il nous a bien servi durant des années. L'Archimage Helyard se montre simplement prudent.

Vice émis un murmure approbateur et Åddren changea de sujet :

— Par pure curiosité, puis-je savoir pourquoi n'ont-ils pas réussi à invoquer cette créature ?

Farden saisit l'occasion.

— Jergan a dit que le sortilège nécessiterait la réserve d'énergie d'un puits des elfes noirs pour amener la créature de notre côté. Il semblait penser qu'il existe encore un de ces puits en Emaneska, qu'il nous reste à découvrir.

Helyard pouffa, goguenard, et quelques rires se propagèrent à travers l'assemblée.

— Il vous a dessiné une carte ? lança quelqu'un sur un ton badin.

Farden carra davantage les épaules.

— Il semblait bien informé et je le crois, dit-il avec ferveur, regardant Vice à la recherche d'un soutien.

Le Maître mage médita un instant les mots de son ami.

— Si ce que dit Farden est vrai, je remercie les dieux que les Siréniens n'ont jamais découvert de puits lorsqu'ils avaient le livre en leur possession. Un tel pouvoir les aurait rendus invincibles.

Åddren leva un index solitaire vers le plafond.

— Si les meurtriers ont besoin d'un puits de magie noire pour invoquer la créature, nous n'avons pas d'autre choix que de croire ce lycan et de trouver ce puits. Alors, nous pourrons capturer les responsables.

— En effet, Magissime, appuya Farden.

— Åddren, les puits sont perdus depuis des années ! Allons, vous ne pouvez pas croire que l'un d'entre eux ait subsisté, gloussa Helyard, moqueur. Croyez-moi, j'ai dirigé maintes opérations destinées à en trouver…

— Tout comme moi, Archimage, interrompit Vice. Je suis d'accord avec Farden. Nous devons nous assurer que cette créature, cette gueule de ténèbres, ne soit jamais libérée. La seule manière de nous en prémunir est de nous rendre à ce puits avant eux.

Durant sa tirade, l'Archimage n'avait cessé de fixer Helyard avec intensité, lequel renifla d'un air austère et détourna le regard. Farden aurait juré, l'espace d'un instant, que Vice lui avait lancé un coup d'œil triomphant.

Åddren pencha la tête sur le côté, comme pour attendre que les réponses arrivent d'elles-mêmes.

— Comment, dès lors, pouvons-nous trouver un puits perdu, que nous avons cherché durant plus de dix ans ? Aucun indice n'a été découvert à Arfell, pas plus que dans nos autres bibliothèques. Nos archives ne remontent pas assez loin, tout simplement !

Les autres occupants de la grande salle étaient silencieux, perdus dans leurs pensées. Certains ricanaient en aparté, et Farden envisagea de les corriger à l'aide d'un court jet de flammes, mais il garda les mains jointes dans le dos et resta à sa place. Soudain, quelque chose que Jergan lui avait dit lui revint en mémoire.

— Certains dragons pourraient avoir des souvenirs des elfes noirs, intervint-il.

Un silence singulier plana sur l'assemblée, mélange d'horreur et d'intense réflexion. Vice, les yeux rivés sur Farden, prit à nouveau la parole :

— Nous aurions besoin d'un livre des Larmes, remarqua-t-il.

L'annonce captiva Farden. Il n'avait vu un livre des Larmes qu'une seule fois, lors d'escarmouches en Nelska des années auparavant. Il se souvenait d'un ouvrage épais, rempli d'innombrables lignes de l'écriture draconique, des hiéroglyphes qui renfermaient la mémoire d'un dragon comme une éponge retenant un lac. Lorsque la larme d'un dragon tombait sur une page d'un livre des Larmes vierge, ses souvenirs s'écrivaient d'eux-mêmes sur les pages, et le dragon pouvait conserver son passé dans un livre retraçant l'histoire de sa vie. Plus le dragon était vieux, plus le livre des Larmes était épais, et certains traversaient des millénaires.

— Les guerriers dragons sont silencieux depuis des années, et aucun messager du Nelska n'a passé nos portes depuis que nous avons conclu le cessez-le-feu, dit Helyard. C'était il y a quinze ans.

Farden commençait à comprendre que ces séances du Conseil consistaient à alterner les cris et les périodes de silence.

— Vice ?

Tous les regards se tournèrent vers le Maître mage. Il y a bien des années, durant l'une des dernières batailles de la guerre, Vice avait courageusement dirigé un petit groupe de soldats à travers un tunnel secret qui traversait la forteresse assiégée de Ragjarak, où demeurait le Vieux Dragon, Fendrair, seigneur des Siréniens. Au terme d'un long affrontement dans les tunnels gelés, Vice avait tué Fendrair et emporté son livre des Larmes en guise de trophée. Cet exploit fut l'une des rares victoires éclatantes de la guerre, et le coup porté aux Siréniens fut rude. Encore aujourd'hui, on chantait dans les tavernes le combat du grand Maître mage contre le dragon d'or.

— Le livre des Larmes est vide, il l'est depuis bien longtemps, tempéra Vice.

Une rumeur de déception se répercuta à travers le hall voûté. Malheureusement pour feu les sages d'Arfell, les livres des Larmes s'effaçaient lorsqu'ils n'étaient pas en présence de leur dragon, et leurs pages redevenaient vierges.

Farden réfléchit soigneusement, puis se risqua à prendre la parole. Ils n'allaient pas apprécier. Pas le moins du monde.

— Magissimes, commença-t-il, avec une appréhension croissante. Nous pourrions ramener le livre des Larmes aux Siréniens, en gage de paix et de bonne volonté pour…

Il ne put poursuivre ; la salle explosa dans un chaos d'exclamations outrées. Les cris ricochèrent à travers la salle.

— Folie !

— Suggérer une telle chose est de la trahison pure et simple !

— Qu'on l'emmène !

Åddren leva les mains une fois de plus, sans succès. Le bruit était assourdissant. Helyard semblait incrédule. Il se pencha au bord de son siège et dévisagea Farden, la bouche entrouverte, comme si le mage venait de s'accroupir pour pondre un œuf doré sur le sol de marbre.

— Comment osez-vous ! C'est un affront ! vociféra l'Archimage.

Son visage prit une délicate teinte de pourpre tirant vers le violet. Åddren frappa son trône du poing et agita l'autre main pour obtenir le silence, qui ne vint pas. Helyard hurlait toujours.

— Comment pouvons-nous savoir si les Siréniens ne sont pas responsables du vol et du meurtre ?!

Farden chercha du regard le soutien de Vice, mais celui-ci était occupé à faire taire les cris d'un autre membre du Conseil. Le mage haussa la voix pour couvrir le vacarme :

— Ce sont les guerriers dragons qui ont banni le livre, Magissime, et s'ils comprennent le danger qui nous menace tous, ils nous aideront peut-être à trouver la source !

Helyard frappa sa cuisse avec rage et pointa un doigt accusateur sur le mage.

— Bien sûr qu'ils le feront, ensuite ils nous poignarderont dans le dos et invoqueront la créature pour leur compte ! Vous pourriez déclencher une autre guerre avec vos actes insensés !

— Et vous pourriez en provoquer une par *votre* inaction ! aboya Farden.

Il pouvait sentir la magie bouillonner dans sa poitrine. Il aurait voulu enfoncer son poing dans le nez d'Helyard pour lui donner une belle leçon de vie.

— Comment osez-vous me sermonner, tempêta Helyard, la figure rouge et sillonnée de veines indignées, la mâchoire tendue et accusatrice. Gardes ! Emmenez F…

— ASSEZ ! rugit Åddren, d'une voix peu naturelle compte tenu de sa silhouette frêle.

Chacun se figea, et les échos des cris de colère planèrent étrangement dans le hall. Reniflant avec dédain, Helyard se rassit dans son trône et martela ses doigts sur l'accoudoir. Åddren poursuivit :

— Ce lieu est destiné à la raison et à la discussion, non aux basses querelles et aux cris. Si c'est ce que vous voulez, allez le trouver dans les rues. Je ne le tolérerai pas ici. Quelqu'un a-t-il un peu de bon sens à offrir ?

Après un moment, Vice leva une main et parla à l'assemblée sur un ton mesuré.

— Je suggère que Farden se rende en Nelska en tant qu'émissaire et parle aux aînés siréniens.

Farden porta sur Vice un regard incrédule. Ce dernier soutint son regard et poursuivit :

— Je préfère bénéficier de leur aide plutôt que nous obliger à faire face à cette menace seuls. Cette affaire concerne à présent Emaneska toute entière, pas seulement l'Arche.

Farden tritura ses mains derrière son dos, presque excité. Åddren soupira.

— Dans ce cas, nous allons soumettre la décision au vote. Helyard ?

Il observa son homologue, qui n'avait toujours pas détourné son regard flamboyant de Farden.

— Choisissez votre camp, dit Åddren.

Helyard semblait en proie à une rage sans nom. Les bras croisés, il s'était lové dans son siège comme un lézard rancunier, vrillant toujours le crâne de Farden de ses yeux marron.

— Je dis que les guerriers dragons sont responsables de cette situation, et qu'il serait fou de remettre notre sort, car c'est de cela qu'il s'agit, entre leurs griffes. Je vote non.

L'homme élancé haussa ses épaules voûtées, qui raclèrent le trône de marbre.

— Vice ?

— Je vote oui, annonça fermement le Maître mage. Farden devrait rapporter le livre des Larmes en Nelska.

Des tambours de victoire commencèrent à résonner dans la tête de Farden. Un sourire grimpa subrepticement au coin de ses lèvres.

Åddren resta silencieux un instant, et chacun sembla retenir son souffle. L'attente devint presque douloureuse. Il leva les yeux du sol de marbre.

— Je vote oui.

Le son fier des cors se joignit aux tambours dans le cerveau de Farden. Le Conseil vibra sous les opinions contradictoires et sous les applaudissements d'une bonne moitié de ses membres. Farden en vit opiner et sourire, tandis que d'autres secouaient la tête et croisaient les bras. Il reporta son regard vers Vice et Åddren sur leur trône.

— Merci, Archimages. Je ne vous décevrai pas.

Farden fit un signe de tête et porta un poing fermé à son plastron, là où se trouvait son cœur.

— Vice va vous raccompagner et vous trouver un logement dans la Cathédrale de l'Arche. Nous nous retrouverons à l'aube sur la jetée ouest de Rós. Qu'Évernia vous accorde un sommeil réparateur cette nuit, mage, dit Åddren avec chaleur, avant de désigner les portes au fond de la salle.

Vice se leva rapidement et passa un bras amical autour des épaules de Farden. Ensuite, ils s'inclinèrent à nouveau et tournèrent les talons. Ils traversèrent la foule du Conseil qui les dévisageait, telle une myriade d'oiseaux de proie.

— Merci, siffla Farden lorsqu'ils furent hors de portée.

— N'en parlons plus.

Les portes d'or se refermèrent derrière eux dans un bruit retentissant, remplacé par l'écho de leurs pas dans le couloir de pierre. L'étroit corridor était presque un soulagement après la foule dense du grand hall. Ils entamèrent la conversation en marchant.

— Je n'ai jamais vu Helyard ainsi, remarqua le mage.

Vice acquiesça.

— Mmh, il est très, quel est le mot… *passionné* dans ses opinions.

— Et en d'autres termes ?

Farden fit la grimace, peu convaincu par les termes prudents de son ami.

— C'est un imbécile borné, dit Vice, en regardant Farden d'un air sérieux. Il aurait pu être un tyran ou un seigneur de guerre plutôt qu'un Archimage, ça lui aurait mieux convenu. Quelqu'un comme lui n'a pas sa place au Conseil. Il est temps de faire des compromis et d'ouvrir nos portes, non de les barricader encore davantage.

— Je ne t'ai plus entendu parler librement depuis longtemps, Vice, et je dois dire que je préfère ça à tout ce beau bordel démocratique, dit Farden à voix basse.

Le corridor semblait vide. Il jeta un coup d'œil par-dessus son épaule pour s'en assurer. Vice opina.

— Tout comme moi.

— Åddren a l'air de savoir comment s'y prendre avec lui.

— Après vingt-cinq ans, je n'en attends pas moins. Il sait que les choses sont en train de changer, et il veut accompagner le changement. Le problème est qu'Helyard dispose de nombreux soutiens au sein du Conseil, et Åddren doit agir délicatement, maintenir un vote démocratique et trouver un équilibre.

— Je ne pourrais jamais faire ce que tu fais, m'asseoir et laisser les intrigues politiques me passer au-dessus de la tête, dit Farden.

— Non, tu préfères être au-dehors dans une contrée sauvage, avec ton feu et ton épée, où il n'y a que toi qui prends les décisions et personne en travers de ton chemin, pouffa le Maître mage.

Farden passa une main sur la lame qui reposait entre ses omoplates.

— La politique peut faire fonctionner une ville, définir une nation, mais ce sont les hommes et la magie qui comptent vraiment. On ne peut pas enfoncer un clou avec des mots.

— Mais on peut provoquer une guerre par leur faute, c'est pourquoi nous devons rester prudents avec les Siréniens, dit Vice avant de s'arrêter.

Il observa son ami.

— Farden… peux-tu te charger de cette tâche ?

Le mage suspendit sa marche et croisa les bras.

— Nous y voilà. Qu'est-il arrivé à la démocratie ?

— Je dois te le demander, Farden, c'est la tâche la plus importante que tu aies entreprise jusqu'ici. Tu serais le premier Archan, sans parler d'un Escrit, à poser le pied en Nelska depuis quinze ans. J'ai suggéré que ce soit toi car après tout, qui d'autre pourrait s'en charger ?

Farden tenta de masquer sa fierté. Il haussa les épaules.

— S'il le faut, qu'il en soit ainsi, j'irai en Nelska.

Vice secoua doucement la tête, dissimulant un sourire.

— Tu n'aimes pas que l'on décide pour toi, n'est-ce pas ? C'est dans ta nature, je l'ai su dès que je t'ai rencontré. Promets-moi simplement d'être prudent. Mort, tu n'es plus d'aucune utilité à l'Arche.

Les deux hommes reprirent leurs déambulations.

— Par pitié ! Je subis déjà l'inquiétude de Durnus, dit Farden.

— Ah, comment se porte ton vieux vampyre poussiéreux ?

Vice avait pris à son tour une expression renfrognée.

— Il va bien.

Farden essayait d'éviter ce sujet-là ; le Maître mage n'avait jamais vu d'un bon œil le placement de Farden à Albion, pas plus qu'il ne semblait apprécier Durnus.

— Contente-toi plutôt de me faire monter sur ce bateau avec le livre des Larmes, je m'occupe du reste, dit-il.

— Très bien, tu as entendu Åddren ; demain sur la jetée ouest. Tu devras protéger cet objet, ta vie dépendra de lui ; ne le quitte jamais de vue lorsque tu seras sur le bateau, ni en Nelska d'ailleurs.

Vice agita un doigt en face de Farden.

— Ne leur montre pas le Livre, encore moins à…

Il fit un geste en direction de son dos. Le mage comprit instantanément.

— Je sais. Je ne peux pas leur faire confiance, pas plus qu'à quiconque.

Farden se tut un moment et écouta le bruit de leurs pas.

— Que s'est-il passé à Arfell ? Je veux dire, en vérité ?

Ils tournèrent à un angle du couloir, et Vice regarda aux alentours avec une mimique de conspirateur. Il baissa encore la voix d'un cran.

— Trois des hommes étaient si carbonisés que personne n'a pu les reconnaître. Les deux autres ont été purement et simplement éventrés avec une lame. Au matin, les autres ont senti la fumée et vu le sang couler sous la porte…

Il adressa à Farden un regard sérieux.

— C'était un assassinat, clair et net, et efficace avec ça.

— Bordel.

Farden ne trouva rien d'autre à dire. Ils arrivèrent devant un petit escalier en spirale qui descendait dans les entrailles de la citadelle. Vice s'immobilisa.

— Je pense qu'il vaut mieux que tu passes la nuit hors de la cathédrale de l'Arche, après ce qu'il vient de se passer. Il y a une auberge près d'ici, dans la rue Freidja, La Chèvre Barbue ou quelque chose comme ça. J'ai entendu dire qu'elle était étonnamment confortable comparée au reste de Krauslung.

— On croirait entendre une joyeuse veuve, ricana Farden.

— Souviens-toi, à l'aube sur la jetée ouest.

— Je ne suis jamais en retard.

— Très spirituel.

Le Maître mage secoua la tête.

— Je ne te verrai pas demain, je dois m'assurer qu'Arfell est en sécurité. Je vais faire en sorte que le livre des Larmes soit envoyé à Åddren cette nuit. Helyard a des affaires à régler en Albion, et je ne voudrais pas lui confier cette tâche de toute manière. Il s'empressait de brûler le livre, dit-il avec une moue renfrognée.

— Albion ?

Farden prit un air interrogateur.

— Quelque chose en rapport avec l'un des Ducs près de Kiltyrin, ou de Dunyra, j'ai oublié. Des affaires officielles, dit Vice en haussant les épaules dans un bruissement de tissu.

Farden hocha la tête, non sans se demander ce que l'Archimage pouvait bien faire à Albion. Le mage tendit une main, et Vice la serra chaleureusement entre ses paumes jointes.

— Merci encore pour cette opportunité, et pour avoir soutenu mon idée face aux Archimages. Je ne pense pas qu'ils m'auraient écouté sans ton intervention, déclara Farden.

— Je pense que tes actes sont justes et je suis heureux que l'Arche ait quelqu'un comme toi à ses côtés.

Vice donna une claque amicale sur le bras du mage.

— Sois prudent en Nelska et rappelle-toi ce que je t'ai dit au sujet des mots. La diplomatie est parfois indispensable.

— Nous nous reverrons bientôt, Vice.

Farden tourna les talons et disparut dans les escaliers, dévalant les marches deux à deux.

— Que les dieux t'accompagnent, cria Vice derrière lui, avant de partir à son tour avec un soupir.

La nuit tomba, impassible, et les ténèbres se faufilèrent discrètement dans les rues de la ville. Les torches étincelèrent et les bruits nocturnes emplirent l'air froid. Deux silhouettes silencieuses, encapuchonnées et enroulées dans de longs manteaux, traversèrent une ruelle qui menait à la base de la muraille, là où la pierre se fondait dans le rocher. Alors qu'ils erraient, s'éloignant des regards indiscrets, des mains se tendirent vers les torches, qui sifflèrent et moururent une par une. Les ombres étaient aussi épaisses qu'un dais de velours noirs, et les deux étrangers le savaient.

Farden tira son capuchon en arrière et serra les mains de Cheska. Il pouvait imaginer son sourire dans l'obscurité.

— Je t'ai dit que je te retrouverais, dit-elle.

— Tu m'en vois ravi.

Il sentit immédiatement des lèvres cueillir les siennes. Des mains s'enroulèrent autour de son dos, l'invitant à s'appuyer contre un mur proche. Ils s'embrassèrent, êtres affamés et avides, s'oubliant dans le corps de l'autre pour ce qui sembla durer une éternité.

Cheska finit par se dégager, essoufflée.

— Combien de temps vas-tu rester ?

Farden hésita.

— Ils m'envoient encore loin d'ici, demain, dit-il dans un soupir.

L'obscurité ne l'empêchait pas de voir son air déçu. Elle répondit dans un filet de voix.

— Quand reviens-tu ?

Farden n'avait pas besoin de répondre, elle le sentit seulement hausser les épaules et secouer la tête.

— Je suppose que faire partie des meilleurs éléments de l'Arche a ses inconvénients, commenta-t-elle avant de poser la tête sur son épaule.

En général, la perspective d'une mission l'enthousiasmait. Farden passa la main dans ses cheveux.

— Je rentrerai, ne t'inquiète pas.

Cheska acquiesça.

— Je n'en doute pas, tu reviens toujours. J'ai simplement envie de passer plus que deux heures avec toi avant que tu ne disparaisses à nouveau, dit-elle en l'embrassant dans le cou.

Elle poursuivit, répondant aux pensées de Farden :

— Je sais que c'est dangereux pour nous. Et maintenant, avec le Rituel… ce sera hors-la-loi.

— Je sais.

Farden grimaça, prenant un air grave.

— Mais je m'en moque. C'est toi que je veux.

— Moi aussi, je… commença-t-elle avant d'être interrompue par un bruit tout proche.

La lueur orange d'une torche avait commencé à ramper sur les murs de la ruelle. Quelqu'un chantait.

— Pourquoi y fait tout noiiiiir ? entonna une voix éraillée.

Farden grogna et se déplaça pour se tenir devant Cheska. Ils relevèrent leurs capuchons, laissant les ténèbres recouvrir leur visage. Peu après, un homme apparut au coin de la rue, serrant une chandelle et chancelant sur les pavés. Il était saoul, et particulièrement bruyant. Farden sentit la colère monter dans sa poitrine. Il fit un pas en avant, et l'homme aux yeux chassieux prit soudainement conscience de leur présence.

— Oooooh ! On se cache dans les recoins sombres, pas vrai ? marmonna l'homme, qui s'appliqua à poursuivre sa route dans la ruelle.

Il contourna tant bien que mal les jeunes gens aux manteaux assortis, et promena un regard lubrique sur la silhouette la plus féminine.

— Du calme, vieux fou, si tu ne veux pas que je te calme indéfiniment.

— Qui est ta belle amie, mon gars ? Qu'elle vienne avec moi, si ça lui dit ! dit-il avec un rire éméché, ce qui eut pour effet de faire avancer Farden.

Cheska posa une main sur son bras et le retint.

— Ne fais pas ça, Farden, chuchota-t-elle.

Il hocha la tête à contrecœur. Les mots de Durnus résonnaient à ses oreilles.

— Hors de ma vue, ordonna Farden.

L'homme obéit et s'éloigna en titubant, hilare. La lumière s'évanouit à mesure que la chandelle s'éloignait, et Farden retourna dans l'ombre pour placer ses bras autour de Cheska. Elle joua avec une mèche de cheveux du mage.

— Tu as toujours été prompt à la colère, Farden.

— Je n'aime pas les gens, dit Farden d'un air renfrogné en regardant les ténèbres.

— Mais tu m'aimes, moi.

— Tu es différente, dit-il en l'embrassant. Tu n'es pas comme les autres. Tu arrives à me calmer. Enfin, en général…

Il l'entendit prendre une courte respiration.

— Par tous les dieux, Farden, tu dois arrêter de t'en faire pour ce Rituel. Je suis prête.

— Et ton père, que pense-t-il de tout ça ?

— Mon père et ses précieux conseillers ont cessé de débattre avec moi il y a longtemps déjà. Il sait que c'est ce que je veux et il me laisse faire à contrecœur. Tu devrais faire pareil. S'il te plaît, arrête de t'inquiéter.

— Est-ce que tu m'en veux ? demanda-t-il.

Cheska secoua la tête.

— Non, mais on pourra en reparler à ton retour. Pas maintenant.

— Très bien, articula Farden.

— Je pense qu'il est temps que j'y aille, murmura-t-elle dans son oreille.

Elle l'embrassa sur la joue.

— … Où que tu ailles, fais attention à toi.

Farden pris son poignet.

— Je te le dirais si je pouvais.

— Je sais, dit Cheska, avant de l'embrasser une nouvelle fois, s'attardant sur ses lèvres.

Elle passa la main sur son visage buriné avant de s'éloigner et de se fondre dans les ténèbres. Farden resta immobile un moment pour s'assurer de l'absence de danger, puis partit dans une autre direction.

❧

Une heure plus tard, Farden était installé à la Chèvre Barbue et sirotait sa boisson en s'occupant de ses affaires. Vice n'avait pas menti – l'auberge était bruyante et remplie d'ivrognes –, mais la qualité des lieux, des boissons et de la nourriture était correcte, et Farden avait déniché un coin tranquille près de l'âtre, dans les recoins sombres de la pièce. Un scalde régalait la foule exubérante de ses histoires sur l'incident des fées. Debout sur une table à côté de la porte, il pinçait les cordes de son *ljot* et chantait à plein poumons en frappant les chopes de bière avec ses chaussures couvertes de boue. Quelques femmes en robe à volants paressaient dans la salle de l'auberge. Elles souriaient aux hommes qui passaient devant elle et leur faisaient signe d'approcher de leurs doigts recroquevillés, aux ongles peints en jaune ou en rouge criards. Les clients manifestaient leur bonne humeur en frappant leur chope, se joignant à la chanson du scalde, et emportant les femmes les moins saoules dans une gigue endiablée. Le mage observait la scène, impassible. Les voies de l'alcool étaient décidément impénétrables.

Farden reporta son regard sur les flammes crépitantes et fit tournoyer le vin rouge doux dans sa coupe en bois. Il réfléchissait à la journée écoulée et essayait de ne pas penser à Cheska. Le feu réchauffait ses orteils gelés, même à travers ses bottes de voyage épaisses ; la chaleur et le vin commençaient à le faire somnoler. Il croisa les jambes et se rapprocha de l'âtre avant d'abaisser son capuchon plus bas sur ses yeux, ce qui étouffa le chahut près du bar. Une toux grasseyante éclata non loin, et Farden jeta un œil dans la direction du bruit.

À côté de lui, assis contre le mur dans un coin sombre, se trouvait un vieux mendiant, occupé à fumer une longue pipe crasseuse. Farden avait repéré plus tôt, alors qu'il ronflait, seul, recroquevillé près de la chaleur du feu – il était réveillé à présent, et observait les lieux à travers ses yeux globuleux qui rappelaient ceux d'un rat. L'homme grisâtre était hideux, barbu, négligé, pourvu de cheveux graisseux et de vêtements déguenillés, coupés dans une panoplie d'étoffes dépareillées. Sur son menton étroit poussait une barbe hirsute séparée en mèches et en petites nattes, qui retenait quelques restes de ragoût séchés. Pour passer le temps, il semblait mâchonner le tuyau de sa pipe recourbée. Ses doigts tordus martelaient avec ennui l'accoudoir du siège en bois dans lequel il était recroquevillé. Le mage l'examina de haut en bas, puis reporta son attention sur son vin. L'odeur âcre du tabac chatouilla son nez.

Farden prit nouvelle gorgée de vin et essaya de noyer son esprit dans le feu accueillant, mais il se savait observé. Avec décontraction, il se retourna vers le mendiant et croisa son regard. Les petits yeux de rongeur de l'homme s'étrécirent et se dotèrent d'un éclat malicieux.

— Qu'est-ce que vous voulez ? demanda Farden avec calme.

Le mendiant ricana ; son corps tout entier se secouait sous l'effort. Son souffle saturé de fumée de tabac roula bruyamment dans sa gorge.

— Oh, rien, je j'tais juste un coup d'œil à un jeune homme, vu comment il m'regarde, dit le vieillard.

Il secoua sa pipe vers Farden.

— ... Tu m'as l'air d'être un bon gaillard, pour sûr, calme et triste, là-bas dans ton coin. croassa-t-il, jetant au mage un regard en biais et un sourire moqueur.

— En quoi est-ce que ça vous regarde ?

— N'aie crainte, mon ami, c'est juste histoire d'faire la conversation, dit le vieillard en haussant les épaules et en secouant sa pipe.

Le bois racla ses dents jaunes et sales.

— Eh bien, je n'apprécie rien de plus que la paix et le calme, si ça vous va.

Farden détourna le regard, mais du coin de l'œil, il vit que l'homme se penchait en avant. Des filets de fumée s'échappaient de sa bouche comme un liquide épais et gris, qui s'élevait en sinuant vers le plafond.

— C'est toi, le mage ? Celui dont j'ai entendu parler ? s'enquit l'homme.

Farden ne bougea pas.

— Il y a beaucoup de mages à Krauslung, vieil homme, et je ne suis pas l'un d'entre eux.

— Je vois, caqueta-t-il en frappant sur son genou, la respiration coupée, visiblement très amusé par la réponse. Mais je t'ai déjà vu par ici, mage – tu cours par-ci, par-là, t'es important qu'ils disent, l'un des plus anciens. J'ai entendu c'qu'ils disent sur ces minotaures. Ils racontent que tu les as vaincus presque d'une seule main, y'a quelques années d'ici. Je t'ai vu aussi à la Cathédrale de l'Arche, et j'peux repérer ces jolis avant-bras à une lieue d'ici.

L'homme dépenaillé cligna de l'œil, puis désigna de la tête l'éclat doré qui apparaissait sous la manche de Farden. Le mage croisa les bras et fixa le vieillard d'un air suspicieux. Il se demanda s'il avait déjà vu ce vieux débris quelque part.

— Bah, tu n'as rien à craindre de moi, un grand gaillard comme toi…

Il s'interrompit pour tirer une bouffée de sa pipe malodorante. Farden plissa le nez. L'épouvantail suçota ses dents noircies et tendit la pipe devant lui.

— Tenté ? demanda-t-il.

Farden avisa la pipe moisie et secoua la tête en grimaçant.

— Je ne fume pas, affirma-t-il.

Le vieil homme haussa les épaules et observa furtivement les alentours avec ses yeux chafouins. Sa voix se transforma en un murmure rauque :

— Tiens, c'est curieux… tu m'as bien l'air d'être le genre d'homme à aimer ça, pourtant. Peut-être que tu préfères la mâcher.

Ses yeux avides balayèrent le visage du mage. Un silence embarrassant s'installa.

— J'ai dit que je ne fumais pas, et je ne la mâche pas non plus.

Farden plissa les yeux d'un air menaçant. Sa patience s'amenuisait.

— Je n'parlais pas d'tabac, tu sais ?

Une étincelle dans les yeux du vieillard attira soudain l'attention du mage, mais il secoua la tête.

— Cette conversation est terminée.

Farden plongea son regard dans le feu.

— Je n'crois pas, mage, ricana le mendiant.

Il pencha la tête sur le côté comme un pigeon devant un quignon de pain.

— Tu n'as jamais essayé d'la fumer, j'me trompe ?

Il se pencha légèrement et affecta un air confidentiel. Il jeta un œil du côté des inconnus autour du bar et renifla.

— Tu perds ton temps à la mâcher. L'altéressence doit être fumée, mage, dit le mendiant, et il frappa le tuyau de sa pipe contre l'accoudoir de la chaise.

Farden ouvrit la bouche pour dire quelque chose, puis la referma. Il tendit les mains vers le feu et sentit la chaleur grimper sur sa peau. Un braillement émergea des autres clients près du bar. Il inspira profondément par les narines et laissa l'odeur de la pipe et du bois remplir son crâne.

— Combien ? demanda-t-il.

Le mendiant agita une main osseuse et secoua la tête, comme si on venait de l'insulter.

— Parfois, un vieil homme a juste besoin de quelqu'un pour fumer avec lui, plutôt que d'être tout seul, tu comprends ? Ça change tout, mage, dit l'homme en émettant un sifflement cadavérique et des effluves nauséabonds.

— Ne m'appelez pas comme ça, avertit le mage, et l'homme haussa encore les épaules.

— Comme tu voudras, dit-il.

L'esprit de Farden tournait à toute allure alors qu'il faisait tourbillonner le vin dans sa coupe. La tentation s'épanouit en nuages lourds et pesants au-dessus de sa tête et il mâchonna l'intérieur de sa joue. Des pensées malvenues s'imposèrent à lui, des souvenirs et les visages des morts qui se moquaient de lui. Cheska plana dans son esprit, pâle et inerte. Il aurait voulu cesser de penser.

— Bien, coupa-t-il, et il se leva pour avaler les dernières gouttes de sa boisson d'un geste vif. Je suis au numéro 16, si tu peux compter jusque-là. La porte rouge.

Sur ces paroles, il grimpa quatre à quatre les marches de l'escalier tout proche et disparut dans les ombres du couloir. Une fois qu'il eut trouvé sa chambre dans le hall mal éclairé, il ouvrit la porte et alluma le feu à l'aide d'un rapide sortilège. Il ouvrit les fenêtres pour laisser l'air froid de la nuit rafraîchir la pièce, puis s'assit sur un siège. Impatient, il fit apparaître de petites étincelles qui dansèrent au creux de sa paume.

Peu de temps après, une main osseuse cogna contre la porte en bois.

— Entrez, chuchota Farden d'un ton bourru.

Le vieux mendiant se faufila à travers la porte, presque plié en deux. Farden réalisa que l'homme avait dû être grand autrefois, mais les années avaient courbé son dos et creusé des sillons sur son visage. Dans la lumière du feu, son visage ressemblait à un bloc de chêne torturé par les éléments. Par-dessus ses haillons, il portait à présent un manteau gris, fait lui aussi de morceaux de tissu.

— Asseyez-vous là, jeta Farden, désignant la chaise en face de lui.

— Patience.

L'homme ignora le siège et s'accroupit devant le feu. Il sortit quelques objets de ses poches et les plaça sur l'âtre de briques. Il les retourna dans ses mains noueuses. Farden désigna l'un des objets — une pipe étrange, recourbée comme la première mais torsadée en son centre. La pipe ressemblait à un croisement entre un escargot et un cor de chasse.

— Qu'est-ce que c'est ? demanda le mage.

— Gim, barge, retrace, blagg, altéressence ; tout ça s'fume avec une pipe, marmonna le personnage gris.

Il défroissa une boule de tissu et détacha un petit morceau de son contenu, avant de placer les brisures de mousse rouge dans le bol de la pipe, puis de les enfoncer avec son petit doigt. Lorsque le bol sembla rempli, l'homme saupoudra quelques feuilles de son tabac bon marché par-dessus ; enfin, il tapota la pipe sur le bord de la cheminée. Il observa le feu, secoua la tête, puis se mit à la recherche d'un silex et d'un morceau d'amadou. Soudain, il sembla avoir une idée et leva les yeux vers le mage :

— Oserais-je ? dit-il, faisant des mouvements circulaires avec la pipe.

Farden lui lança un regard noir, puis accepta la pipe à contrecœur.

— Si je découvre que vous avez parlé de ceci à quiconque, à *qui que ce soit*, je vous trouverai, vieillard, et je vous tuerai. C'est compris ?

Le vieil homme haussa les épaules, secoua la tête et s'efforça de paraître l'image de la sincérité et de la confiance.

— Je n'connais personne à qui en parler, mage, tu peux m'faire confiance.

Le mendiant fit un clin d'œil.

— Ne m'appelez pas comme ça, répliqua Farden d'un air irrité.

Tout en gardant un œil sur le mendiant, il leva la pipe d'une main ; de l'autre, il pointa un doigt sur le bol de la pipe, puis généra une petite flamme qui fit siffler et crépiter le contenu de la pipe. Il mit le tuyau sur sa langue et aspira. Une fumée âcre traversa sa gorge, brûlante. Il se mit à tousser.

— C'est bon, pas vrai ? gloussa le vieil homme.

Avec difficulté, il se redressa sur ses pieds et s'écroula dans le fauteuil élimé.

— C'est fort, grogna Farden.

Il tira une autre bouffée douloureuse et s'efforça de se relaxer dans son siège, alors qu'un léger vertige traversait son crâne, suivi par des fourmillements. Il rendit la pipe au vieil homme, qui l'attrapa avec ses doigts infâmes. Après quelques rapides bouffées, il la rendit à Farden en lui décochant un sourire de conspirateur. Le mage demeurait assis en silence, à l'écoute de la musique du rez-de-chaussée qui s'échappait dans la rue en contrebas. Alors que Farden fumait la pipe, l'homme l'observait avec une expression avide, mais Farden ne le remarqua pas. Il retint la fumée dans ses poumons, et sentit l'arrière de ses yeux trembler et ses tempes frissonner. Ses bras lui semblaient longs d'une centaine de pieds et ses doigts se mouvaient dans un miel écœurant.

Ils continuèrent à s'échanger la pipe, et bientôt, Farden se sentit fondre dans son siège comme un morceau de glace dans le soleil matinal. Son esprit traversa les champs de l'absurde, une musique incertaine allait venait entre ses oreilles, et des formes étranges se mouvaient dans sa chambre, s'accrochant à la réalité sous son lit et derrière les tentures. Le vieillard tremblait et sursautait, tandis que le lit bringuebalait sous l'effet d'un séisme imaginaire.

À un moment, Farden leva les yeux pour trouver la pipe de retour devant son visage. La chose brillait comme une torche furieuse, étincelante, répandant des panaches de fumée dans l'air. La fumée remplit ses yeux. Poumons brûlants. Une sensation de vertige intense battait à l'intérieur du crâne de Farden. Il ferma les yeux, les couleurs se heurtèrent ; il ouvrit les yeux et réalisa soudain qu'il était seul. Le vieux mendiant était parti depuis longtemps. Le lit s'échappa pendant un instant, mais il finit par l'attraper et tomba dans un lac de coussins et de draps. D'un coup de pied, il se débarrassa de bottes chaudes et lourdes ; sa tunique était une soupe épaisse. Un coussin prit sa tête en otage et il dériva vers un sommeil lourd, saturé par la drogue. Les dieux dansèrent dans sa chambre, et les dæmons l'observèrent dans les coins, murmurant leurs récits de sang et d'Histoire. Les ténèbres s'emparèrent de lui.

Le vieil homme se glissa hors de la chambre du mage et referma la porte derrière lui dans un léger bruit. Il releva son capuchon sur ses cheveux gras et secoua ses chaussures de cuir brut comme si elles gênaient dans ses mouvements. Il clopina avec prudence jusqu'au rez-de-chaussée et se fraya un passage entre les clients qui buvaient et chantaient, saturant l'auberge de bruit, vénérant la bière qui moussait dans leur chope. Le mendiant se faufila entre eux, marmonnant des excuses sur son passage, pour déboucher dans la rue. Il prit le temps de s'étirer. Après avoir souri en aparté et s'être frappé la cuisse d'un air satisfait, il disparut dans la ruelle la plus proche, soudain plus grand et plus agile à chaque pas.

Bientôt, un ivrogne tapageur tourna au coin de la rue et descendit la ruelle étroite en direction de l'étrange mendiant. L'homme saoul se pencha vers lui, criant et chantant à tue-tête devant son visage. L'odeur de son souffle saturé par le vin était pénétrante, et le mendiant repoussa le soûlard sans aménité. Celui-ci réagit avec colère – il jura et décocha un violent coup de poing. Le mendiant réagit avec une vivacité qui défiait les années. Un petit couteau noir jaillit de sous son manteau et plongea entre les côtes de l'ivrogne dans un bruit étouffé. Le mendiant recouvrit la bouche de l'homme avec sa paume et le projeta brutalement contre le mur le plus proche, avant de tordre sauvagement le couteau. L'homme grogna sous l'effet de la douleur et de la surprise. Après l'avoir encore poignardé deux fois dans la poitrine, le mendiant laissa le mourant s'écrouler sur le sol. Sans un instant d'hésitation ou de remords, il resserra son manteau autour de lui et disparut en silence dans la nuit. Laissé pour mort dans la ruelle froide et boueuse, l'ivrogne glissa progressivement contre le mur, une expression incrédule sur son visage blême.

 chapitre 6

« *La magie noire est le fléau d'Emaneska. Ne laissons jamais un Escrit s'y adonner, et faisons usage de la force contre ceux qui la pratiquent. Ceux-là, soyez prévenus : nous vous traquerons dans les montagnes, nous vous chasserons et nous vous enterrerons entre les rochers.* »
Extrait du discours de l'Archimage Åddren en l'année 879, adressé aux Escrits après l'incident de Neffra

Farden rêvait. Il se tenait dans l'ombre d'une montagne noire. Un vent chaud fouettait sa peau nue et la poussière lui piquait les yeux ; il réalisa qu'il ne portait que ses canons d'avant-bras. Il sentait les grains de sable entre ses orteils.

Le mage regarda derrière lui et découvrit des escarpements rocheux tranchants comme des rasoirs – une falaise d'un noir de jais, nue, anonyme, qui émergeait du sable pour dominer les cieux. Les ombres dansaient dans les ténèbres. Le vent sifflait à travers les rochers dans un son inquiétant, semblable à l'appel d'une corne lointaine ou aux cris de l'animal blessé qui vit ses dernières heures. Malgré la chaleur sèche, Farden frémit. Il regarda au loin, au-delà de la montagne, où le soleil brillait et où les vagues de chaleur ondulaient. Il regarda la terre nue s'étirer sur des lieues et des lieues, bien au-delà de son regard. L'horizon frissonnait et tremblotait.

Farden leva les yeux vers le ciel, ce ciel pur et vide, et ressentit une vague de tranquillité qu'il n'avait jamais éprouvée auparavant. Le mage aurait pu se fondre dans ce calme, cette vaste étendue bleue, pour ne jamais se réveiller. Oublier tout ; le Conseil, le grimoire, et disparaître.

Une forme noire palpita au coin de son œil, et Farden tourna la tête. Un corbeau – peut-être une corneille, ou un oiseau similaire – battait des ailes autour des arêtes rocheuses de la falaise noire, s'efforçant de fuir un maigre chat noir qui dansait sur ses pattes arrière. L'oiseau volait d'un air hésitant et évita de peu un coup de griffes du chat famélique. L'oiseau s'efforçait désespérément de trouver un refuge entre les rochers. Le chat s'accroupit et fixa sa proie. Farden tenta de crier pour effrayer les deux animaux, mais le vent brûlant arracha les mots de ses lèvres et il hurla dans le silence complet. Le chat s'accroupit, contracta et tortilla son arrière-train. Soudain, à l'instant parfait, il sauta dans les airs et cloua l'oiseau sur le sable. La chose battit des ailes et cria, mais le félin ne lui accorda aucune pitié. Il maintint le corbeau sur le sol avec une patte et plongea des dents jaunes dans le cou de sa proie jusqu'à ce qu'elle s'immobilise. La tête de l'oiseau s'affaissa et son bec s'entrouvrit, inerte. Farden essaya de bouger, d'éloigner le chat de la dépouille, mais ses bras et ses jambes refusèrent d'obéir. Il était arrimé sur le sable. Quelque chose se mit à voleter entre les rochers au-dessus de lui, et un caquètement retentit dans le vent. Farden regarda le chat, qui le dévisageait de ses yeux d'obsidienne. Un liquide écarlate ruisselait de ses crocs ; une plume noire était suspendue au coin de sa bouche. Une mare de sang s'était formée sur le sable. Le chat arracha un autre lambeau de chair sur le cou de l'oiseau et mâcha, lentement, fixant le mage d'un air impassible, sans le moindre remords. Il rejeta sa tête en arrière, avala, puis émis un grondement plaintif au plus profond de sa gorge. La plainte s'interrompit aussi vite qu'elle avait commencé, et le chat fit un pas vers le mage.

Tu navigues entre deux eaux… si je puis dire, annonça-t-il, d'une voix qui résonnait au fond de son crâne.

Farden tenta de répondre, mais aucun son ne sortit de sa bouche. Le chat s'approcha encore. Du sang parsemait son menton. Au-dessus de Farden, des choses se mouvaient et battaient des ailes.

Ils te tiennent entre leurs griffes.

Une nouvelle énigme. Les bruissements d'ailes devinrent un grondement d'avalanche. Des formes noires et des yeux globuleux se terraient entre les fissures pour l'observer. Farden lutta ; en vain. Il se tourna vers le paysage derrière lui, qui s'était mué en désert de feu. Le vent soufflait sur son visage, brûlant et poussiéreux. Coups de fouet sur sa peau nue. Les formes commencèrent à emplir le ciel vide et la montagne devint un tourbillon d'oiseaux d'un noir de jais, de créatures qui tournoyaient et virevoltaient à travers l'étendue bleue dans un concert de caquètements discordants. Le chat s'était arrêté devant le mage, qui jeta un regard curieux vers la tempête de plumes et de becs et de griffes qui envahissait son rêve. Bientôt, ils recouvrirent entièrement la roche. Par milliers, ils battaient des ailes autour de lui.

C'est toi qu'ils veulent, comme ils ont essayé de m'avoir jadis.

Une serre taillada son dos et Farden sentit le sang chaud couler sur sa peau. Il grimaça et employa toute sa force pour essayer de bouger. Une autre griffe traversa sa cuisse et un bec transperça son flanc. Des ailes cinglèrent son visage. Des griffes se mirent à arracher la chair, laissant l'os à nu.

Suis les dragons.

Quelques heures à peine après qu'il se fut écroulé sur son lit, alors que des sillons de lumière dans le ciel sombre annonçaient l'aurore, Farden s'éveilla avec un mal de crâne lancinant. Il tomba du lit et heurta le plancher froid dans un grognement. Le mage enfila rapidement ses vêtements et son armure et commença à se masser les tempes, essayant vainement de se débarrasser des vagues de douleur qui envahissait son crâne. Il tenta de jeter un sort de soin mineur ; la magie ricocha sur son crâne avec la force d'une masse. Farden jura et tressaillit sous la douleur, qui l'envahit jusqu'à la pointe de ses orteils. Chaque mouvement lui était pénible. Il jeta un regard morne autour de lui. Les chandelles s'étaient consumées, et la faible lumière matinale peinait à éclairer la chambre. L'odeur de la fumée âcre planait dans l'air, et le mage ne put retenir un haut-le-cœur. Stoïque, il hissa son épée sur son dos, réprimant une nouvelle grimace. Il s'enveloppa dans son manteau et ferma violemment la porte au grand dam de son crâne. Il se tint un instant dans le hall et se frotta la tête. Tout semblait calme dans l'auberge, mais quelque chose le démangeait, au-delà de la migraine, quelque chose qui lui échappait à chaque fois qu'il était sur le point de comprendre. Les ombres sorties de son rêve le narguaient sans montrer leur vrai visage. Il se souvint de rochers, d'oiseaux, d'un endroit ensablé. Farden secoua vigoureusement la tête et s'efforça d'oublier l'étrange cauchemar.

Les rues de Krauslung étaient sinistres dans la lumière du matin. Les nuages lourds pesaient, telle une couverture, sur les montagnes et la ville côtière encore endormie. Quelques hommes étaient occupés à débarrasser les rues boueuses de leurs ordures pendant que les boutiques et les maisons commençaient à s'éveiller. Reliques de la nuit, quelques chandelles apparaissaient encore entre d'épaisses tentures.

— Vous n'auriez pas une petite pièce ? demanda un mendiant d'une voix plaintive, affalé sur une caisse en bois au coin de la rue.

Farden tourna la tête d'un air absent, avant de se rendre compte qu'il ne s'agissait pas du même mendiant que la nuit dernière. Il toussa un coup, grimaça et sortit une petite pièce d'argent de sa poche.

Il la jeta sur les genoux du mendiant puis s'éloigna. L'homme mordit la pièce et afficha un large sourire dépourvu de dents.

— Que les dieux soient avec vous, Sire ! cria-t-il.

Farden se demanda pourquoi tout le monde persistait à lui souhaiter ça.

L'aurore se mit à briller à l'est, et les cheminées commencèrent à vomir leur suie noire au-dessus de la ville. La fumée se mêlait aux nuages couleur de granit. Des poulets couraient en caquetant autour des jambes de Farden et une oie solitaire errait à travers la foule, tirant une laisse de velours boueuse dans son sillage. Les gens se massaient progressivement dans la rue principale, hilares et tapageurs malgré l'heure matinale. Un barbu de petite taille, encore saoul de la nuit précédente, criait avec impatience devant les portes fermées d'une boulangerie tout en agrippant un lampadaire pour ne pas tomber. Farden vit une séduisante paysanne quitter une maison de maître et descendre la rue d'un pas sautillant, un petit sourire espiègle sur le visage. Elle terminait de refermer sa blouse et d'essuyer son maquillage à moitié effacé alors qu'elle disparaissait derrière une maison. Telle était la société à Krauslung.

À l'aide des écriteaux, Farden poursuivit son chemin vers le côté ouest du port. Il marcha une demi-heure avant d'atteindre un petit balcon à l'aplomb d'une placette et du port de Rós, qui décrivait une courbe vers l'ouest. Le mage s'accouda sur la rambarde de pierre et renifla l'air salé, appréciant la brise fraîche qui essayait d'apaiser son mal de tête. Un brouillard froid avait rampé sur la mer durant la nuit et s'attardait en épaisses volutes sur les murs du port. Les bateaux à quai roulaient légèrement sur la houle gris-vert, arrimés en rangs par d'épaisses cordes. Des jetées et des passerelles de bois couraient à travers la baie, semblables à des veines – des capillaires de bois destinées à faire vivre les navires en leur procurant équipage et nourriture. Le bruit étouffé des cloches de navire et le craquement du bois était un doux bruit de fond comparé aux cris et aux martèlements qui provenaient des travailleurs affairés. Sur le chantier naval, la clameur des marteaux retentissait avec force. Partout où Farden posait les yeux, le chargement s'empilait sur le côté des jetées et les marins s'affairaient sur leur navire, entre les cordes, comme des termites sur des troncs filiformes.

Dans les airs, les mouettes criaient en attrapant en plein vol les morceaux de nourriture que leur lançait une grappe de badauds au bord d'un quai. Les auberges de la ville avaient peut-être fermé pour la nuit, mais celles du port laissaient encore échapper des conversations tapageuses et les fragments d'une chanson atone. Sur les étals, on avait commencé à servir de la viande grillée et du pain et à bouillir un thé de mousse bon marché pour les marins mal réveillés. L'odeur de farksa et de soupe de poisson, sans oublier de tourte au serpent de mer, tristement célèbre, planaient dans l'air froid.

Farden rejoignit la queue devant un étal, le capuchon tiré sur ses yeux cernés, puis il fit l'acquisition d'un rouleau de pâte fourrée de venaison bas de gamme. Il mordit dans son petit-déjeuner avec voracité, et tenta de le mâcher sans générer des étincelles de douleur derrière ses yeux. La nourriture avait un goût de cendres. Une lampée de thé saumâtre fit remonter dans sa gorge le goût d'herbe brûlée de l'altéressence.

Le mage poursuivit sa route au long de l'embarcadère en bois, en direction de la jetée ouest. Il termina de mastiquer son en-cas et se fraya un chemin à travers la foule des débardeurs en plein travail. Son épée pesait sur ses épaules et il titubait, tel un ivrogne, heurtant les épaules des hommes sur son passage. Il s'arrêta un instant contre un mur pour finir son thé tranquillement. Quelques profondes inspirations plus tard, la vague de nausée était passée et Farden se sentit un peu mieux. Il leva les yeux et observa un navire battant pavillon d'Emaneska – une balance dorée. Il prit la direction du vaisseau. Farden commençait à réaliser à quel point il appréhendait de monter sur le navire, sans parler du voyage turbulent et agité qui l'attendait probablement. S'il détestait quelque chose par-dessus tout, c'était la pleine mer, cet infini gris et mouvant. Il ne put réprimer un frisson.

— Farden !

Le son de son propre nom le surprit et il se retourna pour voir Åddren et Helyard, flanqués d'une douzaine de soldats en armure. Ils fendirent la foule dans sa direction et Farden entreprit de les rejoindre. Ce dernier esquissa un salut formel et se redressa, les mains jointes derrière le dos. Helyard ne jeta pas un regard au mage, mais Åddren lui adressa un sourire chaleureux. Une large besace pendait sur son flanc, retenue par une sangle passée autour de son épaule. Les soldats regardaient la scène, impassibles.

— J'espère que vous avez bien dormi, Farden ? s'enquit l'Archimage.

— Je me suis bien reposé, Magissime, merci.

Farden faisait son possible pour ne pas vomir sur la luxueuse tunique verte de son supérieur.

— Bien ! Nous espérons que vous êtes vigilant et bien préparé pour ce voyage. J'ai convaincu Helyard de vous donner un temps favorable aussi longtemps que possible, annonça Åddren. Helyard se contenta d'un grognement. Farden avait entendu des rumeurs sur le pouvoir qu'exerçait l'Archimage sur le climat local. Il était notoire que parfois, les journées d'été étaient marquées par de subites tempêtes de neige. L'origine de ces histoires remontait avant le début de l'Hiver sans Fin.

Farden observa le puissant mage, curieux de connaître la raison qui poussait Helyard à haïr les Siréniens. Åddren reprit la parole :

— Entre-temps, nous avons envoyé un faucon en Nelska pour prévenir la citadelle de Hjaussfen de l'arrivée d'un émissaire de l'Arche. Je n'ai pas mentionné le véritable but de votre mission dans la lettre.

Åddren s'interrompit un bref instant, puit poursuivit :

— ... Voici le livre des Larmes.

L'Archimage emmena Farden à part et posa un bras autour de ses épaules. De son autre main, il retira le sac de voyage de ses épaules et le tendit au mage. Il déclara d'une voix grave :

— Protégez-le à tout instant. Ces marins sont loyaux, comme les soldats, mais la convoitise pourrait les faire changer d'avis, déclara-t-il.

Farden acquiesça en silence. Åddren fit un geste vers le reste des hommes à quai, et les deux hommes entreprirent de les rejoindre.

Helyard s'éclaircit la gorge bruyamment, avant de prendre la parole d'une voix rauque et sentencieuse :

— Assurez-vous de le lire *en premier*, mage, et *en présence* des guerriers dragons. Plus important encore, ne les laissez pas vous cacher la moindre information, et ne vous avisez pas de mettre en danger le cessez-le-feu.

— Je pense que ce qu'il veut dire par là, Farden, c'est que vous ne devez pas perdre vos esprits et tuer qui que ce soit, dit Åddren avec calme.

Farden tenta de conserver un regard impassible. Il ne s'attendait pas à ce que le Conseil de la magie prête attention aux rumeurs de ses exploits.

— Archimage, je… commença Farden, à la recherche d'un mensonge rapide, mais le vieil homme l'interrompit d'une main bienveillante.

Il désigna le navire dressé contre le quai en bois, et le mage suivit son regard. C'était une nef basse, couleur d'ébène, pourvue de hauts ponts et d'un bastingage en bois de pin. Le bateau gîta légèrement et une eau brunâtre jaillit des trous ménagés dans la proue. Le mage aperçut les vitraux de la cabine du capitaine, à la poupe, et se demanda l'espace d'un instant s'il pourrait coucher là-bas. À la vue du nid-de-pie, son estomac fit un saut périlleux et il reporta son regard sur les vagues. Des bernacles et des algues vertes décoraient la coque grêlée ; une licorne triste, qui avait connu de meilleurs jours, constituait la figure de proue. Farden s'émerveilla devant les innombrables cordes qui semblaient maintenir les planches du vaisseau, tendues entre son gréement robuste et ses voiles telles les soies d'une toile d'araignée. Une file de marins emportaient des caisses remplies de citrons et de pain noir en haut de la rampe escarpée, suivis par une oie qui caquetait d'un air morose. Une vingtaine d'hommes environ s'affairait sur le navire ; plusieurs d'entre eux escaladaient le mât, tandis que d'autres empilaient le chargement sur les ponts et se préparaient à appareiller.

Farden jaugea du regard les nuages menaçants cachés derrière le brouillard. Il lança un bref regard vers Helyard, dont les yeux vitreux fixaient les nuages avec un air de concentration intense. Des embruns d'hiver éclaboussèrent le mur du port et sifflèrent dans le vent. La mer agitée, d'une couleur métallique et dure, battait les murs de granit noir du port fortifié comme des légions de vagues de glace qui tambourinaient avec force à l'embouchure du port. Le mage était reconnaissant que le quai soit à l'abri des éléments. Quelqu'un s'adressa à lui :

— Farden, voici le Capitaine Heold.

Åddren fit signe à un vieil homme grisonnant de se joindre à eux. Semblable à un pirate vieillissant, il arborait une barbe grise encore plus imposante et gironde que son estomac, un visage buriné mais aimable, et des yeux aussi durs que des diamants bleus, cachés sous des sourcils blancs et broussailleux. On aurait pu croire qu'il était né en mer. Il portait une ébauche d'uniforme – la tunique verte des marins, assortie d'un chapeau de feutre noir vissé sur sa tête. Le capitaine Heold tendit une main calleuse que Farden serra avec un sourire.

— Heureux d'vous rencontrer, Farden. Le *Sarunn* est un bon navire. On devrait arriver en cinq ou six jours en longeant la côte, dit-il.

Farden avait déjà rencontré des hommes comme lui, de vrais hommes du Nord – directs, concis et extrêmement superstitieux –, mais de véritables maîtres des océans.

— Excellent. Merci, Capitaine.

Le mage fut bien en peine de rendre sa poigne de fer au marin tant il avait l'impression de serrer la pince à un crabe géant. Heureusement, avant que Farden ne doive déplorer des os brisés, le capitaine le relâcha et se détourna pour à hurler des ordres à son équipage hétéroclite.

— Allez, tout l'monde au travail et en vitesse ; prêts à larguer les amarres !

Il s'inclina maladroitement devant les Archimages et grimpa la rampe d'un pas décidé, sans cesser de vociférer.

Tandis que les gardes se préparaient à monter à bord, Åddren prit Farden à part une dernière fois. Les deux hommes se dirigèrent vers la passerelle, et l'Archimage murmura au creux de son oreille :

— Farden, j'aurais préféré ne pas avoir à vous demander de mener cette mission, mais si j'avais estimé qu'il existait un autre homme plus apte de réaliser cette tâche, je lui aurais proposé.

— Merci, Magissime.

Farden ne se rappelait pas qu'on lui ait proposé quoi que ce soit, mais il n'aurait jamais laissé passer l'opportunité.

— Vous devez aussi penser que Helyard et le reste du Conseil sont opposés à votre participation à cette mission, mais croyez-moi, vous êtes sur le droit chemin. Non seulement nous avons une chance de mettre un terme à cette machination, mais nous pourrions aussi assurer enfin une paix durable avec les guerriers dragons.

— Je sais à quel point c'est important pour notre peuple, Archimage, et croyez-moi, je ferai tout ce qui est en mon pouvoir…

Åddren l'interrompit d'une main levée.

— Contentez-vous d'être prudent, mage. Helyard est peut-être irréfléchi et prompt à la colère, mais il a raison. Nous ne savons pas encore si les Siréniens sont impliqués dans les meurtres.

— Si c'est ce que vous pensez, pourquoi avoir voté pour mon départ ?

Farden jeta un regard perplexe à Åddren, qui opina d'un air solennel.

— Certains risques sont inévitables, Farden, Vice et moi le savons bien, c'est l'une des raisons pour laquelle le Maître mage siège au Conseil. Vous envoyer à la rencontre des Siréniens pourrait apporter la paix à notre peuple, mais si Helyard a raison et qu'ils sont derrière les atrocités commises à Arfell, nous le saurons bien assez tôt. C'est un acte de foi, Farden, et je regrette que vous soyez notre instrument. À présent, nous devons prier les dieux et attendre de vos nouvelles.

L'Archimage leva les yeux vers le ciel tumultueux et passa les mains dans les manches de sa tunique.

— Les anciens dieux influencent toujours nos terres, dit-il dans un sourire avant de reporter son regard sur Farden, qui avait remis son capuchon.

En quelques bonds, le mage escalada les planches de bois et passa la bandoulière du sac contenant le livre des Larmes.

— Alors, espérons que nos dieux seront plus forts que ceux de notre ennemi.

— L'espoir ne manque pas, Escrit, pour les dieux comme pour vous. Que Njord vous protège, annonça Åddren d'une voix plus forte ; quelques marins grommelèrent leur accord, non sans jeter des regards à Farden comme s'il portait la peste.

Le mage soupira intérieurement, remercia son supérieur d'un signe de tête puis s'inclina et grimpa la rampe qui menait au navire. Son cerveau vaseux lui donnait l'impression de dégringoler au fond d'un puits, incapable d'empêcher le voyage qui était sur le point de commencer. La nausée chercha à s'emparer de ses entrailles lorsqu'il sentit les vagues rouler sous ses bottes. Farden n'avait jamais aimé la mer. Il récita une courte prière à l'attention d'Évernia et fit quelques pas sur le pont.

Les trois ou quatre soldats de l'Arche avaient déjà trouvé leur couchette sur les ponts inférieurs, et le mage décida d'en faire autant. Après avoir fait un dernier signe en direction des Archimages et de leur escorte, il baissa la tête pour se glisser à l'intérieur du bateau. Alors qu'il descendait les escaliers vers le ventre humide du robuste navire, il entendit l'oie criailler quelque part vers l'avant du navire. Il opta pour la direction opposée et passa devant une cabine luxueuse, pourvue de petites fenêtres à hauteur de la poupe, probablement située sous la cabine du capitaine – la chaleur d'un feu, un lit confortable, un petit-déjeuner copieux... il secoua la tête. Farden s'arrêta devant la cabine, vérifia que personne ne se trouvait aux alentours, puis s'empara d'un seau posé sur le sol avant de se faufiler dans sa chambre et de verrouiller la porte.

Farden se précipita dans un coin et vomit ses entrailles dans le seau en bois. Pour vider son estomac, le mage avait dû incliner la tête ; son champ de vision se mit à tressauter, sillonné d'étincelles. Farden jura et s'affala contre le lit arrimé au plancher. Il essuya son menton. Bien que son instinct lui criât que c'était une mauvaise idée, il devait tenter de lancer un sortilège dans l'espoir que les effets de l'altéressence se soient estompés. Si ceux-ci duraient plus de cinq ou six jours, il serait en danger, plus encore s'il continuait à être aussi malade. Une minuscule flammèche vacilla au bout de son doigt pendant un bref instant, avant que la douleur ne le plie en deux. Sa tête sembla imploser. Des larmes se frayèrent un chemin à travers ses paupières serrées. Lentement, Farden s'affaissa sur le côté pour reprendre son souffle. Il ne s'était jamais senti aussi impuissant. Il resta prostré sur le plancher, pantelant.

Quelques instants plus tard, Farden sentit le navire dériver du quai ; les vagues sous la coque commencèrent à faire rouler le vaisseau. Farden ravala la bile au fond de sa gorge et s'efforça d'ignorer son mal de crâne lancinant. Quelque part au-dessus de lui, les marins menaient le navire au cœur des vents, qui le poussaient vers l'embouchure du port. Le mage entendait leurs cris et leurs appels. Il ferma les yeux. Après avoir refoulé sa nausée pendant quelques minutes de plus, Farden ressenti un nouvel élan et se leva, soudainement déterminé à voir le navire quitter le port. Il s'assura que la porte était verrouillée, puis entreprit de se parcourir les travées glissantes. Il pria pour ne pas vomir devant les soldats ou les hommes robustes du navire. Au moins pourrait-il invoquer le mal de mer pour expliquer son malaise, sans devoir mentionner les dangereux effets secondaires d'une drogue bannie. Voilà qui ferait jaser le Conseil de la magie, songea Farden.

Le mage finit par atteindre le pont, déjà couvert d'eau de mer, et se dirigea vers le gaillard d'avant du *Sarunn*. Vidé de toute énergie, il regarda les vagues turbulentes s'enrouler autour de l'embouchure du port massif. Le mage agrippa la rambarde en bois et sentit des gouttelettes glacées s'écraser sur son menton et sur son front. À sa droite, un marin l'observait d'un œil méfiant. Sentant le regard posé sur lui, le mage se retourna pour faire face au curieux. Lentement, le marin se détourna et commença à enrouler des cordages. Farden lança un regard oblique en direction du marin, mais celui-ci ne se retourna plus.

— Sire !

Le mage fit volte-face pour voir Heold se précipiter vers lui, avalant les marches quatre à quatre. Le souffle du capitaine fumait dans le vent froid. Il aboya quelques ordres à ses hommes en contrebas et hurla des instructions sur leur route à l'intention de l'équipage au gouvernail. Le capitaine se tourna vers le mage et haussa les épaules.

— Grosse journée pour nous, mage. On était à peine rentrés au port la nuit dernière, qu'on recevait un message du Conseil comme quoi on d'vait vous emmener en Nelska, dès ce matin. Comment vous trouvez vot'cabine ?

L'homme lui adressa un sourire qui ressemblait davantage à une grimace. Ses mains serrées autour du bastingage rappelaient à Farden du cuir tanné.

— Très bien, Capitaine, merci. Au moins, je l'ai trouvée.

Heold hocha la tête. Le bateau se dressa brusquement sur une vague, et Farden empoigna le garde-corps. Le capitaine l'observait.

— Je suppose que j'peux pas savoir pourquoi on fait route vers la terre des dragons ? Personne n'est allé jusque-là depuis des années, à ce qu'il paraît.

Il voulait faire croire à une conversation anodine, mais il dévisageait Farden avec une curiosité dévorante.

— Cette mission est très ordinaire, croyez-moi, déclara Farden avec froideur avant de reporter son regard vers la mer.

Le bateau s'approchait des murs du port.

— Quelques degrés vers Port Thurgen ! hurla Heold sans avertissement, se servant de ses mains comme porte-voix. Excusez-moi, mage. C'est un nouveau qu'est à la barre aujourd'hui ; l'ancien a attrapé la peste comme un autre de mes hommes – j'ai dû les remplacer tous les deux. Désolé d'vous poser cette question, Farden, c'est juste que mes gars sont un peu contrariés de vous avoir à bord. C'est une bande de superstitieux.

— Je ne suis pas dangereux, Capitaine, dites-le à vos hommes. Je ne ferai pas d'histoires durant la traversée et j'apprécierais qu'on me laisse seul, assura Farden, déterminé à paraître affable et courtois.

Le capitaine acquiesça avec un grognement et regarda le mage s'éloigner d'une démarche vacillante.

— Le vent s'annonce parfait, vous verrez ! hurla Heold.

Il désigna les nuages qui s'amoncelaient dans le lointain.

Farden plissa les yeux à la vue des rayons de soleil qui étincelait sur les vagues. Il se contenta de hausser les épaules et de porter une main à son estomac. Alors qu'il descendait sous le pont, il pouvait presque imaginer Helyard sur la jetée, en train d'obéir aux ordres secs d'Åddren avec un air grincheux. Les brisants s'écrasèrent à nouveau sur la poupe du navire, qui tangua maladroitement. Des embruns ornèrent le pont et le *Sarunn* dansa sur ses premières véritables grosses vagues, jusqu'à ce que le timonier reprenne le contrôle de la houle hivernale et corrige la route du navire. Alors qu'Heold regardait Farden disparaître dans les profondeurs du bateau, un nuage de doute déconcertant se propagea dans son esprit fatigué. Les mages étaient toujours de mauvais présages.

Les deux premiers jours de voyage se déroulèrent sans encombre. Au troisième jour, le *Sarunn* commença enfin à contourner la côte ouest et à faire route vers le chenal qui reliait les plages à l'ouest de Midgrir et les falaises rabougries d'Albion. Le temps demeura magnifique pendant quelques centaines de milles, mais alors que le navire longeait le littoral vers la mer de Jörmunn, au-delà des cités troglodytes d'Halôrn, les nuages commencèrent à s'amonceler et à s'assombrir, porteurs de bourrasques et de rafales glaciales qui cinglaient le bateau. Farden resta à l'abri dans sa cabine, conscient de chaque mouvement de tangage et de roulis qu'il subissait sur sa couchette en bois dur. Dans sa cabine, tout était cloué au sol, ce qui rendait impossible la pratique de l'épée et accentuait encore les grincements plaintifs du bois. Le seau avait été vidé et rempli plusieurs fois la première journée, mais Farden s'était enfin débarrassé de son violent mal de tête. En revanche, sa magie ne l'avait pas retrouvé, pas le moins du monde – il pouvait sentir son tatouage peser sur son dos, inerte, tel un lourd fardeau. Le mage employait son temps à méditer et à essayer de retrouver son pouvoir. Lorsque le pont était calme, il dressait une carte des étoiles d'un air absent. Au cœur de la nuit froide, Farden se surprit plus d'une fois à penser à Cheska, avant de se réveiller seul avec des rêves déjà à moitié effacés. Le mage essaya d'ignorer le roulis et fixa son regard sur le plafond en bois. Son esprit fatigué se représenta ses yeux magnifiques et dériva vers son corps, son rire, vers une centaine d'autres pensées – leur futur, par exemple. Il se demanda ce qu'elle faisait, où elle se trouvait, s'il serait de retour avant qu'elle ne commence le Rituel. Les spectres de la peur tentèrent à nouveau de se frayer un passage dans son esprit.

Le premier jour, un petit chat noir trouva le chemin qui menait à sa cabine. Farden supposa qu'il s'agissait du chat du navire, un porte-bonheur contre le mauvais temps, et laissa la créature flâner dans sa chambre d'un air curieux. L'animal renifla ses vêtements et y fit ses griffes, répétant son manège dans chaque coin de la petite pièce pendant une bonne heure. Enfin, il se pelotonna en une petite boule noire sur l'oreiller. D'humeur lasse, le mage consentit à laisser la boule de poils dormir dans sa chambre toute la journée, jusqu'à ce qu'elle finisse par s'éclipser à l'heure du dîner. Lorsque le chat l'avait regardé, Farden avait senti quelque chose au seuil de sa conscience, comme un sentiment de déjà-vu. Les petits yeux bruns du félin l'avaient observé d'un air placide avant de reporter leur attention sur l'une de ses pattes, qu'il avait léchée consciencieusement. Le mage avait écarté ce pressentiment étrange, mais il se surprit à observer la bête d'un air intrigué.

Le deuxième jour, pour combattre l'ennui et par pure curiosité, Farden retira le livre des Larmes de la sacoche et le parcourut paresseusement, examinant les pages blanches. Elles paraissaient pures et vierges, à peine jaunies sur les bords. Les creux dans le dos du livre et entre les écailles de dragon superposées, d'un jaune métallique sans éclat, étaient remplis de poussière. Aucune trace d'écriture ou de symboles n'était visible dans le livre ; Farden essaya même de lever les pages diaphanes devant sa minuscule fenêtre pour voir si quelque chose apparaissait à travers. Rien. Dans un soupir morne, Farden abandonna ses recherches et glissa le livre des Larmes sous son oreiller.

À l'aube, Farden parcourait le pont, flanqué du chat noir et agile qu'il avait baptisé Paresse. Il essaya de jeter quelques sortilèges mineurs dans la lumière du demi-jour. À son grand dam, la magie s'obstina à rebondir contre son crâne. Néanmoins, observer les étoiles semblait calmer son esprit durant la nuit et contribuait à apaiser son estomac. Il haïssait toujours l'eau. Le temps semblait s'étirer comme de la mélasse sur le navire et Farden appréhendait les regards méfiants que lui jetaient régulièrement les marins superstitieux. Le matin précédent, il avait surpris un membre d'équipage grisonnant à prier le vieux dieu des mers Njord devant la porte de sa chambre, et à essayer d'attacher un porte-bonheur sur le battant. Farden avait violemment claqué la porte et n'avait pu réprimer une grimace en entendant l'homme s'éloigner d'un pas nerveux dans la coursive. Chacun semblait faire de son mieux pour ignorer le mage et rester hors de son chemin. La plupart des membres d'équipage avait peur de Farden : ils voyaient en lui un puissant sorcier qui les conduisait vers une terre interdite, et cette perspective ne les réjouissait pas le moins du monde. Leur passager était malchanceux et malvenu.

La première nuit, les soldats de l'Arche s'étaient fait diligence pour adresser la parole au mage, alors qu'il était assis seul à une table. Farden n'avait pas été d'humeur à la discussion et ses réponses sèches avaient froissé les hommes. Ils avaient rapidement pris congé. Quelles que soient les rumeurs qu'ils avaient pu entendre au sujet de Farden, celles-ci semblaient avoir circulé parmi l'équipage déjà superstitieux, et à présent, chaque personne sur le bateau semblait mettre un point d'honneur à ignorer le mage solitaire et à rester en dehors de son chemin. Dans une certaine mesure, cela lui convenait parfaitement. Seule Paresse semblait s'intéresser à lui – le petit animal semblait heureux de se blottir contre lui, la nuit, ronronnant comme une casserole sur le feu, jusqu'au retour du matin qui marquait le début de leur promenade journalière.

Le troisième jour, Farden se dirigea vers le gaillard d'avant. Pour une fois, il avait laissé le petit félin dormir dans sa chambre et il errait seul sur le pont. À l'est, des rayons de soleil rampaient sur l'horizon, entre des nuages sombres et des falaises lointaines. Mosaïque d'ombre et de lumière bleue et verte, la mer ondulait et écumait, en proie à une forte houle. Le mage se tenait à sa place habituelle au garde-fou. Il essuya pour la dixième fois des embruns glacés de son visage et regarda le ciel. Devant le navire, d'immenses nuages d'orage s'amoncelaient, paresseux. L'ombre de la pluie surplombait la mer. Quelqu'un toussa, tout proche.

Un marin faisait office de vigie, sur sa droite. Farden le reconnut : c'était l'homme qu'il avait surpris en train de l'observer le premier jour. Il se tenait droit et raide, les bras croisés derrière son dos, une longue-vue serrée dans la main gauche.

— Bonjour.

Le salut avait tout d'un un grognement tant il était rauque. Le marin avait un fort accent, probablement du Sud d'Albion.

— Bonjour, répondit Farden.

D'un signe de tête, il désigna les nuages noirs.

— Le temps ne me dit rien qui vaille.

L'homme acquiesça.

— Ça m'a l'air sérieux, pour sûr. Le capitaine a intérêt à filer droit.

C'était un homme maigre et nerveux ; mais malgré sa taille, sa silhouette et ses mains calleuses paraissaient puissantes. Il avait un visage carré, dominé par un nez saillant et encadré par des cheveux noirs, coupés court et rabattus sur son crâne. Le marin portait l'uniforme vert foncé de l'équipage. Un grain de beauté avait élu domicile sur sa lèvre. Le marin avait une tête de moins que le mage et semblait déborder d'énergie. Agité de tics nerveux, il ressemblait à un aigle à l'affût, songea Farden, décidant qu'il n'appréciait pas la manière dont l'homme le dévisageait.

— Bien, dit le mage.

— Vous n'aimez pas l'eau, si j'ai bien compris ?

Un rictus apparut sur le visage de l'homme.

— Je n'ai rien contre.

Farden eut une pensée pour le livre des Larmes dans son sac en bandoulière.

Le marin ricana.

— Moi, c'est Karga.

Après avoir donné son nom, il présenta sa main, et Farden la serra fermement.

— Farden.

Karga hocha la tête.

— Yep, je sais.

— Vous avez un bon capitaine, il me semble.

Farden faisait la conversation d'un air absent. Il écouta les vagues éclabousser la coque du navire.

Le marin haussa les épaules.

— J'en sais trop rien. On dirait un bon gars, mais je ne fais que ce voyage-ci. Je remplace un homme malade.

— Je vois.

— La peste, sûrement. Elle se balade pas mal dans le Sud.

— Mmh.

Farden sentit la conversation retomber. Il fit un signe de tête à son interlocuteur et se dirigea vers les marches. Alors qu'il s'éloignait, le marin l'interpella d'un ton bourru :

— Eh mon gars, regarde ça.

Le mage se retourna et suivit du regard la direction qu'il désignait. Dans les nuages, loin devant, un phénomène était en train de se produire, un phénomène que Farden n'avait jamais vu auparavant.

Au creux des immenses traînées de nuages d'orage, deux formes commencèrent à apparaître, dominant les mers. Elles surgirent des nuées et se dressèrent face-à-face, semblables à deux hommes musculeux sculptés dans les nuages. Puis les silhouettes se mirent en mouvement. Le tonnerre gronda et Farden se rapprocha du garde-fou, émerveillé. L'une des créatures projeta un poing gigantesque dans les airs, et la foudre crépita autour de ses doigts. Le vent fouettait les vagues, les changeant en écume, et le bruit assourdissant du tonnerre obligea Farden à courir ses oreilles.

— Des géants d'orage ! hurla Karga, et l'homme à la barre fit tournoyer le gouvernail pour éloigner le navire du duel tempétueux.

Une averse soudaine se mit à fouetter le bateau, et Farden dévala les marches pour observer les immenses créatures s'affronter. Les géants se jetaient l'un sur l'autre, plaçant coup de poing après coup de poing jusqu'à faire trembler le ciel. L'équipage se réfugia sous les voiles. Cependant, aussi vite qu'ils étaient apparus, les géants s'en allèrent – quelques coups de tonnerre plus tard, ils s'étaient fondus dans les nuages. Le marin à la barre corrigea calmement la course du navire, et Heold émergea de sa cabine d'un pas gauche, encore à moitié endormi.

— Qu'est-ce qu'il se passe ici, bon sang d'bonsoir ? aboya-t-il, occupé à ajuster sa large ceinture.

Karga cria depuis le gaillard d'avant :

— Des géants d'orage, Capitaine ! Ils sont partis maintenant, disparus dans le front de tempête !

Heold plissa les yeux en regardant les nuages, et fronça les sourcils. Satisfait d'avoir manqué l'action et de ne plus être requis sur le pont, il s'en retourna vers son lit.

— Bien ! Réveillez-moi dans une heure, dit-il.

Avant que la porte de sa cabine se soit refermée à la volée, Farden avait déjà regagné la sienne.

❦

Malgré les mouvements de balancier du navire et le temps exécrable, le mage tomba dans un sommeil profond qui l'emporta jusqu'au jour suivant. À son réveil, il vit que la pluie fouettait sa fenêtre. Il grogna et remonta la couverture sur son visage. Il commençait à en avoir plus qu'assez de ce voyage. Sa main rencontra le livre des Larmes, sous le coussin, et le mage tira légèrement le grimoire vers lui. Il se rendit compte que le gros livre surélevait sa tête d'une manière tout à fait agréable sous le mince ballot de tissu, et Farden se demanda ce que le Conseil – ou les dragons d'ailleurs –, penseraient s'ils savaient qu'il utilisait le livre des Larmes comme oreiller. Le mage s'autorisa encore une bonne heure de sommeil avant de se lever et de se diriger d'un air ensommeillé vers la cambuse. Quant à Paresse, elle avait encore disparu.

Farden se courba pour passer sous la porte de la cuisine du navire et jeta un coup d'œil autour de lui. L'oie était en train de picorer quelques graines dans un coin de la petite pièce et le cuistot s'occupait de la vaisselle.

— Tout va bien ? demanda ce dernier sans reposer le bol qu'il essuyait avec un chiffon sale.

Farden s'étira et étouffa un bâillement.

— Très bien, merci. Je me demandais s'il restait quelque chose du dîner, je l'ai manqué.

Il s'avança et son front heurta une poutre.

L'homme sourit, étouffa un gloussement.

— Il y a du farksa dans la poêle, et du requin que le second a capturé.

Il souleva le couvercle d'un bol en terre cuite, et l'odeur du maigre ragoût de poisson remplit Farden d'une faim dévorante. Il plongea une cuillère en bois d'une propreté douteuse dans le récipient et se servit dans un bol fendu. Le mage était trop affamé pour s'en soucier. Il avait eu des repas bien pires.

— Pour demain, j'ai prévu quelque chose de neuf...

Le cuisinier fixa Farden et fit un léger signe de tête en direction de l'oie grassouillette. Le pauvre gallinacé s'arrêta de picorer et leva les yeux vers les deux hommes. Un silence embarrassé emplit la pièce.

— À demain, alors, dit Farden dans un sourire.

Il emporta son bol de soupe dans sa chambre et regarda les vagues s'étirer derrière le bateau comme des contreforts menaçants d'eau glacée. Le mage soupira et se résigna à passer une nouvelle journée d'ennui. Son estomac ne s'était pas encore habitué à la haute mer, et il se sentait vide depuis que la magie l'avait abandonné. Une étrange envie d'altéressence avait commencé à ramper dans son esprit depuis le jour précédent – le désir insatiable de goûter à nouveau cette fumée âcre, de sentir l'engourdissement familier se propager dans ses bras et ses jambes. Farden repoussa l'envie coupable de son esprit et s'efforça de se concentrer sur son repas. Le requin était salé ; les maigres légumes qui flottaient dans son bol étaient dépourvus de couleur et de goût. C'était tout de même de la nourriture, et Farden aspira avec précaution le liquide brûlant. La drogue était interdite pour une bonne raison, se rappela-t-il – la capacité qu'avait l'altéressence à annihiler la magie était légendaire. Depuis une centaine d'années, le Conseil mettait un point d'honneur à la combattre par des mesures drastiques. Lorsque Farden recevait son entraînement à la Spire, un homme avait été surpris en train de consommer de l'altéressence dans sa chambre. Il avait immédiatement disparu et personne n'avait plus entendu parler de lui.

Il avait subi la peine de mort, pendu à ses entrailles aux portes de la ville en guise d'exemple. Farden haussa les épaules.

D'un autre côté, la drogue le calmait : elle le soulageait des sombres pensées qui s'agitaient dans son esprit, les peurs, le doute… malgré les effets secondaires de la drogue, Farden s'était rendu compte qu'il en avait besoin. Au fil des années, il avait été extrêmement attentif à cacher son secret. La simple idée que quiconque, Cheska en particulier, découvre le pot aux roses était impensable ; il était trop méticuleux, trop prudent pour être pris sur le fait. En outre, il n'avait fait de mal à personne à part à lui-même. Tout ce qui comptait maintenant était de retrouver l'usage de son pouvoir avant d'arriver en Nelska. Il se concentra à nouveau sur son ragoût insipide et essaya d'apaiser ses pensées.

À bord du navire, le mage se sentait découragé et inutile. Il se voyait dériver à l'intérieur de sa propre tête, et il commençait à ressentir la claustrophobie à force de rester assis dans sa chambre minuscule. Avec un soupir, Farden se résigna à sortir – pluie ou pas. Il termina son ragoût de requin, aspira les derniers morceaux dans le fond du bol et releva son capuchon sur son visage. Il observa son reflet dans la fenêtre crasseuse et passa son pouce sur la barbe naissante qui émergeait de son menton. Il allait devoir se raser avant d'atteindre le Nelska. Il se soulagea dans le seau dans le coin de la pièce et sortit.

Farden émergea sur le pont battu par les vents et regretta sa décision sur-le-champ. Tout avait été arrimé au pont ; le bois était glissant, recouvert d'embruns et de pluie salée. Heold se trouvait à la barre, la barbe emmêlée et luisante. L'homme corpulent éclata de rire à la vue du mage.

— Si vous n'aimiez pas le temps jusqu'ici, vous n'allez pas aimer ce qui arrive ! beugla-t-il.

Comme si le navire l'avait entendu, le *Sarunn* plongea dans un creux entre deux vagues et fit une lente embardée. L'estomac de

Farden roula avec les vagues. Il fixa le regard sur l'écume qui s'enroulait autour de ses bottes fermement plantées sur le pont et s'efforça de ne pas penser au ragoût de requin. Le bateau chancelait sur un tapis couronné de crêtes d'acier. D'épais nuages noirs s'étendaient à perte de vue, striés de lumière et d'éclairs. La lumière du jour disparaissait petit à petit ; dans la pénombre, les marins s'accrochaient désespérément au gréement et aux cordages pour poursuivre leurs tâches en dépit de la pluie et du vent mugissant.

— J'en ai assez de rester à l'intérieur ! cria-t-il, avec un haussement d'épaules destiné au capitaine, mais celui-ci était trop occupé à tenir le gouvernail pour lui prêter attention.

Dans un élan obstiné de se confronter au temps exécrable, Farden décida de se rendre à son poste habituel au garde-fou. Le mage resserra son capuchon autour de son visage pour le protéger de la pluie crépitante, avant de se diriger vers la proue. Une fois parvenu au bastingage, il fixa la tempête et essaya de trouver un sens au mælström grisâtre. Il ne pouvait pas faire la différence entre les flots et le ciel de granit. Une vague frappa la pauvre licorne en contrebas, et le *Sarunn* piqua du nez. Plus qu'un jour à tenir, songea Farden, se rappelant les paroles d'Heold. Il tapota son estomac, puis se rendit soudain compte qu'il avait laissé le livre des Larmes dans sa chambre, sous l'oreiller. Le mage pivota sur ses talons et descendit quatre à quatre les marches humides qui menaient au pont. Il se sentit stupide, et une étrange lueur d'anxiété se faufila jusqu'à son estomac déjà nauséeux. Il se fraya un chemin jusqu'en bas et poussa la porte de sa cabine sans ménagement.

L'oreiller gisait sur le plancher mouillé. Courbé au-dessus de la couchette, Karga feuilletait sans hâte le livre des Larmes. Le marin leva les yeux, modérément surpris, et les deux hommes partagèrent un instant de silence absolu.

— Qu'est-ce que vous faites ici ? lâcha enfin Farden, abasourdi.

Le marin regarda le mage avec un petit sourire satisfait.

— Je savais que vous ne le laisseriez pas seul très longtemps, commenta Karga, avant de baisser les yeux vers les pages blanches. Il avait raison, le grimoire est vide.

— Éloignez-vous du livre.

Le mage pénétra dans la pièce. Il eut une pensée pour son épée appuyée contre le mur derrière la porte. Elle était presque à portée de main ; il fit un nouveau pas pour se rapprocher de la lame.

— Comme vous voulez, Farden.

Le marin sourit, leva les mains devant lui et fit un pas en avant.

— …comme vous voulez.

— Qu'est-ce que vous fabriquez avec ça ? gronda Farden.

D'un mouvement rapide, il attrapa son épée derrière la porte et la tira de son fourreau. Il la brandit vers Karga.

— Vous n'avez aucune idée de ce qu'il se passe, n'est-ce pas ?

Le marin plissa les yeux et lança un autre sourire carnassier. Farden aperçut les cicatrices qui parsemaient ses paumes. Le navire tangua sous leurs pieds.

— Effacez ce sourire de votre visage ou je vous jette par-dessus bord !

— Je voudrais bien voir ça.

Farden fulminait.

— Nous devrions voir ce que Heold a à dire.

De la pointe de l'épée, le mage désigna la porte. Karga ne bougea pas d'un pouce. Farden sentit la fureur monter en lui. Il était confus, désarçonné par l'air suffisant du marin. La situation échappait à son contrôle.

— Dehors ! hurla Farden, mais Karga se contenta de pointer vers lui ses mains aux doigts recroquevillés.

Un magma rougeoyant se forma au bout de ses doigts, une nuée ardente de cendres brûlantes. La nuée solidifiée heurta Farden dans la poitrine et le projeta à travers le mur en bois de sa cabine. Des éclats de bois et des flammes emplirent le corridor. Toussant et crachotant,

Farden agita son épée à l'aveugle dans la fumée brûlante. Il se traîna à couvert dans l'angle du couloir. Sa tête le lançait. D'un geste, il se débarrassa des charbons qui se consumaient sur son plastron noirci. L'esprit de Farden tournait à plein régime tandis qu'il essayait de percer du regard le nuage de fumée.

— Venez vous battre ! cria Karga.

Un éclair strident creusa un trou dans le mur puis explosa avec fracas dans le couloir. Dans les ténèbres en direction du pont, l'oie émit des criaillements plaintifs.

— Je suis là, Karga, venez me chercher !

Farden pouvait entendre les craquements de la mer tout autour de lui. Il attendit, se concentra pour calmer sa respiration sans s'étouffer, et attendit l'instant propice pour bondir de sa cachette. S'approchant du trou, Farden aperçut une silhouette qui jetait un regard à travers l'ouverture. Dans un cri furieux, le mage bondit dans le corridor et visa la tête de son assaillant. Mais Karga sauta de côté et leva les mains pour bloquer le coup d'épée. Juste avant que la lame ne tranche ses doigts, une pulsation d'énergie émergea de ses paumes et l'épée rebondit dans un bruit sourd. Farden se fendit à nouveau et visa le visage de l'homme avec son arme tranchante, mais Karga bloqua à nouveau. Dans une plainte déçue, l'épée rebondit hors de portée.

— Qui êtes-vous ?! aboya Farden.

L'assaillant esquiva un autre coup d'épée et se fendit d'un large sourire.

— L'homme envoyé pour vous tuer !

Karga cria de douleur lorsque la lame entailla son épaule. D'un mouvement rapide, il agrippa l'épée avec sa main gauche. Une décharge électrique courut sur la lame d'acier.

— Argh ! glapit Farden lorsque la magie le secoua.

Le mage récupéra rapidement. Il se projeta en avant et abattit son front sur le nez de Karga. La tête du marin bascula en arrière et du sang jaillit de son visage. Le mage, tenace, enchaîna avec un coup de poing dans l'estomac avant de projeter son coude droit dans le cou de son adversaire. Karga s'étrangla et tomba en arrière contre la paroi. Quelques marins, alertés par le vacarme, se rassemblaient autour d'une écoutille.

— Karga ! cria l'un des hommes. Que se passe-t-il ?

Le sombre assaillant choisit de les ignorer. Il respirait avec difficulté.

— Vous ne pouvez pas me combattre avec la magie, Farden ? Qu'est-ce qui ne va pas ? On m'a dit que le combat serait intéressant ! Vous avez peur d'affronter un sorcier comme moi ? ironisa Karga.

Ses yeux commencèrent à luire d'un rouge intense.

Cet homme était envahi par la magie noire, pensa Farden – un serviteur de l'interdit. Avant que le mage ait pu réagir, Karga serra le poing et cria des mots dans une langue inconnue. Soudain, les ombres qui rampaient dans le ventre obscur du navire s'animèrent et agrippèrent le mage. Farden lança un cri de surprise quand une main noire tira sur son visage et sur ses cheveux. Des doigts d'ombre s'enroulèrent autour de ses pieds. Agitant sa lame dans tous les sens, il plongea derrière une haute pile de caisses et rampa en arrière, dans les profondeurs du navire. Une sphère de lave explosa au-dessus de sa tête, faisant pleuvoir des étincelles sur son capuchon. Des créatures d'ombres le saisirent, mais il s'échappa de leur étreinte et se précipita vers la cambuse.

— Venez vous battre ! hurla à nouveau Karga par-dessus le rugissement de ses sortilèges.

Farden passa à toute vitesse sous des poutres, esquiva les poêles qui pendaient du plafond et attrapa la solide échelle de bois. Une nouvelle déflagration projeta des nuages de cendre à travers la cuisine du navire et roussit les plumes de la misérable oie. Farden poussa de toutes ses forces l'écoutille au-dessus de sa tête. Par chance, celle-ci céda. La pluie s'abattit aussitôt sur son visage. Il grimpa vivement l'échelle, émergea sur le pont et se mit en garde, l'épée basse. Des marins crièrent à l'intention d'Heold, qui se trouvait toujours à la barre.

— Qu'est-ce que c'est que ce cirque ?! vociféra l'imposant capitaine.

Le ciel s'illumina d'une teinte bleuâtre et le tonnerre gronda. Farden hurla pour couvrir le mugissement de la tempête.

— C'est l'un de vos marins, Karga ! Il a été envoyé pour faire échouer cette mission !

Heold le fusilla du regard et reporta son attention sur le gouvernail.

Le mage essuya les embruns de son visage et tenta désespérément de reprendre son souffle. Maudit soit ce vieil homme et son altéressence, jura-t-il intérieurement ; il avait besoin de sa magie. Et vite.

Une boule de feu traversa le pont et explosa contre le mât. Les voiles humides ne prirent pas feu mais le mât était fendu ; des étincelles rougeoyaient sur les éclats de bois. Avec des cris de terreur, l'équipage détala pour se mettre à couvert.

— Vous ne pouvez pas gagner, Farden ! cria une voix dans la pluie battante.

Karga avait atteint l'escalier près du gaillard d'avant.

— Et vous, vous n'auriez pas dû vous mêler de la magie des elfes !

La tête de son adversaire apparut derrière un cageot et se para d'un sourire retors.

— Ça ne dépend pas de moi, mage, je ne fais que ce que mes maîtres m'ordonnent ! dit-il dans un haussement d'épaules. C'est pour vous que je suis là.

Farden gronda :

— Où se trouve le guide de magie noire ?

Une autre sphère de magma passa au-dessus de la tête de Farden et plongea dans la mer avec un sifflement furieux.

Karga cracha, puis éclata de rire.

— Vous ne le trouverez jamais !

Sans tourner le dos à Farden, il se dirigea vers l'autre côté du pont, sinueux comme une anguille en chasse. Farden s'accroupit derrière une écoutille sans le quitter des yeux. Le sorcier était fort, sans aucun doute – mais il n'était rien de plus qu'un homme, et un homme peut être détruit. Tout ce dont Farden avait besoin, c'était de sa magie.

Karga s'adressa à nouveau à lui :

— Vous perdez votre temps ! Qui sait où il peut bien être maintenant, dit-il dans un rire vicieux.

Un marin armé d'une hache sauta au bas des escaliers du gaillard d'avant et courut vers le sombre mage, son arme levée au-dessus de sa tête. Karga s'immobilisa l'espace d'un instant tandis que la tempête faisait rage autour des deux hommes. Tous les regards étaient tournés vers eux ; chaque homme observait la scène en silence.

Avec une rapidité impensable, Karga bondit sur le marin, lui arracha sa hache et plaça une main autour de son cou. De la cendre incandescente calcina la chair sur les os du marin, qui parvint à articuler un cri étranglé. Il fit quelques pas hésitants puis s'effondra contre le bastingage avant de disparaître dans les vagues gris-vert. L'équipage entra dans une terreur folle. Les marins s'éparpillèrent sur le pont dans une débandade bruyante, espérant s'éloigner autant que possible des deux mages. À la barre, Heold vociféra pour ramcuter ses hommes, un œil posé sur les flots insidieux et l'autre sur les dangereux mages.

— Tous au mât ! Baissez les voiles !

Le *Sarunn* tangua violemment sur la crête d'une vague. Farden tenta de bloquer une sphère d'énergie crépitante auréolée d'éclairs violets, mais le sortilège projeta le mage contre le bastingage, à quelques pouces à peine du bord du navire. Il s'avança pour s'éloigner des flots puis s'abrita derrière un cageot. Farden porta une main à son dos et grimaça pendant un instant ; soudain, la douleur disparut d'un coup. Quelque chose commença à s'éveiller dans sa colonne vertébrale. Un frisson traversa ses larges épaules, une sensation que le mage ne connaissait que trop bien. Farden sourit et s'accroupit, guettant sa proie. C'était son tour.

Karga se mit à couvert sous la rambarde de l'escalier et tenta de regarder à travers le rideau de pluie. Des étincelles crépitaient autour de ses doigts. Il attendait que le mage sorte à découvert.

— Sortez de là, espèce de lâche ! cria-t-il.

Il essuya du sang sur son nez et cracha sur le pont.

— Par ici, grogna une voix rauque.

Karga leva les yeux pour voir une botte filer vers son visage. Le coup de pied insidieux le fit voler à plat ventre sur le pont, dans une gerbe d'eau de mer mêlée de sang. Farden se laissa tomber du gaillard d'avant, atterrit sur les escaliers et leva son épée au-dessus de son épaule. Mais Karga se tenait prêt. Il joignit les mains et une sphère de magma atteignit la poitrine du mage dans une déflagration assourdissante. Farden vola en arrière sur l'escalier et s'étouffa en respirant la fumée brûlante. Le sorcier noir était déjà debout et traversait le pont. Farden fit tournoyer son épée, mais l'homme para encore et encore ; au troisième coup, la lame dérapa sur sa poitrine, ménageant une longue entaille dans la tunique du marin. Karga hurla et tituba en arrière. Farden sauta prestement sur ses pieds.

— Vous voulez voir de la magie ?

Il cracha de l'eau salée sur le côté et arracha son capuchon avec un air de défi. Ses yeux flamboyaient d'une lueur blanche.

À la barre, le visage d'Heold se vida de toute couleur et son cri glaça chaque homme sur le navire.

— Vague !

Le monde sembla s'arrêter autour de Farden.

Ses bras se levèrent dans la pluie qui ralentissait. Des gouttes glissèrent sur ses mains comme du mercure transparent. Un éclair déchira le ciel et s'immobilisa, figé dans une seconde éternelle. L'air vibra, saturé de magie. Farden sentit ses tatouages s'embraser dans son dos. Sur le pont glissant, il se tint prêt. La pression du sortilège le poussait contre le bois humide ; ses bottes émirent un lent bruit de succion. Le mage prit une profonde inspiration et plongea son regard dans les yeux flamboyants de Karga. Son visage s'était figé dans une expression effrayée. Farden leva les yeux tandis que des flammes s'épanouissaient autour de ses poignets, et observa la vague vicieuse qui s'arquait au ralenti au-dessus du mât. Pendant un instant infime, le temps s'arrêta et le monde s'apaisa autour de lui. Cet instant fut de courte durée car le pont commença à vibrer sous ses bottes, le grondement enfla et le temps reprit brutalement son cours.

Dans un éclair de chaleur incandescente, une tour de feu émergea du pont et déchiqueta le bois aussi facilement qu'une feuille de papier. Farden recula en chancelant alors que le sortilège s'élançait en tourbillonnant à travers le mât et les voiles, vers le ciel et le creux de la vague. Le feu rencontra l'eau dans une explosion de vapeur et de débris brûlants. Puis la vague atteignit le pont.

Les cris frénétiques d'Heold furent couverts par le bruit lorsque la vague déferla sur le pont avec une puissance formidable. Farden attrapa la rambarde de l'escalier derrière lui et se cramponna désespérément tandis que le navire tanguait sous l'avalanche aqueuse. La vague balaya les marins et les propulsa dans la mer comme des billes fendues ; ils se mirent à hurler dans l'eau glacée. La vague vicieuse manqua de peu de faire lâcher prise au mage, mais l'eau se retira rapidement alors que le *Sarunn* parvenait à surmonter la crête et à récupérer son assise. Farden fut emporté de guingois sur le pont, vers une écoutille à laquelle il s'agrippa. Sa tête le lançait, et il sentait des vertiges nauséeux provoqués par le sortilège. Karga était toujours invisible et le mât geignait, comme prêt à se briser. À sa base, le bois se tordait et répandait des échardes dans un grondement terrible.

— Farden, qu'avez-vous fait ?

Heold gisait sur le ventre sur le pont supérieur, échoué comme un lamantin sur une plage.

— C'était Karga ! mentit Farden.

Il jeta un regard désespéré autour de lui. Le navire s'enfonçait rapidement. L'eau s'engouffrait à présent à travers le trou béant dans le pont et Farden ne put s'empêcher de regarder avec des yeux écarquillés l'eau se répandre à gros bouillons au cœur du navire. Les forces conjuguées du sort de feu et de la vague avaient presque brisé le *Sarunn* en deux ; à présent, il sombrait à plusieurs milles du rivage dans une mer tumultueuse. Quelques membres d'équipage s'accrochaient toujours au gréement et priaient Njord de les épargner. Farden ne s'attendait pas à ce que le dieu intervienne.

Le mage dégringola l'escalier et heurta le sol dans une gerbe éclaboussures. L'eau montait. Elle était glacée et poignardait sa poitrine et sa taille. Il devait récupérer le livre des Larmes.

Farden courut à travers le couloir et plongea pour éviter des planches et des morceaux de charbon qui flottaient à la surface. Il poussa la porte de sa cabine et marcha à travers les débris qui flottaient dans la pièce. Le navire tombait en morceaux plus vite qu'il ne l'eut cru.

— Où es-tu ? s'égosilla-t-il.

Farden paniquait. Le livre des Larmes n'était pas sur son lit, mais il le trouva dissimulé sous le matelas émergé. Il arracha son manteau et son plastron puis se débarrassa de ses lourdes bottes pour éviter qu'ils ne l'emportent. Après s'être emparé de la besace et du reste de ses affaires, il pataugea dans l'eau de mer et se fraya un chemin en sens inverse. Une fois arrivé sur le pont, il tenta de s'éloigner le plus possible de l'eau et se dirigea vers le gouvernail. Farden frissonna dans la pluie cinglante. À présent, le *Sarunn* gîtait sur bâbord et le mât commençait à se briser en deux. Farden retrouva Heold, toujours allongé, occupé à crier à ces hommes et à s'accrocher au gouvernail pour ne pas se laisser emporter par les flots. Farden se demanda s'il s'était rompu le dos, puis il vit ses jambes. Un espar de bois brisé avait embroché l'une de ses jambes et réduite l'autre en bouillie. Ses chevilles n'étaient plus qu'une masse d'os brisés et de chair sanguinolente.

— Quittez le navire ! Il est perdu ! cria le capitaine à l'intention du mage.

— Qu'est-ce qu'il vous est arrivé ? demanda Farden devant sa grimace de douleur. Vous devez abandonner le navire !

— Le capitaine sombre avec son navire, à c'qu'il me semble ! Je ne me risquerai pas dans la mer ce soir ! beugla-t-il, le visage à l'agonie.

— Bon sang ! jura Farden à la vue du vieil homme vaincu.

Quelques marins et un soldat archan, qui tentait désespérément de se débarrasser de son épaisse armure d'acier, escaladèrent le pont inondé, se hissant à l'aide des gréements et de la cargaison déjà noyée. Farden attrapa le panneau d'accès brisé d'une écoutille et le jeta vainement dans les flots, juste avant d'apercevoir une longue section de caisse en bois arrimée au bastingage. Il attaqua la corde avec son épée jusqu'à ce qu'elle cède puis s'y accrocha pour attendre que la mer engloutisse le navire. De plus en plus alarmé, Farden observa les vagues dévorantes lécher le pont et progresser un peu plus à chaque seconde. Il serra les paupières puis traîna la caisse vers le bastingage opposé avant de la lancer dans les flots. Le vent l'agrippait et menaçait de lui arracher le livre des Larmes ; Farden saisit la sangle de la besace et tira d'un coup sec pour la resserrer. Le mage se cramponna au garde-fou dans une épreuve de force contre la tempête, attendant le bon moment pour bondir. Derrière lui, il y eut un craquement déchirant et quelque chose cogna lourdement l'arrière de sa tête. Farden bascula dans la mer en colère, dans un rêve sombre.

deuxième partie

suis les dragons

chapitre 7

« C'est en ce temps-là que le Scribe nous est apparu, détenteur du secret de la force des Escrits. Une nouvelle branche du Conseil de la magie, puissante et respectée, fut constituée pour surveiller les forces obscures que les elfes avaient laissées derrière eux. Les membres des factions de l'Arche recevaient à présent un devoir de la plus haute importance : s'assurer que les forces du bien s'exercent dans les sauvages contrées d'Emaneska, et que les consignes du Conseil parviennent au peuple pour assurer l'ordre. Bien entendu, c'était avant que des individus avides de richesse ne cherchent à pervertir le pouvoir des deux trônes. C'est alors que, un par un, les membres du Conseil détournèrent leurs esprits de la justice et du bien, pour se consacrer à la recherche d'or et de pouvoir. »
Archimage Olfar, rédigé en l'année 789

Étrangle-toi.

L'eau s'engouffra par son nez et inonda sa gorge à la vitesse d'une avalanche noire et salée. La mer s'agrippa à ses mains, à ses pieds, à ses vêtements avec des doigts de glace. Son monde alternait entre le rugissement de la tempête et le silence d'encre des profondeurs. Le haut était devenu le bas, et l'eau avait remplacé l'air.

La foudre frétillait dans les ténèbres. Quelque part au-dessus ou en-dessous de lui, les nuages se percutaient. Des étoiles flottaient dans son esprit et des dieux invisibles jouaient avec son corps comme avec une poupée de chiffon. Il avait l'impression que son corps nageait loin de lui et que du sang coulait à l'intérieur de ses yeux. La carcasse de l'oie noyée se cognait contre lui, prisonnière des gréements emmêlés.

Respire.

Une goulée d'air trempé de pluie se disputa l'espace avec la bile au fond de sa gorge. Il sentit quelque chose effleurer ses doigts gonflés et s'y agrippa avec les dernières forces de son corps las.

Accroche-toi.

Des cordes mordirent dans ses coupures à vif et le tirèrent d'un coup sec vers le cageot qui le maintenait à flot. Son front trouva une place paisible contre le bois salé.

Ténèbres.

Farden frissonnait dans son désert. Il frictionna ses bras et ses jambes glacées. Il baissa les yeux sur son corps nu et pâle, sur sa peau fripée comme s'il était resté dans l'eau, et sur l'auréole humide dans la terre craquelée. Dans la poussière gisaient ses canons d'avant-bras, couverts de rouille et d'algues qui séchaient dans la chaleur.

Respire. Farden tourna la tête pour voir un chat noir et maigre, trempé jusqu'à l'os, assis à côté de lui au milieu des rochers. Sa fourrure hirsute fumait dans la chaleur du soleil. Un oiseau pourrissant rempli d'asticots gisait à ses pieds. Ses yeux vitreux étaient tournés vers le ciel. Farden leva les yeux, et l'immensité vide et bleue bouillonna, tremblota, comme si l'étendue pâle au-dessus de lui eut été la surface d'une mer placide. Il leva un doigt et des rides se propagèrent à la surface du vaste ciel sans nuages. Ses doigts étaient humides. Il y eut un grondement, et le soleil étincela.

— Je respire, dit-il.

Plus pour longtemps.

Le chat lécha une patte à la fourrure emmêlée.

❦

Un homme marchait seul sur une plage rocailleuse. Des roches volcaniques grêlées, mêlées à de l'ardoise grise et à un sable clair, crissaient sous ses fines bottes. La lance au creux de sa main l'aidait à garder son équilibre au milieu des pierres glissantes et des algues vertes. Sous un capuchon blanc, des yeux violets parcouraient les vagues grises qui roulaient sur la plage ; un nez écailleux reniflait l'air marin. L'homme observa les rayons d'un soleil neuf qui perçaient les nuages de pluie et apprécia la fraîcheur du vent d'ouest sur sa peau. La journée s'annonçait calme, songea-t-il. Il inspira profondément pour laisser l'odeur d'iode envahir sa tête. L'homme resserra son manteau blanc autour de ses épaules et fit passer sa lance dans l'autre main pour réchauffer la première dans sa poche. Il eut une légère toux éraillée puis reprit son chemin, son regard balayant la plage. Soudain, il s'arrêta et s'accroupit derrière un affleurement rocheux. Quelque chose avait attiré son regard acéré. Une silhouette gisait dans les vagues.

L'homme bondit de pierre en pierre ; du sable vola sous ses bottes tandis qu'il courait vers la silhouette à l'autre bout de la plage. Un instant plus tard, il la contournait avec méfiance, ses pieds plongés dans l'eau peu profonde. La forme ressemblait à un cageot, ou à une porte – c'était une masse de cordes et de gréements qui gisaient dans le sable, inutiles et emmêlés. De la pointe acérée de sa lance, l'homme écarta des algues et les cordages enchevêtrés pour révéler les yeux morts d'une oie, gonflée et boursouflée après un séjour prolongé dans l'eau de mer. Même mort, l'animal semblait le narguer. Son regard vitreux s'était perdu dans le lointain. Le Sirénien grimaça à la vue du cadavre et explora de la pointe de sa lance le reste de l'amas détrempé. Il aperçut alors quelque chose qui ressemblait à une chaussure, sous un morceau de bois gluant. Il s'accroupit pour poursuivre son examen. C'était une botte, prolongée par un pied et une jambe.

L'homme déchiqueta le cageot de bois dans une gerbe d'eau et d'algues vertes. Dessous, un cadavre dépenaillé gisait, recroquevillé, à moitié enfoui dans le sable. S'agenouillant à côté du corps, le Sirénien donna de petits coups sur le visage de l'homme à terre. Âgé d'une trentaine d'années, il venait probablement du sud-est, avec ses cheveux sombres et ses canons d'avant-bras rouge et doré. L'homme plaça la pointe de la lance contre sa bouche, et une brume infime se forma sur l'acier étincelant. Le Sirénien gifla le visage de l'homme, puis palpa son torse jusqu'à sentir son cœur à la pointe de ses longs doigts. Quelque chose frissonnait juste là, peut-être un léger souffle de vie. Le Sirénien abattit son poing sur le thorax de l'homme, à l'endroit précis où les côtes se rejoignaient, et le naufragé se mit subitement à tousser, vomissant un mélange de bile et d'eau de mer. Il ouvrit ses yeux cernés de rouge, vit la pointe d'une lance brillante qui oscillait devant son visage, puis referma les paupières sur les ténèbres.

— Où l'avez-vous trouvé ?

— Sur la plage, à l'angle sud-ouest. Il devrait être mort, le pauvre bâtard, mais on dirait qu'il reste encore un peu de vie en lui.

Le soldat haussa les épaules et se frotta les mains pour les réchauffer. Son manteau blanc dégoulinait, couvert de sable, et des algues brunes s'étaient accrochées à ses poignets.

— Un Archan, si j'en crois son apparence.

Le guérisseur ressemblait à un corbeau vieillissant et en avait la voix enrouée. Courbé sur la table de bois, il était plongé dans ses pensées et émettait des murmures gutturaux. Ses longs cheveux pendaient en mèches humides devant une paire d'yeux verts chassieux. Ses écailles avaient la couleur de la mousse qui pousse sur l'écorce des arbres. Il frotta son menton et examina l'homme étendu sur la table devant lui.

Farden était l'image de la mort, ou presque. Agité de frissons convulsifs, il agrippait la table comme si elle pouvait le réchauffer. À l'instar du soldat, il était recouvert de sable et d'algues. Sa peau était aussi pâle qu'une feuille de parchemin et aussi froide que la glace. Son manteau et sa tunique était déchirés, parsemés d'éclats de bois du navire. Dans l'ensemble, la silhouette paraissait pitoyable. Une petite boule noire était blottie contre son flanc.

— Qu'est-ce que c'est que ça ? s'enquit le guérisseur en désignant la chose.

Le soldat la retourna prudemment, révélant un tas de fourrure noire hirsute parsemée de moustaches blanches.

— Je pense que c'est un chat. Il était à côté de lui quand je l'ai trouvé.

— Qu'est-ce ce chat fait ici ?

— La bestiole respire toujours ; ne me demandez pas pourquoi, je n'en sais rien. Elle lui appartient probablement, commenta le soldat en désignant Farden. Après tout ce que cette petite créature a dû endurer…

Il haussa les épaules. Le guérisseur secoua la tête avec résignation.

— Très bien, laissez-les-moi. Je vais le faire porter dans mes appartements et je découvrirai qui il est – s'il survit, du moins.

Le guérisseur aperçu un éclat coloré sous la manche en lambeaux de Farden. Il écarta les longs cheveux gris devant ses yeux et approcha son nez busqué. Il se redressa, une expression confuse sur le visage.

— Des avant-bras scalussiens ?

Le soldat acquiesça.

— J'ai vu. Ce n'est pas un simple marin rescapé d'un naufrage.

Après une courte pause, il reprit :

— Nous devrions peut-être avertir les autres.

Le guérisseur s'autorisa un instant de réflexion, puis agita les mains en secouant la tête.

— D'accord, d'accord, dès que je l'aurai remis sur pied. Il ne peut pas aller loin dans cet état. Je vais ordonner à mes gardes de l'emmener chez moi, et oui, je vais aussi m'occuper de cet animal miteux.

Le vieil homme fit un geste à l'intention de quelqu'un dans un coin de la pièce. C'était un jeune garçon, visiblement nerveux, qui était resté silencieux jusque-là. Il détala pour chercher de l'aide.

— Je vais envoyer un messager pour prévenir le Vieux Dragon, annonça le soldat écailleux en se détournant, mais le guérisseur leva une main pour l'arrêter.

— Je m'en chargerai moi-même, lorsqu'il sera prêt à être interrogé. Pour l'instant, il est trop faible. Cet homme est aux portes de la mort.

Le soldat sembla vouloir dire quelque chose, mais renonça à objecter et hocha la tête.

— Très bien. Bonne journée, Sire.

— Pareillement.

Le guérisseur regarda le soldat s'éloigner, puis se retourna vers Farden. Il passa un doigt sous les canons d'avant-bras rouge et doré et pencha son long nez sur les symboles tatoués sur les poignets du mage. Les yeux émeraude de l'homme s'écarquillèrent. Ses mains osseuses agrippèrent la tunique humide et pourrissante sur le dos du naufragé et tirèrent sur le tissu. Son souffle se bloqua dans sa gorge. À ce moment précis, les gardes frappèrent à la porte ; Farden fut emporté vers l'intérieur de la ville sur un chariot dissimulé par une couverture. Le vieux guérisseur fit placer le mage dans une pièce verrouillée de sa maison, puis il lui fit porter de l'eau et de la nourriture.

Cette nuit-là, le guérisseur parcourut d'un pas silencieux le couloir qui menait à la chambre de Farden. Il ne portait qu'une chandelle de suif, fermement serrée dans une main qui tremblait avec excitation et impatience. Ses doigts osseux tressautèrent lorsqu'il inséra la clé dans la serrure. L'homme prit quelques profondes respirations pour calmer son cœur fébrile. Le verrou cliqueta enfin, et le guérisseur referma la porte derrière lui. Il leva la chandelle pour éclairer la pièce carrée. Farden gisait sur le ventre, inconscient, sur une table en bois au milieu de la pièce. Avec lenteur, le vieux Sirénien s'approcha et passa les doigts contre le front fiévreux du mage. Il plaça son oreille sur la bouche de Farden et écouta le souffle heurté, à peine perceptible, qui se faufilait entre ses lèvres craquelées. Le guérisseur renifla. Il déposa la chandelle sur le bord de la table et sortit une fine dague des replis de sa robe de chambre. Il dut recourir à toute sa force pour retourner Farden sur le dos ; une fois chose faite, il commença à découper la tunique du mage. Le tissu s'écarta enfin et trahit des inscriptions noires. Le vieux guérisseur sourit en aparté avant de plisser les yeux. Ses lunettes se balançaient au bout de son nez alors qu'il écartait les derniers lambeaux de la tunique du mage. Des mains tremblantes rapprochèrent la chandelle.

Après ce qui lui parut des heures, le vieil homme s'arrêta pour s'étirer, bâiller et frotter ses yeux. Ses paupières le brûlaient ; la lumière jaune de la chandelle mourante déclinait progressivement. Sans détourner les yeux des écritures sur le dos de Farden, le vieux guérisseur leva le bras pour moucher la flamme vacillante. Du dos de la main, il bouscula la chandelle, qui tomba sur le sol avant de répandre sa cire, goutte après goutte, sur les dalles. Le Sirénien jura et se pencha pour la ramasser.

Il se figea.

Il y avait quelque chose dans la pièce derrière lui. Une ombre immense tomba sur lui comme un dais glacé, et le vieil homme frissonna. Un glapissement s'échappa de sa gorge serrée par la peur. Il chercha la chandelle à tâtons. Des voix l'appelèrent dans une multitude de murmures. Il frotta à nouveau ses yeux pour se débarrasser des ombres qui dansaient autour de lui. Il essuya son visage, et le sang qui s'échappait de son nez recouvrit ses doigts. Il respira une fumée âcre et sentit la morsure du gel sur sa langue. Frissonnant, il sentit des doigts palper ses jambes. Une plainte terrifiée s'échappa de la gorge du Sirénien. Il se précipita vers la porte, abandonnant la chandelle sur le sol. Son souffle s'était bloqué à l'arrière de sa gorge et son cœur tressautait dans sa poitrine au rythme de ses battements tonitruants. Fébrile, il chercha la clé dans les ténèbres. La terreur s'empara de lui, ne lui laissant que la fuite comme échappatoire. Il courut dans le couloir sombre, conscient des murmures et des cris qui lui mordaient les talons. Il dérapa sur le seuil de sa chambre et tomba à l'intérieur, ferma violemment la porte puis tâtonna dans les ténèbres pour trouver son lit, son unique refuge. Des spectres tendirent vers lui leurs doigts cadavériques. Ils raclèrent les murs et appelèrent son nom, alors qu'il se réfugiait en tremblant sous une couverture et une barrière de coussins. Des lettres noires dansèrent devant ses yeux et le sommeil s'envola au loin, sur les ailes des corbeaux. Ils dansèrent et agitèrent leurs terribles plumes noires, essaim virevoltant dans sa chambre dans un concert de croassements et de grattements. Ils rappelèrent à son souvenir chacune de ses erreurs, chacun de ses actes malheureux. Le vieil homme fondit en sanglots, recroquevillé sous la couverture.

Dans une pièce sombre à l'autre bout du couloir, une chandelle de suif termina enfin de se consumer sur les dalles froides. Un homme respirait lourdement dans le noir. Farden rêvait, plongé dans un sommeil profond et régénérateur. La vie commença doucement à regagner son corps épuisé.

— Pourquoi suis-je ici ? demanda Farden.

À toi de me le dire.

Le chat l'observait de son air impassible.

— Je ne connais même pas cet endroit, dit Farden, agacé.

Il leva les yeux et essaya de se fondre dans son ciel céruléen, s'efforça de laisser derrière lui la douleur qui saturait son corps.

Il tient un peu de toi, et un peu de moi.

— Qui es-tu, alors ?

J'essaye de t'aider.

— Si tu voulais m'aider, tu m'aiderais à sortir d'ici, tu m'aiderais à m'élever et à faire partir la douleur, tu m'aiderais à retourner à Krauslung et tu m'aiderais à trouver le livre et à sauver Emaneska.

Farden soupira. Le poids du ciel l'écrasait. La chaleur était insoutenable, cette fois-ci.

— Je n'ai rien demandé de tout ça.

Le chat bâilla et s'étira. Sa queue noire squelettique oscillait dans la poussière.

Nous ne demandons jamais rien, dit la voix dans sa tête. *Nous ne demandons jamais rien et nous ne nous plaignons jamais, nous nous contentons de faire ce qu'on nous dit. C'est ce que les gens comme toi et moi font ; nous nous battons et nous ne demandons jamais rien en retour.*

— Qui es-tu ? demanda Farden.

Une bourrasque siffla dans le désert, un vent froid et crépitant qui emporta le sable dans une gigue endiablée.

Je suis comme toi.

— Non, je ne crois pas, se rebiffa Farden.

La voix semblait déçue mais honnête.

Méfie-toi du temps, Farden, il n'est pas ce qu'il semble être. Tu as trouvé les dragons, maintenant écoute-les.

— Laisse-moi seul, je n'ai pas besoin de ton aide. Je n'ai besoin de personne, dit Farden avant de croiser les bras d'un air borné.

Le sable fouettait son visage, et dans la poussière tourbillonnante il discerna des visages, les visages de Cheska, de Durnus, de Vice, et un visage qu'il n'avait pas vu depuis bien longtemps. La poussière s'infiltra dans ses yeux, et des larmes brûlantes furent emportées par le vent.

Comme tu voudras. Méfie-toi du temps.

Un bruissement monta vers lui. Quelque chose se faufilait entre des brins de paille en couinant. Farden garda les paupières étroitement fermées. Son corps le faisait souffrir à mille endroits différents et ses poignets criaient de douleur au contact des fers. La paille lui piquait le dos, et le mur derrière sa tête était glacé. Farden sentait la fièvre lui brûler le front ; il leva lentement une main pour en avoir le cœur net. Des chaînes enserraient ses poignets, et ses canons d'avant-bras avait disparu. Il découvrit avec surprise qu'il portait toujours son manteau déchiré, mais la tunique de jute qu'il portait en-dessous lui semblait rugueuse, peu familière. Il se demanda innocemment où se trouvait l'ancienne et qui l'avait habillé, mais une vague de nausée le ramena à la réalité. Il serra la mâchoire puis, lentement, très lentement, ouvrit les yeux pour observer la pièce inconnue. Une odeur infâme imprégnait l'air.

La pièce carrée avait été construite en granit gris, assortie d'un plafond bas et d'un sol identique recouvert de paille. La seule issue apparente était une porte en pin massif. L'odeur provenait d'un seau renversé dans un coin. Son contenu nauséabond s'était répandu en une flaque sur le sol. À sa droite, il y eut un léger murmure ; des chaînes raclèrent le sol. Farden tourna la tête lentement, saisi d'une appréhension grandissante. Un caquètement retentit dans la cellule.

Enchaîné au mur à quelques pieds de lui se trouvait un personnage débraillé – un Sirénien, ou plutôt la coquille vide d'un homme où la démence s'était installée. À la place de ses yeux, deux miroirs de folie fascinés étaient pointés sur le mage, et une large rangée de dents jaunes se cachait derrière des mèches de cheveux gris emmêlés, constellés de salissures. Le Sirénien ricana et cracha ; une langue fine apparut brièvement derrière son sourire dément.

— Le… mage ! Il est réveillé, sorti d'un mauvais, mauvais sommeil, ricana-t-il en louchant.

Farden s'écarta du vieil homme sénile. C'était comme d'être renvoyé à un souvenir douloureux. Ce comportement ne lui était pas étranger ; c'était celui de son propre oncle, la dernière fois qu'il l'avait vu, et la ressemblance le révulsa. La bave aux lèvres, l'homme grimaçait et tendait les bras vers le mage. En vérité, le Livre inscrit dans le dos d'un Escrit ne devait être lu sous aucun prétexte, tant la magie pure de l'écriture pouvait altérer les esprits faibles – si le tatouage était réalisé sur les épaules et le dos, c'était pour une bonne raison. Dès lors, les Escrits prêtaient serment de le garder à l'abri des regards. C'est la raison pour laquelle Farden prenait grand soin de décourager les curieux comme Élessi.

Le Sirénien essayait toujours d'atteindre Farden en roulant des yeux hallucinés. La ressemblance avec son oncle était dérangeante. Un souvenir désagréable se fraya un chemin dans son esprit et s'imposa à lui. Les ongles fendus du vieillard raclèrent le sol de granit craquelé et laissa des traces sanguinolentes sur la pierre.

— Où vas-tu, mage ? Où vas-tu ? Des sombres rêves… les rêves d'un dæmon ! hulula-t-il, avant de recommencer à murmurer. Rêverêverêve, perdu dans le désert.

— Taisez-vous ! cria Farden.

Le corps de l'homme se convulsa.

— Ah ! J'ai lu dans ton esprit ! J'ai senti les lignes sur ton dos, j'ai senti les mots sous mes doigts. Ils m'appelaient.

L'homme se fendit d'un rictus bordé d'écailles, une grimace si large que Farden dut résister à l'envie de le cogner entre les deux yeux.

— Silence !

Soudain, quelqu'un frappa brutalement sur la porte, et l'épais verrou grinça. Une poignée de gardes émergea de l'encadrement de la porte. Un soldat frappa le Sirénien à la tête avec un gourdin. Celui-ci cria et glissa sur le sol.

— Ne bougez pas ! cria un autre garde à quelques pouces du visage de Farden.

Celui-ci s'immobilisa. De lourdes clés cliquetèrent dans les fers autour de ses poignets et il s'effondra dans une gerbe de paille. Farden fut remis debout sans ménagement et traîné hors de la pièce. Les cris de son compagnon de cellule le suivirent dans le couloir.

— Méfie-toi des dragons, mage ! Ils voleront ton âme !

Un nouveau coup le fit taire pour de bon.

— Où m'emmenez-vous ? articula Farden.

Chaque parcelle de son corps hurlait de douleur.

— Taisez-vous, Archan. Il veut vous parler.

La bouche de l'homme était encadrée d'écailles bleues.

— Qui… ?

Le Sirénien lança au mage affaibli un regard menaçant.

— Assez de questions ! décréta-t-il avant de projeter son coude dans une côte déjà endolorie.

Farden se laissa entraîner en silence et dériva dans un état de semi-conscience fiévreuse. On le tira sans ménagement vers les étages supérieurs, à travers des couloirs, sur des ponts et des voies parsemées de citoyens siréniens, bouche bée devant la nature du prisonnier. La douleur de ses coupures et de ses contusions se mêlait à la fièvre tandis qu'on traînait le mage sur un large pont à l'aplomb d'une grotte gigantesque, tapissée de champs ondulants. Les parois sombres étaient surmontées d'un anneau de rochers qui rappelait un cratère. La lumière du jour se déversait à travers l'ouverture lointaine, et Farden aperçut la neige qui tombait lentement dans l'air froid. Tandis que le groupe longeait la longue route, il entrevit les fermes et les constructions en contrebas. Une multitude de gens travaillaient sous leurs pieds comme des fourmis, évoluant dans les champs labourés et dans les fermes, le long des allées et des routes en lacets.

Une demi-heure plus tard, Farden fut jeté sans cérémonie au sommet d'une volée de marches. Un vent froid s'engouffra dans ses cheveux et il leva la tête pour en trouver la source, mais un garde le poussa en arrière, et l'air rafraîchissant de la montagne lui fut refusé. Farden fut emporté à nouveau, cette fois dans un mécanisme qui se balançait, comme flottant. Un craquement retentit, et il sentit qu'ils s'élevaient. Le mage s'efforça de garder ses forces pour la suite. Il garda donc les paupières étroitement fermées et employa son énergie à rester conscient.

Après un moment, on le traîna sur un sol froid et brillant où on le laissa en position fœtale. Tout était silencieux. Derrière lui, une large porte se referma à la volée et le bruit des bottes s'éloigna. Des lumières chatoyaient derrière les paupières de Farden. Il attendit.

— Pouvez-vous marcher ? demanda une voix puissante et majestueuse.

Farden resta immobile et garda les yeux fermés. Il écarta les doigts sur le sol et poussa pour se hisser sur ses jambes. Ses membres émirent en cœur un gémissement de protestation. Il jura tout bas et ouvrit les yeux.

Rarement Farden avaient éprouvé une telle surprise mêlée de fascination, le laissant sans voix. C'était le cas aujourd'hui. Le mage se sentit minuscule lorsqu'il leva les yeux vers l'immense toit voûté qui le dominait sans effort à des centaines de pieds. De fins rayons de lumière brillante descendaient de la roche de granit robuste, percée de trous circulaires. Une ouverture plus large se découpait au centre du plafond, porte immense vers les cieux saturés de neige. Près d'un millier de rebords avait été creusés dans la roche, tout autour de la salle ; d'immenses renfoncements creusés à même la pierre parsemaient les murs et évoquaient une ruche aux innombrables compartiments. La lumière d'une centaine de lanternes vacillait autour de lui et des dragons, une vingtaine de dragons qui occupaient les rebords inférieurs du hall gigantesque. Accroupis, ils étaient perchés sur des piles de paille tendre, entourés de chandelles et de pichets d'eau, accompagnés par leur partenaire. À sa plus grande surprise, Farden remarqua que seule la moitié des nids dans la grotte étaient occupés – les alcôves restantes était sombres, vidées de leurs chandelles et de leurs occupants. Il se demanda à quoi cette salle avait dû ressembler avant la guerre. Les lézards géants remuaient en bruissant tout autour de lui, et le son de leur respiration mêlé aux murmures des guerriers dragons était assourdissant. Les odeurs mêlées de reptile et de feu de bois formaient un effluve singulier mais bienvenu après la puanteur de sa cellule. Un cercle de gardes se forma autour du mage et l'observa sans aménité, mais celui-ci n'avait d'yeux que pour le spectacle qui se déroulait devant lui.

Devant, étendu sur un immense lit en bois couvert de feuilles d'automne, éclairé par un rayon de lumière solitaire, se tenait le Vieux Dragon, Fendrair. Il émettait une chaude lumière dorée, qui vibrait d'une magie ancienne que Farden ne pouvait que rêver de comprendre. L'esprit du mage hésitait entre incrédulité et émerveillement. Vice avait tué le Vieux Dragon durant la bataille de Ragjarak, des années auparavant ; pourtant il se trouvait là, installé tranquillement sur son piédestal avec son guerrier dragon à ses côtés.

La partenaire de Fendrair avait l'élégance raffinée d'un saule. Son visage sévère était effilé comme une lame, sérieux et autoritaire. Sa mâchoire était serrée et ses mains fines étaient croisées avec soin derrière son dos. Sa longue robe verte s'enroulait autour de son corps incroyablement élégant, et s'étendait sur le sol comme une branche d'arbre couverte de mousse. Ses longs cheveux dorés aux reflets roux, couleur d'automne, était attachés en arrière à l'exception de deux longues mèches, qui retombaient devant ses oreilles aussi longues que les crocs d'un tigre à dents de sabre. Elle semblait écarter régulièrement les narines – sous l'effet de l'irritation ou par simple habitude, Farden n'en avait aucune idée. Des écailles dorées recouvraient ses pommettes et couraient de sa clavicule à son menton. Ses yeux jaunes se plongèrent dans ceux de Farden, qui ne put s'empêcher de cligner des yeux malgré la lumière tamisée de la salle.

Le grand dragon s'étira bruyamment derrière elle, et la guerrière fit volte-face. Il déploya une aile colossale, semblable à une toile d'or, et cligna ses yeux dorés l'un après l'autre. Regarder ces yeux était comme contempler des orbes noirs mouchetés d'or liquide et de poussière d'étoiles. Farden se sentit plonger à l'intérieur de ce regard. Fendrair termina de s'étirer et regarda le mage d'un air impassible. Une langue serpentine caressa des dents pointues et s'attarda sur des lèvres tachetées.

— Paix et bénédiction pour notre rencontre, étranger. Pouvons-nous discuter ?

Sa voix grondait, semblable au tonnerre dans le lointain.

— Oui, Sire, croassa Farden.

— D'où venez-vous, voleur ?

Son partenaire, la jeune femme à l'air sévère, cracha sur le sol.

— Du calme, Svarta. Il est notre invité. Parlez, je vous prie.

Fendrair leva une griffe gigantesque pour exhorter la jeune femme au silence puis hocha la tête à l'intention du mage.

Farden prit une profonde inspiration et fit une révérence peu assurée.

— Mon nom est Farden. Je suis un mage archan envoyé pour discuter avec le conseil sirénien. Les pensées de mes maîtres vous accompagnent, ainsi que leur désir d'apporter la paix entre nos deux peuples, dit-il.

Farden sentit sa tête tourner sous le regard perçant des dragons. Il y eut un moment de silence.

— Vous êtes l'un des Escrits, dit la jeune femme, Svarta, sur un ton péremptoire.

Le mage fut soudain sur ses gardes. Il repensa au vieil homme halluciné dans sa cellule.

— C'est vrai, répondit-il lentement.

— Alors vous êtes un danger pour nous tous !

Svarta écarta les bras, les paumes vers le haut, et leva les yeux vers les autres dragons.

— La magie que possède cet homme dans sa chair est traîtresse. Le guérisseur qui a ramené ce mage d'entre les morts est devenu fou – il a perdu la tête sous l'effet des sortilèges que *vous* lui avez lancés.

Son regard vrilla le crâne de Farden. Quelques nobles dragons murmurèrent leur assentiment ; d'autres adressèrent des murmures de conspirateur à leur partenaire dans un bruissement semblable aux feuilles dans le vent.

Farden était outré.

— J'ai été inconscient pendant plusieurs jours ! La première fois que j'ai vu cet homme, c'était dans ma cellule, il y a quelques instants ! Ce qu'il a fait, il se l'est infligé lui-même, sans mon aide. Je suis certain que vous savez tous ce que je suis, et ce qui se trouve dans mon dos.

Farden resserra involontairement les lambeaux de sa tunique autour de ses épaules et se tint droit, bien qu'il tremblât toujours.

— ...Son destin n'a rien avoir avec moi.

— Il a tout à voir avec vous, au contraire ! Un homme étrange se retrouve sur nos rivages à moitié mort et est recueilli par un guérisseur généreux, que l'on retrouve soudain transformé en fou aliéné ? Nous aurions dû vous laisser en pâture aux goélands ! s'insurgea Svarta.

Fendrair et le Conseil observaient la scène en silence.

— Je suis venu en paix ! Mon bateau a été attaqué, et j'ai été forcé de tenter ma chance en mer. Je suppose qu'un faucon vous a prévenu de mon arrivée ? tenta d'expliquer Farden, mais Svarta souffla bruyamment et croisa les bras.

Le mage croisa le regard immense et doré du Vieux Dragon. Fendrair prit une profonde inspiration et soupira :

— Ni faucon ni aigle ne nous est parvenu, aucune missive de l'Arche. Nous n'avons plus eu affaire à votre peuple depuis des années, dit-il avec un regard distant, comme si une pensée venait de traverser son esprit comme un souvenir errant. Qui a attaqué votre navire ?

Le mage soupira. Le récit promettait d'être long.

— Sire, il est probablement judicieux de tenir cette discussion en privé. Ma mission concerne Emaneska toute entière.

Un grondement généralisé monta des autres dragons. Fendrair attendit le silence pour reprendre la parole, mais Svarta le pris de vitesse.

— Votre mission ? J'imagine qu'elle a quelque chose à voir avec… ceci !

Elle se tourna et présenta à la vue de tous l'imposant livre des Larmes, sec et intact. Une rumeur incrédule emplit la salle comme un courant d'air qui s'engouffre par une porte laissée ouverte par mégarde. Les dragons battirent des ailes et gigotèrent dans leur nid. Certains guerriers perchés sur le long coup serpentin de leur partenaire se penchèrent en avant pour mieux voir le grimoire.

Farden se sentit à la fois stupéfait et soulagé. Il était persuadé que le livre des Larmes s'était perdu dans les vagues lorsqu'il avait sauté du bateau. Svarta leva le livre au-dessus de sa tête et le montra à l'ensemble du Conseil. Fendrair étaient silencieux, un œil fermé et l'autre fixé sur son livre des Larmes.

— Cet homme a été retrouvé avec ceci dans ses haillons ! Les mémoires de Fendrair, dérobes il y a bien longtemps et conservées par l'Arche comme trophée de la bataille de Ragjarak…

— Si le message était arrivé de Krauslung, vous sauriez que je l'apportais comme preuve de notre bonne volonté ! En gage de paix de la part de mon peuple !

— Vous êtes un voleur ! hurla un Sirénien quelque part dans la salle.

— Menteur !

— Assez ! rugit Fendrair.

Pour la première fois, le Vieux Dragon se dressa et s'assit en raclant bruyamment son socle de bois, et Farden se surprit à le fixer de nouveau. Une queue épaisse et couverte d'épines cingla l'air dans un sifflement et ses ailes s'abattirent comme des marteaux tandis qu'il soulevait sa masse imposante. L'immense dragon doré s'assit sur ses pattes arrière comme un chat géant, et sa queue hérissée s'agita avec impatience. Les ailes de Fendrair se replièrent dans son dos avec un bruissement. Les écailles dorées qui couvraient son corps ondoyèrent et frissonnèrent dans la lumière des torches qui se déversait sur son corps. Ses ailes s'arquaient derrière ses épaules ; de longues piques couraient sur sa colonne vertébrale pour se séparer en une large couronne sur son front écailleux. La taille de la bête stupéfiait Farden. Le Vieux Dragon était au moins deux fois plus gros que le wyrm qui l'avait attaqué quelque temps auparavant. Le cœur du mage se mit soudain à tambouriner dans sa poitrine. Une longue cicatrice sinueuse courait depuis la gorge de Fendrair vers son avant-bras gauche. Le dragon courba son cou reptilien et fit jouer sa mâchoire dans un craquement sonore. Enfin, il frappa le sol rocheux avec ses serres.

— Je parlerai au mage, mais pas ici et pas maintenant. Laissez-le s'expliquer devant moi.

Svarta sembla prête à protester, mais Fendrair lui lança un regard intense.

— J'ai parlé, annonça-t-il.

Elle acquiesça. Les autres dragons grondèrent en guise d'assentiment, et plusieurs d'entre eux bondirent dans les airs, battant des ailes dans un vrombissement impressionnant. Les cheveux noirs de Farden voltigèrent lorsque les bêtes montèrent en flèche et disparurent dans le ciel à l'autre bout du hall. Le mage ne put qu'apercevoir la neige tourbillonner dans leur sillage.

— Farden, suivez-nous.

Fendrair échangea un regard avec Svarta. Tous deux quittèrent leur plate-forme et se dirigèrent vers une porte découpée dans la roche. Deux gardes saisirent rudement le mage par les bras, l'invitant à suivre le dragon. Farden se mit en marche tant bien que mal, poussé par les soldats. Malgré son vertige, il commençait à sentir quelques forces regagner son corps encore fragile ; sa faiblesse semblait s'atténuer progressivement. Il se demanda si c'était un effet de la magie des dragons.

Les pattes de Fendrair frappaient le sol à chaque pas, faisant vibrer les jambes du mage. Svarta lui jeta un regard rempli de menaces. Farden toussa d'un air affable. De but en blanc, il se demanda s'il était difficile de monter un dragon.

Le groupe progressa à travers un corridor large qui tournait doucement vers le cœur de la montagne. Fendrair et Svarta marchaient en silence. De temps à autre, ils échangeaient un regard pour réagir à un reproche ou à une question silencieuse. Farden les observa jusqu'à ce que Svarta glousse légèrement et qu'ils redeviennent silencieux. Elle tenait toujours le livre des Larmes sous son bras. Le mage essaya de se rappeler les rumeurs qu'il avait entendues sur la capacité des dragons à lire dans les esprits.

Bientôt, ils approchèrent la fin du couloir en spirale et s'arrêtèrent devant une porte en demi-cercle, verrouillée par d'épaisses traverses de bois ouvragé. Deux Siréniens se tenaient de chaque côté, aussi expressifs que des poupées de cire. Leurs yeux colorés étaient fixes ; la pointe de leurs lances effilées tremblait à peine, et leurs lèvres étaient serrées étroitement dans un air de gravité cérémonieuse. On ne badinait pas avec les formalités ici, pensa Farden. Fendrair le fixa de son regard doré pendant un instant, avant de se détourner.

— Laissez-nous, lâcha Svarta en jetant un regard au-dessus de son épaule osseuse, avant de faire un signe de tête aux deux hommes qui escortaient le mage.

Ils firent un pas de côté, s'inclinèrent, puis se hâtèrent de repartir par là où ils étaient venus. Farden vacilla comme un vieil arbre sur ses jambes fatiguées.

— Venez, Farden, discutons en privé, l'enjoignit le Vieux Dragon sans se retourner.

Il attendit que les deux soldats aient ouvert les portes. Malgré la hauteur de la porte voûtée, l'immense lézard dut néanmoins courber la tête et resserrer les ailes lorsqu'ils passèrent sous l'arche dorée. Le mage les suivit calmement. Au passage, il surprit le regard d'un des soldats. Leurs yeux se rencontrèrent l'espace d'une seconde et la tête du soldat reprit vivement sa position. Farden haussa les épaules et clopina dans la pièce. Une brise arctique caressa son visage barbu, et il sentit l'odeur fraîche et pure de la neige non loin de là. Le haut toit voûté lui rappela la salle qu'il venait de quitter, mais les longues fenêtres éclairaient la pièce d'une intense lumière blanche qui lui brûla les yeux. D'épais tapis couvraient le sol de pierre, et un large rebord longeait les murs. Un espace avait même été aménagé pour accueillir la masse imposante du Vieux Dragon. Deux grandes portes circulaires menaient à d'autres pièces à droite et à gauche, et d'épaisses étagères de bois couvertes de livres couvraient le mur opposé, attenantes à une autre porte et à un large balcon. Le dragon fit glisser ses pattes dorées dans cette direction, et Farden le suivit comme un chien loyal. Svarta s'attarda près des étagères.

L'air vivifiant de la montagne fouetta Farden lorsqu'ils pénétrèrent sur le vaste balcon. Bien loin au-dessus de sa tête, plusieurs dragons volaient en cercle ; les formes colorées tourbillonnaient dans le ciel. Du plus gros plus petit selon la distance, ils se déclinaient dans toutes sortes de teintes et de tailles. Une neige paresseuse dérivait dans le ciel couvert, comme si les nuages s'efforçaient sans grand succès d'invoquer un blizzard. Les épais flocons blancs formaient un contraste saisissant contre les nuages d'un gris poudreux, qui roulaient et bâillaient au-dessus de lui, dans un ciel vouté que Farden aurait juré avoir déjà vu. Penché au-dessus de la balustrade, le mage surplombait l'ensemble du paysage montagneux, mais la vue lui retourna l'estomac. Il préféra donc se redresser et regarder droit devant, dans le lointain, où la montagne s'étirait comme une carte froissée. Il tendit une main pour cueillir des flocons glacés sur sa peau brûlante.

La citadelle de Hjaussfen semblait construite en grande partie dans le cratère d'un volcan éteint, mais les villages et les villes s'étaient étendues tout autour, liant routes et frontières pour former un lacis d'habitations semblable au plan des rues étroites de Krauslung. À travers le rideau de neige, Farden repéra des groupes d'habitations et de tours rondes et basses, qui dépassaient des arêtes de roches volcaniques et des falaises escarpées. Entre les rochers, quelques fermes avaient été construites sur un sol riche et sombre, pour l'heure stérile à cause de l'hiver. Ici et là, il remarqua la présence de toits ronds et plats, éclairés par des torches battues par le vent. Il supposa que ces espaces circulaires permettaient aux dragons d'atterrir en toute sécurité. Il constata avec quelle facilité déconcertante ces bêtes immenses côtoyaient leurs amis siréniens. Tout ce qu'il voyait avait été conçu pour les différents types de citoyens : aucune route n'était trop étroite, aucune marche trop haute ; où qu'il regardât, les Siréniens vivaient en parfaite harmonie avec les dragons. Si seulement les frontières sociales de l'Arche pouvaient être aussi floues, pensa-t-il.

— Nous aimons la neige, commenta Fendrair derrière lui. Le dragon avait rejoint le mage devant la balustrade. Elle nous rafraîchit.

— Je ne vous ai jamais vus en si grand nombre, avoua Farden.

— Même durant la guerre ?

— Non, dit-il. Je n'y ai pas assisté.

— Il fut un temps où nous étions bien plus nombreux dans ce monde ; pas seulement à Hjaussfen ou en Nelska, mais aux quatre coins d'Emaneska, dit-il dans un soupir.

Se souvenant des nids vides dans la grande salle, Farden voulut poser une nouvelle question mais Fendrair reprit la parole. Le mage ravala ses interrogations.

— Vous devez être surpris de me voir en vie, mage, après les histoires que vous avez sans doute entendues au sujet du brave seigneur Vice, le tueur de dragon ?

Un rictus retroussa la lèvre du dragon.

Farden acquiesça en silence et chercha du regard la cicatrice sur le cou du dragon.

— C'était un coup de chance, et un coup qui a bien failli me tuer. Mais je pense qu'il faut beaucoup plus qu'une lame pour en finir avec moi. Vice m'a laissé pour mort, et j'ai décidé que c'était bien ainsi – du moins pour ce qui est des Archans, dit Fendrair avec un regard distant.

Farden se demanda comment Vice allait réagir à la nouvelle. Il n'allait probablement pas apprécier.

— Le chemin est encore long avant de voir la réconciliation entre nos deux peuples, mais je suis ici pour quelque chose de plus important, annonça le mage.

Le dragon pencha son immense tête hérissée de piquants et s'éclaircit la gorge. Le bruit résonna comme une chute de pierre au cœur d'une montagne creuse.

— J'imagine que vous voulez parler de votre mission ? gronda-t-il.

Farden se tourna vers le dragon. Le mage ferma les yeux dans accès de faiblesse passager, puis les rouvrit.

— J'ai été envoyé ici pour mener à bien une tâche importante, qu'il serait bon de garder aussi discrète que possible. Nous ne savons pas qui est derrière ce complot, et plusieurs membres du Conseil de la magie pensent que des Siréniens pourraient être responsables.

Fendrair soutint le regard solennel du mage avec ses yeux immenses. Le reptile s'installa plus confortablement sur le sol glacé, raclant la pierre avec sa queue dans un mouvement de va-et-vient. Farden frissonna dans le vent.

— Je vous écoute, dit le Vieux Dragon.

Farden relata les événements d'Arfell, soucieux de n'oublier aucun détail et de respecter l'étiquette. Bien qu'il ne pût s'empêcher de jeter des regards furtifs vers les griffes et aux crocs de Fendrair, il sentit instinctivement qu'il pouvait faire confiance aux dragons – la loyauté se lisait au fond des yeux du grand dragon. Alors, il continua son récit.

Lorsqu'il mentionna Jergan, Fendrair leva une griffe pour interrompre le mage.

— Jergan, le lycan ?

— Vous le connaissez ? demanda Farden, interloqué.

Fendrair fixa le paysage et réfléchit d'un air songeur.

— Je l'ai connu y a bien longtemps ; mes souvenirs sont incertains, mais je me souviens de lui. En tout cas, ma mémoire en garde la trace.

Une voix monta derrière eux.

— Je me souviens du jour où nous avons appris qu'il avait été mordu.

Svarta glissait sur les dalles, sa fine robe verte ondulant dans la brise. Farden ne se retourna pas, se contentant d'observer le paysage rocailleux.

— Il est revenu, couvert de sang et de profondes entailles, trempé par la neige et à moitié mort de froid. Nos guérisseurs ont immédiatement compris ce qui lui était arrivé, et nous l'avons renvoyé.

Ces paroles semblaient froides et cruelles, mais Farden savait pertinemment qu'il n'existait pas de remède contre la morsure du lycan – l'exil était la seule solution.

— Je sais. Il a souhaité que je vous dise qu'il était en vie, et qu'il se portait bien… plus ou moins. Je l'ai combattu dans le Sud d'Albion il y a une semaine environ… Farden s'interrompit un instant. Depuis combien de temps suis-je ici ?

— Nous vous supportons depuis six jours, jeta la jeune femme.

Elle s'approcha de la rambarde et posa ses mains sur la pierre froide. Ses yeux jaunes errèrent dans le lointain.

Farden compta les jours dans sa tête, puis réalisa qu'il ne savait pas combien de temps il avait été perdu en mer. Onze, douze jours peut-être ? En l'absence de faucon messager, le Conseil devait s'inquiéter et craindre le pire.

— Il faut que j'envoie un message à l'Arche.

— Nous nous en chargerons lorsque vous nous aurez dit ce que vous faites ici, et pourquoi vous étiez en possession du livre des Larmes de Fendrair, renâcla Svarta.

— Je suis venu demander l'aide des Siréniens pour combattre cet ennemi commun. Celui ou celle qui a volé le guide d'invocation veut l'utiliser contre Emaneska toute entière, et seuls les souvenirs du livre des Larmes peuvent nous indiquer où ils vont essayer d'invoquer cette créature.

Farden croisa les bras avec un air de défi.

— Quelle créature ? demanda le Vieux Dragon.

— Un sortilège dans le livre mentionnait un monstre immense, d'une puissance inimaginable. Nous pensons que c'est celui-là qui les intéresse. Si les érudits et Jergan ont raison, alors aucun de nos peuples – ni les Archans ni les Siréniens – n'est de taille à combattre la bête, expliqua Farden.

Le rictus qui barrait le visage Svarta était terriblement sarcastique.

— Aux dernières nouvelles, les Siréniens n'avaient pas bonne réputation devant votre cour.

— Si nous voulons empêcher ça, nous devons combattre ensemble. C'est vrai, certains membres du Conseil ont voulu vous tenir responsables de ce chaos, mais les Archimages ont décrété que je devais vous rencontrer et apaiser nos rancœurs. À condition, bien sûr, que votre fierté n'en souffre pas ?

Farden renvoya son rictus à la jeune femme, qui semblait sur le point d'exploser. Fendrair posa une large griffe sur son épaule, avec une légèreté qui défiait sa taille.

— Nous n'avons aucune objection à la paix, Farden, Svarta veut simplement agir dans l'intérêt de notre peuple. Imaginez, si vous aviez découvert un étranger suspect, échoué sur une de vos plages avec un trésor volé, qu'auriez-vous conclu ? demanda le dragon, et le mage dut lui donner raison.

— Pour autant, je suis reconnaissant que mon livre des Larmes m'ait été rendu. Depuis qu'il m'a été volé, mon esprit est trouble, voilé. Dès que je veux me souvenir de quelque chose, j'ai l'impression d'essayer de saisir un poisson visqueux entre mes griffes. Plutôt difficile, annonça-t-il avec une pointe de mélancolie. Pourquoi mes souvenirs sont-ils si importants pour la sécurité d'Emaneska ?

— Le sortilège nécessite un puits de magie noire elfique, et vos souvenirs pourraient nous mener jusqu'à l'un de ses puits.

— Aucun puits n'a été découvert depuis des années. Jergan et ses collègues ont été les derniers à en trouver un, déclara Fendrair.

— Je sais, mais c'est le seul moyen pour invoquer la créature. Si nous trouvons le puits, nous les trouverons.

Farden serra le poing derrière son dos. Il avait impression d'être de retour devant le Conseil de la magie, à la différence que cette fois, Vice n'était pas là pour l'aider. Il s'efforça d'exprimer toute l'urgence de la situation dans son esprit, à l'intention de Fendrair.

— Et s'il est déjà trop tard ? demanda Svarta.

La jeune femme dragon se tourna à nouveau, face au vent.

— Alors nous devons réagir vite, n'est-ce pas ? rétorqua Farden.

— Il a raison.

La remarque venait de Fendrair.

— Dans ce cas, nous n'avons pas de temps à perdre. Nous pouvons mobiliser nos érudits pour étudier le livre des Larmes. S'il renferme un indice vers un puits des elfes noirs, nous le trouverons, déclara Svarta.

Farden se demanda si la jeune femme était sarcastique ou pas. Elle lui adressa une nouvelle grimace avant de quitter le balcon. Farden la regarda s'éloigner, puis se tourna vers le Vieux Dragon.

— Pardonnez ses paroles dures, dit Fendrair avec un soupir et un étrange sourire reptilien.

Ses cornes se balancèrent lorsqu'il tourna la tête face au vent.

— Le vent est agréable, aujourd'hui. Vous savez, la neige nous rafraîchit. Je pense qu'à l'intérieur, nous sommes faits de feu et de chaleur – c'est la raison pour laquelle le Nord nous convient parfaitement. Le temps est bien meilleur ici.

Il faisait la conversation d'un air naturel, comme si tous deux échangeaient des histoires autour d'un verre dans une taverne. Farden se surprit à apprécier le dragon gigantesque, et sourit.

— Vraiment ? Je pensais que le climat de Krauslung était mauvais, mais celui-ci est beaucoup trop froid pour moi, répondit le mage dans un frisson.

Farden laissa échapper un grondement profond qui ressemblait à un rire.

— Pour voler, il est parfait.

— J'imagine…

Le mage acquiesça, puis reprit :

— Je suis heureux que vous ayez récupéré votre livre des Larmes. Il arrive bien des choses pendant la guerre, qui n'auraient jamais dû… si vous voyez ce que je veux dire.

Farden secoua la tête en maudissant son manque d'éloquence.

— Je suis d'accord. Je suis conscient que mes troupes ont commis des actes terribles contre les vôtres, et vice versa. Un roi ne devrait jamais souhaiter la guerre pour son peuple. Dans le cas contraire, c'est un despote et pas un roi – comme celui qui est assis actuellement sur le trône du Skölgard. Ce qui s'est produit entre les Siréniens et l'Arche est bien loin à présent, et Emaneska est en passe d'oublier.

Farden se contenta de hocher la tête, et s'efforça de ne pas trahir ses pensées au sujet de Cheska et de son père. Il chercha au plus vite une question à poser au Vieux Dragon.

— Comment est-ce ? Voler, je veux dire.

Fendrair pencha sur le côté sa tête hérissée de piquants.

— Pour nous, il ne sert à rien de réfléchir à la sensation que nous procure le vol, mais nous pouvons imaginer ce que c'est de vivre cloué au sol. Pensez combien il est naturel pour quelqu'un comme vous de tenir une épée. Vous le considérez comme un fait acquis. Maintenant, imaginez-vous privé de votre main, et à quel point le poids de l'épée dans votre paume vous manquerait. Il y a bien longtemps, je connaissais un malheureux dragon qui avait perdu l'une de ses ailes au cours d'une terrible bataille. Son nom m'échappe à présent, mais il disait que vivre sans ses ailes était comme voir la vie sans couleurs, comme un lavis de paysages gris et de couchers de soleil au fusain.

Fendrair courba sa tête avec solennité, et Farden ressentit une profonde tristesse.

— Que lui est-il arrivé ? s'enquit-il.

— Si ma mémoire est bonne, il a fini par succomber à son cœur brisé. Ça n'arrive pas souvent à un dragon, mais c'est possible. Le même phénomène se produit lorsque nous perdons notre partenaire. Les dragons naissent dans les airs et meurent dans les airs. Privés de la sensation du vent sous nos ailes, nous nous sentons inutiles. Finalement, nous sommes semblables aux oiseaux.

— Le vol m'intrigue, j'avoue.

Farden plissa les yeux en observant le paysage et les nuages gris, et se demanda où les dragons y voyaient de la couleur.

— Posez donc la question à Svarta, ou à un autre guerrier dragon.

Fendrair se plongea un instant dans ses réflexions, puis il observa le mage à côté de lui.

— Comment est-ce ?

Farden lui jeta un regard surpris.

— Quoi ?

— Être un Escrit.

Farden fut étonné que le Vieux Dragon s'intéresse à lui et à ses semblables. Il s'efforça de mettre des mots sur la sensation, et réalisa qu'il n'avait jamais tenté de l'expliquer auparavant. Pas même Durnus ne lui avait posé cette question.

— C'est difficile à expliquer, dit-il. Vous sentez le pouvoir vous brûler le dos lorsque vous lancez un sortilège, ou bien un torrent de magie courir dans vos veines. À d'autres moments, la magie est intangible. Vous ne pouvez pas vous en emparer ou vous y accrocher, elle est comme une étoile qui luit faiblement et que vous ne pouvez voir que lorsque vous la regardez du coin de l'œil. Parfois, vous vous réveillez la nuit dans un vertige lorsque la magie se déverse dans votre esprit. C'est dangereux, et certains disent qu'elle est plus une malédiction qu'une bénédiction, mais nous avons juré de respecter des règles strictes pour garder les autres hors de danger.

— Quelles sont ces règles ? demanda le dragon.

Farden fit craquer ses articulations d'un air absent, le regard perdu dans le lointain.

— Ne pas procréer, tout particulièrement avec un autre Escrit. Ne laisser personne lire votre Livre…

Il y eut un silence embarrassé, et le mage leva les yeux vers Fendrair.

— C'est pourquoi je tiens à m'excuser, annonça-t-il.

Mais le Vieux Dragon secoua la tête lentement.

— Il est seul responsable de ce qui lui est arrivé. Je l'ai vu, tout comme Svarta. Même si elle ne veut pas l'admettre, nous sommes autant à blâmer que vous. Je vous en prie, continuez.

Farden haussa les épaules.

— Quelle qu'en soit l'issue, nous jurons de passer notre vie à servir l'Arche – une vie qui aboutit à la mort ou à la folie.

Le dragon le fixa intensément, absorbant les paroles du mage. Farden plongea son regard dans ses yeux immenses. Il sentait soudain qu'il parlait au dragon à cœur ouvert, comme à un ancien ami. Fendrair semblait rempli de bon sens, solide comme un roc d'or, et pour une raison mystérieuse, Farden sentit qu'il pouvait tout dire au dragon géant. Ses lèvres continuèrent à bouger.

— Mon oncle faisait partie des moins chanceux. Après trente-trois ans au service de l'Arche, son esprit commença à dériver et la magie lui donna des visions. Il voyait des choses et entendait des voix ; elles le gardaient éveillé pendant des jours et des jours, jusqu'à la folie. Il se convainquit lui-même que des choses dans les ténèbres voulaient l'enlever, et il raconta à qui voulait l'entendre qu'un dæmon cherchait à le contrôler. Alors, un jour, il sortit dans les rues de Krauslung et tua un homme sans raison. Il le tailla en pièces et répandit son sang sur les murs. C'était la panique. Ce matin-là, ils l'attrapèrent lorsqu'il essayait d'escalader les murs de la ville avec une corde. Il était nu, avait mordu ses doigts jusqu'au sang et gravé des mots dans la chair de ses bras. La dernière fois que je l'ai vu, on l'emmenait aux fers. Il hurlait, crachait et mordait les gardes qui l'emportaient.

Farden fixa la neige.

— Que lui est-il arrivé ? demanda doucement le dragon.

— Il fut jeté hors de la ville, banni de l'Arche, et envoyé dans les terres sauvages avec une couverture et une pièce d'or.

Fendrair jeta un regard interrogateur, et Farden expliqua :

— Ce n'était pas la première fois qu'un Escrit perdait la tête. À partir d'un certain âge, les mages sont suivis par le Conseil, qui vérifie qu'ils n'agissent pas de manière bizarre ou différente. Cela n'arrive qu'à un Escrit sur trois, et c'est un risque que nous prenons tous lorsque nous entreprenons le Rituel. Et si vous faites partie des malchanceux, comme mon oncle, vous êtes exilé. Selon la tradition, vous recevez une couverture contre le froid et une pièce d'or à utiliser comme bon vous semble. Si un exilé tente de pénétrer dans la ville, c'est la peine de mort assurée. Il en va ainsi depuis des siècles… c'est comme ça que nous vivons. Nous nous battons, nous nous battons sans merci et sans peur, et nous espérons que la mort nous trouve plus vite que la folie.

Le mage ferma les yeux pour sentir la caresse du vent sur sa peau.

— Cela ressemble à un lourd fardeau à porter, Farden.

— Parfois, oui. Parfois, je n'y pense même pas. De mon point de vue, je suis né pour combattre au service de l'Arche, je continuerai donc à combattre. C'est un peu plus compliqué quand certaines personnes tiennent à vous et s'inquiètent pour vous.

Le mage plia les doigts et examina la crasse sous ses ongles, surpris d'entendre les paroles de Durnus sortir de sa bouche. Il espéra que le dragon ne sentait pas la colère sous sa peau, cette rage brûlante. Il pensa à Beinnh, aux gens qu'il avait tués. Il y eut un instant de silence.

— Une personne tient à vous plus que quiconque, n'ai-je pas raison ? Une femme ? dit Fendrair en plissant les paupières.

Farden ne répondit pas et garda les yeux fixés droit devant lui.

— Je ne veux pas être indiscret, Farden, et vos secrets sont en sécurité avec moi. Mais je sens ce sentiment brûler en vous, dit le dragon.

Farden ne dit rien pendant un moment, puis opina.

— Toute forme de romance, même brève, va à l'encontre de la loi. Nous vivons donc dans le secret, en espérant qu'un jour, si nous survivons tous les deux jusque-là, nous pourrons trouver un moyen de contourner la règle.

— Un feu brûle plus intensément lorsqu'il est couvert, mage, dit Fendrair.

Cette simple vérité fit réfléchir Farden, mais le Vieux Dragon avait changé de sujet :

— Nos deux peuples sont étrangement différents. Prenez la magie, par exemple. Pour les Archans, la magie est une connaissance que vous acquérez en lisant un grimoire ou en jetant un sortilège, ou que vous gravez dans la peau. Pour les Siréniens, elle est plus naturelle – un don héréditaire plutôt qu'une aptitude. La magie vit en chaque Sirénien, c'est une magie qui émane des dragons. Ne vous êtes-vous jamais demandés pourquoi les Siréniens ont des écailles, comme nous ? demanda Fendrair.

Le mage secoua la tête.

— C'est à cause des dragons. Vivre auprès de nous pendant trop longtemps change une personne d'étrange manière.

Farden acquiesça, comprenant en un éclair pourquoi chaque guerrier dragon avait des écailles de la même couleur que son partenaire.

— Je l'ai senti dès que je suis rentré dans la salle.

— Ce n'est pas le cas de tout le monde. Néanmoins, tout humain qui passe un long moment en compagnie d'un dragon finit par le sentir, et avant même qu'il s'en soit rendu compte, il a déjà changé.

Farden réfléchit à ce qu'il venait d'apprendre.

— Peut-être est-ce la raison pour laquelle nos peuples ont combattu si longtemps.

— Peut-être. J'ai toujours été intrigué par la manière dont vous traitez la magie – comme un art secret, un pouvoir qui doit être contrôlé et conservé précieusement à l'écart des gens normaux, tel un trésor mis sous clé par le Conseil. D'un autre côté, j'imagine que nombre de magiciens siréniens envient l'aisance avec laquelle les Archans contrôlent la magie et l'utilisent à leur guise, commenta Fendrair en reniflant.

— J'avoue que je n'ai jamais vu la magie sous cet angle, reconnut le mage. Certains disent que nous avons attrapé la magie en mer lorsque les Archans n'étaient qu'une race de pêcheurs ; d'autres disent qu'elle nous a été offerte par notre déesse Évernia, ou bien par le Scribe – quoi qu'il en soit, vous avez raison.

Il s'étira en baillant. La fatigue s'infiltrait derrière ses yeux et, bien que le soir approchât rapidement, il se surprit à cligner des paupières dans la lumière de la neige. Il se demanda par quel miracle il faisait si clair alors qu'ils ne pouvaient pas même apercevoir le soleil.

— À votre gauche, vous trouverez une petite chambre qui appartenait à notre ancien serviteur. Il y fait chaud, et j'ai ouï dire que le lit était plutôt confortable.

Le dragon lui lança à nouveau son étrange sourire reptilien, dévoilant quelques crocs semblables à des dagues.

— Pour l'heure, reposez-vous. Ce soir, je pense qu'il sera enfin temps pour moi de le voir.

Il soutint le regard du mage pendant quelques secondes avant de se retourner. La bise glacée virevolta autour de sa tête d'or.

— Ah, j'oubliais. Quelque chose a survécu au naufrage avec vous. Vous le trouverez dans votre chambre, annonça le dragon sans le regarder.

Farden opina, légèrement désorienté, le remercia puis se dirigea vers une petite porte cachée entre la falaise et le bord du large balcon. Elle n'était pas verrouillée ; lorsqu'il la poussa, il entendit un faible miaulement, avant d'apercevoir une forme noire trottiner vers lui. C'était Paresse, le chat du navire. Farden resta sans voix. Il s'accroupit et laissa le petit chat mâchouiller ses doigts et se frotter contre lui. Le mage fixa l'animal avec intensité. Le chat devait être au moins aussi chanceux que lui, pensa-t-il avant de secouer la tête d'un air incrédule. La créature émis un ronronnement joyeux et l'observa retirer son manteau et sa tunique. Le mage s'écroula sans force sur le lit étroit, s'enfonçant dans les profondeurs de ses coussins froids et de ses pensées. Paresse s'installa près de lui et s'endormit instantanément.

Farden pensa aux dragons dans le ciel, aux dragons sur la terre, puis il pensa au vol, se demanda si les dragons dormaient, ou s'ils avaient besoin d'une pierre et d'amadou pour allumer un feu à leur partenaire, et la sensation de sentir les flammes dans son nez et de cracher du feu comme s'il s'agissait d'une simple bouffée d'air, sans oublier la beauté de leur vol, le fait que tenir une fourchette leur était plus difficile que de bondir dans les airs, le fait que c'était eux les vrais dragons, bien plus que de simples wyrm sauvages à la recherche de magie. Des paroles prononcées par Durnus il y a bien longtemps, sur des dragons vivant plusieurs centaines d'années, des dragons qui vont et viennent, vont et viennent, comme la neige derrière la petite fenêtre ronde à côté de la porte, qui flotte comme la poussière grise sur son oreiller...

Farden dormit d'un sommeil plus profond que jamais.

 chapitre 8

Ne comprendras-tu jamais la bête,
Qui d'une morsure t'impose la défaite.
Morale et bonté, laissées à la lune d'argent,
Le mal te prend, griffes nocturnes et destin changeant.
Malédiction du lycan

Un martèlement réveilla Farden. C'était un battement répétitif, résolu, qui secouait avec obstination sa toute nouvelle porte. Les couvertures s'agrippèrent à lui, l'incitant à se lever, et ses yeux s'ouvrirent brutalement sur un plafond de pierre. Il observa un instant la roche nue, essayant d'y puiser la force pour se hisser sur ses jambes et ouvrir la porte.

Svarta se tenait derrière le battant, les bras croisés sur sa poitrine. La nuit était tombée, et la faible lumière d'une torche jetait des ombres angulaires sur son visage, ce qui accentuait encore son expression sévère et impatiente.

— Je frappe depuis longtemps, dit-elle.

— Désolé, j'étais endormi. Maintenant, vous savez sûrement que je ne suis pas venu pour blesser quiconque, alors pourquoi n'oublierions-nous pas que vous voulez me jeter aux fers pour repartir sur de bonnes bases ?

La Sirénienne lui jeta un bref regard et fronça les sourcils.

— Vous voulez peut-être entrer ? demanda poliment Farden.

Elle renifla et s'éloigna dans la direction opposée.

— Nous n'avons pas le temps d'écouter vos plaisanteries, mage. Suivez-moi et dépêchez-vous.

Farden sourit en aparté et ajusta ses vêtements froissés. Il passa la main dans ses cheveux dans l'espoir de leur donner un aspect plus ou moins présentable, et frotta ses yeux pour en chasser les dernières traces de sommeil. Il remarqua que son épée et ses canons d'avant-bras scalussiens lui avaient été rendus. Il se résigna à laisser l'épée dans la chambre mais glissa la paire d'avant-bras autour de ses poignets. Le métal se contracta doucement autour de sa peau avec des murmures sifflants, tel un serpent qui s'enroule autour d'un arbre. Farden sourit. À côté de la porte, une nouvelle paire de bottes avait été laissée pour lui. Il les enfila et constata qu'elles étaient étonnamment confortables. Son écharpe rouge, cependant, avait disparu et il se demanda si Cheska lui en voudrait. Il avait réchappé d'un naufrage, après tout. Enfin, Farden se retourna, grattouilla les oreilles de Paresse, puis referma la porte avec agilité.

— Qui est-ce, ce *nous* ? lança-t-il à l'élégante Sirénienne.

❦

Le mage emboîta le pas de Svarta, qui traversa les imposants appartements du dragon puis pénétra à nouveau dans le couloir voûté. Tous deux évoluèrent à travers de longs couloirs identiques, apparemment sans fin, qui serpentaient dans la montagne comme dans un monstrueux terrier. Farden se sentait totalement perdu dans l'immense palais, mais choisit de garder sa langue et de marcher juste derrière Svarta. Elle restait silencieuse et maussade, jetant de temps à autre un regard en arrière pour s'assurer qu'il la suivait toujours.

Enfin, le mage et la Sirénienne s'approchèrent d'une haute porte en fer à double battant. Svarta s'arrêta brusquement et pivota sur un talon.

— Si ça ne tenait qu'à moi, vous ne vous tiendriez même pas ici. Mais Fendrair semble voir en vous quelque qualité, et il souhaite que vous assistiez à la lecture. Pour ma part, je pense que vous devriez être mis sous clé et surveillé comme un animal dangereux. Si ça ne tenait qu'à moi, bien sûr.

Svarta inclina la tête sur le côté.

— Bien sûr, acquiesça Farden avant de lever mentalement les yeux au ciel.

— Ne jouez pas au plus malin avec moi, mage, cracha-t-elle.

— Si j'avais voulu blesser quelqu'un, croyez-moi, je l'aurais déjà fait. Si Fendrair me fait confiance, peut-être devriez-vous en faire autant.

Farden soutint son regard d'ambre avec défi. Les lèvres de Svarta se retroussèrent dans un grognement reptilien et elle fit volte-face. Elle s'appuya contre les portes, qui s'ouvrirent dans un grincement retentissant.

Quelques torches luisaient faiblement dans les ténèbres, opposant leur maigre lueur aux ténèbres de la salle voûtée. Les portes se refermèrent derrière eux dans un bruit sourd qui résonna longuement dans le silence, et Farden cligna des yeux pour s'adapter à l'absence de lumière. Entre les taches noires qui se mouvaient dans son champ de vision et l'éclat dansant des flammes, il discerna une forme massive à l'autre bout de la salle. Fendrair était accroupi dans l'ombre, les yeux fermés, aussi calme qu'une statue aux motifs filigranés.

Le mage sentit la présence de Svarta contre son oreille, et l'entendit murmurer :

— À moins que l'on vous pose une question, vous garderez le silence dans cette pièce.

Farden hocha la tête et prit place à quelques pas du dragon silencieux. Il leva les yeux vers le plafond de pierre posé sur des rangées d'épais piliers de pierre, semblables à des arbres gris et uniformes. La salle était vide, exempte de décoration ou de meubles, seulement pourvue d'un petit autel dressé contre le mur derrière Fendrair. Farden aperçut une statue impressionnante, mi-homme mi-dragon. Des ailes déployées émergeaient du dos de la figure d'albâtre, et une épaisse queue hérissée de piques s'enroulait autour des nuages de pierre qui formait son piédestal. De petites chandelles étaient placées dans des niches ou des bougeoirs métalliques et répandaient une lumière joyeuse et dansante. Elles brillaient pour leur dieu, Thron, maître du climat et des éléments pour les Siréniens.

— Qu'on apporte le Livre ! ordonna Svarta vers les ténèbres, d'où émergea bientôt un petit homme muni du livre des Larmes.

Selon toute vraisemblance, le Sirénien qui venait de pénétrer dans la salle était une musaraigne rabougrie, dotée de lunettes incrustées dans son visage ridé. L'homme à lunettes posa l'épais ouvrage sur une table de pierre sous le menton du dragon, puis s'en retourna dans l'ombre d'un pas précipité. Lorsqu'il fut parti, Fendrair ouvrit les yeux. Svarta s'approcha de la table puis, à contrecœur, fit signe au mage de la suivre. Farden s'exécuta en silence et entendit pour la première fois le faible grondement qui émanait du dragon, semblable au roulement d'une avalanche dans le lointain.

Svarta retourna le livre, face arrière vers le haut, avant de tourner la dernière page avec délicatesse. Fendrair tourna brièvement un œil vers Farden.

— Les livres des Larmes se lisent à l'envers. Ils commencent avec le tout premier souvenir d'un dragon et se terminent sur les plus récents, dit-il dans un grognement.

Avec une extrême lenteur, une larme unique s'échappa de l'orbe doré et se fraya un chemin jusqu'à la mâchoire écailleuse du dragon. La larme hésita au bout de son menton pendant une longue seconde, tremblotante, avant de se laisser tomber avec douceur sur le livre.

Farden baissa les yeux vers les pages et les vit frissonner sous l'afflux d'énergie. Rien ne se passa pendant un moment, puis petit à petit, alors que Svarta fermait les yeux et soulevait légèrement la page, une rune apparut. Elle fut prestement suivie par une autre, puis encore une autre, jusqu'à rendre la page méconnaissable. Les étranges caractères, totalement incompréhensibles pour Farden, continuèrent à s'écrire d'eux-mêmes sur la page suivante puis la page d'après, couvrant chaque parcelle de papier vierge. Les caractères dansaient follement ; les traits se précipitaient de leurs pattes arachnéennes sur les pages, comme invoqués par une plume invisible. À mesure que Svarta accélérait son mouvement, les écritures se mirent à défiler à une vitesse vertigineuse devant les yeux du dragon, qui tressautaient dans leurs efforts pour suivre le texte. Farden se demanda si Svarta allait ralentir, mais ses gestes se firent encore plus rapides. Le va-et-vient de ses mains entre les pages se transforma en une rumeur rythmée de parchemin froissé, qui remplit la pièce.

Sans avertissement, elle s'arrêta et le processus d'écriture s'interrompit violemment, les dernières lettres emportées par leur élan s'entassant en désordre à la première ligne du livre. Aussi délicatement qu'elle avait ouvert le livre, Svarta reposa la couverture et plongea son regard dans celui de son dragon. Ce dernier émis un profond grondement tandis que son cou s'agitait d'un tic nerveux. Enfin, la jeune femme se détendit visiblement, hocha la tête puis fit claquer ses longs doigts au-dessus de sa tête. Émergeant de l'ombre de son pas affairé, le vieil homme à lunettes réapparut. Avec les mêmes gestes délibérés et la même lenteur surhumaine qu'auparavant, il récupéra le livre des Larmes, tourna les talons, et s'en retourna au cœur des ombres.

Farden resta muet d'étonnement. Svarta posa sur lui son habituel regard condescendant.

— J'espère que vous savez le privilège qui vous est offert, mage. Jusqu'ici, jamais un étranger n'avait vu un dragon renouer le lien avec son livre des Larmes.

— Je suis honoré, annonça le mage à l'intention de Fendrair.

— Je sens les souvenirs venir à moi. Je ne m'étais pas rendu compte de tout ce que j'avais perdu – noms, lieux, rois et reines, ils me reviennent tous…

Le Vieux Dragon inspira profondément et ferma les yeux.

Farden l'observa retenir sa respiration pendant quelques instants interminables ; il exhala finalement, dans un souffle torride qui émergea de ses narines. L'air ondula, agité par une chaleur digne d'une forge.

— Il y a bien longtemps que je n'ai plus craché de feu, bien trop longtemps pour un dragon.

Il se redressa et s'assit bien droit, faisant ondoyer ses écailles hypnotiques dans la lumière des chandelles. Fendrair cabra sa tête en arrière en avalant une large goulée d'air, puis généra une gerbe de flammes qui s'enroulèrent autour des piliers et léchèrent le plafond de granit dans un ronflement assourdissant. La chaleur baigna les deux humains à côté de lui, laissant Farden abasourdi. Svarta semblait heureuse, pour changer, et elle frappa ses mains osseuses l'une contre l'autre dans ce qui ressemblait étonnamment à de l'allégresse. Fendrair rugit à nouveau et Farden ne put s'empêcher de courir ses oreilles pour protéger ses tympans. L'écho s'attarda dans la salle comme un ressac hivernal sur la grève, puis les piliers cessèrent progressivement de vibrer, et le Vieux Dragon s'accroupit à nouveau devant l'autel. Il referma les yeux et resta silencieux.

Svarta tira sur la manche du mage et l'emmena vers la porte. Elle lui adressa un murmure alors qu'ils marchaient :

— Venez, je vais vous montrer la cuisine. Je suppose que les Escrits doivent se nourrir ?

Les yeux de Farden conservaient l'image résiduelle du feu qui l'avait ébloui, et il les frotta pour se débarrasser des étincelles qui tressautaient dans son champ de vision.

— Oui, mais nous ne mangeons que des enfants, de préférence crus.

— Très spirituel, mage. Cessez vos enfantillages.

— Combien de temps vous faudra-t-il encore pour admettre que je ne suis pas un espion ? Vous savez, je ne vais pas rester très longtemps…

— À la bonne heure ! jeta-t-elle avant de refermer les hautes portes avec fracas.

Ses poings étaient crispés et son menton pointait devant elle, montrant le chemin à la manière d'une proue de navire recouverte d'écailles. Elle l'emmena dans un nouveau couloir identique au précédent. Farden se demanda comment quiconque pouvait retrouver son chemin dans un endroit pareil.

— Si vous pensez que vous pouvez vous jouez de moi, vous vous trompez. Ce n'est pas parce que Fendrair vous a pris sous son aile que je dois en faire autant.

— Quel est votre problème ? Que dois-je faire pour vous prouver que je ne vais pas vous assassiner tous dans votre sommeil ?

La reine sirénienne lui adressa un regard foudroyant par-dessus son épaule.

— Quelque chose de noir se cache en vous, mage, et je peux le sentir même si ça ne semble pas être le cas du Vieux Dragon. Je ne serai en paix que lorsque vous aurez quitté cette île.

Farden secoua la tête et se demanda jusqu'où il pouvait éprouver la patience de la jeune femme.

— Que suis-je censé faire tant que je suis ici ?

— Contentez-vous de rester dans les limites du palais et personne ne vous fera de mal. Aucun Archan n'a posé le pied dans la citadelle depuis quinze ans, il est hors de question de vous laisser vous promener dans les rues de la ville. Je ne veux pas voir un citoyen perdre patience et vous provoquer en duel. Qui sait ce qu'il pourrait arriver avec votre sorcellerie, dit Svarta en regardant le mage de haut en bas.

— Merci de vous soucier de ma sécurité, répondit Farden sèchement.

Les gardes ne se privèrent pas de les dévisager sur leur passage. Devant une nouvelle porte, deux soldats le pointèrent du doigt sans discrétion, avant de les accompagner avec des murmures intrigués. Svarta avait peut-être raison : le cessez-le-feu avait toujours été fragile, même lorsque la situation semblait sous contrôle.

— Très bien, vous avez peut-être raison. Que va devenir le livre des Larmes à présent ? s'enquit Farden, se souvenant des paroles des Archimages.

— Tout comme le Vieux Dragon, il doit se reposer, annonça Svarta.

Farden sentait les efforts qu'elle devait consentir pour garder une voix posée.

— Et quand pourrons-nous commencer la lecture ?

— Bientôt, mage. Ne posez plus cette question, répliqua la jeune femme avec un regard noir.

Farden se renfrogna.

— Où puis-je aller, dans ce cas ? Y a-t-il un endroit où je peux m'entraîner ?

Svarta s'arrêta net et se retourna dans un tourbillon d'étoffe.

— Vous n'êtes pas sérieux ?

Farden serra la mâchoire d'un air résolu et soutint son regard.

— Tout à fait sérieux. Je suis resté inconscient pendant une semaine. Je dois récupérer mes forces.

— Vous voulez que je vous autorise à pratiquer votre dangereuse magie archane au sein du palais de Hjaussfen ?

Elle semblait incrédule. Le mage acquiesça :

— Oui, si ce n'est pas trop vous demander.

— Par tous les dieux.

Svarta garda les paupières étroitement fermées pendant un instant et serra les poings. Elle expira bruyamment avant de cracher, virulente :

— Très bien, je vais m'en assurer.

Sur ce, elle repartit à vive allure.

— Merci, Svarta.

— Ne me remerciez pas ; remerciez Fendrair. Sa parole fait office de loi, rétorqua-t-elle avant de décocher un regard capable, sans conteste, de tuer un homme sur le coup.

Un long silence embarrassé s'ensuivit, seulement rompu par le bruit de leurs pas sur le sol de pierre. Farden commençait à réaliser qu'il ne savait presque rien des Siréniens.

— Pourquoi Fendrair ? Pourquoi est-il roi, plutôt qu'un autre ?

— Il est le plus vieux, et ses écailles ont la couleur de l'or pur. Plus un dragon vit longtemps, plus ses écailles se parent de reflets dorés, de la même manière que les cheveux des hommes deviennent gris. Plus la couleur d'un dragon se rapproche de celle de l'or, plus son droit à régner se justifie. Le dragon aux écailles les plus chatoyantes se voit offrir le titre de Vieux Dragon et est amené à régner jusqu'à sa mort. Bien peu de dragons, parmi les aînés du Conseil, approchent d'un tel âge.

— Quel âge a Fendrair ?

La question, une fois de plus, semblait puérile.

— Nous sommes liés depuis trois cent ans, mais Fendrair a vu près d'un millénaire, dit-elle.

— Vous ne paraissez pas plus de quarante ans, remarqua Farden.

La remarque ne devait pas être flatteuse, mais elle sonna comme un compliment aux oreilles de Farden. Svarta se contenta de hocher la tête.

— Quel que soit le pouvoir que les elfes noirs ont laissé à nos ancêtres, il leur a procuré une vie extrêmement longue – des centaines d'années de plus que vous, Archans… dit Svarta avec mépris.

— Vous devez être bien supérieurs à nous, pauvres paysans, ajouta Farden sur son ton le plus sarcastique. À propos de l'Arche, il faut que j'envoie un message au Conseil de la magie.

— Vous pourrez vous en charger lorsque vous serez rassasié.

À peine avait-elle fini sa phrase qu'ils émergèrent dans une longue salle envahie par la rumeur des conversations et le bruit des couverts. De la vapeur émergeait d'un cercle de casseroles posées sur des poêles, flanqués de chaudrons et de plateaux de nourriture. L'estomac de Farden fit un saut périlleux lorsqu'il renifla l'odeur de bouillon, de pain, de viande, et d'autres victuailles variées. La pièce était parsemée de tables, où étaient installés d'innombrables soldats et serviteurs. Svarta se tenait à sa droite, les bras croisés et le dos raide, dans ce qui semblait être sa pose favorite. Elle se pencha vers l'un des gardes de la salle et chuchota quelques mots. L'homme jeta un bref regard en direction du mage et acquiesça.

— Si on vous cherche querelle, ces deux gardes s'assureront de vous escorter jusqu'à vos quartiers. Je vous préviens, Farden, je ne veux pas voir de magie tant que vous êtes dans cette aile du palais.

— Très bien.

Farden vit plusieurs Siréniens lever la tête de leur bol pour le dévisager. Un murmure se propagea lentement dans la pièce, jusqu'à ce que chaque regard ou presque soit tourné vers le mage étranger qui se tenait sur le seuil.

— Si vous avez besoin de moi, je serai dans ma chambre.

Svarta lui lança un dernier regard hautain, puis le laissa seul devant la foule la moins engageante qu'il ait jamais vue.

Farden soupira et se prépara mentalement à rejoindre la nourriture présentée à l'autre bout de la pièce. Une centaine de paires d'yeux soupçonneux le suivirent alors qu'il se frayait un chemin entre les tables et les chaises. Farden n'avait jamais ressenti une telle antipathie envers lui ; en comparaison, errer dans les villes d'Albion était pure félicité.

Néanmoins, il persévérera jusqu'à atteindre le fond de la salle. Un cuistot le regarda d'un air dégoûté et lui enfonça sans ménagement une assiette entre les mains. L'assiette fut bientôt remplie de poissons grillés, d'une louche de bouillon léger et d'une miche de pain noir. Il hocha la tête pour remercier le cuisinier muet et se retourna. Tous les regards étaient toujours pointés sur lui.

— Quoi ? rugit Farden.

Le cri sembla fonctionner, et la plupart des Siréniens reportèrent leur attention sur leur repas et reprirent leurs conversations à voix basse. Le mage soupira et repéra un siège vide contre l'un des murs de la grande salle. Les gens déjà assis lui jetèrent quelques regards méfiants et renfrognés, mais Farden s'absorba dans la contemplation de son assiette et essaya de se faire oublier.

Le poisson était badigeonné d'huile, mais délicieux, et il se surprit à déchirer le pain à pleines mains. Il ne s'était pas rendu compte à quel point il était affamé. Il termina son assiette en un temps record et résista à l'envie de la lécher pour ne rien gâcher. Il appuya son dos contre le mur et tenta de se détendre. La flamme d'une torche vacillait au-dessus de sa tête ; ses pensées se mêlèrent aux flammes jusqu'à ce que son regard se perde dans le vide. La fatigue grimpa sur le corps de Farden avec lenteur, se joignant à la chaleur du feu et de la torche qui s'infiltrait jusque dans ses os. Il devenait trop vieux pour ce genre de missions, pensa-t-il.

Le mage était parfaitement conscient qu'on l'observait d'un air hostile depuis les tables adjacentes. Des murmures de conspirateurs parvinrent à ses oreilles. Maudite soit cette Svarta, jura-t-il pour lui-même. Le laisser seul ici au beau milieu de soldats rivaux était le meilleur moyen de déclencher une bagarre, ou pire. Mais Farden ne se laisserait pas avoir, pas cette fois. Du coin de l'œil, il vit une large silhouette se lever d'un banc et contourner lentement les tablées de Siréniens. Farden ferma les yeux et s'efforça d'ignorer les regards.

— Tu es celui qu'ils ont trouvé sur la plage, annonça une voix profonde, coupant court à ses réflexions.

Farden cligna des yeux et tourna la tête pour découvrir un homme immense vêtu d'une longue tunique brune. Il se tenait les bras croisés, les mains enfoncées dans ses larges manches. L'homme avait perdu un œil ; une longue cicatrice argentée traversait l'orbite où il aurait dû se trouver, et creusait son visage jusqu'à la mâchoire. Ses cheveux foncés étaient bouclés et pendaient en mèches torsadées devant son œil restant. Des écailles ornaient ses tempes et son cou ; des excroissances d'une couleur gris-brun qui rappelaient les murs de granit du palais. Peut-être était-ce la teinte de ses écailles, ou bien la fixité de son œil unique, mais il semblait différent des autres Siréniens. Il posa sur Farden un regard vide et solennel.

— Vous êtes le mage ? insista-t-il.

— Je suppose, oui.

Farden déposa son assiette vide sur le sol et frotta ses mains froides l'une contre l'autre. L'étranger le dominait largement, d'une voire de deux têtes, et ses muscles saillaient sous sa tunique.

— Suivez-moi, dit l'homme en faisant un signe de tête vers la porte.

La voix de l'étranger était incroyablement profonde, même pour un homme de sa taille.

— Non, merci. Je ne cherche pas les problèmes.

Farden referma les paupières et reposa la tête contre le mur. Il entendit l'homme s'accroupir et se pencher vers lui, et Farden sentit des effluves de vin bon marché. La magie commença à vibrer à la base de son crâne.

— Vous êtes au mauvais endroit si vous voulez qu'on vous laisse seul, Archan. Je vous suggère de me suivre si vous ne voulez pas être pris dans une rixe avec les Siréniens les moins respectables de cette salle.

Farden ouvrit un œil et jeta un regard vers la table la plus proche. Les hommes chuchotaient en pointant le mage du doigt ; l'un d'entre eux serrait même une fourchette d'un air menaçant. Le mage pesa les deux choix qui s'offraient à lui : suivre l'imposant étranger ou rester dans la pièce en compagnie de soldats hostiles qui rêvaient sans aucun doute de creuser un trou dans son crâne.

— Passez devant, soupira-t-il en se demandant avec innocence pourquoi l'on semblait toujours prendre les décisions à sa place.

Il avait l'impression de monter une bête sauvage sur laquelle il n'avait aucun contrôle. Durnus disait souvent que ce genre de situations était monnaie courante, pour un Escrit. L'homme se redressa et se dirigea vers la porte avec Farden sur les talons, provoquant un concert de murmures déçus de la part des hommes rassemblés autour de la table.

Farden suivit l'homme en silence et en profita pour curer ses dents de quelques restes de poissons. Il se frotta le menton et se demanda où il pourrait trouver une lame pour se raser. Son épée devait être rouillée, songea-t-il. L'air était froid à l'extérieur de la cantine, et formait un contraste agréable avec l'atmosphère étouffante qui régnait à l'intérieur. Farden songea à aller voir Svarta pour lui annoncer sa manière de penser, mais n'eut pas le courage d'affronter son humeur exécrable. Il s'éclaircit la gorge et l'étranger se retourna avec un regard inquisiteur.

— De nombreuses rumeurs circulent à votre sujet, Archan. On dit que vous avez rendu fou l'un des guérisseurs…

— On raconte beaucoup de choses sur moi par ici.

— Nous n'avons vu personne de l'extérieur depuis des années. Certains guerriers sont effrayés, quand ils ne vous détestent pas à cause de la guerre. Les dragons sont tout simplement curieux.

— Ce doit être la magie dans mon sang, constata Farden tandis qu'il descendait une volée de marches d'un pas vif.

— Seuls les dragons sauvages sont attirés par la magie, Archan, pas les anciens, corrigea l'étranger.

— Êtes-vous un guerrier dragon ? s'enquit le mage.

Son interlocuteur ne répondit pas immédiatement, et Farden se demanda s'il avait entendu. Il observa l'eau qui ruisselait d'une petite cuvette rocheuse.

— Oui, dit-il enfin.

Le mage ne trouva rien à répondre, il se contenta donc de hocher la tête avant de reporter son attention sur les alentours. Les passages se resserraient à mesure qu'ils progressaient ; les parois devenaient plus brutes et le décor, moins grandiloquent. Des sources d'eau apparaissaient dans de petits creux dans la roche. Certaines crevasses sifflaient ; d'autres projetaient des nuages de vapeur. Deux paires de bottes renvoyaient des bruits d'éclaboussures contre les marches mouillées, et l'air de plus en plus chaud était chargé d'humidité. Enfin, les deux hommes atteignirent une petite porte voûtée, que l'étranger poussa. Un violent courant d'air s'engouffra dans le manteau de Farden, le faisant tourbillonner. Des flocons de neige atterrirent aux pieds du mage tandis qu'il suivait l'homme sur un long balcon similaire à celui qui se trouvait dans les appartements de Fendrair. Le froid était mordant, comparé à la chaleur brumeuse des couloirs à l'intérieur de la montagne. Au-dessus de lui, le ciel était sombre et lourd, strié de nuages bas couleur de cendre – les mêmes nuages qui semblaient avoir élu domicile à cette latitude, immobiles malgré le vent violent. Les étoiles cherchaient à se glisser entre les nuages bordés de gris, et la neige émergeait en tourbillonnant des ténèbres pour leur gifler le visage. Une torche se débattait dans les frimas, transformant les flocons en un essaim d'abeilles jaunes qui fondaient au contact du sol humide.

L'étranger s'avança sans hésiter jusqu'à la balustrade puis s'immobilisa, les épaules voûtées, le regard tourné vers le ciel nocturne. Farden se contenta de resserrer son manteau autour de lui et de rester près de la porte, les bras croisés, gardant un œil suspicieux sur l'homme massif. Celui-ci leva une main monstrueuse dans les airs, et le mage suivit du regard le doigt pointé vers la nuit. Au-delà des nuages, dans les recoins les plus sombres du ciel, des rubans de lumière ondulaient sur la toile noire du firmament. Des tons de bleu, de vert poudreux et des blancs de craie évoluaient dans le ciel comme un courant distant qui serpentait entre les étoiles.

— L'Éveil, annonça l'étranger que Farden peinait à entendre sous le rugissement du vent. Le premier dragon est sorti voler ce soir.

— Qu'attendez-vous de moi ?

Les yeux calmes du géant étaient fixés sur les lumières sinueuses dans le ciel. Il prit la parole sans le regarder :

— Avez-vous déjà tué des dragons, mage ?

Farden se remit sur ses gardes.

— Uniquement des dragons sauvages, à l'occasion, dit-il, choisissant ses mots avec soin.

L'homme émit un sifflement entre ses dents.

— Pour la plupart des hommes ici, c'est une raison suffisante pour vous haïr, remarqua-t-il, les yeux toujours tournés vers le ciel. Fendrair m'a demandé de vous garder à l'œil. Svarta est son partenaire, mais il sait qu'elle ne vous apprécie pas.

— Apprécier n'est pas le mot que je choisirais, en effet.

Farden s'approcha lentement et appuya son dos contre la rambarde, face à la porte. L'immense paroi de la montagne le surplombait, silhouette de jais qui se découpait contre le ciel d'obsidienne constellé de mica. Des torches brûlaient derrière d'innombrables fenêtres et rebords, et la montagne ressemblait à une île massive au beau milieu du ciel, couverte d'une myriade de feux de camp.

— Elle attend que vous lui donniez raison. Elle pense que vous êtes dangereux et devez rester enfermé ; elle a donc essayé de vous jeter dans la fosse aux tigres à dents de sabre, si j'ose dire. Elle espérait que vous provoqueriez une réaction de la part des autres hommes, déclara l'étranger en le fixant de son œil unique.

— Je suis peut-être dangereux, mais pour personne ici, à Hjaussfen. Je suis en mission pacifique… pour une fois, dit Farden avec un rire sans joie.

Il se retourna pour regarder les ténèbres troubles qui enveloppaient les versants autour d'eux.

— Mmh, Fendrair m'a expliqué la situation.

L'homme hocha la tête et essuya la neige qui s'attardait sur ses cheveux bouclés.

— Qui êtes-vous, d'ailleurs ? interrogea Farden.

— Mon nom est Eyrum, partenaire d'Escarmor.

Eyrum inclina la tête et plaça une main sur sa poitrine dans un salut formel. Le mage sourit à son nouvel allié et lui rendit son salut.

— Heureux de vous rencontrer. Je m'appelle Farden.

— Paix et bénédiction pour notre rencontre, Farden. Le Vieux Dragon semble vous tenir en haute estime, ce qui est pour le moins surprenant étant donné les circonstances de votre arrivée. On dit que vous avez été rejeté sur le rivage après une tempête ?

— C'est vrai.

— Alors c'est un miracle que vous ayez survécu aux eaux glacées ; le dieu des éléments doit vous avoir dans ses faveurs, déclara Eyrum de sa voix profonde et solennelle.

Un éclat distant au milieu des nuages bas attira le regard de Farden.

— Une autre tempête ? demanda Farden, le doigt pointé vers le ciel.

Eyrum plissa les yeux alors qu'un autre éclat de lumière clignotait sur l'horizon.

— Non, c'est quelque chose de totalement différent. Attendez.

Il porta deux doigts à son front ridé. Après un court instant, il acquiesça, comme en réponse à une conversation silencieuse.

— Donnez-lui un instant.

Farden était intrigué ; en observant le ciel avec attention, il discerna une forme noire qui filait sous les nuages bas.

— Est-ce votre dragon ?

Eyrum secoua la tête en silence et essuya une nouvelle fois la neige de son visage. Farden releva son capuchon sur ses cheveux mouillés et secoua ses épaules pour en faire tomber les flocons.

La silhouette sombre plongea en piqué, rasant les contreforts de la montagne en contrebas. Farden retint son souffle et scruta avec avidité la forme qui plongeait toujours, jusqu'à effleurer les rochers noirs et déchiquetés de la montagne. L'homme massif fit quelques pas en arrière et Farden eut l'intuition qu'il devait en faire de même. La forme disparut de leur champ de vision, et il y eut un moment de silence. Soudain, une silhouette dorée gigantesque passa devant le balcon avec une vitesse incroyable. Le battement des ailes immenses de Fendrair était assourdissant, et le déplacement d'air manqua de peu de jeter les deux hommes à terre. Le dragon grimpa verticalement dans la nuit avant de faire une pirouette sur la pointe de son aile. Au moment où Farden pensait que le dragon allait perdre l'équilibre et tomber, celui-ci vrilla et plongea vers le balcon, les ailes rabattues contre ses flancs à la manière d'un faucon pèlerin. Le mage recula vers la porte, mais Eyrum ne broncha pas. De toute évidence, Fendrair allait s'encastrer dans la paroi rocheuse, mais à la dernière seconde ses ailes s'ouvrirent et le dragon s'arrêta net dans son élan, les ailes déployées ; il déposa sa masse gargantuesque comme une plume sur la rambarde de pierre. Ses griffes se rétractèrent en laissant de légères entailles sur la pierre, et le dragon sauta sur le balcon. Fendrair se para de son étrange sourire reptilien et une minuscule flamme s'échappa de ses naseaux.

Farden grimaça et se rapprocha de la créature.

— Vous semblez heureux. On dirait que retrouver le livre des Larmes vous a fait du bien.

Farden éclata de rire dans un grondement à vous glacer les sangs, et gratta son menton hérissé de piques avec le bout d'une griffe.

— On dirait bien, mage, et je dois vous remercier pour me l'avoir ramené. Il y a bien des années que je ne m'étais plus senti aussi bien, bien des années que j'avais plus ressenti une telle puissance.

— C'est le Conseil de la magie qui m'a envoyé ici avec le livre, dit Farden d'un air détaché en enfonçant ses mains glacées dans ses poches.

— Et je me demande qui a bien pu suggérer que l'on me rapporte le livre des Larmes… ?

Farden resta interdit.

— Comment… ?

— Vous avez encore nombre de choses à apprendre sur les dragons, Farden, déclara Eyrum, qui se tenait en retrait.

Le mage s'était rendu compte que les Siréniens et leurs dragons étaient des êtres bien plus complexes qu'il ne le pensait. Ce n'étaient pas les barbares que les Archans avaient décrits durant la guerre. C'était des guerriers féroces – ils avaient montré la force de leurs crocs, leurs griffes et leurs flammes dans la bataille – mais Farden voyait à présent qu'ils étaient plus vieux et plus sages que son propre peuple. Il se sentit soudain coupable et repoussa cette pensée comme on congédie un esclave déloyal. Il reporta son attention sur un sujet plus pressant.

— Avez-vous trouvé quelque chose dans le livre des Larmes ? demanda-t-il.

— Mes souvenirs sont nombreux, Farden. Lorsque le livre des Larmes sera prêt, il faudra peut-être plusieurs jours à nos érudits pour trouver l'emplacement d'un puits elfique, s'il en existe encore, précisa Fendrair.

— Nous ne pouvons pas prendre le risque. Que se passera-t-il si vous avez tort, et que la créature est invoquée ? Même si les Siréniens et les Archans unissent leurs forces, je doute que nous…

Fendrair secoua la tête.

— Je vous entends, Farden, mais nos érudits doivent parcourir un millier d'années de ma vie. Je n'ai pas besoin de vous expliquer que ce n'est pas d'un procédé rapide.

Farden dut refouler sa frustration et son impatience, car il savait que Fendrair avait raison.

— Bon sang ! jura-t-il en crispant les poings au fond de ses poches.

— Venez, Svarta m'a dit que vous vouliez vous entraîner. Cela vous aidera peut-être à vous détendre, proposa Fendrair dans un sourire.

— Mmh, à propos de Svarta… commença Farden, mais le Vieux Dragon l'interrompit en levant une griffe.

— Je suis au courant de ce qu'elle a fait, et je lui parlerai au moment propice. Vous devez comprendre qu'elle fait ce qu'elle estime juste pour notre peuple, dit Fendrair.

— Je sais, et je vous suis reconnaissant d'avoir envoyé Eyrum pour me garder à l'écart de tout problème.

L'intéressé acquiesça lentement.

Fendrair se rapprocha de la rambarde et étira ses ailes dans un grognement de satisfaction.

— Eyrum va vous mener à une pièce où vous pourrez pratiquer votre magie. Je vous y rejoindrai peu après.

Sur ces mots, il battit des ailes, menaçant d'expulser les deux hommes du balcon, puis se propulsa dans le ciel sombre. Eyrum se dirigea vers la porte et Farden le suivit dans les couloirs embués.

— Encore une fois, avec la même puissance.

Farden grimaça, essuya la sueur sur son front et prit appui contre le mur derrière lui. Fendrair reprit son souffle une nouvelle fois et s'aplatit contre le sol. Le grand dragon ferma un œil, et une rivière de feu jaillit de ses mâchoires. Avec une vitesse ahurissante, Farden projeta ses mains en avant pour opposer à la déflagration un mur invisible, qui bloqua l'assaut féroce à quelques pouces de ses doigts. Des flammes féroces l'enveloppèrent et léchèrent ses talons, mais sa bulle invisible tint bon. Farden serra les dents et poussa, jusqu'à ce que le feu recule légèrement.

Fendrair s'interrompit et se redressa pour rire à gorge déployée.

— Impressionnant, mage !

Farden était à bout de souffle. Il passa une main dans ses cheveux. Il plia les articulations et une étincelle courut sur sa peau. Il était ravi de retrouver sa magie, et sourit intérieurement.

— Combien êtes-vous, à présent ? demanda le dragon.

Farden réfléchit.

— Autour d'une centaine, je pense, peut-être plus. Ceux qui entreprennent le Rituel n'en réchappent pas pour autant. La moitié des candidats n'y survit pas.

— Et tous sont-ils aussi puissants que vous ? interrogea Eyrum.

Il se tenait à la droite de Fendrair, en retrait, les bras croisés derrière le dos. Son visage était dépourvu d'émotion, et sa tête était penchée sur le côté dans une attitude qui semblait commune à tous les Siréniens.

— Certains, oui, répondit le mage dans un haussement d'épaules.

Farden s'était toujours considéré compétent, jamais véritablement puissant. Comparés aux sortilèges des Archimages et de Vice, ceux de Farden étaient bruts ; ils manquaient de raffinement. C'étaient eux les maîtres, et Farden apprenait toujours, même treize ans après son rituel. Néanmoins, parmi les Escrits, il était l'un des meilleurs.

Fendrair tourna la tête vers le Sirénien taciturne et sourit.

— Je pense qu'Eyrum a plus d'un tour dans sa manche.

Le Sirénien secoua la tête et articula un refus, mais le dragon ne se laissa pas décourager.

— Venez, mon ami. Montrez à Farden que les Archans ne sont pas les seuls à posséder des capacités magiques.

— Sire, je n'ai plus essayé depuis des années, marmonna Eyrum en fuyant le regard doré du dragon.

— Je ne doute pas que ça vous revienne, insista Fendrair en lançant un clin d'œil à Farden. C'est comme de monter un dragon, ça ne s'oublie jamais.

— Je ne connais presque rien des magiciens siréniens, dit Farden.

La voix d'Eyrum fusa, glacée :

— J'imagine que vous n'en avez jamais combattu durant la guerre ? Seulement des dragons ?

— Je n'ai jamais combattu durant la guerre, j'étais toujours en formation.

Farden choisit d'éviter le sujet du meurtre de dragons en présence de ses interlocuteurs.

Eyrum dénoua la ceinture de sa tunique brune et la lança sur le côté.

— Très bien, jetez donc l'un de vos sortilèges de feu sur moi, mage, et nous verrons bien, dit-il, avant de se diriger vers le centre de la pièce.

Farden soutint le regard décidé du Sirénien.

— Vous en êtes certain ?

Eyrum se contenta de hocher la tête. Le mage avait été intrigué par le défi ; il reprit donc sa place devant le mur et frappa ses poignets l'un contre l'autre dans un claquement métallique. Il tint ses mains tendues devant lui, les doigts recourbés comme une cage autour du vide. Une étincelle surgit, et une sphère de flammes se forma entre ses paumes. Le mage ouvrit doucement les mains, écartant les jambes dans un même mouvement. La sphère grossit et rugit comme un soleil captif, et la pièce se remplit de la chaleur propagée par la tempête que Farden retenait entre ses mains. D'un mouvement vif, le mage pivota sur un pied et projeta la boule de feu sur Eyrum, qui se tenait, impassible, à quarante pas de lui.

Au moment précis où la boule de feu allait réduire le Sirénien en cendres, Eyrum disparut purement et simplement, sans faire aucun mouvement perceptible. Il devint une silhouette floue qui glissait sur le sol de pierre, esquivant les flammes. La sphère explosa contre le mur opposé dans un rugissement féroce, fissurant la pierre qui se mit à fondre par endroits.

Farden resta interdit. Eyrum se tenait à présent à une courte distance de sa position de départ, les mains toujours croisées derrière le dos, visiblement soucieux de réprimer un sourire qui menaçait d'envahir son visage couturé. Farden lui rendit son sourire et reprit sa position, les jambes écartées. Des étincelles remontèrent sur le bras du mage et un éclair déchira l'air. Eyrum fit simplement un pas de côté, flou, et se retrouva soudain à une douzaine de pas sur la gauche. Sa masse impressionnante se mouvait avec une vélocité inimaginable.

— La magie rapide, nota Farden avec un sourire admiratif. L'une des rares écoles de la magie que les Escrits n'apprennent jamais.

Eyrum hocha la tête et regarda vers Fendrair.

— Elle nous vient du peuple nomade de l'Est. Là-bas, dans les déserts du Paraia, ils apprennent à chasser un étrange cerf géant, capable de courir aussi vite que le vent. Ma dragonne, Escarmor, adorait voler entre les dunes et travailler son esquive dans les canyons. Elle disait que là-bas, les créatures avaient meilleur goût qu'ailleurs. Elle aimait traquer les gros chats du désert et les vers des sables.

Fendrair gronda en guise de sympathie, et un moment de silence s'ensuivit. Farden ressenti un sentiment de chagrin profond. Il ne pouvait imaginer ce que c'était de perdre un dragon, ou un guerrier. Il ressentit une authentique sympathie pour le Sirénien.

— Je suis désolé, Eyrum, pour votre dragonne, déclara le mage, mal à l'aise.

Le Sirénien l'observa un instant avec une expression surprise, puis inclina sa tête bien bas, en signe de gratitude. Fendrair émit un grognement qui ressemblait fort à un rire.

— Ne vous avais-je pas dit, Eyrum, que les Archans n'étaient pas tous aussi cruels et impitoyables que vous ne le pensiez ?

« *Après le départ des elfes, Emaneska fut livrée à elle-même au milieu des ténèbres et du chaos qui ravageaient les terres. C'est en cette période troublée que trois grandes nations s'élevèrent brutalement au sein des Royaumes Éparpillés.*
La première et la plus puissante, Skölgard la guerrière, s'empara des terres du Nord-Est. Durant cent ans, les Skölgardiens façonnèrent un vaste empire dirigé depuis Gordheim, la Cité des Cascades, sur les rivages de l'Est. La deuxième, la petite nation maritime de l'Arche, choisit de s'installer dans les montagnes d'Össfen. Les Archans firent usage de leurs routes marchandes et de leur maîtrise de la navigation pour se parer de richesses et de pouvoir, puis ils s'intéressèrent aux arcanes des magies anciennes. La troisième, la plus mystérieuse d'entre toutes, est une race plus ancienne et bien plus fière, née des sombres vestiges laissés par les elfes. Il s'agissait des guerriers dragons, les Siréniens – une civilisation étrange liée au grand dragon du Nord, à l'apparence reptilienne et d'une férocité légendaire. Ils construisirent leur capitale sur les terres de feu du Nelska, prises dans les glaces, et creusèrent profondément dans les montagnes pour y sculpter leurs villes. Leur magie était d'un autre acabit, plus naturelle que celle des téméraires et bruyants Archans.
Que doit-on retenir de ces trois grandes nations ? Leurs différences naturelles, leurs aptitudes et leur culture ? Non, car la diversité fait partie intégrante d'Emaneska. Cependant, il faut souligner la vitesse avec laquelle ces peuples originels parvinrent à s'emparer des Royaumes Éparpillés, à s'unir et à gagner en puissance, obtenant un pouvoir dont Halôrn, Rassmuen ou les ducs d'Albion ne pouvaient

que rêver. Ces fiefs et royaumes plus modestes devaient rester soumis et discrets, et subir les exigences et les complots de ces trois grandes nations. »

Extrait des *Cicatrices d'Emaneska*, par le critique Áwacran

Farden s'était couché tôt ce matin-là, alors même que les premiers doigts de l'aube émergeaient au-dessus de l'horizon montagneux. Dans la lumière des chandelles des appartements voûtés de Fendrair, ils avaient dégusté du vin chaud et un alcool sombre sous le regard de Thron, le dieu des éléments moitié homme, moitié dragon. Ils avaient parlé des heures durant. Fendrair les avait régalés de ses récits de batailles et d'hommes illustres jusqu'aux petites heures de la matinée, et Eyrum s'était montré d'humeur presque joviale. Farden avait été incapable de quitter le Vieux Dragon, tant les histoires qu'il contait d'une voix profonde l'avaient fasciné. Néanmoins, le mage s'était finalement résigné à aller dormir, et était même parvenu à esquiver Svarta, qui se levait pour s'occuper de ses tâches matinales.

Les rideaux de sa chambre avaient fait de leur mieux pour arrêter la lumière éclatante du soleil, mais à présent, le disque étincelant avait atteint son zénith et l'épais tissu brillait d'une pâle lumière jaune. Le mage se retourna dans un grognement et serra un oreiller devant ses yeux alors que le sommeil le fuyait inexorablement. Un goût de vin s'attardait sur sa langue sèche, et il se rendit compte qu'il était affamé. Une petite voix dans sa tête lui dit d'essayer de se procurer de l'altéressence avant de rentrer à Krauslung, mais il la fit taire. Paresse bâilla, secoua ses moustaches puis se rendormit.

Après quelques minutes passées à fainéanter, Farden s'extirpa des draps et sortit sur le balcon. La lumière du soleil se déversait d'un ciel presque sans nuages, et la blancheur de la neige fraîchement tombée ajoutait encore à l'éclat éblouissant. Il en collecta une poignée entre ses mains et passa la neige glacée sur son visage et son cou pour se réveiller. Tandis que ses yeux s'accoutumaient à la journée radieuse, Farden porta une main à son front et leva les yeux vers les formes reptiliennes qui volaient en cercle dans le ciel clair, tels des vautours massifs. Les silhouettes sombres se répondaient par des rugissements tantôt graves, tantôt perçants, qui couvraient les cris étouffés de leur partenaire.

Farden retourna dans sa chambre et découvrit une tunique fraîche qui avait été laissée pour lui dans l'une des armoires de bois. Il se changea donc et nettoya ses bottes avant de quitter la pièce. Le vent essaya de lui arracher son manteau lorsqu'il traversa le balcon enneigé. Farden se demanda avec curiosité s'il pouvait faire moins froid sous ces latitudes, puis il se rappela que c'était l'hiver et haussa les épaules d'un air résigné avant de frotter ses mains l'une contre l'autre. Ses canons d'avant-bras rouge et doré se heurtèrent dans un bruit métallique.

À l'intérieur, il trouva un grand plat de fruits posé sur une table. Certaines variétés lui étaient inconnues, mais il goûta néanmoins les fruits avec quelques tranches de pain qui avait été laissées sur le côté. Peut-être Svarta avait-elle empoisonné la nourriture, songea-t-il, mais le mage était trop affamé pour s'en soucier, et poursuivit son repas. Il resserra son manteau autour de ses épaules et songea que s'il n'était pas autorisé au sein de la citadelle, il pouvait au moins se promener dans le palais.

Farden passa donc le reste de l'après-midi à flâner à travers les longs couloirs identiques creusés à même la montagne. La citadelle de Hjaussfen semblait constituée d'un complexe réseau de pierre polie, creusée dans la roche volcanique de la montagne et de ses contreforts. Toutes les salles présentaient un plafond voûté, taillé de manière à autoriser le passage du plus gros des dragons, en hauteur comme en largeur. Les murs se déclinaient du marbre noir et brillant vers un granite veiné et moucheté, et Farden laissa sa main courir sur la pierre polie. À travers certaines fenêtres, il pouvait apercevoir les cratères et les rochers escarpés sur lesquels la ville avait été construite, et en profita pour observer l'agitation en contrebas. De longues passerelles surplombaient les gouffres entre les maisons et les routes. Des tours de pierre noire veillaient sur les allées débordantes de vie, où les passants se mêlaient au bétail, à des chèvres et à d'autres bêtes indéfinissables. Les yeux perçants de Farden repérèrent plusieurs tigres à dents de sabre qui mordaient les barreaux de leur cage avec leurs crocs blancs interminables. Leurs rugissements montaient jusqu'à son point de vue, sur les hauteurs de la montagne. Les couleurs vives des maisons et des marchés ressortaient sur les gris et les noirs mornes de la roche. Dans les rues pavées, le mage vit même quelques dragons. Ils scintillaient comme des joyaux dans la lumière du soleil. Tous les Siréniens s'inclinaient sur le passage des dragons et des guerriers ; ceux-ci était assis à la base du cou de leur monture, penchés en arrière dans leur selle contre les épaules mouvantes de la créature. Ils adressaient des signes de tête solennels aux badauds. Farden observa la scène encore quelques instants, puis se détourna.

Le mage trouva encore un peu de nourriture dans une cantine de taille modeste, presque vide. Les quelques cuisiniers présents le fixèrent avec le mélange de peur et de curiosité auquel il était habitué. Le mage fit son possible pour ignorer les regards et emporta son en-cas avec lui. La plupart des autres occupants de la citadelle se contentèrent de l'ignorer, mais il récolta quelques coups d'œil soupçonneux de la part des soldats au poste de garde. Ils le laissèrent néanmoins passer, et aucun des autres soldats, scribes, esclaves ou guerriers dragons qu'il croisa ne s'opposa à lui d'une façon ou d'une autre. Les nouvelles instructions de Svarta, probablement, songea-t-il d'un air satisfait.

Le palais semblait déborder d'activité. Farden n'avait pas la moindre idée de ce qu'il se passait ; il se contenta donc de continuer son exploration en mangeant le pain et le fromage glanés dans les cuisines.

Le mage se retrouva bientôt dans la grande salle où on l'avait traîné de force, à peine une journée auparavant. Les Siréniens travaillaient et discutaient dans un intense brouhaha, et quelques dragons étaient perchés dans leur nid en hauteur. Leurs teintes de vert, de bleu et de rouge étincelaient dans la lumière du jour qui se déversait depuis les ouvertures du plafond. Partout, on avait apporté des tables à présent recouvertes de rouleaux, de cartes, de livres et de grimoires. Des centaines de scribes s'affairaient, occupés à parcourir les archives. Des hommes et des femmes en tunique blanche foisonnaient autour de lui, courant d'une table à l'autre avec des parchemins à la main. Farden n'avait jamais vu une telle effervescence. Un dragon jaune et blanc pénétra dans la salle depuis une immense fenêtre et plana loin au-dessus de leur tête. Il entreprit de descendre lentement en spirale, puis se posa avec douceur à côté du mage, qui mangeait en tenant son assiette d'une main. Farden observa le dragon rabattre ses ailes et courber la tête. Celui-ci ferma les paupières et parla d'une voix douce et grave.

— Paix et bénédiction pour notre rencontre, Farden ; je m'appelle Luminance, partenaire de Lakkin. Le Vieux Dragon, sage entre tous, a fait mander chaque scribe et chaque érudit de la cité pour examiner tous les récits historiques que nous avons pu trouver. Certains des plus vieux dragons ont prêté leur livre des Larmes pour qu'ils soient étudiés dans l'espoir de trouver ce puits des elfes noirs, annonça-t-elle.

Ses flancs étaient parcourus d'une lumière dansante jaune dorée. Le mage s'inclina en retour.

— Heureux de vous rencontrer, Luminance. J'en conclus que Fendrair ne se soucie pas de garder le secret concernant la situation ? Que se passera-t-il si des espions se cachent parmi ces gens ?

— Fendrair s'est assuré que cela ne se produise pas, mon bon mage. Certains de nos dragons ont affûté des années durant leur capacité à lire dans les cœurs et dans les esprits des hommes. Voyez-vous les dragons au-dessus de nous ? Ils surveillent les hommes et les soldats, s'assurant qu'ils sont aussi loyaux qu'ils doivent l'être.

Luminance désigna de la pointe d'une griffe les trois dragons perchés au-dessus de leurs têtes, et Farden secoua la tête avec un sourire.

— Vous, les dragons, m'étonnerez toujours, avoua-t-il.

— Nous sommes une race ancienne bénie des dieux, Farden, mais c'est vous, les hommes, qui hériteront d'Emaneska lorsque nous serons tous partis.

Elle sourit et étira une aile d'une teinte irrégulière.

— … mais pas encore, ajouta la dragonne.

Farden sourit d'un air affable.

— Alors, commença-t-il en avalant le reste de son dîner, que va-t-il se passer à présent ?

— Pour l'instant, laissons les érudits faire leur travail. Nous pouvons aller chercher un faucon pour faire parvenir à l'Arche un message en toute hâte. À moins, bien sûr, que vous soyez capable de lire l'écriture draconique et que vous souhaitiez nous aider ? s'enquit Luminance avec un sourire.

— Ah non, pas moi, je peux à peine lire ma propre écriture, répliqua Farden dans un éclat de rire.

— Alors, permettez-moi d'envoyer l'un des scribes préparer un oiseau messager pour vous.

Elle fit signe à un groupe de soldats, qui s'éloigna dans un cliquetis d'armure pour exécuter les ordres de la dragonne.

Farden observa la salle qui grouillait d'activité avec un étonnement grandissant. Au bout de chaque table, des piles de rouleaux inutiles enflaient progressivement. Des parchemins et des feuilles volantes couvraient chaque surface libre et bruissaient comme un feuillage dans le vent. Les érudits paraissaient absorbés dans leur travail, et plusieurs soldats semblaient déterminés à déchiffrer les caractères arachnéens de l'écriture draconique qui recouvraient des milliers et des milliers de pages. Quelque part au milieu de cette forêt de tables et de parchemins se trouvait le livre des Larmes de Fendrair, qui révélerait petit à petit ses connaissances perdues, espéra le mage. Un éclat coloré attira soudain son regard.

Sur les murs de granit poli, entre les nids des dragons et les nombreux passages qui menaient vers le reste du palais, se trouvaient des petites fresques et peintures murales, agencées tout autour de la salle à hauteur de regard. Farden se demanda comment il avait pu les ignorer jusque-là. La plupart étaient presque effacées sous l'action du temps et de la lumière du soleil, mais certaines étaient encore parfaitement pigmentées. Les fresques peintes étaient magnifiquement ciselées. Elles représentaient de grandes batailles, des dragons à l'apparence héroïques et d'anciennes bêtes étranges – parmi lesquelles de nombreuses créatures inconnues de Farden – et enfin, de vastes paysages de glace et de neige qui semblaient aussi réels que s'ils étaient vus à travers une fenêtre.

Le mage déposa son assiette sur un tabouret proche et se fraya un chemin entre les tables qui le séparait de la peinture la plus proche. Il passa ses mains contre la paroi froide et poussiéreuse. D'immenses bêtes grises et brunes évoluaient dans un paysage gelé. Leur corps allongé et leurs défenses surplombaient les hommes, représentés par de minuscules silhouettes entre des pattes gigantesques. Farden se souvint avoir déjà vu de telles créatures au cours d'un voyage vers le Sud. Les hommes de ces terres lointaines les avaient baptisés bastions, et leurs pattes faisaient trembler le sol avec la force du tonnerre.

Sur la peinture suivante, des tigres à dents de sabre, de longs reptiles dépourvus d'ailes, des dæmons, des manticores et des rats géants livraient bataille pour l'éternité, figés dans des grimaces féroces et des positions agressives. Sur une autre, Farden reconnut des griffons, des géants, des minotaures et des dragons. Ils bondissaient dans un champ où ils combattaient des créatures humanoïdes grises, longues et fines, munies de longues épées noires. Pas à pas, les scènes épiques semblèrent s'effacer, de plus en plus vieilles à mesure que des années sans nombre s'étiraient sur la roche. Durnus aurait donné n'importe quoi pour étudier ces peintures. Luminance se joignit au mage et regarda par-dessus son épaule.

— Je n'ai plus parlé à un griffon depuis bien longtemps, commenta Farden.

— D'après la rumeur, il en existe encore dans les terres désolées du Nord et de l'Est, mais à l'instar des autres créatures sur ces murs, ils ont abandonné Emaneska depuis bien longtemps.

Une pointe de nostalgie semblait flotter dans la voix de la dragonne.

Farden désigna une peinture qui représentait un long serpent de mer pourvu de cornes et de rangées d'épines qui émergeaient de son crâne. Il avait la couleur bleue des vagues, et des bernacles avaient élu domicile sur son corps. Sur la peinture murale, sa queue gigantesque emportait dans les eaux un navire dirigé par les mêmes hommes à la peau grise. Un regard affamé se lisait dans les multiples yeux de la créature.

— J'ai aperçu l'un d'entre eux sur la mer de Bern. Il a coulé un navire en quelques secondes avant de disparaître dans les vagues, dit le mage.

— Les léviathans. Leur chair est savoureuse, si vous parvenez à les atteindre. Ici, ce sont – ou plutôt, c'étaient – des phénix, cousins distants du dragon. Ils furent les premiers à apprendre l'art de ne faire qu'un avec les flammes, de cracher le feu, mais les elfes noirs les ont traqués jusqu'au dernier pour leur plaisir.

Luminance montra au mage un groupe de créatures rouge-orange, semblables à des oiseaux. Cette fresque figurait parmi les plus anciennes. Les couleurs intenses de leur plumage de feu s'étaient estompées depuis longtemps, mais Farden pouvait toujours discerner le sillage de flammes qui les accompagnait dans le ciel.

Le mage contempla l'histoire de son monde se déployer devant lui, scène après scène. À l'issue d'une courte marche devant le mur, Farden avait voyagé au moins deux mille ans en arrière, bien avant que la glace ne s'infiltre sur les terres, lorsque l'homme n'était qu'une race nomadique, rudimentaire et pathétique. Au contraire des Siréniens, l'Arche avait toujours dissimulé son histoire dans les bibliothèques et dans les temples, à l'écart des gens du commun, réservée pour le plaisir des érudits et l'éducation des classes supérieures. Mais ici, devant les yeux de Farden, s'étendait une ère oubliée, une ère fabuleuse de magie et de monstres, où les elfes régnaient et où l'Arche n'était rien de plus qu'une idée. Luminance avait raison : les hommes allaient hériter de la terre, mais seulement après que la dernière de ces créatures anciennes l'abandonne ou bien rende son dernier souffle.

Soudain, Farden se sentit envahi par une profonde tristesse. Le monde qu'il connaissait lui paressait bien terne à présent, un prix de consolation, résidu d'une grandeur et d'un pouvoir qui avaient décliné avant de disparaître. Ses doigts retracèrent les sillons ciselés de la fresque, et il essaya d'imaginer cette époque oubliée. La dragonne mit un terme à ses réflexions.

— Rien n'a changé, Farden, dit Luminance d'une voix douce.

Farden pouvait à peine l'entendre dans le vacarme de la salle.

— Dans mille ans, tout aura changé à nouveau et quelqu'un d'autre se tiendra, exactement comme vous, devant les images des hommes du passé et de leurs dragons perdus. Le monde évolue ; c'est ainsi.

Farden hocha la tête, se souvenant vaguement que Fendrair lui avait tenu presque le même discours. Emaneska existait depuis des temps immémoriaux, et existerait encore dans un millier d'années.

Farden se demanda négligemment si quelqu'un allait un jour peindre son image sur un mur, et pourquoi. Des ombres obscurcirent son esprit.

— Venez, allons envoyer votre message.

Avec une délicatesse surprenante compte tenu de sa taille, Luminance posa une patte sur son épaule et fit un signe de tête vers une arche à l'autre bout de la pièce. Farden se secoua pour sortir de sa transe et sourit brièvement.

Ils sortirent de la salle et s'engagèrent sur une volée de marches qui grimpaient en colimaçon jusqu'à un pinacle de pierre, loin au-dessus de la salle encombrée. Des flocons de neige et des rayons de soleil s'infiltraient dans la pièce par de hautes fenêtres creusées dans la roche. Elles étaient assorties de larges rebords recouverts de coussins éparpillés, visiblement confortables. Luminance se sentait à l'étroit dans le petit espace, elle préféra donc s'accroupir à l'entrée de l'escalier sans cesser de gigoter. Installées en un large cercle, des cages innombrables avaient été disposées sur des échafaudages. Des oiseaux de proie, de forme et d'espèce variée, se lissaient les plumes dans un concert de cris perçants. Ils portaient de petit capuchons de cuir, muni de clochettes, qui couvraient leurs yeux et les gardaient sereins. Le sol de pierre était recouvert de plumes et de petits tas de fientes. Farden plissa le nez tant l'odeur était forte.

Un Sirénien grisonnant, le visage fendu d'un large sourire, abandonna son bureau au fond de la pièce. Il regarda Farden de haut en bas et lui adressa un sourire torve. Farden se demanda combien de temps l'homme avait été laissé tout seul dans cette pièce, mais sourit néanmoins chaleureusement et s'inclina. Les cheveux gris du Sirénien, fins et clairsemés, poussaient de façon anarchique comme des brindilles sur un buisson. Il semblait incapable de s'arrêter de gigoter, même pendant un court instant. Il salua Luminance d'un signe de tête.

— Paix à notre rencontre, mes amis ! Les gardes m'ont prévenu que vous alliez peut-être venir me voir, je vous ai donc préparé un faucon, s'empressa de dire le Sirénien grisonnant.

Il semblait très excité et s'affairait de tous les côtés d'une démarche clopinante. Il fit signe à Farden de le suivre. D'un geste, il chassa quelques moineaux apprivoisés perchés sur une table. Les minuscules oiseaux bondirent dans les airs avec des piaillements outrés. Le vieil homme prit un petit morceau de parchemin et une longue plume de faucon sur son bureau en désordre, avant de les tendre à Farden et de tapoter ses doigts sur la table.

— Nous n'avons plus envoyé de message à votre peuple depuis bien longtemps, Sire. Bien longtemps.

Les yeux de l'homme tressautaient en voletant sur la pièce.

Luminance acquiesça et tourna la tête vers les oiseaux de proie encapuchonnés dans leur cage. Ils s'étaient calmés mais s'agitaient nerveusement en présence de l'odeur reptilienne.

Le mage posa une question qui le taraudait :

— Y a-t-il une preste-porte à Hjaussfen?

Avec un vigoureux hochement de tête, le vieux Sirénien se tourna vers la fenêtre et désigna un point au-delà des contreforts rocheux.

— Sur les quais Sud, il en reste une. Pour autant que je sache, elle fonctionne toujours.

— Enfin, seulement si vous ne voulez pas voler, glissa Luminance avec un sourire satisfait qui révéla des rangées de dents pointues.

— Un jour, peut-être.

Farden lui rendit son sourire. Il maintint le petit carré de parchemin rugueux entre son pouce et son index et trempa la plume dans l'encre. Il griffonna ensuite un message bref en minuscules caractères. L'encre rouge tacha ses doigts tandis qu'il écrivait.

ARCHIMAGES,

SAIN ET SAUF DANS LE NORD. SIRÉNIENS PACIFIQUES. À LA
RECHERCHE DU PUITS. DE RETOUR AUJOURD'HUI OU
DEMAIN PAR PRESTE-PORTE AVEC NOUVELLES FRAÎCHES.
ATTENTION AUX INFILTRÉS. SARUNN DÉTRUIT PAR SORCIER
NOIR. ATOUTS PERDUS. NE FAIRE CONFIANCE À PERSONNE.
FARDEN

Il n'y avait pas de temps à perdre en fioritures, songea Farden.
Les Archimages comprendraient, et allaient peut-être même préparer
la preste-porte pour son arrivée. Farden choisit de ne pas mentionner
le fait que faire Fendrair était toujours vivant ; il préférait l'annoncer
à Vice en privé plutôt que devant l'intégralité du Conseil. Il ne voulait
pas que la réputation de son ami soit ternie.

— Ces oiseaux apporteront votre message en moins de temps
qu'il ne faut pour le dire, Sire. Ils sont beaucoup plus rapides que vos
faucons méridionaux, je peux vous l'assurer, annonça le Sirénien
grisonnant avec un clin d'œil.

Ses écailles pendaient sur sa mâchoire comme un lichen brunâtre
sur un arbre.

— Vraiment ? plaisanta le mage.

Le vieil homme farfelu hocha vivement la tête.

— Ils sont nourris avec un régime strict de viande de lapin et de
foudre – ça leur donne un bon coup de fouet, si vous voyez ce que je
veux dire !

Le Sirénien parut très fier de sa plaisanterie. Le mage lui tendit le
morceau de parchemin, qu'il enroula d'un geste adroit avant de le
glisser dans un tube et de serrer fermement les extrémités. À tour de
rôle, il les trempa dans un pot de cire verte qui bouillonnait au-dessus
d'une chandelle. Chaque extrémité du rouleau fut ensuite estampillée
à l'aide de la chevalière d'ivoire, ornée d'un symbole en forme
d'ailes. Puis, le vieil homme émit un sifflement perçant à l'attention
de ces oiseaux. Tel un vieux chat arthritique, il rôda devant les cages à

la recherche d'un oiseau en particulier. Il s'arrêta devant un faucon a l'air digne, occupé à nettoyer ses plumes avec un calme olympien.

— Ah, le voilà, le meilleur et le plus rapide d'entre tous.

Sans se munir de gants, le vieil homme passa son bras osseux dans l'enclos. La clochette sur le capuchon de l'oiseau tintinnabula lorsqu'il referma ses serres sur le bras écailleux, avant de battre des ailes pour retrouver son équilibre. Son plumage était d'une couleur brun roux, moucheté de noir. Sur son ventre, des plumes immaculées brillaient dans la lumière du jour.

— Allez, viens là, viens.

Le vieil homme continua d'adresser des paroles apaisantes au faucon, avant de l'amener dans la lumière.

— Si ça ne vous dérange pas, ma Dame, je vais l'éloigner de vous pour ne pas l'effrayer, dit le vieil homme à l'attention de Luminance, qui se contenta de sourire et d'acquiescer.

Farden observa le fier oiseau de proie, perché sur le bras du vieil homme avec délicatesse en dépit de ses serres acérées. Le faucon resta impassible lorsque le vieil homme retira son capuchon, puis il secoua légèrement les ailes et jeta un regard alentour. Ses yeux insondables, d'une couleur fauve, clignèrent dans la lumière du jour et passèrent sur le mage d'un air indifférent. De longues plumes qui rappelaient l'aigrette d'un héron dépassaient de l'arrière de son crâne, et lorsqu'il étira ses ailes, le mage aperçut ses longues rémiges qui tremblaient déjà, comme s'il était pressé de prendre son envol.

À l'aide d'un morceau de ficelle souple, le vieil homme passa le rouleau badigeonné de cire autour de la patte de l'oiseau, l'enroulant à plusieurs reprises en formant une croix solide. Le Sirénien s'assura ensuite que le rouleau n'entravait pas les mouvements du faucon.

Son dernier geste fut de murmurer dans le creux tapissé de plumes au niveau de l'oreille de l'oiseau, avant de lever son bras d'un geste brusque vers la fenêtre. Le faucon émit un cri perçant et s'envola dans le ciel gris.

— Merci, dit Farden.

Le vieil homme, toujours agité, s'inclina.

— C'est toujours un plaisir, Sire, de me rendre utile.

Il s'inclina à nouveau et Farden serra sa main ridée.

— Prévenez-nous si l'Arche envoie une réponse, demanda Luminance.

— Je le ferai, Madame. Paix à tous les deux.

Le vieil homme s'inclina une nouvelle fois puis se tordit les mains, comme s'il ne savait pas exactement quoi en faire.

❦

Luminance et Farden s'en retournèrent dans la salle principale, où Fendrair, Svarta, Eyrum et une poignée de dragons s'était rassemblés au milieu du groupe de tables. Svarta semblait en colère – mais après tout, Farden ne se rappelait pas l'avoir déjà vue avec une autre expression –, et Fendrair semblait déçu et pensif. Lorsque Farden et la dragonne émergèrent dans la lumière de la grande salle, le Vieux Dragon leur fit signe d'approcher avec ses griffes géantes. La conversation animée que la guerrière tenait avec l'un des érudits parvint aux oreilles du mage.

— Comment ça, des semaines ? demanda Svarta.

L'homme en face d'elle était grand, rasé de près, et venait de toute évidence de tirer la courte paille pour s'adresser à la reine. Il semblait mal à l'aise devant la jeune femme, visiblement intimidé par son expression et par sa posture intransigeante. Il s'empourpra derrière ses écailles violettes et aplatit ses cheveux blonds sur son front d'un geste mal assuré.

— Même le plus ancien de nos Livres des Larmes ne remonte pas aussi loin que celui du Vieux Dragon. Pour autant que nous puissions… que nous sachions, Votre grandeur, aucun des parchemins ne nous mène vers un puits. Dès lors… sa voix déclina.

— Oui ? l'exhorta Svarta d'un ton sec.

Ses mains étaient plantées sur ses hanches.

— Les indices doivent se trouver dans les souvenirs de votre dragon. Et c'est bien là le problème, car les décoder prend bien plus longtemps que nous le pensions… s'empressa-t-il d'ajouter en tirant à nouveau sur sa frange.

— Et vous êtes en train de me dire qu'il faudra des semaines pour lire les souvenirs de Fendrair ?

Le jeune homme jeta un coup d'œil derrière lui vers ses collègues, qui hochèrent la tête avec détermination. L'un d'entre eux leva la main.

— C'est évident, Majesté. Plus les souvenirs sont anciens, plus la langue est ancienne et plus il est difficile de la déchiffrer. Ça prend un temps certain, et nous n'avons rien trouvé jusqu'à présent.

Svarta souffla bruyamment, mais Fendrair prit la parole de sa voix profonde.

— Si cela doit prendre des semaines, qu'il en soit ainsi. Ces hommes font de leur mieux, et nous devons leur donner le temps de mener à bien leur tâche.

L'homme blond se détendit visiblement.

— Cependant…

Fendrair leva une griffe et jeta un regard bref en direction de Farden.

—… comprenez que nous courons tous un grave danger, et que si nous ne trouvons pas ce puits avant qu'il ne soit trop tard, il en va de nos vies. Vous m'avez bien compris ?

Dans l'expectative, Fendrair jeta un regard circulaire et chaque scribe, savant et Sirénien présent dans la salle manifesta son accord par des exclamations approbatrices. Chacun s'empressa de rejoindre son poste de travail et le brouhaha reprit. Le dragon se détourna, et le jeune homme blond resta où il était, soulagé et tremblant. Il se retourna vers son petit groupe avec un soupir soulagé, et reçut même quelques claques sur le dos pour faire bonne mesure.

Farden suivit le groupe des hommes et des dragons qui quittait la salle, et Fendrair les mena dans un large corridor qui menait à une longue pièce à trois murs. La paroi extérieure s'ouvrait sur le ciel ; le vent froid tournoyait dans l'espace nu, et les dragons se rassemblèrent en un petit groupe au fond de la pièce.

— Alors, qu'allons-nous faire maintenant ? demanda Farden d'une voix forte en avançant vers eux les bras ouverts.

Fendrair l'interrogea du regard, puis tourna la tête sur le côté à la manière d'un chat géant.

— À présent, Farden, vous allez rentrer chez vous. Nous allons continuer à étudier mes souvenirs pour trouver ce puits elfique. Vous avez ma parole que nous vous enverrons nos dragons les plus rapides dès que nous aurons terminé, assura Fendrair.

Farden secoua la tête.

— Vous avez dit vous-même que le processus prendrait des semaines, objecta-t-il.

— Peut-être ; mais si Svarta, moi-même et mes compagnons venons en aide aux savants, dit-il avec un air confiant, vous devriez obtenir votre réponse en moins d'une semaine.

Les autres dragons grondèrent leur assentiment et posèrent leurs yeux placides et chatoyants sur l'homme qui se tenait devant eux.

— Mes souvenirs me reviennent progressivement. Ils se déversent en moi à la manière d'un ruisseau et j'ai le pressentiment que très bientôt, ils afflueront comme un torrent dans mon esprit. Nous ne pouvons pas nous précipiter, Farden, il faut rester prudent.

Comme s'il avait accès aux pensées de Farden, il ajouta :

— Eh oui, mage, nous sommes conscients que le temps nous manque. Nous sommes aussi déterminés que vous à réussir.

Farden baissa les yeux sur le sol de pierre et réprima un long soupir.

— Très bien, je vais rentrer à Krauslung. Il faudra que l'Arche se tienne prête au cas où.

Le Vieux Dragon sourit.

— Espérons que nous n'en arrivions pas là, mon bon mage. Mais si c'est le cas, les Siréniens combattront à vos côtés.

Il échangea des regards avec les autres dragons avant de continuer.

— Et dites à vos Archimages qu'ils peuvent à nouveau nous considérer comme leurs alliés. La guerre est terminée depuis longtemps, et je pense qu'il est temps d'ouvrir nos portes à nouveau.

Svarta jeta un regard incrédule à Fendrair. Elle se reprit, et se retourna vers le mage avec une expression anxieuse mal dissimulée.

Farden sourit et croisa les bras sur sa poitrine gonflée de fierté.

— Merci, Fendrair.

— Aubefort, ici présent, vous emmènera où que vous le désirez.

Fendrair adressa un signe de tête à un dragon rouge et robuste à sa droite. La bête musclée inclina son menton vers le sol en clignant des yeux avec lenteur. Ses écailles écarlates ondulèrent dans la lumière du jour lorsqu'il secoua la crête lie de vin qui jaillissait de sa colonne vertébrale.

Farden s'inclina en retour et secoua la tête.

— Encore merci, mais Luminance m'a dit que je pouvais utiliser votre preste-porte, sur les quais, pour rentrer à Krauslung.

Fendrair hocha la tête.

— Bien sûr. Elle est ancienne, mais je sais qu'elle fonctionne toujours. Je vais envoyer l'un de mes magiciens la préparer sur-le-champ.

— Dans ce cas, je dois préparer mes affaires, dit Farden dans un sourire.

Luminance gloussa derrière lui.

— Svarta va faire porter des provisions à votre chambre, dit Fendrair, et l'intéressée hocha la tête d'un air morne.

Farden s'inclina et Luminance le suivit hors de la pièce. Lorsqu'ils eurent quitté la pièce et furent de retour dans le couloir, le dragon soupira d'un air moqueur.

— Eh bien ! Nous venons juste de nous rencontrer et nous devons déjà nous quitter.

— C'est vrai, c'est dommage ! dit Farden avec un rire sincère.

Il haussa les épaules et reprit :

— … mais malheureusement, je dois retourner auprès des Archimages le plus vite possible.

Il était parfaitement conscient que le Nelska et les dragons allaient lui manquer.

— J'ai cru comprendre que l'un de vos aînés pouvait contrôler le climat et les éléments ? s'enquit la dragonne.

— Helyard, en effet, murmura pensivement Farden, surpris que Luminance en sache tant sur l'un des Archimages.

— Alors, le sang des dæmons doit courir en lui – le sang des nefalim, murmura la dragonne comme si ces mots ne devaient jamais être prononcés.

Elle s'exprimait comme l'un des marins superstitieux du *Sarunn*. Farden éclata de rire.

— Ah ! Voilà qui m'étonnerait. C'est un mage puissant, c'est vrai, mais pas un dæmon. Un vieil homme colérique, tout au plus.

Farden secoua la tête, amusé par cette idée.

— Un homme qui contrôle les éléments comme les dieux doit éviter de céder à la colère. Cet homme me paraît dangereux.

Luminance, comme tous les dragons, semblait pleine de bon sens. Farden avait examiné en long et en large la possibilité qu'il y eût un traître au Conseil de la magie, et le nom d'Helyard s'était imposé à lui. Dès son retour, Il exposerait ses doutes à Durnus et à Vice. Il avait besoin de discuter avec des hommes de confiance.

— C'est vrai, vous avez raison.

Farden réfléchit pendant un moment, avant de reprendre :

— Pensez-vous que Fendrair et ses compagnons trouveront ce puits en une semaine ?

— Si Fendrair a donné sa parole, il n'y a aucun doute. La parole de ce dragon est d'or.

— C'est bien, parce que nous aurons besoin de toute l'aide possible pour arrêter ceux qui sont derrière tout ça. J'espère simplement qu'ils n'ont pas déjà trouvé un puits.

— Nous le saurions déjà, si c'était le cas, nota Luminance avec sagesse.

— Je suppose que vous avez raison, admit Farden avec un haussement d'épaules.

— Nous y sommes, annonça Luminance.

Ils avaient interrompu leur marche devant la porte des appartements de Fendrair.

— C'était un plaisir de vous rencontrer, déclara Farden avec un sourire.

Les immenses yeux jaunes de la dragonne avaient la même lueur de gentillesse que ceux de ses semblables, et Farden réalisa qu'il se perdait progressivement dans ce regard.

— Vous aussi, dit-elle en clignant longuement des yeux et en hochant la tête. Il est temps pour moi de retrouver mon partenaire, Lakkin ; je ne pourrai malheureusement pas vous rejoindre sur les quais.

— Dans ce cas, j'espère vous revoir dans les jours à venir.

— Peut-être. Paix et bénédiction à notre rencontre, Farden.

Le dragon se détourna et Farden se baissa involontairement lorsque sa longue queue blanche passa au-dessus de sa tête.

❧

Farden regagna dans sa petite chambre pour rassembler le reste de ses vêtements et de son armure, et passa les heures suivantes dans une profonde réflexion. Son seul problème était que les gens du palais semblaient déterminés à frapper à sa porte pour lui apporter des provisions et des présents de la part du Vieux Dragon. Au bout de trois heures, le mage se tenait au milieu d'un nombre impressionnant de paquets remplis de pain, de fromage, de viande et de fruits, ainsi que deux havresacs contenant une sorte de petits gâteaux farineux, une petite lampe à huile, des tuniques propres et un manteau noir tout neuf, une corde rouge enroulée sur elle-même, plusieurs cartes, un petit livre intitulé *Le Vol pour les débutants*, et enfin, une fiole ouvragée remplie de neige fondue, pour sa santé probablement.

Alors que le mage pensait avoir vu passer le dernier des serviteurs chargés d'objets divers, la porte trembla sous de nouveaux coups. Avec un soupir exaspéré, Farden bondit vers la porte, qui s'ouvrit sur Eyrum. L'homme massif resta silencieux, et le mage lui fit signe d'entrer à l'abri du vent. Eyrum dut se pencher pour éviter que son crâne ne heurte l'encadrement de la porte.

— Qu'est-ce qui vous amène dans mon humble chambre ? s'enquit Farden avec un sourire.

— J'ai un cadeau de départ pour vous, annonça-t-il avec solennité.

Le mage devina que le géant n'était pas habitué à ce genre de situations, il lui fit un signe de tête pour l'encourager. Le Sirénien inspira et s'éclaircit la gorge. Ses yeux errèrent dans la pièce, passant sur les objets éparpillés sur le lit.

— On dirait que vous avez déjà reçu nombre de présents de la part de Fendrair. Ce dragon semble vraiment vous apprécier.

— Les dieux seuls savent pourquoi, dit Farden en riant, avant de rassembler les vêtements pliés et les paquets pour les placer dans son sac de voyage.

Les sacs à sa ceinture étaient déjà remplis à craquer.

— Malgré tout, j'ai pensé que vous apprécieriez ceci.

Eyrum tendit son poing et ouvrit lentement les doigts, révélant un petit objet qui étincelait dans le creux de sa paume. Le Sirénien leva le pendentif en le tenant par une fine chaînette de métal, et le tendit au mage. Farden prit l'objet avec délicatesse et l'observa. Il ressemblait à une fine écaille de dragon, d'une teinte orange sablonneuse, qui scintillait comme si elle était sertie de poussière d'or et de joyaux minuscules. Elle dégageait une sorte de chaleur, un halo infime que Farden ne perçut que lorsqu'il referma ses deux mains sur l'écaille. Tandis qu'il la retournait entre ses doigts, Eyrum expliqua :

— Lorsqu'un dragon meurt, ses écailles s'imprègnent de sa chance. Si vous portez celle-ci autour de votre cou, elle devrait attirer la bonne fortune sur vous dans les semaines à venir, dit l'homme avec calme.

Il avait à peine bougé depuis qu'il était entré dans la pièce ; il se tenait simplement droit, ses mains immenses enfoncées dans les poches de son manteau.

Farden était surpris, honoré et incrédule à la fois. Il rendit immédiatement le pendentif au grand Sirénien.

— Je ne peux pas le prendre, Eyrum, c'est votre dragon…

Eyrum repoussa la main du mage, et l'obligea à refermer ses doigts autour du pendentif.

— J'ai l'intuition que vous n'en aurez plus besoin que moi, dit-il en secouant la tête.

Farden ne savait plus quoi dire, et se contenta de regarder le pendentif. Après tout, un cadeau était un cadeau.

— Merci, Eyrum.

Farden jeta un coup d'œil autour de la pièce, espérant trouver quelque chose à offrir au géant.

— Je ne peux rien vous offrir qui…

— Ce n'est pas nécessaire, mage. Vous avoir rencontré me suffit amplement, sans parler de votre intéressante démonstration de magie la nuit dernière. J'espère que nous avons tous les deux appris quelque chose pendant que vous étiez ici, à Hjaussfen.

Farden sourit.

— Mon opinion a changé du tout au tout depuis que je suis ici, et pas seulement au sujet des dragons. Si seulement le reste de l'Arche pouvait vous voir comme je vous vois, elle comprendrait que vous avez une mentalité bien plus complexe et bien plus ancienne que nous ne le pensions, même si vous êtes couverts d'écailles.

Eyrum réussit à esquisser un sourire.

— En effet ! C'est une bonne chose que vous ayez échoué sur nos rivages.

— Peut-être, se demanda Farden, remarquant que le destin s'était une nouvelle fois emparé de sa vie sans lui demander son avis.

Eyrum se dirigea vers la porte.

— Je vous retrouverai sur les quais, Farden. La preste-porte devrait être prête dans les prochaines heures.

Il ouvrit la porte, et une brise froide s'engouffra dans la pièce.

— Encore merci, Eyrum, pour le cadeau.

Le mage passa la chaîne au-dessus de sa tête et glissa l'écaille rigide sous sa tunique. Le géant referma doucement la porte derrière lui.

Une heure s'écoula et Farden réussit à faire rentrer le reste de ses affaires dans le havresac, après quoi il se résigna à manger ce qu'il ne pouvait pas emporter. Paresse s'étira et bâilla à côté de lui, puis se leva pour renifler ses paquets. Elle lui jeta un regard étrange, comme si le changement ne la réjouissait pas, puis s'assit sur le coin du lit pour faire sa toilette. Farden mordit dans une pomme, puis dans une lanière de viande séchée d'une couleur sombre qui lui sembla avoir un goût de poisson bien trop prononcé pour de la viande. C'est alors qu'un nouveau visiteur frappa à la porte.

La bouche pleine, il ouvrit devant Svarta qui se tenait les bras croisés, une expression familière sur le visage. Farden finit tranquillement sa bouchée puis la regarda dans les yeux.

— Excusez-moi, ça fait longtemps que vous attendez ?

— Êtes-vous prêts à partir ? demanda-t-elle.

— Presque. Entrez.

Il retourna à l'intérieur, et la jeune femme le suivit. Svarta examina la pièce en désordre. Elle s'attarda sur la chatte avec une expression étrange, puis reporta son attention sur le mage. Elle pointa sur lui un long doigt fin.

— Où avez-vous obtenu vos canons d'avant-bras ? demanda-t-elle.

Sa voix était calme et mesurée, comme si elle se forçait à rester courtoise avec le mage.

Farden baissa les yeux sur les pièces de métal rouge et doré qui recouvrait ses poignets et ses avant-bras, se demandant s'il devait mentir ou pas.

— Je les ai gagnés quelques années avant la guerre, quand je chassais dans le Grand Nord en compagnie de quelques autres Escrits.

Svarta croisa à nouveau les bras.

— Un pari ?

— Plus ou moins. Certains hommes avaient affirmé que je ne pouvais pas gagner un duel contre le meilleur guerrier dans un village. Ces canons d'avant-bras étaient son gage, et la peau sur mon dos était le mien, raconta Farden avec un regard distant.

Il se souvenait de ce combat comme si c'était hier – chaque coup, chaque mouvement et les cris de la foule, l'odeur de la peur –, tout était inscrit dans sa mémoire aussi distinctement que sur les murs de la salle des dragons. Une autre histoire pour un autre jour.

— Je suppose que vous avez gagné, dit-elle sèchement.

— De toute évidence.

Farden considéra que le sujet était clos, et reporta son attention sur le gros sac et sur sa ceinture qui débordait. Après avoir enfoncé le reste de la viande dans ses poches, Farden passa son épée sur son dos et l'attacha fermement autour de son torse.

Svarta se tenait toujours raide, les bras croisés. Deux mèches de cheveux blonds encadraient à la perfection son visage contrarié. Ses lèvres étaient serrées, et le poids de son corps reposait sur un pied, tandis qu'elle frappait l'autre sur le sol pour l'exhorter à la patience. Sa longue robe était d'un bleu frémissant ce jour-là, cristallin comme une chute d'eau gelée, et l'épaisse veste de cuir sur ses épaules était constellée de neige fraîche. Son visage était blanchi par le froid, mais les excroissances d'écailles dorées sur ses pommettes et son cou reflétaient la lumière. Farden lui jeta un regard intrigué et la jeune femme laissa finalement éclater sa colère.

— Si vous pensez, ne fût-ce qu'un instant, que je vais laisser le reste de l'Arche se promener en Nelska, vous vous trompez largement !

Farden éclata de rire.

— Vous ne pouvez pas vous en empêcher, n'est-ce pas ? La décision vient de Fendrair…

— Peu importe, jeta Svarta.

La Sirénienne ferma le poing, et sa robe bleue bruissa sur les pierres. Elle laissa échapper un léger soupir.

— Peut-être que vous n'avez pas connu la guerre, mage, mais mon peuple n'a rien oublié, contrairement au Vieux Dragon. Il faudra bien longtemps avant que nous ouvrions nos portes devant les Archans.

— Comme vous voudrez. Tout ce qui m'importe, c'est de trouver cette source avant les autres. Fendrair m'a donné sa parole, dit le mage.

La reine sirénienne secoua lentement la tête.

— Et malheureusement, sa parole est la mienne.

Son visage se durcit comme s'il avait remis son honneur en cause.

— Vous avez démontré vos bonnes intentions au Vieux Dragon, et s'il vous fait confiance… alors peut-être, un jour, le ferai-je également, prononça-t-elle comme si on venait de la poignarder.

Farden était conscient de l'effort surhumain qu'elle consentait.

Svarta se dirigea vers la porte, et Farden resserra les lanières de son havresac. Le mage gratta la fourrure noire derrière les oreilles de Paresse, et plongea son regard dans les yeux bruns du félin.

— Prenez soin de mon chat, si vous le pouvez, dit-il.

La reine soupira.

— Très bien.

Le mage vérifia qu'il n'avait rien oublié, puis la rejoignit près de la porte. Il ressentit un bref sentiment d'excitation à la pensée de revoir Cheska, et peut-être, avec un peu de chance, de passer quelques moments bien mérités en tête-à-tête avec elle. Néanmoins, la neige glacée qui fouetta soudain son visage lui vola ses pensées, et il releva le capuchon de son nouveau manteau sur son visage.

— Eh bien, vous pouvez vous détendre, à présent que je retourne chez moi, dit-il d'une voix forte pour couvrir le bruit du vent.

Il entendit Svarta grommeler derrière lui.

— Peu probable ; je dois étudier un livre des Larmes, renifla-t-elle avant de refermer la porte à la volée derrière eux.

❦

Sur les quais Ouest, le temps n'était pas plus clément. Les embruns glacés cinglaient le visage des dragons et des Siréniens qui se tenaient sur une jetée légèrement à l'écart. La mer était grise et avait la dureté du silex ; la crête blanche des vagues se heurtait aux flocons de neige qui tombaient des nuages d'acier. La lumière du soleil avait disparu, remplacée par un nouveau front de pluie venu de l'ouest. Farden se demanda si le temps à Krauslung était un peu moins mauvais, et frissonna involontairement. Les dragons semblaient adorer le climat maussade – ils dressaient leur museau face au vent et laissait la neige fouetter leurs écailles. Le feu qui brûlait dans leurs cœurs devait les garder au chaud, songea Farden.

Le mage se tenait derrière Fendrair. Devant eux, la jetée s'étirait dans les vagues, et deux éperons de roches noires marquaient le contour de la preste-porte. Elle vibrait sous l'afflux d'énergie, et les embruns se transformaient en vapeur en traversant sa surface brumeuse. Un magicien, enroulé dans une longue tunique rouge, récitait un sortilège inscrit dans un grimoire semblable à celui dont Durnus s'était servi quelques semaines auparavant. Le scribe aux côtés du magicien était à peine un jeune garçon, qui tremblotait dans ses vêtements humides en tournant les pages trempées pour son maître.

— La porte est-elle prête ? s'enquit un dragon derrière eux.

Fendrair répéta la question au vieux magicien, dont le visage était presque complètement recouvert d'écailles bleues. Celui-ci secoua la tête et continua d'égrener les paroles de son sortilège en essayant de couvrir le bruit du vent et des vagues rugissantes. Chaque fois qu'un mur d'eau gris frappait les rochers sous la jetée, une nouvelle vague d'embruns trempait le petit groupe, et chaque minute qui s'écoulait rendait Farden plus impatient de plonger à travers la preste-porte. Il tourna la tête pour regarder la montagne noire qui les surplombait. Les quais se trouvaient dans l'ombre du plus haut versant de la montagne, et les falaises de granit humide s'élevaient haut dans le ciel, les surplombant telle la proue d'un immense navire noir. Farden s'étonna qu'elles ne se soient pas encore écroulées.

— Que vous a offert Eyrum ?

La voix profonde de Fendrair brisa net la rêverie du mage.

— Une écaille de dragon.

Farden sortit le minuscule pendentif des replis de son manteau et le montra au dragon d'or. Fendrair émit un grognement appréciateur.

— Ce n'est pas anodin pour un guerrier dragon d'offrir un tel cadeau, dit-il. C'est une écaille de sa dragonne, Escarmor.

Farden acquiesça en silence, et se contenta d'observer la surface ocre de l'écaille. Il la fit tourner entre son pouce et son index, et songea à la rendre Eyrum. Il fit mine de l'enlever, mais Fendrair secoua la tête.

— Il voulait que vous la receviez, et il est très mal vu dans la culture sirénienne de rendre un cadeau, Farden. Pour l'instant, contentez-vous d'en prendre soin.

Il cligna de l'œil. À cet instant précis, le magicien sirénien cria et leva les mains au ciel.

— Bien ! À présent, mage, êtes-vous prêt ? rugit le Vieux Dragon à la cantonade.

Farden regarda autour de lui, tandis que les spectateurs se rapprochaient. Svarta se tenait droite et silencieuse, comme à son habitude, les bras croisés ; pour une fois, son expression semblait pourtant dépourvue de haine ou de venin. Eyrum se tenait à l'arrière du groupe, le capuchon relevé, le visage à moitié dans l'ombre. Farden fit un signe de tête à l'attention du géant, et Eyrum leva une main sans mot dire. Le mage se tourna vers Fendrair.

— Je suis prêt.

Farden marcha sur les pierres glissantes qui le séparaient du dragon et se tint en face de la preste-porte. L'électricité vibrait avec un rythme lent, et il sentait le vortex tirer sur son manteau et sur ses bottes. Il regarda autour de lui.

— J'espère vous voir survoler les montagnes d'Össfen dans moins d'une semaine, dit-il au Vieux Dragon avec un sourire.

— Contentez-vous de préparer l'Arche, nous nous occupons de notre part.

Fendrair dévoila tous ses crocs dans un sourire carnassier et Farden tendit ses muscles, prêt pour le voyage.

— Que les dieux vous portent, Farden ! s'exclamèrent les dragons alors que le mage faisait un pas sur le seuil de la preste-porte.

Le monde se fondit instantanément, se transforma en une surface blanche fluctuante. Son souffle devint brûlant dans ses poumons, et ses côtes lui firent l'impression d'être pressées et écrasées tandis qu'il volait à travers un tunnel de glace blanche. Il lutta pour garder les yeux ouverts. Ses jambes semblaient prêtes à se détacher de son corps, et le vent rugit dans ses oreilles avec la force d'un ouragan. Farden serra les dents et s'efforça de garder son corps en position verticale pour l'atterrissage.

chapitre 10

« N'oubliez pas non plus qu'un dragon peut lire dans votre âme, et parler en silence à son partenaire. Voyez la ressemblance étonnante entre un guerrier et son dragon ! Le plus souvent, les partenaires partagent une même couleur d'écailles et, parfois, un même tempérament ou certaines caractéristiques physiques. Les guerriers montent sans peur ces bêtes sauvages et gigantesques comme de simples bœufs, et les chevauchent comme des oiseaux dans le ciel froid. Les Siréniens sont véritablement étranges ! »
Au cœur du Nelska : un guide à l'usage des avertis, par Maître Wird

Pour une fois, le ciel était dégagé au-dessus de Krauslung. Quelques lambeaux de nuages s'étiraient paresseusement sur le ciel de cristal, tels les coups de pinceau accidentels d'un artiste indolent ; traits blancs sur le soleil plongeant. L'air avait cette dureté glacée caractéristiques des jours de neige, et les habitants dans les rues recherchaient un peu de chaleur au plus profond de leur manteau et de leur cape. Des nuages de vapeur planaient au-dessus des citoyens qui se pressaient autour des étals de marché et dans l'embrasure des portes des tavernes. Une cloche résonnait dans le lointain, sur le port de Rós, brisant le calme de la cité gelée.

Depuis les hauteurs de la ville, Vice regardait la foule vaquer à ses occupations. Les murs de la Cathédrale de l'Arche, dignes d'une forteresse, formaient un à-pic vertical qui permettait au mage de se pencher par une fenêtre pour observer son peuple. Engoncés dans leur cape, leur chapeau ou d'épaisses écharpes qu'ils enroulaient autour de leur tête, ces gens ressemblait à des fourmis, songea-t-il. Une voix masculine le sortit de sa transe.

— Maître mage, la preste-porte a commencé à s'ouvrir, lui annonça un soldat.

Vice se retourna pour faire face à sa garde personnelle.

— Reculez et laissez-lui un peu d'espace. Préparez-vous à lui donner une couverture.

Il agita les mains et ses hommes s'empressèrent de lui obéir. Le soldat qui portait la couverture sur son bras s'approcha de la preste-porte et déplia l'épais tissu de laine.

Vice attendit avec les autres hommes à quelques pas de la preste-porte, la fixant avec intensité. La petite pièce se chargea soudain d'électricité, et la température commença à grimper alors que la haute arche se mettait à vrombir et à trembler. Une fine brume se détacha lentement de la porte, tel un voile d'énergie pure. Quelques éclats de lumière dansèrent sur la surface ondoyante, et un grondement profond émergea du portail.

Soudain, un éclair de lumière fusa, accompagné d'un souffle d'air puissant qui obligea les hommes à faire un pas en arrière. Farden jaillit de la preste-porte de dos, et tendit une main en arrière pour amortir sa chute. Trop tard. Il atterrit lamentablement au pied de l'arche. Farden eut un frisson d'anticipation et retira ses jambes du portail au moment même où il se refermait. Le mage avait déjà vu des hommes se faire couper en deux par des preste-portes qui se repliaient sur elles-mêmes, et il n'avait aucune envie d'essayer.

Le soldat à sa gauche étendit une couverture sur ses épaules et Vice s'avança.

— Venez l'aider ! ordonna-t-il, et les hommes remirent le mage sur ses pieds. Heureux de vous voir de retour, mon vieil ami, déclara le Maître mage en riant.

Il attrapa la main de Farden et la serra chaleureusement entre les siennes :

— Vous avez probablement une histoire à me raconter ?

— Trouvez-moi du vin chaud, Magissime, et je vous raconterai toutes les histoires que vous voulez.

Farden parvenait à tenir sur ses jambes, mais ses dents s'entrechoquaient à chaque mot.

— Ah ! Vous avez entendu. Trouvezlui du vin, et un peu de *mörd* ! cria Vice, et deux gardes sortirent de la pièce.

— Venez, allons dans mes appartements.

Le Maître mage passa un bras autour des épaules du mage et l'aida à avancer, un pas après l'autre.

— Arrête donc de regarder dans le feu, Farden, bois plutôt ton vin.

Vice sourit et s'appuya contre le dossier de son fauteuil. Il jeta une nouvelle bûche dans l'âtre, qui atterrit dans les flammes avec une gerbe d'étincelles. Le bois, légèrement humide, craqua et crachota.

Farden secoua la tête et cligna des paupières. Le mage était assis au bord de son propre siège luxueux, accoudé sur ses genoux pour être au plus proche du feu rugissant. Il sourit et aspira une gorgée du mélange qui fumait dans sa coupe en argent. Le breuvage était chaud et sucré : un vin chaud mélangé au tord-boyau local à la réputation détestable – le mörd ou encore la pisse, comment on l'appelait le plus souvent. C'était là une boisson de soldats, terriblement forte et aussi claire que l'eau de fonte. Il avait entendu des vétérans se disputer au sujet de ses vertus de guérison magiques, et Farden se surprit presque à croire ces vieux querelleurs au sourire dégarni. Il avait l'impression de boire du feu liquide ; le breuvage réchauffait sa gorge et son estomac aussi efficacement que le bois qui se consumait en face de lui, et il se sentit un peu mieux. Farden plissa les yeux et regarda aux alentours.

Les appartements privés de Vice étaient immenses, décorés avec bon goût et remplis de canapés, de tables, de bibliothèques, de bureaux et de fauteuils qui comblaient la plupart de l'espace disponible. La différence entre les appartements du Maître mage et de Durnus était saisissante, mais ils avaient en commun une chaleur bienveillante, et Farden était tout simplement heureux de se trouver là. Les lieux n'avaient pas beaucoup changé depuis sa dernière visite. Des trophées et des tableaux couronnant les victoires de Vice se disputaient l'espace entre les longues fenêtres sur le mur du fond. Le soleil s'apprêtait à disparaître au-dessus de la mer, et les nuages semblaient se rassembler à mesure que le temps du Nelska atteignait le Sud. Farden tourna la tête pour observer l'orbe rouge qui plongeait dans la mer entre les îles lointaines.

— Je savais que ce temps n'allait pas durer, dit-il.

— Il a fait extrêmement froid depuis ton départ. Helyard était d'une humeur terrible, il ne faut peut-être pas chercher plus loin, remarqua Vice en haussant les épaules.

— Que lui arrive-t-il, cette fois ? soupira Farden.

Il n'avait rien oublié de ses soupçons au sujet d'Helyard, mais il préférait demander son avis à Durnus avant de mentionner quoi que ce soit à Vice.

— Ta disparition, mon bon mage ! Le Conseil est sens dessus dessous depuis que le livre des Larmes a été déclaré perdu. Ce n'est que lorsque ton faucon est arrivé qu'Åddren a enfin réussi à ramener la paix au Conseil, et j'ai été envoyé pour préparer la preste-porte et te recevoir.

Vice s'enfonça encore davantage dans son fauteuil massif et sourit à Farden. Il entrelaça ses doigts et marmonna des sons inintelligibles, perdu dans ses pensées.

— Ce n'était pas une partie de plaisir pour moi non plus, mais je peux garantir que le livre des Larmes est en sécurité entre les mains des dragons. Ils m'ont aussi promis que dans moins d'une semaine, ils auront les réponses que nous cherchons.

— En sécurité entre les mains des dragons… ai-je bien entendu, Farden ? Je pensais que tu ne les jugeais pas digne de confiance ? bredouilla Vice.

— Pour tout dire, je n'ai pas été accueilli les bras ouverts. La reine sirénienne, Svarta, a voulu m'emprisonner et jeter la clef à la mer.

— Mais qu'en est-il du message que nous avons envoyé pour annoncer ta venue ?

— Il n'est jamais arrivé. Je soupçonne le sorcier sur le navire d'être le responsable.

Farden caressa son menton et plongea son regard dans les flammes. La coupe réchauffait ses mains.

— Très bien, je suis perdu. Commence depuis le début.

Vice posa les doigts sur l'arête de son nez, comme si la confusion lui donnait mal au crâne, et se frotta les yeux.

— Désolé, dit Farden dans un léger rire.

Il se retourna dans son fauteuil pour faire face au Maître mage et se jeta à l'eau :

— Quelques jours avant la fin du voyage, j'ai surpris l'un des marins dans ma chambre en train de s'emparer du livre des Larmes. J'ai d'abord pensé qu'il s'agissait d'un simple voleur, mais c'était un sorcier – un puissant sorcier. Il a révélé qu'il avait été envoyé par le même groupe qui a volé le guide d'invocation. J'ai réussi à le repousser, mais une vague a frappé le navire et l'a envoyé par le fond.

Farden était soulagé que Vice n'était pas aussi doué que les dragons pour détecter les mensonges. Il aspira une gorgée de vin mêlé de mörd.

— Et comment es-tu parvenu en Nelska sans navire ?

Farden secoua la tête et réfléchit intensément.

Cette question, il l'avait retournée dans sa tête à Hjaussfen des heures durant. Selon toute probabilité, il aurait dû être mort.

— Par je ne sais quel miracle, les vagues m'ont renvoyé sur une plage non loin du palais, où un garde m'a trouvé. Disons qu'il y a eu quelques contretemps par la suite…

— Raconte-moi, l'enjoignit Vice avant de se pencher en avant.

Farden leva les yeux au ciel. Il avait espéré éviter ce sujet-là.

— Un guérisseur sirénien a lu mon Livre lorsque j'étais inconscient, et ils ont enfermé le pauvre fou dans une cellule avec moi. Quand je me suis finalement réveillé une semaine plus tard, ils m'ont traîné devant les dragons pour m'interroger. Ils étaient pour le moins mécontents.

— C'était sa faute, pas la tienne ! Tu étais inconscient. Ce sont des gens comme lui qui ont provoqué la guerre, dit Vice en retroussant la lèvre supérieure.

— Quoi qu'il en soit, ils n'ont pas tenu compte de l'avis de la reine sirénienne, Svarta, et m'ont laissé rester au palais, libre de me déplacer et de m'entraîner.

— Tu n'es pas sérieux, intervint Vice, sceptique.

Farden hocha la tête :

— Je le jure devant les dieux. Je leur ai dit que l'Arche cherchait la paix, et après avoir vu le livre des Larmes, ils se sont laissés convaincre que je ne causerais pas de problème. J'étais aussi surpris que toi. Les dragons représentent bien plus que ce que nous en étions arrivés à penser, Vice.

Le Maître mage fit une moue dubitative et avala sa boisson à grandes gorgées. Il reposa le verre sur une table proche avec un bruit sec.

— Gardons ce sujet-là pour un autre jour. Qu'en est-il du livre des Larmes ? demanda-t-il.

— Ils le conservent, pour l'instant. Dans la semaine, ils nous communiqueront la localisation du puits. Au moment où nous parlons, les scribes de la cité sont en train de passer au peigne fin tous les rouleaux et les récits historiques sur lesquels ils ont pu poser les griffes, et maintenant que Svarta et les autres dragons se sont joints à eux, je ne doute pas qu'ils y arriveront. S'il reste un puits des elfes noirs en Emaneska, ils le trouveront.

Farden soutint le regard pénétrant de Vice et acquiesça lentement pour appuyer ses paroles :

— Les souvenirs de Fendrair contiennent probablement une connaissance inimaginable, une multitude de récits perdus, de lieux, d'hommes et de femmes oubliés…

Le vin rendait la concentration de Farden difficile. Il en sirota néanmoins une nouvelle gorgée.

Vice acquiesça lentement.

— C'est la raison pour laquelle Helyard n'a jamais voulu que le Livre ne quitte Krauslung, bien qu'il fût vide – vieux fou.

Il s'interrompit, puis frappa une main sur sa cuisse.

— Si tu fais confiance aux Siréniens, j'en ferai de même. J'espère simplement que tu sais ce que vous faites, Farden, tout comme le Conseil.

Vice haussa les épaules et se réinstalla confortablement dans son fauteuil.

— J'ai leur parole, dit Farden.

— Très bien, mais si les dragons arrivent trop tard, nous devons être prêts à faire face à cette créature. Peu m'importe combien d'hommes il faudra, nous ne pouvons pas laisser cette chose survivre. Åddren et Helyard partagent mon sentiment, et je suis certain que les Siréniens sont du même avis.

— En effet, c'est pourquoi je suis revenu, le rassura Farden.

— Dans ce cas, l'armée devra se tenir prête à partir dès demain soir. Je te laisserai le soin de rassembler les Escrits, mon vieil ami. Tu auras tous les faucons nécessaires à ta disposition, et je vais prévenir la Spire que tu es en charge des autres mages.

— Les autres Escrits, Vice… commença Farden, mais Vice leva une main et il s'interrompit, la bouche entrouverte.

— Non, Farden, je ne veux plus entendre un seul mot ; il est grand temps que tu aies des hommes sous ton commandement, et je ne connais personne plus apte que toi. Il est temps de laisser ces rumeurs derrière toi et de cesser de jouer à l'ermite.

Le mage semblait vouloir protester, mais Vice lui décocha un regard sans appel. Farden soupira avec résignation et fit tournoyer le reste de son vin au fond de sa coupe.

— Pour l'instant, va te reposer, Farden. Je vais te faire préparer une chambre.

Vice frotta ses mains l'une contre l'autre et se leva.

Tandis que Farden avalait le reste de son vin chaud, une idée germa dans son esprit. Il sourit et déclara :

— Merci, mon ami, mais il y a une auberge et un lit confortable qui n'attendent que moi.

— Ah, j'en conclus que tu apprécies la Chèvre Barbue ? C'est l'une des plus anciennes tavernes de la cité, dit Vice avant de laisser Farden rassembler ses affaires.

Les présents offerts par les Siréniens menaçaient toujours de faire exploser son havresac, mais au moins il n'aurait pas à payer pour son dîner ce soir, pensa Farden. Il regarda le Maître mage enfoncer des rouleaux dans le tiroir d'un bureau en grommelant. De bien des façons, Vice était très semblable à Durnus ; tous deux ne connaissaient Farden que trop bien et s'inquiétaient pour lui. Il commençait à se rendre compte à quel point il avait besoin d'amis comme ceux-là. Farden gloussa ; le vin le faisait toujours réfléchir un peu trop. Vice agita une main vers lui d'un air désinvolte.

— Va-t-en, espèce de ruffian, et sois de retour aux premières lueurs du jour demain matin. Je parlerai aux Archimages cette nuit, et nous verrons le Conseil demain, annonça Vice avant de rejoindre le mage sur le pas de la porte.

Ils échangèrent une poignée de main chaleureuse et le Maître mage regarda son ami dans les yeux.

— C'est bon de te revoir parmi nous. J'étais inquiet.

— On dirait que tu n'arriveras pas à te débarrasser de moi de sitôt.

Farden fit un clin d'œil et se détourna.

— Je n'en espère pas moins, plaisanta Vice.

Il observa la porte se refermer derrière le mage, puis s'étira avec un bâillement et partit à la recherche du mörd restant.

Une heure plus tard, le ciel bleu transparent au-dessus de Krauslung reprenait progressivement son aspect habituel. Des nuages gris s'amoncelaient en roulant les uns sur les autres, obstruant la lumière des premières étoiles du soir. La cité à se parait progressivement des lumières clignotantes des chandelles et des torches, et les rues pavées se refroidissaient avec le crépuscule. Farden se dirigeait d'un pas décontracté vers son auberge favorite. Une goutte de pluie atterrit sur le dos de sa main et il cueillit la minuscule sphère d'eau glacée du bout de sa langue brûlante. Le vin avait réchauffé ses entrailles. Il leva la tête vers le ciel turbulent pour recevoir la douce pluie froide sur sa peau fiévreuse. Par chance, il n'y avait pas de vent pour chasser les gouttes, et Farden sentit la bonne humeur l'envahir. Même si les dragons lui manquaient, il était heureux d'être de retour dans la ville qu'il connaissait, loin des regards méfiants des soldats siréniens. Ici, il n'était qu'un homme encapuchonné de plus dans les rues. Il se sentait bien, étrangement calme – entier, même. Son séjour en Nelska avait été court, mais il l'avait changé, et le mage s'autorisa un léger sourire.

Farden accéléra la cadence, marchant d'un pas léger dans la pluie et les ténèbres. Les flaques sombres ondulaient dans la lumière orange sous les lampadaires vacillants. Quelques passants le croisèrent sur les dalles humides, toussant dans le froid, mais ils ne lui accordaient aucune attention. Le mage encapuchonné poursuivit donc sa marche dans la nuit.

La Chèvre Barbue était animée ce soir-là. Farden entendit des éclats de voix dans les ruelles sombres à moins d'un mille de distance. Tout d'abord, il pensa qu'une bagarre avait éclaté. Plusieurs gardes de la ville étaient appuyés sur leur lance, mais le mage se rendit compte que la personne qui braillait était en train de chanter, et non de se battre à mort. Les gardes étaient presque affalés, riant des soûlards de l'auberge. Farden garda son capuchon relevé et les dépassa en silence. La pluie faisait grossir les flaques, trempant progressivement la cité jusqu'à l'os.

Un homme s'était écroulé dans le caniveau devant l'auberge ; il agrippait toujours sa chope et braillait des couplets discordants en variant le volume et l'air de sa mélodie. L'un des gardes essaya d'enfoncer la pointe de sa lance dans les flancs de l'ivrogne, mais celui-ci refusa pour autant de se déraciner des pavés humides, et se défendit bruyamment d'être saoul. Il serait probablement toujours à la même place le lendemain matin, songea Farden. Il rit sous cape, puis regarda à travers les fenêtres de l'auberge.

Si Farden avait voulu commander un repas et une coupe, il aurait été confronté à un sérieux problème ; mais puisque qu'il ne cherchait qu'à rejoindre sa chambre, il accueillit le chaos avec un sourire amusé. Pas un, mais deux bardes étaient arrivés cette nuit, et tous deux récitaient des chansons et de vielles eddas à la foule massive rassemblée autour du bar. Le mage parvint à se glisser à travers la porte et commença doucement à louvoyer entre les soûlards en direction de l'escalier. Il jeta un regard compatissant à l'aubergiste en passant devant le bar. L'homme semblait paniqué ; il distribuait des chopes de bière et de vin dans toutes les directions avec des gestes fébriles. Des pièces d'argent et de bronze résonnaient dans ses poches remplies à craquer. À l'autre bout de l'auberge, les deux scaldes étaient engagés dans une gigue de plus en plus bruyante et frénétique – chacun semblait vouloir prendre le dessus sur son compagnon, en proposant le récit épique le plus long et le plus retentissant. Les hommes éméchés chantaient en chœur lorsqu'ils connaissaient les paroles, hurlaient lorsqu'ils ne les connaissaient pas, et noyaient le son des ljots dans le choc des bouteilles et des chopes contre les tables de bois. L'auberge tout entière était une cacophonie assourdissante ; bruits, musique et rires mélangés. Farden observa le désordre avec émerveillement, et secoua lentement la tête.

À sa droite, un homme essayait de faire cuire une saucisse à moitié dévorée dans la chaleur rugissante du feu, tandis qu'un de ses compagnons était affalé sous une table, occupé à remettre ses tripes dans un chapeau. Le gentilhomme propriétaire du chapeau était la cible de rires et de commentaires moqueurs ; il exigea par-dessus le brouhaha une nouvelle bière pour réparer l'offense du vomi. L'homme à l'origine du chahut se contenta de terminer sa besogne. Quelques soldats s'appuyaient les uns contre les autres et contre l'escalier, en repos mais toujours vêtus de leur armure. Ils dégageaient une odeur de vin bon marché et clamaient leurs propres chansons par-dessus le chaos. Lorsque Farden les écarta en jouant des coudes, les soldats lui lancèrent des commentaires réjouis et lui demandèrent de se joindre à eux. Le mage encapuchonné les ignora et grimpa vivement les marches jusqu'au premier étage. Ils allaient avoir une belle surprise le lendemain matin, pensa-t-il, lorsque Vice allait rassembler l'armée.

Une fois sa porte fermée, ce qui étouffa la plus grande partie du bruit, Farden se débarrassa de son manteau humide, laissa tomber sa besace, et examina les cadeaux des Siréniens. La plupart d'entre eux était toujours secs. Il leva la fiole d'eau de fonte entre ses doigts. Elle était toujours glacée. Le petit livre sur l'art du vol avait l'air intéressant, bien qu'il soit écrit dans un dialecte étrange. Il était illustré par des diagrammes qui détaillaient la position à adopter sur le dos d'un dragon, et les mouvements d'un dragon dans le ciel. Le mage jeta le petit livre sur son lit pour plus tard.

Farden réalisa soudain qu'il était frigorifié, et qu'il fallait qu'il sèche ses vêtements. Il s'assit donc et lança une langue de flammes dans l'âtre froid. Le bois sec s'enflamma avec un claquement et commença à se consumer. Farden se dirigea vers la fenêtre, la referma et se serra ses poings glacés pour les réchauffer. Il étendit ensuite les mains pour apprécier la chaleur que dégageaient les bûches crépitantes, puis jeta son manteau sur une chaise devant le feu. Farden s'installa sur le bord du lit, au plus proche du feu, et se demanda s'il était tard. La tête lui tournait toujours, et il sentit la fatigue s'emparer de lui. Le lit et les couvertures derrière lui semblaient terriblement accueillants, et il résista à la tentation de s'y perdre. Avec un grognement, il se contenta de s'allonger sur le matelas, les bottes posées sur le sol. Farden laissa son esprit errer, vagabonder dans la torpeur de l'alcool. Les nuits comme celles-ci étaient souvent passées à réfléchir et à s'inquiéter inutilement – la dernière nuit qu'il avait passée à l'auberge avait été celle de sa rencontre avec l'infâme vieil homme à la pipe. Mais le Nelska avait apaisé ses pensées, et la pensée de l'altéressence lui semblait distante et inutile. Ce que les dragons lui avaient fait demeurait un mystère, mais ça avait marché, et il en était reconnaissant. Farden fit tourner l'amulette prolongée par l'écaille de dragon autour de ses doigts, et se demanda ce que l'on ressentait en perdant un dragon, ou un être cher. Il pensa à son visage, à sa peau et à ses yeux clairs comme un lac de montagne. Farden soupira. Il décida de se reposer un moment, puis de déballer ses affaires et de se diriger vers la Spire pour aller voir la jeune femme qui n'avait pas quitté ses pensées depuis son départ de la cité. Le mage sourit et s'étira. Déterminé à se relever quelques instants plus tard, il ferma les yeux.

Soudain, quelqu'un frappa légèrement à la porte. Dans un effort surhumain, Farden secoua la tête, cligna des yeux et s'assit. Il promena autour de lui un regard vaseux et entendit de nouveaux coups, plus déterminés et plus impatients. Farden se hissa hors du lit et s'avança vers la porte. Avec lenteur, il releva le loquet et jeta un œil dans l'embrasure de la porte.

Au milieu du couloir sombre se tenait une Cheska trempée et frigorifiée ; ses cheveux dégouttaient sur le sol, emmêlés, et son manteau était fermement enroulé autour d'elle. Juste au moment où elle allait être prise d'un frisson, il ouvrit la porte et ses yeux s'illuminèrent. Elle émit un sourire poli.

— Bonjour, dit-elle.

Le cœur de Farden fit une embardée.

— Cheska ! Entre, tu as l'air gelée, dit-il avant de l'aider à passer le seuil.

Il prit le temps d'observer les deux extrémités du couloir et vérifier si personne ne les observait. Puis il referma la porte et la verrouilla derrière eux.

— Tu attends quelqu'un ? demanda-t-elle doucement.

Cheska resserra sa fine veste de cuir autour de ses épaules. Farden se retourna, la regarda et réalisa à quel point elle lui avait manqué. Sa voix résonnait à ses oreilles comme de subtiles clochettes.

Farden sourit et secoua la tête.

— Pas toi, en tout cas, dit-il.

Il retira une couverture de son lit et l'enroula autour de la frêle jeune femme. Ils s'assirent sur le rebord de son lit, en silence. Le mage observa intensément la jeune femme, et lorsqu'elle leva la tête, il plongea son regard dans ses iris bleues. Elle soutint son regard, dans l'expectative.

— J'allais venir te voir à la Spire ce soir, dit-il avec un sourire.

Cheska fit la grimace. Elle regarda autour d'elle, passant du feu qui craquait dans la cheminée au livre et aux draps froissés.

— J'ai attendu pendant des heures, Farden, depuis que je sais que tu es de retour.

Le mage se fustigea intérieurement.

— Vice et moi avions à discuter, nous avons bu du vin. Demain va être une journée difficile pour nous tous, dit-il, puis tendit la main pour jouer avec une mèche de ses cheveux.

Cheska écarta sa main d'un geste brusque et commença à passer ses propres doigts pâles à travers sa chevelure humide. Elle le fixa d'un air incisif.

— Mon rituel commence demain, dit-elle, avant de lever sa fjortla à hauteur de regard.

Farden hésita, à la recherche des paroles appropriées, mais ne trouva rien de mieux à faire que de placer son bras autour d'elle. La jeune femme ne le repoussa pas, et ils laissèrent le bruit des flammes et de la pluie remplir le silence embarrassé. Elle resta immobile pendant un moment, puis posa sa tête sur son épaule. Il savait tous les deux ce que l'autre pensait, mais aucun des deux ne voulait prendre la parole. Il s'était écoulé un long moment depuis cette nuit dans la ruelle.

— J'ai cru que tu étais mort, dit-elle finalement dans un filet de voix.

Elle tritura un coin de la couverture. Il frotta une main sur son épaule et essaya de mettre autant d'humour que possible dans son bref éclat de rire :

— Tu me connais mieux que ça, dit-il.

Elle se contenta de le dévisager, et son expression sérieuse lui fit détourner le regard. Il plongea les yeux dans les flammes et soupira.

— Je suis désolé, dit-il, et essaya de trouver quelque chose d'autre à dire.

D'ordinaire, il faisait taire ses émotions ; à présent il peinait à mettre des mots sur ses sentiments. Elle hocha simplement la tête et regarda ailleurs. Il y eut un nouveau silence.

— Pas un jour ne s'est écoulé sans que je pense à toi, dit Farden. À toi, et à demain. J'espère simplement que tu sais ce que tu fais, Cheska.

— Farden…, commença-t-elle en attirant le visage du mage vers elle du bout du doigt.

Ses cheveux blonds pendaient devant ses yeux bleus cristallins, mais Farden ne pouvait pas ignorer la détermination qui brûlait dans ce regard.

— Tu sais très bien que oui, déclara-t-elle.

C'était tout ce que le mage avait besoin d'entendre. Depuis ce jour passé près de la Spire, il s'était efforcé d'ignorer la pensée de la perdre durant le rituel, et y était parvenu jusque-là. Cette ombre planait dans son esprit, et il aurait bien pu s'en passer. À présent elle menaçait son calme fraîchement retrouvé.

— Je l'espère.

Il la serra dans ses bras, soupira puis passa sa main dans ses cheveux. Ils se turent et enterrèrent le sujet sous une couche d'espoir.

Un petit sourire se dessina sur son visage sérieux.

— Tu vois, tu tiens à moi.

Farden plissa les yeux.

— Ne te donne pas trop d'importance, bougonna-t-il, et Cheska lui donna une claque sur le bras. Elle se leva et s'approcha de la fenêtre pour observer l'appui.

— Alors, comment était le Nelska ? s'enquit-elle.

Farden fit la grimace secoua la tête.

— Je ne pensais pas que les nouvelles atteindraient la Spire aussi vite, marmonna-t-il, et Cheska haussa les épaules sous sa couverture.

— Le Nelska était… il chercha en vain le mot approprié. Compliqué, dit-il enfin.

— Que s'est-il passé ?

Farden soupira. Il ne savait pas par où commencer ou comment expliquer les événements ; il commença donc par le début. Le mage lui raconta la bataille avec le sorcier sur le navire, le froid des eaux nordiques, et comment il était resté inconscient pendant presque une semaine, oscillant entre veille et sommeil, prisonnier d'un rêve sombre. Il ne le décrivit pas à la jeune femme, pas plus qu'il ne mentionna l'homme devenu fou dans sa cellule froide, préférant lui raconter tout ce dont il se souvenait au sujet des Siréniens et de leurs dragons. Il lui parla de Svarta, mais pas de Fendrair, et s'efforça de lui expliquer en peu de mots pourquoi il était si important qu'ils trouvent un puits des elfes noirs. Farden lui faisait confiance, mais certains détails pouvaient être gardés sous silence jusqu'à ce que tout soit terminé. Elle resta silencieuse et captivée, comme si elle essayait de visualiser chaque détail de son voyage. Lorsqu'il eut fini, elle hocha doucement la tête, comme si son esprit essayait de mettre de l'ordre dans le flot d'informations. Elle se rassit à côté de lui sur le lit, et prit une profonde inspiration.

— Alors nous sommes en paix avec les Siréniens maintenant, et ils nous aident à trouver un puits de magie ?

Farden haussa les épaules une nouvelle fois.

— Oui, si tout se passe comme prévu. À présent, Vice m'a ordonné de rassembler les Escrits pour le combat dès demain soir, dit-il.

— Toi ?

Cheska semblait décontenancée, et il posa une main rassurante sur la sienne. Elle s'empressa de continuer :

— Non pas que je croie que c'est une mauvaise chose, mais tous les Escrits te considèrent comme un marginal. Et après… sa voix se transforma en un murmure. Hum, après ce qui s'est passé avec ton oncle ?

Farden dut admettre qu'elle avait raison. Il hocha la tête et gratta distraitement le dos de sa main.

— Je sais tout cela, et Vice aussi, mais il semble croire que c'est une bonne idée.

— Peut-être, admit Cheska.

Il secoua la tête :

— Je ne crois pas – je n'ai plus vécu à la Spire depuis des années. La moitié d'entre eux ne savent probablement pas qui je suis en dehors des rumeurs.

— Alors, ils le découvriront bien assez vite. Si le Maître mage pense que tu en es capable, tu devrais le croire aussi.

— Peut-être, dit Farden pour mettre fin à la discussion avant d'écouter la pluie marteler les carreaux. Tout ce qui compte, c'est d'arrêter les gens qui sont derrière tout ça. Je ne peux pas les laisser s'échapper.

— Tu prends toujours tout à cœur, n'est-ce pas ?

Sa voix semblait distante. Il hocha la tête. Cheska le regarda avec une expression étrange :

— Il faut toujours que ce soit ton combat, à toi seul, depuis que je te connais. Pourquoi places-tu toujours autant de poids sur tes épaules ? demanda-t-elle.

Ses mains reposaient calmement sur ses jambes et Farden ne put s'empêcher de la dévisager.

— Parce qu'il faut bien que quelqu'un le fasse, dit-il calmement.

Cheska secoua la tête.

— Alors, pourquoi toi ?

Farden soupira.

— Pourquoi nous ? Nous sommes des Escrits ; nous remplissons notre mission car nous sommes les seuls à en être capable. Je n'ai jamais échoué, et ce n'est pas aujourd'hui que je vais commencer.

— Il ne faut pas toujours que ce soit toi, Farden ; qu'essayes-tu de prouver ?

— Si, il le faut – et j'ai tout à prouver, dit Farden en remuant la tête d'un air borné.

Cheska soupira, exaspérée :

— Il y a une tour à Manesmark remplie de gens comme nous – comme toi, Farden. Tu n'as plus besoin de faire tes preuves, tu comprends ? C'est pour ça que tu ne veux pas mener les autres Escrits ; parce que tu crois que tu peux toujours tout faire seul. « Le loup solitaire, Farden, a une fois de plus sauvé la situation ! », c'est ça que tu veux entendre ?

Les questions de la jeune femme étaient aussi tranchantes que des pointes de flèches. Farden savait qu'elle se faisait du souci, comme les autres. Il lui adressa un regard intense et referma ses mains autour des siennes.

— Je sais ce que je fais. Pour le moment, je n'ai pas envie de recevoir un autre sermon sur la prudence ; j'en ai reçu assez, dit-il.

— C'est à cause de ton oncle, n'est-ce pas ? essaya-t-elle, consciente d'aborder un sujet sensible. C'est ça que tu essaies de combattre.

Le visage de Farden se durcit.

— Non, dit-il. Je ne suis pas comme lui.

— Ce n'est pas ce que je veux dire, reprit Cheska avant de laisser le silence retomber.

Elle fronça les sourcils d'un air las et regarda ailleurs.

— Un jour, nous cesserons d'essayer de te convaincre, et ce jour-là, ce sera trop tard, dit-elle en secouant la tête avec douceur.

Un léger frisson secoua son corps mince.

— Tu as froid, dit Farden pour changer de sujet.

Il se leva du lit pour remettre du bois dans le feu. Se dirigeant vers la réserve de bois au pied de la fenêtre, le mage saisit une bûche dans chaque main puis fit surgir de ses doigts une petite flamme qui courut sur le bois sec, le faisant cracher et siffler. Lorsque la sève se fut enflammée à son tour, Farden laissa tomber les bûches dans une gerbe d'étincelles.

Cheska leva les yeux au ciel.

— Ce n'était pas nécessaire.

Elle était assise les jambes croisées sur le lit, la couverture serrée autour d'elle comme un cocon.

Farden rangea quelques affaires et lui lança un sourire malicieux, heureux d'avoir pu changer de conversation.

— Mais c'est bien pour ça que je suis si bon ; je ne cesse de m'entraîner.

Cheska émit un rire aérien.

— Je pourrais te rendre la monnaie de ta pièce.

— Nous ne nous sommes jamais affrontés pour une bonne raison, Cheska. J'aurais trop peur de te blesser.

Farden s'appuya sur le manteau de la cheminée et croisa les bras d'un air triomphant. La réponse de la jeune femme fusa, incisive :

— Peur de perdre ?

— Ah ! Nous verrons bien dans trois jours.

Farden lui fit un clin d'œil et elle chercha un oreiller à lui jeter au visage. Les plaisanteries ne rendaient pas le sujet moins angoissant, et il s'efforça de détourner l'esprit de la jeune femme des évènements du lendemain.

— Qu'as-tu choisi, d'ailleurs ? s'enquit-il.

— Illusion et étincelle, répondit Cheska dans un sourire.

— Intéressant. Et ton ami... Burg, Brine ? interrogea Farden avec un rictus sarcastique.

— Brim ? Ombre et vortex.

— Intéressant *et* original, commenta-t-il, acerbe.

— Oh, sois gentil.

Elle tendit la main pour qu'il la rejoigne. Il s'assit sur le bord du lit, face à la jeune femme. Il se tinrent les mains.

— Brim t'admire, Farden.

Le mage haussa les épaules.

— Je n'en crois pas un mot ; il est tellement protecteur envers toi.

— Il te jalouse probablement. Tu devrais lui apprendre deux ou trois sortilèges, suggéra-t-elle.

— Je ne sais pas enseigner quoi que ce soit ; je préfère laisser ce plaisir aux maîtres de la Spire.

Farden renifla, et Cheska se rapprocha.

— Tu pourrais tous les vaincre en combat singulier.

— Probablement.

Le mage acquiesça et réfléchit. Il perdit le fil de ses pensées lorsque Cheska posa la tête au creux de son cou. Le son de sa voix lui parut frêle sous son menton.

— Et toi, qu'as-tu choisi ? demanda-t-elle.

— Tu le sais déjà ; feu et lumière.

Il y eut un instant de silence, puis elle posa une main sur son torse tiède, à l'emplacement du cœur.

— Et les deux autres ?

Farden secoua la tête, irrité. Les gens semblaient décidément trop enclins à colporter des ragots qui ne les concernaient pas.

— Qui t'en a parlé ? gronda-t-il.

— On connaît tous les histoires à ton sujet, Farden, dit Cheska. Alors, quelles sont les autres ?

Le mage soupira et leva les yeux vers le plafond. Cette nuit était sous le signe de l'oubli ; il n'avait aucune envie de déterrer le passé. Il s'efforça de conserver son calme.

Le livre de chaque Escrit contenait des runes bien particulières, qui lui donnait accès à certaines écoles de la magie – comme l'eau ou le feu –, conférant au mage des capacités surnaturelles lié à son choix. Il fut une époque, lorsque Farden s'entraînait encore, où le scribe insérait jusqu'à quatre runes dans un tatouage. Cependant, à la lumière de certains incidents, le Conseil décréta que l'utilisation d'un si grand nombre de runes représentait un danger pour le candidat, dont l'esprit risquait fortement de se dissoudre comme une sculpture de sable. Malheureusement, le Conseil avait raison : plus la quantité de magie que l'on introduisait sous la peau était élevée, moins les mages parvenaient à garder un pied dans la réalité au fil des années. Farden avait été le dernier à recevoir quatre runes ; un secret bien gardé, jusqu'à présent. Selon la rumeur, l'oncle de Farden avait cinq runes dans son Livre.

— Étincelle et séisme, dit Farden calmement.

Cheska fit claquer sa langue d'un air désapprobateur.

— Aucune subtilité, pas vrai ? Aussi délicat qu'un dragon.

Farden pointa sur elle un doigt moqueur.

— Un Escrit n'est pas censé être posé et délicat, Cheska ; on ne peut pas gagner une bataille avec la magie de l'ombre.

— Qui dit que nous devons nous battre ? demanda-t-elle, mais Farden eut un petit rire, puis se tut.

Cheska abandonna le sujet. Farden baissa les yeux sur elle, et elle leva les siens vers lui. Ils soutinrent le regard de l'autre et le silence se prolongea, seulement rompu par le son de la pluie contre la fenêtre et des chansons étouffées au rez-de-chaussée. Cheska baissa les yeux sur ses ongles et chercha ses mots.

— J'ai peur, Farden… commença-t-elle, mais il posa une main sur sa joue ; avant qu'elle ne puisse continuer, il l'embrassa.

Leurs lèvres s'unirent. Elle laissa ses mains errer sur la peau fine de son cou et s'enfoncer dans sa chevelure. Elle passa les bras autour du cou de Farden en une étreinte chaleureuse, et il sentit les battements de son cœur contre son torse. Son corps était tiède, envoûtant. Le mage sentit ses mains délicates se glisser sous sa tunique et caresser sa peau, explorant du bout des doigts de vieilles cicatrices. Cheska le repoussa sur le lit et tira les couvertures autour d'eux. Dans une cascade de cheveux blonds, Farden fit passer la chemise de Cheska par-dessus sa tête et commença à retirer le reste de ses vêtements. Ils eurent tôt fait d'atterrir en tas sur le sol, où la tunique de Farden les rejoignit. Cheska mordilla avec douceur les épaules de Farden. Ses ongles raclèrent le tatouage dans le dos du mage. D'une main, il enlaça les doigts de la jeune femme et la maintint sur le lit ; de l'autre, il caressa sa poitrine et son corps à demi-nu. La langue de Farden erra sur sa peau, et Cheska gémit et soupira sous la caresse. La peau splendide de la jeune femme luisait, pâle, dans la lumière mourante des flammes qui se reflétaient dans ses yeux. Farden ne l'avait jamais vue aussi belle. Ils s'observèrent pendant un moment, puis s'embrassèrent encore. Il explora les courbes et les replis de son corps, et sentit Cheska faire de même. Ses doigts diaphanes planèrent sur la peau de Farden, glissant sur son ventre puis sur sa taille. Il se rapprocha, et tous deux se pressèrent l'un contre l'autre, se balancèrent avec un rythme intense et partagé. Ils goûtèrent la chaleur de l'autre, sentirent leur pouls s'accélérer tandis qu'ils retiraient le reste de leurs vêtements. Seul demeura le contact de leur peau – rude, burinée d'un côté ; incroyablement douce de l'autre. Cheska attira le mage à elle tandis qu'il passait ses mains entre ses longues jambes graciles. Le souffle de la jeune femme résonnait aux oreilles de Farden ; son odeur était prodigieuse, féminine, et le remplissait d'un appétit animal. Elle était les montagnes, le ciel, le lac cristallin, tout, et ses ongles longs qui raclaient son dos ne faisaient qu'attiser son désir. Les ombres se réfugièrent dans les recoins de son esprit et il oublia tout à part elle, île flamboyante dans les ténèbres de son âme.

Les doigts de Farden remuèrent du haut vers le bas, doucement tout d'abord puis de plus en plus vite, entrant en elle jusqu'à ce qu'elle n'en puisse plus. Cheska enroula ses jambes autour de lui et le saisit entre ses mains, l'attirant à elle jusqu'à ce qu'ils ne fassent plus qu'un. Farden leva les mains de la jeune femme au-dessus de sa tête, pressant son corps contre le sien et contre les couvertures, se fondant dans son être, oubliant tout le reste. Il n'y avait plus qu'elle, qui chassait les ombres pour les laisser seuls dans le noir.

Bientôt, ils se retrouvèrent prisonniers des draps emmêlés, tressautant dans un mouvement de va-et-vient, le souffle court. Elle cria son nom alors qu'elle était sur lui, la tête rejetée en arrière et les mains dans sa chevelure. Les bruits du rez-de-chaussée étouffèrent ceux de leur passion, et lorsqu'ils s'abandonnèrent enfin à un sommeil profond, le feu s'était éteint depuis longtemps, épuisé et rassasié.

Le rêve de Farden n'était que ténèbres. Il sentait la chaleur du jour qui déclinait autour de lui ; il sentait le vent brûlant mourir sur l'horizon à mesure qu'il poursuivait le soleil dans sa courbe déclinante. Mais il faisait sombre, impénétrable, comme si des mains noires avaient recouvert ses yeux et dérobé toute parcelle de lumière. Il était debout ; il sentait le sol sous ses pieds nus. Il remua les orteils et écouta le crissement du sable. Un sable chaud. Farden regarda vers ce qu'il imaginait être le haut, et cligna des yeux.

Avec une lenteur extrême, comme si les étoiles prenaient forme pour la toute première fois, de minuscules points de lumière commencèrent à ponctuer la noirceur autour de lui, tels des poignards perçant un tissu. Il entendait leurs grondements, comme si elles brûlaient et se convulsaient, se tordaient pour prendre corps dans la réalité. Farden ne pouvait pas détourner les yeux. Une par une, les étoiles apparurent, et le mage leva un doigt pour les compter et suivre les formes familières dans le ciel. Un ruban de lumière commença à danser autour de lui comme une rivière lactée traversant le vide. Autour de lui s'élevèrent des voix innombrables, qui hurlaient et gémissaient et pleuraient, sanglotant, complotant, murmures entremêlé de milliers et de milliers. Des silhouettes se mouvaient, des bruits de bataille s'entrechoquaient dans les ombres. Les anciens dieux galopaient à travers les cieux en hurlant et virevoltant. D'autres étoiles apparurent ; soudain, aussi brusquement qu'il avait commencé, le ciel se figea, le chaos prit fin, et la terre et le ciel tombèrent dans le tumulte. Farden entendit quelque chose bruisser près de lui, et il fit volte-face. Rien d'autre que les ténèbres épaisses. Impénétrables. La chose le contourna, gratta, renifla, émit une plainte dans le ciel nocturne. Les étoiles ne jetaient aucune lumière, n'illuminaient rien. La petite chose continuait à contourner le mage, et Farden sa repéra au son, agitant des mains invisibles autour de lui.

Ne te fie pas aux apparences, dit une voix familière.

— Qu'attends-tu de moi ? maugréa Farden.

Quoi qu'ils soient, ils ne sont pas ce que tu crois. C'est comme ça qu'ils m'ont piégé.

— Quel est cet endroit ? demanda le mage.

La voix s'interrompit un instant, tout comme les grattements autour du mage.

C'est toi qui veux te trouver en ces lieux, Farden, pas moi. Il y a quelque chose ici de mauvais, de différent, de... détruit.

— Montre-toi ! rugit Farden en tournant sur lui-même.

Du coin de l'œil, il vit une silhouette se détacher sur le ciel, la silhouette d'un homme armé d'un arc, une épée au côté. Des chiens sauvages galopaient dans son sillage. D'un bond puissant, il traversa le ciel, emporta un tiers des étoiles avec lui puis tira la corde de son arc à sa joue. Farden se sentit piégé, paralysé. Il chercha un endroit où fuir, mais ne vit que les ténèbres et le chasseur. Celui-ci décocha sa flèche, et les étoiles commencèrent à tomber. D'or, de pourpre, d'argent ou d'un blanc éblouissant, elles tombèrent, déchirant le ciel comme un lambeau de chair, ruisselant sur les montagnes comme un torrent de flammes. Le bruit était assourdissant.

C'est ainsi que tout a commencé, mage, lorsque les étoiles sont tombées. Avec les géants de jadis.

— Ça n'a aucun sens. Pourquoi continues-tu à m'amener ici ? Si tu essaies de me dire quelque chose, fais-le et cesse tes énigmes ! s'égosilla Farden. Il essaya de s'enfuir mais sentit ses pieds s'enfoncer dans le sable brûlant.

Sois prudent, Farden. Quelque chose s'éveille en Emaneska, cette nuit.

— Qui es-tu ? Montre ton visage !

Je suis comme toi – raison de plus pour être prudent.

— Je te l'ai dit, je ne suis pas comme toi ! Laisse-moi seul !

Pas cette fois. Ce n'est que le début. Promets-moi simplement que tu resteras en vie.

Les étoiles heurtèrent le sol autour de lui et s'y enfoncèrent profondément ; au milieu des éclairs de lumière et des explosions, Farden aperçu un homme, un chat, et quelque chose avec des ailes.

— Montre-moi ! hurla le mage alors qu'un rocher enflammé le frappait.

Il sentit sa peau grésiller à l'endroit où son bras se trouvait encore à peine quelques instants auparavant.

Méfie-toi du temps, Farden.

chapitre 11

« Les rumeurs sur la présence d'un vampyre affamé dans notre forêt sont complètement ridicules ! Pourquoi une telle bête voudrait s'installer dans notre campagne paisible, et décimer de simples et honnêtes paysans ? Ces événements sont des accidents purs et simples, des chutes malheureuses, ou l'œuvre d'un chien errant féroce ! »

« Excusez-moi ? Non je ne sais rien à propos des traces de morsure. Maintenant, si vous voulez bien m'excuser... »

Discours du duc de Leath aux habitants du duché, suite aux témoignages de l'affaire vampirique quelques années plus tôt

Le vent était mordant. Il s'agrippait au manteau noir de la silhouette qui se tenait sur le rivage sombre, avec les dents pointues d'un millier de rats invisibles et affamés. C'était une nuit sans lune ; les nuages fendaient le ciel tourmenté, cherchant le calme après la tempête qui avait éclaté plus tôt dans la journée. Les rochers accidentés de la plage étaient glissants, recouverts d'algues malmenées par les vagues et laissées pour mortes comme des soldats sur le rivage. La mer s'écrasait bruyamment sur les rochers derrière l'homme. Il pouvait à peine entendre les cris provenant d'une modeste embarcation de bois, qui luttait pour s'arracher au ressac. Ces idiots étaient trop bruyants, et ils allaient probablement réveiller la montagne s'ils n'y prenaient pas garde. Le front gigantesque de la forteresse de Hjaussfen les surplombait. Les falaises de granit noir étaient presque invisibles dans le ciel sombre, mais des torches scintillaient derrière quelques fenêtres, trahissant la position de la citadelle. Pour l'homme impassible qui se tenait sur la plage, le temps était parfait. Il sourit, se parant d'un rictus de loup. La silhouette se mit en marche dans le vent hululant, ses bottes de voyage massives écrasant les cailloux, éraflant l'ardoise humide. Des poignards pendaient à sa ceinture.

Dans l'ombre de la falaise, un Sirénien montait la garde, la main serrée sur sa lance. Il s'éclaircit la gorge et toussa, clignant des yeux pour tenter de percer les ténèbres. Être en poste contre la montagne permettait d'être à l'abri du vent, mais le froid s'infiltrait néanmoins dans son manteau, dérobant la chaleur de son corps. Ses yeux rouges fixèrent la course des nuages pendant un instant, essayant d'apercevoir une étoile dans le ciel sombre.

Soudain, une main se pressa sur ses lèvres et l'attira en arrière. Une douleur fulgurante perça son dos, et une fine lame d'argent se faufila dans sa poitrine. Le soldat regarda avec étonnement le poignard qui émergeait de sa tunique de cuir. Dans un bruit sec, la lame se dégagea, crissant contre l'os et l'armure. Le sang grimpa et bouillonna dans la gorge du Sirénien. La douleur commença à s'étendre, mais les ténèbres envahissaient plus rapidement encore le coin de ses yeux écarlates. Avant même d'avoir touché le sol, il était mort.

La silhouette essuya son long couteau sur le corps du garde et le rengaina doucement. Il se pencha pour attraper les jambes du Sirénien et emporta le corps dans les ombres.

Sur les falaises, au sommet d'un escalier sinueux, se trouvait une petite porte découpée dans la roche. Un soldat solitaire se tenait dans l'encadrement, frissonnant dans l'air glacé et frappant ses pieds sur le sol pour essayer de se réchauffer. Quelqu'un avait dérobé son manteau dans son armoire, et il n'avait plus que son armure de cuir pour lui tenir chaud. L'extrémité en bois de sa lance frappait le sol au rythme de ses frissons convulsifs. Il envisagea un instant de retourner à l'intérieur et de voler une couverture à l'un des autres gardes, mais le sergent n'allait probablement pas prendre un tel geste en sympathie, et il finit par renoncer à l'idée. Non loin de lui, une pierre dégringola sur un étroit sentier à sa droite, juste devant les escaliers, résonnant longuement dans sa chute. Le Sirénien plissa les paupières dans le vent froid et essaya de fixer ses yeux larmoyants sur les marches. Il n'entendait rien d'autre que le bruit du vent. Il se recroquevilla donc dans l'encadrement de la porte et essaya d'imaginer les baraquements. Il pouvait presque sentir la chaleur des lits à l'intérieur. Il ferma les yeux et frissonna.

Son ouïe fine l'avertit d'un nouveau bruit : le son des bottes sur la pierre au milieu du rugissement du vent. Le garde se pencha et aperçut un homme de haute taille, encapuchonné, armé d'une lance. Le garde fit quelques pas vers l'étranger, les mains toujours enfoncées dans ses poches, et ouvrit la bouche pour l'interpeller.

Ombre floue, l'homme lâcha la lance et bondit en avant, provoquant la panique du Sirénien. Tandis qu'il essayait d'extirper les mains de ses poches, celles de l'étranger se nimbèrent d'un halo bleu. Un cri mourut dans la gorge du garde quand la foudre s'abattit sur son torse, le projetant en arrière dans un craquement de tonnerre. La porte fut réduite en pièces contre son dos, et l'air abandonna ses poumons. L'homme sentit sa cage thoracique s'enfoncer dans ses organes quand il heurta le mur au fond de la pièce sombre. Sur le sol, les cris de ses compagnons lui semblèrent distants et étouffés. La silhouette se découpa dans l'embrasure et un éclair fusa de ses doigts, aveuglant les trois hommes couverts d'écailles qui se jetèrent de leur lit en cherchant leurs armes. Des hurlements remplirent la petite salle. Un poignard enflammé troua les ténèbres et vola à travers la pièce, projetant un Sirénien incrédule sur le sol, où il se mit à ramper. Un borborygme retentit, suivi du son d'un meuble fracassé. L'étranger encapuchonné leva les mains, vers le ciel, et des étincelles commencèrent à crépiter dans ses paumes. Elles se rejoignirent, formant une sphère qui grossissait, crachotait, répandant des flammes et des éclats de lumière en tourbillonnant à quelques pouces de ses doigts recroquevillés. Avec un grognement, l'homme tendit ses muscles puis projeta le feu dans les ténèbres, où il explosa dans un bruit assourdissant contre le dos d'un autre garde. Celui-ci fut projeté de côté, et son front heurta celui du soldat à terre alors qu'il essayait de sortir son épée de son fourreau. Il y eut un craquement écœurant et les deux hommes retombèrent sur le sol, comme disloqués.

L'odeur de la chair brûlée et du bois qui se consumait remplissait la pièce d'une fumée âcre. Dans le silence retrouvé, seule la respiration lourde des hommes à terre était encore perceptible. L'étranger les visita un par un, plongeant un poignard dans les chairs des soldats sans défense pour s'assurer qu'ils ne sonnent pas l'alarme. Il rengaina sa lame et quitta prestement la pièce, se faufilant à travers une porte basse qui menait à un corridor sombre.

Dans les profondeurs de la montagne, une torche vacillante s'éteignit en crépitant, étouffée entre deux doigts déterminés. Les ombres enveloppèrent la silhouette encapuchonnée tandis qu'elle avançait d'un pas alerte sur les pavés, s'enfonçant dans les profondeurs du palais.

Au détour d'un couloir, un nouveau garde se tenait à son poste, imperturbable. Le mage posa une main à plat sur le mur, et la pierre se mit à frissonner, à onduler vers l'extérieur dans un grondement sourd. Alors que le garde tournait la tête pour trouver l'origine du bruit, la première vague l'atteignit ; le mur explosa derrière lui dans une giclée de briques et de pierre. L'homme tomba sur le ventre ; lorsqu'il essaya de se relever, la silhouette se jeta sur lui et lui ôta la vie d'un coup de poignard vicieux en travers de la gorge. Une flaque sombre se forma sur le sol clair, mais l'étranger était déjà reparti, s'enfonçant la tête la première dans le couloir.

À ce moment précis, une cloche résonna dans les profondeurs de la montagne, et des soldats commencèrent à envahir les tunnels à la manière d'un essaim furieux. Ils se rassemblèrent dans les étages inférieurs, mais le temps qu'ils parviennent à grimper dans les étages supérieurs, l'étranger était déjà loin et atteignait le sommet du palais.

Le mage s'arrêta devant une double porte de fer et leva les yeux vers la voûte monumentale. Prenant son élan, il poussa les montants métalliques et la porte gémit de protestation. Avec lenteur, elle pivota enfin et l'homme se faufila sans bruit dans une salle voûtée, plongée dans la pénombre. Il se glissa d'un pilier à l'autre vers la statue du dieu ailé au fond de la salle, et surtout, vers la petite table dressée à côté. Le livre des Larmes s'y trouvait à côté d'un petit tas de parchemin, à peine visible à la lumière des chandelles vacillantes éparpillées sur l'autel.

La silhouette encapuchonnée se précipita vers la table et s'empara du livre des Larmes. Il le glissa dans une sacoche sous son manteau et y ajouta les morceaux de parchemin, attentif à n'en laisser aucun. Le son des cloches et des cors d'alarme secoua la forteresse autour de lui. Il était temps de partir.

L'inconnu plongea une main dans sa tunique et en extirpa un objet doré qui brillait faiblement à la lumière des chandelles. Il le serra entre ses deux mains et se dirigea vers la porte. Le corridor était plongé dans une vive lumière ; armes et armures s'entrechoquaient avec fracas. Au moment où l'intrus émergeait de l'ombre de la salle, un groupe de soldats tourna à l'angle du couloir et le repéra. Sans perdre une seconde, l'intrus fila dans la direction opposée. Les soldats laissèrent échapper des exclamations de colère, mais l'intrus avait déjà atteint l'autre bout du couloir et disparut. D'autres soldats se joignirent au premier groupe, attirés par les cris ; bientôt, le palais tout entier s'était lancé à la poursuite de l'étranger encapuchonné, suivant les cadavres laissés dans les cages d'escaliers ou affalés contre les murs. Les Siréniens réclamaient du sang et l'étranger le savait ; il accéléra donc, entraînant ses poursuivants dans une chasse effrénée vers l'extérieur de la montagne. Le palais était un labyrinthe, et le fuyard commençait à égarer les soldats.

À peine avait-il eu cette pensée qu'il tomba sur un groupe de soldats en armure au détour d'un couloir. Les dents découvertes et les écailles brillantes, ils bloquaient le passage de leurs longs boucliers. L'homme s'arrêta brutalement et fixa les Siréniens exaltés. Ils grondaient, les muscles tendus, et brandissaient leurs armes en direction de l'intrus. Le couloir était la seule issue de cette aile du palais, mais l'étranger ne manquait pas de ressources. Il baissa les yeux sur le disque doré qu'il tenait toujours à la main, et le leva devant son visage. Ses lèvres suivirent l'incantation gravée dans la surface brillante. Des bruits de pas résonnèrent derrière lui et un soldat se jeta sur lui, armé d'une épée courte. Le mage esquiva le coup d'épée et tourna sur lui-même ; le bord tranchant du disque heurta le visage du Sirénien. Celui-ci leva les mains à son nez tandis que ses pieds se dérobèrent sous lui. Ses compagnons se précipitèrent pour l'aider, mugissant des cris de guerre, avides de vengeance.

Le vacarme était infernal, mais l'intrus ne se laissa pas déconcerter. Il raffermit sa posture, leva le disque à hauteur de regard et murmura les derniers mots du sortilège. Quelques instants avant que les lances et les épées ne le taillent en pièces, l'étranger décrivit un large cercle avec le disque et sembla se couler dans une distorsion de la réalité, disparaissant brutalement. L'air vibra comme la corde d'un arc, avant de revenir à la normale. Les Siréniens s'arrêtèrent net, trébuchant les uns sur les autres avec des cris de surprise et de rage. Abasourdis, ils regardèrent de tous côtés à la recherche du mage. Celui-ci avait plongé dans le néant.

Sur la plage, le vent mugissait et la pluie cinglait les pierres et l'ardoise. Les membres d'équipage de la petite embarcation étaient de retour sur le rivage. Accroupis au creux de la coque de leur vaisseau de bois pâle, ils patientaient. Ils n'allaient pas attendre longtemps.

Un peu plus loin, une pile de galets commença à trembler et à tressauter. L'air se tordit. Soudain, il y eut un son violent, semblable au claquement d'un fouet ou au craquement d'un arbre qui se fend en deux. L'air s'ouvrit et se referma, laissant un homme debout dans les ténèbres. Celui-ci regarda le disque doré dans sa main, à présent maculé de sang, et le retourna. Des cris résonnèrent sur les falaises derrière lui, et il perçut le son des flèches dans le vent. Quelques pointes barbelées se fichèrent dans le sable rocailleux non loin de lui, et il se dirigea prestement vers la lisière des vagues. Les hommes dans le bateau n'étaient plus qu'à une courte distance, mais les archers s'habituaient progressivement à la distance et ajustaient leurs tirs. L'homme essuya la pluie et les embruns de son visage, puis jeta un rapide coup d'œil autour de lui. Un groupe de soldats remontait la plage à toutes jambes côté ouest, et les silhouettes sombres des dragons volaient en cercles au-dessus du sommet de Hjaussfen. Leurs yeux perçaient les ténèbres aussi efficacement que des chouettes à l'affût d'une souris ; l'étranger redoubla donc son allure, fuyant vers la mer.

Ses hommes avaient déjà poussé l'embarcation dans l'eau, et abattaient à présent leurs rames pour l'arracher aux flots turbulents.

L'étranger se rapprochait inexorablement, bondissant de rocher en rocher pour éviter les traits sifflants. Ses mains étaient engourdies par le froid, et le vent le battait sans merci, tirant sur son manteau.

Une fois arrivé à la limite des vagues, il jeta un regard en arrière vers les Siréniens qui se précipitaient sur la plage battue par la pluie. Un sourire rancunier grimpa sur ses lèvres, et il jeta un nouveau regard au disque sanguinolent au creux de sa main. Avec un ricanement, il le jeta vers eux et le vit rebondir dans un bruit métallique sur les pierres humides. Un éclair jaillit au-dessus de lui et se refléta sur le métal doré. D'un bond impressionnant, l'étranger se jeta dans le bateau. Sans plus attendre, les rames plongèrent avec force dans l'eau noire, et l'embarcation fit une embardée sur les vagues malmenées par le vent. L'homme encapuchonné se posta à la proue du bateau, les yeux fixés sur la plage et une main agrippée à son capuchon. Un membre de l'équipage attrapa son bras et cria, mais le vent vola ses paroles.

— Quoi ? aboya l'homme encapuchonné.

— Où va-t-on, Magissime ? demanda l'homme à nouveau.

— Contournez la côte vers le nord. Et en vitesse, si vous ne voulez pas vous faire trouer par les Siréniens ! hurla le mage.

Le marin hocha la tête, clignant des yeux alors qu'une vague s'écrasait contre le côté du bateau. Il fit mine de se retourner, mais son maître le saisit par la manche de sa chemise. Le mage encapuchonné récupéra la sacoche à l'intérieur de son manteau.

— Mettez ça en sûreté, dit-il, avant de la lui lancer d'un mouvement sec du poignet.

Le marin attrapa maladroitement la besace, manquant de peu de la laisser tomber dans les eaux métalliques, puis la serra contre son torse. Il chercha ensuite un endroit sec où la déposer, entre les rameurs et leur équipement.

Une flèche se ficha dans la coque du bateau, et les rameurs accélérèrent immédiatement le rythme avec des cris étouffés et pressants. Peut-être étaient-ce les courants et les vents qui leur furent favorables, ou encore les pouvoirs du mage à la proue du bateau ; toujours est-il que l'embarcation fendit les mers agitées vers le cœur de la tempête. Des éclats de voix imprégnés de rage flottaient dans le vent, mêlés à des bruits métalliques. Le son des cloches et des cors secouait la montagne de Hjaussfen, déformé et étouffé par les éléments. Les hommes continuèrent à ramer, fixant le ciel sombre d'un œil méfiant.

troisième partie

tu ne prends vie que dans le noir…

chapitre 12

« Les habitants d'Albion sont des imbéciles obtus, tous autant qu'ils sont. Ils font preuve d'une stupidité qui n'est surpassée que par les manières vaines et pompeuses de leurs soi-disant « Ducs ». Les citoyens de ces terres mornes semblent passer leur temps au coin des rues, à se gratter, à parier ou à bâiller tandis que le reste du monde avance sans eux. De toute ma vie, je n'ai jamais vu de gens plus insignifiants. Finalement, c'est probablement la raison pour laquelle je prends autant de plaisir les chasser ; ils sont aussi lents que les vaches qu'ils élèvent... »

Extrait du journal de Durnus Glassren

Farden se réveilla lorsque la lumière du soleil grimpa sur les toits et chassa les ténèbres de sa chambre. La pluie avait cessé durant la nuit. Une brume matinale remplissait les rues, couvrant de buée les fenêtres crasseuses.

Pour l'heure, le mage n'avait rien remarqué de tout cela, et il serra les paupières pour repousser le soleil inquisiteur. Son rêve s'accrochait derrière ses paupières avec des vrilles fantomatiques. Elles l'embrouillaient, le dérangeaient, gâchaient son sommeil. C'étaient les restes d'un rêve insensé, et le mage s'efforça de considérer ces messages étranges comme tels, mais il ne pouvait pas s'empêcher de se demander pourquoi la voix lui paraissait si familière ; pourquoi son instinct lui dictait d'y porter attention. Farden frissonna sous le souvenir vague des ténèbres, du sable et des flammes qui tombaient du ciel. Il décida de se méfier du temps, quoi que cela puisse signifier. Roulant sur lui-même, il tendit le bras vers la superbe créature de l'autre côté du lit, mais ne trouva que des draps vides. Farden haussa les épaules. Il s'attendait à ce qu'elle disparaisse durant la nuit, soucieuse de protéger leur secret.

Farden s'était souvent demandé ce qu'il se produirait s'ils étaient découverts – quelles seraient les sanctions du Conseil de la magie et, bien sûr, ce que le père de Cheska leur réservait. Princesse de rang, elle serait très bientôt une Escrite, et elle lui serait interdite pour une multitude de raisons. Une vague d'anxiété submergea le mage avant de s'atténuer doucement, remplacée par une lueur d'espoir et le sentiment que sa vie prenait enfin un sens. La petite amulette rebondit sur la peau de son cou. Il caressa l'écaille rugueuse, perdu dans ses pensées. À partir de maintenant, se dit-il avec résolution, tout allait s'arranger. Il laissa finalement son esprit s'apaiser.

Farden s'autorisa un sourire et plaça les mains derrière sa tête, refusant toujours d'accepter que le jour était levé. Il laissa les événements de la nuit dernière flotter dans son esprit. Sans cesser de sourire, le mage s'étira et sa main heurta un petit objet métallique sur l'oreiller à côté de lui. Farden s'empara de l'objet et le leva devant lui, clignant des yeux pour chasser le sommeil. C'était la fjortla de Cheska, qu'elle lui avait laissé avant de partir pour l'éreintant Rituel. Il serra le bracelet jusqu'à sentir la douleur irradier dans sa paume, puis se força à se lever. Il récita une courte prière à l'intention des dieux, leur demandant de la protéger, puis il se leva pour rassembler ses vêtements éparpillés.

❦

La salle commune de l'auberge était jonchée d'hommes qui ronflaient, inconscients. La plupart s'étaient endormis sous les chaises ou sur les tables ; certains étaient même recouverts de vomi. D'autres encore étaient affalés sur le sol de pierre, leur panse gonflée remuant au rythme de leur respiration laborieuse et saturée d'alcool. Les deux scaldes s'étaient assoupis l'un contre l'autre, la voix et les doigts irrités après leur performance de la veille. L'aubergiste avait disparu. Il était probablement occupé à soigner sa propre gueule de bois à l'étage, songea Farden. Il dut enjamber un homme en uniforme de garde qui gisait en travers de la porte. Sa barbe était encore luisante, recouverte de bière, et son torse grondait comme une tempête. Au passage, Farden sentit son haleine immonde.

Les rues débordaient d'animation, et les passants semblaient très affairés. Malgré l'heure matinale, les routes étaient remplies de petits groupes de citoyens bruyants. Le mage se fraya un chemin jusqu'à la rue et se joignit à la foule grouillante. Des chariots tirés par des ânes encombraient les allées principales, et leurs conducteurs exigeaient à grands cris qu'on leur ouvre la voie. La cité tout entière était en ébullition.

Farden releva son capuchon sur sa tête et louvoya dans la foule, usant des coudes lorsque c'était nécessaire. Partout où il posait le regard, des gardes couraient de tous côtés, obéissant aux ordres aboyés par leur sergent ou leur capitaine. Vice et le Conseil de la magie avait dû se mettre au travail de bonne heure, réalisa Farden. Sortant un morceau de viande séchée de sa ceinture – le même en-cas au goût de poisson qu'il avait mangé en Nelska –, il mastiqua en marchant.

Bien qu'il ne fût qu'à une courte distance de la Cathédrale de l'Arche, il lui fallut presque une heure pour atteindre les portes imposantes de la forteresse. Une foule encore plus impressionnante était amassée au pied des murs et bloquait les rues, interpellant à grands cris la phalange de soldats en poste à la porte. Les hommes en armure secouaient la tête d'un air borné, et leur capitaine repoussait les citoyens à l'aide d'un bâton en bois. Farden se rapprocha tant bien que mal de l'officier :

— Que se passe-t-il ici ? lança-t-il.

— Éloignez-vous des portes ! hurla le soldat.

Farden abaissa son capuchon d'un geste brusque et leva les poignets devant le visage de l'homme. Le capitaine baissa les yeux vers le mage puis, à la vue du symbole sur sa peau, s'inclina.

— Toutes mes excuses, Sire. Ces braves gens cherchent refuge dans la Cathédrale de l'Arche, et nous avons reçu ordre du Maître mage de ne laisser entrer personne à part les soldats et les mages.

— Pourquoi ? demanda Farden, interloqué.

L'homme haussa les épaules.

— Je n'en sais rien, mais les ordres sont les ordres et je fais ce qu'on m'a dit. Vous feriez mieux de leur poser la question à l'intérieur, dit-il avec un geste de la tête en direction des portes.

— Cette ville est un vrai asile de fous, marmonna Farden.

Le soldat eut un rire dénué d'humour.

— Si ça ne vous plaît pas dehors, vous n'allez pas aimer l'intérieur de la Cathédrale.

Farden hocha la tête d'un air sombre et l'homme s'inclina à nouveau. Il ordonna à ses hommes de laisser passer le mage, et de lui ménager un passage. Derrière lui, Farden entendit le capitaine qui repoussait la foule sans ménagement à l'aide de son bâton.

— Arrière ! Arrière, j'ai dit !

Farden traversa le portail massif et réalisa instantanément que le soldat avait raison – la Cathédrale de l'Arche était une véritable ruche humaine qui bourdonnait furieusement. Le mage grogna. On aurait dit qu'une guerre avait éclaté pendant son sommeil, tant l'atrium grandiose pavé de marbre regorgeait d'individus de toutes sortes. Des serviteurs fendaient la foule, les bras chargés d'équipements et de paquets, quand ils ne tiraient pas de petits chariots. Des soldats trimbalaient des pièces d'armure et des armes dépareillées, hurlant « Place ! » et « Garde ! », n'hésitant pas à pousser violemment quiconque se trouvait sur leur chemin. Des gardes se tenaient devant chaque porte. Chacun s'égosillait ou s'activait avec précipitation.

Seules quelques grappes d'individus semblaient conserver un certain calme au milieu du chaos – disséminés dans les coins de l'atrium, ils étaient occupés à échanger des murmures sous leurs capuchons. Plusieurs d'entre eux remarquèrent la présence de Farden, qui se tenait toujours sur le seuil. Un homme svelte et élancé, aux cheveux d'un blond presque blanc, se sépara de son groupe et avança tant bien que mal à travers les masses. Il tendit une main que Farden serra chaleureusement. Lorsque leur peau entra en contact, les symboles sur leurs poignets s'illuminèrent momentanément.

— Modren ! Enfin quelqu'un de raisonnable dans tout ce bordel, dit Farden.

Le jeune homme hocha la tête.

— Ça fait du bien de te revoir, commenta-t-il.

Farden l'entendait à peine sous les éclats de voix. L'homme dégingandé semblait tanguer doucement, comme un jeune arbre dans les bourrasques. Ses yeux étaient d'un vert intense, et observaient chaque détail avec la précision d'un chat à l'affût. Il était vêtu d'une longue cape rouge, et une épée pendait de chaque côté de sa ceinture. Ses cheveux délavés étaient coupés courts et aplatis en arrière. Un anneau noir se balançait à son oreille gauche.

— Quoi qu'il se passe ici, c'est un beau merdier, ça je peux te le dire. Thialf et les autres sont de ce côté. Freidd nous rejoindra bientôt. La Spire a reçu l'ordre de nous envoyer ici au plus vite.

Modren s'interrompit soudainement et lança au mage un regard étrange.

— Apparemment, l'ordre venait de toi, dit-il.

Farden soupira intérieurement et s'efforça de prendre un air confiant. Il rendit son regard à Modren.

— Le Maître mage m'a placé la tête des Escrits, pour le moment en tout cas. Nous devons affronter quelque chose d'extrêmement dangereux.

Modren haussa les épaules, acquiesça, puis se para d'un large sourire qui dévoila une rangée de dents parfaites.

— Ça c'est un combat pour moi, dit-il avec délectation. Et si tu es aux commandes, qu'il en soit ainsi ; je n'imagine personne d'aussi apte que toi. Mieux vaut l'un d'entre nous qu'un simple bureaucrate.

Farden opina.

— Espérons que les autres sont du même avis.

— Peu importe, la parole du Maître mage fait office de loi.

Une voix bourrue résonna derrière les deux hommes :

— Qu'est-ce que je vois là ? Le plus dangereux ermite d'Emaneska est enfin sorti au grand jour !

Ils se retournèrent d'un même mouvement, et se trouvèrent face un mage râblé à la tête rasée, avec des tatouages tribaux sur la moitié du visage. Il adressa un sourire torve à Farden.

— Ça fait bien longtemps, commença-t-il.

Farden acquiesça en silence et lui rendit son sourire.

Modren tendit la main au nouveau venu musculeux.

— Un plaisir de te voir, Ridda, dit-il.

L'intéressé ricana. Il n'avait pas détaché les yeux de Farden.

— Alors, qu'est-ce qui t'amène hors de ta grotte ?

— Comme d'habitude, répondit le mage. Quelque chose à éliminer.

Ridda émit un grognement songeur, puis éclata de rire avant de donner une claque sur le bras de Farden.

— C'est toujours comme ça, pas vrai ?

Il frotta ses mains l'une contre l'autre et regarda un serviteur les dépasser à toute vitesse avec une pile de livres sur les bras.

— Qu'est-ce que c'est que ce bazar, vous avez une idée ?

Farden promena son regard sur le capharnaüm en secouant lentement la tête, impressionné par le nombre de gens rassemblés.

— Je n'ai jamais vu la Cathédrale de l'Arche dans un tel état. Combien d'Escrits doivent encore arriver ? questionna-t-il.

Ridda se gratta le menton.

— Une vingtaine d'entre nous sont encore à l'est en prise avec les wyvernes, mais nous sommes une soixantaine ici et quelques-uns de plus à Manesmark, répondit-il.

La voix du mage trapu était incroyablement profonde pour une personne de sa taille. Il arrivait à peine à l'épaule de Farden, mais il était aussi large que haut. Ses yeux étaient toujours plissés, sa bouche fendue d'un éternel sourire malicieux, et des muscles puissants se devinaient sous son manteau.

— Bien, dit Farden. Espérons que ça suffise. J'ai besoin de tout le monde ici avant le coucher du soleil, prêt à se mettre en marche et à combattre.

Ridda jeta un regard vers Modren, avant de revenir sur Farden avec une expression interdite.

— C'est toi qui commandes, maintenant ?

Farden hésita un instant, puis s'éclaircit la gorge d'un air autoritaire. Il acquiesça.

— On dirait bien, à en croire le Maître mage, dit-il avec son sourire le plus confiant.

Ridda sembla surpris, puis son visage se fendit d'un large rictus.

— À peine sorti de sa grotte et déjà en train de foutre la pagaille ! Ça me va, je préfère t'obéir que d'être aux ordres d'un vieux croulant qui n'a jamais jeté un sort de sa vie, ricana-t-il.

Modren acquiesça et frappa bruyamment dans ses mains.

— C'est exactement ce que j'ai dit. Mieux vaut s'y mettre dès maintenant !

Farden s'efforça de dissimuler son soupir de soulagement, puis se rapprocha des autres pour se faire entendre par-dessus le brouhaha :

— Ordonnez à Neffra et à quelques autres de se rendre au fauconnier pour prévenir tous les Escrits qui se trouvent à plus d'une journée de marche de la cité. Dites aux autres de préparer leurs armes et tout ce dont ils auront besoin pour ce soir. Nous nous retrouverons dans la grande salle au coucher du soleil.

— Je m'occupe des faucons, annonça Ridda sur un ton péremptoire.

Sans prononcer d'autre mot, il frappa Farden à l'épaule et fendit la foule d'un air décidé. Modren se retourna vers Farden avec un sourire moqueur.

— Allons voir la cause de tout ça, dit-il.

— Entendu.

Les deux hommes firent volte-face sans tarder, et se dirigèrent à grands enjambées vers l'escalier principal. Ils se frayèrent un chemin parmi les soldats et serviteurs, puis contournèrent le tas de pièces d'équipement qui commençait à grossir au beau milieu des marches. Ils gardèrent le silence, décochant de temps à autre un regard courroucé lorsqu'on les bousculait. Leurs regards noirs en impressionnèrent plus d'un, qui s'empressèrent de décamper en marmonnant des excuses. Personne ne tenait à offenser un Escrit.

Les deux mages grimpèrent l'escalier côte à côte, puis s'engagèrent dans le labyrinthe de couloirs qui devaient les mener à la grande salle et, comme ils l'espéraient, à l'origine de tout ce remue-ménage. Farden avait hâte de trouver Vice.

Finalement, Modren se pencha vers l'oreille de Farden et rompit le silence :

— Selon la rumeur, tu t'es rendu en Nelska récemment.

L'affirmation était en fait une question, mais Farden se contenta d'acquiescer. Le mage blond observa son ami du coin de l'œil avec un sourire entendu.

— Si je comprends bien, tu m'expliqueras plus tard ?

— Tu n'as jamais été très patient, dit le mage avec un sourire suffisant.

— Jamais, acquiesça Modren. En toute honnêteté, Farden, jamais vu une telle pagaille depuis que les fées se sont échappées et se sont perdues en ville. Il y a un lien avec le les meurtres d'Arfell, n'est-ce pas ?

Farden jeta prudemment un regard autour d'eux, et attendit qu'un petit groupe se soit éloigné pour reprendre :

— En effet, mais c'est bien plus grave que le meurtre de quelques érudits.

Modren prit un air sérieux et passa une main travers sa chevelure brillante.

— Rien n'est jamais aussi simple qu'il n'y paraît, pas vrai ?

Il fallut une bonne demi-heure aux mages pour atteindre les couloirs de marbre au sommet de la Cathédrale de l'Arche. Là, une foule compacte s'était rassemblée devant les portes serties d'or de la grande salle, mais une rangée de soldats en armure vert et or bloquait le passage avec leurs longs boucliers. Modren tenta d'avancer :

— Faites place, laissez-nous passer ! aboya-t-il, avant d'écarter les gens sans ménagement.

Un scribe à l'air hautain lui enfonça ses doigts dans les côtes, taxant le mage de lourdaud inepte d'une voix retentissante. Modren se tourna de lui avec un regard assez glacial pour geler une boule de feu.

— Si j'étais vous, scribe, je garderai ma bouche fermée et mes doigts contre mon corps – si je tiens à les garder en un seul morceau.

Modren souligna sa menace en claquant des doigts. Des étincelles sautillèrent sur ses ongles. Le scribe et son petit groupe se turent instantanément, avant de s'éloigner à reculons. Modren souffla d'un air exaspéré et tira sur son manteau pour éviter que la foule ne marche sur son ourlet.

— Beau travail, gloussa Farden.

Modren opina :

— C'est aussi mon avis… Laissez-nous passer, par tous les dieux !

Farden atteignit les soldats en armure et chercha le responsable. Celui-ci observa le mage de haut en bas, plissa le nez et renifla d'un air impérieux.

— Indiquez vos intentions, cria-t-il.

Farden lui lança un regard flamboyant.

— Nous sommes ici sur les ordres directs du Maître mage. Je dois lui parler sur-le-champ !

Le soldat secoua la tête et pointa un doigt quelque part sous leurs pieds, comme si les réponses étaient éparpillées sur le sol.

— Il n'est pas ici et je doute que vous le trouviez avec les Archimages. Essayez ses appartements, à l'étage inférieur !

— Que font tous ces gens ici ? lança Modren aux soldats.

— La ville tout entière veut rencontrer les Archimages aujourd'hui, mais nous ne laissons entrer personne jusqu'à ce que la tenue du Conseil soit terminée, dit-il en haussant les épaules, faisant cliqueter son armure polie.

— Qu'est-ce qu'il se passe, bon sang ? demanda Farden en regardant la foule en désordre.

— Vous n'êtes pas au courant ?

Le soldat sembla interdit, une expression austère sur le visage. Les deux mages secouèrent la tête comme un seul homme.

— Les dragons volent vers Krauslung ! dit l'homme, le regard affolé.

Les yeux de Farden s'agrandirent. Il se tourna vers Modren, qui semblait complètement déconcerté.

— Est-ce qu'il a bien dit… ? commença-t-il, mais Farden l'interrompit.

— Oui, il l'a dit ! Allons trouver Vice !

Ils fendirent la foule en sens inverse pour retrouver la paix relative du couloir de marbre blanc. Les deux mages se mirent à courir, et Farden mena son ami au bas d'un large escalier en colimaçon. Il évita in extremis de heurter un homme à l'air terrifié, chargé d'un épais paquet de flèches. Les deux mages contournèrent le soldat à toute vitesse. Quelques secondes plus tard, ils s'arrêtèrent devant les hautes portes de chêne des appartements de Vice.

Farden frappa violemment sur la porte et attendit, légèrement essoufflé. Modren en profita pour rajuster ses vêtements et aplatir ses cheveux ébouriffés. Farden croisa les bras et remua les doigts avec impatience.

Un cliquètement retentit, et la porte s'ouvrit sur un serviteur mince au visage bienveillant. Il regarda les visiteurs de haut en bas avec lenteur.

— Que puis-je faire pour vous, mages ?

— Nous devons voir le Maître mage, immédiatement, annonça Farden d'un ton pressant.

— Il est dans la grande salle avec le Conseil, Sire.

Le serviteur secoua la tête avec résignation, comme si elle allait tomber sur le sol. Farden renifla, mécontent.

— Mon maître sera bientôt de retour, voulez-vous entrer pour l'attendre ?

Le serviteur ouvrit la porte plus large, et invita les deux mages à entrer dans la pièce immense. À cet instant, une grosse araignée contourna le chambranle et s'enfuit précipitamment. Farden observa la bête noire se faufiler dans le couloir et disparaître sous une autre porte. Le valet de chambre n'avait apparemment rien remarqué. Son regard passait d'un mage à l'autre.

Farden secoua la tête :

— Non merci. Lorsque vous verrez le Maître mage, dites-lui que Farden est à sa recherche.

— Bien sûr, c'est entendu.

L'homme mince s'inclina et referma doucement la lourde porte. Modren se dirigea vers une fenêtre et baissa les yeux vers les foules dans les rues. Des cris montaient dans la brise glacée. Sur la montagne, le ciel était de nouveau clair comme du cristal, et les nuages avaient été bannis de l'immensité bleue.

— C'est de la folie, dit-il calmement, avant de se pencher pour observer les gardes postés au portail.

Farden posa une main sur le mur de marbre et regarda le sol. Il se mordit l'intérieur de la joue. Si les dragons étaient en route pour Krauslung, cela signifiait qu'ils avaient découvert le puits des elfes noir – mais si c'était le cas, pourquoi la ville était ainsi prise de panique, serrée par l'angoisse ? Quelque chose le turlupinait, mais il ne parvenait pas à mettre le doigt dessus. Au moment précis où les choses commençaient enfin à s'arranger, pensa-t-il.

Une voix puissante retentit soudain dans le couloir :

— Farden !

Les mages se tournèrent et aperçurent Vice au bas de l'escalier, les bras ouverts d'un air interrogateur et un pied posé sur la première marche. Il était vêtu de la longue tunique formelle qui témoignait de sa position – une étoffe noire bordée de vert. Une longue épée courbe se balançait à son côté, retenue par une ceinture dorée.

— Où étiez-vous ? rugit-il.

Son expression était sévère.

Les deux mages coururent à sa rencontre et s'inclinèrent brièvement. Farden fit un signe derrière lui, vers la porte des appartements de Vice.

— Nous vous cherchions, Sire, dit-il.

Derrière lui, Modren hocha furieusement la tête. Le Maître mage renifla et grimpa les marches d'un pas vif et déterminé.

— Et vous avez fait du beau travail, à ce que je vois. Suivez-moi, dit-il.

Les mages bondirent à la suite de Vice. Farden le rattrapa et marcha à sa hauteur.

— Le garde dans la grande salle nous a dit que les Siréniens arrivaient…

— Il a dit la vérité.

Vice semblait hors de lui. Une colère sourde couvait sous sa peau pâle. Il avala les marches deux à deux, les poings serrés. Farden ne l'avait plus vu ainsi depuis bien longtemps.

— Ces satanés Siréniens ont pris les armes pour une raison mystérieuse. Ils refusent de nous donner d'explication tant qu'ils ne seront pas parvenus jusqu'ici, ce qui arrivera d'une minute à l'autre. Ils ont menacé de nous déclarer la guerre, Farden.

Vice lui jeta un regard pénétrant. Les yeux du mage s'écarquillèrent. Il baissa la voix et se rapprocha du Maître mage, luttant pour garder la cadence.

— La guerre ? Ça n'a donc rien à voir avec le puits ou le livre des Larmes ?

— Tout ce que je sais c'est qu'ils sont en route, et quelle que soit leur raison, votre reine sirénienne n'est pas du tout de bonne humeur. La nouvelle de leur arrivée est parvenue tôt ce matin, et la panique n'a cessé d'enfler depuis.

— Par tous les dieux, marmonna Farden en secouant la tête.

Les trois mages émergèrent dans le long couloir blanc qui menait à la grande salle.

— Les Archimages sont furieux, annonça Vice. Et moi aussi, Farden, je suis furieux contre vous.

Vice s'arrêta brusquement au milieu du couloir, et adressa au mage un regard glacial.

— Contre moi ? balbutia le mage.

Modren s'immobilisa et essaya de se faire oublier, soudainement très intéressé par le décor de marbre.

Vice plissa les yeux :

— Pourquoi ne m'avez-vous rien dit au sujet du Vieux Dragon ?

La tête de Farden se mit à tourner. Avec tous les événements, il avait totalement oublié le dragon d'or.

— J'ai pensé qu'il valait mieux que je vous l'annonce en privé… dit Farden, cherchant désespérément une explication.

— Ça aurait été sage, Farden, mais imaginez ma surprise lorsque les Archimages m'ont annoncé ce matin que ce vieux démon était toujours en vie. Helyard m'a accusé d'être de mèche avec eux !

Vice fulminait, ses yeux noisette brûlant de colère. Farden leva les mains.

— Il sait que ce n'est pas vrai. Je peux tout expliquer.

— C'est ce que vous allez faire, et tout de suite !

Vice fit volte-face si vite que sa longue tunique se gonfla, flottant autour de lui comme une voile. Farden resta où il était, sous le choc. Modren posa une main sur l'épaule de son ami et soupira.

— Mieux vaut toi que moi, dit-il.

Farden s'apprêta à lui lancer une réplique sarcastique, mais Vice leur jeta un regard glacial pour vérifier s'ils suivaient toujours.

— Bordel, marmonna Farden avant de rattraper le Maître mage.

Mentalement, il jura à nouveau et se réprimanda pour sa négligence.

Lorsqu'ils s'approchèrent de la grande salle, le Maître mage fendit la foule comme s'il était aux prises avec un troll. L'un des gardes le repéra et frappa le sol avec sa lance.

— Laissez passer le Maître mage ! Faites place !

Farden et Modren se faufilèrent à la suite de Vice et jouèrent des coudes dans la foule bruyante, jusqu'à atteindre les portes ouvragées. Agrippant leur bouclier à pleines mains, les soldats repoussèrent la foule pour laisser la voie libre aux trois hommes. Les portes se refermèrent avec fracas derrière eux, les séparant des masses bruyantes. Farden pâlit devant l'état de la grande salle.

De tous côtés, les membres du Conseil criaient à pleins poumons, se disputant avec acrimonie. Les Archimages, quant à eux, était assis dans leur grand trône blanc et discutaient d'une voix pressante. Les vitraux projetaient des formes colorées sur les murs et sur le sol, créant toutes sortes de teintes sur les visages indignés. Soupirant avec résignation, les trois hommes rejoignirent le milieu de la pièce et se tinrent à côté de la grande statue dorée d'Évernia, dont les pieds étaient entourés de chandelles encore allumées malgré la lumière matinale. Lorsque Åddren les eut remarqués, il leva les mains d'un geste autoritaire. Ses yeux habituellement bienveillants se rivèrent sur la foule, aussi acérés et des stalactites bleues. Rien ne se produisit, et le rugissement des conversations se poursuivit.

— Silence !

La voix d'Åddren résonna comme un coup de tonnerre. Les arguments passionnés se figèrent sur les lèvres des agitateurs, et un calme maladroit tomba sur la salle. Les hommes et les femmes du Conseil regagnèrent dignement leur place entre les piliers semblables à des arbres.

Helyard s'adressa à eux, la lèvre retroussée :

— J'espère, et que les dieux en soient témoins, que vous pouvez nous expliquer l'origine de ce chaos, Farden. Votre intervention lamentable nous a causé bien assez de souci, et à présent vous avez attiré sur nous la colère de ces ignobles guerriers dragons.

L'immense Archimage baissa les yeux sur Farden, lui adressant son habituel regard hautain.

Farden fit quelques pas sur le sol de marbre pour se rapprocher des trônes. Le Conseil se répandait en murmures, qui bruissaient comme les feuilles d'automne.

— Magissime, je ne sais pas pourquoi les Siréniens sont en route pour Krauslung, ni pourquoi ils veulent entrer en guerre.

La rumeur enfla.

—… Lorsque j'ai quitté le Nelska, je me suis assuré que nos deux peuples étaient en paix.

— C'est ce que le Seigneur Vice m'a raconté ce matin, lorsqu'il nous a fait part de votre rapport… commença Åddren, mais Helyard s'avança sur son siège et leva un doigt sentencieux :

— En oubliant de mentionner un fait capital : Fendrair est toujours en vie. Je suppose que ni Farden, ni le Maître mage n'est capable d'expliquer ceci ? demanda-t-il.

Farden regarda Vice, puis Åddren et finalement Helyard. Il hocha la tête lentement :

— Le Maître mage n'est pas un traître, Magissime, et ce n'est pas de sa faute si Fendrair est encore vivant. J'admets que j'étais réticent à l'annoncer, et j'ai voulu le dire au Maître mage en privé. Je n'en ai pas eu l'occasion.

Farden lança un regard de défi à Helyard, mais l'Archimage renâcla et détourna le regard. Åddren ouvrit la bouche et s'apprêta à parler, mais il fut interrompit par la plainte d'un cor qui résonna au loin, se répercutant contre les murs de Krauslung. Des murmures nerveux parcoururent le Conseil de la magie.

Les dragons arrivaient.

Les regards se tournèrent inexorablement vers l'ouverture en losange dans le toit, et Farden recula lentement vers Vice et Modren. Ceux-ci avaient fait plusieurs pas en arrière, la tête levée vers le ciel bleu. Un murmure d'anticipation se propagea dans la salle. Les soldats prirent position derrière les piliers.

Le ciel bleu pâle les surplombait, vif et complètement vide. Le seul bruit perceptible était celui des rafales de vent. Bientôt, émergeant des remparts et des hautes tours de la forteresse, montèrent les longs grondements plaintifs des cors. Les cloches jumelles de Hardja et d'Ursufel sonnèrent avec circonspection. Quelques cris parvinrent jusqu'à la grand-salle, avant qu'une ombre immense ne passe derrière les vitraux. Un rugissement résonna dans la vallée.

Farden prit une profonde inspiration et resta droit, les bras sur le côté du corps. Il jeta un regard vers Vice, et celui-ci lui fit un signe de tête comme pour lui adresser des félicitations ironiques. À droite, Modren fit craquer les articulations de ses doigts une par une, puis regarda le ciel avec attention. Farden essaya de se détendre. Il reporta son regard vers le toit au moment où des battements d'ailes puissants faisaient trembler l'air, comme des nuages roulant sur une montagne.

Des exclamations de surprise montèrent de la foule tandis qu'un dragon vermillon tombait en piqué. La bête massive replia les ailes pour passer à travers l'ouverture, avant de lancer un rugissement perçant qui assourdit les spectateurs les plus proches. La créature s'effondra devant la statue d'Évernia avec un bruit sourd. D'un ultime battement de ses ailes écarlates, il souffla plusieurs chandelles. Farden supposa qu'il s'agissait du dragon qu'il avait rencontré brièvement à Hjaussfen, Aubefort. Celui-ci courba la tête avec solennité devant les Archimages, puis se déplaça de côté d'une démarche pesante qui fit trembler le sol. Son partenaire était une femme de petite taille aux cheveux cuivrés qui tombaient sur son armure de métal sombre comme une cascade couleur de rouille. Elle tourna la tête avec lenteur, promenant sur la pièce son regard fauve.

Le deuxième dragon à plonger en piqué à travers l'ouverture fut Luminance. Ses écailles blanc et jaune doré scintillèrent dans la lumière du soleil tandis qu'elle inclinait la tête. Elle secoua la tête, faisant osciller ses cornes et frissonner ses écailles. Son partenaire, Lakkin si Farden se fiait à sa mémoire, se tenait droit et digne sur la selle à la naissance du cou de son dragon. Vêtu d'une armure noire et argentée, il était armé d'une épée interminable fixée au creux des omoplates. Ses cheveux noirs avaient été tirés en arrière par le vent, et son regard bienveillant se posa sur les conseillers.

Farden observa les soldats archans commencer à manœuvrer autour de la salle. L'atmosphère était de plus en plus inconfortable, tendue comme la corde d'un arc. Tous attendaient l'arrivée du dernier dragon.

Un rugissement formidable secoua la salle, et Fendrair émergea dans l'ouverture en losange, éblouissant la foule d'un éclat de ses écailles d'or. Il se laissa tomber sur le sol dans un bruit retentissant puis se dressa de toute sa hauteur et replia ses ailes immenses dans son dos. Svarta se tenait droite sur le long coup de Fendrair, sans aucune selle pour la soutenir. Dans une main, elle serrait un petit paquet de tissu. Bondissant du dos de son dragon, elle prit place d'un air digne à son côté. Elle était vêtue d'une tunique de cuir gris, prolongée par un pantalon de mailles qui épousait les formes de ses jambes sveltes. Un poignard noir pendait sur sa hanche. Les longues mèches de cheveux blonds qui encadraient son visage acéré se balançaient tandis qu'elle regardait tout autour de la salle avec une grâce féline. Svarta réserva un regard méprisant à Farden et retroussa les lèvres.

Fendrair prit une profonde inspiration et écarta les narines. Il tourna son regard vers les Archimages, qui se tenaient à présent debout devant leur trône.

— Paix et bénédiction à notre rencontre, Magissimes. Le temps a passé depuis notre dernière rencontre, et je regrette que nous soyons de nouveau réunis sous de si sombres auspices, dit-il.

Åddren s'inclina profondément et s'éclaircit la gorge :

— Il semblerait que ce soit le destin de nos peuples d'être toujours en guerre, Vieux Dragon, répondit-il.

Fendrair acquiesça.

Au fond de la salle, Vice croisa les mains derrière son dos et s'avança.

— Votre message ne mentionnait pas le but de votre visite, dit-il.

Il regardait Fendrair d'un air suspicieux, et Farden voyait qu'il ne pouvait s'empêcher de jeter de brefs regards à la cicatrice qui courait sur la poitrine du dragon.

Svarta ignora le Maître mage, lui tournant ostensiblement le dos.

— Nous sommes venus exiger une explication, Archimages, pour comprendre pourquoi vous avez tenté de nous trahir.

— Vous trahir… ? Commença Åddren, mais la reine sirénienne l'interrompit.

— Ne jouez pas avec moi, Archimage. La nuit dernière, le livre des Larmes de Fendrair a été dérobé, ainsi que les traductions que nous avions réalisées – pour vous aider, Archans ! Une vingtaine de Siréniens ont été massacrés, et l'assassin s'est évanoui en pleine nuit avec le livre des Larmes. Aujourd'hui, nous sommes venus exiger réparation !

Son visage était livide, et ses lèvres étaient serrées sous l'effet d'une rage contenue. Les murmures reprirent de plus belle dans la salle. Svarta jeta des regards furieux de tous côtés.

Åddren leva une main et prit la parole d'une voix calme :

— Vos accusations sont ridicules. Pourquoi vous aurions-nous envoyé le livre des Larmes, si c'était pour vous le voler par la suite ? Et pour quelle raison êtes-vous si prompts à accuser l'Arche de ces crimes ?

Svarta lui jeta un regard méprisant.

— Vous devriez le savoir, Åddren, puisque c'est l'un des Archimages qui a commis ce crime, déclara-t-elle.

La salle explosa en cris indignés, et Farden vit du coin de l'œil que les soldats se préparaient à toute éventualité. Aubefort gronda et secoua ses piquants, tandis que Luminance montrait les crocs.

Vice se précipita au centre de la salle.

— C'est un affront ! mugit-t-il, et la foule joignit ses cris aux siens.

Le Maître mage fixa le dragon d'or et son partenaire alors que ceux-ci se tournaient pour lui faire face. Fendrair émis un grondement au plus profond de sa gorge, et Farden vit des flammes brûler au fond de ses yeux. Vice, quant à lui, montrait un visage impavide.

— Comment osez-vous accuser les Archimages de telles inepties ? Quelles preuves avez-vous pour étayer ces accusations ridicules ? cria-t-il.

Le visage du Maître mage avait pris une teinte cramoisie.

Svarta éclata d'un rire méprisant et brandit le petit paquet qu'elle tenait à la main.

— Vous voulez une preuve, Vice ; Archimages ? La voici !

Elle tint un coin de l'étoffe et la secoua. Un disque doré taché de sang se libéra du tissu et tomba dans un tintement métallique. Il rebondit bruyamment sur le sol de marbre, avant de s'arrêter devant les deux trônes. Alors que le disque se figeait, un silence de mort s'abattit sur la grande salle. Tous les regards étaient posés sur le sang séché et les lettres gravées sur l'objet.

Vice parut tomber des nues, et son visage se décomposa. Svarta laissa tomber le tissu taché de sang et croisa les bras avec une expression suffisante. Modren se tourna vers Farden, mais celui-ci observait intensément le visage d'Helyard. L'Archimage était assis à l'extrême limite du trône, les mains serrées sur les accoudoirs, les articulations blanchies sous l'effort. Il paraissait lutter pour garder un visage calme et impassible. Farden voyait pourtant la sueur apparaître à la racine de ses cheveux blonds et ternes. À la vue du visage de cet homme, les soupçons du mage se virent confirmés. Face à la douloureuse réalité, le mage eu soudain l'impression d'avoir était trahi dans sa chair ; il lui sembla que la glace s'effondrait sous la salle, entraînant l'Arche dans sa chute. Il baissa les yeux sur le disque.

C'était un Poids, le symbole magique du rang des Archimages. Cet objet ne les quittait pas, depuis des temps immémoriaux. Il en existait deux ; un pour Âddren un pour Helyard –, ensemble, ils assuraient l'équilibre de la balance aux pieds d'Évernia. Farden jeta un regard rapide à la balance, qui penchait largement sur un côté, entourée par les quelques chandelles encore allumées.

En un mot, les Poids étaient des preste-portes, plus petits et plus élégants que leurs encombrants cousins. Sur le poids, dissimulé sous le sang séché, se trouvaient des symboles liés à de puissants sortilèges qui permettaient au porteur de se rendre où il le désirait en quelques secondes. Les Poids représentaient un danger pour les mages trop faibles pour les utiliser, et Farden avait entendu les récits des téméraires qui s'étaient trompés dans le sortilège et avaient atterri au sommet d'une montagne, voire – pire encore selon lui –, au beau milieu d'un mur, écrasés et désarticulés. Seuls les Archimages étaient capables d'utiliser ces objets, et seuls les fous s'y risquaient.

L'incertitude plana dans le silence embarrassé, et un sentiment d'anxiété se répandit dans la salle. Quelques conseillers échangèrent des regards effrayés. Svarta regarda autour d'elle d'un air triomphant, défiant quiconque de prendre la parole. Fendrair patientait d'un air sombre. Les deux autres dragons étaient silencieux ; Luminance semblait inquiète, et Farden observa remuer ses pieds griffus.

Vice se tourna vers ses supérieurs et prit la parole :

— Magissime ?

La voix de du Maître mage résonna lourdement dans le silence de mort. Tous les regards étaient tournés vers les deux hommes sur leur trône. Avec une extrême lenteur, Åddren leva une main et l'inséra dans sa tunique vert et or. Il paraissait livide, et ses cheveux épars lui donnaient soudain l'apparence d'un vieil homme frêle. Avec précaution, il tira un disque d'or de sous sa tunique, un disque identique à celui qui gisait sur le sol. Åddren se tourna ensuite vers son ami et le fixa avec un regard qui aurait pu signifier des milliers de choses. Svarta ricana et regarda ses compagnons puis son dragon, dans l'expectative.

— Helyard ? dit le vieil Archimage d'une voix caquetante, je crois qu'une explication est nécessaire…

La mâchoire d'Helyard était serrée, et ses yeux étaient fixés sur le poids.

— C'est ridicule, croassa-t-il avant de passer la langue sur ses lèvres.

Svarta pencha la tête sur le côté :

— Excusez-moi ?

Les yeux bruns d'Helyard s'illuminèrent de colère et Farden aurait juré l'entendre gronder vers la reine sirénienne.

— J'ai dit que tout ceci était ridicule ! Foutredieu, ne voyez-vous pas à quel point cette accusation est absurde, Åddren ? Je suis resté ici à Krauslung toute la soirée, demandez à quiconque ! Ça n'a aucun sens !

Ses yeux étaient plissés, et son expression était celle d'un serpent venimeux pris entre une pelle et le talon d'une botte.

— À mon sens, la mort d'une douzaine de gardes siréniens et le vol du livre des Larmes n'a rien de ridicule, Archimage, avertit Fendrair.

La tension grimpa d'un cran. Farden leva les yeux vers le ciel et vit les nuages se rassembler au-dessus de la grande salle, recouvrant le ciel cristallin. Plusieurs dragons volaient en cercle, se découpant en taches colorées sur une toile grise.

Helyard abattit son poing sur le trône de marbre.

— Je suis innocent ! Comment osez-vous m'accuser, moi, un Archimage ! Vous ne pouvez pas prêter attention à ces mensonges !

Il était furieux et cherchait désespérément des explications en jetant des regards vers Åddren. Farden lisait la culpabilité dans ses yeux à présent, et l'humeur de la foule était passée de la peur incertaine à la colère indignée. Les conseillers murmuraient et pointaient des doigts accusateurs, acquiesçaient ou secouaient la tête en signe de dénégation. Farden sentit la colère enfler en lui, et résista à la tentation de traîner Helyard hors de la grande salle.

— Je ne suis pas un traître ! vociféra l'Archimage.

— Alors, expliquez-nous ! cria Svarta.

D'un coup de pied, elle envoya le Poids valdinguer au pied du trône.

— Mensonges ! Il a été volé, et…

Les mots s'étranglèrent dans sa gorge. Il ouvrit des yeux écarquillés et cligna frénétiquement des paupières, la bouche entrouverte. Les nuages s'amoncelaient, et les dragons en vol au-dessus de la Cathédrale rugissaient dans la tempête naissante.

Svarta écarta les bras et promena un regard accusateur sur la salle.

— Volé ! À l'un des Archimages ? En admettant qu'il vous a été volé, qui donc peut s'en servir, Helyard ? Qui ?

Plusieurs membres du Conseil secouèrent la tête comme si les accusations les concernaient directement.

— C'est bien ce qu'il me semblait, lâcha-t-elle.

Fendrair se racla bruyamment la gorge et adressa à Svarta un regard sévère. Elle reprit place au côté de son dragon, bouillonnante de colère et d'indignation.

Helyard continuait à bredouiller et à trembler de rage. Il regarda à nouveau vers Åddren, mais l'Archimage était affalé dans son trône, la tête appuyée sur une main. Son Poids gisait au creux de son autre main. Vice s'avança et se plaça au côté de l'Archimage pour lui glisser un murmure à l'oreille. Farden se demanda s'ils pouvaient vraiment parler en privé sous le regard pénétrant des dragons et du reste de la salle. Des oreilles indiscrètes se tournèrent vers le Maître mage. Vice sembla poser une question à l'Archimage ; Åddren secoua la tête à plusieurs reprises, puis finit par acquiescer en coulant un regard résigné vers le Maître mage. Ses yeux bleus paraissaient prêts à se briser comme du verre. Vice inclina la tête et se retira, les mains avec calme devant lui, bien qu'il tremblât de furie et de déception. Farden observa son ami avec intensité, retenant sa propre colère. Il échangea un regard avec Modren. Le mage roulait de gros yeux, visiblement perdu.

— Gardes…

La voix d'Åddren se brisa comme une brindille dans une forêt silencieuse. Pendant un instant, une expression d'horreur abjecte passa sur le visage d'Helyard. Les nuages étaient lourds et menaçants.

—… accompagnez l'Archimage hors de cette salle, prononça Åddren avec retenue.

Vice soupira et claqua des doigts à l'intention des hommes en armure entre les piliers. Cette fois, aucun cri de protestation, aucun murmure ne monta du Conseil de la magie. La foule se contenta d'observer la scène.

— C'est impossible ! protesta Helyard d'une voix qui se perdit dans les aigus.

Les soldats s'approchèrent vivement et essayèrent de lever l'Archimage de son trône. Visiblement réticents à le toucher, ils le conduisirent néanmoins vers l'autre bout de la salle. Farden s'attendait à voir le grand mage se débattre et essayer de s'échapper. Celui-ci continuait de protester à pleins poumons. Tout à coup, il se dégagea et tenta de s'enfuir, mais les hommes en armure formèrent un cercle autour de lui et le repoussèrent avec leur bouclier. Des cris ulcérés s'élevèrent du Conseil.

— Traître ! Serpent !

Helyard brandit ses poings, les yeux écarquillés de rage. Il tendit un doigt menaçant vers Svarta et cracha :

— Ce n'est pas terminé, Sirénienne ! Je vous préviens ! Åddren !

La voix d'Helyard retentit dans la salle encore quelques instants, puis les portes dorées se refermèrent sur lui.

Vice se tourna vers Svarta et Fendrair.

— Êtes-vous satisfaits, à présent ?

— Pas le moins du monde, répondit la Sirénienne en secouant la tête.

— Vous avez obtenu ce que vous êtes venus chercher ; Helyard a été percé au jour est sera puni en conséquence, dit Vice avant de regagner son propre siège aux côtés d'Åddren.

Svarta le pointa du doigt.

— Pas si vite, Maître mage ; nous sommes venus chercher des réponses.

Åddren laissa exploser sa colère :

— Et que peuvent bien être ces réponses, je vous prie ! ?

Son visage était pâle et ses mains tremblaient sous l'effet de la fureur ou de la déception – Farden n'en avait aucune idée. Le vieil homme abattit la paume de sa main ouverte sur l'accoudoir de marbre de son trône.

— Vous avez jeté le Conseil de la magie à genoux et destitué l'un des Archimages, qui est à présent arrêté pour trahison. Que pourriez-vous bien vouloir de plus ? Vous me voulez, moi ? La tunique sur mes épaules, ou mon trône ? Prenez-les !

Åddren tira sauvagement sur sa tunique vert et or, la passant par-dessus ses épaules. Il la jeta sur le sol de marbre à côté du disque sanguinolent et se leva, les bras ouverts, à moitié nu et les yeux hallucinés. Svarta, pour une fois, semblait à court de mots.

— Je viens de voir un homme se faire jeter en prison pour meurtre et trahison, un homme que je connais depuis longtemps, un homme auquel je faisais confiance ! Et pourtant, sous mes yeux, il a fomenté un complot contre son propre peuple ! Quand avez-vous assisté à une telle trahison pour la dernière fois, Svarta ? Dites-moi comment vous vous sentiez !

Les yeux d'Åddren flamboyaient. Il attendait une réponse, mais la reine sirénienne resta silencieuse se contenta de le regarder. Farden n'avait jamais vu l'Archimage un tel état, par plus que le reste du Conseil.

Fendrair prit une profonde inspiration :

— Je pense que nous avons eu assez de différends pour aujourd'hui.

Sa voix grave sembla calmer Åddren, qui retomba d'un air las sur son siège. Le dragon d'or poursuivit :

— Cependant, il nous reste à déterminer si Helyard agissait seul, ou bien si nous devons toujours nous préparer à faire face à cette créature.

Vice se leva :

— Je suis d'accord. Farden a été attaqué par un sorcier noir lorsqu'il se rendait en Nelska, nous devons donc présumer qu'il a d'autres acolytes.

 Luminance intervint d'une voix haut perchée :

— Mais sans le livre des Larmes ou ses traductions, nous n'avons plus aucune piste.

La masse des conseillers était impuissante ; les doigts glacés de l'échec se refermaient sur eux. Farden réfléchit intensément et tenta d'apaiser la colère qui sourdait en lui. Les paroles de Cheska, la nuit précédente, lui revinrent en mémoire.

Vice fit soudain claquer ses doigts.

— Albion, dit-il avant de regarder autour de lui.

Åddren semblait perdu. Fendrair plissa les yeux vers le Maître mage :

— Albion ?

— C'est là que s'est rendu Helyard, de nuit, à plusieurs reprises ces dernières semaines. Sur le moment, je ne me suis soucié de rien.

Farden se souvint d'un détail et prit la parole :

— Il s'est rendu à Albion la nuit précédant mon départ pour le Nelska. Le sorcier sur le navire avait aussi un accent d'Albion.

Les pièces du puzzle semblaient se mettre en place.

— Il a dit avoir à faire avec l'un des Ducs, se souvint Åddren.

Vice acquiesça :

— Il s'est rendu à Kiltyrin il y a deux nuits d'ici, et à Fidlarig avant cela. C'est une piste non négligeable.

Åddren porta la main son menton et murmura son approbation. Les membres du Conseil discutaient avec moult gestes. Tous semblaient accepter la suggestion.

— Nous pouvons envoyer des dragons à la recherche du puits d'ici quelques heures, annonça Svarta avec fermeté, et Farden fit quelques pas vers le centre de la salle, confiant.

Il résista à l'envie de frapper la reine sirénienne avec son épaule, puis se rendit devant les trônes. Il regarda vers Vice :

— Les Escrits peuvent se rendre par preste-porte au port de Dunyra, Maître mage. Je peux tous les y mener avant le coucher du soleil, prêts à combattre, dit-il.

Svarta sembla révulsée à la pensée d'une armée d'Escrits, mais Vice sourit.

— Nous aurons besoin de toute l'aide disponible, intervint Åddren.

Le Vieux Dragon remua, s'installa plus confortablement sur le sol puis grommela.

— À présent qu'Helyard a été démasqué, ses comparses vont probablement se hâter de déclencher leur piège, prévint-il.

— En supposant qu'ils ont déjà trouvé un puits des elfes noirs, fit remarquer Svarta.

Åddren leva une main et prit la parole sur un ton calme et mesuré :

— Nous ne pouvons pas nous permettre de prendre ce risque. Qui sait ce qu'Helyard a manigancé durant toutes ces années ; ou quels amis puissants il a de son côté, dit-il avec un soupir. Vice, amenez l'armée au port de Dunyra par navire ou par preste-porte, trouvez ce puits et détruisez-le. Je ne permettrai pas que ces traîtres invoquent la créature ; cette menace doit être écartée à tout prix !

Les conseillers se répandirent en murmures et lancèrent quelques exclamations.

— Je suis d'accord, grogna Fendrair. Je vais envoyer mes dragons les plus rapides en Albion dans l'heure, et si vous le désirez, le reste d'entre nous restera ici pour défendre Krauslung. Notre armée sera prête à quitter le Nelska demain matin.

— Je vous en prie, acceptez mon hospitalité.

Åddren courba l'échine dans une révérence amicale, bien que lasse. Fendrair se fendit de son sourire reptilien et Svarta s'éclaircit la gorge, avant de prononcer des remerciements froids et indifférents.

L'Archimage tapota le bord de son trône avec ses jointures.

— Le Conseil est maintenant prié de se retirer ; les dragons et leur partenaire sont autorisés à rester, tout comme vous, Farden.

Le Conseil se dirigea lentement vers les portes, avant de pénétrer dans le couloir à présent silencieux. Des serviteurs et des citoyens tentèrent de jeter un coup d'œil par-dessus la tête des gardes. Semblables à des oisillons affamés, ils étaient avides d'apercevoir l'intérieur de la grande salle. Modren fit mine de prendre congé, mais Farden l'invita à s'avancer et à le rejoindre devant les deux trônes.

Bientôt, la salle fut vidée et les portes verrouillées de l'extérieur. Vice lança un profond soupir, jetant toujours des regards furtifs vers le poitrail de Fendrair.

— Farden et moi-même allons préparer les troupes. Le travail ne manque pas.

Les yeux du Maître mage se reportèrent sur Farden, et celui-ci hocha la tête rapidement.

Åddren prit la parole :

— Je vais m'entretenir quelque temps avec Fendrair. Je veux que ce Poids soit caché dans vos appartements, Vice ; faites en sorte qu'il soit en sécurité et hors de vue.

Le Maître mage se leva pour récupérer le Poids maculé de sang. À l'aide du morceau d'étoffe, il ramassa et le serra fermement.

— Je vous retrouverai dehors, Farden, annonça Vice avant de quitter la salle.

Après son départ, Åddren fit un signe à l'attention du mage.

— Approchez, mage, dit-il.

Farden s'avança et s'inclina devant le trône. L'Archimage se pencha en avant et tendit son propre poids. Il capta un rayon de lumière et se para de reflets rayonnants, tel un soleil miniature. Åddren reprit la parole avec une profonde lassitude :

— Il semblerait que vous avez une nouvelle fois prouvé votre valeur, Farden, et je suis heureux de vous revoir en un seul morceau. Puisque vous avez toujours été d'une loyauté exemplaire envers l'Arche, tout particulièrement à la lumière d'une telle trahison, je veux à présent vous confier ceci, pour que chacun soit témoin de mon innocence. À partir de ce soir, je serai confiné dans mes appartements, et le Conseil sera suspendu jusqu'à nouvel ordre.

Åddren regarda Svarta et serra légèrement les paupières. Il poursuivit :

— Vice a fait le bon choix lorsqu'il vous a nommé à la tête des Escrits. Je sais que vous ne nous décevrez pas.

Farden se sentit honoré ; pour la première fois, il eut l'impression d'avoir échappé à l'ombre de son oncle ; qu'enfin, son dévouement avait été remarqué ; qu'il n'était plus un pion mais véritablement un joueur. Farden s'inclina une nouvelle fois et remercia l'Archimage. Il prit le Poids, s'émerveilla devant sa légèreté, puis le glissa à l'intérieur de son manteau. Alors qu'il se détournait, son regard croisa celui de Fendrair. Le dragon cligna doucement des yeux et laissa flotter l'ombre d'un sourire sur ses mâchoires. Svarta jeta un regard soupçonneux au mage qui s'éloignait, Modren sur ses talons.

Devant les portes, Farden s'arrêta et se retourna, pris d'une inspiration soudaine :

— Si vous me permettez de demander un service aux Siréniens, Magissime, j'apprécierais que Luminance m'emmène à l'abbaye de l'Arche dans la forêt de Durn, en Albion ; si son partenaire et elle-même n'y voient aucun inconvénient ? demanda-t-il.

Modren sembla atterré à l'idée de chevaucher un dragon.

— Et quel serait le but de cette diversion ? s'enquit Åddren.

— Voir mon supérieur à l'abbaye de l'Arche, le vampyre Durnus, répondit Farden, ce qui lui attira un regard encore plus écœuré de la part de Svarta. C'est un historien et un érudit, l'un des meilleurs de l'Arche. Il a passé des années sans nombre à étudier Albion et la magie noire, et je pense qu'il nous serait d'une aide précieuse pour trouver le puits des elfes noirs.

Åddren réfléchit un instant puis hocha la tête :

— Voilà une idée censée, et je n'y vois aucune objection. Néanmoins soyez preste, Farden ; nous n'avons pas de temps à perdre.

Åddren congédia le mage d'un signe de la main, et parvint à lui adresser un faible sourire. Farden voyait que les événements de la journée avaient lourdement affecté le vieil homme.

— Je vous retrouverai devant les portes de la ville, Farden, à la tombée de la nuit, annonça Luminance, et son partenaire adressa au mage un sourire formel.

Farden sourit à l'intention du dragon, s'inclina une nouvelle fois puis s'éloigna avec Modren dans son sillage.

Vice les attendait derrière la porte. La foule curieuse avait été chassée de la citadelle sur l'ordre inflexible du Maître mage. Ses soldats se tenaient à présent devant chaque porte de la forteresse, vêtus de leur armure noire et verte qui résonnait bruyamment lorsqu'ils patrouillaient dans les couloirs deux par deux.

— Vous voilà enfin, les réprimanda Vice.

La porte se referma bruyamment, et le Maître-mage interrogea Farden dans un chuchotement :

— Qu'a dit l'Archimage ?

— Il a dit que vous aviez bien agi en me nommant à la tête des Escrits, et il m'a remercié pour tout ce que j'ai fait en Nelska, répondit Farden.

Ils se mirent en marche, serpentant à travers les couloirs vers les étages inférieurs de la forteresse. Modren les suivait de quelques pas, délaissé et complètement dépassé par les évènements.

Vice marmonna et frotta son menton d'un air pensif. Il passa une main dans ses cheveux.

— Helyard, depuis le début, déclara-t-il.

Farden secoua la tête et serra les poings.

— Il s'est toujours opposé à nous. J'aurais dû le démasquer plus tôt, lorsqu'il a essayé de m'accuser.

— Aucun d'entre nous n'aurait pu prévoir que le traître serait un Archimage. Je n'aurais jamais pu l'imaginer.

— J'ai toujours su qu'il y avait quelque chose d'étrange chez lui. Il est le plus puissant des deux ; je m'attendais presque à ce qu'il s'échappe par la force, commenta Farden.

Vice acquiesça :

— Il est emprisonné à présent, et je voudrais bien le voir tenter de s'échapper. Les murs de la prison sont renforcés de sortilèges, pour une bonne raison. Même l'air ne s'échappe pas de ces cellules, dit-il.

Farden et Modren hochèrent la tête. Les prisons avaient une réputation légendaire, et représentaient le cauchemar de tout criminel. Vice observa les deux mages :

— Les Escrits seront-ils prêts à temps ? Même si je n'ai aucune confiance en ce lézard doré, Fendrair a raison : les acolytes d'Helyard pourraient libérer la créature n'importe quand.

Farden redressa le menton avec fierté.

— Je vais les rassembler sur-le-champ et les amener à la presteporte de Dunyra dès que possible. Nous serons à Fidlarig avant la tombée de la nuit.

— Bien. C'est vous qui tenez les rênes à présent, dit-il. Ne me laissez pas tomber.

Vice le regarda de côté et tempéra l'avertissement avec un sourire. Farden répliqua avec un rictus arrogant.

— Ça n'a jamais été un problème, dit-il.

Ils dévalèrent une volée de marches, leurs bottes résonnant sur la pierre. Le bruit enflait en contrebas.

— J'allais oublier ; je vais chercher Durnus à l'abbaye de l'Arche avant de me rendre à Dunyra.

Vice sembla étonné, légèrement contrarié.

— Pourquoi ?

— Ce vieux vampyre à passé ces deux cent dernières années assis dans son bureau, à étudier les puits des elfes noirs et leur histoire. Si nous voulons atteindre ce puits aussi vite que possible, il est notre meilleure chance.

— Très bien, amenez-le, dit le Maître mage à contrecœur. Je serai ici, à Krauslung. Quelqu'un doit rester ici pour empêcher la cité de s'effondrer. Åddren est perturbé, je ne pense pas qu'il aura les idées claires ; je veux être présent au cas où les choses tournent mal. Et il faut bien que quelqu'un garde un œil sur ses dragons, déclara Vice avant de se rapprocher pour murmurer à l'oreille de Farden.

— Je vois ce que tu veux dire à propos de cette sale Sirénienne, siffla-t-il.

Farden hocha la tête et garda le silence.

Les trois hommes s'enfoncèrent au cœur de la forteresse que formait la Cathédrale de l'Arche. À chaque volée de marches qu'ils descendaient, leurs pas s'accéléraient, comme si leur succès dépendait de leur hâte ; en moins de temps qu'il ne faut pour le dire, ils atteignirent la base de l'édifice, où la foule se massait. Vice s'arrêta sur les marches. Le brouhaha était assourdissant et rebondissait sur les murs de marbre. Il hurla pour se faire entendre :

— Je vous rejoindrai dans quelques jours. Ne me décevez pas, Farden ! Souvenez-vous, c'est vous qui êtes responsables à présent.

— En cas de problème, je serai de retour sur-le-champ ; gardez les preste-portes ouvertes !

Farden serra la main de Vice, et Modren s'inclina profondément. Le Maître mage serra l'épaule de Farden puis s'en retourna par où ils étaient venus.

— Que les dieux soient avec vous ! lança-t-il par-dessus son épaule.

Lorsqu'il eut disparu, Farden soupira et haussa les épaules vers Modren. Son ami secoua ses cheveux blonds et émit un soupir exaspéré.

— Tu as bien des choses à expliquer.

Farden leva les yeux au ciel.

— Cette nuit, lorsque je serai rentré de l'abbaye de l'Arche, je te raconterai tout, assura-t-il. Cette journée est un beau foutoir.

— C'est tout cette situation qui est un beau foutoir ! Le moral sera au plus bas lorsque la nouvelle de l'arrestation d'Helyard se répandra, jura Modren.

— Je sais, mais nous avons d'autres problèmes à régler ; de nombreuses personnes comptent sur nous. Je vais aller chercher mes affaires et me préparer. Nous nous retrouverons ici au coucher du soleil, comme je te l'ai dit.

— Très bien, dit Modren, et les deux mages se dirigèrent avec détermination vers l'atrium.

chapitre 13

« Personne ne s'avancerait à dire que les Escrits sont hors de contrôle, mais il est bien connu qu'ils ne sont jamais aussi efficaces que lorsqu'on les laisse agir à leur manière. En équipe ou bien seuls, tant que les Escrits remplissent leurs missions, le Conseil ferme les yeux sur la méthode. Cependant, grâce aux dieux, nous avons agi à l'encontre des troisième et quatrième règles – certains Escrits chevronnés sont presque aussi habiles que moi... »
Notes découvertes dans les appartements de l'Archimage Helyard

Le remue-ménage n'avait pas faibli depuis le matin, et les deux hommes durent à nouveau pousser, jouer des coudes et vociférer pour traverser la foule. Farden salua Modren d'un signe de la main, et se débattit de plus belle pour atteindre la rue. Une demi-heure plus tard, il était de retour à la Chèvre Barbue et étanchait sa soif avec de l'eau de pluie fraîche. Les ivrognes avaient été éjectés de l'auberge et l'établissement retrouvait peu à peu son état normal. Quelques personnes à l'air éreinté étaient occupées à nettoyer. L'aubergiste adressa à peine quelques mots au mage. De larges cernes s'étendaient sous ses yeux et ses cheveux ressemblaient à une botte de paille désordonnée. Farden paya sa chambre et sa boisson, puis se dirigea vers le premier étage pour rassembler ses affaires. Il était à peine midi, et le soleil ne se coucherait pas avant quatre ou cinq heures. Farden s'effondra sur son lit et sombra dans un sommeil profond.

Lorsqu'il s'éveilla une heure plus tard, il se sentit mieux, revigoré. Le soleil entamait sa longue descente sur les versants ouest, et la ville qui s'étendait sur la fenêtre était toujours en ébullition. Farden se félicita d'avoir gardé la fenêtre fermée. Il s'étira, bâilla et se leva. La plupart de ses vêtements étaient déjà prêts, puisqu'il n'avait pas vraiment défait ses paquets. Son épée, cependant, était émoussée et ses bottes avaient triste mine. Il passa en revue son équipement, toujours bien fourni grâce aux Siréniens. La petite fiole d'eau de fonte scintillait d'un éclat bleu dans la lumière du soleil. Les cartes qu'on lui avait données paraissaient illisibles, mais elles pouvaient toujours lui être utiles ; il les emporta donc avec le reste. Le livre sur l'art du vol rejoignit la carte, suivi par la fjortla de Cheska. Récupérant son manteau sur le dossier de la chaise, Farden l'enfila. Un objet solide heurta son épaule, lui arrachant une grimace de surprise. Le mage fouilla dans ses poches jusqu'à trouver le coupable : le Poids. Il le leva dans la lumière et passa ses doigts rugueux sur la surface d'or, palpant les inscriptions gravées. Les mots étranges, peu familiers, étaient similaires à l'étrange alphabet sur la couverture des livres de Durnus. Farden tenait le disque comme s'il allait exploser à tout moment ; comme si toucher l'objet suffisait pour le projeter vers un endroit inconnu. Avec prudence, Farden remit l'objet dans sa poche et s'assura qu'il y était en sécurité. Sur ces entrefaites, il hissa sa besace sur ses épaules et son épée sur son dos. Le mage était prêt à repartir.

Farden quitta la Chèvre Barbue d'un pas énergique et prit la direction du marché le plus proche. Les gens étaient occupés à barricader les portes et les fenêtres à l'aide de planches et de caisses de bois. Quelqu'un avait abandonné un vieux chariot au milieu de la route et un homme s'était perché au sommet, déterminé à brailler que la guerre était proche. Il serrait une bouteille dans une main et titubait sur le chariot instable. Des soldats montaient la garde à chaque coin de rue, et des patrouilles sillonnaient la foule. Les soldats semblaient nerveux, ce que Farden comprenait parfaitement. Il leva les yeux vers le ciel. Les nuages s'amoncelaient, de plus en plus compacts à mesure que la journée avançait. Helyard n'y était sans aucun doute pas étranger, enchaîné au fond de sa cellule. Les ombres galopaient sur la ville à mesure quand les nuages passaient devant le soleil, et la lumière du jour commença à décliner. Marchant à bonne allure, Farden garda un œil sur le ciel. Il décida de se méfier du temps.

Le mage atteignit enfin le marché bondé et se fraya un chemin jusqu'à la forge. Des armes étaient empilées sur les tables ; des soldats se pressaient à la queue, visiblement impatients. Ils partageaient une expression d'ennui fébrile, et attendaient leur tour en silence. Farden s'approcha de la queue. Il sentit les regards se tourner vers lui. Alors qu'il atteignait l'arrière de la file, les hommes firent un pas de côté, un par un, et lui firent signe d'avancer. Farden fit un signe de tête et adressa un sourire à chacun des hommes qui s'écartaient sur son passage. Apparemment, les rumeurs allaient bon train dans la cité.

Un jeune homme maigre prit son épée et la retira de son fourreau avant de palper le tranchant. Il ne semblait pas avoir plus de dix ans, mais il fit tournoyer l'épée autour de lui, acquiesça, puis la présenta à l'homme qui se tenait devant la pierre à aiguiser. Celui-ci observa la lame, passa un pouce sur le tranchant, puis enclencha sa roue. Une gerbe d'étincelles jaillit de l'acier, qui siffla et gémit au contact des arêtes grises et rudes de la pierre. Farden patienta, promenant les mains sur les pièces d'armure et les boucliers sur les étals, plongé dans ses pensées.

Après quelques instants, la lame fut prête, et le garçon la tendit au mage. Farden vit les yeux du jeune garçon s'agrandir avec avidité à la vue du métal rouge et doré autour des poignets de Farden. Ce dernier sourit et les tapota du bout du doigt.

— Même pas pour tout l'or du monde, mon garçon, dit-il avant de s'éloigner, lançant un dernier signe de tête reconnaissant à la file des soldats.

Remplacer ses bottes lui prit plus de temps, tant il sembla difficile pour les marchands de trouver une paire à sa taille. Après une heure de recherche, il tomba sur une paire de bottes de voyage assorties à sa cape noire, qui épousèrent la forme de ses pieds avec un naturel parfait. Lorsque les bottes eurent été « bénies » par le propriétaire de l'étal – un jeune homme très étrange agité de tics nerveux –, Farden reprit la route vers la Cathédrale de l'Arche. Au passage, il rassembla encore quelques objets utiles. Alors qu'il était sur le point d'échapper à l'étreinte du marché encombré, il aperçut un étalage minuscule au coin de la rue, à peine constitué d'une bannière et d'une caisse dissimulés sous le porche d'un vieux bâtiment. Une femme de grande taille, presque plus grande que lui, se tenait derrière son étal et observait l'agitation avec un visage calme et dépourvu d'expression. Il n'y avait pas de temps à perdre, mais la marchandise attira inexorablement l'œil de Farden. Sur le cageot poussiéreux, on avait étalé un tissu blanc surmonté de pierre et de gemmes de toutes sortes. Farden se rapprocha pour les examiner.

Certains avaient une surface lisse, d'autres étaient rudes et hérissées d'épines. L'une d'entre elles scintillait dans la lumière déclinante, parcourue de reflets multicolores. Une autre encore ressemblait à une pépite d'or ; le reste des pierres présentait un camaïeu de violets et de verts fondus, d'oranges mouchetés et de veinules écarlates. Farden ne put s'empêcher d'étudier chaque pierre, sous le regard serein de la jeune femme.

— Puis-je vous aider, Sire ? S'enquit-elle, et Farden leva les yeux vers elle.

Elle était pâle, extrêmement pâle ; sa chevelure d'un noir de jais lui tombait sur les hanches. Ses membres et son visage étaient effilés, comme si son corps tout entier avait été étiré vers le haut. Les yeux vitreux de la jeune femme ressemblaient à ceux d'un lézard ; ils semblaient se mouvoir indépendamment, aussi inexpressifs que des trous remplis d'eau sombre et boueuse. Farden montra du doigt un petit cabochon de quartz. La pierre changeait lentement de couleur, oscillant entre le rouge et le vert.

— Qu'est-ce que c'est ? demanda-t-il, et l'étrange femme se pencha en avant comme si elle venait tout juste de remarquer les pierres devant elle.

— La pierre de sang soigne les alliés et protège de l'injustice.

Sa voix était faible, dépourvue d'accent et étrangement monotone.

— Nombre de femmes viennent me voir pour elle ; elle ramène les amants perdus.

Il désigna une pierre grise qui scintillait comme de l'acier.

— Celle-là aussi, elles achètent, dit-elle avant de pencher la tête sur le côté comme un oiseau prêt à avaler un asticot. Êtes-vous ici pour une femme ?

Farden secoua prestement la tête.

— Non, enfin oui, je cherche juste un cadeau pour ma… sœur. Elle est partie pour trois jours, et je voulais lui offrir quelque chose à son retour, dit le mage avec un sourire bref. Parce qu'elle va revenir, ajouta-t-il.

La jeune femme lui rendit son sourire, mais avec un visage figé et dépourvu d'émotion.

— Eh bien, Escrit, voilà qui fera un bien beau présent pour elle.

Ses doigts interminables planèrent au-dessus du tissu, puis s'arrêtèrent finalement sur un rocher aux reflets cuivrés. Il ressemblait à une pépite d'or terni, aux faces angulaires et aux arêtes chatoyantes.

— Ces pierres tombent des étoiles à l'est aux petites heures du matin. Certains les appellent pierres de feu, d'autres pierres du dæmon. En tout cas, elles révèlent la vérité cachée, apportent l'espoir et font d'excellents présents pour… disons, un être cher.

— Ma sœur, dit Farden.

La marchande hocha la tête et sourit à nouveau.

— Bien sûr.

Le mage se frotta le menton.

— Combien ?

— Deux d'argent, pour le dérangement, répondit la femme aux pierres.

Il avait rarement prit la peine d'acheter des cadeaux pour quiconque, mais l'intention était louable, et Farden pris son argent. Il plaça deux pièces sur le tissu, et la marchande les attrapa vivement avant d'emballer le petit rocher dans une feuille de papier cirée. Ses mains se mouvaient avec rapidité sur le paquet, provoquant de petits bruissements de papier, et bientôt le cadeau de Farden fut emballé, sagement posé entre les mains de la marchande. Il sourit à nouveau, mal à l'aise, et tendit la main. À la manière dont les lèvres de la marchande se retroussèrent, au regard qu'elle lui lança, il s'attendait à moitié à la voir se rétracter et demander quelque chose d'autre, mais elle resta parfaitement immobile. Le mage enfonça le paquet dans son manteau et s'apprêta à prendre congé. La marchande leva ses yeux vitreux vers le ciel gris et marmonna :

— la pluie arrive, on dirait.

Farden regarda les nuages qui pesaient au-dessus de leur tête, lourds de pluie. L'Archimage se surpassait ; il était temps de retrouver le reste des Escrits. Le mage hocha la tête à l'intention de la femme étrange et quitta son étal, sentant son regard étrange dans son dos. La gemme rebondissait contre sa poitrine, lui faisant penser à Cheska à chaque pas. Farden la garderait tant qu'elle était à la Spire, puis, lorsqu'elle serait reposée et soignée, il lui offrirait. Il pouvait presque voir son visage s'illuminer. Puisque la déesse l'avait toujours gardé en vie, il prit une profonde inspiration et lui adressa une prière. Enfin, il prit la direction de la Cathédrale de l'Arche, alors même que les premières gouttes de pluie s'abattaient sur la ville, et que les ténèbres s'insinuaient dans le ciel d'hiver.

❦

Presque une heure plus tard, il atteignit les portes de la Cathédrale de l'Arche. De lourdes gouttes de pluie rebondissait sur les murs, trempant la cité jusqu'à l'os. L'averse noyait littéralement la ville, faisant craquer et gonfler les édifices tels des navires. Lorsque la pluie avait commencé, les rues s'étaient rapidement vidées. La foule en colère s'était dispersée, et chacun était rentré se réfugier à l'intérieur, fermant les portes et tirant les rideaux. Il n'y avait plus un cri, plus une exclamation de joie ; les nouvelles de l'incarcération de l'Archimage s'étaient répandues comme une traînée de poudre, et le coup avait été dur. Farden regardait autour de lui, écoutant le bruit de ses bottes dans les flaques bouillonnantes. Krauslung semblait étrangement silencieuse ce soir-là.

Modren l'attendait dans la pluie, le capuchon relevé et un sourire de dément sur le visage. Il aperçut Farden qui approchait sur les pavés et leva une main. Il rejoignit son ami et s'ébroua.

— Il commence à faire froid par ici, remarqua-t-il.

— Quand on reste debout dans la pluie, rien d'étonnant, répliqua Farden.

Les mages se dirigèrent vers les torches crépitantes accrochées aux murs de la Cathédrale de l'Arche. Les portes étaient entrouvertes, et laissaient échapper une clameur sourde, une cacophonie qui couvrait le bruit de la pluie. Une brillante lumière se déversait dans la rue, et les gardes devant l'immense porte semblaient mal à l'aise, méfiants. Modren se pencha vers Farden et chuchota dans sa main en coupe.

— Attends de voir l'intérieur, Farden ; je n'ai plus vu ça depuis très longtemps.

Farden lui lança un regard intrigué, puis il comprit ce qu'il voulait dire. Les battements de son cœur s'accélérèrent. Sans aucune cérémonie, les gardes s'arc-boutèrent contre les lourds battants, et la brillante lumière des torches aveugla momentanément les deux mages. La rumeur s'atténua avant de disparaître, et Farden cligna des yeux pour accoutumer sa vision. Une centaine de visages étaient tournés vers lui. Son estomac se retourna brièvement sous l'effet de la peur, ou peut-être du trac.

Modren avait vu juste. L'atrium était rempli d'Escrits. Farden ne pensait pas en avoir vu autant de toute sa vie, et son corps se gonfla de fierté. En armes, ils étaient équipés, impatients de se battre, les yeux brillants d'excitation à la perspective d'une bataille. Farden parcourut la multitude de visages, repérant des compagnons avec lequel il avait combattu, et de parfaits inconnus ; les jeunes au visage frais se tenaient à côté de guerriers endurcis, marqués par les batailles. Tous rayonnaient de confiance. Les Escrits partageaient un sourire singulier, celui-là même que Farden avait arboré à bien des reprises –l'expression de leur caractère assuré, qui brûlait sur leur visage et dans leur dos. Farden se dressa aussi droit qu'il le put. Il s'efforça d'adopter un air autoritaire. Il voulait montrer son appartenance au groupe. Il essaya d'oublier que tous connaissaient l'histoire de son oncle. À ceux qui soutenaient son regard, il tenta de vriller ses yeux sans pitié, imposant le respect. Parmi l'infinité d'attitudes possibles, il voulait être ce que chacun attendait de lui. Les paroles de Cheska lui revint à l'esprit – si le Maître mage pense que tu en es capable, tu devrais en faire autant.

Farden prit la parole d'une voix claire et ferme.

— Écoutez-moi tous !

Farden entendit son nom se répandre en murmures à travers la salle de marbre. Il resta impassible.

— Vous me connaissez tous ; si ce n'est pas le cas je m'attends à ce que vous y remédiez. Vous savez ce qu'Helyard a fait, et que des traîtres ont tué les érudits d'Arfell. La rumeur s'est toujours répandue plus vite ici que nulle part ailleurs.

Quelque mages gloussèrent, d'autres hochèrent la tête. Les murmures s'intensifièrent.

— Je ne vais pas perdre notre temps précieux à déblatérer. Voici notre problème : les assassins des savants ont volé un grimoire, un guide d'invocation très puissant écrit par les elfes noirs. À l'aide du livre, ils veulent libérer un monstre antique qui va réduire Emaneska en cendres. À présent qu'Helyard a été jeté en prison, le Conseil est persuadé que ses comparses vont accélérer leur plan. Notre seule chance de trouver un puits des elfes noirs avant eux, et c'est pourquoi nous nous rendons en Albion ce soir, au port de Dunyra.

Farden respira profondément et observa les visages devant lui, qui l'observaient dans l'expectative, pas le moins du monde inquiets. Le mage poursuivit sans hésitation :

— Nous savons tous que nous sommes les meilleurs dans notre domaine, parce que nous avons passé notre vie à le prouver. Cette fois encore, la sécurité de l'Arche repose sur nos épaules et nous allons mettre un terme à cette situation, à la manière des Escrits. Je ne vous ordonne pas d'y aller, je vous propose de faire notre travail, et de le faire comme toujours : comme un Escrit !

Une centaine de poings se dressèrent dans les airs et un immense rugissement emplit la salle de marbre. Avec un large sourire, Farden se tourna vers Modren à son côté. Il bomba son torse chétif et jeta un regard circulaire sur les Escrits, la même expression que Farden sur le visage. Celui-ci éclata de rire. Des exclamations réjouies remplirent la salle, tandis que les mages formaient de longues queues bruyantes face à l'escalier principal. Quelque cris plus tard, ils furent alignés et s'échauffèrent en frappant leurs pieds sur le sol, préparant leur magie dans une vibration impressionnante. Farden se tourna vers Modren et cria dans son oreille :

— Emmène-les à Dunyra et retrouves-y les dragons. Assure-toi de faire le nécessaire si la situation tourne mal. Tu vois ce que je veux dire ?

Modren hocha la tête avec ferveur. Avec un grognement, Farden resserra la sangle de sa besace, frappa le bras de son ami et se mit en route. Modren l'observa quitter la salle, laissant les Escrits à leur zèle. Il émergea dans la rue pavée, prit une profonde inspiration et expira lentement à travers ses narines. Il ne s'était pas rendu compte à quel point il avait chaud, mais les gouttes de pluie froide sur sa peau le firent frissonner, et il écouta les battements de son cœur s'apaiser. La pluie rebondissait sur les gouttières et s'engouffrait dans les égouts, marquant sa rencontre avec le monde par un vacarme tapageur. Le crépuscule approchait, guettant au ras de l'horizon comme un chat affamé. Farden s'arrêta quelques instants avant de reprendre sa route vers les portes de la ville et vers la nuit.

Une plus tard, la nuit était tombée et l'averse n'avait fait qu'empirer. Quelques gardes s'étaient réfugiés sous l'arche à l'entrée de la ville. Ils saluèrent le mage et s'empressèrent d'ouvrir l'épais portail de fer. Farden se coula dans l'ombre du mur et souffla son haleine chaude sur ses mains mouillées pour les réchauffer. Le grondement du tonnerre ébranla le ciel lugubre, et un nouvel éclair déchira la nuit. Le mage repéra Luminance, qui se tenait un peu plus loin sur le chemin. La pluie ruisselait sur son corps, cherchant à s'infiltrer dans ses yeux. Elle clignait des paupières et dévoila ses dents dans un sourire carnassier.

— Paix à notre rencontre, Farden, lui lança-t-elle par-dessus le crépitement de l'averse.

Le mage sourit discrètement et s'approcha du dragon.

— …et ma bénédiction, sans aucun doute ! dit-il lorsqu'il arriva à sa hauteur. Merci encore d'avoir accepté de m'emmener en Albion.

— Tout le plaisir est pour moi ! Lakkin a laissé sa selle en place pour vous faciliter la tâche, étant donné le temps. Pour une première fois, je ne recommande pas vraiment de monter un dragon à cru.

Farden dut acquiescer. La dragonne tourna sa tête blanc et or pour désigner le siège de cuir attaché à la naissance de son cou. Farden serra les poings dans un dernier effort pour y insuffler un peu de chaleur. Elle tendit le cou vers la colline, en direction de

Manesmark, où les lumières de la Spire brillaient intensément. Le mage prit une profonde inspiration.

— Avez-vous peur ? plaisanta Luminance, s'insérant dans ses pensées.

Farden sourit :

— Bah, un peu, avoua-t-il en haussant les épaules.

Luminance cligna de l'œil :

— C'est bien normal – nos partenaires s'entraînent des années durant. Mais à ce que j'en sais, voler est bien plus intéressant que d'utiliser une preste-porte.

— J'en suis convaincu.

Farden se tut un instant. La pluie ruisselait sur le bord de son capuchon en cascades minuscules.

— On y va ? s'enquit-il.

Luminance inclina la tête.

— Comme vous voudrez. Montez, avant que la tempête n'empire !

Elle abaissa son épaule au niveau du sol, puis tendit une aile pour former une rampe jusqu'à la selle. Après un instant d'hésitation, Farden escalada ses écailles mouillées et chercha son équilibre avant de glisser son pied dans une petite boucle de cuir attachée à une épaisse lanière. Il chancela, puis reprit son équilibre et balança l'autre jambe au-dessus de la selle. Il était à présent assis sur le dragon. Lorsqu'il eut refermé les ceintures de cuir au-dessus de ses cuisses et de ses pieds, Luminance se redressa et déploya les ailes au-dessus de sa tête, laissant la pluie crépiter sur la surface parcheminée. Farden s'assura que son équipement était complet et ne risquait pas de s'envoler, puis resserra la lanière qui maintenait l'épée sur son dos.

— Vous êtes prêt ? lui cria-t-elle.

Farden souffla pour éviter que l'eau ne s'insère dans sa bouche et sourit avec raideur. Elle tourna la tête pour le regarder.

— Je crois que oui ! lança-t-il, et la dragonne lui décocha un sourire tapissé de crocs.

— Allons-y ! s'exclama-t-elle.

Le dragon pâle s'accroupit pendant un court instant, juste assez pour que Farden regrette sa décision, avant de s'élancer dans le ciel d'un immense bond. La pluie et le vent écrasèrent le corps de Farden contre les écailles rugueuses, pendant toute la durée de ce premier battement de ses ailes énormes. Puis un nouveau battement s'ensuivit. L'air hululait autour de lui tandis que des ailes blanches brassaient l'air avec des vrombissements semblables à un arbre qui s'abat dans la forêt. Le mage rebondissait sur la selle à chaque nouveau mouvement du dragon. Les sangles protestèrent mais semblaient tenir bon. Luminance se redressa et pointa la tête vers le ciel, obligeant Farden à agripper désespérément la corne de cuir sur le devant de la selle. Il avait l'impression de traverser une preste-porte. Le vent était assourdissant. Le mage avala sa salive avec nervosité lorsqu'il aperçut sa ville, étendue au-dessous de lui comme une carte complexe, de plus en plus petite à chaque battement des ailes puissantes du dragon. D'une certaine manière, voir le sol d'une telle distance était réjouissant, bien que dérangeant. Les dents de Farden se mirent à claquer sous l'effet de l'excitation, et les jointures de ses poings crispés sur la selle étaient si blanches et glacées qu'elle semblait appartenir à quelqu'un d'autre.

Farden se pencha en avant pour épouser les formes de la créature, et commença à sentir les mouvements du corps du dragon. Il sentait les frémissements et les embardées de sa queue, qui leur permettait de garder le cap face au vent. Les montagnes d'Össfen ressemblaient à des débris éparpillés, et Farden tira le col de son manteau sur son visage pour protéger ses yeux du vent mordant.

chapitre 14

« Les déserts du Paraia sont bel et bien des terres sauvages et inhospitalières ! Prenez garde au monstrueux coelo, dont la peau est une armure et le nez est surmonté d'une corne. Guettez le bastion, qui domine les infinies plaines de sable avec ses jambes larges comme des troncs et ses défenses capables d'embrocher quatre bœufs d'un seul coup ! Et, bien sûr, prenez garde aux ruses du faune, une créature du désert certes rare mais bien connue pour sa perfidie et ses mensonges. Brave voyageurs, méfiez-vous ! »
Les Périls du Paraia, par le tristement célèbre Maître Wird

Jarrick montait la garde depuis près de douze heures, et il n'allait pas tarder à s'assoupir à son poste. Secouant la tête, il renifla et s'efforça de garder les paupières entrouvertes. Ganlir serait bientôt là, se persuada-t-il. Mais Ganlir dormait probablement à poings fermés. Le garde fourbu haussa les épaules dans sa lourde armure dorée. Il leva les yeux vers le couloir à sa gauche, un boyau sombre que la lumière des torches près de la porte ne parvenait pas à éclairer. Au fond de ce couloir, sur la droite, se trouvait une épaisse porte de chêne renforcée de traverses de métal, derrière laquelle dormait Helyard le parjure. On l'avait jeté dans une pièce sans fenêtre, où seuls un tas de paille et une couverture rugueuse lui apportaient un peu de chaleur.

On avait emmené l'Archimage presque douze heures auparavant, lorsque Jarrick avait commencé sa longue veille. Le vieux mage, jadis fier dirigeant de l'Arche, avait été réduit à un vieil homme prostré, qui crachait des menaces et d'immondes malédictions comme un voleur du commun, promis au pilori. Des heures durant, Helyard avait martelé la porte de sa cellule en beuglant, avant de renoncer à la tombée de la nuit. À présent, il n'y avait plus aucun bruit.

Jarrick fixa encore les ombres du couloir pendant quelques instants, puis renifla à nouveau. Au moins, il était au chaud, à l'abri, et ne devait pas monter la garde sous la pluie battante, songea-t-il. Satisfait que tout fût normal, le soldat somnolent reporta le regard sur son mur favori. Il compta les briques et les taches de lichen. Ses paupières se fermèrent brièvement, mais il se ressaisit et changea la position de sa main sur sa lance. Il se concentra sur la sensation du bois dans sa paume et essaya de rester sur ses gardes… Où avait bien pu passer Ganlir ? se demanda-t-il dans un bâillement.

Une minute plus tard, Jarrick reposait contre le mur froid. Son armure raclait doucement la pierre en suivant les mouvements de sa poitrine. Un léger ronflement s'échappa de ses lèvres entrouvertes, et ses paupières s'agitèrent dans un rêve éphémère. Il n'entendit pas la porte sur sa gauche s'ouvrir avec lenteur, pas plus qu'il ne vit une silhouette sombre, encapuchonnée et funeste, se faufiler dans la pièce. Avec des gestes posés, l'intrus referma la porte derrière lui et tendit le bras vers les clefs pendues à un crochet. Elles tintèrent légèrement lorsqu'il s'en empara. Au-dessus, une torche brûlait dans un tasseau aménagé dans le mur. De sa main libre, l'intrus toucha les flammes. Le feu sembla couler sur sa peau avant de disparaître, plongeant la pièce dans le noir total. L'inconnu écouta les ombres, mais n'entendit que les ronflements paisibles de Jarrick.

La silhouette se faufila dans le couloir. Il trouva aisément la porte de bois et d'acier, qui avait été verrouillée de l'extérieur à l'aide d'un système complexe de crémaillères et de loquets. Les clefs cliquetèrent une nouvelle fois lorsque l'intrus passa les doigts sur leurs motifs, cherchant le plus adéquat. Enfin, il inséra une étrange pièce de métal dans la serrure, et entendit un déclic satisfaisant au cœur du mécanisme. L'intrus s'empara de la poignée, mais celle-ci était retenue par une force invisible. Dans l'ombre, une grimace contrariée s'empara du visage de l'inconnu. Celui-ci promena les doigts sur la surface de la porte, palpant des creux infimes. À hauteur du trou de la serrure, il pressa sa paume contre le bois. Un bruit sourd retentit, suivi d'une pulsation qui se propagea sur le chêne. L'inconnu patienta, prudent, puis poussa la porte. À contrecœur, le battant pivota de quelques pouces, avant de s'ouvrir sur une odeur de sueur et de frustration. Une puanteur d'urine obligea l'intrus à plisser le nez, mais il passa néanmoins le seuil de la cellule puis verrouilla la porte avec un sortilège de sa propre invention.

Un bruissement s'éleva, accompagné d'un bruit de paille froissée. Des flammes vives envoyèrent les ombres en déroute. Le feu brûlait au creux de la paume de l'intrus, qui leva la main afin de percer la pénombre. Une lumière orange dansait autour de lui, éclairant de petits tas de paille et un lit branlant, constitué de morceaux de bois flotté. Roulé en boule sur la couverture rugueuse, Helyard grogna et se frotta les yeux. L'Archimage était couvert de poussière des pieds à la tête ; sa tunique était humide, tachée.

— Qu'est-ce que vous me voulez ? lança-t-il d'un ton bourru.

L'intrus fit un pas en avant. Ses épaisses bottes de voyage raclèrent la pierre tandis qu'il se penchait vers le visage de l'Archimage.

— Je suis venu vous libérer, Archimage, murmura-t-il.

Helyard jeta un regard perçant à l'intrus, mais son capuchon dissimulait entièrement ses traits.

— Qui êtes-vous ? demanda le vieux mage.

Le grand étranger recula et désigna la porte de la cellule.

— Un ami, répondit-il.

Helyard se redressa avec un grognement las et posa ses jambes mal assurées sur le sol. Le vieil homme passa une main dans ses cheveux blonds crasseux. Ses yeux d'ébène se posèrent avec tristesse sur la silhouette encapuchonnée qui se tenait entre lui et la sortie.

— Les amis sont une denrée rare ces temps-ci, dit-il avant de se lever en soupirant.

L'Archimage agita la main d'un air impatient et reprit :

— Eh bien, quoi que vous attendiez de moi, allons-y.

L'étranger resta immobile. Helyard toussa et croisa les bras.

Sous son capuchon, l'intrus eut un rictus mauvais. Soudain, il gronda et projeta ses mains en avant, telles des lames. L'air vibra, projetant l'Archimage contre le mur du fond. Son crâne heurta violemment la pierre, l'obligeant à cligner des yeux pour repousser la douleur. La tête d'Helyard tournait frénétiquement, mais il leva des mains encore lestes pour se protéger d'un éclair qui se précipitait sur lui. Le sortilège explosa au contact d'un mur invisible à un pied de l'Archimage. Des étincelles crépitèrent furieusement sur son bouclier, mais il tint bon, les yeux brillants de défi. Helyard frappa du pied sur le sol. Un mur d'air s'écarta de lui, se propagea sur le sol comme une vague grise s'écrasant sur la grève. Le lit vola en éclats contre le mur. L'étranger fut projeté contre la porte métallique, mais il reprit rapidement contenance. Ses doigts osseux formèrent une parodie de patte griffue, et son bras tout entier se mit à se tordre et à se convulser. L'homme encapuchonné semblait lutter avec les paroles de son sortilège, comme si les mots étaient des échardes dans sa gorge.

À l'autre bout de la pièce, Helyard s'immobilisa. Ses yeux sortirent légèrement de leurs orbites. Ses jambes se dérobèrent sous lui et ses mains tentèrent d'agripper la poigne de fer invisible qui lui serrait la gorge. L'Archimage émit des gargouillements paniqués à mesure que la vie l'abandonnait. Ses vertèbres craquèrent et se resserrèrent les unes contre les autres. L'étranger abaissa lentement sa main crochue, et Helyard s'affaissa progressivement sur le sol. Ses bras et ses jambes s'agitaient avec frénésie ; sa bouche était ouverte dans une tentative d'avaler une goulée d'air.

Le sortilège s'interrompit brutalement, et l'Archimage s'affala sur le sol de pierre. Prostré, il semblait paralysé, inconscient.

Reniflant avec mépris, l'homme encapuchonné fit quelques larges enjambées vers sa victime, puis tira un long poignard de sa tunique. Il s'accroupit sur le corps immobile. Les paupières d'Helyard étaient étroitement fermées, crispées par la douleur. L'inconnu se pencha, leva le poignard au-dessus de sa proie, prêt à détendre ses muscles comme un cobra. Mais l'Archimage n'attendait que ça. Avec une vivacité étonnante pour son âge, Helyard attrapa le bras de l'intrus et poussa un cri guttural. Une lumière verte émana du bout de ses doigts, et l'étranger s'envola avec un cri de surprise. Il heurta le plafond, répandant dans la pièce une pluie de pierres brisées et de poussière. Dans un nouveau craquement, l'homme retomba sur le sol et l'air s'échappa de ses poumons dans un sifflement audible. Des éclats volèrent dans toutes les directions, plongeant la pièce dans un brouillard grisâtre.

— Vous voulez vous débarrasser de moi ? cria l'Archimage. Vous avez cru pouvoir assassiner le vieux mage dans son sommeil, hein ? Qui êtes-vous ?!

Helyard essuya la poussière de son visage et agrippa son assaillant, qui gisait sur le sol. Avant qu'il ne puisse tenter quoi que ce soit, le vieux mage le frappa rudement. Saisissant l'opportunité, il tira sur le manteau de l'intrus et arracha son capuchon, avant de jeter un sort de lumière pour révéler son visage.

Le poignard, vif éclair argenté dans l'air poussiéreux, s'enfonça dans la poitrine de l'Archimage. Du sang s'invita au coin de la bouche d'Helyard. Il cligna des paupières, roulant des yeux stupéfaits. L'étranger le fixa d'un regard intense, se délectant de chaque émotion qui traversait le visage de sa victime, de chacun de ses soubresauts douloureux.

— Toi ? croassa Helyard, les paupières plissées.

— Depuis le début, murmura l'étranger d'un ton grave.

Il relâcha doucement le poignard, et l'Archimage tomba à genoux. Il s'assit sur ses talons sans détacher les yeux du visage de son agresseur. Du sang se répandait sur sa poitrine et sur ses genoux, mais il était incapable de se redresser ou de détourner le regard. Il vit un sourire tordre les lèvres de Vice, un rictus arrogant qui tira lentement sa joue vers ses yeux, se joignant à son regard dément.

— Depuis le… balbutia Helyard.

Il se balança d'avant en arrière sur ses genoux, aussi fragile qu'une volute de fumée dans le vent.

— Le début, en effet. J'ai commencé mes préparatifs avant même que tu ne deviennes Archimage, Helyard, avant la guerre, annonça Vice.

Le regard habituellement bienveillant de ses yeux bruns était devenu aussi dur que du verre volcanique, aussi acéré.

Helyard inspira avec difficulté :

— Pourquoi ?

— Pourquoi… répéta Vice.

Il se délectait à la vue de l'agonie du vieux mage, dont la vie s'échappait progressivement, se répandait en une flaque sur le sol de pierre.

— Pourquoi toi ? reprit-il, avant de désigner l'Archimage. Tu n'étais qu'une diversion, Helyard, une accroche, un tour de magie pour faire converger les regards sur toi pendant que je m'occupais de mes affaires. Tu étais trop facile à imiter, vieil homme, pour quelqu'un de ma puissance. Voler le précieux Poids dans tes appartements était un véritable jeu d'enfant. Les érudits et les Siréniens ne se sont rendus compte de rien, renifla-t-il avec un air sardonique.

Helyard déglutit avec difficulté et s'efforça de lui rendre son regard.

— Tu ne vaincras jamais, Vice, notre armée repoussera ta créature…

— Notre armée sera à plusieurs centaines de milles au sud, vieux fou. Tu oublies qu'en ton absence, je suis à la tête de nos hommes.

Lorsque j'en aurai fini avec eux, l'Arche et leurs nouveaux amis siréniens ne seront plus qu'une légende oubliée sur les lèvres de la nouvelle Emaneska.

Vice sourit avec mépris et s'accroupit devant l'Archimage mourant. Il reprit :

— Personne ne peut m'arrêter à présent, vieil homme ; quand ils t'auront finalement retrouvé, j'aurai disparu et mon projet arrivera à terme.

Helyard secoua la tête et essaya de lever une main, mais ses yeux se fermaient inexorablement.

— Tu as trahi ton peuple… dit-il dans un râle, moitié rire, moitié quinte de toux.

Du sang écarlate se répandit sur son menton. Il poursuivit :

— Le soi-disant Maître mage n'est rien qu'une vermine, un traître. J'ai toujours… su que tu étais un serpent. Regarde-toi.

Helyard adressa à Vice un regard assassin et un sourire sanguinolent.

— Que les dieux te maudissent, Vice… ricana-t-il.

Les yeux de Vice brillèrent d'une flamme vengeresse. Il attrapa le visage de l'Archimage à deux mains et s'approcha de l'oreille du vieil homme. Le pommeau du poignard se pressa contre sa poitrine tandis qu'il serrait violemment sa victime contre lui. Il sentit Helyard se tordre de douleur dans son étreinte.

— C'est malheureux, mon vieil ami,… commença-t-il, augmentant la pression sur le poignard. Mais ils ne sont pas de mon peuple !

Impitoyable, Vice tordit le corps du vieil homme, dont les vertèbres émirent un craquement sourd, puis le jeta au sol. Les yeux fixés sur le vide, Helyard s'immobilisa.

Vice se leva et observa quelques instants le corps sans vie à ses pieds, la tête inclinée sur le côté.

— Laissons les dieux maudire qui ils veulent, marmonna-t-il.

Dehors, dans les rues de la ville, goutte par goutte, la pluie s'arrêta.

Jarrick dormait du sommeil du juste, oublieux des bruits étouffés qui émergeaient du couloir. Il ronflait doucement lorsqu'une silhouette couverte de poussière se faufila devant lui et ouvrit la porte sans faire de bruit. Vice s'enfuit en silence, et le soldat continua à dormir d'un sommeil sans rêve.

chapitre 15

« La déesse Évernia présente bien des visages. Sa magie est multiple ; dans sa bonté, elle a offert au monde une multitude de pouvoirs : les écoles du feu, de la lumière et du vent. C'est cet héritage de la déesse que nous, les Archans, protégeons de toutes nos forces. Mais après que les dæmons furent invoqués depuis l'autre côté, ils pervertirent ce don, souillant la magie au bénéfice des elfes. Leur progéniture méprisable – les géants de jadis, les hybrides – ne firent pas mieux. Ce sont eux qui sont à l'origine du départ des dieux, pas nous. À présent, nous prions pour leur retour ; nous attendons le jour où les anciens fouleront à nouveau nos rivages et débarrasseront une bonne fois pour toutes le monde de ces résidus maléfiques. »

Extrait des *Faits sur la magie*, de l'Archimage Legrar

À sept cent milles de là, un dragon blanc et or s'écrasa sur le sol d'une clairière couverte de feuilles. Un arbuste fit les frais de l'atterrissage, et des mottes de terre s'envolèrent. La dragonne, éreintée, laissa pendre ses ailes sur le sol de la forêt plongée dans la pénombre. Sur son dos, le mage frictionna son front qui avait heurté le cou écailleux de sa monture.

— Désolée pour cet atterrissage, Farden, j'ai des crampes dans les jambes après un vol pareil, déclara-t-elle avec un sourire fatigué.

Farden frotta son front éraflé et fronça les sourcils.

— Pas de problème, dit-il avec un rictus.

L'obscurité l'empêchait de vérifier la présence du sang sur ses doigts, il ferma donc son autre poing et un sort de lumière se répandit dans la clairière. Les ombres tordues dansèrent avec la pénombre sous les ramures.

Les pupilles immenses de Luminance se rétractèrent dans la lumière.

— Comment vous sentez-vous ? s'enquit-elle.

— Mes mains sont vissées à la selle et mon visage est gelé, à part ça tout va bien !

Farden ébaucha un sourire. Son visage et ses doigts lui faisaient l'impression d'être pris dans la glace.

— Quel dommage que Lakkin n'avait pas une tenue de vol à vous prêter ! Elle aurait été bien utile, commenta Luminance avec un haussement d'épaules.

— Mmh, marmonna Farden.

Le mage entreprit de défaire les lanières de cuir serrées autour de ses cuisses. Il sauta de la selle, mais son pied se prit dans l'étrier et il se rattrapa in extremis sur les feuilles mortes. Libérant sa botte, il débarrassa de son manteau de cuir les brindilles et les feuilles mortes. Palpant l'épée sur son dos, il vérifia qu'elle était toujours bien fixée, puis massa ses jambes engourdies. Luminance émit un rire poli avant d'observer les alentours tout en reprenant son souffle.

La forêt de Durn se balançait calmement dans la brise. Les arbres nus oscillaient en murmurant à la lisière de la clairière, se frôlant avec de légers claquements. Mêlés aux buissons, ils se penchaient sur les sentiers qui sinuaient dans le sous-bois hivernal. La mélopée des arbres dans le vent était semblable au bruissement d'un animal gigantesque occupé à se frotter aux sapins. Le sort de Farden remplissait la clairière d'une lumière blanche et pure, qui se déposait sur les bois en taches immaculées et en rayons fantomatiques. Un sentier presque invisible s'enfonçait dans le sous-bois dense et obscur sur leur gauche, vers l'ouest.

La dragonne huma l'air et leva la tête. Le ciel était froid, dépourvu de tout nuage. De minuscules étoiles étincelaient au-dessus d'eux, distantes et esseulées, déterminées à percer la nuit avec leur faible lueur. Un quartier de lune flottait sur la cime des arbres avec une majesté contenue. L'air semblait imprégné de givre. Luminance racla l'humus avec ses griffes sans but particulier, si ce n'est pour remplir le silence. Farden rajusta sa tunique en poussant un profond soupir.

— Très bien, je suis prêt, annonça-t-il en tapotant sa ceinture. Je vous retrouverai à Kiltyrin avant le lever du jour, si tout se passe bien.

Luminance se retourna pour lui faire face.

— Si tout se passe bien, votre vampyre nous sera d'une aide précieuse.

Farden gloussa et secoua la tête :

— Durnus connaît mieux Albion que n'importe lequel des Ducs, croyez-moi.

— Dans ce cas, dit-elle en s'ébrouant et en étirant ses ailes, je ferais mieux de partir. Bonne chance, Farden, faites aussi vite que possible.

— Tout ira bien, répondit le mage.

Il observa Luminance faire le tour de la clairière avant de s'arracher au sol. Un sourire carnassier et un puissant battement d'ailes plus tard, elle avait disparu dans les ténèbres, abandonnant le mage dans la clairière. Farden écouta le bruissement des ailes s'estomper dans le lointain, puis il s'enfonça dans l'épaisse forêt.

Quelques instants plus tard, Farden s'extirpait des branchages pour déboucher sur l'herbe bien entretenue devant l'abbaye. La lumière argentée de la lune et des étoiles pâles dotait la scène d'une infinité de nuances de gris, créant un tableau nocturne monochrome. Le vent bruissait dans l'herbe et s'engouffrait entre les branches. Un tourbillon de fumée s'élevait d'une cheminée bancale. L'abbaye de l'Arche dormait paisiblement, épargnée par les évènements de la journée, ignorante du danger qui guettait dans le sud. Farden laissa la forêt obscure bruisser derrière lui et se dirigea en silence vers l'abbaye. La porte n'était ni gardée, ni verrouillée ; Farden se faufila donc à l'intérieur et prit la direction du clocher.

Un rayon de lumière filtrait sous la porte des appartements de Durnus. Farden frappa bruyamment sur le battant et patienta. Il y eu un instant de silence, suivi d'un bruissement et d'un bruit sourd.

— Un petit instant ! lança une voix étouffée.

Quelques étranges raclements plus tard, la porte se déverrouilla et s'ouvrit. Encadré par la lueur du feu, le vampyre se découpait en une silhouette orange dans l'encadrement. Le mage cligna des yeux devant la lumière brillante.

— Farden ! s'exclama Durnus.

Le vampyre se fendit d'un large sourire et s'avança pour étreindre son vieil ami.

— Par tous les dieux, tu es en vie !

Le vampyre donna une claque dans le dos de Farden.

— On dirait bien, répondit l'intéressé.

— Entre, entre donc !

D'un geste, Durnus invita Farden à pénétrer dans la pièce chaleureuse. La flamme des chandelles se tortillait tranquillement, et une odeur singulière flottait dans la pièce – celle de la chair ou de la viande fraîche. Durnus était vêtu d'une tunique vert et bleu qui effleurait le sol. Le tissu bruissa sur la pierre lorsque le vampyre déplaça les fauteuils devant l'âtre. Il frotta ses mains l'une contre l'autre puis se tourna vers le mage.

— J'espère que tu m'excuseras, Farden, tu m'as surpris au beau milieu de mon repas du soir, dit-il avec un calme olympien.

— Je le connais ?

— Non, bien sûr, mais tu peux être sûr que cet imbuvable duc de Leah sera bien surpris lorsqu'il constatera le départ de son majordome, gloussa Durnus.

Avec un soupir interminable, il s'enfonça dans son fauteuil et laissa un petit sourire flotter sur ses lèvres fines. Le vampyre paraissait fatigué. Farden hocha la tête et l'imita, s'installant sur un siège confortable devant le feu crépitant. L'objet des repas de Durnus le laissait toujours quelque peu mal à l'aise ; pour l'heure, il avait d'autres choses à l'esprit.

— Nous avons beaucoup à nous raconter, mon vieil ami, et peu de temps, commença Farden.

— Je te crois sur parole. Je viens de recevoir un faucon m'annonçant qu'Helyard avait été jeté en prison pour trahison. Dis-moi que c'est une mauvaise plaisanterie.

L'expression du vampyre était grave.

— Malheureusement, c'est la vérité. Helyard est allé en Nelska la nuit dernière, et a tué une douzaine de gardes siréniens avant de voler le livre des Larmes de Fendrair…

— Attends un instant. Je croyais que Vice avait…

— Il y a tellement de choses que tu dois savoir, Durnus, mais nous n'avons pas le temps pour ça, le pressa Farden.

Durnus agita une main impérieuse :

— Fais-moi ton rapport.

Farden soupira.

— Je suis parti en Nelska en mission de paix pour demander l'aide des dragons. Les Archimages m'y ont envoyé avec le livre des Larmes, dans l'espoir qu'ils dénichent un puits des elfes noirs dans souvenirs de Fendrair. Je sais ce que tu penses ; en réalité, Fendrair a survécu et se trouve quelque part à Krauslung en ce moment-même.

Durnus parut effaré, mais Farden poursuivit :

— La nuit dernière, Helyard était en Nelska pour s'emparer du livre des Larmes, et il a tué la moitié des gardes du palais par la même occasion. Les Siréniens ont menacé d'entrer en guerre, mais Åddren et Vice ont réussi à les apaiser et à négocier un accord. Malheureusement pour lui, Helyard a égaré son Poids en Nelska, et il est à présent emprisonné.

— Comment Åddren a-t-il réagi à tout cela ?

— C'est un homme brisé. Il a fait confiance à Helyard durant des années et je pense qu'il a pris cette trahison au plus mal. Maintenant que la félonie d'Helyard a été révélée, la cité est sur le point d'exploser. La tension règne, et le silence pèse dans les rues, expliqua Farden.

Durnus frotta son front à deux mains et prit une profonde inspiration.

— Maintenant qu'Helyard n'est plus là, Åddren devra faire face seul et il sera bien en peine de garder certains membres radicaux du Conseil sous contrôle, même avec l'aide de Vice. Certains conseillers ne voient pas d'un bon œil cette alliance avec les Siréniens, j'en suis persuadé ; ils verraient bien arriver neuf autres années de guerre.

Durnus agita un doigt sentencieux. Farden reprit :

— Tu l'as dit toi-même, Vice est aux côtés d'Åddren et je lui fais confiance pour le soutenir. Par chance, il contrôle l'armée et il la fait se rassembler à Dunyra en ce moment-même pour affronter la créature. Du moins, si nous devons en arriver-là.

Durnus parut troublé.

— Je ne comprends pas.

Le mage abattit une main sur sa cuisse.

— C'est ce que j'essaye de t'expliquer ! Helyard n'a pas cessé de voyager entre Krauslung et Albion, et nous pensons que c'est là que ses complices veulent libérer la bête. Vice et les dragons suspectent la présence d'un puits à cet endroit, dans un lieu où nous n'avons pas pensé à chercher.

Farden vit la curiosité brûler dans le regard du vampyre.

— Où cela ?

— Entre Kiltyrin et Fidlarig.

Ce fut au tour de Durnus de se frapper la jambe.

— J'en étais sûr ! J'ai toujours soupçonné Albion de dissimuler un puits et le voilà, juste sous le nez des ducs !

Le vampyre se leva précipitamment et se dirigea vers un bureau dans un coin de la pièce, non sans faire un grand pas pour enjamber quelque chose sur le sol. Il feuilleta des cartes, avant d'abattre son doigt sur l'une d'entre elles.

— Ici, il y a une ruine sur le versant d'une colline. C'est probablement notre meilleure piste.

Farden se leva et se dirigea vers la sortie.

— Eh bien, emporte la carte, nous n'avons pas beaucoup de temps.

Durnus releva brusquement la tête. Son visage s'était paré d'une expression inquiète que Farden n'avait encore jamais vue.

— Moi ? demanda-t-il. Qu'as-tu dit ?

— Je dis que nous avons besoin de ton aide, mon vieil ami, répondit Farden, mais le vampyre se contenta de feuilleter frénétiquement ses parchemins en secouant la tête.

— Je n'ai pas quitté cette abbaye de l'Arche depuis des années, j'ai une responsabilité… Je… ah, et puis que pourrais-je bien faire ? Je ne suis qu'un vieux rat de bibliothèque, après tout !

— Durnus !

— Non, Farden, tu t'en sortiras sans moi.

— Tu m'as dit à quel point tu enviais ma situation et mes voyages. Saisis donc ta chance de faire la différence ! insista Farden, mais le vampyre resta immobile, les yeux rivés sur son bureau.

Le mage refusa de baisser les bras. Il connaissait trop bien son vieil ami.

— « Perdus par les êtres noirs jadis oubliés, lacs de magie sous des sentiers jamais foulés ». C'est toi qui m'as appris ça. Personne ne connait aussi bien les puits noirs que toi, et c'est pour ça que nous avons besoin de ton aide.

Il y eut un moment de silence pendant lequel Durnus réfléchit intensément. Lorsqu'il regarda enfin Farden, le mage aurait juré avoir vu un éclat singulier au fond de ses yeux pâles.

— Cela fait bien longtemps que je n'ai quitté le confort de cette abbaye, mais si le destin d'Emaneska est en jeu, je suppose que je dois m'incliner.

— C'est un ordre d'Åddren, ajouta Farden.

Durnus haussa les épaules et commença à enrouler la carte.

— Bien, dans ce cas.

— Formidable, dit le mage dans un sourire.

— Il reste quelques heures avant le lever du soleil ; je vais préparer la preste-porte. As-tu bien dit Dunyra ?

Durnus se déplaça vers un coin de la pièce, où se tenait la preste-porte assoupie.

— Oui, sur le port. C'est là que les autres Escrits se rassemblent. D'ici à ce que nous les rejoignions, ils auront déjà commencé à fouiller les collines, déclara Farden.

— Bien, ne perdons pas une minute de plus ! Donne-moi une heure et nous serons prêts à partir.

Farden hocha la tête et décida de laisser son ami à ses préparatifs. Refermant doucement la porte derrière lui, il erra dans les couloirs obscurs. Le temps manquait pour prendre du repos, le mage décida donc de prendre le chemin des cuisines pour apaiser son estomac gargouillant.

Les cuisines et le réfectoire étaient sombres et silencieux. Chacun, à part le mage et le vampyre, semblait dormir à poings fermés. Farden fit le tour de la cuisine dans la lumière orange du poêle et trouva une miche de pain. Plongeant dans sa besace, il sortit une partie des victuailles offertes par les Siréniens. Le mage trouva ensuite un pot de soupe froide où tremper son pain, puis l'utilisa pour ramollir les biscuits de voyage, durs comme la pierre, offerts par les guerriers dragons. Il planta ensuite les dents dans un étrange fruit brun dont l'aigreur lui rappela les pommes sauvages. Il fit la grimace mais termina le fruit, avant de se mettre à la recherche du reste des biscuits. Farden continua son repas en marchant et se dirigea vers sa chambre pour se reposer un bref instant.

Sa chambre lui parut bien vide et peu accueillante comparée avec l'atmosphère joyeuse de la Chèvre Barbue, mais il était heureux de retrouver des lieux familiers. Le mage laissa tomber sa besace sur le sol et s'étira. Il se rendit à la fenêtre, observa la forêt monochrome et prêta l'oreille au hululement d'une chouette dans les arbres. Il mâchonna ses biscuits et écouta les bruits de la nuit. La chambre était plongée dans la pénombre ; il tendit donc la main vers le bougeoir posé sur la table de nuit. Faisant claquer ses doigts, il le bouscula, et l'objet tomba sur le sol dans un son mat. Farden marmonna tout bas et jeta un bref sort de lumière. Tandis qu'il se penchait pour ramasser le bougeoir, une petite boule de tissu attira son regard, et le mage se figea. C'était le paquet d'altéressence qu'il avait caché des semaines auparavant, et il se souvint vaguement de l'avoir fourré dans le bougeoir. Farden s'assura que la porte était fermée et s'accroupit, à l'écoute des bruits du corridor. Il posa son biscuit et s'empara du paquet. L'altéressence avait une odeur sèche, ancienne ; il n'en restait qu'un petit morceau. Farden referma son poing et laissa son esprit dériver. Il serra les dents et sentit la tentation le tenailler, familière. L'amulette rebondit sur sa clavicule et Farden la gratta machinalement. Il pouvait presque sentir le goût sur sa langue. Il ferma les yeux et se mordit sa lèvre. *Laisse ça*, murmura une voix, la voix qu'il entendait dans ses rêves. Farden se soupira et secoua la tête.

Le mage se leva dans un grognement et quitta sa chambre. Sans faire de bruit, il descendit l'escalier puis se dirigea vers la porte d'entrée, le paquet toujours serré au creux de la main. Farden émergea dans les jardins ombreux et traversa le lopin d'herbe jusqu'à la lisière de la forêt. À l'écoute de chaque son, il courba la tête pour éviter une branche et se faufila entre les arbres.

Farden s'arrêta à bonne distance de l'abbaye de l'Arche, soucieux de ne pas marcher sur une brindille qui trahirait sa présence. Dans les profondeurs des bois, la nuit était épaisse, impénétrable. Les seuls bruits provenaient des arbres qui secouait leurs branches nues, et d'une chouette qui hululait dans le lointain. Farden s'appuya contre un tronc. Il leva le paquet sous son nez et aspira l'odeur terreuse, douceâtre, de l'altéressence. Il déballa le paquet et pressa la mousse sèche entre ses doigts. La salive emplit sa bouche par anticipation. Il fit tourner l'altéressence, la roulant en une petite boule. Le sort de feu enfla sous sa peau, prêt à se déclencher.

— Qu'est-ce que tu fabriques ? lança une voix derrière lui.

Farden sursauta, laissa tomber le tissu et l'altéressence. En un éclair, la main du mage trouva la poignée de son épée, et un sort de lumière troua la pénombre. Élessi se tenait devant lui, les mains devant les yeux.

— Farden, c'est moi ! cria-t-elle.

— Élessi ? Qu'est-ce que tu fais là ?

Farden relâcha son épée et poussa un bref soupir de soulagement.

— Je pourrais te poser la même question.

Elle se tordait les mains avec nervosité. Elle portait une chemise de nuit et des sandales, et ses cheveux bouclés couvraient ses épaules. Ses yeux étaient grands ouverts, vides. Elle semblait triste ou apeurée, Farden n'aurait su le dire.

— Rien qui te concerne, dit-il, soudainement agacé.

— Tu es parti depuis des semaines, j'étais… commença la servante, mais Farden secoua la tête.

— Tu t'en fais toujours pour moi, Élessi, mais tout va bien, siffla le mage.

Il baissa les yeux et chercha discrètement l'altéressence au milieu des feuilles mortes.

— Je n'y peux rien, Farden, je t'ai vu t'enfuir dans la forêt au milieu de la nuit… Je ne t'ai pas vu depuis si longtemps.

Sa voix était saturée d'émotion, mais Farden n'écoutait pas.

— Où est-elle passée ? marmonna-t-il.

— Qu'est-ce qui ne va pas chez toi ?

Élessi semblait au bord des larmes. Elle suivit le regard de Farden et remarqua quelque chose à côté de sa sandale. Avant qu'il ait pu l'arrêter, elle se baissa et prit le petit paquet de tissu au creux de sa main. Elle regarda à l'intérieur. L'odeur doucereuse était reconnaissable entre mille, même pour elle. Des larmes bondirent dans ses yeux et elle leva le regard vers Farden, la lèvre tremblotante.

— Dis-moi que ce n'est pas à toi, Farden, je t'en prie, implora-t-elle en secouant la tête avec une vigueur désespérée.

Le mage grinça des dents, agacé. Il se frotta le front.

— J'étais sur le point de m'en débarrasser, Élessi. Tu peux me la donner, chuchota-t-il.

Il tendit la main.

— Non, dit Élessi.

Elle ravala ses larmes et serra l'altéressence sur sa poitrine. Farden se demanda s'il avait déjà vue pleurer.

— Élessi, donne-moi ça, répéta Farden.

— Non, pas tant que tu ne m'auras pas expliqué ce qui t'arrive. Tu sais que c'est contraire aux règles… comment peux-tu te faire ça ? dit-elle entre deux sanglots.

Ses yeux étaient bordés de grosses larmes, et son visage s'était figé dans une expression de détresse.

Farden serra les poings sur ses hanches.

— Je n'ai pas à me justifier auprès de toi, gronda-t-il.

Les mots de Farden lui parurent étrangers. La jeune femme lui lança un regard de déception immense, sans équivoque. Elle renifla bruyamment et secoua la tête.

— Alors, je pense que Durnus voudra une explication ! s'écria-t-elle.

La servante se détourna en titubant et s'élança vers la forêt, mais Farden lui attrapa le bras.

— Attends un peu ! siffla-t-il.

Le mage l'attira à lui et referma ses bras autour d'elle pour l'empêcher de s'enfuir.

— Laisse-moi partir ! cria-t-elle.

La servante abattit ses poings sur son torse, sanglotant et se tortillant comme un enfant, mais Farden tint bon.

— Écoute-moi ! Élessi, calme-toi !

Il tressaillit lorsqu'un coup de poing le cueillit au menton. Après quelques instants de lutte, elle se résigna et enfouit la tête dans sa tunique. Tandis qu'elle sanglotait dans ses vêtements, il lui murmura à l'oreille :

— Je ne te ferai pas de mal, Élessi, mais tu dois m'écouter. Durnus ne doit rien savoir, tu as compris ? Il ne découvrira rien, je ne le permettrai pas, dit-il.

Ces mots emplirent son cœur de culpabilité.

— C'est tout ce qui compte pour toi ? Et moi alors ? dit-elle dans un souffle heurté, ponctuant chaque mot par un nouveau de coup de poing sur son torse. Ils te feront pendre pour ça.

Les mots s'enfonçaient comme des aiguilles dans le cœur de Farden, qui se serra dans sa poitrine. Le mage soupira longuement et posa le menton sur la tête de la jeune femme. Il jeta un regard circulaire sur la forêt sombre, cherchant une explication au creux de la nuit. Il était en tort, et rien ne justifiait ce qu'il avait fait. Il soupira.

— Le secret est resté sauf jusqu'à présent. Je peux m'en sortir, dit-il d'une voix calme.

— Toi seul et sans aide, évidemment, renifla-t-elle. Ah, pourquoi fallait-il que ce soit toi ? marmonna-t-elle.

Les paroles de la jeune femme tournoyaient dans sa tête, lugubres. Au plus profond de lui, Farden se sentait terrifié, bien qu'il refusât de l'avouer. C'était son caractère – sa nature même –, qui l'avaient poussé à commencer. Mais Élessi avait raison. Il l'avait toujours caché.

Le mage leva la tête et croisa le regard embué de la jeune femme. Il ne l'avait jamais vue si triste.

— Je suis sorti pour le brûler, je te le jure. C'est fini.

Farden s'interrompit un instant.

—… S'il te plaît ? ajouta-t-il.

Élessi cligna des yeux et réfléchit pendant un moment, un moment interminable.

— Très bien, mais si tu t'avises de changer d'avis, le vampyre sera le premier à savoir. Je le jure devant les dieux.

Sa voix était aussi dure que du granit, et Farden savait qu'elle tiendrait parole.

La servante essuya soudain une larme d'un geste embarrassé, puis frappa la poitrine du mage une dernière fois pour faire bonne mesure. Avec douceur, il la libéra et fit quelques pas en arrière. Élessi s'éclaircit la gorge. Dans la lumière surnaturelle créée par le mage et la lueur de la lune, Farden la vit enfin ravaler son chagrin. Ses yeux étaient toujours grands ouverts, apeurés, mais elle esquissa un pâle sourire. Farden tendit la main. D'abord, elle secoua la tête avec résolution, mais il fit un pas en avant et lui adressa un regard franc, aussi confiant que possible.

— S'il te plaît, répéta-t-il dans un murmure.

Élessi soupira et tendit le paquet de tissu, les lèvres serrées et le regard méfiant. Farden referma la main autour du morceau de chiffon. Il y eut une explosion de lumière orange, et des volutes de fumée s'enroulèrent autour de ses doigts tel un liquide gris. Lorsque l'odeur douceâtre de la drogue titilla le nez de Farden, un pincement de regret courut dans sa poitrine. Il secoua néanmoins la tête et jeta les cendres dans les buissons.

— J'imagine que c'est la première étape, commenta Élessi.

Elle joignit les mains devant elle.

— Merci, dit-il.

Elle secoua vivement la tête :

— Je suis près de toi depuis des années, et je n'ai rien jamais rien soupçonné. Tu es allé trop loin pour tout gâcher maintenant, et je… enfin, *nous* tenons à toi, dit la servante en reniflant. Je tiens trop à toi.

Farden acquiesça et s'étira. Un nuage solitaire passa devant la lune.

— Comme toujours, dit-il.

Elle l'observa dans les ténèbres, les yeux écarquillés.

— Je n'y peux rien, dit-elle. Je t'…

Quelque chose remua dans les ombres, et Farden porta vivement une main à la bouche de la jeune femme. Un branchage craqua sous des bottes invisibles, et le murmure métallique des épées sorties de leur fourreau parvint aux oreilles averties de Farden. La corde d'un arc se détendit derrière eux. Dans un réflexe animal, Farden étendit son autre bras. Un éclair de lumière blanche réduisit une flèche en cendres en plein vol. Élessi cria. Farden l'attrapa brutalement et la poussa dans le sous-bois vers l'abbaye de l'Arche. La jeune femme faisait assez de bruit pour réveiller une armée. Farden continua à pousser.

— Va-t'en, Élessi ! Allez ! lui cria-t-il avant de se retourner face aux assaillants.

Les cris fusèrent et la forêt s'anima soudain. Des hommes habillés de noir, le visage caché, émergèrent des arbres, armés d'épées noires et de dagues courbes. Farden s'accroupit et posa un poing sur l'humus froid. Il frissonna lorsque le sortilège traversa son corps de part en part. La magie fit vibrer ses bras, mais il resta immobile et se concentra. Au moment précis où trois hommes émergeaient des buissons à quelques pas de lui, un mur de roche et de mottes de terre sombre s'éleva du sol, recourbé comme une déferlante. L'onde de choc percuta les assaillants. Le sol épais remplit leur bouche, étouffant leurs cris ; les racines et les pièces d'armure craquèrent bruyamment dans l'explosion. Les attaquants se remirent sur leurs pieds en titubant, mais le mage était déjà parti. Il fendit la forêt en sens inverse, attrapa la main d'Élessi et l'attira sur un sentier qui sinuait entre les arbres et les buissons.

— Où est l'abbaye ?! gémit-elle lorsqu'une branche fouetta son visage.

Ses bras étaient couverts d'écorchures. Farden poursuivit sa course, louvoyant dans les ténèbres sans prêter attention aux cris de colère qui résonnaient derrière eux.

— Continue, ne t'arrête pas ! siffla-t-il.

Au même instant, ils débouchèrent en titubant sur l'herbe des jardins de l'abbaye, et Farden emporta Élessi sans plus attendre vers la porte de la cuisine. La jeune femme hésita, mais Farden agita les bras avec détermination pour la convaincre de fuir.

— Retrouve Durnus, tu seras en sécurité avec lui ! cria-t-il.

Les yeux d'Élessi étaient grands ouverts et faisaient des allers-retours entre la forêt et le mage.

— Mais… commença-t-elle, les mains recroquevillées sur sa robe de nuit.

— Pars ! rugit Farden.

Élessi se tut et détala dans les ténèbres en direction de la haute abbaye, ses sandales rebondissant sous ses pieds. Farden se retourna pour faire face aux ennemis invisibles, les pieds rivés dans le sol. Ses mains se mirent à vibrer sous l'afflux de magie. Conscients que leur approche discrète avait échoué, les assaillants émergèrent en vociférant de la forêt. Les hurlements avaient tiré l'abbaye de son sommeil paisible, et quelques gardes émergeaient en titubant de la porte principale. Les yeux bordés de fatigue, ils enfilaient leur armure tant bien que mal. La lune et les étoiles baignaient les terres de l'abbaye d'une lueur blafarde, qui soulignait les sombres silhouettes à la limite du jardin. Les arbres semblaient dotés de vie ; le fracas des hommes et des armes dans le sous-bois devint épouvantable. La cloche de l'abbaye de l'Arche commença à sonner.

— Restez groupés ! lança Farden aux soldats perplexes.

Les hommes se rangèrent à son côté et préparèrent leurs armes, formant une ligne à mi-chemin de la forêt. Des flèches surgirent entre les arbres et se fichèrent dans l'herbe devant leurs pieds. Les soldats restèrent imperturbables, galvanisés par le mage qui se tenait à leurs côtés, vibrant de magie. Farden écarta les bras et une rafale de vent aplatit l'herbe autour du petit groupe. Des feuilles mortes tourbillonnèrent autour d'eux, et les manteaux voltigèrent dans la bourrasque avec des claquements de fouet.

— Tenez bon !

Farden posa les mains sur un mur de vent invisible et poussa, pouce par pouce. Le vent hurlait avec férocité. Deux hommes bondirent de la lisière des arbres, mais ils semblèrent se heurter à une paroi d'air. Farden poussa encore les mains contre le front d'air. Les hommes furent fauchés et renvoyés vers la forêt. Deux autres hommes émergèrent des sous-bois en hurlant, mais le vent arracha leurs épées et leurs boucliers. Ils atterrirent dans un buisson.

Farden laissa décroître la puissance du sortilège. À cet instant précis, il perçut un éclat de lumière à la limite de son champ de vision.

— Attention !

L'avertissement résonnait toujours lorsqu'une traînée de flammes déchira les ténèbres. Farden se jeta à plat ventre et vit la boule de feu exploser sur le torse d'un soldat. Les flammes se répandirent sur son visage et son cou, et il s'effondra dans un gargouillis étranglé. Le pauvre homme frictionna sa poitrine avec frénésie tandis que les autres se jetaient sur lui pour éteindre les flammes. Farden se dressa sur ses pieds et jeta deux de ses propres boules de feu dans la direction de l'attaque. Une autre flèche fusa, et un soldat la dévia avec son bouclier.

Farden se surprit à aboyer des ordres :

— Vous deux, ramenez cet homme dans les cuisines. Vous, gardez la porte principale et réveillez les soldats. Les autres, suivez-moi !

Les gardes s'empressèrent d'obéir – certains restèrent, d'autres se jetèrent dans la nuit en traînant le blessé derrière eux. Les yeux de Farden balayèrent les buissons et les arbres à la recherche d'un mouvement ou d'un reflet métallique. Les cris s'étaient tus ; le calme était retombé, ponctué par le beuglement de la cloche. Le petit groupe se dirigea vers l'aile nord de l'abbaye de l'Arche. À l'arrière, certains soldats respiraient lourdement dans leur armure bringuebalante, mais tous semblaient prêts à se battre.

Tandis qu'ils atteignaient le coin du mur au nord, un cri retentit dans les ténèbres et la foudre s'abattit sur le jardin dans une pluie de terre et d'herbe brûlée. Les soldats se réfugièrent dans l'ombre du mur et s'accroupirent dans les plates-bandes. Farden frappa ses avant-bras l'un contre l'autre, et une boule de feu commença à croître et à tourbillonner entre ses paumes, de plus en plus massive et incandescente. Les soldats reculèrent et fixèrent le mage avec méfiance. Celui-ci, tout à sa concentration, murmura :

— Prêts ?

Les soldats hochèrent la tête comme un seul homme. Farden se redressa. La foudre frappa à nouveau le jardin lorsque le mage émergea derrière le mur, une boule de feu tourbillonnante entre les mains. À une douzaine de pas de là, deux sorciers encapuchonnés se tenaient à couvert entre un arbre abattu et un banc de pierre. Ils criaient dans sa direction en brandissant leur épée, mais Farden resta de marbre. Il leva la boule de feu au-dessus de sa tête, éclairant les alentours tel un soleil miniature. Avec un effort surhumain, Farden lança la sphère, qui fusa dans un sillage incandescent avant d'exploser contre le tronc. Dans une détonation assourdissante et une vague de chaleur brûlante, l'arbre se fracassa en une multitude d'échardes ravageuses, qui fendirent l'air comme des frelons vicieux.

Farden leva vivement les bras et déploya une bulle d'air autour de lui avec un bruit sourd. Une douzaine de dagues de bois enflammées rebondirent sur le mur invisible et grésillèrent sur le sol. Farden cligna des yeux pour chasser les taches blanches de son champ de vision et observa le chaos qu'il venait de créer. Un impressionnant nuage de fumée s'élevait comme un champignon au-dessus du cratère où l'arbre se trouvait quelques instants auparavant. Le banc de pierre était fendu en son milieu, couché sur le côté. À l'arrière, Farden entendait les soldats émettre des exclamations de surprise à la vue des dégâts.

Une quinte de toux se fit entendre derrière un fragment du tronc, et Farden se précipita. Il trouva un étranger encapuchonné et masqué, allongé derrière le banc brisé. Trois épais pieux de bois dépassaient de sa poitrine ; sa respiration était laborieuse. Du sang se répandait sur l'herbe carbonisée et sur les éclats de bois humide. Farden s'accroupit près du blessé.

— Qui t'envoie ? gronda-t-il.

L'homme fit mine d'éclater de rire mais fut secoué par une quinte de toux.

— Tu crois me faire peur, Farden ? Un ermite comme toi ? Tu es une cause perdue.

D'un geste vif, Farden arracha le masque qui recouvrait le visage de l'homme, et son estomac fit un saut périlleux.

Ridda lui adressait un sourire grimaçant à travers un masque de sang, et murmura ses dernières paroles d'une voix heurtée :

— Tu sais courir, Farden ? Échapper… à ceux de son espèce ?

— Dis-moi pour qui tu travailles, traître, ou je jure devant les dieux que je te ferai mourir après une lente agonie.

Le regard de Farden était dur, implacable. Des étincelles vrombirent, menaçantes, au creux de sa paume.

— Est-ce que c'est Helyard ? Parle ! Comment t'a-t-il fait parvenir ses ordres ?

Ridda se contenta de laisser échapper un ricanement sifflant, et un filet de sang s'écoula sur son menton. Il secoua la tête et agita faiblement la main dans un geste moqueur.

— Helyard… commença-t-il avant de déglutir, …n'est que le début.

Farden fulminait. Il sentit une angoisse intense lui serrer le cœur avec les doigts glacés d'un cadavre. Il secoua la tête pour essayer de reprendre pied dans la réalité.

— Pour qui travailles-tu ?

La main de Farden survola la jambe de Ridda, et une étincelle courut sur son manteau. Il se tordit dans un gémissement et fit la grimace lorsque les éclats de bois remuèrent dans sa blessure.

— Tu es un… commença-t-il, mais ses yeux se fermaient inexorablement.

Farden lui assena une nouvelle décharge.

—… homme mort, croassa-t-il.

Les paupières de Ridda se fermèrent pour de bon.

Farden serra les poings et rugit de frustration. Il se dressa sur ses pieds et laissa retomber le corps du mage sur le sol, avant de jurer entre ses mâchoires serrées. Derrière lui, les soldats échangeaient des regards nerveux.

Au même instant, l'autre mage masqué émergea de sa cachette derrière l'arbre déchiqueté. Il essaya de s'éloigner en boitillant, mais la colère de Farden le rattrapa sur-le-champ. Dans un geste flou, la main du mage s'enroula autour du manche de l'épée et l'arracha de son fourreau. La lame fusa en tournoyant et cueillit l'étranger entre les omoplates. Il s'effondra sur le sol et ne bougea plus. Les soldats archans s'assurèrent que l'homme était bien mort, puis attendirent Farden. Une fois devant le corps, celui-ci tira sur l'épée et sur le manteau maculé de sang, avant de le déchirer pour examiner les épaules de l'inconnu. La peau crasseuse était vierge, dépourvue de toute marque, mais Farden n'était pas satisfait. Les soldats murmurèrent entre eux ; le mage bouillonnait d'une rage sourde. Soudain, un bruit de verre brisé retentit, et un corps désarticulé atterrit dans un craquement horrible sur un buisson. Les hommes levèrent tous les yeux et aperçurent Durnus dans l'encadrement d'une fenêtre cassée. Celui-ci les regardait, le visage maculé de sang et les crocs découverts, une lueur sauvage dans les yeux.

— Farden ! Ils sont entrés ! hurla-t-il, mais le mage courait déjà vers la porte principale.

Les soldats lui emboîtèrent le pas avec difficulté. Farden s'arrêta dans une glissade devant les hautes portes de chêne et s'élança dans les ténèbres de l'abbaye. À peine était-il entré qu'un homme émergea des ombres et se jeta sur lui, armé d'un long couteau. Farden esquiva, tomba à genoux et ouvrit une main d'où émergea un rayon de lumière. L'assaillant encapuchonné cria et fit quelques pas en titubant, aveuglé par l'éclair lumineux. Farden plaça un coup de poing dans son abdomen ; l'homme glissa sur le sol, le souffle coupé. Le genou du mage rencontra le front de l'attaquant, qui plongea le nez en avant. Farden s'empara du couteau et reprit sa course.

Le mage grimpa l'escalier le plus proche quatre à quatre. Le tintement des épées lui parvenait du sommet et du rez-de-chaussée de l'abbaye, mais il continua à courir, déterminé à atteindre les appartements du vampyre dans le clocher. La cloche sonnait toujours.

Une jeune servante émergea d'une pièce attenante en hurlant, suivie par un individu au visage caché. Le sinistre inconnu l'agrippa par le bras, mais elle parvint à se dégager et s'accroupit derrière la rampe de l'escalier.

Farden se jeta en avant et plongea sa lame dans la poitrine de l'assaillant, le laissant s'affaler à ses pieds dans un grognement. La jeune fille jeta un regard horrifié à l'homme à terre. Avant que Farden ait pu l'en empêcher, elle détala dans les ombres en sanglotant.

Le mage poursuivit sa course. Les cris de la bataille et le bruit des armes enflaient à chacun de ses pas. L'abbaye de l'Arche était à présent envahie par des assaillants vêtus de noir ; serviteurs et soldats se faisaient tailler en pièces sans distinction dans les ténèbres des couloirs. Farden esquiva une flèche tourbillonnante. Un autre homme encapuchonné émergea dans l'encadrement d'une porte et bondit pour frapper le mage. Trois côtes cassées et un crâne fendu plus tard, l'étranger gisait sur le sol, respirant avec peine à travers ses poumons écrasés, goûtant la poussière sous les boîtes de Farden. Des cris et des jurons résonnaient sur les murs de pierre, et une longue plainte retentit dans les étages inférieurs. La tête de Farden se mit à tourner.

Dans les hauteurs de la tour de l'abbaye, Durnus appuya son dos contre la porte tandis que les hommes à l'extérieur chargeaient une nouvelle fois. Élessi gémit et secoua les mains frénétiquement, occupée à faire les cent pas devant l'âtre. Sa chemise de nuit était en lambeaux, maculée de terre et de gouttes de sang. Le vampyre gronda et appuya à nouveau son épaule sur la porte pour bloquer l'entrée. Il entendait des lames attaquer le bois de l'autre côté.

— Qu'allons-nous faire ? gémit Élessi.

Passablement agitée, elle triturait ses cheveux bouclés.

— Du calme, jeune femme. Farden sera bientôt là et nous pourrons nous enfuir !

Durnus se lécha nerveusement les lèvres et jeta un regard vers la preste-porte bourdonnante dans le coin de la pièce. Le feu crépitait calmement dans l'âtre. Le son de la cloche faisait vibrer la pièce toute entière.

Dans un craquement sourd, une pointe de lance se fraya un chemin dans un creux du bois. Durnus saisit la lame et la tordit dans un geste ferme. La hampe se fendit, et un cri retentit de l'autre côté tandis que quelqu'un essayait de récupérer son arme.

Le vampyre émit un grondement chuintant à travers la porte :

— Quittez cet endroit avant que je ne vous tue jusqu'au dernier !

Des rires lui répondirent dans le couloir.

— On veut juste parler, vieil homme, laisse nous entrer !

— Je ne suis pas un homme ! lança Durnus en crachant du sang à travers le trou de la porte.

Ses lèvres et son visage était recouverts de giclures écarlates, et le regard au fond de ses yeux pâles était aussi froid que les champs de glace. Il lécha ses crocs meurtriers et passa le pouce sur les ongles effilés au bout de ses doigts. La porte trembla sous un nouvel assaut, mais Durnus se raidit avec l'espoir de voir arriver son ami. C'était la bataille qu'il attendait depuis des dizaines d'années, et il n'allait pas abandonner qui que ce soit.

Durnus abattit un poing sur le battant et siffla dans une rage purement animale, découvrant ses dents pointues. Élessi se cacha derrière un fauteuil et serra étroitement les paupières. Dehors, les railleries se poursuivaient :

— Laisse-nous entrer, vieil homme !

— Qu'il en soit ainsi, chuinta-t-il.

Avec une force inhumaine, le vieux vampyre arracha la porte de ses gonds et se jeta sur les assaillants avec un grondement vicieux. Un poignard mordit son bras et des poings frappèrent son corps, mais Durnus ressentit une vivacité qu'il n'avait pas connue depuis des années, une puissance qui se répandait dans ses veines poussiéreuses. Il esquiva, se mouvant comme une ombre ; ses griffes frappèrent et déchirèrent vêtements et chairs. Il était un tourbillon de rage animale, qui se mouvait en cercles et plantait ses crocs dans tout ce qui bougeait.

Les hommes commencèrent à battre en retraite pour tenter d'encercler le vampyre. Durnus respirait en sifflant tel un cygne acculé. Il avait une douzaine d'égratignures et de coupures sanguinolentes, mais le sang dont il était couvert n'était pas entièrement le sien. Ses yeux perçants voyaient dans le noir mieux que ceux de ses ennemis, et il se prépara à leur attaque.

— Durnus !

Le cri retentit dans le couloir étroit au moment même où une boule de feu passait entre les assaillants et explosait contre le mur. Le chaos s'empara du corridor. Durnus se jeta sur la silhouette encapuchonnée la plus proche et plongea ses crocs dans le creux tendre sous son menton.

— Enlevez-le-moi ! hurla l'homme, qui se convulsait et titubait sous le poids du vieux vampyre.

Farden fut soudain parmi eux, frappant avec son couteau qui mordait sans pitié dans des bras et des jambes. Tout autour, les hommes tombaient avec gaucherie en gémissant de douleur. Un homme frappa Farden à l'épaule, mais celui-ci fit un pas de côté et plaça un coup de poignard en arrière, dans l'aine de l'intrus. Son visage se décomposa ; Farden l'agrippa vivement à la gorge et répandit une rivière d'électricité dans ses os. L'homme trembla, impuissant, puis s'effondra comme une poupée de chiffon lorsque le sortilège arrêta son cœur.

— Farden ! appela Durnus non loin de là.

Le vampyre était cloué au sol, bien en peine de repousser un poignard qui se rapprochait de sa gorge. L'homme qui se tenait sur lui grognait et appuyait de tout son poids sur la poignée, verrouillé dans une lutte au ralenti avec le vieux vampyre. Les yeux de Durnus étaient écarquillés. La pointe de la lame noircie entra en contact avec la peau parcheminée de son cou. Farden bondit et frappa l'attaquant sans retenue dans les côtes avec la pointe de sa botte. L'os émit un craquement perceptible, et l'homme s'écroula aux côtés du vampyre. D'un coup de pied, Farden écarta la dague et releva l'homme sans ménagement contre le mur du fond. Il arracha le masque du visage de l'homme, mais celui-ci ne lui rappelait rien. La fureur enflait en lui, bouillonnant dans sa poitrine comme les sources volcaniques de Hjaussfen. Tremblant de rage, Farden laissa monter un profond grondement qui lui brûla la gorge. Le grondement enfla, devint un rugissement guttural, et le mage frappa l'homme à la mâchoire dans un bruit écœurant. Celui-ci s'affala sur le sol, inconscient. Dans le couloir, il n'y avait plus personne à neutraliser. La cloche s'était tue.

— Argh !

Le mage agrippa ses cheveux, exaspéré.

— Farden, partons tant qu'on le peut encore ! Venez !

Le vampyre saisit le manteau du mage et enjamba la porte brisée qui menait à ses appartements. D'un pas chancelant, Durnus se dirigea vers le centre de la pièce et s'arrêta.

— Élessi ? Élessi ! cria-t-il.

La servante avait disparu.

— Est-ce qu'on peut partir, maintenant ? monta une voix de derrière l'un des fauteuils, suivie par une main tremblante.

— Relève-toi et viens par ici ! lança le vampyre avec impatience.

Il se précipita vers le piédestal devant la preste-porte et feuilleta les pages du grimoire, murmurant les incantations.

— Farden ?

Élessi rampa avec prudence hors de sa cachette et se mit à la recherche du mage. Debout dans le corridor noir, Farden fulminait, les yeux fixés sur l'étranger inconscient. Son esprit passait en revue chaque possibilité, chaque information —   et pourtant, aucune explication n'était satisfaisante. Farden se sentit inutile face à une telle trahison, désorienté et perplexe. Il tressaillit lorsqu'une main légère se posa sur son épaule. C'était Élessi, les yeux grands ouverts et terrifiés.

— Durnus fait marcher son espèce de porte, il est temps de partir, dit-elle doucement.

Farden acquiesça et regarda les corps sans vie autour d'eux. Certains grognaient encore de douleur. Il bouillonnait d'envie de plonger une lame dans leur corps, pour leur apprendre une bonne leçon.

Un cri rauque émergea des appartements du vampyre :

— Farden, je jure devant les dieux que je te traînerai à travers cette porte moi-même si tu ne te dépêches pas ! Elle est presque prête !

Avec un grognement, le mage sauta au-dessus des débris de la porte et aida Élessi à faire de même. L'air de la pièce était saturé par l'énergie de la preste-porte, qui émettait une vibration grave et familière. Durnus murmurait doucement aux pages à mesure qu'il les parcourait. Farden mena la servante aux côtés du vampyre.

— Garde les bras près du corps, n'écarte pas les jambes, ferme les yeux et essaie de ne pas penser, dit-il d'une voix qu'il espérait apaisante.

Élessi tremblait et se mordait les ongles avec agitation.

— Ah, et retenez votre souffle, ajouta Durnus en refermant le lourd grimoire avec un sourire forcé. Tout ira parfaitement bien, ma chère, ne vous en faites pas. Venez, vous passez la première.

— Mais…

Elle leva un doigt pour protester, mais Durnus la poussa vers les marches. La surface translucide ondulait en sifflant. Le jeune femme chancela. Le vent glacé de l'autre côté soufflait déjà à travers la pièce ; les bourrasques gonflaient les tentures et agitaient le feu.

— Pas de mais, Élessi, il faut partir, dit Farden.

— Est-ce que ça fait mal ? demanda-t-elle, et le vampyre soupira bruyamment.

Des cris retentirent dans le couloir.

— Pas autant que votre ample derrière si vous ne le passez pas à travers cette porte ! aboya Durnus.

Élessi se jeta en avant sous l'effet de la peur, trébuchant à moitié à travers la surface frissonnante. Son hurlement résonna dans un écho distant.

— N'en ai-je pas fait un peu trop ? s'enquit le vampyre en jetant un regard vers Farden.

— Peut-être. Tu verras bien de l'autre côté, dit le mage en haussant les épaules.

Il jeta un coup d'œil derrière lui en entendant le raclement d'une lame sur la pierre.

Durnus posa une main sur l'épaule de son ami.

— Merci, Farden, d'être venu pour nous. Je ne pense pas que j'aurais pu… commença-t-il.

— N'en dis pas plus, mon vieil ami, tu as finalement trouvé ta chance, dit Farden dans un sourire. Nous aurons cette conversation plus tard, Durnus, allons-y avant que la porte ne se referme !

Le vampyre s'avança et patienta sur les marches de la preste-porte, les yeux fixés sur son ami intrépide. Le mage écarta un fauteuil d'un coup de pied et prit place devant l'encadrement de la porte. Des flammes commencèrent à s'enrouler autour de ses doigts.

— Tu as tout le temps nécessaire ! cria Durnus. Farden ! Il n'y a pas de honte à fuir pour se battre un autre jour !

— Ils pourraient nous suivre ! Vas-y ! Avant qu'il ne soit trop tard et que nous soyons tous les deux coincés ici !

Farden rencontra le regard de Durnus, et vit l'air grave dans les yeux pâles de son ami. Tous deux comprenaient la situation, et Farden était certain de faire le bon choix. Le vampyre hocha la tête et sauta dans la preste-porte. Après qu'il eut disparu, l'arche tremblota ; dans une plainte vrombissante, le portail s'évanouit. Farden serra les dents et eut un sourire en coin. Il se réjouissait de la bataille à venir.

Le premier homme à passer le seuil reçut un jet de flammes dans le visage, et se rua dans la pièce en hurlant à l'aveuglette. Le mage esquiva un coup d'épée ambitieux du second assaillant et plaça un coup de poing dans son estomac. Après que le crâne de Farden entra en collision avec son nez, il lâcha son arme. Avant que les deux hommes n'aient pu reprendre leurs esprits, le mage avait disparu dans le couloir.

Farden se précipita dans les corridors, dévala des volées d'escalier avec des bons virevoltants. À présent, des cris retentissaient de tous côtés et les corps jonchaient les couloirs de l'abbaye. Une colère indignée battait dans la poitrine de Farden. Il se dirigea vers la source des cris.

— Dis-nous où il est et on t'fera pas d'mal, pas vrai ma jolie ?

Le sourire concupiscent du brigand fit trembler d'autant plus la jeune femme. Plusieurs autres occupants de l'abbaye étaient agenouillés autour de la statue d'Évernia dans la salle principale, prostrés et terrifiés. Une vingtaine d'hommes en armes se tenait autour d'eux, bardés de pièces d'armure dépareillées, les yeux fixés dans la pénombre. La lumière vacillante des chandelles jetait des ombres grotesques sur leur visage.

— Où est-il ? demanda à nouveau l'homme peu engageant.

La servante secoua la tête ; sa lèvre tremblota lorsqu'un doigt crasseux passa sur son menton. Le maraudeur était hideux, chauve ; une cicatrice barrait son sourcil, et son nez avait été récemment fracassé. La main descendit sur la poitrine de la jeune fille et agrippa sa cuisse, mais une silhouette encapuchonnée frappa durement l'inconnu à l'épaule.

— Contrôle-toi. Tu auras tout le temps pour ça plus tard.

Le balafré recula et rejoignit ses compagnons.

L'inconnu qui venait de prendre la parole évolua avec lenteur entre les prisonniers effrayés, les observant à tour de rôle à la recherche de sa victime. Il agrippa un jeune soldat affublé d'un œil au beurre noir et d'une laide estafilade sur le front. L'étranger serra le soldat à la gorge et le souleva, tandis qu'une étrange lumière verte commençait à danser sur ses mains gantées.

— Où est Farden ? murmura-t-il derrière son masque.

Le jeune homme prit peur et se tortilla pour échapper à la poigne de fer de son agresseur.

— Je… je vous ai dit que je n'en savais rien, il va et vient, on ne le voit jamais ! s'étrangla-t-il.

Avec un grognement, l'inconnu encapuchonné jeta le jeune homme sur le sol et tendit un doigt vers les silhouettes prostrées.

— Si je n'entends pas ce que je veux entendre, des gens vont recommencer à mourir, vous comprenez ?

Des sanglots renouvelés montèrent du groupe de captifs.

Le balafré pris à nouveau la parole :

— L'un d'vous a bien dû voir le bâtard, eh ?

Devant l'absence de réponse, il secoua la tête.

— Par les nichons d'Évernia, y'a rien à faire, jura-t-il.

L'homme encapuchonné soupira.

— Sois patient. Il va venir à nous.

— J'l'espère pour toi, mage, mes hommes commencent à s'impatienter…

Sa voix déclina lorsque l'autre homme se tourna vers lui.

— Est-ce une menace ? Parce que si c'est le cas, je peux toujours te laisser expliquer avec tes hommes à mon employeur pourquoi vous êtes revenus les mains vides. Je veux la tête de Farden dans un sac.

Il laissa les mots faire leur effet. Les autres hommes échangèrent des marmonnements dans la lumière des chandelles.

— Ah ? C'est bien ce qu'il me semblait. Maintenant foutez le camp et faites ce pour quoi l'on vous paie.

Il bouscula le balafré et se dirigea vers la porte principale, le laissant s'éclaircir la gorge et essayer de sauver la face devant ses hommes.

La silhouette encapuchonnée fendit les ombres en direction des portes, maudissant les réprouvés d'Albion avec qui on l'avait obligé à collaborer. Qu'on lui donne une poignée de mages, et ce Farden serait déjà ficelé et troussé comme un ours ; si seulement…

Soudain, une épée se faufila entre les côtes de l'homme. Éberlué, il baissa les yeux sur l'acier noir qui dépassait de sa poitrine. Il entendit le sang se répandre dans ses poumons, et tandis que la lame se tordait pour s'extraire, les ombres bondirent à sa rencontre. L'homme encapuchonné était mort avant même d'avoir touché le sol. Farden emporta le corps dans un coin sombre et releva le manteau pour examiner le dos de l'inconnu. Dans la lueur des chandelles, le mage aperçut les écritures noires gravées dans la peau pâle, sinuant entre les omoplates parsemées de symboles tachés de sang. Deux runes étaient le signe d'un nouveau sang. Farden ne reconnut pas l'homme, mais il était un Escrit, élevé au sein de l'Arche. Le sang du mage se mit à bouillonner.

Il serra les dents et se dirigea avec détermination vers la grande salle, ou un rayon de lune solitaire perçait les ombres.

— Hé ! hurla-t-il.

Tous les regards se tournèrent vers lui. Farden grimaça et hurla à pleins poumons :

— Si vous me voulez, venez me chercher !

Le visage de l'homme balafré prit une teinte écarlate. Il fit tournoyer son épée en un large cercle.

— Attrapez-le ! s'exclama-t-il avant de se précipiter avec gaucherie, suivi par le reste de sa bande qui beuglait comme une horde d'animaux sauvages.

Avec une vivacité surnaturelle, Farden tourna les talons et partit dans la direction opposée, emportant les attaquants loin des prisonniers, au cœur de la nuit froide.

quatrième partie

tout finit dans les flammes

 chapitre 15

« Prends garde aux monstres dans l'entrée,
Chasse les araignées sur le plancher.
Sois fort comme ton père, fier guerrier entre tous,
Dans le couloir, un meurtre, la lune est rousse.
Te battras-tu, fuiras-tu sans bruit,
Ou bien dormiras-tu jusqu'au bout de la nuit ?
À présent, ferme les yeux,
Dors, prie que la mort vienne en d'autres lieux. »
Berceuse Skölgardienne

Quelqu'un hurlait dans une pièce fermée à double tour au sommet de la Spire. Les cris de douleur déchirants se mêlaient au vent qui secouait les fenêtres et les remparts de la tour. Deux soldats armés de lances menaient la garde en haut d'une longue volée de marches. Leur armure de cérémonie blanche et or scintillait dans la lumière vacillante des torches. Les regards des gardes étaient fixés dans le vide ; ils étaient silencieux, apparemment indifférents aux sons qui filtraient de la porte derrière eux.

Cette porte menait à une petite antichambre et à une autre porte ; là-bas s'ouvrait une petite pièce circulaire, sans fenêtres, dépourvue de tout mobilier à part deux tabourets de bois et un banc. Les murs avaient été peints d'un blanc pur, semblable à une toile vierge prête à recevoir la vision de l'artiste. Une multitude de chandelles dans des récipients de verre était éparpillées sur le sol, répandant une vive lumière dans la pièce immaculée, une lumière parfaite pour garder le candidat conscient durant le Rituel. Çà et là, de petites bouteilles d'encre noire étaient posées sur le sol, scellées par des carrés de tissu et des bouchons de bois.

Au centre de la pièce se trouvaient deux tabourets ; sur l'un d'entre eux était recroquevillé un homme rabougri, à la barbe blanche si longue qu'elle était enroulée autour de sa taille. Sa tête était chauve et couverte de taches de vieillesse ; ses épaules étaient voûtées comme les ailes d'un corbeau détrempé par la pluie. Sur son nez pointu se balançaient des lentilles de cristal superposées en un montage sophistiqué. Les lunettes donnaient à ses yeux vitreux une apparence démesurée. Le vieux Scribe était concentré sur son ouvrage ; il observait la danse de ses mains squelettiques qui perçaient une peau pâle à l'aide d'une aiguille longue et délicate en os de baleine. Le Scribe chantonnait une mélopée sourde, des airs oubliés chargés de magie pour diriger l'encre à la pointe de l'aiguille.

La personne sur laquelle il exerçait son art, sur le tabouret, était Cheska. Des larmes dévalaient son visage et maculaient le sol, déjà trempé par deux jours entiers de pleurs. Prostrée, elle était agitée de tremblements incontrôlables ; ses jointures avaient pris une teinte violette peu naturelle à force d'agripper ses genoux. Ses jambes et ses bras frissonnaient convulsivement, comme si on venait de l'arracher d'un lac gelé.

Cheska avait ce regard singulier au fond des yeux, le regard de ceux qui ont cessé d'écouter, plongés dans leurs pensées comme si leur esprit s'en était allé. Elle fixait un point précis sur le sol, essayant de se raccrocher à cet endroit où la douleur restait supportable. Cheska se força à ressentir la brise froide du rivage près du palais de son père, l'odeur des pins au bord du lac, le bruit des cascades qui rugissaient devant sa fenêtre ; l'aiguille la ramenait cependant sans pitié dans la pièce blanche. Son dos brûlait en une multitude d'endroits. Après deux jours assise dans la même position, Cheska ne faisait plus de différence entre l'aiguille et une pointe de métal chauffé à blanc. Un filet de sueur s'insinua dans ses yeux ; elle cligna des paupières, s'autorisant un regard vers le sablier au fond de la pièce. Le sable coulait à travers sa taille filiforme. Ce ne devait plus être long, pria-t-elle en se demandant si un dieu l'écoutait. Son visage se figea à nouveau dans un cri strident.

Au-delà de la salle du Scribe, dans l'antichambre, Brim était assis sur un banc entre les deux serviteurs. Tous deux étaient vêtus de tuniques arborant l'étrange symbole de l'art des Escrits – les balances de l'Arche pesant une plume. Les deux hommes paraissaient aussi vieux que le Scribe lui-même, avec leur longue barbe et leurs yeux bienveillants. Les ombres des torches survolaient leur visage immobile et ridé.

Seuls les serviteurs étaient autorisés à approcher le Scribe. Ils étaient ses yeux, ses oreilles et sa voix dans le monde extérieur, et ils étaient souvent chargés de transmettre des messages aux Archimages dans un secret absolu. Personne ne savait d'où venait le Scribe ou ses serviteurs, pas plus que leur âge véritable. On murmurait que le Scribe était un dæmon des temps anciens, ou peut-être un homme de Servæa qui se serait échappé avant que la cité ne sombre dans les mers. Quoi qu'il en soit, le vieil homme flétri était un mystère enveloppé de secret – le trésor caché de l'Arche.

Brim tremblait. Il était tenté de se boucher les oreilles pour repousser les cris de son amie. Il mordit l'intérieur de sa lèvre avec anxiété. La peur tordait son estomac. Le jeune mage aplatit sa robe de cérémonie blanche et dorée pour la centième fois, puis passa une langue sèche sur ses dents.

— Pourrais-je avoir un peu d'eau, avant de rentrer… ? demanda-t-il en regardant à tour de rôle les deux hommes à côté de lui.

Ceux-ci ne bronchèrent pas, les yeux toujours fixés sur le mur opposé. Brim soupira et se rendit compte qu'il s'était mordu la joue jusqu'au sang.

Â

À l'extérieur, au sommet de l'escalier, les deux soldats échangèrent des regards suspicieux lorsque des bruits de pas résonnèrent en contrebas. Ils s'avancèrent pour apercevoir le visiteur aussitôt qu'il émergerait de la courbe en colimaçon. L'un d'eux baissa sa lance avec prudence. Le rituel ne devait être interrompu en aucun cas.

Bientôt, un homme élancé vêtu d'une longue tunique noire et verte apparut, grimpant l'escalier d'un pas décidé. Un long poignard dans un fourreau doré ouvragé pendait à sa hanche. À la vue des deux gardes, il sourit d'un air affable et leva une main.

— Bonne soirée, Messieurs !

Ses yeux bruns sombres étaient chaleureux et engageants.

— Seigneur Vice, quel honneur inattendu ! répondit l'un des soldats.

Il salua avec la pointe de sa lance et son compagnon l'imita avec précipitation.

— Magissime, le premier candidat sera bientôt prêt, ajouta le second soldat, soucieux de prendre part à la conversation.

— Bien, bien, commenta le Maître mage.

Vice atteignit la dernière marche et sourit. Il joignit les mains dans son dos et resta immobile.

— Et à quoi devons-nous le plaisir de votre visite, Sire… ? s'enquit le soldat.

Les mots n'avaient pas quitté ses lèvres que le Maître mage s'emparait du poignard à sa ceinture, et l'enfonçait jusqu'à la garde dans la nuque du soldat. Celui-ci s'affala sur le sol dans un bruit métallique et s'étouffa sur la lame d'acier. Vice l'acheva avec un jet de flammes qui brisa son armure comme du verre en fusion.

— Au meurtre ! vociféra le second garde, horrifié.

Il fit mine de s'enfuir. Dans un geste flou, Vice lui décocha un coup de pied dans la cage thoracique. Le soldat recula en titubant et essaya de relever sa lance pour repousser le mage meurtrier. Une boule de feu rebondit sur son bouclier et Vice cracha, maudissant la magie qui imprégnait le métal doré. Il esquiva la pointe de la lance avec une élégance féline. Dans le regard du soldat se lisait une confusion totale. Vice sourit et adressa un clin d'œil à sa proie, qui déglutit distinctement. Le Maître mage fit un pas en avant et des éclairs explosèrent entre ses doigts. La foudre aveuglante frappa le soldat à la hanche ; dans un cri désespéré, il fut projeté contre le mur. Vice se précipita sur lui, les mains toujours frissonnantes d'étincelles.

Le soldat se redressa mais sentit des mains de fer se refermer autour de sa gorge. Vice frappa à nouveau le pauvre garde contre le mur, dans un craquement écœurant de pierre et d'os. Après une nouvelle décharge, l'homme s'immobilisa entre les mains de Vice.

Brim se tordait les mains, incapable de comprendre l'origine des terribles bruits métalliques qui retentissaient de l'autre côté de la porte. Les deux vieillards échangèrent des regards inquiets, et le jeune mage résista à l'envie d'enfouir la tête entre ses bras. Le silence retomba – les cris se turent, jusqu'aux plaintes de Cheska. Les doigts de Brim tressautèrent nerveusement.

À l'intérieur, Cheska leva des mains tremblantes à son visage et essuya les larmes pour la dernière fois. Son dos était en feu ; l'odeur de la peur et de la sueur la prenait à la gorge. La douleur commençait à se retirer du coin de ses yeux, et le martèlement dans sa poitrine sembla s'atténuer légèrement.

Le scribe avait enfin cessé de chantonner dans sa barbe. Il tourna la tête vers la porte derrière lui. Son aiguille reposait sur ses genoux, nettoyée et immobile pour la première fois depuis trois jours. À la manière d'un vieux rat, il retroussa son nez maculé de taches de rousseur et plissa les yeux derrière ses extravagantes lunettes.

La jeune mage s'efforçait de repousser son vertige en clignant des yeux. L'intensité de la lumière était douloureuse. Cheska tenta d'étirer son dos et de se redresser, mais sa peau, en se contractant et en remuant sur ses omoplates, lui fit l'effet d'être couchée sur un lit de charbons ardents. Elle resta immobile et essaya de calmer les battements de son cœur.

Brim hurla quand la porte explosa. Il fut projeté sur le sol et agita les bras devant son visage pour se protéger des éclats de bois. Les deux sages se levèrent d'un air sombre, comme s'ils n'avaient pas remarqué l'explosion de la porte. D'un même mouvement, ils écartèrent les pans de leur tunique blanche et tirèrent de longues épées. Des mots inconnus et des symboles immémoriaux étaient gravés sur les lames. Les gardiens se tinrent droit, silencieux, leurs épées levées à hauteur du visage. Brim s'accroupit derrière eux et essaya de se rappeler ses sortilèges.

Après un court instant de silence, un homme en armure de cérémonie vola à travers l'encadrement fumant de la porte et s'écrasa sur le sol de pierre. Brim essaya désespérément de lancer un sort d'ombre, mais ses mains tremblaient, incontrôlables. L'incantation rebondit inutilement à l'intérieur de son crâne.

Une haute silhouette apparut dans la fumée ; dans un silence parfait, les deux serviteurs marchèrent à sa rencontre. Tandis qu'ils levaient leur épée au-dessus de leur tête, la silhouette eut un rire méprisant. Des flammes dansèrent dans les mains de l'étranger, des flammèches étincelantes qui crépitaient avec fureur.

Les deux hommes n'avaient aucune chance. Le feu bondit des mains du mage et consuma les vieux gardiens dans une explosion flamboyante et un nuage de fumée noire. Froissés comme du papier brûlé, Ils tombèrent et se consumèrent, l'épée oubliée entre leurs mains. La pièce se remplit d'une épaisse fumée qui étouffa les chandelles. Brim s'accroupit pour trouver de l'air.

Silence de mort. Avec lenteur, comme dans un cauchemar imprécis, une haute silhouette se dessina dans la fumée, regard vicieux et sourire diabolique. Avec une horreur abjecte, Brim reconnue la robe noire du Maître mage. Vice se dirigea d'un pas mesuré vers le jeune homme, son long poignard toujours dans son fourreau. Brim recula contre le mur et essaya de réfléchir un sortilège qui pourrait le sauver.

— Quelque chose de profond à dire avant de mourir, mage ?

Le Maître mage eut un rictus malfaisant.

Brim resta muet, la bouche entrouverte. Il bafouilla. L'acier froid appuyait contre sa gorge. Le jeune homme plongea un regard incrédule dans les yeux diaboliques de Vice.

Cheska se concentra pour ne pas vomir, et pria pour que la pièce cesse de tournoyer. La douleur lancinante de son crâne l'avait rendue nauséeuse, et elle avait l'impression que son estomac essayait de se frayer un chemin hors de son corps. Comme si ça ne suffisait pas, elle sentait une odeur de brûlé. À travers ses yeux troubles, elle vit le

Scribe remballer ses outils. Il paraissait agité, et Cheska se demanda dans un vertige si un incendie s'était déclaré.

Soudain, un bruit sourd parvint aux oreilles de la jeune femme. Apparemment, il venait de l'extérieur. Cheska ravala sa salive et tomba à genoux. Son dos brûlait d'une douleur insoutenable, et le bruit de son tabouret qui heurtait le sol envoya des vagues de douleur de part et d'autre de son crâne.

Le Scribe se précipita à son secours et l'attira de côté. Il la poussa vers le banc sur un côté de la pièce circulaire. Des bouteilles de verre s'éparpillèrent sous ses membres tremblants et les chandelles sifflèrent, mais le Scribe lui adressa un geste pressant. Elle rampa donc sous le banc, aussi loin qu'elle le put. Le regard perçant du vieil homme était grave. La tête de Cheska lui tourna. Lasse, elle posa le front sur le sol de pierre froide et observa le Scribe du coin de l'œil. Il se hâtait d'éteindre les chandelles. La pièce sombra dans les ténèbres, chandelle après chandelle, et Cheska se demanda ce qu'il se passait.

À ce moment précis, un violent craquement alerta le Scribe, qui se retourna pour voir la porte imploser dans une pluie d'étincelles. Un homme pénétra dans l'ouverture hérissée d'échardes et se tint dans la faible lumière, les bras croisés avec un air de défi, oublieux des flammes orange qui léchaient ses bottes et sa tunique noire.

Le silence flotta un instant, puis l'homme fit quelques pas en avant et prit la parole. Son ton était froid et formel, et n'était pas étranger à la jeune femme.

— Je suppose que tout est en ordre ? demanda-t-il.

Le vieux scribe soupira et fit craquer sa nuque. Il retira ses lunettes et les essuya avec la manche de sa tunique, avec de petits mouvements circulaires.

— Mmh, comme vous l'aviez demandé, dit-il avant d'émettre un soupir sifflant. Je n'aurais jamais pensé que ce serait vous.

Sa voir ressemblait au raclement d'une lime sur une vitre, disgracieux comme si l'homme avait passé une ère en silence.

L'intrus hocha la tête avec lenteur. Les deux hommes se fixèrent à présent avec intensité, menant une lutte étrange. Tous deux attendaient que l'autre fasse le premier pas. L'étiquette avant le premier coup.

Le coup ne vint pas. Cheska attendit et cligna des yeux, tremblotante dans sa cachette. Elle essayait d'apercevoir le visage de l'intrus, mais il faisait noir dans la pièce, trop chaud. Elle fit la grimace et essaya une nouvelle fois de calmer son estomac malade. Le calme était anormal.

— Lequel d'entre nous êtes-vous venu trouver, Vice ? demanda soudain le Scribe.

Cheska aurait juré avoir entendu le nom du Maître mage.

— Qui, selon vous ?

Le vieux scribe tourna lentement la tête en direction de la silhouette recroquevillée sur le banc.

— Après votre dernière expérience, je serais tenté de dire elle, mais votre regard en dit autrement, dit-il, la tête penchée sur le côté comme un oiseau inquisiteur.

Vice leva son poignard et observa la lame maculée de sang avec indifférence.

— Quel dommage que vous ayez cessé d'être utile..., admit-il avec un haussement d'épaules.

Le Scribe secoua la tête, et un éclat de colère passa dans ses yeux noirs.

— Les fils d'Orion verront ce qui les attend.

— Je ferai en sorte que ça n'arrive pas..., commença Vice, mais le scribe détourna la tête et renifla.

— Peu importe. La décision, semble-t-il, est déjà prise.

Le Scribe sembla se débarrasser d'un poids immense, et ses épaules s'affaissèrent. Cheska retint son souffle. Des flammes léchèrent les murs.

Le Maître mage abaissa son poignard et s'approcha avec lenteur du vieux scribe.

— Je n'ai aucun plaisir à faire ceci, murmura-t-il.

— Tu ne peux pas me duper, mage, j'ai passé un millier d'années à t'entendre mentir, dit-il en fermant les paupières.

Vice eut un rictus méprisant et agrippa la nuque du Scribe.

— En effet, répondit-il, d'une voix aussi tranchante que la glace.

Il y eut un bref craquement, et le vieux sage s'affala au pied de Vice. Cheska essaya de se fondre dans les ombres de sa cachette, mais elle savait déjà ce qui l'attendait. Lorsqu'elle ouvrit les yeux, la silhouette la surplombait. Vice baissa les yeux sur elle et lui adressa un sourire mauvais. Le poignard se leva, et quelques gouttes de sang tombèrent.

 chapitre 16

*« Il convient de recommander le mage Farden pour ses efforts
exceptionnels lors de la bataille d'Efjar. Sans l'aide de ce brave
soldat, nos hommes seraient certainement encore en train de
combattre les clans minotaures au fin fond des marais. Cela fait bien
longtemps que nous n'avions plus compté de mages aussi talentueux
dans nos rangs, depuis le malheureux incident de son oncle. Espérons
que Farden ne suive pas le même chemin que Tyrfing. »*
Lettre à l'Archimage Åddren de la part du seigneur Vice, en l'année 884

Rien ne vivait dans les landes de Dunwold. On y survivait, tout au
plus. Si l'on se tenait sur une colline de la côte Est d'Albion, on ne
voyait rien d'autre que des rochers et de l'herbe humide, sans aucun
être vivant pour leur tenir compagnie. Dunwold était nue, froide ; une
terre atrocement vide qui s'étendait à perte de vue. Ici et là, quelques
arbres chétifs se terraient entre les escarpements et les blocs rocheux,
s'accrochant à la vie que leurs racines rachitiques soutiraient à la
pierre grise et au lichen pâle.

Après deux jours de course effrénée, il s'était finalement effondré
entre deux rochers dans l'ombre d'une colline. Ses sorts de chaleur
s'étaient évaporés et le froid s'insinuait, implacable, dans ses os.
Farden avait dormi par intermittence. Aucune voix ne s'était adressée
à lui ; les rêves ne s'étaient pas manifestés, et le mage se demanda
s'ils l'avaient quitté pour de bon. Il jeta un bref regard vers le ciel
gris. Rien. Farden essaya de se remettre en mouvement et grimaça de
douleur. Il sentait la pointe barbelée de la flèche se frayer un chemin

dans les profondeurs de sa chair. Du sang tombait sur l'herbe humide en-dessous de lui, collait à ses mains et ses vêtements. Le mage épuisé porta une main prudente à ses côtes sans oser toucher la hampe brisée de la flèche. Se hissant sur un coude, ahanant, il parvint à se redresser pour jeter un coup d'œil au paysage morne qui s'étendait au-delà du rocher.

L'aurore rampait à la limite de la lande. Le vent glacé jouait avec l'herbe saturée de givre, la forçant à se soumettre à sa volonté. Le regard épuisé de Farden survola les alentours à la recherche d'un mouvement. Ses poursuivants étaient invisibles. Après avoir réduit leur nombre de moitié le jour précédent, Farden avait distancé les hommes durant la nuit ; à présent le jour se levait. Le mage avait tenté de rebrousser chemin en un large cercle, mais après avoir perdu son épée, son chemin et sa patience dans les marais au sud, il avait abandonné tout espoir de regagner l'abbaye de l'Arche. Farden n'avait vu aucune trace de ses poursuivants depuis la tombée de la nuit – ni bruit, ni silhouette. Leur cadeau d'adieu était toujours enfoncé entre ses côtes.

Son cœur était lourd et sa tête le lançait ; en outre, il avait laissé ses provisions à l'abbaye de l'Arche et mourait de faim. Avec des doigts tremblants, il arracha un peu de mousse de lichen qui poussait sur le rocher et mâchonna. Le goût lui rappela celui de l'herbe amère, mais il espéra que ce pâle substitut calmerait les plaintes de son estomac. Farden continua à mastiquer, les yeux fixés sur l'horizon. Son instinct lui souffla qu'il n'en avait pas terminé avec les sbires de Ridda, et que le seul moyen de rentrer à l'Arche était de rebrousser chemin, à moins que… Il repoussa instantanément cette pensée, mais sa main erra néanmoins vers l'objet arrondi dans la poche de son manteau. C'était le Poids d'Helyard.

Farden avait caressé l'idée de s'en servir le matin même, juste avant de renoncer pour s'écrouler derrière le rocher. En effet, pour quiconque en dehors des Archimages, utiliser un Poids revenait à commettre un suicide pur et simple. Il avait entendu les histoires. À défaut d'un pouvoir ou de talents suffisants, l'utilisateur pouvait se retrouver écrasé au cœur d'une montagne ou noyé au fond de la mer de Bern, et le mage était quelque peu réticent à tenter sa chance.

Farden se força à se dresser sur ses pieds, avec une volonté qu'il ignorait posséder. Il vacilla. Le monde dansa la gigue pendant un instant, mais le mage déglutit et cligna des yeux pour repousser la nausée. Ses mains tremblaient. Il sentit un filet de sang couler sur sa jambe. Il aurait voulu s'abandonner au confort de la Chèvre Barbue. La chaleur d'un feu, du vin chaud dans une coupe, une goutte de mörd avec Vice dans ses appartements luxueux. Une rafale de vent vif joua dans ses cheveux, l'obligeant à plisser les yeux.

À côté de lui, une petite flaque d'eau s'était formée dans la roche, et il se pencha pour observer son reflet hagard. Des yeux rouges et une barbe négligée le saluèrent, étrangement inconnus. Peut-être étaient-ce les nuages au-dessus de sa tête, peut-être était-ce le rocher rempli d'eau presque gelée ; la peau de Farden avait une teinte grisâtre, fantomatique. Les branches d'arbres avaient laissé sur son cou et sur son visage des égratignures à présent rouges et enflammées, ses cheveux noirs pendaient en boucles sales sur ses yeux vides. Farden conclut qu'il avait une mine affreuse. Il baissa le regard sur la hampe de la flèche fichée entre ses côtes. Il avait brisé le bout empenné la nuit précédente, mais la hampe dépassait toujours de plusieurs pouces. La blessure occasionnée par le wyrm des semaines auparavant n'était plus qu'une cicatrice argentée sur son côté droit. Farden toucha la flèche avec précaution et tressaillit dans un éclair de douleur. Il s'efforça de remettre ses pensées en ordre. Sans l'aide d'un guérisseur, la flèche se faufilerait dans ses poumons ou dans son estomac tôt ou tard, et aucune magie ne pourrait le sauver.

— Foutredieu, jura-t-il avant de placer l'épais col de son manteau entre ses dents.

Avec une profonde inspiration, il enroula les doigts autour de la flèche maculée de sang et tira d'un coup sec.

Une explosion de lumière envahit son champ de vision. Il s'étrangla dans sa douleur et tomba lourdement sur l'herbe humide. La flèche était néanmoins sortie et gisait à côté de lui. Le sang se déversait librement de la blessure, telle une rivière rouge et gonflée. Le mage grogna et plaqua une main sur ses côtes. Il consacra ce qu'il lui restait d'énergie à un sort de soin, puis les ténèbres l'engloutirent à nouveau.

Lorsqu'il se réveilla, le soleil venait d'atteindre son zénith et pointait entre les nuages épais qui recouvraient Dunwold et ses landes. Le souffle de Farden se bloqua dans sa gorge, et il toussa violemment. Il réalisa son erreur lorsque ses côtes hurlèrent dans une agonie renouvelée.

Il lui fallut une heure pour rassembler ses forces et s'asseoir. Au regard, la blessure semblait atroce ; même si Farden avait empêché la flèche de s'enfoncer plus profondément, il avait vu des plaies comme celles-ci attraper la pourriture en une journée. Il soupira et regarda les landes avec des yeux las. Malgré l'appoint de ses sortilèges, il était gravement blessé et faisait une proie facile pour ses poursuivants – si ces bâtards étaient toujours à sa poursuite, songea-t-il sombrement. Une petite voix lui souffla de ne pas trop compter là-dessus. Farden mordit dans une nouvelle poignée de lichen et soupira longuement.

Dans l'esprit du mage, l'impression qu'il avait eue de contrôler la situation s'était échappée, disparue derrière un horizon menaçant. Toute impression d'ordre, tout objectif qu'il avait caressé en quittant Krauslung s'étaient évanouis. Helyard était une marionnette, sans doute possible. Mais à présent, ceux qui tiraient les ficelles en avaient après lui. Ridda avait été loyal et respectable ; qu'est-ce qui avait bien pu le faire changer ? Une force malfaisante s'étirait dans l'ombre, et Farden était persuadé qu'il s'approchait de la réponse. Il espérait simplement que Durnus et Élessi étaient en sécurité à Kiltyrin. Le cœur de Farden se serra lorsqu'il se rappela la dernière fois qu'il avait vu Cheska, au bord du sommeil, le visage parsemé de cheveux dorés qui reflétaient les flammes mourantes. Farden avait promené ses doigts sur sa peau, s'était émerveillé de sa douceur, s'était rendu compte qu'il ne la méritait pas. Il se rappela les trois mots qu'il lui avait murmurés cette nuit-là dans son sommeil. À présent, elle devait approcher le terme de son Rituel, à moins que…

Il laissa cette pensée se tapir honteusement. Une vague de détermination soudaine se répandit dans ses veines. Quoi qu'il en coûte, il devait retourner à Krauslung et retrouver Cheska ; même s'il devait y trouver la mort, il verrait l'aboutissement de ce complot.

Farden jeta un dernier regard à son reflet. L'image se brisa lorsqu'il chassa l'eau d'un revers de la main. Le mage borné se hissa sur ses pieds avec un grognement de défi. Prenant quelques profondes inspirations, il étira ses muscles avec un aplomb renouvelé. Durnus avait probablement raison, néanmoins ; il était le seul à s'empêtrer dans de telles situations. Telle était la vie d'un Escrit, songea-t-il dans un rictus avant de s'élancer d'un pas mal assuré.

Une heure plus tard, Farden était appuyé contre un rocher moussu au creux d'un ravin et reprenait son souffle. Le bruit du vent se muait en plainte triste dans les creux de la roche. Les rafales secouaient les cheveux trempés de sueur de Farden, qui le frappaient comme autant de minuscules fouets. Il respirait mieux, mais sa blessure lui donnait l'impression qu'un chat lui rongeait les côtes. Ses poumons le brûlaient, comme remplis de goudron.

Le mage se figea lorsque le vent changea de direction, mugissant dans son dos. Un appel flotta dans la brise, puis s'évanouit. Un nouveau cri retentit, plus fort cette fois. Déterminé.

Farden se retourna puis reprit sa course. Il n'avait pas de temps à perdre. Aussitôt qu'il aurait quitté le ravin, il serait parfaitement visible, et le vent le placerait à portée de leurs traits meurtriers. Malheureusement, résuma-t-il sombrement, il ne disposait pas d'une foule de possibilités. Ses pieds fatigués martelaient la terre gelée. Après tout, mieux valait être pris en pleine course qu'au fond d'un trou, conclut-il.

Il atteignit bientôt la bouche du ravin et réapparut, boitillant à travers la lande comme un cerf blessé. Il entendit les cris portés par le vent et s'autorisa un bref regard derrière lui. Six hommes l'avaient pris en chasse dans les collines, armés d'objets hétéroclites et pointus. Ils étaient toujours à près d'un mille de distance, mais il n'échappa pas à Farden que l'écart se réduisait. Furieux, les poursuivants étaient couverts de boue. Passer la nuit dans les landes à la recherche d'un mage invisible devait probablement vous mettre dans une humeur similaire, supposa Farden. Il essaya d'accélérer, mais ses côtes protestèrent avec véhémence.

Avec une lenteur insoutenable, les six hommes couvrirent la distance qui les séparait de leur proie. Les ordres avaient depuis longtemps cédé la place à la colère, dans ce qui était devenu une querelle personnelle avec le mage bâtard. Le balafré de l'abbaye de l'Arche courait avec tant de hargne qu'il semblait porté par le vent. Ses compagnons grognaient, la bave aux lèvres comme des chiens enragés. Les yeux du meneur étaient écarquillés et rougis, privés de sommeil, et réclamaient le sang de Farden. Un cri rauque s'échappa de sa gorge :

— Allez, les gars ! Il peut plus s'cacher ! J'veux sa tête sur une pique !

Des cris s'élevèrent de ses sbires, qui redoublèrent d'efforts.

À présent, Farden entendait distinctement leurs beuglements. Les rochers et les buissons défilaient. Rien qui pût ressembler à une cachette. Devant lui les landes s'étendaient sur des milles à la ronde, désertes et impassibles. Il avait l'impression que ses poumons adhéraient à ses côtes. Ils semblaient avoir gonflé, ce qui le ralentissait. Des taches de couleur s'invitèrent au coin de ses yeux, et Farden sentit que la fatigue l'attirait inexorablement vers le sol.

Un objet lourd rebondissait sur ses côtes, le faisant grimacer. Le Poids. Le Poids d'Helyard était toujours là. Farden s'arrêta dans un dérapage et se retourna pour faire face à ses poursuivants. Il s'empara du disque d'or dans la poche de son manteau et observa les symboles sur sa surface. Caressant les lettres gravées, le mage essaya de se concentrer, mais ses yeux revenaient aux silhouettes des assaillants qui grossissaient. Le Poids était tiède, chaud même, au creux de sa paume moite. Le cœur de Farden battait la chamade, et son esprit passait en revue les possibilités qui s'offraient à lui. Il devait retrouver Cheska, avertir Åddren et Fendrair. Sans oublier Durnus et Élessi ; il devait les protéger aussi. Mais la chose au creux de sa main était dangereuse, et il ne serait pas plus utile à l'état de cadavre.

Farden serra les dents et referma les doigts autour du Poids d'or. Ses pensées étaient bloquées par les cris et les exclamations qui tournoyaient dans sa tête. Il essaya de se rappeler tout ce que Vice lui avait dit à propos des Poids, tout ce que Durnus avait essayé de lui enseigner à propos des preste-portes – leur ressemblance avec un liquide, qui doit juste glisser dans la bonne direction. Le Poids brûlait sa paume. Le vieux vampyre avait dit qu'il fallait établir une connexion, dessiner un tableau, là où vous pourriez être à un instant précis. Des larmes brûlantes montèrent aux yeux de Farden, qui tendit le Poids devant lui. L'objet doré se mit à trembler. Il envoya des vagues d'énergie ondulantes, qui fracturèrent l'air glacé tel un miroir brisé. Une flèche siffla à l'oreille de Farden comme un oiseau de proie. Le mage planta ses pieds dans le sol et força tout son être à visualiser un endroit en particulier. Aucune pensée, Aucune distraction. Le Poids luisit et déchira la trame du monde, brûlant la main du mage.

Tout se figea.

Une flèche flottait dans l'air. Immobile, elle progressait lentement comme un poignard à travers de la mélasse.

Les bruits de pas sur l'herbe et les grincements d'armure roulèrent dans le lointain, se répercutèrent en un écho sourd. Un cri se figea dans le vent.

Le mage observa la scène pendant une seconde interminable, gelée comme les champs de glace, dans une vision à la réalité douloureuse. Soudain, il y eut un craquement assourdissant et l'air se fissura, aspirant Farden dans l'oubli.

Le mage s'évanouit dans l'air frémissant, et la flèche s'enfonça dans l'herbe froide avec un bruit mat et futile. Abasourdi, le balafré s'arrêta dans un dérapage, à bout de souffle. Ses compagnons continuèrent à courir, jetant à la ronde des regards incrédules. La bouche du maraudeur s'ouvrit dans un rictus d'incompréhension mêlée de douleur, comme si un fantôme venait de le frapper au creux de l'estomac. Il lui fallut quelques instants pour songer à tomber à genoux. Son visage prit progressivement une teinte violette ; son corps trembla de frustration. Ces hommes commencèrent à reculer prudemment.

Avec un cri guttural, il abattit son coutelas dans l'herbe.

— Argh ! Sois maudit, Farden ! Par tous les dieux, sois maudit !

À des centaines de milles à l'est, l'air claqua comme un fouet et s'entrouvrit, traversé par une fissure au bord dentelé. Dans un chuintement perceptible, comme un souffle d'air à travers une étroite ouverture, la silhouette d'un homme dépenaillé émergea du néant. La silhouette heurta un mur proche avec un craquement terrible.

Farden ouvrit grand la bouche pour aspirer de l'air, et repousser la douleur qui lui donnait l'impression que son corps était en feu. Qui avait eu l'idée de génie de construire un mur à cet endroit, se demanda-t-il avant de se masser les côtes, ainsi qu'une bosse de taille appréciable qui venait d'apparaître sur son crâne. Son bras était parcouru d'une douleur sourde. Farden haleta en se hissant à quatre pattes. Il s'éloigna quelque peu du pied du mur. Respirer était un défi, tant la douleur et la fatigue étaient fortes. Il s'affala dans l'herbe chaude et roula sur le dos. Il ouvrit les yeux et regarda l'horizon. Une peur nauséeuse serra soudain son cœur lorsqu'il posa les yeux sur une montagne inconnue, sommet vers le bas. Par chance, il réalisa rapidement que le paysage n'était autre que la campagne familière de Manesmark. Farden émis le plus gros soupir de soulagement de sa vie. Il étendit les bras. D'un air indifférent, il observa les cendres atterrir sur sa joue et sa main ouverte. Il examina la lueur jaune et orange, vacillante, qui faisait danser sur le sol une étrange palette de couleurs. Il se demanda où se trouvait Cheska.

Des cendres.

L'horreur serra à nouveau le cœur de Farden, et il poussa sur ses bras pour se lever sur ses jambes vacillantes. Elles se dérobèrent sous lui, mais il fit une nouvelle tentative et se redressa à genoux. Quelque chose n'allait pas. Un rugissement et un violent craquement parvinrent à ses oreilles, et il s'appuya sur les talons pour regarder le ciel orange.

Des flammes bondissaient d'une poutre à l'autre, léchant la maçonnerie et les remparts de la Spire. Elles s'agrippaient au ciel nocturne avec des doigts rouge orangé, traversaient les murs de pierre comme des feuilles de papier. Une immense colonne de feu s'élevait des vestiges de la tour noircie. Dans un fracas assourdissant, une partie de la charpente s'écroula, envoyant une gerbe d'étincelles et de cendres dans le ciel.

Farden roula sur le côté pour se soustraire à la chaleur insoutenable. Il recouvrit son visage de ses mains et rampa aussi loin que possible avant de devoir reprendre son souffle. Au-dessus de lui, des dragons volaient en cercles au-dessus de la tour, chargés de blocs de glace et d'immenses tonneaux remplis d'eau, qu'ils lâchaient dans les décombres incandescents. Les nuages étaient noirs, menaçants, et se confondaient avec la fumée. De la cendre tombait du ciel.

Le mage était horrifié. Des larmes brûlantes lui piquèrent les yeux. De tous côtés, il entendait les cris des survivants et des badauds que l'on tirait en arrière. Farden aperçut des mages d'eau et de glace alignés à l'endroit où aurait dû se trouver l'atrium, là où le feu était le plus intense. Une armée de dæmons déchaînés semblait rugir dans le brasier. Les mages étaient noirs de fumée, mais luttaient néanmoins avec ténacité, jetant leurs sortilèges sans relâche. Quelque part dans le squelette noirci de la Spire, jadis splendide, l'écaille de dragon résonnait, agitée de convulsions funestes. Le mage était sans voix. Il refusait de croire ce qui se produisait devant ses yeux, tandis qu'il observait avec horreur un autre étage s'effondrer. Un jeune soldat détala devant lui avec un seau d'eau, et Farden l'agrippa avant qu'il ne put aller plus loin. Le jeune garçon, à peine en âge d'entrer à l'armée, se figea devant l'étranger contusionné couvert de sang qui l'agrippait par la peau du cou.

— Que s'est-il passé ici ? aboya Farden.

Le garçon lui lança un regard piteux et balbutia nerveusement :

— Euh... l'incendie, vous voulez dire ?

Farden le secoua.

— Dis-moi ce qu'il s'est passé, bon sang !

— Personne ne le sait ! Ça a commencé la nuit dernière… au sommet de la Spire !

Les mots s'échappaient en se bousculant de la bouche du jeune homme. Celui-ci fixa d'un air inquiet les vêtements déchirés et l'expression sauvage de l'inconnu.

Une peur glacée serra le cœur de Farden.

— Y avait-il quelqu'un l'intérieur ? Réponds, vite !

— Tout… tout le monde ! Tous ceux qui ne sont pas partis vers Albion !

Le mage relâcha doucement le jeune soldat, puis retomba à genoux. Le garçon lui jeta un regard embarrassé, hésita un instant puis détala avec son seau rempli d'eau, laissant le mage seul sur la colline. Farden regarda le brasier, laissant les flammes orangées imprégner sa rétine et la chaleur brûlante lui lécher la peau, comme si elle pouvait le guérir de la nouvelle douleur qui s'était logée dans sa poitrine. Cheska avait dû se trouver dans la pièce au sommet de la Spire. Là où Farden s'était rendu, bien des années auparavant. Là où chaque Escrit subissait son Rituel.

Le mage sentit des larmes courir sur ses joues. Il posa la tête sur l'herbe roussie et se laissa aller à des sanglots incontrôlables. Des images de la jeune femme prise au piège dans une pièce en proie aux flammes envahirent son esprit, sans qu'il puisse les repousser. La réalité s'imposait à Farden avec une cruauté implacable. Il voyait sa chevelure blonde calcinée, son visage couvert de cendres. Il entendait ses cris étouffés par la fumée. Il sentit une boule se former dans sa gorge.

À sa gauche, il aperçut un petit groupe de survivants que l'on avait arrachés aux flammes. Leurs vêtements et leur peau avait été noircis par la fumée, mais un guérisseur se trouvait auprès d'eux, faisant des allers-retours pour soigner les brûlures et faire passer des pichets d'eau fraîche pour combattre la toux. Un sentiment d'urgence désespérée s'empara de Farden et l'arracha du sol. Il s'élança en boitillant vers le modeste rassemblement. Il passa d'une personne à l'autre, examinant leur visage, cherchant une trace de cheveux blonds. Personne ne lui ressemblait, même légèrement. Il n'y avait aucun signe de Cheska. Abattu, le mage s'affala dans l'herbe. Le rugissement de l'incendie mourut dans ses oreilles tandis que la tristesse l'enveloppait avec des mains glacées.

Loin au-dessus de sa tête, les dragons plongeaient en piqué et jaillissaient des nuages de fumée. Farden regarda les flammes danser sur leurs écailles iridescentes. Les créatures immenses se moiraient d'orange, de rouge et de jaune brillant, intensément brillant. Le mage repéra Fendrair, qui piquait pour lâcher un immense bloc de glace au cœur du bûcher. La glace fracassa les poutres noircies dans un jet de briques et de morceaux de bois. Dans la lumière, le Vieux Dragon brillait comme de l'or liquide. Farden vit un mage au plus près de la Spire se faire engloutir par les flammes. Quelques-uns de ses compagnons se jetèrent à son secours, battant son dos avec des linges humides dans des jets de vapeur. Un autre mage arrosa le petit groupe avec une chute d'eau, s'efforçant de garder la fournaise à distance pour leur permettre de tirer le corps fumant des flammes.

Bien qu'entouré de gens de toutes parts, Farden se sentit inutile et isolé, telle une île dans une mer d'eau bouillante. La rage et le chagrin le tiraillaient sans pitié. Sa seule raison de vivre venait de lui être arrachée, réduite en cendres entre ses mains. Poussant des sanglots heurtés, Farden enfouit la tête dans l'herbe.

Farden ouvrit les yeux sur une matinée grisâtre. Il gelait, et le mage eut l'impression que ses articulations avaient été soudées, engourdies par une douleur sourde. La cendre détrempée lui collait à la peau. Il leva une main pour s'essuyer le visage.

— Je ne pensais pas que vous réveilleriez avant quelques heures, commenta une profonde voix féminine non loin de là.

Farden sursauta légèrement et ouvrit ses yeux injectés de sang sur Luminance, qui le regardait d'un œil sévère. Elle était assise à la manière d'un chat, les ailes repliées dans son dos et la queue épaisse enroulée autour de ses pattes griffues. Les piquants qui couraient sur son cou et sur son dos étaient à présent au repos, et pendaient sur le côté comme les branches d'un saule.

— Au moins, je me suis réveillé… marmonna-t-il sombrement.

La dragonne fit mine de n'avoir rien entendu et leva la tête vers le ciel. Farden poussa sur l'herbe poisseuse pour s'asseoir, et sentit sa colonne vertébrale craquer à plusieurs endroits. La blessure entre ses côtes lui envoya une décharge de douleur.

— Depuis combien de temps veillez-vous sur moi ? demanda-t-il.

— Depuis que nous vous avons trouvé la nuit dernière, répondit Luminance sans le regarder.

La Spire n'était plus qu'un vestige calciné de sa gloire d'antan. Les murs de la tour s'étaient écroulés et les traverses de bois s'étaient entièrement consumées, ne laissant qu'un étage encore debout. De l'édifice, il ne restait qu'une coquille vide et brisée. Des pierres noircies jonchaient les collines environnantes, tandis que des volontaires épuisés commençaient à évacuer les débris de bois les plus volumineux. Sous les ruines, quelques foyers brûlaient encore, et des colonnes de fumée sinistres s'élevaient toujours dans le ciel couvert. Le mage observa les gens affairés. Certains récupéraient des artefacts noircis comme s'ils avaient le pouvoir de ramener à la vie ceux qui avaient disparu dans les flammes. D'autres répandaient des fleurs de montagne. Tous avaient la même apparence – couverts de brûlures, la peau maculée de cendres et sillonnée de larmes.

Un dragon avait péri dans les flammes, peut-être surpris par l'effondrement de la tour ou étouffé par l'épaisse fumée. La bête verte gisait sur une pile de débris, sur lesquels on avait déposé des fleurs et des couronnes mortuaires pour les Siréniens. Un guerrier dragon était prostré sur le sol à côté de lui, une main posée contre les écailles émeraude pâle de son partenaire.

Farden regarda Luminance, dont les yeux étaient écarquillés, orbes immenses de tristesse de solennité.

— Est-ce que vous connaissiez… quelqu'un ? Dans la tour, je veux dire ? demanda-t-elle.

Le mage n'avait plus de larmes à répandre.

— La seule personne qui avait de l'importance pour moi, répondit-il d'une voix rauque.

Luminance regarda la foule réunie autour des ruines fumantes.

— Il pourrait toujours y avoir…

— Elle n'est plus là, j'ai vérifié.

Le ton de Farden était mordant, et elle abandonna. Farden jeta un regard vers le corps du dragon au milieu des pierres.

— Je suis désolé… parvint-il à articuler.

— Nous sommes tous en colère, Farden, certains plus que d'autres, dit-elle, et le mage regarda le guerrier dragon agenouillé près de son compagnon.

Farden acquiesça et essaya de comprendre, mais il ne voyait rien d'autre dans son esprit que Cheska. Son amour, dans une salle en flammes au sommet de la tour. Le chagrin se coinça dans sa gorge pendant un instant, mais il ravala la douleur et se hissa sur ses jambes avec une détermination qu'il ne soupçonnait pas. Un éclat doré attira son regard, et il se tourna. Fendrair se dirigeait vers eux, flanqué par un dragon noir de petite taille. Le Vieux Dragon avait une expression grave.

— Nous vivons des temps difficiles, mage, et c'est avec un cœur lourd que je vous salue.

Il inclina sa tête dorée pendant un instant, les yeux fermés, puis soupira.

— Je sens une profonde tristesse en vous, Farden. J'aurais voulu pouvoir vous aider, dit-il.

Le mage resta silencieux et baissa les yeux vers l'herbe recouverte de cendres. Fendrair lança un regard vers Luminance, qui secoua la tête. Si un dragon pouvait hausser les épaules, Fendrair le fit à cet instant. Il leva une griffe pour désigner le dragon élancé à son côté.

— Voici Havrefier, l'une de nos plus jeunes dragonnes, dit-il.

Le mage adressa un signe de tête aux lézards et se tourna vers Fendrair.

— Que s'est-il passé ici ?

— Je vous expliquerai, si vous avez la force d'écouter. Une volonté maléfique est à l'origine de cet incendie.

Une alarme se déclencha dans la tête de Farden, qui tourna le regard vers Havrefier. Les écailles de la dragonne étaient noires, chinées comme de la soie, racées et dangereuses. Son dos était ponctué d'épines recourbées, et de longs barbillons encadraient son menton comme celui d'une carpe. Sa queue hérissée de piquants se balançait sans relâche. Lorsqu'elle prit la parole, Farden aperçut plusieurs rangées de dents qui tapissaient l'intérieur de ses étroites mâchoires.

— Ce matin, j'ai repéré deux corps de l'autre côté de la Spire. Ils ont été brûlés, mais pas par l'incendie ; les trous dans leur dans leur plastron ne laissent aucun doute. J'ai discuté avec l'un de vos hommes, un soldat, qui m'a dit qu'ils avaient été sortis de la tour sans pouvoir me dire par qui, annonça Havrefier.

Sa voix était sifflante, et ses mots crépitaient étrangement.

Luminance parut confuse.

— Qu'est-ce que cela signifie ? intervint-elle.

— Cela signifie… commença le Vieux Dragon, mais Farden avait déjà commencé à parler.

— Cela signifie que quelqu'un a démarré cet incendie, dit le mage, le regard toujours rivé sur l'herbe.

Son ton était glacé, et ses mots tombèrent comme des rochers jetés d'une falaise.

— Êtes-vous certaine de ce que vous avez vu ? demanda-t-il en adressant un regard intense à la dragonne noire.

Havrefier opina avec sérieux, et ses épines remuèrent.

— Les corps des deux hommes devraient toujours être en place ; vos gens n'ont pas encore emporté les corps.

Le mage était déjà parti. Il contourna d'un pas décidé les vestiges la Spire. Des nuages d'orage s'amoncelaient dans son esprit, culpabilité mêlée à de sombres pensées. Il entendait les dragons le suivre à quelques pas. Tous étaient silencieux et aussi résolus que le mage. Luminance et Fendrair échangèrent des regards entendus.

Quelques minutes plus tard, ils atteignirent la première pile de corps, empilés jusqu'à hauteur d'épaule dans les positions grotesques. Les compagnons, y compris Farden, ralentirent le pas à la vue des cadavres. Le mage observa les silhouettes. Certaines étaient calcinées et méconnaissables, d'autres ressemblaient à des poupées de cire, les yeux ouverts et la peau maculée de noir et de gris. L'estomac de Farden, pourtant endurci par les combats, se tordit. L'odeur était écœurante, mêlée au goût de charbon acide qui flottait encore dans l'air.

— Havrefier ! Où sont-ils ?

La dragonne élancée observa la scène avec ses yeux gris et retroussa les lèvres dans une grimace de dégoût. Elle prit quelques instants pour contourner les corps à la recherche d'un scintillement d'armure. Un éclat blanc et doré rencontra ses yeux perçants et elle lança à la cantonade :

— Par ici !

Farden fut le premier auprès d'elle. Une partie de lui espérait que le feu n'avait été rien d'autre qu'un terrible accident ; mais une autre partie, plus sombre, bouillonnait de frustration. Il se tint au côté des dragons, les yeux posés sur les deux corps inertes. Ils paraissaient à peine humains, mais Farden n'avait d'yeux que pour les trous déchiquetés dans leur armure. Il s'agenouilla et passa un doigt sur la surface fondue des plastrons et observa la manière dont les bords s'était froncés et craquelés. Il se leva et soupira.

— Celui-ci, sur la gauche, a été frappé par un sort de feu. Quant à l'autre, vous voyez le trou, moins carbonisé et plus petit ? C'est de la magie d'électricité, dit Farden avec calme.

— Dans ce cas, c'était un meurtre et l'incendie n'avait rien d'un accident, dit Fendrair, plaçant des mots sur les pensées de ses compagnons.

Le grand dragon soupira.

— Nous devons avertir Åddren sans plus tarder.

Farden regarda les gardes qui gisaient sur l'herbe humide. Leurs yeux écarquillés s'étaient figés dans leurs derniers instants. Ses pensées étaient tournées vers Cheska.

— Je crois que je connais quelqu'un qui pourra nous dire ce qui s'est passé ici, si on lui demande correctement, gronda-t-il.

Méfie-toi du temps, songea-t-il. Il allait faire bien plus que s'en méfier. Le mage laissa une flamme amère brûler dans sa paume. Il referma le poing et la flammèche s'éteignit en sifflant. Farden regarda Fendrair dans les yeux.

— Allez voir l'Archimage ; je vais rendre une petite visite à quelqu'un.

Sans rien ajouter, le mage se lança dans une course boitillante, se dirigeant vers les nuages noirs qui se rassemblaient au-dessus de la cité. Les dragons l'observèrent s'éloigner et Fendrair soupira en son for intérieur.

À Krauslung, l'humeur était morose, comme piétinée par le malheur. Les portes étaient fermées et les volets verrouillés. Les tavernes et les bouges étaient étrangement calmes ; lorsque Farden passa devant les fenêtres en titubant, il observa les hommes au visage mélancolique qui sirotaient une bière froide la lumière des chandelles. Farden continua à se traîner dans les rues. Bientôt, il commença à sentir les signes annonciateurs de la pluie éclabousser ses épaules, et entendit d'épaisses gouttes gifler son capuchon crasseux. Une averse était exactement ce dont la ville avait besoin maintenant, songea sombrement le mage. Il renifla. La moitié de Krauslung était recouverte par le nuage de fumée et de cendres qui s'élevaient toujours de la colline voisine. La cité pleurait de nombreuses pertes. La tension était palpable.

Farden louvoya dans des rues et des allées désolées, les poings serrés dans sa poche et le capuchon abaissé sur ses yeux farouches. Un camaïeu de points de couleur – or, blanc, rouge et noir – passa au-dessus de sa tête, et le mage parvint à apercevoir les quatre dragons qui se dirigeaient vers la grande salle. Ses côtes l'élancèrent, mais il se força à accepter la douleur. La vengeance était proche. Ses pensées étaient tournées vers Cheska.

Aux portes de la citadelle, les gardes étaient silencieux et circonspects. Ils adressèrent au mage des regards accusateurs comme s'il était le responsable de la situation, mais ils ne le défièrent pas, et Farden les dépassa en boitant.

Les marches firent protester sa blessure à grands cris, et les couloirs lui parurent interminables. À mesure qu'il s'enfonçait dans la forteresse, le marbre blanc bordé d'or de la Cathédrale de l'Arche disparaissait, remplacée par un granite morne et sombre. Les fenêtres laissaient la place des murs de pierre ponctuée d'épaisses portes de fer. Des soldats montaient la garde à intervalles réguliers, mais ne réagirent pas au passage de Farden. Ils se contentèrent de le regarder avec indifférence tandis qu'il se hâtait au cœur de la forteresse. À l'instar de Hjaussfen, les prisons ressemblaient à un terrier, à un labyrinthe de cellules et de couloirs conçus pour ralentir la fuite des imprudents. Mais Farden n'était pas en fuite. Il savait exactement où il se rendait.

Bientôt, il atteignit une épaisse porte métallique. Il y a bien longtemps, quelqu'un l'avait peinte d'un rouge sombre, mais la couleur s'était depuis longtemps écaillée, parant le métal d'une couleur brun rouille. Farden donna un coup de pied dans la porte qui s'ouvrit à la volée, faisant sursauter un jeune garde en poste de l'autre côté.

— Annoncez vos intentions ! exigea-t-il, et le mage se trouva nez à nez avec la pointe d'une lance.

Farden leva les deux mains.

— Je suis venu voir l'Archimage, dit-il.

Le jeune homme secoua la tête avec fermeté :

— Personne ne doit entrer ici sous peine de mort ! Ordre du Seigneur Vice !

La patience de Farden se réduisait à une peau de chagrin.

— Je n'ai pas le temps de…

— Je suis désolé, mais vous devez partir !

Le soldat fit un pas prudent en avant et leva la pointe de sa lance.

Farden agrippa la hampe et la brisa de d'un geste vif. Il repoussa le garde surpris contre le mur, et lui décocha un coup de pied qui l'envoya les quatre fers sur le sol. Sonné, le jeune garde se recroquevilla en chien de fusil.

Farden l'agrippa par le col.

— J'ai dit que je n'avais pas le temps pour ça ! Où est Helyard ? vociféra-t-il, faisant sursauter le jeune homme entre chaque mot.

Le garde tendit une main tremblante vers le sombre corridor qui s'éloignait de la petite pièce.

— Par… là !

— Bien, très bien, marmonna Farden.

Il leva le poing. Un sort de lumière écarta les ombres, aveuglant le jeune garde. La colère sourdait en lui, et même si Farden ne savait pas encore précisément ce qu'il allait faire, il sentait que les réponses qu'il cherchait, ainsi que sa vengeance, se rapprochaient. Il s'efforça de calmer sa respiration. La magie bouillonnait comme un torrent dans ses veines. Ses pensées étaient tournées vers Cheska.

Farden trouva la porte de la cellule et serra les dents. Il plaça la paume sur le chêne, puis laissa ses doigts ramper sur le métal. Les symboles sur son poignet le brûlaient sous ses canons d'avant-bras. Le mage n'avait aucune envie de faire dans la subtilité ; il sentit la magie fuser dans son avant-bras et se raidit en appuyant sur la porte, obligeant l'acier se plier à se tordre sous sa main. La porte vibra dans un bruit déchirant. Farden serra encore les mâchoires et poussa de toutes ses forces. Des gouttes de sueur apparurent sur son front.

Soudain, dans un gémissement métallique suivi d'un craquement, des planches de bois explosèrent sous les traverses métalliques. Farden ne cilla pas. Il donna un nouveau coup dans la porte, qui pivota dans un nuage de poussière. Sans perdre un instant, le mage bondit dans la pièce, les poings serrés et enveloppés d'un filet de flammes. Son cœur battait violemment, et ses yeux parcoururent la pièce avec impatience.

Puis l'odeur l'atteignit, presque tangible. Celle de la pourriture, que l'on ne peut oublier lorsqu'on l'a sentie pour la première fois. Farden vit le corps sur le sol, entouré d'une flaque de sang noirci, et son cœur tomba dans sa poitrine comme un rocher froid dans une mer de glace. Le mage s'avança avec lenteur et s'agenouilla à côté du cadavre. C'était Helyard. La tête du vieil homme pendait à un angle ridicule, et son corps gisait dans une position inconfortable. Un long poignard était enfoncé jusqu'à la garde dans sa poitrine. La mort avait voilé les yeux de l'Archimage ; son visage, gris et cireux, s'était figé en une expression horrifiée. Il semblait peiné, abasourdi, et Farden regarda au fond de ses yeux vitreux. Il se demanda ce qu'il avait vu, ce qu'il avait pensé, qui il avait affronté. Le mage releva avec vigueur le menton d'Helyard et déplaça légèrement sa tête, décidé à rendre au vieil homme un semblant de dignité. D'un geste mesuré, il lui ferma les paupières. Une nouvelle sensation de perte submergea Farden comme un seau d'eau glacée. Il soupira et jeta un regard circulaire, observant les crevasses sur les murs et les restes d'une couchette de bois. Le sol était craquelé et boursouflé, comme l'armure des malheureux gardes de la Spire. Sans un bruit, Farden se leva et quitta la pièce, laissant Helyard en paix. Ses pensées étaient tournées vers Cheska.

chapitre 17

« *Je ne deviens pas quelqu'un de différent, j'apprends simplement connaître la personne que je suis déjà... »*
Proverbe d'origine inconnue

Pour une fois, la Chèvre Barbue était calme et silencieuse. Quelques clients solitaires, assis au bar, sirotaient leur bière et y noyaient leurs pensées, sans espoir de lendemain. Même le grincement de l'écriteau de l'auberge couvrait le bruit étouffé des conversations. Le feu crépitait calmement à côté du mage. Quelqu'un toussa.

Farden savoura le vin chaud sur sa langue. Après avoir quitté la cellule d'Helyard, il était directement allé voir Vice, mais le Maître mage était introuvable ; ses appartement s'étaient révélés vides et ses serviteurs, inutiles. Il était donc allé avertir l'Archimage et le Conseil, mais Åddren s'était contenté de s'affaler davantage dans son trône et s'était muré dans le silence, le regard perdu dans le vide. Il n'avait rien à offrir au mage, aucune parole de sagesse ou de réconfort. Farden était sorti furieux.

En outre, pour ne pas arranger les choses, la nouvelle de la mort de sa fille était parvenue aux oreilles de Bane, le roi du Skölgard, qui avait envoyé une douzaine de faucons pour annoncer son arrivée imminente à Krauslung. Le roi exigeait une explication quant à la mort de sa fille, seule héritière du trône et sous la responsabilité de l'Arche. Bane avait exigé réparation pour la disparition de Cheska et avait annoncé au Conseil de la magie son intention d'entrer en guerre.

L'Arche ne disposait que de quelques jours avant l'arrivée du roi du Skölgard et de son armée.

Le mage ne put s'empêcher de penser que d'une certaine manière, tout reposait sur ses épaules. Il aurait dû se trouver en Albion avec ses hommes, mais il avait besoin de temps pour réfléchir. Plongé dans ses pensées, Farden mordit dans la miche de pain qui gisait dans son assiette. Un mélange de colère et de chagrin l'enveloppa momentanément, et il frissonna. Farden déchira le pain avec les dents, faisant pleuvoir une nuée de miettes sur la table. Il serra les paupières et se força à réfléchir, à dénicher la cause de tout ce bordel.

Ce soir-là, la cité se remplissait de lumière. À la tombée de la nuit, les étoiles se disputaient les cieux avec les nuages. Les torches rampaient dans les rues et des chandelles apparaissaient aux fenêtres. Un par un, les habitants laissaient leur maison, les mains chargées de chandelles dans des pots de verre, de torches enflammées ou de petites lampes à l'huile de baleine pour les enfants. Les innombrables points lumineux avançaient vers la mer, évoluant de manière erratique dans les rues de la ville comme des lucioles. Ils se mêlaient en silence sur le rivage. Un Archimage était mort.

Les lumières se regroupèrent progressivement au bord de la mer ; le sable et les galets crissaient sous les pas de la foule qui se massait sur les plages rocailleuses. Une myriade de chandelles, de lampes et de torches crépitaient dans le vent froid de la nuit. Les vagues clapotaient paisiblement sur le rivage, faisant gîter les navires dans le port. Sur les vaisseaux, les cloches sonnaient, répandant leur plainte sourde.

Une heure plus tard, la cité tout entière s'était rassemblée sur le rivage dans un silence de mort. Le peuple était rassemblé par milliers, prenant place où il le pouvait, emplissant les jetées et les allées. Les paysans et les marchands se tenaient épaule contre épaule avec les aristocrates et les belles dames, qui côtoyaient des soldats couturés de cicatrices. Les marins avaient rejoint le bastingage de leur navire. Malgré l'importance du rassemblement, le silence n'était brisé que par le doux aller-retour des vagues et le son des cloches. C'était un silence douloureux.

Åddren se dressait sur un rocher devant la foule, et prit la parole en direction des vagues qui roulaient sur la baie de Rós, vers la mer de Bern. Les eaux noires ressemblaient à du verre fondu, véritable miroir d'obsidienne mouvante ; de temps à autre, la crête mousseuse d'une vague brillait d'un éclat orange dans la lumière des torches. L'Archimage laissa échapper un soupir triste entre ses lèvres pincées. Le vent nocturne le fit frissonner.

À ce moment précis, un cor résonna dans le lointain, et neuf petites embarcations émergèrent de l'embouchure du port. La corne retentit à nouveau, longue plainte aiguë qui flotta un instant dans l'air froid. Chacun observait et patientait.

Les bateaux tanguaient légèrement sur les vagues, se cognant avec des bruits mats. Une autre modeste embarcation, un esquif, les rejoignit. Un homme se tenait en retrait derrière la proue, les bras chargés d'un long bâton enveloppé de chiffons à une extrémité. Avec des gestes lents et cérémonieux, l'homme alluma sa torche avec un silex et de l'amadou, puis apposa les flammes crépitantes sur chacun des bateaux. L'une après l'autre, les embarcations, imbibées d'une huile spéciale, s'enflammèrent. L'homme sur l'esquif repoussa les vaisseaux vers la pleine mer et laissa les vagues faire le reste.

La foule rassemblée sur la plage inclina la tête d'un seul mouvement, murmurant souhaits et prières à l'intention des dieux, puis éteignirent leurs chandelles et leurs torches. Les plages plongèrent progressivement dans les ténèbres, jusqu'à ce que les seules lumières restantes proviennent des neuf bateaux qui dérivaient vers l'horizon noir, vers les îles de Skap.

Loin de là, sur les collines de Manesmark, une silhouette encapuchonnée observait la cérémonie, les bras posés sur les genoux, aussi silencieuse que l'herbe environnante. Les yeux perçants de Farden s'étaient depuis longtemps accoutumés à la pénombre, et il fixait un regard captivé sur les minuscules lumières qui clignotaient dans le lointain. Il laissa la brise jouer avec son capuchon, expira lentement et écouta son esprit dériver sur de sombres rivages.

Farden tripotait quelque chose d'un air absent. C'était la fjortla de Cheska. Il l'avait retournée entre ses doigts pendant des heures, mais le métal rouge était toujours froid au toucher. La pensée qu'elle ait pu mourir durant le Rituel, et non dans l'incendie, n'était qu'un piètre réconfort. Il avait beau examiner la situation de tous les côtés, le résultat était toujours le même : Cheska était partie.

La nuit était froide, mais le mage ne se souciait plus de l'engourdissement qui s'était emparé de lui. Il était plus perdu que jamais. À plusieurs reprises, il avait envisagé de se jeter sur les rochers au pied de la colline, mais il savait que la chute n'aurait pas emporté ses soucis. Farden secoua la tête, et ses pensées morbides furent de nouveau interrompues par un sens du devoir agaçant, qui le tiraillait avec insistance. Peut-être étaient-ce ses responsabilités, ou peut-être sa soif de vengeance ; quoi qu'il en soit, quelque chose le tirait vers l'avant et attisait le brasier au fond de son cœur. D'un autre côté, un désir impérieux d'abandonner la lutte et de s'apitoyer sur son sort le tirait dans la direction opposée. Il se sentait indécis et confus, pris en tenailles entre des sentiments contradictoires. Les convictions qui l'avaient guidé dans chacune de ses batailles jusque-là disparaissaient lentement, se dissolvaient dans l'angoisse et la douleur. Farden était fatigué. La dernière lueur disparut enfin à l'horizon, dans les ténèbres de la baie. Le mage se hissa sur ses jambes dans un grognement et s'éloigna d'un pas vif.

❦

Le trajet de retour vers la cité lui prit deux heures, et au moment où Farden passait sous les immenses portes de la ville, la neige commença à tomber. Les flocons épars flottaient paresseusement, dérivant avec lenteur dans le ciel noir, mais Farden avait l'impression qu'un blizzard se préparait. Alors qu'il s'enfonçait dans les rues de Krauslung, il leva la tête pour regarder le ciel entre deux maisons. Les flocons de neige ressemblaient à des moucherons gris qui voletaient dans la brise montante, tourbillonnant en essaims autour des fenêtres et des toits. Farden resserra son manteau et toussa, voyant son souffle s'échapper de ses lèvres en un nuage de vapeur. Le froid faisait des merveilles sur sa blessure.

La cité avait retrouvé son aspect habituel. À présent que les funérailles étaient achevées, les citoyens étaient rentrés chez eux et s'y étaient calfeutrés. La neige recouvrait les rues et se moirait de reflets orangés dans la lumière des torches, plongeant la ville dans un halo étrange. Farden pouvait à peine voir devant lui, mais il discerna quelques personnes qui erraient dans les rues glacées. Les silhouettes paraissaient difformes à travers le rideau de neige. Elles passèrent sans un bruit, leurs capuchons bas sur le visage à l'instar du mage, leurs mains profondément enfoncées dans leurs poches, pressés de regagner leur foyer. Ces hommes et ces femmes offraient une vision étrange : la tête maculée de neige blanche, ils soufflaient comme des cheminées. Sur la gauche, une mère fit taire un enfant geignard. Soudain, un éclat de rire enfantin éclata, et deux autres marmots engoncés dans plusieurs couches de vêtements coururent en bondissant sur le sol immaculé. Quelques secondes plus tard, un autre enfant plus râblé les rejoignit, ses mains potelées chargées d'épaisses boules de neige. Farden secoua la tête avec l'ombre d'un sourire, bien que cette mimique lui parût incongrue. Ils étaient oublieux de tout, dénués de tout souci, si innocents. Le mage ressentit une pointe de jalousie et souhaita pouvoir, lui aussi, courir dans la neige et tout oublier.

Bientôt, Farden bifurqua et entendit le grincement d'un écriteau bien connu. Il soupira de soulagement – dormir était tout ce qu'il voulait. Il se dirigea vers l'entrée brillamment éclairée et frappa du pied sur les marches pour se débarrasser de la neige. L'ambiance à la Chèvre Barbue était toujours feutrée. Une épaisse fumée de tabac saturait l'établissement à moitié vide. Farden entra sans se presser et fit un signe de tête vers l'aubergiste, qui lui versa une nouvelle coupe du vin rouge et sucré qu'il commençait à apprécier. Ce n'était pas dans ses habitudes de sombrer dans la routine, mais répéter les mêmes gestes étaient la seule chose qui l'empêchait de réfléchir. De la neige fondue se répandit sous ses bottes, formant de petites flaques sur le sol. Avec un soupir, il jeta quelques regards dans l'auberge. Plusieurs hommes étaient appuyés à l'autre bout du bar et échangeaient des murmures et des hochements de tête. Farden les observa pendant un instant et tenta de grappiller des bribes de conversation, mais il abandonna rapidement. Un autre homme, apparemment un soldat, sirotait une bière au coin du feu. Son regard était voilé, perdu dans le lointain. L'inconnu faisait tournoyer sa boisson d'un air absent dans son gobelet.

Le vin chaud était servi dans une coupe en bois. L'odeur des épices et de la noix de muscade était réconfortante. Farden aspira avec prudence le liquide brûlant et apprécia le contact de la vapeur avec son visage. Dans la mesure où il avait laissé ses provisions à l'abbaye de l'Arche, il prit la décision de commander un repas plus tard. Les seuls objets dans ses poches étaient le Poids, la fjortla et la pierre du dæmon. À la pensée que le cadeau était à présent inutile, Farden grimaça avec amertume. Il soupira.

Le mage leva les yeux vers le dernier occupant de l'auberge, une silhouette recroquevillée au fond de la salle. Il rencontra une paire d'yeux globuleux, un regard de rongeur qui ne lui était pas étranger.

Le vieux mendiant tira sur ses cheveux et adressa au mage un signe de la tête. Farden hésita, et se contenta d'examiner le vieil homme. Il portait les mêmes haillons dépareillés que la première fois, et son manteau humide était enroulé autour de lui comme une couverture élimée. Des paquets de neige à moitié fondue collaient à ses cheveux gras. Il semblait encore plus hagard que dans le souvenir du mage, et ressemblait à un rat sauvé de la noyade. Un rictus se dessina au coin de ses lèvres. Farden détourna le regard et avala une nouvelle gorgée de vin chaud. Il attendit patiemment près du bar et prit conscience du sentiment d'excitation qui s'était répandu dans sa poitrine. Farden n'avait pas pensé à l'altéressence depuis cette nuit-là dans la forêt, avec Élessi. Mais à présent, il ne pouvait pas penser à autre chose. Il passa devant l'âtre, ignora le groupe près du bar et contourna les tables. Sans un mot, il s'installa près du vieil homme.

Quelques instants passèrent en silence.

— Fait froid, commenta le mendiant en laissant échapper une quinte de toux.

Farden acquiesça, les yeux fixés sur le feu ouvert.

— Mmh. La tempête approche.

— Une tempête, mmh ?

Le vieillard tapota le tuyau de sa pipe contre ses dents, puis se mit à glousser :

— Méfie-toi du temps. Il arrivera plus vite que tu n'le penses, mon bon mage, beaucoup plus vite que tu n'le penses.

Le vieil homme éclata d'un rire singulier. Il sourit largement, dévoilant des gencives noircies. De la fumée lui sortait des narines. Il ressemblait presque à un vieux dragon, songea Farden.

Le mage se contenta de hocher la tête et garda le silence, sirotant son vin. Le vieillard le fixa, une lueur malicieuse au fond de l'œil.

— Qu'est-ce qui t'amène à ma table ce soir, alors ?

Farden haussa les épaules.

— Rien de particulier, j'ai cru voir un visage familier.

L'excuse lui parut idiote. Le mendiant se tapota le bout du nez.

— Étrange, ça fait des semaines que je n't'ai pas vu, mage.

— Je t'ai déjà dit de ne pas m'appeler comme ça, menaça Farden.

Il aspira une nouvelle gorgée de vin.

— J'étais occupé, admit-il.

— C'est ce que j'ai cru comprendre, ricana le vieillard.

Ses caquètements commençaient à mettre Farden mal à l'aise.

— Ben voyons, qu'est-ce qui t'arrive ? le titilla le vieillard. L'altéressence a eu ta langue ?

Le mendiant laissa échapper un rire sifflant et se tortilla sur son siège.

— L'aut' fois nous étions dans ta chambre, alors changeons ! Je serai au numéro neuf, si l'envie te prend.

Il se dirigea d'un pas vacillant vers l'escalier, et disparut dans les ombres à l'étage. Farden soupira. Les pensées se bousculaient dans sa tête, formant une cacophonie entre ses oreilles. Il continua tranquillement son vin dans un calme feint, et se contenta d'observer les flammes crépitantes.

Une demi-heure plus tard, lorsque la chaleur du vin se fut emparée de son esprit, Farden se surprit à monter les escaliers usés de la Chèvre Barbue d'un pas vif et à compter les numéros sur les portes. Dans la faible lumière des chandelles, il trouva la chambre et frappa doucement après s'être assuré qu'il n'était pas observé. Le couloir était vide et silencieux.

Des sons étouffés retentirent de l'autre côté de la porte, suivis par le déclic d'un verrou de mauvaise facture. Un visage repoussant adressa au mage un large sourire. Farden hocha la tête en silence et suivit le mendiant dans la chambre. Pendant un instant, il se demanda comment un mendiant pouvait se permettre de rester à l'auberge. Peut-être avait-il eu de la chance auprès d'un noble éméché. Farden haussa les épaules. Il s'efforça de ne pas penser à la dernière nuit qu'il avait passée dans une chambre comme celle-ci.

La pièce en question dégageait une odeur de renfermé, mélange de vieilles chaussures et d'humidité, associé à l'odeur terreuse de la crasse. Farden observa les flocons à l'extérieur, qui glissaient devant la vitre pour rejoindre leurs comparses dans la rue. La cité se couvrait doucement d'une couverture blanche. Peut-être était-ce le signe d'un nouveau départ, songea-t-il, une toile blanche pour de nouveaux lendemains.

L'homme fourragea dans un grand sac sur le lit en marmonnant. Par tous les dieux, cet homme était hideux, pensa Farden. Dans la lueur orange de l'extérieur, il ressemblait à un rat maigrichon, dépourvu de moustaches et de queue mais tout aussi répugnant. Après un court instant, il sortit une longue pipe des replis de son sac. Farden remua, mal à l'aise.

— La voilà, j'étais sûr qu'elle était là, quelque part. Allume le feu, veux-tu, mon garçon ? fit le mendiant dans un sourire.

Farden se mordit la langue et se dirigea vers la cheminée. Il s'accroupit et se pencha sur l'âtre de manière à priver le vieil homme de la satisfaction de le voir lancer un sortilège. Des flammes fusèrent de ses doigts et léchèrent la pile de bois sec. Le feu se propagea d'une bûche à l'autre comme une maladie, faisant fumer et craquer le bois.

Le vieux mendiant enfonça l'extrémité d'une longue feuille dans les flammes, jusqu'à ce qu'elle commence à fumer et à luire.

— Assieds-toi, proposa-t-il.

Son haleine fétide monta au nez de Farden. Le mage se leva et traîna un fauteuil élimé devant l'âtre, tandis que le vieil homme s'installait sur un petit tabouret. Il fit un nouveau sourire de rongeur en cherchant son équilibre sur le siège instable. Il tira sur la pipe et l'odeur douceâtre titilla les narines de Farden.

— J'ai entendu que t'étais en Nelska, avec les guerriers dragons, dit le mendiant.

Le mage remua dans son fauteuil, embarrassé. Ce vieillard en savait bien trop sur ses activités.

— Tu entends des choses, vieil homme, répondit-il.

— Pour sûr', quand mes oreilles veulent bien fonctionner. Je suis pas encore mort, vois-tu ?

Le mage lui adressa un regard impassible.

— Apparemment pas.

Ce vieux mendiant commençait à l'inquiéter. Farden ne lui faisait absolument pas confiance, mais il ne pouvait pas s'empêcher de jeter des regards envieux à la pipe nichée au creux de sa main osseuse. Le vieil homme se pencha sur son tabouret et resserra son manteau rapiécé autour de ses épaules. D'un geste vif, il désigna le flanc de Farden du bout de sa pipe. Un étrange phénomène semblait se produire au fond de la poche du mage.

— Qu'est-ce que c'est que ça ? demanda le vieillard.

Intrigué, Farden baissa les yeux et vit une faible lueur émerger de la poche intérieure de son manteau.

— Aucune idée, répondit-il, et décida d'en avoir le cœur net.

C'était la pierre du dæmon ; bien qu'encore emballée, elle scintillait d'une lueur jaune. Farden la tint au creux de sa main et cligna des yeux. La pierre était froide.

— Étrange.

Le vieux mendiant secoua la tête et renifla bruyamment.

— Ça ne me dit rien qui vaille. Range ça, dit-il, les yeux plissés.

Farden fit mine de ne rien entendre et souleva un coin du papier. Aucun doute possible ; la pierre d'or cuivré était bien en train de briller. Il se pencha en avant et le halo devint plus intense ; une myriade de points de lumière étincelaient sur les facettes de la pierre. Farden referma l'emballage et serra l'objet au creux de sa main. La lueur filtrait entre ses doigts, lui rappelant l'un de ses sortilèges.

Le mendiant suçota les dents qui lui restaient et se pencha en arrière.

— Mets ça de côté, mage. C'est pas naturel, si tu veux mon avis. Des pierres qui brillent…

— Tout va bien, assura Farden, non sans penser à quel point Cheska aurait apprécié son cadeau.

Il soupira et fourra la pierre du dæmon dans sa poche. Il garda une main enroulée autour de la pierre. Un tourbillon de fumée s'échappa de la pipe lorsque le mendiant tira une nouvelle bouffée. Le feu crépitait avec quiétude, et Farden se surprit à fixer l'altéressence qui se consumait lentement. Le mendiant croisa le regard du mage et eut un sourire entendu. Il tendit la main.

— Essaie donc, elle est différente d'la fois dernière, proposa-t-il.

Farden referma les doigts sur la pipe et l'observa pendant un instant. Des pensées contradictoires se heurtaient dans son esprit.

— Tu sais ce qu'il se produira si tu en parles à qui que ce soit ? prévint-il.

Le vieil homme secoua la tête et agita la main d'un air indifférent.

— Je sais, je sais, par tous les dieux. Personne ne saura rien.

Le mage regarda la substance entre ses doigts, si proche. Justifier ce qu'il allait faire était aussi difficile que de lutter avec un troll. Farden soupira.

— Tu vas la fumer ou la sucer, mage ? souffla le vieillard, agacé.

Farden lui lança un regard noir.

— Je te l'ai dit, ne m'appelle pas comme ça.

— Eh bien, nous n'avons pas toute la nuit, mon garçon ! Tu vas la fumer ou pas ?

— Très bien, dit Farden.

Il rendit la pipe au vieil homme lui lança un regard de défi. Il se releva dans un grognement et abaissa son capuchon sur sa tête.

— Je crois qu'il est temps que je parte.

Le mendiant fronça les sourcils.

— Fume-la.

Ses yeux étincelaient de colère.

— Oublie ça, vieil homme, dit Farden avant d'écarter sans ménagement le fauteuil de son chemin et de se diriger vers la porte.

Un cri l'arrêta net. C'était une voix qu'il connaissait très bien.

— Farden !

Farden fit volte-face pour se trouver face à un homme changé.

Le mendiant se leva lentement de son tabouret, agité de tremblements comme s'il luttait pour garder le contrôle de ses membres. L'homme sembla s'étirer devant les yeux de Farden et son dos émit un craquement perceptible. Sa peau frissonna et se plissa. Les rides tombèrent de son visage comme des feuilles mortes, et ses yeux scintillèrent d'une flamme soudaine. L'homme rejeta son manteau crasseux et plia les bras, puis les doigts. Ses dents noircies retrouvèrent progressivement une teinte plus claire, et s'alignèrent dans un rictus serpentin. La pierre du dæmon chatoya intensément dans la poche de Farden.

Vice jeta la pipe dans le feu en reniflant d'un air hautain, avant de faire face à Farden qui se tenait toujours devant la porte. Le mage était abasourdi, la bouche ouverte sous l'effet de la surprise. Il fixa d'un air incrédule son ami de longue date, le Vice qu'il avait connu depuis son premier jour à l'Académie, à l'âge de douze ans. Il fut pris d'une envie de rire devant cette mauvaise plaisanterie, mais son sens de l'humour resta coincé sous la boule au fond de sa gorge.

— Toi ?

C'était tout ce que Farden parvint à dire. Son monde terminait de s'effondrer à ses pieds.

Le Maître mage se cura un ongle et prit la parole sans le regarder :

— C'est aussi ce qu'Helyard a dit. Tu peux t'estimer heureux que je ne me sois pas occupé de toi dans ton sommeil, dit-il.

Un sentiment de rage enfla dans la poitrine du mage, et il sentit une chaleur blanche se répandre dans sa colonne vertébrale et dans ses épaules.

— Après tout ce temps, c'était toi, juste sous mon nez ?

Farden serra les poings jusqu'à ce que ses articulations blanchissent. Son estomac se noua et la vérité lui serra le cœur.

Vice claqua des doigts.

— Je ne suis pas là pour discuter, Farden. D'autant plus que tu prends toujours un temps certain pour remarquer l'évidence.

Le sourire avait disparu du visage de Farden, remplacé par des lèvres serrées et un regard féroce.

— J'imagine que ta stupidité ne connaît aucune borne, ajouta Vice.

Le mage cligna des paupières, peu habitué à sentir des larmes se rassembler derrière ses yeux écarquillés.

— Ta félonie non plus ! hurla Farden avant de frapper ses poignets l'un contre l'autre dans un lourd bruit métallique.

Des flammes s'enroulèrent autour de ses poings et formèrent un mælström jaune qui se mit à siffler avec la férocité d'un dragon. Un rugissement de pure colère monta de la gorge du mage. Il ouvrit les mains, et la sphère enflammée fusa à travers la pièce. Mais Vice était prêt à la recevoir. Il projeta les mains devant lui, tendues en forme de lame, et la boule de feu explosa avec fracas contre un bouclier invisible juste devant le Maître mage, avant de se refermer sur lui. Les flammes jaunes tournoyaient autour de lui, éblouissantes. Pourtant, le sourire suffisant n'avait pas quitté le visage de Vice. Farden tremblait de rage. Il traversa la pièce d'un bond, les mains dressées devant lui. Des arcs électriques crépitèrent entre ses doigts.

Vice, cependant, se tenait prêt. Il pivota et tomba à genoux, poignardant l'air avec ses mains tendues. Farden s'écroula et se plia en deux, victime d'une douleur intense. Il n'avait jamais ressenti un sortilège comme celui-là. Il trébucha contre le lit et tendit une main pour retrouver son équilibre, luttant pour retrouver sa respiration. La blessure de la flèche, entre ses côtes, le brûlaient intensément, et il leva les yeux sur l'Archimage penché sur lui. Une lumière verte scintillait sur ses jointures. Farden entrevit ce qui était sur le point de se passer, et plongea sur le côté au moment où Vice abattait son poing comme un marteau. Par chance, le coup rencontra le plancher, mais l'onde de choc fissura les lames de bois et la cheminée se fendit en deux.

Le mage s'était déjà relevé et se tenait à présent derrière le Maître mage. Saisissant l'étroite opportunité, il plaça un coup de genou dans les côtes de Vice avant de l'agripper brutalement par la peau du cou. Des étincelles parcoururent le corps du Maître mage, qui se figea dans un cri de douleur. De l'électricité crépita sur sa peau.

— Qu'est-ce que ça fait, Vice ? D'être traité comme les érudits d'Arfell ?! cria Farden.

Vice fracassa son coude dans le visage de Farden, obligeant le mage à lâcher prise et à reculer en titubant. Le Maître mage éclata de rire, et un poignard incurvé apparut au creux de sa main. La lame recourbée renvoya éclat malsain dans la lumière des flammes. Farden essuya du sang qui coulait de sa lèvre fendue et fit quelques pas en arrière. Il observa prudemment le mouvement des mains de son adversaire. La lame argentée, noircie, oscillait d'avant en arrière dans un mouvement calculé. Un sourire familier souleva le coin de la bouche de Vice, un sourire que Farden avait vu pendant une bonne moitié de sa vie. Le Maître mage cracha sur le sol.

— Tu te crois différent, Farden ? Meilleur que les vieillards que j'ai achevés, meilleur que les soldats siréniens ou ce vieux fou d'Archimage ? Je peux tous vous éliminer, aussi facilement que des insectes.

Les deux mages marchèrent en cercle, attentifs à ne pas se laisser acculer.

— Je t'ai vu gâcher ta vie encore et encore, depuis la mort de ton oncle. Et laisse-moi te dire une chose, Farden, tu n'es pas différent de lui. La colère, l'altéressence et les voix dans ta tête, vous êtes aussi inutile et incapables l'un que l'autre. Et cette jolie fille à la Spire – la Skölgardienne ? Comment s'appelait-elle encore ?

— Ne t'avise pas de prononcer son nom ! aboya Farden.

— …celle que tu aimais tant. Croyais-tu que personne ne le remarquerait, Farden ?

Le poignard brilla momentanément. La lame se mouvait comme un cobra.

— Il a été si facile se débarrasser d'elle après le Rituel, et le feu s'est chargé de l'achever à ma place, dit Vice avec un rictus mauvais.

Quelque chose à l'intérieur de Farden se brisa. Dans un grondement de fureur animale, il leva les bras au-dessus de sa tête, les muscles tendus, les doigts recourbés comme des griffes. Le mage lutta et trembla de tous ses membres, comme s'il tirait le ciel à lui, vibrant d'un pouvoir comme il n'en n'avait plus ressenti depuis son duel sur le *Sarunn*. Un grondement s'éleva sous le plancher, puis enfla jusqu'à ce que le sol se mette à trembler violemment sous les bottes des deux hommes. Les yeux de Farden, fixés sur le Maître mage, brillaient d'une flamme vengeresse, et son sang bouillonnait sous l'afflux de magie. Vice commença à reculer avec prudence, une expression toute différente sur le visage.

Le temps s'arrêta pendant une infime seconde qui sembla durer une éternité. La neige se figea. La poussière planait dans la pièce, immobile et étincelante.

Puis un rugissement monta des profondeurs, une vibration assourdissante qui engloutit tout le reste. Soudain, le sol entre les deux hommes explosa littéralement, comme si un volcan était soudain entré en éruption dans la taverne. Dans un éclair de feu implacable, un pilier de flammes traversa la pièce de bas en haut, trouant le plafond. Il désintégra les chaises et transforma la porte en un monceau de bois. La charpente se brisa comme un tas de brindilles, et un trou béant s'ouvrit dans le toit. Le lit rebondit contre le mur, et la cheminée brisée fut réduite à une pile de briques noircies. Les deux hommes tombèrent en arrière et essayèrent désespérément d'échapper aux flammes.

Le bruit était terrifiant. Les fenêtres explosèrent sous la chaleur intense et des morceaux de verre s'éparpillèrent dans la pièce. Le mage se protégea le visage avec ses avant-bras et suivit le mur derrière lui pour s'éloigner de la fournaise. À la manière d'une tornade, la colonne de feu tournait sur elle-même sans pitié, déchirant le plafond et les murs avec des dents de flammes et des griffes de chaleur éblouissante.

Le sortilège décroissait progressivement ; Farden pouvait le sentir, et la magie frissonnante commença à se retirer. Entre ses doigts, le mage observa Vice qui rampait sur les morceaux de bois et de verre, en direction de l'air froid. Le Maître mage se hissa sur le rebord de la fenêtre ; d'un bond leste, il disparut.

Farden serra les dents et se redressa. L'épuisement se répandait une nouvelle fois dans ses membres, mais la rage dans sa poitrine agissait comme un moteur opiniâtre. Il contourna les flammes mourantes et se jeta sur la fenêtre. Le vent glacé gifla sans pitié son visage lorsqu'il se pencha par l'ouverture et essaya de percer le blizzard du regard. Un groupe de badauds s'était rassemblé devant l'auberge pour regarder le feu qui tourbillonnait dans le trou béant, léchant le ciel lourd de neige. Toutes couleurs avaient déserté la scène, ne laissant qu'un camaïeu de jaune et d'orange. Les flammes dansaient sur la neige. Des morceaux de bois et de tuiles carbonisées pleuvaient, se joignant au blizzard en un phénomène climatique étrange. Le mage dévisagea les passants incrédules et s'efforça de calmer son souffle heurté. Pendant un bref instant, Farden savoura la sensation de l'air glacé dans ses poumons, mais il eut tôt fait de repérer une silhouette qui fendait la foule, le capuchon relevé. Le mage agrippa les montants de la fenêtre, oublieux des éclats de verre qui mordirent ses paumes, et grimpa sur le rebord avant de se laisser tomber dans le vide.

Le mage atterrit lourdement sur les galets gelés et roula immédiatement pour éviter de se briser les chevilles. Il se releva en un éclair et se fraya un chemin à travers la foule au milieu des cris indignés. Vice était déjà dégagé de l'attroupement, et remontait la rue vers le cœur de la ville. Farden aboya sur les gens qui lui bloquaient la voie.

— Écartez-vous ! Vite !

Au-devant, une demi-douzaine de soldats débouchèrent d'une rue adjacente, coupant toute retraite. Stupéfaits, ils regardèrent les flammes qui s'élevaient du toit de l'auberge. Farden les héla :

— Traître ! Arrêtez-le !

Les hommes en armure s'élancèrent vers la foule, à la poursuite du Maître mage encapuchonné. Celui-ci fit la grimace – il n'avait pas l'intention de perdre un temps précieux à régler son compte à un groupe de soldats. Vice s'arrêta dans une glissade et enfonça les pieds dans la neige. Une onde parcourut les galets, les agitant comme des billes sur la mer ; le mage générait une bulle qui gonfla dans un bruit sourd. La neige s'éparpilla, et les soldats se heurtèrent à un mur invisible. Leurs jambes se dérobèrent, et ils tombèrent à la renverse avec des cris de surprise. La panique s'empara de la rue ; la foule s'égailla à grands cris.

Un appel couvrit néanmoins le tohu-bohu :

— Vice !

Le Maître mage se tourna avec lenteur, le regard confiant. Il eut un rire moqueur.

— Nous nous reverrons à Carn Breagh ! lança-t-il, savourant l'effet de ses paroles.

D'un geste vif, le Maître mage tira quelque chose sous son manteau. Farden s'élança, mais avant qu'il ait pu s'approcher, Vice s'évanouit dans un éclat doré, laissant une fracture tremblotante dans la trame de l'air.

— Non, non, non !

Farden glissa et tomba sur le sol glacé, les yeux fixés avec horreur sur le vide. La neige et le vent s'étaient apaisés, laissant un calme étrange emplir les rues. Le mage posa son front sur la couche de neige, les poings serrés. Sa vengeance venait de lui être arrachée, une fois de plus. Il se remit à genoux, releva la tête puis resta immobile, pris de nausée. Quelques personnes le dépassèrent d'un pas vif en faisant des petits bruits de succion sur la neige mouillée. Ils allaient certainement retrouver leurs foyers, fuyant l'agitation et l'incendie. Non loin de là, les soldats reprenaient lentement contenance et secouaient la tête pour chasser leurs vertiges. L'un d'entre eux était à terre, inconscient. Farden fixa le vide d'un air morne, et essaya de prendre quelques profondes respirations apaisantes. À présent que l'adrénaline l'abandonnait progressivement, la douleur se réinstallait dans son corps. Du sang coulait des coupures profondes qu'il s'était fait à la main en sautant par la fenêtre. Farden observa les gouttes de sang couler entre ses doigts, atterrir sur la neige blanche, s'enfoncer puis se figer en petites fleurs écarlates. Il sentait les regards des gens sur lui ; il les entendait chuchoter, le contourner. Les pupilles du mage étaient toujours rétrécies par la colère, qu'il sentait encore sourdre en lui. Ses vêtements étaient roussis ; son visage et ses bras étaient parcourus de vieilles cicatrices et de contusions récentes. Farden supposa que la réaction des badauds était naturelle ; lui-même, dans une telle situation, aurait gardé ses distances.

Un puissant bruissement interrompit ses pensées, mais il était paralysé par le choc, incapable de bouger. Le son des ailes qui brassaient l'air se rapprocha, et Farden leva la tête vers le ciel orangé, laissant les flocons de neige atterrir avec douceur sur sa peau brûlante.

Les galets sous ses genoux tremblèrent brièvement, et des bruits sourds retentirent derrière lui. Des griffes raclèrent la pierre. Farden observa les soldats, les yeux écarquillés, qui reculaient en entraînant leur compagnon inconscient. Une profonde voix familière résonna dans la rue, et le mage soupira.

— Farden !

L'intéressé se redressa en ignorant ses côtes qui protestaient à grands cris et l'intimaient de retourner se blottir dans la neige. Derrière lui, Fendrair se tenait à côté du grand dragon rouge, Aubefort. Svarta les accompagnait. Les bras croisés, elle secoua la tête, fidèle à son habitude. Le visage doré de Fendrair trahissait une expression préoccupée.

Le mage les rejoignit avec lenteur.

— Je me suis douté que vous verriez le feu, dit Farden en lançant un regard vers les dégâts qu'il avait causés à l'auberge.

Apparemment, tous les occupants avaient pu échapper à l'incendie, mais la Chèvre Barbue avait malheureusement cessé d'exister. L'auberge favorite de Farden n'était plus qu'une carcasse fumante ; le toit s'était à moitié effondré, formant une masse fumante de débris – tuiles, morceaux de bois et de verre. Une poignée de clients se tenaient à côté de l'aubergiste et frissonnaient d'un air hébété. Tous les regards étaient fixés sur les deux immenses dragons, recroquevillés dans la rue étroite. Leurs ailes frappaient par intervalle les tuyaux et les gouttières.

— Partout où on trouve le chaos et la destruction, vous n'êtes jamais loin, déclara Svarta en jetant un regard vers l'auberge qui terminait de se consumer.

— Je n'en ai pas l'intention, dit Farden.

Il essuya ses mains sanguinolentes sur son manteau et refoula la douleur.

— Que s'est-il passé ici ? demanda Fendrair.

Dans la lumière des flammes, les écailles du dragon chatoyaient. Le mage prit une profonde inspiration et plongea son regard dans les grands yeux dorés du lézard.

— C'était Vice, dit-il.

Les mots tintèrent comme de l'acier gelé.

Les piquants sur le dos du Vieux Dragon se hérissèrent, et son dos se courba comme celui d'un chat en colère.

— Vice ? gronda-t-il plus profond de sa gorge.

— J'ai été aveugle ! s'exclama Farden, avant de jurer et de serrer ses poings glacés. C'était lui depuis le début ! Helyard, le livre d'Arfell, les gardes siréniens. Et bien sûr, la Spire, c'était lui !

Svarta fixa Farden d'un air accusateur.

— Pendant tout ce temps ? Et vous ne l'avez jamais soupçonné ?

— Vous avez été la première à condamner Helyard ! N'essayez pas de me faire la leçon. Vice était mon ami depuis des années.

Farden lui lança un regard appuyé, la défiant de continuer à parler. La reine sirénienne lui adressa une grimace méprisante et rejeta sa chevelure en arrière.

Du bout des doigts, le mage caressa la bosse que formait le Poids dans la poche intérieure de son manteau.

— J'ai le Poids, je peux le rejoindre en premier et l'arrêter, annonça-t-il.

— Ne soyez pas ridicule, vous n'arriveriez même pas à vous approcher, railla Svarta.

— Vous ne m'en croyez pas capable ? répliqua Farden.

— Assez ! gronda Fendrair avec impatience.

C'était la première fois que Farden voyait le dragon en colère.

— Nous devons arrêter cet homme sur-le-champ, et en finir avec le ce complot une bonne fois pour toutes. Les incarnations du mal ne méritent pas de vivre. Où se trouve-t-il ?

— Il s'est échappé à l'aide d'un Poids, probablement celui d'Helyard.

Farden donna un coup de pied dans la neige, dans l'espoir d'évacuer la frustration qui ne le lâchait pas.

— Il s'est enfui ? répéta Aubefort.

Svarta était incrédule.

— Vous l'avez laissé s'échapper ?! cracha-t-elle.

Farden fit quelques pas en avant, décidé à régler ses comptes avec la reine sirénienne, le visage à quelques pouces de son visage écailleux. La haute taille de la Sirénienne n'avait rien de naturel. Ses yeux fauves se vrillèrent dans ceux du mage.

— Je le jure devant les dieux, Svarta, encore un seul… gronda-t-il.

— Assez, j'ai dit ! Reculez, tous les deux ! À qui pensez-vous que vos querelles profitent ?

La voix de Fendrair rebondit dans l'allée, renvoyant un écho lourd. Svarta et Farden reculèrent à contrecœur.

— Je vous le demande une nouvelle fois, où se trouve ce ver répugnant ?

Farden soupira.

— À Carn Breagh en Albion, au nord de Beinnh. Il semblerait que ce bâtard nous ait une nouvelle fois piégé.

— Que veut-il dire ? grimaça Svarta.

— Vous n'avez pas compris ? Il n'y a pas de puits des elfes noirs entre Kiltyrin et Fidlarig, il n'y en a jamais eu ! Vice a toujours eu l'intention de libérer le monstre à Carn Breagh, bien loin de l'endroit où nous l'attendrions. En envoyant l'armée dans le sud, il a laissé l'Arche sans défense. Il faudrait quatre ou cinq jours de marche forcée aux Escrits pour atteindre Carn Breagh.

— Et ce sera trop tard ? intervint Aubefort.

Les yeux rouges du dragon étincelaient dans la pénombre. Il renifla dans l'air glacé.

— Ça ne me dit rien qui vaille, commenta-t-il.

— Nous devons l'arrêter, assena Farden. Il nous a tout pris. Je ne laisserai pas s'échapper !

Avec une infinie patience, Fendrair leva une griffe.

— Mais comment savez-vous qu'il est parti vers Carn Breagh ?

— C'est ce qu'il a dit avant de s'enfuir, répondit le mage.

Les dragons échangèrent des regards entendus et Svarta acquiesça en silence, plongée dans des pensées maussades, la tête baissée vers la neige.

— Ça ne me dit rien qui vaille, répéta Aubefort.

Fendrair se contenta d'incliner la tête et de fermer les yeux pour réfléchir. Tous partageaient la même pensée. Le mot « piège » flottait au-dessus de leur tête, enveloppé dans un linceul d'angoisse.

— Nous n'avons pas d'autre choix, marmonna Farden.

— C'est du suicide, même avec l'ensemble de nos dragons, s'empressa d'affirmer Svarta.

Le visage cramoisi d'Aubefort exprimait une préoccupation croissante.

— Nous ne sommes pas sérieusement en train de considérer cette possibilité ?

La question se perdit dans le silence.

Fendrair ouvrit les paupières et s'ébroua pour se débarrasser de la neige sur son dos.

— Le mage a raison. Nous n'avons pas le choix. Il faut à tout prix arrêter Vice, et même si nous devons y laisser nos vies, nous devons mettre un terme à tout cela le plus rapidement possible.

Le Vieux Dragon laissa ses paroles faire leur effet avant de poursuivre :

— Aubefort, rassemble toutes nos forces immédiatement. Nous n'avons pas le temps d'avertir l'Arche et de toute manière, je doute fort qu'ils nous croient après ce qu'il est arrivé à l'Archimage Helyard. Envoie Havrefier et un de nos dragons les plus rapides, le premier en Nelska et le second à Kiltyrin à la rencontre des autres dragons. Toute aide sera la bienvenue. Si vous voulez vous joindre à nous, Farden, vous pouvez chevaucher avec Luminance. Son compagnon se trouve en Albion avec les autres.

Le mage inclina la tête, mais Fendrair voyait la détermination qui brûlait au fond de ses yeux et verrouillait sa mâchoire. Le mage paraissait abattu. Du sang suintait de ses mains et maculait ses jointures. Il était dans le même état que lorsqu'on l'avait retrouvé après le naufrage. Fendrair vit la petite amulette en écaille de dragon cachée sous le col de sa tunique, et se demanda si la chance était toujours avec le mage.

— Puissent les dieux voler à nos côtés cette nuit, dit le Vieux Dragon.

Moins d'une demi-heure plus tard, les dragons fendaient le ciel chargé de neige. Leurs ailes battaient les bourrasques, et leur queue se balançait en sifflant dans les nuées. Émergeant enfin de l'épaisse tempête de neige, ils jaillirent dans l'air glacé entre les nuages et les étoiles. Une lune brillante parait les dragons de reflets argentés ; leurs écailles luisaient sous les étoiles dans un camaïeu monochrome.

Fendrair menait l'expédition. À l'instar de sa compagne, il avait les yeux fixés sur l'horizon, le nez battu par le vent, figé dans une expression de pure détermination. Le Vieux Dragon sentit s'éveiller en lui une sensation qu'il n'avait pas connue depuis bien longtemps. Svarta en était consciente, et joignait son esprit au sien. Tous deux se préparaient mentalement à la tâche à venir. Derrière eux, un peu moins de cinquante dragons armés jusqu'aux dents partageaient la même résolution avec leurs compagnons, prêts à affronter toute créature qui oserait montrer sa gueule hideuse. Chacun était conscient de l'enjeu, des risques, et de ce qui les attendrait peut-être à Carn Breagh.

Farden se recroquevilla aussi près que possible du corps de Luminance. Il comptait sur ses sortilèges pour le garder au chaud, et essayait de respirer dans le flux d'air rarifié. La sensation de vertige ne l'avait pas abandonné – il se résigna à ne pas regarder en bas, préférant se concentrer pour rassembler ses forces, les paupières étroitement fermées. Farden sentait chacun des mouvements de la dragonne sous lui, chaque mouvement de torsion et chaque sursaut de ses ailes et de sa queue, tandis qu'elle serpentait dans les cieux à toute allure. Farden tendit ses muscles sur la selle pour soulager la douleur qui s'était installée dans son coccyx.

Le doute obscurcissait l'esprit du mage, couplé à un malaise étrange à l'idée de se retrouver face à Vice. Farden avait en grande partie appris la magie aux côtés de Vice, ce qui le rendait bien plus dangereux que n'importe quel ennemi. Et à présent, le Maître mage avait révélé qu'il était adepte de l'art noir du changement de forme. Farden se demanda qui – ou plutôt ce qu'il était vraiment. Vice semblait avoir changé du tout au tout. C'était comme si la magie qu'il avait utilisée était plus ancienne, comme celle de Fendrair. Farden n'avait jamais vu des sortilèges comme ceux qu'il avait utilisés, sans parler des atouts qu'il cachait encore dans sa manche. Sans oublier que la succession des événements – ce complot tout entier –, semblait trop précis, parfaitement prémédité. Farden se rangeait à l'avis d'Aubefort : ça ne lui disait rien qui vaille. Mais il n'avait pas d'autre choix ; on les avait acculés dans une situation critique. Si Jergan avait dit vrai à propos du manuel, ils étaient sur le point de faire face à la créature la plus terrifiante qu'Emaneska avait jamais vue. Le mage essaya de se rasséréner et de se réchauffer les doigts. Il faisait confiance à ses talents ; après tout, il était le meilleur Escrit en vie, et si quelqu'un pouvait vaincre Vice, c'était lui. En outre, le Maître mage serait certainement affaibli par le rituel d'invocation. Farden s'accrocha à cette pensée, la répétant comme une prière.

Une lourde épée tressautait entre ses omoplates, prêtée par l'un des guerriers dragons. À la place du flacon d'eau de fonte qu'il avait perdu, les Siréniens lui avaient donné une minuscule bouteille d'un liquide rouge foncé qu'ils avaient appelé *syngur*. L'étrange breuvage était chaud, ne refroidissait jamais ; il avait une saveur d'épices douceâtres avec un étrange arrière-goût de poisson. Farden sentait la mixture lui brûler l'estomac, mais elle se joignait à ses sorts pour le garder au chaud. Il se résigna à compter les heures qui les séparaient de Carn Breagh.

chapitre 18

« Ne croyez pas que Farden est simplement talentueux ; cet homme est le mage le plus puissant que j'aie jamais rencontré. Il provient d'une famille qui, malgré ses déconvenues, descend d'une lignée pure, puissante. Quoi que le Scribe ait écrit dans son Livre, il a réveillé une bête magique dans le corps de cet homme. Je n'ai jamais vu un mage résister à l'épuisement comme il le fait, ou lancer des sorts si spectaculaires, avec une facilité déconcertante. Il est bien dommage qu'il gâche ce potentiel par la colère – une rage de vaincre, si vous voulez –, un voile rouge qui lui a valu bien des ennuis dans le passé. Je me souviens de ce qui s'est produit à Huskar après qu'il a tué le fils du chef dans un duel aux poings, tout cela pour un pari ridicule. Si Farden parvenait à canaliser sa colère et la changer en concentration, il pourrait bien surpasser les Archimages. Si c'est de la trahison, vous pouvez me faire pendre. »
Extrait du journal de Durnus Glassren

L'aube se levait progressivement sur Albion. De pâles nuances de rouge, d'orange et de jaune zébraient les cieux à l'est, précédant le soleil d'hiver encore réticent à poindre à l'horizon. Quelques nappes de brouillard s'attardaient dans l'air matinal. Une neige épaisse recouvrait tout. Les précipitations avaient modelé le paysage en une sculpture blanche ondulante, succession de buttes et de monticules cachés sous une couverture glacée. Les arbres courbaient sous le poids de la neige, que la faible lueur matinale faisait scintiller comme un cocon de diamants.

Carn Breagh gisait en silence sur sa colline terne et modeste. Les murs en ruine étaient enveloppés de neige et parcourus de stalactites, qui pendaient sur les remparts antédiluviens. L'extérieur paisible de laissait rien paraître des manigances au cœur du château.

Dans les profondeurs du sol détrempé, sous plusieurs épaisseurs de roches solides, dans un endroit où même les rats évitaient de s'aventurer et où les torches se débattaient pour brûler dans les ténèbres, Vice se penchait sur un petit livre recouvert d'écailles de dragon. Une main agrippée au mur, il laissait la magie lui parler, se perdre en écho dans les recoins les plus sombres de son esprit. Des silhouettes s'affairaient autour de lui, préparant les lieux. Des soldats à l'armure noircie par le feu se tenaient dans les ombres, trahis par le reflet métallique de leur lance. Quelqu'un tapota les doigts sur la pierre derrière le Maître mage, brisant sa concentration.

— Combien de temps, Vice ? s'enquit la silhouette.

Vice soupira et ferma les yeux dans une frustration contenue.

— Si on me laisse seul, sans me déranger, peut-être que ça irait plus vite.

— C'est trop l…

— Tais-toi ! Reste à couvert comme je te l'ai dit, cria Vice, et son interlocuteur souffla d'un air exaspéré.

Des bruits de pas s'évanouirent dans les ombres. Vice secoua la tête et observa l'activité bourdonnante autour de lui avec des paupières plissés. Tout se déroulait comme prévu. Il se surprit à plonger le regard au cœur des ténèbres de l'immense puits qui s'ouvrait au milieu de la pièce. Les ombres tapies dans le puits de pierre étaient impénétrables, d'un noir mat qui aspirait la lumière. Le puits était sans fond, d'une profondeur insondable. Vice entendit à nouveau les murmures du petit livre noir, qui l'appelait à lui. Avec douceur, le Maître mage fit courir ses doigts sur les écritures arachnéennes sans détourner les yeux du puits.

Un bruit sourd retentit sous leurs pieds, suivi d'un autre. Un cri retentit :

— Seigneur Vice, nous sommes prêts !

— Bien, marmonna le Maître mage avant de se détourner, un doigt glissé dans le livre pour ne pas perdre la page du sortilège.

Les pans de son manteaux tourbillonnèrent derrière lui tandis qu'il traversait la coursive bordée de piliers à l'aplomb du large puits. Son menton, pointé en avant, trahissait sa confiance. Il dépassa ses soldats, qui patientaient à leur poste. Vice leur adressa à tour de rôle un regard intense, perçant, et observa leur visage blême se décomposer en un mélange de peur et d'incertitude. Tous des pleutres, songea Vice avec dédain ; ils tremblaient de tout leur corps comme des enfants. Leur seul ordre était de rester en vie – une tâche pourtant simple, songea-t-il en reniflant.

Le Maître mage se dirigea vers le petit pupitre perché au bord du puits. De cette position, il pouvait se pencher et observer les profondeurs, pour concentrer toute sa magie en un point bien précis. Vice posa le manuel sur un lutrin de pierre et caressa les pages du bout des doigts, déchiffrant l'écriture des elfes dans la pénombre. Il prit une longue inspiration et essaya de vider son esprit. Les yeux fermés, il sentit la magie frissonner, émettre une pulsation dans ses veines. Les soldats remuaient d'un air mal assuré. Aux aguets, ils jetaient des regards à la ronde. Enfin, songea Vice, tout reposait sur cet instant. Il avait passé un temps certain à se cacher, des années interminables à céder aux caprices de simples mortels.

Le grincement d'une épaisse porte de chêne au fond de la salle brisa le silence anxieux, bientôt suivi par un cri strident :

— Maître mage !

Tous les regards se tournèrent vers le soldat éclairé par les torches dans l'encadrement de la porte.

— Ils sont là ! s'exclama-t-il.

Les lèvres de Vice se parèrent d'un léger sourire, invisible dans la pénombre. Le Maître mage hocha simplement la tête et balaya du regard la pièce circulaire.

— Donnons-leur un accueil qu'ils n'oublieront jamais, dit le Maître mage.

Les soldats s'éloignèrent vivement pour exécuter l'ordre. Vice ouvrit les mains au-dessus du manuel d'invocation et plaça son index sur les deux clefs au coin d'une page – les précieuses clefs que les érudits d'Arfell lui avaient montrées. Un frisson d'excitation le parcourut de part en part. Plongeant les yeux dans les ténèbres impénétrables du puits, il murmura les mots d'ouverture.

— Écoute-moi, souffla-t-il.

Un faible grondement s'éleva du gouffre.

Au cœur de l'atmosphère, là où l'air se raréfiait, un essaim de dragons volait en cercle au-dessus du paysage enneigé, qui se déployait en contrebas comme une carte criante de détails. Le soleil était accroupi à l'horizon, disque jaune et pâle qui se dégageait progressivement de l'étreinte du brouillard matinal. Même à cette distance, la neige étincelait.

Farden frictionna furieusement ses mains glacées, et se concentra pour accompagner les mouvements du corps de Luminance avec ses jambes fatiguées. Baissant la tête, il regarda à travers la brume et les nuages épars en direction des ruines, rendues minuscules par la distance. Il jura intérieurement, maudissant leur décision de se jeter dans la gueule du monstre. Un sentiment d'appréhension enflait en lui. Le mage entendit Fendrair s'adresser à ses capitaines, Aubefort, Ronceglace et un énorme dragon répondant au nom de Sacrien. Sur son dos étaient juchés deux guerriers dragons ; l'un d'entre eux ressemblait à Eyrum, équipé d'une armure et d'une hache immense dont la tête rappelait un marteau.

Fendrair jeta un coup d'œil à son essaim de dragons, et Farden aurait juré l'avoir vu sourire. Le dragon d'or étincelait dans la lumière de l'aube ; ses ailes puissantes brassaient l'air pour lui permettre de voler sur place. Il prit une profonde inspiration et se lança :

— Je ne perdrai pas votre temps précieux avec des paroles autoritaires et de longs discours ! Je n'ai pas besoin de vous rappeler à quel point cette expédition est dangereuse, ou à quel point les enjeux sont importants. Tout ce que je vous demande, c'est de vous souvenir que nous sommes la première et la dernière ligne de défense contre cette bête. Jamais, depuis l'âge des elfes et des dieux, nous n'avons dû faire face à un ennemi aussi monstrueux, à des « gueules de ténèbres ». Et des gueules, j'en vois une multitude ici aujourd'hui, des gueules affamées bordées de crocs, et des griffes acérées et des ailes puissantes, des cœurs courageux et des bras chargés d'armes tranchantes ! Montrons à cette bête ancienne que les choses ont changé en Emaneska, et que c'est notre terre à présent !

Un puissant rugissement répondit aux paroles du Vieux Dragon, ponctué par le chuintement métallique des armes que l'on sortait de leur fourreau. À l'instar des guerriers qui agitaient leurs lames dans les airs, Farden attrapa le manche de son épée et la libéra. Aiguisée comme un rasoir, la lame refléta brièvement les rayons du soleil, et Farden joignit sa voix aux hurlements. Les dragons renâclèrent, décrochant la mâchoire avant de cracher des jets de flamme. La sensation était grisante.

Avec un nouveau rugissement, Fendrair replia ses ailes et inclina sa tête effilée vers le sol. Son corps sembla planer dans le vide pendant une infime seconde, puis il tomba comme une pierre et chuta une vitesse vertigineuse.

— Accroche-toi, Farden ! hurla Luminance.

D'un seul mouvement vertigineux, les dragons serrèrent les ailes contre leurs flancs à la manière de faucons et plongèrent dans le brouillard. Farden se cramponna à la vie. L'air hurla dans ses oreilles comme une banshee. Son cœur battait la chamade au creux de sa gorge. Son estomac semblait vouloir s'échapper de son corps, remontant dans sa cage thoracique pour se disputer la place avec ses poumons. Le mage s'aplatit contre le dos de Luminance et essaya désespérément de fermer les paupières, mais une fascination étrange l'empêcha de détourner le regard du sol qui se rapprochait.

La pièce tout entière était parcourue par des vagues d'énergie. Le puits émettait une pulsation rythmique, comme si un marteau frappait un tambour dans ses profondeurs, de plus en plus vite et de plus en plus fort, en vue d'un terrifiant crescendo. Vice tremblait sous la puissance du sortilège, mais il garda les yeux fixés sur les ténèbres. Il sentait la magie affluer sous ses doigts et monter à ses lèvres, qui remuaient d'elles-mêmes et prononçaient des mots inconnus. Quelque chose s'éveillait entre les racines du monde.

Le Maître mage s'approchait rapidement de la fin de la page – le dernier effort, l'étape la plus délicate du sortilège. Il sentit les martèlements monter en intensité. Sa tête le lança. Tout Carn Breagh s'était mis à trembler ; les murs cédaient progressivement sous la pression, comme écrasés par des mains géantes. Vice respirait au prix d'une lutte intense. Le puits l'aspirait ; des ombres presque tangibles l'attiraient par-dessus le rebord du pupitre pour le précipiter dans les ténèbres. De sa main libre, il agrippa la pierre. Il entendait les mots résonner dans son crâne, hurlant avec une volonté propre pour couvrir la pulsation du puits. Un courant d'air subit s'engouffra dans la pièce, éteignant les torches et plongeant la salle dans le noir. Vice tint bon. Son cœur battait si vite qu'il semblait à l'arrêt, comme les ailes d'un colibri, comme les secondes qui s'accéléraient infiniment autour d'eux. Le bruit était assourdissant.

Dans un cri, un soldat ploya sous l'afflux d'énergie. Il tituba, les mains serrées sur sa gorge. Dans un éclair de lumière surnaturelle, il tomba dans le puits, et Vice vit le corps tournoyer un bref instant dans les ténèbres. Le Maître mage lutta pour poursuivre son sortilège en dépit de ses genoux qui menaçaient de se dérober sous son poids, en dépit de ses poumons en feu. Son corps tout entier était à l'agonie. Soudain, dans un nouvel éclair de lumière, Vice prononça le dernier mot.

Un coup de tonnerre secoua les profondeurs de la terre, et le bruit formidable s'arrêta brusquement. Chaque personne dans la salle se tordit sous les convulsions provoquées par la dernière vague de magie, qui fut suivie par un silence glacé.

Rien ne bougeait. Les soldats étaient silencieux ; ils retinrent leur souffle pendant quelques secondes qui parurent durer une éternité. Ils échangèrent des regards, inquiets pour certains, soulagés pour d'autres. Seul Vice sentait quelque chose s'étirer sous leurs pieds. Toujours cramponné à la magie, il s'éloigna lentement du pupitre. La chose était réveillée à présent. Un dernier mot s'échappa des lèvres brûlantes du Maître mage, et le ciel s'écroula.

Des briques et des blocs de pierre volèrent de tous côtés lorsque le plafond s'effondra dans un vacarme assourdissant, répandant une pluie de mortier dans la salle. Un homme fut écrasé par un rocher alors qu'il tentait de se mettre à couvert, et un autre fut assommé et sombra au fond du puits. Un vent surnaturel emporta les débris dans un tourbillon de pierraille, distribuant des projectiles mortels sur son chemin. La lumière du jour s'infiltrait soudain dans la pièce, après que chaque étage se fut effondré pour nourrir le puits affamé. Carn Breagh était à présent percé d'un trou béant. Des congères tombèrent dans l'ouverture, se joignant au vent dans un blizzard miniature.

— Accrochez-vous ! hurla Vice à ses soldats à travers le mælström.

Les survivants se cramponnèrent tant bien que mal. Des cris de terreur et de douleur se perdirent dans la tempête. Un nouveau grondement résonna dans le puits, suivi d'une plainte à glacer les sangs. On aurait dit que le monde était progressivement aspiré au fond d'un gouffre gigantesque.

Il y eut un nouveau bruit, plus fort cette fois ; une sorte de gargouillis furieux. À ce moment précis, trois griffes gigantesques émergèrent du puits et se refermèrent sur le mur. Elles déchirèrent la pierre sans plus de difficulté qu'une souche en décomposition. Une autre patte griffue jaillit du puits et heurta le mur opposé, transformant deux soldats en une bouillie écarlate. Vice ne put réprimer un haut-le-cœur lorsque la puanteur de la bête se répandit dans la pièce. C'était une odeur de soufre et de mort, de chair en décomposition. Le vent était devenu chaud et sec, et la neige cessa de tourbillonner.

Une tête émergea des ténèbres, une gueule énorme d'une laideur inimaginable. Vissés sur son crâne reptilien, d'innombrables yeux rouges luisaient comme des charbons ardents et clignaient d'un seul mouvement. Un tas de neige atterrit sur la bête, qui secoua sa tête cornue pour s'en débarrasser. Elle se tourna vers Vice. Un souffle brûlant se répandait de ses narines, remplissant progressivement la salle d'une vapeur nauséabonde. Légèrement tremblant, le Maître mage se redressa pour croiser le regard de la bête, désarçonné par la multitude d'yeux. Il ne savait où regarder. Des murmures malfaisants sifflaient dans sa tête, des voix qu'il n'avait plus entendues depuis des milliers d'années. Quelques instants plus tard, Vice leva la tête vers les cieux hivernaux qui s'ouvraient autour de lui, et les silhouettes sombres qui volaient au-dessus du château, avant de reporter son regard sur le monstre. La chose émit une nouvelle plainte féroce et commença à s'extirper du puits fumant. Une autre tête s'éleva, puis une autre, et encore une autre, jusqu'à ce que non moins de vingt têtes émergent des ombres, se disputant l'espace avec force grognements et cris stridents. Vice ne parvenait pas à détourner le regard. Tandis qu'il se pressait contre le mur pour éviter d'être écrasé par la bête, il regarda, ébahi, la chose monstrueuse se hisser dans les airs.

Quelques secondes à peine avant que Farden et la dragonne ne s'écrasent sur les ruines, Luminance déploya les ailes et reprit de l'altitude. La soudaine embardée fit monter de la bile dans la gorge du mage, mais il se força à déglutir et à conserver sa concentration. Il ouvrit la bouche pour dire quelque chose, mais un violent craquement l'arrêta. La dragonne fit demi-tour juste à temps pour voir une fontaine de pierre brisée jaillir du château. Les autres dragons rugirent et esquivèrent les blocs de pierre en roulant et en plongeant, mais un guerrier malheureux fut emporté par une lame de pierre qui l'arracha de sa selle comme une poupée de chiffon. La dragonne, une bête d'un jaune-orangé et hérissée de piquants, émit un cri terrible et sembla perdre toute force. Elle s'écroula sur le sol dans une gerbe de neige et de terre.

— Nous arrivons trop tard ! vociféra Fendrair, qui se mit à jurer et à gronder dans une langue antique.

Avant que les guerriers n'aient eut le temps de réfléchir, un bruit sourd retentit. Quelque chose remuait au creux du trou béant. Quelque chose de plus ancien que l'âge combiné de tous les dragons présents.

— Regardez ! cria Luminance.

Les regards ébahis fixèrent le monstre, qui se frayait un chemin hors du château.

— C'est une hydre ! hurla Fendrair.

Dans un concert de rugissements apeurés, les dragons s'éloignèrent prudemment de Carn Breagh. Les yeux de Farden s'écarquillèrent sous l'effet de la surprise.

La chose était terrifiante, si ce n'est que par sa taille. Avec un grondement sourd, elle extirpa la dernière de ses têtes des ruines fumantes et se dressa sur quatre pattes musculeuses, chacune plus large que le plus gros tronc d'arbre que Farden ait jamais vu. L'hydre réduisit l'essaim de dragons à une taille ridicule lorsque qu'il se dressa de toute sa hauteur, à plusieurs centaines de pieds au-dessus du château. Une vingtaine de têtes émergeaient des épaules épaisses du monstre, et les cous emmêlés se tortillaient comme des serpents dans un nid. Chacune de ces têtes redoutables était immense, presque aussi grosse qu'un dragon aux ailes déployées. Des yeux rouges clignotants et des rangées de crocs se disputaient l'espace avec des crêtes osseuses et d'innombrables piquants bleu foncé, alignés en couronnes d'épines mouvantes. Dans la lumière matinale, la chair grise de l'hydre semblait animée d'une vie propre, se tortillant d'une manière troublante. Le souffle de la bête se répandait en larges panaches de fumée, semblables aux nuées d'un volcan. Le mage ne pouvait pas ignorer l'odeur immonde de viande pourrissante, qui imprégnait l'air et souillait la neige. Une cacophonie assourdissante sortait des gueules innombrables ; une harmonie mineure discordante, surnaturelle, qui vous glaçait jusqu'à l'os.

Luminance tourna la tête pour échanger un regard avec Farden. La dragonne et le mage s'observèrent avec appréhension. Farden sentit un filet de sueur froide couler sur son front. Il n'avait jamais rien vu de pareil, ni dans ses cauchemars, ni sur les fresques de Hjaussfen, ni même encore dans les champs les plus sauvages de son imagination. La chose poussa de nouveaux cris stridents, et Farden se surprit à fixer des yeux écarquillés sur les gueules tapissées de crocs. Il avait totalement oublié Vice et son désir de vengeance, remplacés par une peur pénétrante.

Dans un craquement retentissant, une autre portion de mur s'écroula sous le poids de l'hydre. Sous ses pattes gigantesques, le roc se transformait en de modestes débris ; sa queue épaisse et hérissée de piques allait et venait sans répit. Une myriade d'yeux rouges clignaient d'un seul mouvement.

Fendrair fondit sur Luminance et fit une pirouette qui le plaça juste au-dessus de leur tête. Farden entendit une voix profonde dans sa tête, aussi claire que si son propriétaire était assis derrière lui.

Poursuis Vice. Nous pouvons distraire l'hydre.

Le mage leva les yeux vers le Vieux Dragon et croisa son regard moucheté d'or.

Tranchez la tête du serpent et le corps se meurt, poursuivit-il.

Farden acquiesça sombrement, et le dragon lui répondit par un grondement suivi d'un un rictus féroce, garni de dents. Le dragon s'éleva dans le ciel, loin au-dessus de l'hydre, puis émit un long cri semblable à un cor de guerre. Ses compagnons se joignirent au rugissement et s'élevèrent dans les airs. En contrebas, l'hydre faisait claquer ses mâchoires innombrables, dans des craquements qui rappelaient la chute des arbres dans une forêt.

Farden frappa le dos de la dragonne.

— Luminance ! Emmène-moi au château, il faut que j'arrête Vice ! cria-t-il pour couvrir les rugissements et les claquements de mâchoires.

— En es-tu certain ? hurla-t-elle.

Un souffle d'énergie – confiance ou terreur, mais non moins galvanisant – se répandait dans son corps.

— Plus que jamais, allons-y !

Luminance fit une embardée et battit des ailes.

— Alors accroche-toi ! s'exclama-t-elle.

Farden commençait à en avoir assez d'entendre ça, mais il ne se raidit pas moins à la perspective du piqué nauséeux qui allait suivre. La dragonne tomba comme une pierre. La neige devint le ciel, puis reprit sa place. Farden refoula à nouveau sa bile et s'efforça de garder le regard fixé sur l'hydre gigantesque qui se rapprochait dangereusement. Six dragons les suivaient, les ailes repliées et le museau pointé en avant, escortant Luminance et le mage dans leur chute. La dragonne fit un nouvel écart, et Farden vit l'un de ses pieds sortir de l'étrier dans un instant de peur paralysante. Ses doigts se cramponnèrent encore davantage sur la selle, et il se surprit à prier d'atteindre le sol en un seul morceau.

Au-dessus de leur tête, les silhouettes reptiliennes tombaient, rugissaient, grognaient et claironnaient, tableau de couleurs criardes, de griffes sorties et de mâchoires ouvertes. L'hydre grinça des dents, et produisit une nouvelle fois son sifflement symphonique. L'essaim de dragons et le monstre se heurtèrent, et le chaos s'empara des ruines. Un dragon jaune s'approcha un peu trop près et fut déchiré en deux dans une gerbe de sang et de viscères ocre. Un autre vit l'une de ses ailes se faire arracher. Fendrair fondit entre les têtes serpentines en crachant du feu dans toutes les directions, tandis que Svarta, assise au fond de la selle, tailladait de droite et de gauche avec son épée longue. En plein vol, Aubefort se retourna sur le dos et arracha des lambeaux de chair grise sous le ventre de l'hydre. Une mâchoire claqua à quelques pouces de sa queue. Les flammes envahirent le ciel matinal.

Va.

Farden cria à l'intention de Luminance :

— Nous n'avons pas beaucoup de temps !

— Je sais, je sais ! gronda-t-elle, avant de rouler sur la gauche pour esquiver une paire de mâchoires.

Au-dessous d'eux, un dragon bleu émit un cri perçant lorsque l'hydre referma ses mâchoires sur lui, le cueillant plein vol. Du sang couleur saphir éclaboussa la neige, et la bête disparut entre des rangées de crocs acérés. Un battement d'ailes plus tard, Luminance et Farden se retrouvèrent soudain derrière le dos du monstre, menacés seulement par son épaisse queue. La dragonne atterrit brutalement dans la neige et aspira l'air à grandes goulées. Farden entendait son cœur immense battre la chamade dans sa poitrine, avec une puissance incroyable. Ses yeux jaunes étaient grands ouverts, remplis d'effroi.

— Vas-y tant que tu ne peux encore ! haleta-t-elle.

— Reste à l'écart de cette chose !

Farden sauta sur le côté et dégaina son épée avant d'avoir touché le sol. La neige craqua sous ses bottes lorsqu'il atterrit, et il se souvint de sa première visite à Carn Breagh, de longues semaines auparavant. Derrière lui, plusieurs dragons plantèrent leurs pattes arrière dans la neige pour s'arrêter ; d'autres planèrent pour laisser leur compagnon sauter à terre. Une main immense agrippa l'épaule du mage, qui fit volte-face pour se retrouver nez à nez à Eyrum. Son œil valide l'observait intensément. Malgré l'intensité de la bataille, sa voix était grave et posée.

— Avez-vous l'écaille que je vous ai donnée ? demanda le géant sirénien.

Dans une main, il tenait une hache d'une taille invraisemblable, qu'il soulevait aussi facilement qu'un jouet. La lame acérée scintillait dans la lumière pâle. Farden acquiesça et se tapota le torse. Le contact de la petite amulette sur sa peau le rasséréna. Un sourire plana sur les lèvres couturées de cicatrices d'Eyrum.

— Alors finissons-en, vous et moi.

Farden ouvrit la bouche pour répliquer, mais une ombre immense passa au-dessus de leur tête. Quelqu'un hurla un avertissement qui se transforma en cri glaçant, et les guerriers se précipitèrent à couvert. Malheureusement, l'un d'entre eux réagit trop tard, et une queue aussi épaisse qu'une rangée de maisons l'aplatit dans une immense gerbe de neige.

— Tous à l'intérieur, maintenant ! hurla le mage, et le petit groupe se précipita dans l'ombre de l'enceinte du château, vers une petite porte métallique qui se découpait dans la pierre recouverte de glace.

Leur travail accompli, les dragons s'élancèrent dans le ciel et battirent en retraite. Certains Siréniens s'accroupirent derrière des rochers, leur lame dans une main incertaine et le regard ébahi fixé sur le monstre qui les surplombait. Farden ne les comprenait que trop bien ; la peur serrait son cœur comme des doigts d'outre-tombe.

Avec obstination, le mage rassembla ses esprits et appuya une main contre la porte glacée. Les yeux fermés, il se concentra, ignorant les cris qui résonnaient autour de lui. D'innombrables battements d'ailes lui parvenaient, associés à la cacophonie grinçante de l'hydre, aux déflagrations et aux cris d'agonie. Farden sentit la porte céder légèrement et redoubla d'efforts.

— Nous n'avons pas le temps pour ça, grogna Eyrum à son oreille.

— Donnez-moi un instant.

— Vous et votre magie, marmonna le géant sirénien.

— J'ai dit…

Un bruit métallique retentit derrière la porte, et Farden fit un pas en arrière pour regarder les imposantes charnières fondre et se dissoudre progressivement.

—… donnez-moi un instant.

Eyrum leva un sourcil.

— Mmh, perte de temps. Siréniens ! Avec moi !

Levant sa hache à hauteur d'épaule, il pénétra dans les ténèbres, ses compagnons à sa suite. Il n'y avait aucune lueur, aucune torche pour éclairer leur progression. Eyrum se tourna vers le mage :

— Un peu de lumière ?

Farden lui décocha un sourire malicieux.

— Moi et ma magie, grommela-t-il avant de serrer le poing.

Une lumière blanche frissonna autour de ses doigts ; soudain, une lueur pâle, semblable à la clarté de la lune, envahit le corridor. Une odeur prégnante de brûlé flottait dans l'air, associée à l'humidité et de la moisissure, une odeur qui s'attardait à l'arrière de la gorge et faisait tousser les guerriers.

— Du calme, souffla Farden, qui prit la tête de l'expédition dans le château en ruine.

Les guerriers empruntèrent les volées d'escaliers qui s'enfonçaient dans le château, dans l'espoir d'atteindre les souterrains. La bataille faisait rage au-dessus d'eux. Chaque mouvement de l'hydre se traduisait en bruits sourds qui faisaient trembler les murs. Farden jura intérieurement, se reprochant son ignorance. Il aurait dû comprendre la première fois qu'il avait visité ce château moisi ; il aurait dû faire confiance à son intuition, qui lui soufflait que quelque chose se terrait dans les ténèbres. Comment avait-il pu être aussi aveugle ? Il serra les dents et se consola avec la certitude que Vice se trouvait sous leurs pieds, probablement affaibli par l'invocation. Farden allait lui faire payer très cher ce qu'il lui avait arraché.

Après quelques instants interminables, le petit groupe parvint à un embranchement. Le mage regarda les deux conduits tour à tour et se tritura les méninges pour retrouver le chemin qu'il avait emprunté la première fois. Après quelques instants, il opta pour le couloir de gauche, et se retrouva rapidement dans la pièce qu'il cherchait. La vielle tapisserie gisait toujours sur le sol, vraisemblablement là où il avait laissée, et l'étroit escalier en spirale descendait toujours dans les profondeurs du château.

— Par ici, murmura le mage aux Siréniens qui le suivaient en silence.

Farden épongea la sueur sur son front et s'essuya la main sur sa tunique. L'air ambiant devenait de plus en plus chaud et humide, étouffant. Le mage éprouvait une sensation étrange, sans pouvoir l'expliquer.

Ils atteignirent bientôt un nouveau corridor, dans lequel quelqu'un avait opportunément allumé les torches. Farden mit fin à son sort de lumière et s'arrêta pour reprendre quelques forces. Ses compagnons le dépassèrent et poursuivirent leur marche au long du couloir. Le mage sentit à nouveau une main, large comme un battoir, se poser sur son épaule.

— Que se passe-t-il ? demanda Eyrum dans un murmure.

Les torches projetaient des ombres étranges sur son visage.

Farden secoua la tête. Il caressa les vieux murs du bout des doigts.

— Il y a quelque chose ici, murmura-t-il.

— Ça, on le sait déjà.

— Non, quelque chose d'autre… une chose liée à une magie… je ne sais pas, hésita le mage. Continuons.

— Mage ! souffla quelqu'un, et les guerriers se tournèrent d'un seul mouvement.

Le Sirénien qui avait pris la parole était parsemé d'écailles orange, et trimbalait une épée large.

— Il y a une porte, ici.

Avec son pouce, il désignait une porte large, profondément enfoncée dans la pierre et maintenue par des charnières épaisses.

— C'est bien ici, acquiesça Farden.

Les Siréniens s'écartèrent et préparèrent leurs armes. Le mage se plaça devant la porte explora le bois avec sa paume. L'impressionnant verrou avait été forcé, et avait tout simplement disparu.

— La porte est ouverte, dit-il.

Eyrum leva un sourcil et lui lança un regard vif.

— Le devrait-elle ?

Farden ne répondit pas. Faisant quelques pas en arrière, il tint son épée d'une main et fit danser des étincelles bleues dans l'autre.

— Ouvrez-la, ordonna-t-il.

Eyrum et ses compagnons saisirent les épaisses poignées métalliques, recouvertes de rouille. Farden ralentit sa respiration et sentit son cœur apaiser ses battements de tambour. Il se concentra. Ses paupières se fermèrent sur ses yeux gris-vert tandis que la magie se propageait en pulsations successives sur ses omoplates. Dans sa paume, les étincelles crépitèrent et se multiplièrent. Tous les regards étaient fixés sur le mage, attendant son signal.

Hochement de tête.

Dans un grincement de charnières et de vieux chêne, la porte s'ouvrit sur une bouffée de vapeur et sur le vif éclat du jour. La puanteur sulfureuse devint brusquement insoutenable. Sans attendre les autres, Farden chargea. Tout ce qu'il voulait, c'était Vice.

Cependant, le Maître mage était introuvable. Il n'y avait plus âme qui vive dans la pièce – des corps, par contre, des monceaux de cadavres de soldats. Farden leva son épée et jeta un regard à la ronde. D'épais piliers rongés par l'humidité soutenaient tant bien que mal les restes du plafond, percé d'une ouverture tapissée de neige et de poussière. La lumière se déversait dans un immense puits au centre de la pièce, qui fumait et semblait bouillonner comme un volcan. Des corps jonchaient le sol. Certains étaient tordus grossièrement, le regard vide figé dans leurs derniers instants de terreur ; d'autres, les membres brisés, méconnaissables, gisaient sous les débris dans des flaques de sang. Des éclaboussures écarlates décoraient les dalles. La pièce vibrait sous les coups de butoir des créatures qui luttaient au-dessus d'eux. Farden s'efforça d'ignorer l'affreux carnage autour de lui et fixa les ténèbres. Rien. Il serra le poing et les étincelles moururent. Farden pria que Vice n'ait pas pris la fuite.

Derrière lui, les Siréniens se répartirent avec prudence et patientèrent. Eyrum se pencha à l'oreille de Farden pour lui murmurer :

— Où est-il passé ?

Les mots avaient à peine quitté ses lèvres que vingt soldats en armure noircie par le feu surgissaient de leur cachette dans les ombres. Hurlant comme des forcenés, ils fondirent sur le petit groupe, piétinant les victimes de l'hydre. À première vue, la situation était hautement défavorable aux guerriers siréniens, mais les attaquants n'avaient pas parié sur la présence d'Eyrum.

Sans un mot, le géant sirénien fit un pas en avant et fit tournoyer sa hache geste immense dans une figure en forme de huit. La lame fendit le premier homme en deux sans même perdre de son élan. Le deuxième fut touché à la tête et recula en titubant vers ses camarades, les membres agités de soubresauts, criant à travers ce qui lui restait de mâchoires. Des giclées de sang emplirent l'air. Farden se tint aux côtés du géant, à l'écart de la hache tourbillonnante, et tailla dans ce qu'il passait à sa portée. Il attrapa un homme par la gorge et le jeta sur le sol, avant d'enfoncer profondément sa lame dans le creux sous son menton. La lame émit un grincement métallique au contact de l'os. De l'électricité crépita dans la main du mage, et un autre soldat fut projeté en arrière dans un éclair de lumière bleue et blanche. Les autres Siréniens frappaient sans relâche de taille et d'estoc, déterminés à réduire le nombre des attaquants.

Mais les soldats continuaient à affluer, émergeant des ombres comme des rongeurs sur un navire en perdition. Deux Siréniens étaient tombés et se faisait à présent piétiner dans la confusion. Farden manqua de glisser sur une dalle poisseuse. Un murmure résonna dans sa tête.

Nous n'avons plus beaucoup de temps.

Le mage frappa ses canons d'avant-bras l'un contre l'autre. Le sol se mit à trembler, projetant à la ronde une onde de choc qui fit tomber les combattants. Farden s'élança et fit tournoyer son épée longue en arcs sauvages pour essayer de se frayer un chemin. Du coin de l'œil, il aperçut une haute silhouette à l'écart de la bataille, les bras croisés dans un air de défi, un rictus figé sur son visage suffisant, ses yeux noisette fixés, implacables, sur la scène de carnage. Farden gronda, et une rage familière commença à enfler dans sa poitrine.

❧

Loin à l'aplomb des ruines de Carn Breagh, Fendrair voyait ses dragons tomber les uns après les autres. La neige n'était plus qu'une mixture immonde de sang multicolore et de boue, piétinée sans relâche par les immenses pattes griffues de l'hydre. Des corps étaient éparpillés dans les ruines, dragons comme guerriers, brisés et à peine reconnaissables. Certains corps remuaient toujours, dans un effort désespéré pour s'extraire des rochers et se traîner hors de portée de la chose monstrueuse.

Sous les yeux du Vieux Dragon, un autre de ses compagnons plongea et fit pleuvoir de brillantes flammes oranges sur l'hydre. Le feu engloutit l'une de ses têtes, qui poussa un cri de douleur, mais un autre cou se détendit brusquement à la manière d'un cobra et cueillit le dragon en plein vol. La pauvre bête fut tranchée en deux. Les dragons restants, moins de la moitié de leur nombre originel, battirent momentanément en retraite et se rassemblèrent autour du Vieux Dragon.

— On ne peut pas continuer comme ça, Fendrair ! s'écria Svarta. Nos attaques ne parviennent même pas à le blesser !

Les yeux fauves de Fendrair s'étrécirent. La guerrière avait raison : les dragons avaient éraflé ou brûlé superficiellement la plupart des têtes de la bête, ce qui n'avait pas semblé l'affecter. Les yeux rouges luminescents renvoyaient toujours un regard froid et impassible. Les griffes imposantes ratissaient les débris du château. L'hydre émit une plainte lugubre, se balançant dans une danse hypnotique.

Fendrair sentait que Farden n'était pas loin ; il avait seulement besoin de plus de temps. Il se tourna vers ses dragons. Tous, sans exception, semblaient épuisés, effrayés et abattus. La moitié était blessée, et l'autre moitié était couverte de sang gris-bleu, le souffle court. Ils partageaient tous le même regard ; une terreur hallucinée que Fendrair ne pouvait probablement pas dissimuler non plus. Le dragon soupira. Il n'avait pas d'autre choix.

— Que chacun se rassemble pour attaquer une tête à la fois ! Nous ne prendrons aucun repos tant qu'elles ne seront pas toutes à terre, dans la neige. Suivez-moi !

Sur ces mots, il s'inclina sur le côté et plongea dans une spirale vertigineuse.

Fendrair prit une profonde inspiration dans le vent qui sifflait à ses oreilles. Il sélectionna sa proie. Des mâchoires claquèrent pour se refermer sur lui. Il les esquiva d'un mouvement leste, puis se faufila entre les cous de la bête avec une grâce surprenante compte tenu de sa taille et de son âge. Des jets de flammes torrides jaillirent entre ses mâchoires, enveloppant l'une des têtes les plus grosses dans un torrent de feu. Fendrair battit rapidement en retraite ; deux battements d'ailes plus tard, il était hors de portée du monstre. Derrière lui, les dragons rugirent d'une seule voix avant d'imiter leur guide. La gueule remplie de flammes dévorantes, ils enveloppèrent la tête du monstre dans une tempête de feu qui fit trembler l'air environnant. Quelques dragons se jetèrent sur le cou du monstre, le lacérant avec leurs dents, leurs griffes et les piquants de leur queue. Un par un, ils arrachèrent des lambeaux de chair avec des attaques tourbillonnantes, tout en esquivant les mâchoires qui claquaient de tous côtés. Des flèches hérissaient le cou de la bête, telles des aiguilles sur un porc-épic. Les flammes léchaient sa peau luisante.

Avec un gargouillis plaintif, la tête se cabra et commença à se ratatiner. Ses yeux clignèrent frénétiquement, et un sang bleuâtre jaillit entre ses crocs. Tel un arbre qui s'effondre, la chose vacilla avant de s'affaisser avec une lenteur insoutenable, laissant échapper un dernier cri. Sa peau se déchira dans une nouvelle gerbe de sang. La tête se mit à pendre à un angle étrange, entre les épaules épineuses de l'hydre.

Fendrair s'autorisa un sourire victorieux et se joignit aux autres dans un immense rugissement. Il laissa l'air le porter tandis qu'il contournait son groupe de dragons. Aubefort se joignit à lui. Le guerrier qui l'accompagnait fendit l'air avec sa longue épée et rit de bon cœur.

— Ça a marché ! cria-t-il.

Le Vieux Dragon opina, puis secoua ses cornes. Son sourire triomphant laissa place à une amère satisfaction. Plus que dix-huit têtes à vaincre, songea-t-il. Soudain, un doute horrible le saisit à la vue de la scène qui se déroulait en contrebas.

La tête désarticulée se mit soudain à trembler, agitée de soubresauts violents. Quelque chose rampait sous sa peau. Les yeux commencèrent à briller, d'une lueur de plus en plus intense. Les mâchoires remuèrent légèrement. Il y eut un étrange craquement, et des épines commencèrent à apparaître à la base du cou brisé, alors qu'une nouvelle tête émergeait sous la peau et gonflait. La tête blessée, quant à elle, commença à se régénérer et à se redresser ; des rangées d'yeux émergèrent et clignèrent, surgissant entre les épais piquants humides. Un liquide noir s'écoula des mâchoires grimaçantes, et des crocs se frayèrent un chemin à travers des gencives noircies.

Le sourire s'évanouit du visage doré de Fendrair, remplacé par une expression anxieuse. Les deux têtes s'élevèrent jusqu'à rejoindre les autres, parfaitement guéries est aussi dangereuses l'une que l'autre. L'hydre émit un sifflement moqueur.

— C'est de la folie, balbutia Svarta.

Le Vieux Dragon parcourut l'horizon du regard, espérant l'arrivée prochaine de renforts.

— Je sais, dit-il platement, les pensées tournées vers Farden.

Nous n'avons plus beaucoup de temps.

Vice sourit d'un air méprisant. Farden fit un pas en avant et pénétra dans le rayon de lumière qui tombait du plafond. S'il avait détourné les yeux du Maître mage, il aurait vu le ventre de l'hydre qui les surplombait, mais il garda ses yeux étincelants fixés sur Vice, essayant de percer un trou dans son crâne. Le mage leva sa lame souillée devant lui.

— Tu n'apprends jamais, Farden, pas vrai ? Tu réfléchis trop, lança Vice.

Le son de sa voix était presque cordial. Farden se renfrogna.

— Je n'ai pas besoin de réfléchir pour te tuer, le choix est facile, répliqua le mage.

Vice éclata de rire.

— Ah ! Comme si tu savais ce que c'est de prendre une décision. Tu es resté incroyablement obtus depuis le début de cette histoire. Tu as refusé de voir la vérité ; comment, sinon, aurais-je pu parvenir aussi loin ?

Vice commença à marcher de côté, s'éloignant de la bouche du puits. Farden se contenta de brandir son épée vers le cou de son adversaire. La bataille faisait toujours rage au-dessus des deux hommes.

— Tout s'arrête avec toi, Vice, affirma Farden.

— Vraiment ?

Les yeux du Maître mage s'illuminèrent, et le château trembla sous le poids de l'hydre.

Un sombre pressentiment s'étira dans l'esprit de Farden, une pensée qu'il n'avait pas osé formuler jusque-là. Son angoisse se tapit dans les ombres.

— Nous n'allons pas nous arrêter maintenant…

La lèvre de Vice se retroussa avec mépris.

— Assez parlé !

Farden se jeta en avant, l'épée tendue devant lui. Mais le Maître mage était rapide. Un éclair de lumière au creux de sa main repoussa la lame dans un tintement métallique. Farden abattit à nouveau son épée sur Vice, qui para avec le même sortilège. Le mage persista et répéta ses attaques, faisant tournoyer son épée autour de lui dans un brouillard d'acier. Il se fendit, et la pointe de son épée s'accrocha à la manche de Vice. Le Maître mage saisit sa chance. Il abattit un poing sur le poignet de Farden, l'obligeant à lâcher l'épée, qui rebondit sur les dalles. Il posa la main sur l'avant-bras du mage, et un éclair de lumière verte se propagea dans les airs. Farden fut projeté de côté, comme frappé par un marteau, et s'affala contre un mur au bord du puits.

— Qui es-tu, Farden ? plaisanta Vice dans un éclat de rire rauque.

Le mage respirait avec difficulté. L'épée n'était qu'à quelques pas de lui, mais lorsqu'il se pencha pour la récupérer, Vice abattit sur lui un éclair électrique. Farden se recroquevilla en position fœtale, les paupières étroitement fermées. Des arcs de lumière bleue dansèrent sur son corps, le secouant sans pitié. Il avait l'impression que ses organes se consumaient, que ses os étaient sur le point de se briser sous la force du sortilège. Une odeur de chair brûlée – la sienne –, monta à ses narines.

— Je t'ai demandé qui tu étais, mage. Nous avons toujours pensé que tu finirais comme ton oncle, que tu finirais par courir nu comme un ver dans les rues de la ville, mais je doute que nous le saurons jamais. Il semblerait, Farden, que tu aies cessé d'être utile. À présent, c'est à moi de finir le travail que d'autres n'ont pas pu mener à bien.

Les paroles de Vice n'étaient qu'un léger grondement comparé au sifflement qui bloquait les oreilles de Farden, mais il ne les entendit pas moins. Le sang battait bruyamment à l'intérieur de son crâne.

— Est-ce que tu m'écoutes ?

Des étincelles se rassemblaient autour des doigts du Maître mage. Il agrippa Farden sans ménagement et le plaqua contre le mur de pierre. Ses yeux brûlaient d'une colère sauvage.

— Qui crois-tu être pour t'opposer à moi ?

Farden leva une main faible pour repousser son assaillant, mais sa peau lui faisait l'impression d'être transpercée d'un millier d'aiguilles.

Va.

Vice pencha la tête sur le côté à la manière d'un vautour et secoua le mage. Il rapprocha son visage moqueur. Des postillons volèrent de ses lèvres lorsqu'il vociféra :

— Alors ? Réponds-moi !

— Je... commença Farden, avant de prendre de profondes inspirations.

Sans terminer sa phrase, il rassembla toute sa vitesse et toute sa force, et abattit son front sur l'arête du nez du Maître mage dans un grognement féroce. Au même moment, il referma les doigts en un poing rageur et cueillit le menton de Vice. Avec une grimace de douleur, le Maître mage recula en titubant et tendit une main en arrière pour reprendre l'équilibre. Farden lui asséna un coup de pied en pleine poitrine. Le Maître mage s'affala sur les dalles et cracha un filet de sang dans la poussière, le regard noir.

— Farden, l'hydre ! s'exclama quelqu'un derrière eux, et Farden fit volte-face.

Eyrum était encerclé ; un seul de ses compagnons était encore en vie et se tenait à ses côtés. Le géant sirénien faisait tournoyer sa hache maculée de sang et tranchait ce qui passait à sa portée. Les soldats cernaient les deux combattants à bonne distance. Une douzaine de leurs compagnons, au moins, avait été défaits et gisaient sur le sol. Nombre d'entre eux déploraient la perte de portions plus ou moins importantes de leur corps. Les survivants ne semblaient pas pressés de se placer à portée de la hache du Sirénien.

Farden aperçut un mouvement du coin de l'œil, et se tourna pour recevoir le point de Vice en plein visage. Des étincelles explosèrent derrière ses yeux. Il repoussa son attaquant avec un bras tremblotant et asséna un nouveau coup de poing. Touché à la poitrine, Vice fit un pas en arrière, le souffle coupé. Farden essuya du sang écarlate sur sa lèvre et secoua la tête. Sa vision était toujours floue ; il cligna donc des paupières et essaya de se déplacer sur la gauche, vers le piédestal où il avait repéré le manuel.

Vice éclata à nouveau de rire et adressa à Farden un ricanement sadique.

— Tu n'aucune idée de ce qui se passe. Ça te pend au nez, mais tu ne vois rien. Ça te ressemble, Farden.

— Tu ne me connais pas aussi bien que tu le crois, Vice.

— Ah ! Qui t'a enseigné tout ce que tu sais ? Qui s'est arrangé pour que tu entres à l'Académie, pour que tu parviennes jusqu'au Rituel ? C'est moi, depuis le début. C'est moi qui t'ai envoyé vivre la vie d'un Escrit. Le seul problème, c'est que tu n'es pas à la hauteur de mes attentes, dit le Maître mage en fusillant Farden du regard.

Le mage continua à narguer Vice, tout en se faufilant progressivement vers le fond de la pièce.

— Comme l'un de tes loyaux serviteurs, Ridda ? lança-t-il.

— Tu es toujours le valeureux défenseur de l'Arche, à ce que je vois.

— C'est ton peuple avant d'être le mien, Vice, espèce de traître !

Vice secoua la tête mais ne cilla pas.

— J'ai vu les Archans ramper dans la boue alors qu'ils n'étaient rien. J'étais là lorsque la première pierre de Krauslung a été taillée dans les montagnes, et je serai là lorsque la Cathédrale tombera. Ce peuple dont tu parles, je l'ai vu croître pendant un millier d'années, j'ai vu ce que vous êtes devenus – de pauvres fous enchaînés à leur bureaucratie, qui pissent leur or avec les prostituées et les ivrognes, qui jouent avec une magie qu'ils ne comprendront jamais. Des fous, Farden, des fous dont cette terre doit être débarrassée. Et c'est moi qui m'en chargerai.

Farden secoua la tête.

— Et les Siréniens ? marmonna-t-il.

— Je ferai d'une pierre deux coups.

Farden adressa au Maître mage un regard noir dans lequel il concentra toute sa haine et son mépris. Il pensa aux soirées qu'il avait passées avec le Maître mage à boire du vin, à échanger des anecdotes, à débattre du monde et de ses affaires. Il songea aux leçons que Vice lui avait apprises, à toutes les confessions qu'ils avaient échangées. Pendant tout ce temps, se dit-il avec amertume. La colère et le chagrin pesaient comme une chape de plomb dans sa poitrine.

— Ça a dû être douloureux de t'abaisser à notre niveau pendant toutes ces années ; tous ces sourires finauds et cette fausse gentillesse, asséna le mage. En fait, je pense que tu t'es délecté de chaque instant. Tu t'es réjoui à chaque étape de ton complot misérable.

Vice montra des dents immaculées et se frotta les mains, faisant s'envoler quelques étincelles qui se perdirent dans le ciel.

— Oui, immensément.

Farden continua à se mouvoir de côté sans quitter Vice des yeux. Il se retint de regarder vers le manuel pour ne pas trahir ses intentions. Des flammes commencèrent à s'enrouler autour des doigts du Maître mage. Farden leva les mains avec lenteur, prêt à repousser le sortilège. Il prit une longue inspiration et retint son souffle. Il sentait la magie monter dans ses bras, mais choisit de la repousser vers le bas de son corps. Il s'efforça de se souvenir de ce qu'il avait vu à Hjaussfen, de ce qu'il avait appris cette nuit-là, assis devant le feu dans les appartements du Vieux Dragon, prêtant l'oreille jusqu'au petit matin aux enseignements du Sirénien borgne, imperturbable, qui répondait au nom d'Eyrum.

Maintenant !

Vice projeta les mains devant lui, et la boule de feu s'envola vers le mage en laissant un sillage orangé. Farden expira. D'un pas léger, il sauta sur le côté et vit le temps s'étaler comme une peinture à huile ratée ; la pièce s'étirait sur le côté dans des nuances de gris et de blanc, semblable à un brouillard nébuleux. Farden observa l'orbe de flammes crépitantes rouler dans les airs et se diriger vers lui avec paresse. Les flammes cristallines fleurirent, tournoyèrent. Étrangement, Farden dut résister à la tentation de tendre un bras pour les toucher, juste pour voir ce qu'il se passerait. À la place, Farden poursuivit son mouvement et glissa comme si la terre avait soudainement trébuché sous ses bottes.

La boule de feu explosa contre le mur dans un éclair de lumière féroce, à plusieurs pas de distance de Farden. Sans perdre une seconde, celui-ci s'élança vers le piédestal et le manuel.

— Non ! s'écria Vice, avant de bondir vers le mage.

Farden s'arrêta dans un dérapage et s'empara du petit livre, laissant la magie couler entre ses mains et déclencher une éruption de flammes brûlantes entre ses doigts. Un bruit sourd monta du puits, et la pièce se mit à trembler. Les pages jaunies se recroquevillèrent sous la morsure du feu, et la pièce trembla de plus belle. Farden leva le manuel, et laissa les flammes lécher son avant-bras jusqu'à ce qu'il ne reste du livre qu'une masse informe et calcinée. À cet instant précis, Vice l'atteignit et plaça un coup de poing entre ses côtes, à l'endroit même où il avait reçu la flèche. La douleur aveugla Farden, le jetant à terre. Derrière lui, quelque chose ou quelqu'un se tenait dans l'ombre, mais lorsque le mage essaya de se redresser, un objet lourd heurta son crâne, et le monde devint noir.

Fendrair prit une profonde inspiration et cligna ses yeux ambrés pour les débarrasser de la fumée âcre. Les dragons avaient été réduits à un nombre ridicule, et le son de leurs rugissements et de leurs cris pesaient sur sa poitrine. Il sentit Svarta appuyer une main froide ses écailles, et il entendit sa voix dans sa tête.

— Nous devons nous replier, le mage a échoué, dit-elle.

Le Vieux Dragon secoua la tête avec obstination.

— Je peux toujours le sentir ; il est toujours là, quelque part.

— Fendrair… insista-t-elle, et le dragon dut reconnaître qu'elle avait raison.

Il baissa les yeux vers l'hydre, qui grondait et s'attaquait toujours à ses dragons. Ils avaient combattu avec honneur. Les guerriers faisaient tournoyer leurs épées sans relâche, tandis que leur monture esquivait les têtes tortillantes, voltigeait pour cracher du feu sur le dos et les jambes du monstre. Fendrair sentait leur épuisement. Avec un regard triste, il vit un autre de ses dragons se faire tailler en pièces par deux têtes voraces. L'une maintenait le reptile rugissant par la queue, tandis que l'autre tailladait son dos et sa tête. L'haleine soufrée de l'hydre s'échappait en panaches entre ses dents acérées. Un sang émeraude cascadait sur ses épaules. Fendrair laissa une vague de douleur le submerger, puis il hocha la tête avec douceur.

— Éloignons-nous de cette chose. Nous avons fait ce que nous pouvions. Emaneska devra se défendre sans nous, annonça Fendrair avant de pousser un rugissement puissant, bien que las et déçu.

Répondant par des cris aigus, les dragons s'écartèrent rapidement des mâchoires mortelles. Hommes comme bêtes, tous les regards étaient écarquillés sous l'effet de la terreur et du soulagement. L'hydre s'obstina à essayer de les atteindre, sifflant et soufflant, maculé de sang et de morceaux d'organes. La créature n'était visiblement pas rassasiée.

— Restez hors de portée ! hurla Aubefort, et ses combattants s'élevèrent davantage dans le ciel bleu et clair.

Un dragon malchanceux perdit la pointe de sa queue entre les crocs d'une tête plus rapide que les autres, mais parvint à se dégager et à rejoindre les autres. Les dragons arrivaient à peine à battre des ailes. Le regard tourné vers Fendrair, ils patientèrent. Tandis que le Vieux Dragon ouvrait la gueule pour prendre la parole, un grondement sourd l'interrompit. Les regards se tournèrent tous vers le sol. Un nuage de poussière monta autour des griffes de l'hydre, et ses yeux se mirent à clignoter et à trembloter, agités d'une pulsation malsaine. Sa peau commença à se tordre et à exsuder un étrange liquide.

— Il se passe quelque chose ! s'exclama l'un des guerriers.

Fendrair pria en silence qu'il ne s'agissait pas d'une nouvelle ruse de la bête, et qu'il n'allait pas lui pousser des ailes. Les dragons s'éloignèrent avec prudence, tandis que de la fumée s'échappait de l'une des gueules de l'hydre. La poussière se transforma en cendres, qui commença à tournoyer autour des pattes du monstre. Une explosion résonna au cœur de Carn Breagh. Fendrair fixa sur le monstre un regard intense, les paupières plissées. La peau de la créature noircissait ; des marbrures se répandaient sous sa peau telle des ecchymoses. Les marques se maculèrent de cloques et se mirent à fumer, jusqu'à ce que la chair de l'hydre se calcine comme une feuille de papier sous une flamme. L'odeur était immonde. Les dragons restants rejoignirent des courants ascendants pour s'éloigner de la bête et conserver leurs forces ; de là-haut, ils observèrent l'hydre brûler dans une colonne de fumée, et se demandèrent ce qui allait se produire ensuite.

La créature tangua, et un autre grondement sourd émergea des entrailles du château. L'une des pattes de l'hydre se déroba sous son poids, réduite en cendres, puis sa queue commença à se volatiliser dans d'épais nuages de fumée. Juste avant que ses têtes ne s'effondrent comme des tours en flammes, s'écrasant les unes contre les autres, la créature émit un dernier chœur de plaintes discordantes.

Puis, il y eut un bruit de succion écœurant. L'air fut aspiré vers l'intérieur, et l'hydre sembla se replier sur lui-même. C'était comme de regarder une montagne brûler, puis tomber. Tandis que le bruit atteignait son paroxysme, l'hydre émit un dernier gargouillis et explosa dans un immense nuage de fumée. L'onde de choc couvrit la neige de suie et remplit l'air de poussière. Des arbres s'aplatirent à la ronde. Les dragons survolèrent l'onde de choc ; un instant plus tard, tout était terminé. Les dragons se laissèrent glisser vers le château en ruine, échangeant des rictus éreintés.

Fendrair n'avait qu'une seule personne à l'esprit : Farden, dont la petite étincelle venait de disparaître de son esprit, juste avant la chute de l'hydre.

chapitre 19

« Il y a bien longtemps, lorsque les elfes et les dæmons rôdaient toujours, les plus anciens des dieux tinrent une réunion secrète dans les profondeurs des bois les plus sombres. De peur que des oreilles indiscrètes ne les entendent, ils décidèrent de murmurer plus délicatement que la plus légère des feuilles.

« Les dæmons sont de plus en plus hardis », annonça une grande déesse à l'aura bienveillante.

— Ils ont fait venir Orion, le plus vieux des dæmons, répondit un dieu de la terre. Il écume les rivages au moment où nous parlons, à notre recherche. »

En réponse, le Sans Âge acquiesça et écouta le croassement des corbeaux dans les sapins. Il soupira dans un bruissement d'étoffes.

« Si les elfes se joignent à lui, il signera notre perte. Nous sommes de plus en plus faibles, dit-il. Au-dessus, en dessous, les terres de flammes se refroidissent et les terres de glace fondent, année après année. Nous devons agir maintenant ou disparaître à jamais. »

Les autres murmurèrent leur approbation, mais le dieu de la terre, une immense bête de pierre et de mousse, agita son doigt recouvert de gui.

« Nous avons oublié les autres. »

Sur ces mots, il désigna, à travers taillis et ronciers, un groupe de silhouettes amaigries blotties autour d'un feu de camp. Un autre dieu, qui avait l'apparence d'un homme recouvert d'écailles et pourvu d'ailes pesantes comme des marteaux, secoua la tête.

« Ce sont les esclaves des elfes, ils ne seront jamais bons à rien. »

La déesse élancée leva la main.

« Ils ont reçu mes bienfaits, et personne ne se dressera sur leur chemin lorsque nous ne serons plus », dit-elle.
Le Sans Âge frappa son bâton contre le tronc d'un chêne.
« C'est décidé. Nous allons agir. »
C'est ainsi que les dieux prirent une décision. Ils surgirent de leur cachette et s'abattirent sur les elfes. Orion lui-même fut presque vaincu alors qu'il couchait avec sa maîtresse enchaînée. Le combat se prolongea néanmoins pendant un millier d'années jusqu'à ce qu'enfin, les dieux eurent repoussé les elfes et les dæmons dans le ciel, où ils devaient rester à tout jamais. Seuls trois d'entre eux échappèrent à leur destin – la sombre engeance du dæmon Orion, qui prit forme et se cacha avec les esclaves près des feux de camp – trois rois livides, vêtus de haillons ternes.

Et alors que les étoiles commençaient à briller et que les loups hurlaient à la lune spectrale, ils décidèrent de séparer la terre désolée en trois domaines, qu'ils parcourraient selon leur bon vouloir. Le soleil rouge se leva sur la terre froide et vide, et ils partirent vers les trois coins du monde pour y forger leur propre destinée et régner sur le nouveau peuple. »
Conte ancien

Une odeur de brûlé. L'odeur de la chair à vif qui collait aux lambeaux des habits du mage.

Des tenailles autour de ses poignets. Les liens qui raclaient la peau et l'arrachaient, qui faisaient couler le sang.

Une douleur dans son crâne, comme si des feux d'artifice faisaient rage dans sa tête, comme si son cerveau essayait de se frayer un chemin à l'air libre.

Des chatouillis sur sa peau brûlante. Des démangeaisons semblables à des piqûres de fourmis, ou aux coups de griffes d'un chat. Il se souvint d'un félin sur un navire qu'il avait vu jadis ; peut-être.

Des problèmes. D'immenses problèmes.

Les vestiges d'un combat, ou peut-être d'une grande bataille, flottaient dans ses souvenirs. Les images fragmentées d'une bête immense qui dominait un pays de neige. Un sang orange éclaboussé sur les rochers. Des cris. C'était un rêve follement réel, fait d'images dépareillées. Farden essaya d'ouvrir les paupières, mais la douleur était trop forte. Il s'autorisa un peu de repos. Après tout, il avait tout le temps.

Soudain, le rêve s'imposa à la réalité et Farden se souvint. Il avait été battu, frappé, avait vu le monde se transformer en une vision floue, avait tendu la main pour toucher des flammes cristallines qui flottaient à quelques pouces de son visage. Sa peau le brûla dans la lumière jaune. Un sourire se dessina dans les ombres, et quelque chose heurta son crâne.

Il était allé là-bas, dans cet endroit ; un dæmon s'était dressé de toute sa hauteur au-dessus de lui et des silhouettes reptiliennes avaient tournoyé dans le ciel bleu pâle. Il avait combattu un homme, un homme aux yeux perçants. Il avait fait quelque chose d'important, ou il était sur le point de le faire. Farden se souvint de flammes dévorantes et d'un livre.

Puis il comprit, et la révélation le frappa comme un chiffon mouillé en pleine figure. Farden sursauta et ouvrit les paupières au prix d'un effort surhumain. Il était attaché sur une chaise dans une pièce vide et froide. Des formes floues et des objets sombres prirent doucement forme autour de lui. Il y avait du sang sur le sol, comme si on y avait traîné quelque chose. Il frotta ses doigts l'un contre l'autre et sentit un liquide poisseux. Son crâne le lançait.

Le mage essaya d'observer les alentours, lentement, et commença à reconnaître les murs et les piliers qui encadraient la salle. De la lumière filtrait quelque part derrière lui, mais il avait trop mal pour tourner la tête. Il avait l'impression que ses bras étaient entravés par des cordes rugueuses, tout comme ses jambes lourdes, sans vie, à la circulation coupée. Farden se tortilla et écouta les craquements de la corde et de la chaise, mais la douleur provoquée par le frottement de ses liens le submergea. Il s'affala, épuisé et esseulé. Un bruit léger mais agaçant sifflait à son oreille. Au moins, tous ces signaux douloureux lui prouvaient qu'il était encore en vie. Farden patienta. Il n'avait aucune idée de ce qui l'attendait, mais il n'avait pas le choix pour l'instant. Il ferma donc les paupières et laissa le bruit de sa respiration envahir ses pensées.

Hors de la pièce, au-delà de la porte verrouillée, au fond du long couloir, au sommet de plusieurs volées d'escalier en colimaçon, dans la plus haute aile de la forteresse, Vice faisait les cent pas entre les piliers et les hautes fenêtres. Ses bottes bruissaient sur le marbre poli. Un sentiment d'excitation bouillonnait en lui, alors qu'il sentait les derniers éléments de son intrigue se mettre en place. Sa victoire était si proche. Il ne lui restait qu'un problème à régler, et celui-ci était ligoté sur une chaise dans un réfectoire abandonné. Il se chargerait de ce problème dans un instant.

Un cliquetis d'armure suivi par des bruits de bottes sur le marbre attira l'attention du Maître mage. Un soldat le rejoignit prestement et lui adressa un salut rapide. L'homme semblait en proie à la plus vive agitation, et Vice l'invita à parler.

— Magissime, ils sont ici, dans la cité, lâcha le soldat.

Vice s'autorisa un bref frisson d'excitation.

— Le roi Bane ?

Le soldat opina du chef.

— Oui, Sire. Ses soldats rassemblent nos hommes. Ils sont descendus dans les rues pour dire à tout le monde de rester à l'intérieur.

— Bien. Dis à nos hommes de ne pas résister, et de suivre les ordres du roi. Bane vient en paix, est-ce que tu as compris ? Aucun Skölgardien ne doit être blessé. Tu peux escorter le roi dans la grande salle à son bon vouloir et lui dire que je rejoindrai là-bas, ordonna le Maître mage.

Avec un tintement métallique, Le soldat fit claquer ses talons l'un contre l'autre et se hâta de repartir.

Vice s'autorisa un sourire triomphant. Il pouvait presque entendre les pièces se mettre en place. Il était temps de rendre une petite visite à quelqu'un.

❦

Farden concentrait ses efforts pour rester conscient. Il ne s'était plus senti aussi proche de l'évanouissement depuis le naufrage, lorsqu'il s'était retrouvé allongé sur une table glacée avec le guérisseur penché sur lui. Le mage rassembla toute son énergie pour continuer à respirer et ramener un peu de magie dans son corps. Une chaleur bienvenue se répandit dans ses os glacés et douloureux. Quelque chose n'allait pas avec ses yeux : le sol et les murs étaient mouchetés de points colorés. Rouge, vert, jaune et bleu ; tel un Arlequin, le monde était une mosaïque de couleurs disparates. Farden cligna des yeux avec force, mais les chatoiements ne disparurent pas. Apparemment, une large porte s'ouvrait au bout de la salle, prolongée par une volée de marches. Une longue table en bois dur avait été repoussée contre le mur de gauche, entourée de chaises couchées sur le sol ou empilées entre les piliers. Farden plissa les yeux pour mieux voir l'écu accroché au mur à sa droite : une balance dorée en équilibre, représentée sur un bouclier blanc surmonté de fleurs de montagne en acier poli.

Farden était dans la Cathédrale de l'Arche. Sans qu'il sache comment, il était de retour à Krauslung. Il se demanda depuis combien de temps il était ici, ligoté à la chaise dans cette salle abandonnée. À en juger par sa langue rugueuse et par la douleur au creux de son estomac, peut-être des jours. Farden n'avait aucun moyen de le savoir.

Soudain, un bruit sourd retentit de l'autre côté de la porte, suivi par le tintement d'une clé qui se tordait dans la serrure. Il y eu un déclic et un grincement interminable. Deux silhouettes floues pénétrèrent dans la salle, impossibles à reconnaître. La première, un homme de haute taille, se dirigea sans hésitation vers Farden en se frottant les mains. La deuxième silhouette se fondit dans les ombres. Farden cligna des yeux avec lenteur, comme une chouette, et leva la tête pour regarder l'étranger qui se dirigeait vers lui. La lumière multicolore dansait sur ses vêtements, transformant sa tunique en une toile aux couleurs extravagantes. Son visage souriant était couvert d'étranges nuances de rouge et de jaune. Vice se pencha vers Farden et gloussa. Il était de bonne humeur.

— Je vais prendre ceci, annonça-t-il avant de plonger une main dans la poche de Farden.

Le Maître mage s'empara du Poids et de la pierre du dæmon, qui scintilla au creux de sa paume. Vice la regarda d'un œil méfiant.

— Une pierre bien nommée, marmonna-t-il, avant de la glisser avec le Poids dans sa tunique.

Farden voulut lui cracher au visage, mais sa langue sèche racla inutilement ses dents. Il fut réduit à haleter.

— Surveille tes manières, Farden, nous avons de la compagnie, annonça le Maître mage.

— Qu… croassa le mage.

— Qui ? Quand ? Quoi ? Tu n'aucune idée de ce qu'il se passe, n'est-ce pas ? Pauvre Farden, toujours aveugle.

Vice recula pour admirer sa victime, affaiblie et hors d'état de nuire, solidement ligotée à une chaise. Il leva la tête vers l'immense fenêtre à vitraux qui couvraient le mur du fond. Celle-ci représentait une scène du port de Rós. Des rayons de soleil étincelants se posaient sur un homme au centre de la composition, un vieux mage au regard fier. Il recevait une sphère de lumière des mains de la déesse qui descendait des cieux, vêtue de blanc. Vice grimaça et se mit à marcher de long en large.

Farden émit une quinte de toux. Il parvint à prononcer quelques mots d'une voix rauque :

— J'ai tué ton hydre. C'est terminé.

— Ah, voilà qui est peu probable. Je devrais peut-être t'annoncer qu'en ce moment même, notre bon roi Bane inspecte la nouvelle acquisition à son royaume. Après l'intense détresse causée par sa précieuse fille, il tient à ramener l'ordre dans l'Arche, tout particulièrement au regard du bourbier dans lequel ses dirigeants se sont fourrés.

Vice eut un rictus méprisant, et une étrange lueur rouge flotta sur ses dents.

— Quant à Farden, le soi-disant sauveur de l'Arche, il sera accusé de trahison, envoyé au gibet et pendu haut et court. Apparemment, tu as perdu tes esprits, mon bon mage, exactement comme ton oncle. C'est toi qui as commis les meurtres à Arfell, c'est toi qui as volé le livre des Larmes aux Siréniens, et c'est toi qui as invoqué l'hydre pour servir tes intérêts. Grâce aux dieux, j'étais là pour t'arrêter à temps. Vois-tu, Farden, Bane va instaurer le règne du nouvel Archimage, son loyal sujet, le Seigneur Vice. Je ne serai pas surpris si Åddren ne passait pas la nuit.

Vice eut un sourire triomphant, son chef-d'œuvre à présent révélé. Il y eut un moment de silence, à mesure que les pièces du puzzle se mettaient en place, et Farden laissa son regard errer dans le vide. Ce n'était que pour le pouvoir. Un pouvoir implacable, absolu.

— Tu n'es qu'un simple voleur, marmonna Farden.

— Oh, je suis bien plus que ça. Je suis le marchand de chaos. Il y aura bientôt une guerre ouverte, si le roi du Skölgard et moi-même parvenons à nos fins. La chute du royaume sirénien sera complète dans un an, peut-être deux, mais ils tomberont tôt ou tard.

— Avec un autre de tes complots ? lança Farden, songeant à tout ce que Vice lui avait arraché. Tu me dégoûtes, Vice. Ce devrait être toi sur la potence.

— Alors dis-moi pourquoi c'est toi qui es attaché à une chaise, vaincu et aussi éberlué que d'habitude ? Il nous a fallu des années pour arriver aussi loin. Et si tu n'avais pas été un tel échec, tu ne serais pas dans cette situation, asséna Vice.

D'un geste théâtral, il pointa le mage du doigt.

Farden lui adressa un sourire las, mais non moins insolent.

— Alors, pourquoi est-il si difficile de me tuer ?

Le Maître mage lui jeta un regard noir.

— Parce que tu es un bâtard empoté, et que j'ai besoin de cette stupidité. Bien sûr, on ne peut pas dire que les choses se soient déroulées exactement comme prévu. Le sorcier que j'avais placé sur le *Sarunn* était l'un de mes plus anciens alliés, mais c'était aussi un imbécile pathétique. Il était supposé attendre que tu sois revenu du Nelska après avoir remis le précieux livre des Larmes à la reine sirénienne, Svarta. De toute évidence, il n'a pas pu résister à la tentation. Et après tout ce temps, comment aurais-je pu imaginer que Fendrair, cette bête immonde, avait survécu à ses blessures ? Ça, je ne m'y attendais pas. Malgré ces contretemps, tout s'est mis en place, et mon plan s'est déroulé comme prévu.

— Et Helyard ?

— Ce vieux fou insipide était voué à périr, dès le début. Sa haine envers les Siréniens en a fait une cible facile, et ses puissants pouvoirs ont terminé de concentrer les soupçons sur lui. Tu as vu toi-même avec quelle hâte les guerriers dragons l'ont blâmé, et le manque de dignité dont il a fait preuve en quittant la grande salle. Le vieux bâtard méritait son sort.

— Tu aimes entendre le son de ta propre voix, n'est-ce pas, Vice ? lança Farden.

Le Maître mage le gifla avec force, l'obligeant à cracher du sang sur le sol. La pulsation douloureuse dans sa tête s'intensifia. Il roula les yeux et lutta pour retrouver sa concentration. Vice n'avait pas terminé :

— Que t'ai-je dit à propos des manières devant notre invité ? Le meilleur est encore à venir, Farden, tu ne voudrais pas rater ça. Veux-tu savoir ce que tu es, et pourquoi tu étais si facile à manipuler ?

Le mage secoua la tête, prenant soudain conscience qu'une paire d'yeux l'observait dans l'ombre. Vice eut un rire sans joie et croisa les bras d'un air triomphant.

— Tu étais une expérience, Farden, asséna-t-il, une expérience pour voir si un Escrit pouvait supporter la magie la plus profonde et atteindre un nouveau stade de perfection. C'est moi qui ai fait venir le Scribe à l'Arche, jadis. J'ai fait en sorte qu'il écrive quelques détails intéressants dans ton Livre, quelques ajouts auxquels un Escrit ordinaire n'aurait pas pu survivre – les mêmes sorts qui ont conduit ton oncle à la folie.

Vice répondit au regard féroce de Farden avec un sourire patient.

— Tu m'as bien entendu, tu devais être une arme, tout comme ton oncle Tyrfing.

Le Maître mage fit une pause, avant de poursuivre :

— Cependant, tu étais loin d'être parfait, oh non ! À bien des égards, tu n'es qu'un échec de plus, un individu égoïste et reclus au sens de la justice pervers, pendu aux crocs de ton ami le vampyre. Tu étais trop stupide pour voir au-delà de ta propre colère. Tu es donc devenu un outil, un pion que je pouvais manœuvrer et exploiter à mon bon vouloir, dans l'attente qu'un nouvel individu au potentiel exceptionnel se présente. Quelqu'un de meilleure engeance, avec des idéaux et une grande puissance, quelqu'un qui reconnaîtrait le détenteur du véritable pouvoir en Emaneska et serait disposé à le servir.

— J'imagine que le détenteur du pouvoir, c'est toi ? jeta Farden, qui se tortillait pour échapper à ses liens.

Une flamme meurtrière brilla momentanément dans les yeux de Vice, une lueur que Farden n'avait jamais vue auparavant.

— Vous, les Archans, vous êtes des agneaux pour moi, une viande dont je peux disposer, que je vends et que j'échange. Je vous ai observés depuis que le premier soleil s'est levé sur les montagnes, quand vous étiez faibles et arrogants. Je vous ai vus fonder une nation veule, de magiciens et de prostituées. Cela fait trop longtemps que je me contente d'observer. Que puis-je à présent faire avec l'Arche, si ce n'est la détruire ? J'ai simplement choisi de garder ses deux meilleurs représentants à mon service, dit-il.

Vice baissa les yeux avec lenteur, avant de les plonger dans le regard du mage, à quelques pouces de son visage. Farden soutint son regard.

— Qu'est-ce que tu es ? demanda ce dernier.

Le Maître mage lui tapota la joue.

— C'est une autre histoire pour un autre jour, mon cher mage, une que tu n'entendras jamais.

Vice asséna une nouvelle claque sur le visage de Farden, plus fort cette fois.

— Tu n'es pas curieux, Farden ? Pas du tout ? Qui d'autre pourrais-je avoir pris sous mon aile en dehors de Ridda et de cet idiot, Karga ? Serait-ce Åddren ? Non, bien sûr, il est catatonique depuis qu'il a perdu son précieux Helyard, trop occupé à souiller sa tunique par peur et par indécision.

Nouvelle gifle. La joue de Farden le lançait, mais il n'en avait cure. Vice lui avait déjà tout arraché.

Le Maître mage poursuivit :

— Pas un Sirénien, non… quelqu'un de bien plus proche. Voyons, peut-être l'homme auquel tu achetais ton l'altéressence, ce vieil ami à moi ? Non, encore plus près que ton précieux Durnus…

Vice gloussa, et désigna les ombres d'un ample geste du bras.

— Viens saluer Farden.

Des bruits de pas résonnèrent sur la pierre, et une silhouette très familière émergea des ténèbres. Une silhouette qu'il avait explorée de ses mains, un sourire qu'il avait embrassé encore et encore, des yeux qu'il avait fixés pendant des heures, dans lesquels il s'était perdu. Sous ce regard, il avait révélé ses secrets les plus profonds, à part un seul – qu'il aimait cette personne plus que quiconque, plus que tout. Elle était la seule chose qui l'aidait à se sentir normal.

Cheska esquissa un geste de la main et lui sourit d'un air faussement gêné. Farden resta inerte, le souffle coupé. Il avait tout perdu, mais on pouvait encore lui arracher ce qui lui restait. Son cœur sembla interrompre progressivement ses battements. L'amour de sa vie se tenait devant lui, les mains sur les hanches, un sourire au fond de ses yeux semblables à des lacs de montagne, qui se paraient de reflets verts et violets dans la lumière irréelle.

— Tu es morte… dans l'incendie… articula Farden.

Cheska s'approcha d'un pas léger.

— L'incendie était une idée de Vice, mais il fallait te faire croire que j'étais partie.

Elle secoua la tête.

— Tu as toujours été étrange, Farden, agité d'émotions trop complexes. Tu es tellement obnubilé par la peur de finir comme ton oncle que tu n'as pas pris le temps de chercher qui tu étais.

Elle se pencha pour lui murmurer à l'oreille :

— Tu es comme le feu, tu ne prends vie que dans le noir.

Farden pouvait la sentir, respirer ce parfum qu'elle avait laissé sur son oreiller. Il déglutit, à court de mots.

— Ce n'était pas désagréable, pendant un temps, dit-elle. Puis nous avons obtenu ce que nous voulions.

Vice intervint à voix basse :

— Si tu es curieux, la seule chose dont j'avais besoin, c'était ton corps.

Le mage releva brusquement la tête, assailli par le même pressentiment qu'il avait ressenti dans les entrailles de Carn Breagh. Un terrible pressentiment. Il fixa les yeux complaisants de Cheska, et n'y trouva que l'ignoble vérité. La jeune femme recula avec lenteur, une expression sérieuse sur le visage. Toute douceur avait abandonné ses traits. Vice s'approcha et posa une main pâle sur son épaule. Il baissa sur Farden un regard victorieux. Son autre main s'enroula autour de la taille de la jeune femme et se pressa sur son estomac.

— Une étincelle de vie grandit dans l'utérus de Cheska ; un enfant de puissance pure, fruit de l'union entre deux Escrits. Il y a une raison pour laquelle cette union est interdite, Farden, une raison très simple : votre enfant sera le mage le plus talentueux qu'Emaneska ait jamais vu, et mon arme la plus affûtée.

Farden se débattit contre ses liens, bouillonnant de colère, les dents serrées. Son visage était devenu écarlate sous l'effort et son souffle était heurté, rauque. Les cordes tenaient bon.

— Au moins, tu as été utile jusqu'au bout, pas vrai ? gloussa Vice, avant de reporter son attention sur Cheska. Il faut rejoindre le sommet de la Cathédrale, ton père se fera une joie de te revoir, ajouta-t-il, et la jeune femme acquiesça.

Vice s'approcha de Farden et l'examina se débattre faiblement. Souriant, le Maître mage leva sa botte au-dessus de la jambe de Farden et la pressa sur ses côtes. Le mage grimaça et aspira une goulée d'air, incapable de parler. Vice recommença puis relâcha la pression, avant de reposer son pied sur le sol avec arrogance.

— Je reviendrai pour toi dans un instant. Je dois rendre une princesse, dit-il, avant de faire volte-face.

La porte se referma sur les deux silhouettes. Farden recommença à se convulser, à tirer avec de petits coups secs sur les cordes, dans toutes les directions. Les nœuds protestèrent en couinant, mais ils ne cédèrent pas. Farden était trop faible pour faire appel à la magie. Tout ce qu'il pouvait faire, c'était tirer, pousser, et espérer desserrer ses liens.

Les minutes passèrent et Farden s'entêtait, grondant et ahanant à chaque mouvement, luttant contre le chagrin, la colère et la rage qui enflaient dans sa poitrine. Il aspira une goulée d'air, épuisé, puis s'affala sur la chaise, la tête en avant. Un filet de salive s'échappa de ses lèvres entrouvertes. Une larme rampa dans son œil et coula sur sa joue crasseuse. Farden la vit tomber sur sa tunique déchirée et disparaître dans le tissu.

Enfin, il se laissa aller à son chagrin. Agité de longs sanglots incontrôlables, prenant de profondes inspirations, il laissa les larmes de frustration tracer des sillages brûlants sur sa peau. Farden ferma les yeux.

— Je ne comprends pas pourquoi tu lui as parlé de l'enfant. Il sera bientôt pendu, pourquoi s'acharner ?

— Serais-tu devenue sentimentale, Cheska ? Cet homme n'a cessé de nous barrer la route, il mérite sa souffrance. Et si je me souviens bien, c'est toi qui as tenu à lui montrer ton visage, ne t'avise pas de me reprocher d'être insensible !

Vice adressa un regard noir à la jeune femme, qui détourna les yeux.

Cheska s'exhorta à la patience. Elle observa ses bottes qui se mouvaient sur les marches de marbre, et prit plusieurs profondes inspirations. Ensemble, ils grimpèrent une nouvelle volée d'escaliers et émergèrent dans le couloir qui menait à la grande salle. Le Conseil est le roi les y attendaient. Vice essuya le sang de Farden qui maculait dos de sa main, et aplatit sa tunique noire et verte. Aucun besoin de se presser, se rappela-t-il, il avait tout le temps nécessaire. À la hauteur des immenses portes ouvragées de la salle, il se tourna vers Cheska :

— Souviens-toi de ce que je t'ai dit, souffla le Maître mage.

Les deux soldats en poste abaissèrent leur lance et pesèrent de tout leur poids sur les lourdes poignées. Les battants pivotèrent dans une longue plainte. Vice se para d'un sourire affable et pénétra dans la salle éclairée par la vive lueur du jour. Il jeta un regard circulaire sur le Conseil et nota la masse des soldats skölgardiens qui l'encerclaient, armés de longues hallebardes et vêtus d'une épaisse armure cuivrée. L'Archimage Åddren était assis sur son trône. Il semblait diminué, en proie à une douloureuse agitation. Ses yeux bleus foncés semblaient hagards ; ses cheveux étaient négligés. Un silence embarrassé emplit la salle. Vice se réjouit intérieurement.

Le roi du Skölgard se retourna pour faire face au nouveau venu. Il se tenait devant la statue d'Évernia, les mains vissées sur les hanches. Bane était un homme immense, de presque sept pieds de haut et à peine moins de large. Il ressemblait à un ours au sourire carnassier et aux yeux verts sombres, qui semblaient briller dans la lueur du jour. Ses cheveux étaient coupés courts, aplatis à la cire, et sa barbe se divisait en deux tresses. Une cicatrice ornait le côté de sa mâchoire. Un collier de minuscules crânes d'argent entourait son cou épais et barbu, qui émergeait d'un énorme plastron d'argent et de vert pâle sur lequel deux loups livraient bataille. Autour de ses épaules pendait une longue cape en fourrure, qui laissait des traces boueuses sur le sol de marbre blanc. À la vue de Cheska, le roi Bane ouvrit largement ses bras épais, ce qui fit cliqueter ses innombrables bracelets. En deux pas de géant, il rejoignit les visiteurs et serra sa fille dans ses bras, le regard fixé sur Vice. Celui-ci répondit d'un hochement de tête imperceptible.

— Cheska, ma fille, qu'il est bon de t'avoir à nouveau dans mes bras, déclara Bane d'une voix tonitruante. Qui est le bâtard qui a osé mettre en danger la vie de la première princesse du Skölgard ?

— Avez-vous attrapé le traître, Vice ? demanda Åddren, apparemment confus.

L'Archimage s'efforça d'élever la voix, mais n'émit qu'un cri étranglé :

— Qui est-ce ?

Vice soupira et posa sur Åddren un regard patient.

— Magissime, estimés membres du Conseil. C'est ce que je m'apprête à vous expliquer. Le traître qui est derrière tout ça n'est autre que l'un de nos Escrits, un mage dans lequel ce Conseil a placé beaucoup d'espoir, un homme qui nous a couverts d'honneur plus d'une fois. Or, il s'avère qu'il a toujours été de mèche avec les dragons, et qu'ensemble, ils ont cherché à détruire ce Conseil de l'intérieur.

— Qu'en est-il de la bête ? rugit l'un des conseillers.

Vice leva une main et hocha la tête.

— J'ai néanmoins une bonne nouvelle. Je viens juste de revenir d'Albion, ou le traître à essayé d'invoquer l'hydre. La bête a été vaincue, je m'en suis chargé personnellement.

Vice s'interrompit avec une douleur affectée. Il entendit plusieurs soupirs de soulagement. Il reprit :

— J'ai ensuite capturé le traître, et je l'ai ramené.

Åddren se redressa avec difficulté dans son trône.

— Eh bien, Vice, dites-nous ; qui est-ce ?

Le Maître mage pointa un long doigt accusateur sur l'Archimage.

— Vous devez le savoir, Åddren, c'est le mage dans lequel vous avez placé une confiance aveugle, le mage auquel vous avez donné votre Poids, lui permettant de s'échapper d'Albion avant que je n'aie pu l'arrêter. Ce traître n'est autre que Farden.

Vice leva un regard noir vers son supérieur. Une vague de protestations et de murmures incrédules flotta sur la foule.

Bane s'avança et planta ses mains immenses sur ses hanches.

— Vous lui avez permis de s'échapper, Archimage, après ce qu'il a fait à Manesmark, après qu'il a presque réussi à tuer ma fille ?

Le roi semblait incrédule et remplissait son rôle avec brio, songea Vice. Bane désigna ses hommes.

— Faites-le descendre de son trône ! s'exclama-t-il, et ses soldats s'empressèrent de quitter leur poste pour exécuter l'ordre.

Åddren commença à paniquer. Le Conseil et les gardes de l'Arche semblaient déchirés par l'indécision, mais tous ceux qui s'avancèrent pour s'opposer au roi trouvèrent rapidement des lames devant leur visage. Les soldats skölgardiens encerclaient la salle. Åddren bondit de son trône et cria pour ramener l'ordre, mais avant qu'il ait pu faire quoi que ce soit, un soldat s'empara de lui et l'escorta rudement devant Bane. Des cris contradictoires résonnèrent dans la salle.

— Laissez-le !

— Qu'on arrête le traître !

— Du calme ! vociféra le roi.

Il jaugea le vieil homme à l'apparence frêle, puis retroussa la lèvre supérieure dans une grimace de mépris.

— Vous n'avez pas la carrure pour diriger ces gens.

Bane agita une main d'un air impatient.

— Conduisez-le aux cellules, ordonna-t-il.

Les soldats skölgardiens tirèrent Åddren vers les portes. Contrairement à Helyard, l'Archimage ne protesta pas. Il se laissa accompagner en silence hors de la salle, et se contenta de regarder Vice avec une intense déception.

Le Maître mage sourit et reporta son regard sur le roi du Skölgard. Bane lui fit un signe de tête, avant de se tourner vers les conseillers et les soldats de l'Arche, rassemblés en petits groupes. Sa voix s'éleva et résonna dans la salle de marbre :

— Que tous en soient témoins ! À partir de maintenant, les terres appartenant à l'Arche seront considérées comme vassales de l'empire skölgardien ! Mes soldats resteront pour ramener l'ordre, au bon vouloir de votre nouvel Archimage. Puisqu'il a sauvé cette assemblée des trahisons et du chaos, je désigne le Seigneur Vice comme seul dirigeant du Conseil. J'ai dit ! Est-ce bien clair ?

Un cœur de murmures approbateurs répondit à la tirade du roi, particulièrement dans les rangs des soldats skölgardiens. Vice afficha un sourire triomphant, se dirigea vers son nouveau trône. Arrivé à hauteur de la statue d'Évernia, il plongea la main dans sa tunique et en sortit les deux Poids, qu'il laissa tomber des deux côtés de la balance dans des tintements solennels. À l'aide d'une flammèche qu'il fit jaillir de ses doigts, il alluma chacune des chandelles, conformément à la tradition. Il réserva à la déesse un regard moqueur avant de poursuivre vers le trône. Des applaudissements s'élevèrent du Conseil lorsque Vice posa le pied sur les marches de marbre. Une par une, il les grimpa avant de se retourner pour prendre place sur le siège. Vice parcourut du regard les membres du Conseil avant de revenir sur Bane, qui lui renvoya un regard confiant et un sourire entendu. La foule s'apprêtait à applaudir le nouvel Archimage, lorsqu'un violent craquement résonna dans les étages inférieurs. La pièce vibra sous l'impact, et la statue de la déesse vacilla légèrement. Des filets de poussière se détachèrent des poutres de marbre. Vice désigna un groupe de soldats et leur aboya des ordres :

— Allez voir ce que c'était, sur-le-champ !

— Oui, Magissime ! crièrent-il, avant d'esquisser un salut rapide et de s'élancer.

Les portes se refermèrent dans un claquement violent, et un silence irréel s'abattit sur la grande salle, seulement rompu par la plainte des cloches jumelles. Vice pianota sur les accoudoirs du trône de marbre et regarda Bane.

Le cœur de Farden se soulevait au rythme des sanglots heurtés qui lui labouraient la poitrine. Son souffle se bloqua dans sa gorge et il toussa à nouveau, avant d'essuyer les larmes qui s'échappaient de ses yeux gonflés. Sa tête, ses poignets, ses côtes et ses jambes étaient en proie à une douleur lancinante. Son esprit, quant à lui, s'agitait furieusement. Il ressassait inlassablement chaque sensation, chaque mot, chaque moment terrible de ces dernières minutes. Chaque nouveau sanglot lui tordait le cœur, le remplissait de chagrin. Il baissa le regard sur les reflets colorés sur le sol et s'efforça de rassembler ses esprits. En vain. Farden serra étroitement les paupières et laissa une noirceur douloureuse l'envelopper.

La lumière du soleil lui brûlait la peau, la faisait picoter et transpirer. C'était une chaleur sèche, et le vent chaud sur son visage ne faisait rien pour le rafraîchir. Du sable s'insinua entre ses orteils. Farden soupira – c'était la dernière chose qu'il avait envie de voir. Il essaya de refermer les yeux, mais des grains de sable s'étaient frayés un chemin sous ses paupières et lui éraflaient les yeux. Quelque chose s'accrocha à sa jambe. Farden ouvrit les yeux sur le soleil éblouissant et sur un chat noir, qui l'observait. Le mage cligna des yeux, momentanément aveuglé, et regarda autour de lui. Du sable à perte de vue. Aucune montagne, ni falaise, ni oiseau ; seulement du sable à l'infini, d'est en ouest. Le ciel était incroyable et bleu, une fois de plus, et Farden souhaita pouvoir se fondre dans l'immensité et ne jamais se réveiller.

Le chat miaula à son intention, et il baissa les yeux. Farden sentait les larmes s'évaporer sur sa joue. Le vent fouettait son corps nu. Ses canons d'avant-bras rouge et doré étincelaient et chatoyaient sous le soleil. Il fixa le regard d'obsidienne impassible du chat et essaya de ne pas ciller. Farden savait que la créature attendait qu'il prenne la parole. Il secoua la tête.

— Je t'ai dit de me laisser seul.

Tu n'en as pas encore terminé, dit la voix familière dans son esprit.

— C'est fini. J'abandonne. Je n'ai plus qu'à attendre d'avoir la corde au cou. Je ne peux pas savoir qui tu es, mais j'apprécierais que tu me laisses profiter de mes dernières heures.

Alors, c'est comme ça ? Après toute l'aide que je t'ai apportée, tu vas baisser les bras ?

Farden courba la tête, et le chat siffla d'un air furieux à travers ses petites dents pointues.

— Je ne sais même pas qui tu es.

Pour la troisième fois, je suis comme toi. Nous n'avons rien demandé de tout ça, nous ne nous plaignons jamais, nous nous contentons de faire ce qu'on nous demande. C'est ce que les gens comme toi et moi font ; nous nous battons et nous ne demandons jamais rien en retour.

— Je veux qu'on me laisse seul, répondit Farden.

Non, ce n'est pas vrai. Tu veux le battre. Tu veux monter au sommet et passer sa tête sur le tranchant de ta lame, tu veux regarder le sang couler sur le sol, dans notre intérêt à tous les deux.

La voix se parait d'une impatience grandissante.

Le mage secoua la tête. Le chat s'approcha avec lenteur.

— C'est inutile. Il a gagné. Je suis un échec, comme mon oncle.

Farden s'effondra sur le sable et sentit un cocon jaune et brûlant l'envelopper. Le ciel était si bleu, si vide.

La voix sembla hésiter un instant. Puis le chat se rapprocha davantage et enfonça ses griffes dans la jambe de Farden. Le mage ne broncha pas. Le sable bruissait, se coulait autour de ses épaules ; il ferma les yeux, laissant la chaleur l'entourer.

Ils m'ont trouvé nu, hurlant. Ils m'ont trouvé baigné dans le sang de quelqu'un d'autre. Ils m'ont trouvé mordant le bout de mes doigts jusqu'au sang. Ils m'ont trouvé en train de graver des mots dans la chair de mes jambes avec des morceaux de verre. Ils m'ont trouvé jurant, maudissant, hurlant son nom jusqu'à ce qu'il me bâillonne avec des chiffons. Ils m'ont trouvé en train d'escalader les murs de la ville, en fuite. Ensuite, ils m'ont donné une couverture et une pièce d'or pour utiliser selon mon bon vouloir. Ils m'ont envoyé dans les terres sauvages. Ils ne m'ont pas tué, ils m'ont laissé partir ; je n'ai pas combattu, je me suis enfui. J'ai eu de la chance. Je ne devenais pas quelqu'un de différent, j'apprenais à connaître la personne que j'étais déjà. Il m'a changé, il a essayé de m'utiliser, mais j'ai échoué. Il a échoué.

Le sable s'enroula autour du cou de Farden et engloutit l'un de ses bras. Le chat lui mordit la cuisse jusqu'au sang. Pourquoi lui ? Pourquoi le sort s'acharnait-il sur lui ? Était-ce son destin d'être torturé, pourchassé, simplement parce qu'il était un projet raté parmi les desseins de Vice ? Le sable brûlant s'insinua dans ses oreilles et bloqua le bruit du vent. Mais la voix continua à résonner dans sa tête.

Après toute l'aide que je t'ai apportée, tu vas baisser les bras.

Farden acquiesça et sentit le sable agripper ses jambes. La poussière voulait l'engloutir, et le mage voulait la laisser faire. Plus rien n'avait d'importance. Vice lui avait tout arraché.

Qui es-tu, Farden, et qu'as-tu fait de ton corps ?

La terre tiède et rugueuse s'enroula autour de son pied.

Es-tu son outil, Farden ? Son arme ? Je t'ai posé une question, mage !

Le sable l'aspira plus profondément. Le chat se mit à creuser furieusement pour atteindre les membres du mage. Le sable atteignait à présent sa poitrine.

Qu'as-tu fait de ta vie ?

Le sable se coula sur sa peau comme une rivière jaune, comme le temps qui tombe au fond d'un sablier. La poussière avala sa poitrine et ses bras et grimpa sur son cou. L'écaille de dragon lui érafla la peau, et il ouvrit les yeux pour se retrouver nez à nez avec le chat qui l'observait. Ses deux yeux noirs étaient des miroirs liquides qui reflétaient le visage contusionné du mage. Qu'avait-il fait ? Farden sentit le sable sur son menton. Il avait été inutile à Vice pour une raison bien précise, et cette raison se mit soudain à briller comme une petite chandelle dans l'esprit sombre et tortueux du mage.

Tu ne deviens pas quelqu'un de différent... hurla la voix dans sa tête.

Plutôt que de faire ce que Vice attendait de lui, plutôt que de se laisser aller à la trahison, il était allé de l'avant et avait vécu sa propre vie. Il avait essayé de faire une différence dans le vaste monde. Farden pensa à toutes les créatures qu'il avait vaincues, aux villes qu'il avait sauvées, même aux bandits qu'il avait massacrés à Beinnh, et décida qu'il avait joué un rôle en Emaneska. Farden se redressa légèrement et sentit les griffes du chat sur son torse. Le sable recula imperceptiblement. Quoi qu'on ait gravé dans son Livre, cela le rendait colérique, assoiffé de vengeance, mais cela le rendait également puissant ; s'il parvenait à dompter ce pouvoir, il pourrait tout arranger. À présent que Vice avait dévoilé ses cartes maîtresses, c'était à son tour de prendre une décision. Farden commença à tirer, s'arc-boutant contre le sable brûlant. Au prix d'un immense effort, il arracha ses membres du sol.

— J'apprends simplement à connaître la personne que je suis déjà, murmura Farden, goûtant le vent torride dans sa gorge.

Le chat se tortilla sur ses pattes arrière pour s'extraire du sable, avant de se redresser. Farden leva les mains vers le ciel bleu et éprouva une sensation qu'il n'avait jamais connue auparavant.

Méfie-toi du temps, Farden.

Un unique nuage cotonneux apparut dans l'immensité bleue, et le désert commença à s'estomper.

Farden reprit brutalement connaissance. Pris d'une vague de nausée, il vit les couleurs sur le sol se mouvoir en tournoyant, et prit une profonde inspiration pour calmer les battements de son cœur et la sensation de vertige nauséeux. Une ombre immense se tordait au milieu de la mosaïque de couleurs, et un bruissement puissant envahissait progressivement la pièce sombre. Farden cligna des yeux comme une chouette, et se demanda pourquoi le sang résonnait si fort à ses oreilles. Avant qu'il ait compris la situation, une explosion monumentale retentit derrière le mage, et sa chaise tomba en avant sous l'effet d'un immense courant d'air. Des ailes dorées planèrent au-dessus de lui, scintillant dans la lumière du soleil. Les débris du vitrail craquèrent et crissèrent sous de lourdes griffes. Le dragon racla une serre acérée sur le dos de la chaise de Farden, et les liens cédèrent. Oublieux des éclats de verre éparpillé, le mage se tortilla pour se dégager et entreprit de libérer ses chevilles. Bientôt, les cordes formèrent un tas emmêlé sur le sol, et Farden se leva maladroitement avant de retirer les morceaux de verre de ses habits. Le sifflement était de retour dans ses tympans. Il enfonça un doigt dans son oreille et tordit, en vain. Une main devant les yeux pour les protéger de l'intense lumière, il jeta un coup d'œil par la fenêtre brisée. Pour une fois, le ciel au-dessus de Krauslung était limpide et glacé ; le soleil faisait étinceler les montagnes. Farden leva les yeux vers le Vieux Dragon, et Fendrair lui adressa un sourire qui dévoila ses dents, avant de battre des ailes d'un geste pressant.

— Le roi du Skölgard s'est emparé de la ville, tu n'as plus beaucoup de temps pour arrêter Vice ! annonça Fendrair.

— Je dois essayer ! Couvrez-moi ! répliqua le mage, avant de s'élancer d'un pas mal assuré vers la porte.

Fendrair acquiesça, puis s'accroupit pour le suivre dans le couloir. Derrière, d'autres dragons encerclaient la forteresse à des altitudes variées. Les cloches jumelles sonnaient avec assiduité, couvrant les rugissements des dragons. Des archers prenaient place sur les remparts.

Farden atteignit la porte au moment précis où elle s'ouvrait sur une douzaine de soldats. Ceux-ci bondirent, l'épée en avant, mais Farden boitilla hors de portée, une main sur les côtes.

— Fendrair ! appela-t-il.

Le dragon ferma l'un de ses yeux d'or et cracha un jet de flammes oranges, qui arracha la porte de ses gonds et provoqua la panique des soldats. Farden était déjà debout et s'éloignait. Ignorant les flammes à ses talons, il se précipita à l'autre bout du couloir puis grimpa quatre à quatre les marches qui menaient au sommet de la Cathédrale de l'Arche, dans la grande salle. Farden entendit des cris et des bruits métalliques non loin de lui, mais il poursuivit sa course et dérapa sur ses pieds sanguinolents dans le couloir de marbre. Les soldats archans en poste devant la porte l'aperçurent et abaissèrent leur lance. Farden ne ralentit pas.

— Hors de mon chemin ! rugit-il.

— Halte ! crièrent les soldats avant de s'avancer, la lance pointée devant eux.

Farden poursuivit sa course. L'un des gardes baissa la main dans un geste autoritaire.

— Arrêtez-vous, j'ai dit ! s'exclama-t-il.

Farden se contenta d'écarter une mèche de cheveux emmêlés de son visage, et poussa l'air devant lui avec ses paumes ouvertes. Dans un bruit mat, les soldats s'envolèrent avant de s'écraser contre le mur dans un craquement d'armure. Le mage de perdit pas un instant. D'un coup de pied, il ouvrit les portes ouvragées. Les dents serrées, Farden pénétra dans la salle et referma les portes derrière lui à la volée. Il était à bout de souffle.

Un silence de mort régnait dans la grande salle. Tous les regards s'étaient posés sur le mage débraillé, couvert de poussière et de sang. Il n'y eut ni murmures, ni cris ; les conseillers, hommes et femmes, restèrent silencieux. Farden jeta un regard circulaire et s'exhorta au calme. Un homme imposant, que Farden supposa être le roi du Skölgard, se tenait devant lui, une main autour de la taille de Cheska et une autre à sa ceinture, nonchalamment posée sur la poignée d'une large épée. Vice était debout devant l'un des trônes et lui adressa un regard meurtrier. Farden eut un regard pour la statue de Évernia, pour son expression apaisante, puis aperçut les plateaux de la balance qui retrouvaient progressivement leur équilibre, chacun dotés d'un Poids doré. La lumière du soleil s'apprêtait à caresser la tête de marbre de la statue. Le ciel était céruléen, comme dans ses rêves. Une voix murmura dans son esprit, et Farden compris soudain.

Un cri tonitruant le tira de ses pensées.

— Saisissez-le !

Une poignée de soldats tout proches se ruèrent sur le mage et le saisirent par les bras. Affaibli, Farden se débattit, se tortilla dans leur étreinte. Vice traversa la salle d'un bond. Des ombres planèrent sur le sol, et le nouvel Archimage leva les yeux vers le ciel pour découvrir un groupe de dragons qui volaient en cercles comme des vautours. Il se chargerait bientôt d'eux, songea-t-il.

— Leur avez-vous raconté la même histoire qu'à moi, Vice ? Leur avez-vous parlé de l'incendie ? Ou d'Helyard ?

Un soldat lui enfonça un coude dans les côtes, et le souffle l'abandonna.

Vice se dirigea avec détermination vers Farden et le frappa au visage. Sans pitié. C'était un coup de poing rapide, peu élégant mais efficace, et le mage fut projeté dans les bras des soldats. Vice se redressa sur ses pieds et asséna à Farden une décharge électrique. Ses yeux brillaient d'une flamme meurtrière. Les membres du Conseil se mirent à murmurer. Bane fit passer Cheska derrière lui, et se soldats se tinrent prêts.

— Je t'ai assez vu, gronda Vice.

— Dis au Conseil qui tu es vraiment, mon vieil ami, balbutia Farden.

Vice tremblait de rage. Il vrilla ses yeux noisette dans le regard de Farden, mais celui-ci soutint son regard sans ciller.

— Tu n'es qu'un bâtard borné, Farden, comme ton oncle. Je te ferai pendre sans tarder !

— Il faudra d'abord que tu m'attrapes, susurra le mage, avant de sourire à travers des dents maculées de sang.

Il détourna le regard, et aperçut un petit nuage blanc qui dérivait dans le ciel de cristal au-dessus de la tête d'Évernia. Rassemblant ce qu'il restait de magie dans son corps éreinté, Farden poussa sur le sol.

Au milieu des cris de surprise, Farden s'arracha de l'étreinte des soldats et fit un bond surnaturel. Pivotant le buste, déterminé à placer toute son énergie dans un coup de poing décisif, il prit son élan et se détendit à la vitesse de l'éclair, cueillant Vice à la mâchoire. Des étincelles explosèrent autour du poing du mage ; dans un éclair de lumière aveuglante, Vice tomba à genoux, ébloui et sonné. Un concert de cris et d'exclamations chaotiques envahit la salle.

Farden atterrit maladroitement et chancela sur ses pieds meurtris, mais n'en courut pas moins vers le centre de la pièce. Dans un chuintement métallique, Bane tira son immense épée de son fourreau et l'abattit avec un grognement retentissant sur la nuque de Farden.

Le mage se dégagea par une roulade et entendit le sifflement de la lame au-dessus de sa tête, qui emporta une mèche de ses cheveux noirs. Le roi rugit et se lança sa poursuite, avec une rapidité peu naturelle pour un homme de sa taille. Farden entendait les pas lourds de son poursuivant, mais il continua à courir, les yeux fixés sur les soldats qui se rapprochaient. Il lui suffisait d'atteindre la statue et tout serait terminé ; Vice, Cheska, l'Arche, tout disparaîtrait. Sa poitrine était sur le point d'exploser, mais ses jambes martelaient le sol et le propulsaient en avant.

Au moment où Bane tendait le bras pour agripper les vêtements de Farden, le mage bondit dans un geste désespéré pour atteindre la statue. Le roi referma la main sur le vide, et le mage atterrit sur la balance. Sans pouvoir réprimer un cri de douleur, Farden roula sur le sol dans une pluie de cire brûlante et de chandelles sifflantes. Le disque sembla vouloir se dérober, mais le mage s'en empara et rassembla toute sa concentration. Il sentit la morsure de la magie, et soudain, il fut attiré vers l'avant.

Il vit le monde s'arrêter pour la dernière fois, oublieux des hommes qui se jetaient sur lui l'épée ou la hallebarde au poing, oublieux de Vice qui se relevait avec une expression abasourdie, oublieux de Bane qui semblait figé à quelques pouces de distance, les mains tendues et le visage envahi d'une colère rageuse. Farden fixa son regard sur Cheska, dans ses yeux bleus et pâles. Il se demanda à quoi leur enfant ressemblerait ; s'il aurait ses cheveux, ses yeux, et si Cheska ressentirait un jour le besoin de retrouver Farden. Il la regarda intensément, et réalisa qu'elle n'était plus la personne qu'il connaissait — seulement une coquille vide, abandonnée par la personne qu'elle prétendait être depuis des années. Dans un bruissement d'air, le monde se replia sur lui-même, et Farden fut englouti par une lumière éblouissante.

épilogue
pour les aventures à venir

Alors que le soleil orange pointait sur les montagnes couronnées de la neige à l'est, une paire d'yeux gris-verts observait la lumière se répandre sur les rochers et baigner les congères d'un jaune chaleureux. Un homme se tenait au sommet de la plus haute montagne sur des lieues à la ronde, bravant les rafales glacées qui tiraillaient sa peau. Il ferma les yeux et laissa le vent lui mordre les joues. L'air était limpide. En contrebas, dans les creux que la lumière n'avait pas encore touchés, les ombres se coulaient entre les rochers noirs et plongeaient la neige dans un bleu profond. Le mage grimaça en essayant d'apercevoir l'horizon qui se découpait dans le lointain, là où les nuages cotonneux se cramponnaient. Au sud, il voyait des filets de fumée s'élever de la ville. Au-delà, la mer étincelait comme une étoffe piquetée de joyaux.

Le mage s'accroupit et resserra son manteau autour de lui, attentif à ne pas laisser tomber le disque doré qu'il serrait dans une main. Ses vêtements étaient en lambeaux, son visage était recouvert d'ecchymoses et d'égratignures, mais il n'en avait cure. Pour la première fois de sa vie, il se sentait en paix.

Farden resta immobile quelques instants. Il laissa le soleil le réchauffer, il laissa ses pensées dériver en silence, puis se redressa. Dans un éclair de lumière et une gerbe de neige poudreuse, il était parti.

Plus tard ce matin-là, les mages remarquèrent la disparition du vampyre et de sa servante potelée. Ils s'étaient éclipsés pendant la nuit, laissant dans leur tente leurs possessions et quelques vêtements. À midi, un faucon arriva avec un message assurant qu'ils rentreraient bientôt chez eux. Les dragons s'en allèrent vers le nord, silencieux et pensifs. Modren les observa s'éloigner, depuis le rivage à la périphérie du port de Dunyra. Les vagues léchèrent ses bottes. Il observa les silhouettes sombres qui disparaissaient dans le ciel, l'une après l'autre. Avec un sourire, il froissa le parchemin dans son poing et le jeta à la mer. Puis il s'éloigna sans un mot en direction de la preste-porte bouillonnante, vers Krauslung.

Quelques mois plus tard, une petite embarcation approchait des côtes glacées du Nelska, avec trois passagers sur ses planches trempées. L'homme du milieu était occupé à ramer. Les vagues grises clapotaient paisiblement sur le bateau ramolli, avec de petits bruits d'éclaboussures. L'embarcation grinçait et gémissait à chaque mouvement. Le vent était froid mais léger ; il leur ébouriffait les cheveux et gonflait leurs vêtements. La pluie n'était pas loin.

Farden cessa de ramer et regarda derrière lui. Il repéra un comité d'accueil qui les attendait sur les galets. Les hommes et les femmes paraissaient trempés et froids, mais les dragons scintillaient comme à leur habitude.

Durnus semblait mal à l'aise, et se tortilla sur son siège. Il était légèrement plus livide que d'habitude.

— Qu'est-ce qui ne va pas ? demanda Élessi. Tu n'as pas arrêté de gigoter depuis que nous sommes partis.

— Tout va bien, Élessi, je suis tout simplement fatigué et je n'aime guère la mer, répondit-il.

— Tu m'as dit que tu adorais la mer, intervint Farden.

— Pas dans des bateaux pareils ! Laisse-moi maintenant, répliqua le vampyre.

Élessi se tordit les mains et donna une petite tape dans le dos de Farden.

— Est-ce que les dragons sont dangereux ? Je n'en ai jamais vu.

— Eh bien tu vas bientôt en rencontrer, mais ils sont aussi dociles que de gros chats. C'est de leur reine que tu dois te méfier, répondit-il.

Le mage tira fermement sur les rames, et le bateau bondit sur les vagues. Un bref éclair de douleur fusa entre ses côtes, puis disparut.

Quelques minutes plus tard, les atteignirent le rivage. Là, deux soldats siréniens agrippèrent le bateau et le tirèrent de l'eau. Farden sauta du bateau et tendit une main à Élessi. La jeune femme sourit et descendit sur le sable avec aisance. Durnus s'extirpa de l'embarcation et s'éloigna de l'eau aussi vite que ses jambes le lui permirent.

Farden s'avança à la rencontre des dragons et sourit à Fendrair. Svarta et Eyrum se tenaient à sa gauche ; Aubefort, Havrefier et Luminance étaient à sa droite, accompagnés de leur partenaire. Le Vieux Dragon répondit de son sourire carnassier. Farden sentit Élessi sursauter derrière lui.

— Paix et bénédiction à notre rencontre, mon ami.

— Paix à notre rencontre, Fendrair. Merci de nous avoir offert votre hospitalité, mais j'ai bien peur que nous ne restions pas. Dès que le temps s'améliorera, je prendrai la route de l'Est.

— Vous pouvez rester aussi longtemps qu'il vous plaira, Farden, répondit le dragon d'or.

Une expression sombre plana sur son visage, il baissa la voix :

— Des nouvelles de Krauslung ?

Farden secoua la tête.

— Rien. Aux dernières nouvelles, elle avait quitté la cité avec son père, vers le nord. Vice reste à la Cathédrale de l'Arche, pour l'instant.

Aubefort écrasa des galets en faisant passer son poids d'une patte sur l'autre.

— Des jours sombres nous attendent. Il n'a aucune sympathie pour nous, dragons.

— Vous auriez dû le tuer quand vous en aviez l'occasion, déclara Svarta, plus déçue qu'accusatrice.

Farden hocha la tête.

— Qui avez-vous emmené avec vous ? s'enquit Luminance, une lueur d'excitation dans ses yeux piquetés de jaune.

Farden sourit et attira Élessi, qui se cachait derrière lui.

— Voici mon amie Élessi, d'Albion. Elle n'a jamais vu de dragon auparavant, dit-il.

Fendrair inclina la tête dans une révérence formelle. Les autres l'imitèrent.

— C'est un plaisir de vous rencontrer, Élessi d'Albion.

La jeune femme répondit par un sourire et parut se retenir de glousser. Farden leva les yeux au ciel, amusé.

— Et voici mon supérieur, Durnus, annonça le mage.

Le vampyre fixa Fendrair de ses yeux bleus pâles, puis s'inclina bien bas.

— J'ai beaucoup entendu parler de vous ; soyez assuré que c'est un honneur de vous rencontrer, dit-il avec un large sourire.

Svarta sembla légèrement prise au dépourvu à la vue de ses crocs, mais Fendrair inclina à nouveau la tête.

— Paix à notre rencontre, Durnus. C'est un plaisir de vous accueillir en Nelska, répondit le Vieux Dragon.

Luminance prit la parole d'une voix haut perchée :

— Vous avez peut-être oublié, Farden, mais vous avez laissé quelque chose derrière vous la dernière fois que vous êtes venu, dit-elle en coulant un regard à son compagnon, Lakkin.

Le Sirénien élancé s'avança, une boîte entre les mains. Farden ne put dissimuler sa curiosité. Avec lenteur, le Sirénien s'accroupit et pencha la boîte avec précaution, jusqu'à ce qu'un petit chat noir en émerge. Le visage buriné de Farden se fendit d'un sourire. C'était Paresse, le chat du navire. La petite créature s'étira et jeta un regard alentour. À la vue de Durnus, elle émit un bruit curieux et s'avança d'un pas gracieux sur les galets humides. Elle s'arrêta à quelques pas du vampyre et enroula sa queue autour de ses pattes arrière. À la surprise générale, la chatte ouvrit la bouche et prit la parole :

— J'ai un message pour le vampyre, dit-elle avec calme.

Les yeux se tournèrent vers Durnus, dont la mâchoire pendait. Élessi se rapprocha de Farden et lui murmura à l'oreille :

— Est-ce que c'est normal, en Nelska ?

Farden ne put détourner le regard du félin.

— Pas le moins du monde, répondit-il.

remerciements

Le 4 octobre 2010

Ce livre est mon premier roman, et croyez en ma parole, il ne sera pas le dernier. Il m'a fallu un certain temps pour l'écrire ; j'adresse donc un grand merci aux personnes suivantes, grâce auxquelles je l'ai terminé ! Avec simplicité et sans plus attendre, allons-y :

Tout d'abord, je remercie mes parents, Paul et Carol, pour deux raisons élémentaires. La première est qu'ils m'ont créé, aussi simple et évident que cela paraisse ; la deuxième est qu'ils ont invité – que dis-je, obligé – l'enfant que j'étais à lire tout ce qui lui passait sous les yeux. Sans ces deux raisons, je ne serai pas ici aujourd'hui, à écrire ces mots au dos d'une enveloppe. (Je remercie Royal Mail pour l'enveloppe).

Je remercie les gens incroyablement tolérants qui ont dû, pendant les six derniers mois, supporter mon bavardage incessant. Nancy Clark a lu et corrigé le tout premier manuscrit, tout comme Roger Clark. Leurs commentaires et suggestions ont été extrêmement précieux. Nancy s'est assurée qu'il convenait aux lecteurs américains. Charlie Elwess était là pour préparer le Yorkshire Tea et pour mettre le doigt sur les problèmes éventuels. (Elle fait partie d'un groupe nommé Arcady Bliss ; vous devriez l'écouter. Aucune excuse.) À Sarah West, j'adresse mes remerciements éternels pour les dernières corrections et pour cette pièce dans sa maison. Je lui en suis extrêmement reconnaissant. À Spotify, pour les archives musicales, et aux innombrables artistes qui ont fourni les émotions. À Thomas Bulfinch, pour les histoires et les mythes, à Mikael Westman pour la couverture, et à Olivier Latham pour m'avoir offert un livre qui a totalement modifié ma perception de l'écriture. Je ne pense pas qu'il réalise ce qu'il a fait. J'attends un coup de fil d'un jour à l'autre…

Et à vous, merci d'avoir lu mon premier roman ; je promets que l'écriture du suivant sera nettement plus rapide.

Ben Galley

Vous avez aimé ce roman ?
Aidez Ben et parlez-en autour de vous.

Pour un auteur indépendant, le partage et le bouche à oreille sont précieux. Faites passer le mot, laissez des critiques, partagez vos impressions sur Twitter – toutes ces attentions permettent aux auteurs tels que Ben Galley de continuer à écrire des romans. Donc, si vous avez apprécié *L'Escrit*, dites-le à vos amis.

Vous pouvez également suivre Ben sur Facebook :
Facebook.com/BenGalleyAuthor
… sur Twitter :
@BenGalley
… ou le retrouver sur le site :
www.bengalley.com

La version française a été réalisée par Hélène Alonso, traductrice et illustratrice freelance, avec l'aimable collaboration de Ben Galley.

Contact :
helenealonso@hotmail.com

Merci pour votre soutien !